KB115882

한국 근대극의 동역학

식민지기 연극과 사회, 그리고 문화의 교섭

지은이

우수진(禹修珍, Woo Sujin)

서울교육대학교 국어교육과를 졸업한 후 연세대학교 국어국문학과 대학원과 한국예술종합학교 연극원 연극학과 대학원을 졸업했다. 한국의 근대연극사에 대해 연구하면서 연극평론과 드라마투르그 등 현장활동을 겸하고 있으며, 연세대학교와 한국예술종합학교 연극원에서 연극 관련 강의를 하고 있다. 저서로는 『한국 근대연극의 형성』(푸른사상, 2011), 역서로는 『서양 연극사 이야기』(평민사, 2005(2016))가 있다.

한국 근대극의 동역학

식민지기 연극과 사회, 그리고 문화의 교섭

초판인쇄 2020년 3월 14일 **초판발행** 2020년 3월 29일

지은이 우수진 **펴낸이** 박성모 **펴낸곳** 소명출판 **출판등록** 제13-522호

주소 서울시 서초구 서초중앙로6길 15, 1층

전화 02-585-7840 **팩스** 02-585-7848 **전자우편** somyungbooks@daum.net **홈페이지** www.somyong.co.kr

값 33,000원 ⓒ 우수진, 2020

ISBN 979-11-5905-505-8 93810

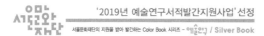

'2019년 예술연구서적발간지원사업' 선정

서울문화재단의 지원을 받아 발간하는 Color Book 시리즈 - 예술연구 / Silver Book

한국 근대극의 동역학

식민지기 연극과 사회, 그리고 문화의 교섭

The Dynamics of Korean Modern Drama
: Negotiations of theatre, society and culture in colonial korea

우수진

소명출판

    이 책은 1910년대에서 1920년대 중반에 이르는 우리 근대극의 형성과 전개의 과정을 창작극과 번역극, 미디어연극 등을 중심으로 고찰한 것이다. 그리고 우리 근대연극의 형성과정을 공공극장과 상업적인 대중극(신파극)의 등장을 중심으로 살펴보았던 『한국 근대연극의 형성』(푸른사상, 2011)과 문제의식을 공유하고 있으며, 연구의 대상을 당대의 사회와 문화에 중요한 영향을 미쳤던 연극(희곡)으로 확장했다.

    일반적으로 우리의 근대극은 최초의 희곡인 이광수의 〈규한〉(1917)이나 극예술협회를 주축으로 전국을 순회했던 동우회의 연극과 그 주된 레퍼토리였던 조명희의 〈김영일의 사〉(1921)에서 시작된 것으로 여겨진다. 1910년대에 상업적으로 흥행했던 신파극은 '구연극舊演劇'과 다른 '신연극新演劇'으로 등장했으나 근대극인 '신극新劇'으로 평가받지 못했다. 신파극은 일본 신파新派의 영향으로 남성배우인 온나가타女形가 여성인물을 연기하고 희곡 없이 구찌다테口立て로 공연되었으며 대부분이 번안소설을 각색한 멜로드라마였기 때문이다. 우리의 연극사에서 근대극은 신파극을 극복한 것으로, 사실주의적인 창작희곡에서 시작되는 것으로 여겨졌다.

    기성의 신파극과 근대극의 이항대립적 구분은 사실이 아니며 심지어 부당하기까지 하다. 우리의 근대극은 특정한 개인이나 단체 또는 세력의 성취나 전유가 아니라, 신파극과 학생 소인극, 번역(번안)극과 창작극, 여배우 등과 같은 여러 동인動㭉들이 제각기 분투하고 서로 교섭했던 과정이면서 동시에 암묵적으로 공유된 이념이었기 때문이다. 그리고 이 책은 그 과정의 역학力學을 좀 더 주의 깊게 들여다보고자 노력했던 결과이다.

희곡은 쓰여진 대본이지만 어니까시나 연극의 일부이다. 희곡 연구는 궁극적으로 문학 연구가 아니라 연극 연구로 나아가며, 공연의 연극사적인 맥락과 함께 사회문화적인 맥락이 함께 고려되어야 한다. 따라서 근대극의 연구대상은 쓰여진(출판된) 대본에 국한될 수 없으며, 나아가 창작극뿐만 아니라 번역(번안)극까지 포괄되어야 한다. 이 책에서 우리 근대극의 첫 장을 1910년대 재미한인의 연극으로 시작하고, 대중적으로 큰 인기를 끌면서 일종의 문화적 신드롬을 생산했던 〈부활〉과 〈레미제라블〉 같은 서구의 번역극과 함께, 1920년 소인극운동과 함께 등장했던 일군의 고학생 드라마에 주목한 것은 이 때문이다.

두 번째 출간을 앞두고 만감이 교차한다. 요즈음 학계의 미덕인 속도와 양의 기준에 견주어 볼 때 자책하지 않을 수 없다. 하지만 흔들리지 않고 느리게나마 걸어온 자취의 기록을 소박하게 자축하고 싶다. 학문이라는 수신修身의 과정에서 흔들리는 일도 있었지만, 잘못은 어디까지나 사람에 있다는 믿음으로 마음을 다잡았다. 하지만 이것 역시 같은 길 위에 함께 있는 선생님들과 동료들이 없었다면 불가능했을 것이다. 일일이 호명할 수는 없지만 이 자리를 빌려 깊은 감사의 말씀을 드리고 싶다.

여성 연구자의 길은 가족의 배려와 믿음으로 만들어진다. 발탄강아지처럼 학교와 극장으로 바쁘게 다녀도 크게 싫은 기색이 없었던 가족이 있기에 두 번째 책이 나올 수 있었다. 그리고 사랑하는 은혁이, 그저 부족한 엄마 곁에서 밝고 따뜻한 아이로 커 주고 있어 고마울 뿐이다. 장난꾸러기가 소년에서 청년으로 성장해가는 모습은 실로 경이로우며, 부모됨 역시 공부 못지않게 어려운 수신의 과정임을 깨닫는다.

2020년 3월
우수진

차례

제1부
극장화된 국가, 식민화된 조선

우리 근대연극사에서 희곡은 극장이나 신연극보다 늦게 등장했다. 최초의 실내극장은 1902년 한성부 경희궁의 홍화문 앞 봉상시奉常寺 안에 설치된 희대戱臺로, 연희단체의 이름을 따라 협률사協律社라고 불렸다. 협률사에서는 주로 기생의 궁중무용과 창부唱夫의 판소리가 공연되었다.

청일전쟁에 이어 러일전쟁에서 승리한 일본은 1905년 제2차 한일협약으로 통감부를 설치하여 조선의 침탈을 본격화하였다. 국권이 위기에 놓였다는 위기감이 고조되자 협률사에 대한 비판의 목소리 역시 높아졌다. 극장은 상풍패속傷風敗俗하는 망국亡國의 장場으로 여겨졌다. 하지만 협률사는 폐장과 개장을 거듭하면서 존속했다. 그리고 1908년 7월에는 대한신문사 사장이었던 이인직에게 인수되어 '신연극장 원각사新演劇場 圓覺社'로 재개장되었다. 원각사는 구연극舊演劇 개량과 신연극新演劇 공연을 내세웠으며, 1908년 11월 15일에는 최초의 신연극으로 이인직의 〈은세계銀世界〉를 공연했다. 〈은세계〉는 희곡 없이 판소리 창부들의 협업으로 공연되었으며, 신소설로도 출판되었다.

희곡 장르의 글쓰기가 처음 등장한 것은 1912년 11월 7일부터 조일재의 〈병자삼인〉이 『매일신보』에 연재되면서였다. 〈병자삼인〉은 '조일재 작作'으로 연재되었으나, 일본의 신파 연극인 이토우 오우슈우伊東櫻州의 『라쿠덴카이 희극집樂天會 喜劇集』(1911)에 수록된 〈유우쇼우레츠빠이優勝劣敗〉의 번안이었다. 〈유우쇼우레츠빠이〉는 당시 제국주의적인 세계관을 유행적으로 나타냈던 '우승열패'의 논리를, 문명개화의 열풍과 함께 유행했던 '여권신장'의 문제와 풍자적으로 결합시킨 작품이었다.

창작희곡은 4년 후인 1917년 1월에 이광수의 〈규한閨恨〉(『학지광』 11)으로 처음 등장했다. 그리고 천원天園의 〈초춘初春의 비애悲哀〉(『여자계』 3, 1918.9), 윤백남의 〈국경國境〉(『태서문예신보』, 1918.12), 최승만의 〈황혼黃昏〉(『창조』 1, 1919.2), 유지영의 〈이상적 결혼理想的 結婚〉(『삼광』 1~3, 1919.2~4)과 〈연戀과 죄罪〉(『매일신보』, 1919.9.22 -26) 등 모두 6편의 창작희곡이 1910년대에 발표되었다.

이들 희곡은 대부분 무대화되지 못했다. 이광수와 최승만, 유지영은 모두 연극계와 무관한 문학 지식인들로, 공연의 가능성을 아주 배제하지는 않았겠지만, 자신들의 문제의식을 '희곡'이라는 새로운 문학 형식으로 표출하는 데 주력했다. 이광수의 〈규한〉은 조혼의 문제를, 최승만의 〈황혼〉은 자유연애와 이혼의 문제를, 윤백남의 〈국경〉은 신여성과 여권신장의 문제를, 유지영의 〈이상적 결혼〉과 〈연과 죄〉는 자유연애의 문제를 각각 다루었다. 한편 〈초춘의 비애〉는 드라마보다 노래 중심의 두 개의 장면으로 구성된 소품小品으로, '소녀가극'을 부제副題로 했다.[1] 그리고 천원天園이 오천석의 필명이었다는 점에서 작가가 오천석일 가능성이 높다. 그는 1925년 5월 『조선문단』 8호에 '시극詩劇' 〈인류의 여로〉를 발표하기도 했었다.

---

[1] 그 내용은 다음과 같다. 첫 장면에서는 엄마 없는 소녀 신일信一은 슬픔에 젖어 봄을 맞이하고, 두 번째 장면에서는 엄마의 무덤 앞에서 슬퍼하는 신일 앞에 천사가 나타난다. 천사는 신일의 효孝를 칭찬하면서 어머니께 받은 사명으로 "봄철을 잘 이용하면 당신 일가一家를 보전할 슈가 잇슬 뿐더러 넘어진 당신 나라를 다시 이르킬 슈가 잇스리다"고 전한다. 신일은 하나님께 자신의 삶 역시 나이팅게일이나 스토우 부인처럼 되기 바라며 기도하고 노래한다. 짧지만 기독교적이고 교육적인 성격이 분명한 작품이다.

이 중 유일하게 무대화된 작품은 윤백남의 〈국경〉이었다. 이 작품은 1922년 2월 윤백남이 이끌던 민중극단에 의해 공연된 것으로 확인되지만, 그 이전에도 공연되었을 가능성이 크다. 그는 혁신단革新團의 임성구, 유일단唯一團의 이기세와 함께 초창기 신파극계를 이끌던 인물로, 1912년 3월에 조일재와 함께 문수성文秀星을 창단하였으며 1916년 3월에는 이기세와 손잡고 예성좌藝星座를 조직하여 신파극 개량에 앞장섰다.

문학 지식인들의 창작희곡이 공연되지 못했던 조금 더 실질적인 이유는 연극계 안에서 희곡에 대한 요구가 아직 본격화되지 않았기 때문이었다. 신파극은 구찌다테口立て로 제작되었는데, 이는 완성된 희곡 없이 배우들의 공동 작업을 통해 대사와 움직임을 즉흥적으로 만드는 방식이었다. 게다가 신파극은 당시 『매일신보』에 연재되면서 인기를 끌었던 번안·번역 소설들에서 주된 레퍼토리를 취했다. 〈눈물〉이나 〈장한몽〉, 〈쌍옥루〉 등과 같은 작품들은 문학적 완성도가 높았을 뿐만 아니라 신문 연재를 통해 이미 대중적으로 잘 알려져 있었기 때문에 흥행을 위한 최고의 선택이었다.

근대연극사의 무대를 반도의 경계 너머로 확장시킨다면, 희곡의 등장 시기는 이광수의 〈규한〉이 발표되었던 1917년보다 앞당겨질 수 있다. 재미한인의 희곡 글쓰기가 먼저 시작되었기 때문이다. 재미한인 사회는 1903년에서 1905년 사이에 하와이 노동이민자들에 의해 형성되었으며 한인교회와 학교, 단체들을 중심으로 공동체성을 강화하고 있었다. 특히 한인단체들은 신문발간에 적극 앞장섰으며 머나먼 이국땅에서 각종 민족의례를 주최하면서 잃어버린 국가를 대신했다.

서구 문화의 영향으로 연극은 일찍부터 한인사회의 각종 행사에서 주된 여흥이 되었다. 연극의 내용은 대부분 항일정신과 애국심을 고취하고 독립을 희구하는 것이었다. 1910년대에 발표된 재미한인의 희곡은 홍언의 〈반도영웅〉(『신한민보』, 1915.2.4)과 〈동포〉(『신한민보』, 1917.8.30~12.10)였다. 두 작품은 미완이었고 희곡의 형식도 완전하게 갖추고 있지 않았지만, 희곡 장르의 글쓰기를 탐색하고 시도하는 것이었다. 이 중 〈반도영웅〉은 1916년 2월 1일 샌프란시스코에서 개최된 대한인국민회 창립기념절에서 공연되었다. 그리고 〈동포〉는 비록 무대화되지는 못했지만 연극적 상상력이 돋보이는 작품이었다.

1910년대 재미한인과 국내의 연극적 상황은 서로가 서로의 결여를 비추는 거울이었다. 기본적으로 재미한인의 연극은 아마추어 연극이었으며 주로 교회와 학교, 한인단체 등의 행사에서 민족 공동체를 위해 공연되었다. 하지만 정치적으로 자유로운 환경에서 내셔널리즘을 마음껏 표출할 수 있었으며, 그 안에서 재미한인들은 스스로를 자신의 삶을 개척하고 일본에 맞서는 독립의 주체이자 민족의 대표자로 표상화했다.

강제병합 이전까지 국내의 애국계몽론자들은 연극개량론을 주장하면서 내셔널리즘적인 영웅서사를 연극으로 만들어 국민의식을 고양시키고 국민을 통합시켜야 한다고 목소리를 높였다. 하지만 강제병합 이후에 연극개량은 일본의 신파극을 적극 수용하는 방향으로 이루어졌다. 따라서 국내 애국계몽론자들의 연극개량론은 사실상 재미한인의 연극과 희곡을 통해 실현되었다고 할 수 있다.

재미한인의 연극이라는 거울에 비추어볼 때 국내 연극의 식민지성은 분명했다. 1910년대의 신파극은 일본 신파新派를 수용한 것이었으며, 그 레퍼토리도 대부분 일본소설의 번안이거나 일본어로 중역된 서구소설의 번안이었다. 내셔널리즘을 포함하여 정치적인 것은 모두 암묵적으로 괄호 안에 넣어졌으며, 신파극과 창작희곡의 소재는 자유연애나 근대적 가정, 조혼과 이혼, 신여성의 문제 등과 같이 비정치적인 세태에 한정되었다.

이 시기 국내 연극과 희곡의 식민지성을 가장 잘 보여주는 작품은 번안 희곡인 〈병자삼인〉이었다. 원작인 〈유우쇼우레츠빠이〉는 당시 유행하던 우승열패와 여권신장의 문제를 비판적으로 풍자하는 작품이었다. 그런데 원작에서 풍자된 근대성의 문제는 번안의 과정에서, 또는 번안된 사회문화적 콘텍스트 안에서 식민지성의 문제를 새롭게 획득하며 흥미롭게 확장되고 변형되었다. 무엇보다도 1910년대가 신파극과 번안의 시대였다는 점에서 〈병자삼인〉이 지니는 상징성이 크다고 하겠다.

제1장
재미한인의 연극과 내셔널리즘

1. 내셔널리즘의 극장—의례와 연극

재미한인사회는 1903년에서 1905년 사이 하와이 사탕수수 농장에 고용된 노동이민자들에 의해 본격적으로 형성되었다. 1902년 12월 22일 제물포항을 떠난 첫 이민단은 목포와 부산, 일본의 나가사키長崎를 거쳐 미국의 상선商船 갤릭호S.S. Gaelic를 타고 호놀룰루에 도착했다. 1903년 1월 2일이었다. 하지만 한국인의 하와이 노동이민은 일본의 반대로 오래가지 못했다. 1905년 4월에 금지령이 내려진 노동이민은 7월에 실질적으로 끝이 났다. 2년 반에 달하는 이 기간 동안 약 7천여 명이 하와이로 이주하였으며, 이 중 1천여 명이 1905년에서 1908년까지 캘리포니아로 건너갔다.[1] 1910년에는 2,500여 명의 한인들이 미국 본토에 거주하였으며, 이들 중 대다수는 샌프란시스코 프레스노Fresno 근방의 다

뉴바Dinuba와 리들리Reedley, 델라노Delano 등지에 정착했다.[2]

초기의 한인사회는 서로 밀접한 관계를 맺고 있었던 교회와 학교, 한인단체들을 중심으로 형성되었다. 그중 한인단체는 일찍부터 결성되었다. 하와이에서는 1903년에 '신민회新民會'(1904년 해체)와 1907년에 '합성협회合成協會'가 결성되었으며, 샌프란시스코에서는 1905년에 '공립협회公立協會'가 결성되었다. 그리고 1909년 2월에는 하와이의 합성협회와 샌프란시스코의 공립협회가 통합되어 '국민회國民會'가 새롭게 결성되었으며, 1910년 2월에는 하와이 '전흥협회電興協會'와 미국 본토의 '대동보국회大同保國會'가 국민회와 합류하여 '대한인국민회大韓人國民會'로 통합, 재결성되었다. 대한인국민회는 이후 하와이와 북미, 멕시코, 시베리아, 만주 등 5개 지역에 지방총회를 두었으며, 지방총회는 각 지역의 지방회를 두었다.

한인단체들은 신문 발간에도 적극적이었다. 샌프란시스코의 공립협회는 1907년 4월 26일『공립신보』를 창간하였는데 1909년 2월에는 그 제명을『신한민보』로 변경하였다. 그리고 하와이의 합성협회는 1907년 10월 22일에『한인합성신보』를 창간하였으며 1909년 2월 12일에는 그 제명을『신한국보』로 바꾸었다. 특히『신한국보』는 국내를 비롯해 해외 각지에 배포되어 상당한 영향을 미쳤으며, 이로 인해 1909년 한 해 동안에는 통감부에 의해 27회에 걸쳐 1,135부나 압수당했다고 한다. 이후『신한국보』는 1910년 2월 대한인국민회의 설립을 계기로 1913년 8월

---

1   웨인 페터슨, 정대화 역,『아메리카로 가는 길─한인 하와이 이민사, 1896~1910』, 들녘, 2002, 263쪽.
2   서동성, 「묻혀진 미주한인 이민역사 사료발굴」,『미주지역 한인이민사』, 국사편찬위원회, 2003, 164쪽.

13일 자부터 제명을 『국민보』로 변경하여 연속 발행되었다.

재미한인사회의 교회와 학교, 한인단체들은 지역별로 크고 작은 규모의 행사들을 벌였다. 하와이의 호놀룰루나 샌프란시스코의 다뉴바 같은 대도시에서는 행사들의 규모도 컸다. 그리고 이같이 크고 작은 지역별 행사들은 신문에 대대적으로 상세히 보도됨으로써 여러 지역에 흩어져있는 재미한인들을 '상상의 공동체'로 묶어냈다. 근대의 신문은 내셔널리즘의 무대였다.

대한인국민회는 사실상 잃어버린 조국을 대신하고 있었다. 『국민회』의 논설과 기사들은 그러한 심정을 강화하는 수사들로 가득했다. 예컨대 대한인국민회의 경축기념일 행사의 준비과정을 보도했던 『국민보』에는 행사 당일 "찬란한 광채가 무형한 조선국가를 옹호할 만치 지금 예비하는 중"[3](강조는 인용자, 이하 동일)이라고 보도되었다. 그리고 총회장이 금년에 실행할 정략을 준비하였는지, 그리고 총회장이 정략을 실행할 만큼 "일반 국민이 준비하였는가"를 묻는 한편, 총회장에게는 "국가를 위하여 앞길을 오늘 경축과 같이 예비하여 재능을 다할진저"라고 당부하였다. 미국에 있는 한인들에게 '조선국가'는 현재뿐만 아니라 미래에도 여전히 진행 중이었다.

대한인국민회는 이민자들의 민족 공동체를 넘어 국가(정부)의 성격을 띠고 있었다. 머나먼 이국땅에서도 이들은 여전히 한국인으로서의 민족 정체성을 강하게 지니고 있었던 것이다. 그리고 국권이 상실된 이후에도 국가의 영토를 한반도 외부로 확장적으로 상상하여 그들이 머물고

---

3 「국민회긔념경축과 하와이디방총회 총회장의 취임식」, 『국민보』, 1914.1.7.

있는 곳이 바로 '새로운 한국'이라고 생각했다.[4] 실제로 재미한인들은 이 '새로운 한국'에서 일본의 직접적인 통치하에 있는 고국(고향)에서는 불가능한 정치적 자유를 누리며 민족적 삶을 구가할 수 있었다.

대한인국민회의 기념일 행사는 특히 성대했다. 정치적이고 군사적인 의례뿐만 아니라 체육대회와 연예회도 함께 수행되었던 이 의례행사는 한마디로 종합적인 내셔널리즘 축제였다. 당일 임명되는 총회장과 총부회장을 대표로 하는 위원회는 잃어버린 정부의 대신이었으며, 사열하는 학도대는 미래의 독립된 조국을 위한 군대 그 자체였다.

구체적으로 1914년 2월 2일 하와이 호놀룰루에서 행해진 대한인국민회 창립 제5회 기념일 행사를 살펴보자. 호놀룰루는 미국 본토와 하와이를 통틀어 한인사회가 가장 크게 형성된 곳이었다. 실상 이날의 행사가 전례 없이 성대한 것이었는지, 아니면 여느 때와 같이 성대한 것이었는지는 남아있는 신문자료만 가지고 단정하기 어렵다.[5] 하지만 이날의 대한인국민회 행사를 통해 우리는 당시 한인단체 의례의 면면을 엿볼 수 있다.

『국민보』에서는 사전 준비가 시작된 1월부터 행사가 끝난 후인 3월까지 그 준비과정과 진행과정을 다음과 같이 세세하게 보도했다. 의례의 전체 행사는 아침 10시부터 시작해서 늦은 밤까지 진행되었다. 아침 행사는 10시부터 12시까지 '펀치볼 중앙학원'에서 개최되었다. '펀치볼 중앙학원'은 펀치볼 스트리트Punchbowl Street에 위치해 있었던 한인

---

4   앙드레 슈미드, 정여울 역, 『제국 그 사이의 한국 1895~1919』, 휴머니스트, 2007, 568 ~572쪽.
5   독립기념관 한국독립운동정보시스템에서 제공하는 1910년대 『국민회』의 원문은 1913년 8월에서 12일, 1914년 1월에서 8월에 한정되어 있다.

중앙학원Korean Central School으로서, 1906년 한인감리교회에서 설립한 한인기숙학교를 그 전신前身으로 했다. 한인기숙학교는 1913년 이승만이 교장을 맡으면서 한인중앙학교로 개명되었으며, 통상 '중앙학교'라고 불렸다.

아침 행사는 정치의례로 시작되었다. 국민회 총회장과 부회장의 취임식과 연설이 그 핵심이었다. 행사는 찬송과 기도로 시작하였고 누아누Nuuanu 신민학교 학생들이 창가를 부른 후 임정수 의원이 국민회의 역사에 대해 말하고 그 후에는 다시 팔라마Palama 소학교 학생들이 창가를 부른 다음에 대의원인 이종관의 기념연설이 이어졌다. 그리고 다시 중앙학원 학생들의 합창이 있은 후에는 참의장의 인도 아래 총회장의 맹세와 취임연설이 이어졌다. 그리고 다시 학생 연합회의 창가가 있은 다음에는 대의원 인도 아래 부회장의 맹세와 취임연설이 이어졌다. 최종적으로는 광무군인과 학도대의 군례가 있은 후 폐회하였다.[6]

오후 행사는 1시부터 빈여드Vineyard 청년회 운동장에서 시작되었다. 군대 관병식을 중심으로 하는 군사의례와 일반 남녀의 체육대회가 나누어져 진행되었다. 군대는 약 200여 명의 광무 군인과 중앙학원 및 누아누 신민학교의 학도대로 구성되어 있었다. 그리고 1대대가 각 2소대와 각 3중대로 편제하여 관병식을 행한 후에는 병식체조, 집총사격 등을 선보였다. 당시 하와이 전 지역에서는 한인중앙학원을 비롯한 거의 모든 학교에서 군사훈련을 실시하고 있었다. 당시『국민보』의 기사는 이 풍경을 다음과 같이 묘사했다.

---

6   이하 기념일 절차에 대한 세부사항은 「국민회 긔념일과 총부회장 취임식 절차」, 『국민회』, 1914.1.31 참조.

태극긔와 셩됴긔가 바람을 조차 날리고 라팔소릐와 북소릐는 공긔를 헤치고 나가는 째에 250명 륙해군 쟝졸이 칼과 총을 받들어 국민 총회쟝을 향ᄒ야 경례흠은 하와이 10년 우리가 재작일에 처음으로 보는 일이라 오늘을 갈이고 젼일을 생각ᄒ면 비참흔 회포도 업디 안커니와 쏘한 오늘을 갈이고 쟝래를 생각ᄒ면 무궁흔 희망이 챵자마다 가득ᄒ도다[7]

한인들의 군사훈련은 독립을 준비하기 위한 것이었다. 하지만 바다 건너 먼 이국땅에서 이루어지는 군사훈련에는 상징적인 의미가 더 컸다. 즉 그것은 한인들로 하여금 비록 당장은 불가능한 꿈에 가까운 독립을 조만간 실현될 수 있는 실제적인 기획으로 상상하게 만들고, 나아가 가슴 벅차도록 믿게 만들었다. 이날만큼 한인들은 함께 모여 태극기를 마음껏 휘날리며 '대조선만세'를 외쳤다. "남녀동포슈쳔명은 (…중략…) 공원문이 열리는 곳에 태극긔가 날리는 것을 보고 졀믄이 늙은니 업시 모다 닐어나 대됴션만세를 쇼릐ᄒ믹 이째를 당ᄒ야는 하와이가 곳 남의 싸흰줄을 깨닷디몯ᄒ러라"[8] 이들에게는 목쳥껏 만세를 부를 수 있는 지금 이곳이 바로 자신들의 국가였던 것이다.

마지막 저녁 행사는 8시부터 총독부(주청사) 건너편에 자리한 오페라 하우스에서 시작되었다. 남녀 3인의 애국가와 학생들의 무용 공연이 있은 다음에는 첫 번째 연극이 '내디 동포 간도로 반이搬移하는 내용'으로 공연되었다. 이날 연극은 모두 세 편이 공연되었다. 첫 번째 공연이 끝난 후 바로 두 번째 연극인 〈오늘날 됴션학생〉이 공연되었고, 세 번째

---

7 「긔념식과 취임식의 대략」, 『국민보』, 1914.2.4.
8 「긔념식과 취임식의 대략」, 『국민보』, 1914.2.7.

연극인 〈내디 각 단테와 예수교회〉는 13인 부인의 창가와 학생 단체의 체조로 추정되는 "운동"의 다음 순서로 공연되었다. 그리고 마지막에는 한국중앙학원 학도대의 군악 연주가 있은 후 폐회하였다.

저녁 행사는 한마디로 기념일 행사 전체의 여흥을 위한 자리였다. 일정은 창가와 무용, 연극, 그리고 군악으로 구성되었으며, 시간적으로 연극의 비중이 가장 컸다. 세 편의 연극은 그 제목들을 참고해볼 때 교회와 학교, 그리고 한인사회 일반에 공동된 소재를 각각의 내용으로 하면서도 궁극적으로는 내셔널리즘을 강조하는 것이었다. 이 중 특히 '내디 동포 간도로 반이하는 내용'의 연극은 극중 인물들과 유사한 처지에 놓여 있었던 하와이 이주민들에게 특별한 공감과 감흥을 불러일으켰을 것이었다. 연극은 이들에게 그러한 것이었다.

2. 의례연극과 재미한인의 자기인식

대한인국민회 의례의 연극들은 재미한인의 자기인식 방식을 잘 보여주고 있었다. 연극 안에서 재미한인들은 대부분 스스로를 '학대받는 피식민자'나 '고국(고향)을 떠난 유민'으로 표상화하였다. 하지만 이들은 국가의 수호자이자 독립의 주체, 민족의 대표자를 자처하기도 했다. 국내의 여론들은 일찍부터 해외 이주민들을 애국적인 한국인의 표상으로 묘사해 왔는데, 재미한인사회 역시 이를 기꺼이 받아들였던 것이다.[9]

재미한인사회는 교회와 학교, 그리고 한인단체를 중심으로 형성, 유지되었다. 그리고 교회와 학교 행사에서 연극은 중요한 일부를 차지했다. 1913년 8월 16일 『국민보』 기사에 의하면, 미국 중북부에 위치한 네브라스카Nebraska의 한인소년병 학생들은 7월 19일 학교에서 연극을 공연하였다.[10] 1910년 6월경부터 1914년 8월까지 헤이스팅스Hastings 대학 구내에 설립되어 있었던 한인소년병학교는 미국의 사관학교인 웨스트포인트의 교육과정과 군사훈련 방식을 모방하여 운영된 한인 군사학교였다.[11] 기사에 따르면 소년병학교에서는 매년 연극을 공연하였으며, 당시 관객으로 "내외국인 여러 백 명이 모혀 한째의 큰 경황"을 만들었다는 점에서 학교의 운영비 마련을 위해 개최된 일종의 모금행사였던 것으로 보인다.

연극은 모두 4부로 구성되었으며, 그 내용은 '한국인과 일본인의 혼인을 금지'하는 것이었다. 제1부에서 이바바라와 박아모는 서로 사랑하는 사이이다. 하지만 바바라의 아버지는 딸을 일본 귀족인 고가와 강제로 결혼시키려고 하고, 바바라는 한국과 일본의 적대적인 관계를 생각할 때 도저히 아버지의 뜻을 받아들일 수 없다고 결심한다. 제2부에서 박아모는 바바라와 함께 도망갈 결심을 하고 자신의 친구인 중국 청인의 집에 바바라를 잠시 숨겨둔다. 하지만 청인은 박아모를 배신하고 바바라를 속여 중국 상해로 데리고 달아난다. 제3부에서 박아모는 바바라를 찾기 위해 먼 길을 떠난다. 박아모의 부친 역시 아들을 찾기 위해 집을 떠난다.

---

9   앙드레 슈미드, 정여울 역, 앞의 책, 562~568쪽.
10 「소년병학교의 희문덕 연극」, 『국민보』, 1913.8.16.
11 국외 독립운동 사적지 홈페이지(http://oversea.i815.or.kr) 참고

그리고 바바라의 부친과 일본인 고가와도 혈안이 되어 바바라를 찾아다 닌다. 마침내 네 사람은 모두 상해로 온다. 마지막 제4부에서 바바라는 청인이 운영하는 상해의 어느 아이스크림 집에 고용되어 있다. 박아모와 그의 부친, 바바라의 부친과 고가와는 모두 그 아이스크림 집에서 상봉하고, 청인은 중국의 별순검에 의해 체포된다. 박아모와 바바라는 드디어 결혼식을 올리고, 바바라의 상노床奴는 고가와의 누이와 결혼한다.

이 작품은 기본적으로 사랑하는 연인과 연인의 결혼을 반내하는 부모, 연인의 수난, 그리고 어려움을 극복한 연인의 행복한 결말이라는 전형적인 희극의 구조를 취하고 있다. 하지만 이 과정에서 바바라는 일본인 귀족과 강제로 결혼시키려는 아버지의 뜻을 거역함으로써 애국심을 강조하며 반일 의식을 고취하였다. 소년병학교는 당시 미주 한인사회에서 드높았던 항일무장 독립정신과 상무尙武주의를 토대로 설립된 학교였다. 따라서 소년병학교에서 매년 공연되었던 연극은 한인사회뿐만 아니라 미국사회 안에서도 반일 의식을 강화시키는 내용의 작품이었을 것이었다. 그리고 바로 전년도에는 안중근과 이등박문에 관한 연극을 공연하기도 했다. "작년에는 안중근 이등박문을 가지고 격렬ᄒᆞᆫ 광경을 비져내엿슴으로 당시에 구경ᄒᆞ던 셔인들은 일즉이 슯흔 눈물을 쏄인바-러라더라"[12]

연극은 여러 개월의 연습을 거쳐 공들여 만들어졌으며 그 결과는 현지에서 호평을 받을 정도로 성공적이었다. "헤스팅스 각 신문은 넘우 과히 칭찬홈인지 모르거니와 그 자미잇던 것은 그 신문지들을 의지하야 가히 알러라"[13] 당시 출연진은 모두 16명에 이르렀으며, 소년병학교가

---

12 「소년병학교의 희문뎍 연극」, 『국민보』, 1913.8.16.
13 위의 글.

남학교였던 까닭에 남자 배우들이 여성 등장인물의 배역까지 맡아서 연기했다.

1914년 2월 2일 호놀룰루에서 행해진 대한인국민회 창립 제5회 기념일 의례행사에서는 모두 세 편의 연극, 즉 '내디 동포 간도로 반이하는 내용'의 연극과 〈오늘날 됴션학생〉, 그리고 〈내디 각 단체와 예수교회〉가 공연되었다. 이 중 특히 앞의 두 작품은 일제의 학대를 피해 피식민 조선을 탈출하거나 탈출하고자 하는 유이민자들과 학생들을 소재로 하여 당시 관객들에게 많은 공감을 구하였다.

작품의 구체적인 내용은 다음과 같았다. 첫 번째 연극인 '내디 동포 간도로 반이하는 내용'의 연극(이후 〈내디 동포〉)은 제목 그대로 고향을 떠나 간도로 이주하는 조선인 가족이 그 과정에서 겪는 간난고초를 그린 것이었다. 젊은 부부는 늙은 어머니와 어린 자식들을 함께 이끌고 일본인의 학대를 피해 목숨을 걸고 압록강을 건넌다. 그들은 힘들게 눈보라와 바람을 뚫고 걸어간다. 그리고 주린 배를 채우기 위해 잠시 길옆에 둘러앉아 찬밥덩어리와 냉수로 간신히 요기를 하면서도 일본인의 학대를 면한 것에 대해 기뻐한다. 하지만 한편으로는 고국을 떠나는 것이 못내 애석하여 고국을 마지막으로 한번 돌아보며 품속에 있던 태극기를 꺼내어 입을 맞춘다. 그때 마침 일본인을 위해 일하는 어느 조선인 정탐자가 이들을 수상하게 여기고는 계책을 써서 포박하려고 하면서 일대 풍파가 벌어진다.

나라를 잃고 고향을 떠나야만 하는 일가족의 고통과 비통함, 그리고 그 속에서 피어나는 희망과 기대는 무대 위에서 매우 사실적으로 표현되었을 것이었다. 그리고 이는 바로 객석에 앉아있던 재미한인들 자신의 이야기였다. 여기에 '태극기'는 관객들의 애국심을 한껏 고취시켰으며, '친일 정탐자'라는 악역은 반일 의식을 한껏 강화시켰다. 친일 정탐자가 자신의 태극기를 꺼내 같은 처지인 듯 행세하다가 마침내는 태극기 뒷면에 그려진 일장기를 보여주며 이들 가족을 포박하고 노모와 아이가 먹던 밥까지 모두 발로 차버리는 장면에서는 관객들이 울분을 참기가 어려웠을 것이었다.

두 번째 연극인 〈오늘날 됴션학생〉은 활극의 성격을 한껏 더해 관객들의 흥미를 불러일으켰다. 극 중 조선의 학생들은 목숨을 걸고 외국으로 탈출하고자 하였으나 끝내 종로에서 조선인 정탐자에게 차례로 잡혀 사형선고를 받는다. 하지만 사형장에서 총살을 당하는 순간에 조선의 '량자군'이 나타나 일시에 일본군을 물리치고 이들의 생명을 구원해준다. 같은 기사 안에서 '량자군'은 한자표기 없이 '랑자군'으로도 표기되어 정확한 뜻을 알기 어렵지만, 문맥상 항일무장단체로 추정된다.

마지막 장면의 연출은 자못 압권이었다. 일본군이 모두 도망가고 난 뒤 '량자군'은 다시 대오를 정비하여 죽기 직전에 구출된 학생들을 가운데에 세워 놓고 무대 양 옆으로 나란히 서서 '정신가'를 부른다. 그리고 그 후렴구인 "텰사쥬사로 결박흔 것을 우리의 손으로 쓴허 발이고" 하는 대목에서 량자군들은 학생들에게 달려가 그 손에 결박된 줄을 실제로 끊어버린다. 당시 기사에서 "구경ᄒᆞ는쟈의 샹쾌흠은 여긔 더흘것이 업더라"라고 할 만큼 관객의 환호와 탄성을 자아내는 장면이었다.

마지막 연극인 〈내디 각 단체와 예수교회〉는 한인단체들의 갈등과 화해를 그린 작품이었다. 극 중에서 국내외의 여러 한인단체들은 함께 모인 자리에서 각자 자신의 주장만 앞세운다. 어떤 이는 교육이, 어떤 이는 군사가, 어떤 이는 농상이, 어떤 이는 종교가 조선의 독립에 가장 긴요하다고 주장한다. 하지만 마지막에는 서로 논쟁하며 반목하던 조선의 단체들이 어느 한 예수교 목사에 의해 마침내 화해하고 단합하여 하나님을 열심히 섬기는 일과 나라를 구하는 일에 열심을 다하기로 한다.[14]

1914년 2월 28일 샌프란시스코에서도 대한인국민회 기념일을 경축하는 행사가 열렸다. 3월 5일 『신한민보』의 기사 「취임식 성황」에 의하면, 저녁 8시 30분 총회관에서 열린 기념행사에서 총회장과 부회장의 취임식이 끝난 후에 〈신무ᄃᆡ 티극긔新舞臺太極旗〉가 공연되었다. 기사에서 명시된 '신무ᄃᆡ 티극긔'는 '새로운 연극, 태극기'를 뜻한다는 점에서 연극의 제목은 〈티극기〉라고 할 수 있다.

〈티극기〉의 내용은 『신한민보』 3월 5일 자에 실린 막별 제목과 내용(〈그림 1〉 참고)과 3월 19일 자 기사에 소개된 연극의 일부 내용을 통해 짐작해볼 수 있다. 3월 19일 자 기사에 의하면, 주인공은 '팽장군'과 그의 첩 '백능추'이다. 제1막에서 팽장군은 구국의 기회를 기다리며 밤늦게까지 병서兵書를 읽는다. 아마도 이 장면에서 팽장군은 사랑하는 백능추에게 자신의 안타까운 애국충정을 토로하였을 것이다. 제2막에서도 상황은 나아지지 않는다. 〈그림 1〉의 막별 제목과 내용에서 "무정무력"과 "곤곤부진영웅루"은 팽장군의 도모하는 바가 뜻대로 되지 않고 오히려 사태가 악화됨을 암시한다. 하지만 제3막과 제4막에서는 상황이 급변한다. "강기비장"과 "결ᄉ종군"은 팽장군이 마침내 결전에 나아감을 나타내기 때문이다. 3월 19일 자 기사에는 극 중 제4막에서 백능추가

---

14   이상 세 연극의 내용은 1914년 2월 14일 『국민보』에 게재된 기사 「국민회 기념식과 취임식의 대략」에서 소개된 바를 토대로 재구성한 것이다.

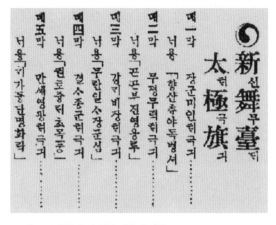

〈그림 1〉〈태극기〉의 막별 제목과 내용

의용군 사령장관인 "디여히(지여해) 장군"에게 보내는 편지가 소개되어 있는데, 그 내용을 통해 팽장군이 전투에서 끝내 죽음을 맞이했음을 알 수 있다. 백능추의 편지는 팽장군의 유언과 함께 팽장군이 최후결전하던 상황을 기록한 것이었기 때문이다.

팽장군의 유언 내용은 다음과 같았다. 그는 동지를 규합하고 세력을 길러 언젠가 일본을 침공할 생각이었으나, 일반 인민은 독립의 의지를 점점 잃고 일본의 악행은 점점 더 심해졌다. "현희탄 깁흔 물에 닷츨쥬고 동경성에 대병을 풀어 삼도와 일국을 하로 아츰에 함락코져 흄이더니 (…중략…) 상당흔 쥰비가 잇기젼에 일반 인민의 스상이 날로 타락흐야 국티를 닛고져 흐며 원슈의 힝악은 형세를 따라 점점 더 흐니"[15] 이에 더 이상 지체할 수 없다고 판단한 팽장군은 아군의 패배를 이미 예상했음에도 불구하고 십만 장졸을 거느리고 결국 평양성전투에 나아가 후회 없이 싸운 후 전사했다. 그리고 죽기 직전까지 민족의 앞날을 걱정하면서 조금이라도 유익이 될까 하여 유언을 남겨 각 정당의 대표들에게 전해지기를 바란다는 것이었다. 마지막 제5막의 내용은 구체적으로 알

---

15 「상의용군上義勇軍 사령장관 지여해장군서池如海將軍書」, 『신한민보』, 1914.3.19; 이 기사는 윤금선, 「재미한인의 연극활동 연구」, 『우리어문연구』 41, 우리어문학회, 2011, 496~497쪽에서 처음 소개되었다.

〈표 1〉〈반도영웅〉의 막별 내용 비교

	1915년 2월 4일 자 기사내용 〈막별 내용 / 무대공간〉	1916년 2월 8일 자 기사내용 〈막별 내용〉
제1막	불상흔 로인 / 로인의 병실	불상흔 로인
제2막	긔특흔 차돌이 / 헌병 분견소의 옥	긔특한 차돌이
제3막	늬가 누귀뇨 / 슐ㅅ집	늬가 누구뇨
제4막	영웅의 본식 / 단선의 침실	이정과 견정

수 없지만 "만세영광 태극기"라는 제목을 통해 볼 때 모두가 팽장군의 유지를 받들어 독립에 대한 의지를 다짐하는 것으로 추정된다.

1916년 2월 1일 샌프란시스코의 한인예배당에서 개최된 대한인국민회 창립 7회 기념절에서는 홍언의 〈반도영웅〉이 공연되었다. 원래 이 작품은 전년도인 1915년 2월의 국민회 창립 6회 기념절에서 공연될 예정이었으나 다 완성되지 못하여 다음 해에 공연되었다. 1915년 2월 4일 『신한민보』에는 그러한 상황에 대한 설명과 함께 제1막의 내용, 총 네 개의 막으로 이루어진 연극의 무대, 그리고 등장인물들에 대한 간략한 설명이 보도되었다. 다음 해 기념절 공연 후『신한민보』에 보도된 연극의 막별 내용과 비교해 볼 때 〈표 1〉에서와 같이 줄거리상의 큰 변화는 없었다.

2월 4일 자 신문에 의하면 그 내용은 다음과 같았다. 연극이 시작되면 백발의 전 노인이 병들어 누워 있고 그 곁에는 스무살 남짓의 차돌이가 지키고 있다. 그리고 마침내 노인은 애타게 기다리고 있던 아들 전충국이 친구 우보인과 함께 집에 들어선다. 우보인은 충국이 돌아온다는 말을 여동생 단선에게서 전해 듣고 마침 찾아오던 길이었다. 우보인이 인사를 마치고 돌아가고 난 뒤 세 사람은 그동안의 안부를 나누기 시작한다. 하지만 얼마 지나지 않아 일본 헌병 2~3인과 헌병보조원 4~5인이 들이닥치자 노인은 놀라 기절하고 충국은 기꺼이 잡혀간다. 마침 집에 찾아온 단선이가 노인에게 물을 먹이니 노인이 정신을 차리고 베개 밑에 숨겨놓았던 다 찢어진 태극기를 꺼내 단선에게 건네며 충국에게 전해달라고 당부하고 숨을 거둔다.

2막에서 차돌이는 노인의 장례식을 마친 후 변복하고 옥중에 들어간다. 그리고 그 옷을 충국에게 입혀 탈출시키고 자신은 충국이 대신에 죽음을 맞이한다. 3막에서 도망 다니던 충국은 화를 면하고자 화류장에 들어갔다가 정말로 타락하고 만다. 하지만 갖은 고생 끝에 간신히 빠져나와 정인情人인 우단선을 찾아간다. 우단선은 내용 요약에 "ᄌ긔 결혼ᄒ 녀ᄌ"라고 되어 있으나 극의 흐름상 '결혼을 약속한 여자'가 맞다. 그리고 4막에서 마침내 단선의 집을 찾아간 충국은 그녀가 병으로 죽은 사실을 알게 된다. 단선의 어머니는 딸의 유언과 함께 노인이 전해주라고 단선에게 당부했던 태극기를 충국에게 전해준다. 충국은 단선의 오빠이자 자신의 친구인 우보인을 만나 칼을 들어 일본과 끝까지 싸울 것을 맹세한다.

1916년 비슷한 시기에 다뉴바에서 열린 국민회 기념일 경축 행사에서는 연극 〈망국한〉이 공연되었다. 여기서도 역시 제1부에 정치 행사가 있은 후 제2부에서 연극이 공연되었다.[16] 〈그림 2〉의 막별 내용을 토대로 그 내용을 재구해볼 수 있다. 연극이 시작하면 일본인이 무도하게 운영하는 술집에서 어느 '미인'이 곤욕을 당하는 중에 어느 '협사'가 나타

---

16 「찬유바 디방회 긔념축하 셩황」, 『신한민보』, 1916.2.22.

나 그녀를 구원해준다. 두 사람은 이를 인연으로 혼인을 하지만, 부족한 신혼 살림 도중에 헤어져 살게 되고 협사는 아무 죄도 없이 처형당하거나 처형당하는 위기에 처한다. 제목이 '망국한'인 것은 이 때문일 것이다. 그리고 협사와 헤어져 있는 미인 역시, 아마도 일본인으로부터, 야만적인 고초를 겪는다. 하지만 마지막 장면에서는 마침내 독립군이 통쾌한 승리를 거두게 된다.

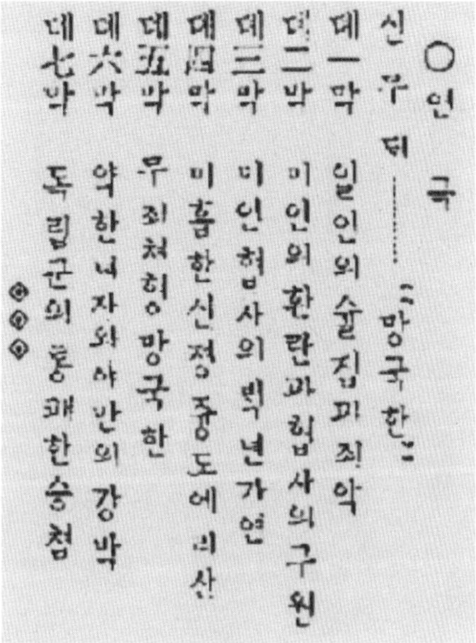
○연극
신푸뎨 ……… 「망국한」
뎨一막 일인의 술집과 죄악
뎨二막 미인의 환란과 협사의 구원
뎨三막 미인협사의 백년가연
뎨四막 미흡한 신정 중도에 리산
뎨五막 무죄처형 망국한
뎨六막 약한녀자와 야만의 강박
뎨七막 독립군의 통쾌한 승첩
◎◎◎

〈그림 2〉 〈망국한〉의 막별 내용

독립군의 통쾌한 승리는 홍언의 〈동포〉에서 본격적으로 그려졌다. 이 작품은 크게 독립전쟁의 결의(제1막)와 독립전쟁과 승리(제2막 제1극), 그리고 독립전쟁 그 이후(제2막 제2극)로 구성되어 있으며, 제2막 제2극의 앞부분에서 아쉽게도 게재가 중단되었다. 하지만 이 작품은 앞서 공연했던 〈반도영웅〉의 등장인물들을 공유하면서, 마치 그 후속작과 같은 느낌으로 사건이 전개된다.

제1막인 '다갓흔 우리동포'는 노인 전사한이 손녀 미선에게 독립운동을 하다가 죽음을 맞이한 미선의 아버지이자 자신의 아들에 대한 이야기를 들려주며 시작한다. 이날은 아들이 죽음을 맞이한 날이자 국치일인 8월 29일이다. 노인 전사한은 이날을 맞이하여 마침내 신목사와 유충국, 지혜경, 리군화, 김만보 등의 동지들과 회합하고 독립전쟁을 시작하기로 결의한다. 회합에는 중국인과 미국인, 일본인도 초대되었지만, 중국인의 시대착오적인 중화주의와 선교사 미국인의 무지함, 그리고 일본인의 간교함이 다시 한번 확인된다. 그리하여 이들은 다른 민족에 기대거나 믿지 말고 오직 '다갓흔 우리 동포'끼리 자주독립을 이루어내야 한다는 의지를 다진다.

이어지는 제2막 제1극에서는 독립전쟁의 장면이 활동사진으로 구성된다. 독립군은 육지전과 해전에서 완벽히 승리하여, 일본군을 조선에서 완전히 몰아내는 데 그지지 않고 아예 일본을 점령해 버린다. "이쌔는 느진 아츰이라 등양긔샹듸 놉흔곳에 힉빗이 가득한데 긔운차게 펼치난 틱극긔쟝이 셔늘한 바람에 날닌다 이것만 보아도 한국의 독립이 동경의 전부를 뎜령한 쥴 알겟다"[17] 그리고 독립군의 사령관은 최후의 통첩을 던지고 일황日皇에게 8조약의 비준을 요구한다. 그 내용은 다음과 같이 일본이 조선에 강제했던 굴욕적인 한일병합조약과 유사한 것이었다.

데一됴 일본황뎨는 일본 전부에 관한 일톄 통티권을 완전히 쏘 영구히 한국에 양여홈

데二됴 한국은 전됴목에 긔록한 바 양여함을 밧고 쏘 젼연히 일본을 한국에 합병하기를 허낙홈

데三됴 한국은 일본황뎨와 황틱자와 그 후비와 밋 후예로써 각 〃 그디위에 응하야 샹당한 존칭과 위엄과 명예를 누리게하고 쏘 이것을 보존할록봉을 넉 〃 히 마련하기로 샹약홈 (…후략…)[18]

---

17 동힉슈부, 「동포」, 『신한민보』, 1917.11.19.
18 동힉슈부, 「동포」, 『신한민보』, 1917.12.6.

하지만 일황은 비굴하게 왕위와 녹봉을 보존 받는 조건으로 조약에
서명하며 다음과 같이 말한다. "나는 그닷 과히 바라지 안소 무슨 왕이
라고 하던지 왕자나 붓쳐쥬고 오륙빅 만원의 년봉이나 쥬엇스면 그런듸
로 늘ㄱ도록 아모말 업시 가만히 잇스리다"[19]

한국이 일본과의 독립전쟁에서 승리하여 독립할 뿐만 아니라 일본을
식민지배한다는 〈동포〉의 내셔널리즘은 실로 낭만적이기 그지없다. 하
지만 이는 당시 재미한인들의 민족적 자기인식을 현실적으로 반영하는
것이었다. 이주 초기에 재미한인들은 다른 해외 이민자들과 마찬가지로
국가의 영토를 벗어나 있는, 따라서 언제 현지화될지 모르는 불안한 민
족으로 여겨졌다. 하지만 이들은 국토의 개념과 거리를 초월하여 강화
된 애국심, 미국의 진보적인 문명 등을 근거로, 스스로를 국권이 상실된
국내의 동포들을 대신하는 독립의 주체이자 애국적인 민족의 대표자로
인식했던 것이다.

3. 희곡의 실험, 미생未生의 형식

근대연극사의 무대를 반도의 경계 너머로 확장할 경우 희곡의 등장
시기는 조금 더 앞당겨질 수 있다. 희곡 글쓰기는 국내보다 미국에서 먼

---

19 위의 글.

저 시작되었기 때문이다.

재미한인문학 연구자인 강은해는 1910년대에 『신한민보』에 게재되었던 희곡 작품으로 〈반도영웅〉과 〈세계에 데일 큰 연극〉, 〈동포〉를 소개했다.[20] 그리고 이홍우는 이들 세 작품이 희곡임에도 불구하고 고소설의 문어체나 판소리의 서사체를 그대로 계승하고 있으며, 따라서 "우리의 전통적인 서사체가 어떻게 독립적으로 희곡화하고 있는가의 과도기적 현상을 보여주는 중요한 자료"라고 평가했다.[21] 하지만 조규익은 이 중 〈세계에 데일 큰 연극〉은 희곡이 아닌 "유럽전쟁을 희화화戲畵化한, 희곡 형태의 전쟁 상황론"으로 보아야 한다고 주장했다.[22]

조규익의 주장과 같이 백일규의 〈세계에 데일 큰 연극〉은 희곡이라고 볼 수 없다.[23] 이 작품은 등장인물에 대한 소개 없이 "처쇼"와 "셩질"에 대한 설명으로 시작하며, 장면들도 '극'과 '막'을 단위로 구분된다. 조규익이 "연극의 형태와 구조를 갖추긴 했"[24]다고 본 것은 이 때문이었다. 하지만 그 내용을 살펴보면 그렇게 볼 수도 없다. '처소'와 '셩질'은 작품의 시공간적 배경을 설명하는 '해설'이 아니라, 일차대전을 한 편의 연극으로 그릴 수 있다는 '작가의 말'이기 때문이다. 작가는 '처소'에서 이 작품이 세계를 무대로 하고 16억의 인구를 관객으로 하며 시간도 삼

---

20 강은해, 「일제 강점기 망명지 문학과 지하 문학」, 『서강어문학』 3, 서강어문학, 1983, 156~157쪽.

21 이홍우, 「1910년대 재미 『신한민보』 소재 희곡 연구」, 『한민족어문학』 45, 한민족어문학회, 2004, 606쪽.

22 조규익, 「삼일운동 이전의 희곡 및 연극」, 『해방전 재미한인 이민문학』 1, 월인, 1999, 225쪽.

23 이 작품은 1915년 5월 13일에서 7월 8일까지 『신한민보』에 연재되었으며, 제1극 제1~3막, 제2극 제1~2막까지 게재된 후 중단되었다.

24 조규익, 앞의 글, 225쪽.

사년에 걸쳐 진행된다고 설명한다. 그리고 '성질'에서는 이 작품이 그리스극이나 셰익스피어극 같은 오래전의 연극이 아니라 현대인이 등장하여 현대의 언어를 쓰며 현대의 병기를 사용하는 "이십세기의 연극"임을 강조했다. 따라서 이 '작품'은 실제 연극이 아니라 연극에 비유된 일차대전이라고 할 수 있다. 즉 일차대전의 전후前後 상황을 일반 독자들이 이해하기 쉽도록 연극에 비유하여 가상적인 이야기로 구성한 것이었다.

작품이 시작하면 "오국 황후폐하"가 사라예보에서 암살당한 오스트리아-헝가리 제국의 황태자 페르디난트 대공 부부의 원수를 갚기 위해 독일의 왕 빌헬름 2세를 찾아와 독일과 오스트리아, 이탈리아의 삼국동맹을 확인받는다. 그리고 다음 장면에서는 오국으로 돌아와 복수를 위해 세르비아를 침공할 것을 '황제'에게 요구한다. 여기서 '오국 황후폐하'는 가상적인 인물이며, 그녀가 홀로 독일의 빌헬름 2세를 찾아가는 설정도 허구이다.[25] 일차대전 당시 실제 오스트리아의 황제였던 프란츠 요제프 1세의 황후 엘리자베트는 1898년에 제네바에서 암살당했기 때문이다. 그리고 장면들이 '극'과 '막'으로 구분되어 있으나, 그 내용은 서사 장르처럼 서술자의 목소리를 통해 상황을 설명하거나 인물의 감정이나 사물을 자세히 묘사했다.

1910년대에 『신한민보』에 발표된 희곡은 따라서 홍언의 〈반도영웅〉과 〈동포〉, 두 작품이었다. 〈반도영웅〉은 1915년 2월 4일에 게재되었으며, 〈동포〉는 홍언의 필명인 '동히슈부'의 작으로 1917년 8월 30일

---

25 전영지는 이 작품이 일차대전의 발발과정을 무대화했다는 점에서 다큐드라마로 논하였다. 하지만 인물과 장면의 설정이 가상적이고 시간이나 장소, 사건 등 객관적인 다큐멘트의 활용이 전혀 없다는 점에서 다큐드라마로 보기에는 무리가 있다. 전영지, 「일제시대 재미한인의 다큐드라마」, 『한국연극학』 59, 한국연극학회, 2016.

에서 12월 10일까지 연재되었다.[26] 그러나 이 두 작품은 모두 미완이었다. 〈반도영웅〉은 4막으로 계획되었으나 이 중 제1막만 발표되었고, 〈동포〉는 제1막과 제2막 제1극을 마친 후 제2막 제2극의 앞부분에서 게재가 중단되었기 때문이다. 하지만 이 두 작품은 내용적으로나 형식적으로 희곡이라는 장르의 글쓰기를 탐색하는 것이었다.

희곡은 연극 공연을 궁극적인 목적으로 하기 때문에 여느 문학 장르와 다른 관습들을 요구한다. 첫째, 작품의 맨 앞에는 등장인물들과 함께 시공간적 배경이나 무대장치 등에 대한 해설 등이 소개된다. 여기에는 연극의 공연 리허설 및 제작과정에서 필요한, 배우들뿐만 아니라 연출가 및 각종 디자이너 등을 위해 제공되는 매우 실제적인 정보들이 포함되어 있다.

〈반도영웅〉의 제1막은 등장인물과 해설 등이 생략된 채 바로 시작된다. 그리고 1막이 끝난 후 2~4막의 간단한 요지와 함께 끝부분에 각 막의 무대배경("무되비티")과 등장인물("무되에 올을 광되 셔방님들")을 덧붙였다.[27] 희곡에 등장인물과 해설이 맨앞에 와야 한다는 순서에 대한 관념이 아직 없었던 것이다. 하지만 2년 후 발표된 〈동포〉는 희곡의 관습에 조금 더 맞게 쓰여졌다. 등장인물("이 연극의 요긴한 비우")과 함께, 제1막

---

26 이홍우에 의하면, 홍언은 조선후기 대사헌을 지내고 청나라에 주청사의 '동희슈부'의 작인 서장관으로 갔다온 후 「연행가」를 지은 홍순학의 다섯째 아들이다. 홍언은 미국에서의 성명이며, 본명은 홍준표이다. 『신한민보』에 동해배우, 동해수부, 해옹海翁, 추선, 리차드 홍 등의 필명을 사용하면서 논설을 비롯한 시, 소설, 평론 등 다양한 장르의 글을 썼다. 좀 더 자세한 내용은 이홍우, 앞의 글, 39~40쪽을 참고할 것.

27 조규익, 「반도영웅」, 『해방전 재미한인 이민문학』 6, 월인, 1999, 1140쪽. 국사편찬위원회의 한국사데이터베이스에서 제공하는 『신한민보』의 원문에는 해당 날짜의 신문이 누락되어 있다. 따라서 〈반도영웅〉의 텍스트는 조규익의 『해방전 재미한인 이민문학 6』(월인, 1999)을 참고하였다

의 무대배경("무듸의 비치"), 그리고 등장인물의 의상("비우의 복식")에 대한 해설이 희곡의 맨앞에서 소개되었기 때문이다.

다음으로 희곡에는 장면들이 구분되어 있다. 서구의 연극은 'act'와 'scene'으로 구분되는데, 이는 일반적으로 '막幕'과 '장場'으로 번역된다. 1920년대 이후 국내의 몇몇 희곡들에는 종종 '경景'이라는 용어가 사용되었으나, 대체적으로는 막과 장이 통용되었다. 예컨대 〈병자삼인〉은 총 네 개의 '장'으로 구성되었으며, 〈규한〉은 하나의 '막'으로 구성되었다.

〈반도영웅〉의 장면은 '막'으로, 〈동포〉는 '막'과 '극'으로 구분되었다. 조일재나 이광수 같은 국내의 작가들이 일찍이 일본 유학을 통해 '막'과 '장'으로 구분된 희곡을 이미 경험했던 것과 달리, 재미한인 작가들은 희곡 장르의 글쓰기를 처음 시도하는 가운데 서구 희곡을 직접 참조하여 'act'와 'scene'에 대한 나름대로의 번역을 시도했기 때문으로 보인다. 'character' 역시 〈병자삼인〉과 〈규한〉에는 처음부터 '등장인물' 또는 '인물'로 표기되었으나, 〈반도영웅〉과 〈동포〉에는 각각 "무듸에 올을 광듸 셔방님들"과 "이 연극의 요긴한 비우"와 같이 설명적으로 표기되었다.

희곡 장르의 글쓰기에 있어서 등장인물의 목록이나 해설, 막과 장의 구분은 사실상 연극 공연을 위한 편의적인 것이며, 따라서 장르 자체의 고유한 형식이라고 할 수는 없다. 오히려 희곡이 다른 문학 장르와 구별되는 특성은 바로 '대화dialogue'에 있다. 희곡은 등장인물들의 대화로 이루어진 언어 텍스트인 것이다. 희곡의 대화 중간중간에는 물론 '지문'이 포함되어 있지만, 이는 주로 등장인물의 등퇴장을 포함한 움직임과 표정, 때로는 감정의 세부를 지시한다는 점에서 종국적으로는 무대 위에서 발화되지 않는 언어이다.

희곡의 대화는 사건을 일으키고 전개시키는 행동의 힘을 지니고 있다. 아리스토텔레스는 『시학』 제6장에서 비극의 드라마가 플롯과 등장인물, 언어, 사상, 음악과 스펙터클 등의 여섯 가지 요소로 구성된다고 하면서, 그중 플롯이 가장 중요하다고 강조했다. 비극은 다른 예술과 다르게 인간의 행동을 모방하는데, 그 모방된 인간의 행동이 일명 '극 행동dramatic action'인 플롯이라는 것이었다. 따라서 희곡의 대화는 연극의 무대 위에서 등장인물들의 대화와 행동으로 입체화되며, 등장인물의 성격은 그 인물의 대화와 행동을 통해 구축되고, 사상 또한 대화 속에서 나타난다. 그리고 플롯 역시 등장인물들의 대화와 행동을 통해 전개된다.

대화는 서사 장르의 구성 요소이기도 하다. 하지만 서사 장르에서 이야기는 궁극적으로 대화에 의해서가 아니라 시점이라고 불리는 서술자의 목소리에 의해 전달된다. 희곡과 연극 안에는 이러한 서술자의 목소리가 부재한다. 무대 위에는 등장인물들만 존재하며, 코러스나 서술자도 결국은 등장인물로서 발화하기 때문이다. 따라서 서술자의 목소리는 희곡과 구별되는 서사 장르의 고유한 특성이라고 할 수 있다.

1910년대 재미한인희곡의 장르 가능성에 있어서 가장 쟁점이 되는 것은 바로 서술자의 목소리일 것이다. 〈반도영웅〉은 병든 백발의 노인인 전사한이 독립운동을 위해 집을 떠난 지 오래인 아들 충국을 기다리는 장면으로 시작한다. 등장인물들의 대화는 직접 인용으로 구분해 표기되었지만 부분 부분 삽입되어 있고, 작품은 기본적으로 대화가 아니라 서술자의 이야기를 중심으로 전개된다. 예컨대 충국이 집에 돌아오는 장면을 보면, 마치 소설처럼 등장인물의 외모나 동선뿐만 아니라 그

감정까지 서술자에 의해 다음과 같이 자세히 묘사되어 있다. 하지만 아래 인용에서 강조 표시된 등장인물의 감정은 연극에서 등장인물(배우)의 대사가 아니라 육체로 표현되어야 하는 부분이다.

> 키끌이 후리후리ᄒ고 위의당당흔 쇼년이 외투를 닙고 큰 갓을 눌러 쓰고 즛긔보다 키가 자칫 적은 쇼년으로 더부러 방안으로 쳑 들어셔며 손짓ᄒ야 차돌의 말문을 타라막고 갓을 쳑 버셔 차돌이를 주니 그졔야 진면목이 들어나는듸 나이 이십이삼셰 거진 된 아름다운 쇼년이라. 로인이 넘어 반가움에 눈물이 핑그를 돌며
>
> "이 이 튱국아. 이리 오너라."
>
> 튱국이 비감흔 마음을 억지로 억졔ᄒ고 로인이 압흐로 갓가히 나아가셔 로인의 손을 잡고 위로를 흔다.[28]

〈동포〉는 맨 앞에 등장인물과 무대장치 및 의상에 대한 해설을 붙여 〈반도영웅〉보다는 조금 더 희곡의 형식을 갖추었다. 그리고 등장인물의 대화 부분도 비록 일관적이지는 않지만, 아래의 인용처럼 희곡의 형식에 맞게 등장인물의 이름 옆에 공간을 띄우고 구분적으로 표기하였다. 하지만 여전히 많은 부분이 인용의 맨 위 두 줄처럼 소설과 같은 방식으로 쓰였다.

> 미션 녀사가 이윽히 쳐다보더니 온순한 목소리로

---

28 조규익, 앞의 책, 1136~1137쪽.

"하라버지 웨그리세요?"

로   " ——————— "

미   "하라버지 또 우시면나도 울터이야요.."[29]

글쓰기는 이홍우가 지적한 바와 같이 전체적으로 "고소설의 문어체
나 판소리의 서사체"[30]에 가까웠다. 예컨대 연극의 초반에서 신목사가
들어오는 장면은 마치 판소리의 사설처럼 장황하다. 신목사가 들어오는
모습은 머리와 얼굴 모양, 배의 모양과 옷차림, 발의 모습 등으로 구분
하여 세세하고 구성지게 묘사되어 있다. 실상 관객의 '보는 맛'이 아니
라 독자의 '읽는 맛'을 돋우는 글쓰기였다.

신목사의 들어오난 쇼식은 그 머리가 만져 로문을 놋난듸 갓은 얼마나 큰
것을 썻난지 가염알이 ㅅ겹풀 쇽에서 흔들니난 것과 갓고 눈과 코는 잘 보히
지 안코 겨우 입만 보히난듸 두볼이 축 늘어졋스니 말마듸나 할 듯하고 먹음
식로 말하면 밋쳐 넘기지 못할 쩍에는 두볼편에 져축을 할슈잇슬터이다.

그다음에는 비가 들어온다. 엇짓던지 문셜쥬 자우편에 쌕듯하게 찻난듸 가
슴이하의 단츄구녕이 거의 미여지게 되엿스니 조곰만 건드리면 겨우 붓터
잇난 단츄가 별슈업시 쩌러질 것이오 발등에 쩌러질 것이 안이라 훈련원 대
운동시에 건장한 학싱들의 밧아치난 ㅅ베스쏠 갓치 힘잇게 날아나셔 건너

---

29 동희슈부, 「동포」, 『신한민보』, 1917.8.30.

30 이홍우, 앞의 글, 606쪽. 이홍우는 「반도영웅」과 「동포」에서 비언어적 행위에 대한 서
    술과 대화를 단순 반복한다거나, 서술자가 인물의 내면 심리에까지 개입하고, 서술자가
    인물의 행위에 개입하여 사건을 요약 제시하며, 작중 인물이 지각하는 시점에 의해 서술
    자가 배경을 제시하는 기법 등을 그 근거로 들었다.

편 벽을 맛치고 써러질 것이다.

그다음에는 발이 들어온다. 길음한 발이 몃치나 될난지는 신장사다려 무러 보아야 자셰히 알겟지만은 어림컨듸 아홉치반은 될듯한듸 이것이 줄잡은 것이니 씨장사가 그 신을 맛침으로 지어쥰 쎄에 일원을 더밧을지라도 왼통 하다고 하얏슬것이다 아모러나 그신을 ㅅ걸닙버유람갓든 쇼인국에 갓다노 흘것이면 대홍슈가 범람할쎄에 한집식구는 넉〃히 구할슈잇슬 것이다.

이윽고 신목사가 방안에 들어셔니 로인과 미션녀사도 쏘한 신목사를 위하야 쌈을 흘니난 모양이다.

〈동포〉의 특색은 중간의 독립전쟁 장면(제2막 제1극)을 활동사진 장면으로 구성했다는 데 있다. 이 장면에서 독립군은 조선에서의 육지전과 해전, 그리고 일본에서의 육지전으로 이어지는 대규모의 독립전쟁에서 대승하여 동경에서 일황을 굴복시킨 후 다시 조선으로 돌아와 정부 관리와 각국의 외교관, 인민의 환호 속에 개선한다. 이에 대해 작가는 활동사진 장면을 시작하기에 앞서 다음과 같이 밝혔다. "한국의 슈빅만 독립군이 한국 ᄂᆡ디에 븟터잇든 도적을 다 진멸하고 히류군을 몰아 일본 요항의 대판, 횡빈을 뎜령하고 슈부 동경성에 들이다라 그 괴슈를 사로잡고 이ᄅᆞ중교에 군사를 머물너 병합됴약을 톄결하든 사젹"이라고 설명하면서 "좁은 무ᄃᆡ샹에다 옴길 슈 업슴으로 특히 활동샤진의 희문을 조직하야 그 진샹을 보히노라"[31]

작가의 말은 〈동포〉가 '연극 → 활동사진 → 연극'으로 이어지는 연쇄

---

31 동히슈부, 「동포」, 『신한민보』, 1917.11.22.

극의 방식을 의식적으로 도입했음을 보여준다. 일본의 다이쇼大正 시대
(1912~1926)에 크게 유행했던 연쇄극은 활동사진과 연극이 무대 위에
서 번갈아 이루어지는 형태의 연극으로서, 국내에도 유입되어 1915년
부터 1920년대 초반까지 일본인 극장을 중심으로 큰 인기를 끌었다.[32]
그리고 1919년에는 김도산 일행이 처음으로 〈의리적 구토〉를 연쇄극
으로 만들어 큰 인기를 끌면서 국내 극단들 사이에서도 한동안 유행적
으로 공연되었다. 하지만 연극과 활동사진의 결합은 일본에서 연쇄극이
라는 용어가 처음 등장하기 이전부터 일찌감치 시도되었는데, 그 최초
는 1904년 3월에 도쿄의 마사고자眞砂座에서 이이 요호伊井蓉峰에 의해
공연된 〈정로의 황군征露の皇軍〉이었다. 이 작품은 외국영화의 해군훈련
실사에서 잘라낸 장면을 연극 속에 삽입하여 큰 인기와 호평을 얻었으
며, 이로 인해 이후 러일전쟁의 실사 필름이 삽입된 연극 공연이 인기리
에 이어졌다.[33]

　1900년대 미국의 흥행극장에서도 활동사진과 보드빌 공연을 조합하
여 보여주는 경우가 많았기 때문에[34] 〈동포〉의 활동사진 장면이 일본의
연쇄극을 직접 참조한 것이라고 단정할 수는 없다. 다만 활동사진의 장
면은 〈정로의 황군〉처럼 전쟁의 실사를 활용하는 방식을 염두에 두고
쓰여졌을 가능성이 크다. 그리고 작가는 마치 활동사진 장면에서 변사
의 역할을 하듯 전쟁 상황을 그려나가는 중간중간에 "직미롭다", "슯흐

32　한상언, 「식민지 조선에서 연쇄극의 유입과 정착에 관한 연구」, 『영화연구』 64, 한국영
　　화학회, 2015, 205쪽.
33　정종화, 「'영화적 연쇄극'에 관한 고찰」, 『영화연구』 74, 한국영화학회, 2017, 207쪽.
34　크리스틴 톰슨・데이비드 보드웰, 주진숙・이용관・변재란 외역, 『세계영화사─영화
　　의 발명에서 무성영화 시대까지 1880s~1929』, 시각과언어, 2000, 95쪽.

다"[35] 등과 같은 감상과 "독쟈는 응당 긔억하리라 이곳은 이왕 륭희뎨가 일황을 뒤하야 무릅을 쓸던 곳일다"[36]는 당부를 직접 덧붙였다.

　이상과 같이 〈반도영웅〉과 〈동포〉의 글쓰기 자체는 대화가 아닌 서술을 중심으로 한다는 점에서 서사 장르에 가깝다. 하지만 이들 작품은 실제 연극 공연을 목적으로 하거나 구체적인 연극적 상상력을 토대로 하는 등 그 연극적 지향성이 분명하다는 점에서 희곡이라고 볼 수 있다. 그리고 이러한 미생未生의 희곡은 그 연습 과정에서 배우들과 연출가의 공동작업과 즉흥극의 여지를 더욱 열어놓았을 것이었다.

35　동희슈부, 「동포」, 『신한민보』, 1917.11.22.
36　동희슈부, 「동포」, 『신한민보』, 1917.11.29.

번안희곡 〈병자삼인〉과 식민지성

1. 〈병자삼인〉의 쟁점들

1912년 11월 16일『매일신보』는 새롭게 시작되는 문예물의 연재를 예고했다. 기사는 이 작품이 희극 〈병자삼인病者三人〉이며 '참신하고 취미가 진진하며 포복절도할 창작 각본脚本'으로, 미리 읽어두면 후일 연극을 실제로 볼 때 더욱 흥미로울 것이라고 강조했다. 그리고 〈병자삼인〉은 다음 날인 11월 17일부터 12월 25일까지 '조일재 작'으로 총 30회에 걸쳐 연재되었다. 희곡의 형식으로 쓰인 최초의 글쓰기였다.

〈병자삼인〉은 '창작 각본'으로 예고되었던 데다가 '조일재 작作'으로 연재되었던 까닭에 꽤 오랫동안 우리의 근대연극사에서 최초의 창작희곡으로 간주되었다. 하지만 일본 신파의 번안일 가능성이 높다는 주장 역시 꾸준히 제기되었으며, 그 결과 〈병자삼인〉은 일본의 신파연극인인 이토우 오우슈우伊東櫻州의 『라쿠덴카이 키게키쇼우樂天會 喜劇集』(田中書店, 1911)에 수록된 〈유우쇼우레츠빠이優勝劣敗〉의 번안으로 밝혀졌다. 이토우 오우슈우는 오사카를 중심으로 활동했던 신파희극 전문극단인 라쿠덴카이樂天會 소속이었다.[1]

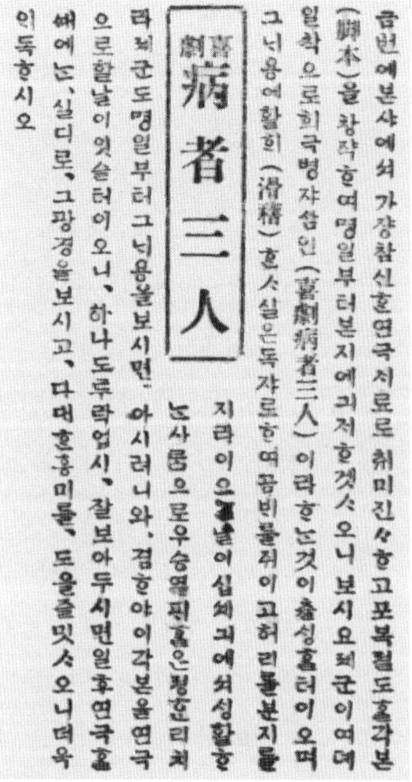

금번에본샤에셔 가쟝참신ᄒᆞᆫ연극셔로로 취미진ᄌᆞᄒᆞ고포복절도ᄒᆞᆯ각본(脚本)을창작ᄒᆞ여명일부터본지에긔저ᄒᆞ겟ᄉᆞ오니 보시요졔군이여며일착으로희극병자삼인(喜劇病者三人) 이라ᄒᆞᄂᆞᆫ것이 츌셩ᄒᆞᆯ터이오며그ᄂᆡ용에활히(滑稽) ᄒᆞᆫᄉᆞ실은독쟈로ᄒᆞ여곰비를쥐이고허리를분지를

喜劇 病者三人

지라이으날이십세긔에셔싱활ᄒᆞᆫ ᄂᆞᆫ사ᄅᆞᆷ으로우승열패ᄒᆞᆫ인평ᄒᆞᆫ리치라되군도명일부터그ᄂᆡ용을보시면! 아시려니와, 졈ᄒᆞ야이각본을연극으로할날이잇슬터이오니, 하나도루락업시, 잘보아두시면일후연극ᄒᆞᆯ쌔에ᄂᆞᆫ, 실디로, 그광경을보시고, 다대ᄒᆞᆫ흥미를, 도을줄밋ᄉᆞ오니더욱이독ᄒᆞ시오

〈그림 1〉
〈병자삼인〉 연재 예고(『매일신보』, 1912.11.16).

당시 번안은 서구와 일본의 문학 작품들을 수용하는 중요한 방식이었으며, 창작과 번역, 번안의 구분에 대한 작가와 대중의 인식과 요구는 오늘날처럼 그렇게 명확하거나 엄격하지 않았다. 특히 1910년대 초반에 연재되었던 『매일신보』의 소설들 가운데 번안은 창작보다 더 많은 비중을 차지했으며 인기도 더 많았다. 〈장한몽〉은 그 대표적인 예로 소설뿐만 아니라 연극, 영화, 대중가요 등의 분야에서 '이수일과 심순애의 이야기'로 대중서사화되었다. 따라서 〈병자삼인〉은 번안이라고 해도 그 의미가 과소하게 평가될 수 없다.

이토우 오우슈우의 〈유우쇼우레츠빠이〉는 제국주의적인 세계관을 유행적으로 나타냈던 '우승열패'의 문제를 문명개화의 열풍 속에서 유행했던 '여권신장'의 문제와 풍자적으로 결합시킨 작품이었다. 개화된

1 김재석, 「〈병자삼인〉의 번안에 대한 연구」, 『한국극예술연구』 22, 한국극예술학회, 2005, 11쪽.

문명에 빠르게 적응하여 사회경제적 능력을 갖춘 아내들이 집안에서도 우승열패의 논리를 내세우며 무능력한 남편들을 지배하는 내용을 통해 우승열패와 여권신장의 세태를 함께 비판했던 것이다. 일본은 메이지 유신의 성공과 러일 전쟁의 승리 이후 서구 제국주의 국가들의 대열에 합류하는 데 성공했지만, 여권의 신장처럼 가부장적 질서를 위협할 수 있는 근대화는 일본인들에게 여전히 불편한 문제였다.

조일재의 〈병자삼인〉은 〈유우쇼우레츠빠이〉를 번안한 것이었지만, 『매일신보』에 연재되면서 원작과 유사하면서도 또 다른 의미를 생산해 냈다. 우승열패나 여권신장은 조선인들에게도 역시 낯설고 기괴한 논리였으며, 동시에 그것은 식민지 조선 안에서 한번 더 굴절될 수밖에 없었다. 만일 이 작품이 번안 이상의 의미를 갖는다면, 그것은 〈유우쇼우레츠빠이〉가 비판적으로 풍자했던 근대성의 문제가 식민지성의 문제로 확장되고 변형된 과정에서 찾을 수 있다.

〈병자삼인〉이 번안으로 밝혀지기 전까지 기존의 연구들은 작품의 형식과 주제를 다양한 방식과 관점에서 분석하고 평가했다. 특히 초기의 연구들은 주로 〈병자삼인〉의 신파성과 소극성笑劇性에 주목했다.

〈병자삼인〉이 신파극의 대본이라는 주장은 일찍부터 제기되었다. 권오만은 최초의 작품론인 「병자삼인고病者三人攷」에서 이 작품의 일본 신파적인 특징을 보여준다고 하면서, 이를 구찌다테口立て와 하나미찌花道, 조명, 막의 개폐신호, 무대 양식, 과장된 연기 등의 여섯 가지 측면에서 살펴보았다.[2] 그리고 이두현은 『한국연극사』에서 이 작품을 "소극풍笑

---

2 권오만, 「병자삼인고」, 『국어교육』 17, 한국국어교육연구회, 1971.

劇風으로 엮은 사회풍자 신파극"[3]으로 보았다. 특히 등장인물이 '하나미찌'를 통해 등퇴장한다거나 "막 닷히는 군호 싹々々"을 알리는 지시문은 신파의 극적 관습과 직접 관계된다는 점에서 번안 신파일 가능성이 크다고 주장했다.

소극적인 성격 또한 일찍부터 주목되었다. 이두현과 유민영은 〈병자삼인〉을 '소극풍笑劇風'의 작품이라고 보았다. 하지만 이는 장르적 규정보다 말 그대로 〈병자삼인〉이 '웃음을 자아내는 극'이라는 의미에 가까웠다. 하지만 몇몇 연구들에서 소극이라는 용어는 부정적인 의미로 사용되었다. 예컨대 조창환은 이 작품이 등장인물들의 행위와 대사를 지나치게 과장함으로써, 단순한 오락성 추구와 흥미 유발에만 치우친 저급한 희극으로서의 소극에 머물렀다고 비판했다.[4] 그리고 권순종은 인물의 성격 발전보다는 유형적 인물, 그리고 정력적이며 우스운 육체적 행동에 집중하는 것이 희극의 저급한 장르인 소극의 특징이라는 점에서 〈병자삼인〉이 소극의 형식을 취했다고 보았다. 하지만 그는 소극이 우리의 전통극과 상통한다는 점에서 이를 긍정적으로 평가하면서 〈병자삼인〉이 오히려 더더욱 오락성을 추구했어야 했다고 강조했다.[5]

일반적으로 서구 연극에서 소극farce은 유형적인 등장인물과 그로테스크한 가면, 어릿광대짓, 몸짓표현 등의 신체적 수단을 주로 사용하여 웃음을 유발시키는 연극의 형식을 지칭한다.[6] 하지만 소극은 희극의 저

---

3   이두현, 『한국연극사』(개정판), 학연사, 1996. 240쪽.
4   조창환, 「조일재작 「병자삼인」의 극문학적 성격」, 『국어문학』 22, 전북대 국어문학회, 1982, 169쪽.
5   권순종, 「「병자삼인」 연구」, 『영남어문학』 14, 영남어문학회, 1987, 249쪽.
6   빠트리스 파비스, 신현숙·윤학로 역, 『연극학 사전』, 현대미학사, 1999, 234·235쪽.

급한 형태가 아니며 고대 그리스 시대부터 희극과 구별적으로 존재했던 고전적인 연극 형식 중 하나였다. 물론 소극은 종종 희극 안에서 웃음을 유발하는 장치로 활용되고 〈병자삼인〉 안에도 소극적인 요소가 있지만, 그렇다고 해서 〈병자삼인〉이 소극인 것은 아니다.

〈병자삼인〉은 그 부제가 명시하듯이 전형적인 희극이다. 일반적으로 희극은 기존의 질서에서 벗어난 비이성적인 등장인물들의 엉뚱한 행동과 무질서를 조롱함으로써 웃음을 유발하고, 종국에는 그 등장인물이 교정되거나 제거되는 방식을 통해 질서를 되찾으면서 해피엔딩을 맞는 연극의 형식이다. 이후 〈병자삼인〉은 날카로운 비판정신이 담긴 희극으로 재평가되었는데, 구명옥은 〈병자삼인〉이 간계와 역전, 반복이라는 희극의 전형적인 원리를 그대로 따라 잘 만들어진 희극이라고 높이 평가하였다.[7] 그리고 양승국 역시 이 작품이 소극 이상의 희극적 무게를 지닌다고 보았다.[8]

주제에 대한 연구들은 비교적 대조적인 관점을 보였다. 한편에서는 이 작품이 "여권 옹호"[9]를 주장하는 근대적인 작품이라고 보았던 데 반해, 다른 한편에서는 오히려 여권 신장의 세태를 아니꼽게 보고 비판하는 가부장적인 작품이라고 보았다. "시대사조를 외면한 채 작가가 남성이라는 아집을 초월하지 못하고 완고한 전근대적 모랄의 바탕에서 오히려 개화사상을 거부하고"[10] 쓴 작품이라는 것이었다. 그리고 그 이후 또 다른

---

7   구명옥, 「희극 〈병자삼인〉 연구」, 『한국극문학』 1, 월인, 1999, 17쪽.
8   양승국, 「〈병자삼인〉 재론」, 『한국극예술연구』 10, 한국극예술학회, 1999, 32쪽.
9   권오만, 앞의 글, 177쪽.
10 유민영, 『한국현대희곡사』, 홍성사, 1982. 111쪽. 조창환, 이민자, 유진월, 구명옥 등도 이와 유사한 견해를 보였다.

관점들에서는 이 작품이 '전근대/근대'라는 이분법적인 틀에서 벗어나 "남-여의 평등적 세계 구현을 통하여 우승열패의 제국주의적 세계관을 비판하고, 평화 공존, 상호 부조의 세계관을 주장"[11]한다고 주장했다.

이상과 같이 기존의 연구들은 대체적으로 공연 양식이나 장르의 문제를 주제와 연관시키면서 '전근대/근대'의 이분법적 틀 안에서 작품을 평가해 왔다. 〈병자삼인〉이 전근대적이라고 보는 관점들에서는 이 작품이 신파극 양식에서 벗어나지 못했으며 여권 신장에 대해 부정적인 입장을 취하면서 부부간의 화해를 통해 전근대적인 가부장제로 되돌아가는 결말을 취했다고 보았다. 하지만 근대적이라고 보는 관점들에서는 이 작품이 당시에 유행하던 우승열패와 여권신장을 비판적으로 풍자했지만 그렇다고 해서 이를 부정하지는 않으며 오히려 근대적인 세태를 강조적으로 보여주고 있다고 보았다.

〈병자삼인〉에 대한 상반된 해석은 그것이 다층적인 의미를 지니는 텍스트임을 반증하며, 이는 궁극적으로 연극과 희곡 텍스트의 특수성에 기인한다. 소설과 다르게 연극에는 작가의 목소리가 부재하며, 무대 위에는 제각기 다른 등장인물들의 목소리가 공존한다. 그리고 이러한 등장인물들은 무대 위에서 다른 등장인물들과 시간, 공간, 오브제 등과 같은 연극적 요소들과 관계하며 각각 다른 의미들을 생성한다. 연극 기호학의 관점에서 볼 때 무대 위에 존재하는 연극 요소들은 모두 기호로서 의미를 생산하며, 연극 기호의 의미는 이중적이고 다른 이중적인 기의들과 연결되어 있다. 연극은 의미의 집합인 것이다.[12]

---

11 양승국, 「〈병자삼인〉 재론 2-〈여천하〉와 관련하여」, 『한국극예술학회 정기학술발표회 자료집』, 2001.5, 26쪽.

2. 다층적인 연극공간과 '병자' 모티프

〈병자삼인〉의 주요 등장인물들은 세 쌍의 부부인 이옥자李玉子와 정필수鄭弼秀, 공소사孔召史와 하계순河桂順, 김원경金原卿과 박원청朴原淸 등이다. 이들 부부의 아내들은 모두 남편들보다 성공적인 사회생활을 하고 있으며, 그로 인해 가정생활에서도 남편들보다 위계가 더 높다. 이옥자는 여학교의 교사이지만 정필수는 아직 교사 시험에 합격하지 못한 상태이며, 여학교의 촉탁의囑託醫인 공소사와 하계순은 둘다 의사이지만 실력에는 큰 차이가 있다. 그리고 김원경은 여학교의 교장인 데 반해 박원청은 학교의 회계로 일하고 있다.

〈병자삼인〉은 모두 4개의 장으로 이루어져 있다. 무대공간은 아내들의 위상을 반영하듯 제1장은 여교사인 '이옥자의 본저本邸'이며, 제2장은 여의사 '공소사의 가家'이고, 제3장은 여학교 교장 '김원경의 사무실', 그리고 제4장은 '여학교의 문전門前'이다. 이 중 이옥자의 '본저'와 공소사의 '가家'는 모두 '집안'의 공간이며, 김원경의 학교 '사무실' 역시 방과후 시간을 배경으로 하며 김원경과 박원청이 부부로 관계한다는 점에서 역시 '집안'의 공간이다. 하지만 마지막 제4장의 '여학교 문전'은 극 중에서 유일하게 '집 밖'의 공간이다.

연극의 구성요소들 중에서도 '공간'은 특히 구체적인 사건이 발생하고 등장인물들이 실질적으로 관계를 맺는 장場이며, 따라서 서로 다른

---

12 안 위베르스펠트, 신현숙·유효숙 역, 『관객의 학교―공연기호학』, 아카넷, 2012, 38~42쪽.

연극공간은 필연적으로 서로 다른 의미를 생산한다. 그리고 '연극공간'은 '지금-여기'의 '무대공간espace scénique'과 무대 밖의 '드라마공간 espace dramaturgique'으로 구분되는데,[13] 드라마공간은 무대 밖에서 실제적으로 무대공간을 내포하며 나아가 무대공간의 성격을 직접적으로 규정한다.

〈병자삼인〉의 경우 '무대공간'은 이옥자와 공소사, 김원경의 '집안'과 여학교 앞인 '집 밖'이며, '드라마공간'은 무대 밖의 실제적 공간인 '개화기 조선'과 '식민지 조선'이라고 할 수 있다. '개화기 조선'과 '식민지 조선'은 '조선'이라는 공간을 교집합으로 하며 동시에 그 각각은 근대성과 식민지성으로 대별된다. 그리고 '집안'과 '집 밖'은 '개화기 조선'과 '식민지 조선'의 공간에 포함되며 이들 공간들에 의해 규정된다. 즉 '개화기 조선'과 '식민지 조선'은 무대 밖에서 일어나는 사건들에 대한 정보를 관객(독자)들에게 제공하면서 무대공간의 지평을 넓히고 여러 가지 전망을 첨가하는 기능을 하면서 무대공간의 깊이를 형성시켜 주는 것이다.[14] 따라서 〈병자삼인〉의 연극공간은 세 부부의 '집안'과 여학교 앞인 '집 밖', 그리고 '개화기 조선' 및 '식민지 조선'으로 구분될 수 있다.

〈병자삼인〉의 희극적인 상황은 기본적으로 '병자삼인'에 의해 발생하며, 이들이 속하거나 결합하는 연극공간에 따라 '병자'의 풍자적인 의미가 달라진다. 그리고 여기에는 '병자'라는 용어의 중의성 또한 작용한다. '병자病者'는 한자 그대로 '병에 걸린 사람'을 의미한다. 하지만 우리말에서 '병자'는 '병신病身'이라는 의미로 '불구성'이나 '기능장애의 특

---

13 신현숙, 『희곡의 구조』, 문학과지성사, 1990, 119 · 120쪽.
14 위의 책, 120쪽.

성을 지닌 사람들'을 또한 지칭한다. 노동력이 절대적으로 중요시되었던 우리의 농경사회에서 부정적으로 대상화되었던 '아픈 몸'은 점차 '불구의 몸', '회복이 불가능해진 몸'을 지시하게 되었고, 이는 곧 수치나 불명예와도 연관되었던 것이다.[15] 〈병자삼인〉에서도 '병자'는 연극공간에 따라 신체적 불구자와 무능력자, 비정상자 등 다양한 방식으로 전용되며 풍자와 비판의 대상이 된다.

이제 '집안'과 '개화기 조선', '식민지 조선' 등의 세 연극공간 인에서 이들 세 부부의 관계가 어떻게 형성되고 그에 따라 사건의 성격이 어떻게 달라지는지를 살펴본다. 이 과정에서 '병자'는 연극공간에 따라 그 대상 및 주체가 달라지면서 서로 다른 의미로 풍자된다.

3. 근대 '가정'과 무능력한 가부장의 몰락

희극은 사회적 무질서를 초래하는 비이성적인 등장인물의 엉뚱한 행동을 조롱하는 방식으로 웃음을 유발한다. 〈병자삼인〉에서 그 무질서는 무능력한 남편과 유능한 아내로 인해 가부장적인 질서가 전도됨으로써 발생한다. 당시 유행처럼 퍼졌던 여권신장은 아직 근대성의 이념 차원에서 수용되고 있었기 때문에 현실적으로 대부분의 일반 가정은 가부

---

15 Kyeong-Hee Choi, "Impaired Body as Colonial Trope : Kang Kyŏng'ae's "Under-ground Village"", *Public Culture*, vol.13. No.3., 2001, pp.435 · 436.

장적인 질서에 의해 지배되고 있었다.

일반적으로 가부장적인 질서 안에서 남성은 여성보다 우월한 지위를 차지한다. 봉건사회뿐만 아니라 근대에 들어와서도 사회적이고 경제적인 대외 활동은 거의 대부분 남성에게만 허용되기 때문이다. 따라서 남성은 자신이 생물학적으로 남성이라는 사실만 가지고도 자연스럽게 사회경제적인 능력을 담보하며 이를 통해 여성에 대한 지배권을 강화한다.

〈병자삼인〉에서는 이러한 가부장적 질서가 위기에 처하면서 문제가 발생한다. 여권의 신장으로 남편들과 마찬가지로 고등교육을 받은 아내들이 사회경제적 능력을 가지면서 남편들을 지배하게 된 것이다. 하지만 사태가 이렇게 된 것은 일차적으로 아내들에 비해 근대화된 문명사회에 적응하지 못하여 무능력해진 남편들 때문으로 전경화된다. 따라서 극 중 무질서를 직접적으로 유발시키는 원인으로 조롱의 대상이 되는 것은 남편들이다.

내용을 구체적으로 살펴보자. 이옥자와 정필수는 함께 강원도에서 서울로 올라와 학교를 다니다가 졸업하고 교사 시험을 보았다. 그리고 아내는 한번에 시험에 붙어서 교사가 되었지만, 정필수는 시험에 떨어져 같은 학교의 하인으로 일하는 한편 가사일도 도맡아 하면서 다시 시험을 준비하는 처지에 놓여 있다. 학교에서 돌아온 이옥자는 답답한 나머지 교사 시험에서 중요하게 평가되는 일본어 공부를 도와주지만, 정필수는 가나합음假名合音조차 제대로 외우지 못한다.

공소사의 남편 하계순은 아내와 함께 같은 학교의 촉탁의사로 있지만, 병원 이름이 '공쇼스병원孔召史病院'일 정도로 실력이 없다. 즉 공소사의 말에 따르면 하계순은 '학리'와 '경험'이 부족하여 "지금까지, 남의 병에, 약을 빗두루 써셔 남의 목슘을, 업시논 것이 얼마"[16]인지 모른다. 게다가 "고미졍긔苦味丁幾 탈 데다가, 간쟝을 타셔, 사룸을 먹이는 의원"[17]이다. 김원경의 남편 박원쳥 또한 이들 못지않다. 그는 아내가 운영하는 여학교에서 회계로 일하고 있는데, 틈틈이 학교 공금을 아내 몰래 빼내어 기생 오입질을 일삼는 위인이다.

능력의 유무는 부부의 관계를 우열 내지는 상하의 관계로 전화轉化시키고, 그리하여 남자들이 아내에게 부시낭하고 하내를 당하는 것이 마땅해진다. 정필수는 아내에게 노상 '주인'이라고 부르며 집안일을 전담하는 것은 물론 퇴근한 아내의 신발까지 벗겨준다. 그리고 하계순은 공소사에 의해 "그게",[18] "그 신짓위인",[19] "셔방인지, 남방인지"[20] 등이라고 불리며, 마침내는 "문ㅅ간 심부름ㅅ군"[21]으로 내쳐진다. 박원쳥 또한 장님 흉내를 내는 바람에 회계 자리를 박탈당하고 아내의 어깨를 주무르는 신세가 되며, 결국은 남편의 자리까지 빼앗길 위기에 놓인다. 즉 '집안'에서 이들 부부의 관계는 '집 밖'에서의 사회경제적 능력에 따라 그 위계가 결정되며, 이에 따라 필연적으로 고용주와 피고용인의 관계에서 벗어나지 못하는 것이다.

무능력한 남편들의 '병자' 흉내는 곤란한 상황을 모면하기 위해 어쩔 수 없이 취한 고육지책이었다. 이옥자가 가르쳐주는 일본어를 못 알아

---

16 조일재, 〈병자삼인〉, 『매일신보』, 1912.12.3. 철자표기는 당시의 표기를 그대로 하되 띄어쓰기만 현행 맞춤법 표기를 따랐다.
17 조일재, 〈병자삼인〉, 『매일신보』, 1912.12.4.
18 조일재, 〈병자삼인〉, 『매일신보』, 1912.11.27.
19 위의 글.
20 조일재, 〈병자삼인〉, 『매일신보』, 1912.11.28.
21 조일재, 〈병자삼인〉, 『매일신보』, 1912.12.5.

듣고 자꾸 틀리게 읽던 정필수는, 화가 난 그녀가 야단을 치며 따귀를 때리자 "별안간에, 귀가 먹은 것 굿치 어름어름"[22]하면서 귀머거리 행세를 한다. 그리고 하계순은 아내인 공소사가 정필수를 귀머거리로 진찰한 의학적인 근거인 '학리'를 대라고 다그치자 대답을 못하고 "눈만 씀적씀적ᄒ"[23]며 벙어리 행세를 한다. 박원청은 아내 김원경이 기생 매화에게서 온 편지를 들이대자 눈이 안 보이는 모양으로 "눈을 희번덕이고, 손으로 더듬더듬ᄒ야, 쟝님모양을 짓는다."[24]

신체적 불구자의 흉내로 시작된 세 남편들의 '병자' 흉내는 아내들의 맞장구를 통해 계속된다. 그리고 시간이 흐름에 따라 세 남편들의 '병자' 흉내는 신체적 불구자보다 사회적 경제적 무능력자로서 그들의 정체성을 점점 더 연극적으로 표상화한다. 다시 말해 사회경제적으로 무능력자인 남편들은 근대 '가정'에서 '병자'로 조롱되는 것이다. 게다가 남편들의 '병자' 흉내는 아내들의 묵인에 의해 과장적으로 계속되면서 그 풍자성을 더욱 강화하게 된다. 모든 것을 알고 있는 아내들의 시선 앞에서 거짓으로 '병자' 흉내를 내는 남편들의 모양은 더욱 우스꽝스러워질 뿐이다.

---

22 조일재, 〈병자삼인〉, 『매일신보』, 1912.11.22.
23 조일재, 〈병자삼인〉, 『매일신보』, 1912.12.4.
24 조일재, 〈병자삼인〉, 『매일신보』, 1912.12.15.

4. '개화기 조선'과 경직된 신여성의 사이비 근대성

풍자의 대상이 되는 것은 남편들만이 아니다. 이옥자, 공소사, 김원경 등의 세 아내들도 '개화기조선'이라는 연극공간 안에서 풍자와 비판의 대상이 된다. 그리고 무능력한 남편들이라는 '집안'의 문제는 여권신장에 대해 경직된 사고와 태도를 지닌 '신여싱' 일반에 대한 사회 문제로 확장된다.

문명개화와 함께 부부관계는 변화되었다. 봉건사회에서와 달리 근대의 가정은 남녀의 정신적인 사랑과 신의를 토대로 하여 일부일처로 결합된 부부를 중심으로 하는 것이었다. 그리고 여성은 일명 현모양처賢母良妻로서 남편(아버지)에 대한 헌신과 정조, 자식에 대한 모성母性과 섬세한 감수성 등과 같은 도덕성을 갖춤으로써 가정 안에서 남편과 구별되는 지위와 권한을 가질 수 있다고 생각되었다. 하지만 가부장적인 질서는 여전히 유지되었으며, 근대적 가정 안에서 부부의 평등은 입센의 〈인형의 집〉이 여실히 보여주었듯이 사실상 어디까지나 형식적인 것이었다.

〈병자삼인〉에서 '개화기 조선'은 여권신장과 우승열패의 근대적 이념이 융통성 없이 비현실적으로 지배하는 공간이다. 여권신장에 따라 고등교육을 받고 사회경제적인 능력을 가지게 된 아내들이 우승열패의 논리에 따라 남편들을 지배하는 것이다. 따라서 부부간의 기본적인 덕목인 서로 간의 사랑과 신의, 상호존중 등을 도외시하고 오직 여권신장과 우승열패의 논리만 내세우는 아내들은 서구의 것을 무분별하게 추종하는 경직된 신여성으로서 풍자의 대상이 된다.

우선 신여성 아내들은 남편들에게 권위적으로 행동한다. 가부장적 질서가 해체되기는커녕 오히려 강화적으로 전도된 것이다. 정필수는 이옥자에게 적어도 집안에서만큼은 능력과 상관없이 자신을 제발 존중해 달라고 말한다. "여봅시오, 학교에 가셔는, 하인하인 ㅎ더리도 집에 잇슬쩌는, 제발좀, 늬외간ㄱᄎᄎ 지늬여봅시다그려."[25] 하지만 이옥자는 "주져넘은 소리, 쏘 ㅎ고잇네"[26]라고 하며 단칼에 일축해버린다.

아내들은 폭력적이기까지 하다. 자신감을 잃고 일본어의 가나 합음에 쩔쩔 매는 정필수에게 이옥자는 큰 소리로 윽박지르는 데 그치지 않고 따귀를 날리며 비하한다.

옥   글셰, 시야우소─가 안이라, 시야우쑈─애요, 그러케, 못알아듯는
       단 말이오

소리쳐 ᄭ우지르믹, 정필슈는, 얼골이 붉이지며, 이를 써써 잘 ㅎ려ㅎ나, 졈
졈 더 안이된다. 리옥ᄌᄌ는, 골이 바락나셔

옥   대톄 이 귀는, 무슨 싀닭으로, 돌고잇소, 귀가 잇스면, 남의 말을 알
       아드러야지, 그러케 미련스러이, 못알아듯는데가 어듸잇소

정필슈는, 졈졈 합음을 빗두루ㅎ니, 리옥ᄌᄌ는, 참다못ㅎ야셔

옥   가우고 ─, 시야우쑈─, 그러케 ㅎ는것이야요, 귀가 먹엇나, 왜 그
       러케 못알아드러

ㅎ며, 귀ㅅ박희를, 손으로 한번 붓치니 정필슈는, 별안간에, 귀가 먹은 것 ᄀᄎᄎ
어름어름ㅎ다.

---

25 조일재, 〈병자삼인〉, 『매일신보』, 1912.11.19.
26 위의 글.

옥　　다시, 한번 읽어보아요, 뎌 짜위도 사름이라고, 밥을 먹나[27]

（강조는 인용자, 이하 동일）

이옥자의 폭력성은 '따귀'라는 신체적 행위로 직접 행사되지만, 공소
사의 경우에는 무차별적인 '말'로 행사된다. '학리學理'와 '경험'을 앞세
워 퍼부어지는 공소사의 공격적인 장광설長廣舌은 하계순을 얼어붙게
할 만큼 위협적이고 폭력적이다.

하　　닉게 밀지만 말고, ᄌ네브터, 몬져 말을 ᄒ게나그려.

공　　나ᄂᆫ 암만히도, 당신말브터, 드러야ᄒ겟소, 그릭도 명식이, 의원이
　　　라고 힝세를 ᄒ면셔, 엇더케, 의ᄉ를 잡앗던지, 밋은데가 잇게시
　　　리, 귀먹어리라고, 진단을 ᄒ 것이 안이오, 쳣ᄌ 지금까지, 남의 병
　　　에, 약을 빗두루쎠셔 남의 목슘을, 업식ᄂᆫ 것이 얼마요 그말을 닉
　　　가 좀 듯고십단말이오, 지금까지, 남의 병에, 약을 빗두루쎠셔 남
　　　의 목슘을, 업식ᄂᆫ 것이 얼마요, 이런 돌파리의원을, 우리병원에
　　　두엇다가ᄂᆫ, 쳣ᄌ 우리 병원의 명예가, 손샹홀터이니까, 소위 학리
　　　라ᄒᄂᆫ 것을, 닉가 ᄌ셔히 들어야ᄒ겟소.

　　과격ᄒᆫ 언ᄉ로, 셜명ᄒ라 직쵹ᄒᆷ익, 하계순은, 아모말도 안이ᄒ고, 고기를
숙이고 압만 나려다본다

하　　…………

공　　웨 아모말을 못히, 고미졍긔苦味丁幾 탈데다가, 간쟝을 타셔, 사름을

27　조일재, 〈병자삼인〉, 『매일신보』, 1912.11.12.

먹이는 의원이니까, 무병ᄒᆞᆫ 사름을, 병인으로 보앗ᄂᆞᆫ지는 알ᄉᆔ업소만은, 만일 그럿케, 잘못ᄒᆞ엿거던 이져녁에, 잘못ᄒᆞ엿노라고 ᄉᆞ죄를 ᄒᆞᆯ일이지, 쥬져넘게, 학리라ᄒᆞ는 것은 다 무엇이야, 아이고, 안이ᄉᆡ와셔 그 학리는, 엇던 칙에서 나온 학리오, 되관졀, 동의보감이요, 방약합편이오 졍말이런짓을, 각금ᄒᆞ면, 나ᄉᆡ지 망신ᄒᆞ겟스니까, 오날은 용셔ᄒᆞᆯᄉᆔ업소, 어듸 그 학리를, 셜명ᄒᆞ셔, 내 속이 시원ᄒᆞ게, 알아듯도록 ᄒᆞ여쥬오.

하계슌은, 눈만 꿈적꿈적 ᄒᆞ고 잇다[28]

공격적으로 퍼부어지는 공소사의 장광설에 하계슌은 그저 침묵할 수밖에 없다. 김원경과 박원청의 관계 역시 이상의 두 부부와 마찬가지 양상을 띤다.

아내들의 위계의식과 폭력성은 그녀들이 몸서리치게 지긋지긋해 했던 기존의 가부장적 질서와 논리를 그대로 내면화한 것이라는 점에서 문제적이다. 공소사는 "오빅여년을 갓쳐 잇다가, 이런 셩되를 맛나셔, 녀ᄌᆞ로 샤회에서 활동을 ᄒᆞ셔, ᄉᆞ나희의, 업슘을, 밧지 아니ᄒᆞ려는 것이, 우리 목뎍"[29]이라고 일갈한다. 그녀들이 꿈꾸는 것은 궁극적으로 제국주의적인 우승열패의 논리가 실현되고 기존의 가부장적 질서가 그대로 역전되어 있는 사회인 것이다.

아내들에 대한 풍자는 흥미롭게도 남편들의 '병자' 흉내를 통해 이루어진다. 처음에 남편들의 병자 흉내는 위기를 모면하기 위한 행위로 시

---

28 조일재, 〈병자삼인〉, 『매일신보』, 1912.12.3~4.
29 조일재, 〈병자삼인〉, 『매일신보』, 1912.12.17.

작된다. 하지만 시간이 흐름에 따라 남편들의 병자 흉내는 극중극의 성격을 띤다. 남편들은 아내들을 속이기 위해 병자인 체 연극을 하며 아내들이 남편들의 꾀병을 알고도 짐짓 속아 넘어주는 상황이 연극적이기 때문이다. 이 과정에서 남편들은 전술했던 바와 같이 사회경제적 무능력자로 풍자되면서 그와 동시에 집안과 사회 모두에서 약자弱者로 제시된다. 그리고 약자인 남편들 앞에서 거침없이 권위적이고 폭력적으로 행동하는 아내들은 흥미롭게도 그녀들이 체현하는 우승열패의 논리와 함께 풍자의 대상이 된다. 인식론적인 측면에서 극중극은 무대 위에서 '바라보는 자(연기자)'와 '보여지는 자(관객)'가 동시에 존재할 때 성립되는데,[30] 이때 관객들은 남편들의 시선에서 아내들을 풍자적으로 바라보게 되는 것이다.

'개화기 조선'의 공간에서 아내들은 근대적인 부부관계의 본질이 개인주의에 입각한 평등적 남녀 관계임을 이해하지 못하는 경직된 신여성으로 풍자된다. 그녀들은 여권신장만 부르짖고 기존의 가부장적인 질서와 다를 바 없는 제국주의적인 우승열패의 논리에 따라 남편들을 지배하려는 것이다. 그리고 이들 신여성을 통해 궁극적으로 풍자되는 것은 실상 사이비 근대성이다.

---

30 빠트리스 파비스, 신현숙·윤학로 역, 앞의 책, 59쪽.

5. '식민지 조선'과 분열적인 피식민의 비정상성

마지막 제4장에서 세 부부는 모두 '헌병보조원'에 의해 풍자의 대상이 된다. '헌병보조원'은 '식민지 조선'이라는 연극공간 안에서 실질적인 의미를 가진다. 그리고 '헌병보조원'이 등장하는 '여학교의 문전'은 이들 부부의 사적 공간인 '집안' 너머에 있는 공적인 공간이라는 점에서 문제적이다. 공적 공간인 '거리'는 사적 공간인 '집안'들을 실질적으로 네트워킹하면서 연극공간을 공공성과 역사성을 띠는 '식민지 조선'으로 확장시키기 때문이다. 이러한 '식민지 조선'은 〈병자삼인〉의 번안 여부와 무관하게 우리의 사회문화적 현실을 고유하게 반영하는 공간일 뿐만 아니라 독자적인 해석의 여지를 확보하는 공간이 된다.

'헌병보조원'에 대해서는 매우 다양한 논의들이 있다. 계속 축적되어 왔던 극적 갈등이 헌병보조원에 의해 일시에 해소되기 때문에 설득력이 박약하다는 견해[31]에서부터 이같은 결말은 작가가 현실과 타협하는 자세를 보인 것이라는 견해,[32] 헌병보조원을 통해서 근대 제도의 모습이 희화화되고 있다는 견해,[33] 그리고 헌병보조원을 통해 세 여자들이 새로운 인식에 이르러 진정한 여성성을 회복하게 된다는 견해[34] 등이 있었다.

마지막 장면에서 '헌병보조원'의 등장은 일종의 극적 관습인 '데우스

---

31 조창환, 앞의 글, 171쪽.
32 권순종, 앞의 글, 245쪽.
33 양승국, 「〈병자삼인〉 재론」, 앞의 책, 45쪽.
34 구명옥, 앞의 글, 31쪽.

엑스 마키나deus ex machina'라고 할 수 있다. 고대 그리스 연극에서는 일종의 크레인 같은 기계장치인 메샤네mechane를 사용하여 등장인물 들을 무대 위로 움직여서 마치 날고 있는 것처럼 보이게 했다. 데우스 엑스 마키나는 말 그대로 메샤네에서 나타난 신을 의미했는데, 특히 그 리스 희극에서는 이를 이용해 초월적인 존재를 무대 위에 등장시킴으로 써 너무 복잡하게 얽히고설킨 등장인물들의 관계와 문제들을 한꺼번에 해결했다. 프랑스 신고전주의 시대의 몰리에르 연극에서는 왕의 전령이 종종 데우스 엑스 마키나로 등장하였으며, 오늘날에도 형태만 다를 뿐 데우스 엑스 마키나는 여전히 애호되는 극적 관습 중 하나이다.

〈병자삼인〉에서도 헌병보조원은 얽힐 대로 얽힌 세 부부 사이의 갈 등과 문제를 일시에 해결해준다. '식민지 조선'에서 헌병보조원은 비록 식민국 일본 경찰의 말단에 불과하지만 경찰 치안을 대리하는 존재이기 때문이다. '집안'에서 기세등등하던 아내들은 '집 밖'에서 만난 '헌병보 조원' 앞에서 꼼짝 못하고 그의 말에 따른다.

헌병보조원의 등장은 갈등의 중심구조를 세 부부간의 대립에서 세 부부와 헌병보조원 사이의 대립, 나아가 민간인과 경찰 권력의 대립, 식 민지민과 식민 권력의 대리자 사이의 대립으로 전치시킨다. 그리고 이 과정에서 세 부부는 모두 헌병보조원에 의해 풍자적으로 대상화됨으로 써 또 다른 의미를 생산한다.

표면적으로 볼 때 세 부부의 관계는 '헌병보조원'의 등장으로 인해 해결되는 듯 보인다. 세 아내들이 남편들을 집에서 내쫓겠다고 선언하 자 남편들은 이왕 일이 이렇게 된 바에야 학교의 돈을 가지고 나와 모두 나누어 갖자고 말한다. 그리고 학교 안으로 들어가려는 남편들과 이를 막는 아내들 사이에 실랑이가 한창 벌어지자 헌병보조원인 길춘식이 등장하여 이들을 제재한다. 이에 아내들은 길춘식에게 남편들의 잘못을 고하지만 정작 길춘식이 남편들을 잡아가겠다고 선언하자 깜짝 놀라 용서를 구하고 남편들과 화해한다.

이러한 결말에서 세 부부의 관계는 다시 원위치되고 모든 희극이 그러하듯이 다시 원래의 질서를 회복하면서 끝난다. 즉 헌병보조원이 등장하기 이전은 무질서한 세계가 되면서, 연극은 전체적으로 질서와 무질서의 세계로 이원화된다. 뿐만 아니라 질서의 회복과 함께 남편들이 더 이상 '병자' 흉내를 내지 않게 되면서, 질서와 무질서의 이분법은 정상과 비정상의 이분법으로 확장된다.

프란츠 파농은 『검은 피부 흰가면』에서 식민지적 세계는 마니교적으로 이원화된 세계로 식민지민들에게 다양한 콤플렉스와 비정상적인 심리구조를 양산시키는 환경을 조성하는 세계라고 하였다.[35] 〈병자삼인〉에서 헌병보조원의 등장은 파농이 지적한 바와 같은 양상을 초래하는데, 극적 갈등의 구도를 '헌병보조원=질서=정상'과 '세 부부=무질서=비정상'으로 이원화하여 재배치시키면서 이를 다시 '절대선'과 '절대악'의 대립으로 고정시키기 때문이다.

나아가 헌병보조원의 등장과 함께 세 부부들은 비정상적인 심리를

---

[35] 프란츠 파농, 이석호 역, 『검은 피부 하얀 가면』, 인간사랑, 1999. 40쪽. 이 책 전체를 통해서 파농은 식민지 환경이 "다종다기한 콤플렉스의 창고"라는 사실을 전제하고, 식민지 원주민들의 증세들인 이상심리와 행동양태를 관찰하면서 그 증세의 원인을 구명하였다. 그리고 이 책의 서론에서 파농은 이 과정을 통해 식민지 원주민이 무의식적으로 자신의 숙명으로 받아들였던 식민지적 환경을 직시하고 그같은 환경이 무의식적으로 자기 속에 양산한 콤플렉스에 직면할 수 있게 함으로써 그 결과 스스로 자유스러워지기 바란다고 밝혔다.

보이며 의식구조가 분열되는 양상을 보인다. 우선 세 남자들은 헌병보조원이 등장하자 갑자기 태도를 돌변하고 가부장적인 여느 남편들과 마찬가지로 아내에게 큰소리친다. 정필수는 "쥬인"이라고 부르던 아내에게 "이년아" 라고 하며, "내가 무엇을 잘못ㅎ엿니, 네가 도로혀, 나를 밥도 안니쥬고 구박을 ㅎ엿지"라며 대든다.[36] 하계순도 "언졔 내가 사름을 죽엿셔"[37] 라고 따지고, 박원청도 "함부로 사름을, 무소ㅎ지 말아"[38] 하고 대든다. 태도의 돌변은 세 여자들에게서 더 심하게 나타나는데, 남편들을 잡아간다는 말에 그동안의 당당했던 태도가 사라지면서 갑자기 복종적이 된다. 그리고 결국 세 부부의 관계는 아래의 마지막 대화에서 고스란히 드러나는 바와 같이, 세 여자들이 그토록 비판했던 가부장적인 관계로 되돌아가고 만다.

　　세 스나희　　　이후에ᄂ, 그런 방ᄌ한, 짓들 ㅎ지 말엿다
　　세 계집　　　　인졔 다시ᄂ, 병신흉ᄂ들, 닉지마시오[39]

위의 마지막 대화는 세 부부의 관계가 남존여비의 가부장적인 관계로 재역전되었음을 보여주지만, 그와 동시에 지금까지 보여준 세 부부의 모습이 허구적인 거짓이었음을 폭로해준다. 즉 이제까지 세 부부의 관계가 '개화기 조선'이라는 공간 안에서 사회경제적 능력에 따라 결정된 것처럼 보였지만, 그 근본에는 여전히 가부장적이고 봉건적인 의식

36　조일재, 〈병자삼인〉, 『매일신보』, 1912.12.24.
37　위의 글.
38　조일재, 〈병자삼인〉, 『매일신보』, 1912.12.25.
39　위의 글.

구조가 자리하고 있었던 것이다. 그리고 이옥자, 공소사, 김원경 등과 같은 경직된 신여성을 낳은 사이비 근대의 공간은 실상 전근대과 근대가 기묘하게 착종된 식민지근대의 공간임을 드러낸다.

이들 관계가 재역전되었다고 해도 바로 질서가 회복되고 정상적인 세계로 되돌아가지는 않는다. 오히려 재역전된 세계는 전적으로 봉건적 세계도, 그렇다고 해서 근대적인 세계도 아니다. 따라서 그것은 완전히 타파되지 못한 봉건적 질서와 주체적으로 일구어내지 못한 근대적 질서가 기묘하게 착종되어 있는 식민지적 이상異常 세계이다. 또한 그렇기 때문에 "세 뭉텅이 늬외가, 셔로 손을 잡고, 화목흔 모양, 헌병보조원은, 긔가 막혀 말 한마듸 업는 것으로, 막이 닷치인다"[40]는 마지막 장면은 억지스럽다 못해 그로테스크한 느낌을 주며, 일반적인 희극과 달리 완전한 화해를 통해 성취되는 유쾌한 웃음을 독자나 관객들에게 선사하지 못한다.

---

40 위의 글.

제2부
횡단하는 연극, 번역된 근대

들어가며

1910년대는 신파극의 시대였다. 1890년대부터 형성되었던 을지로와 남대문 일대의 일본인 극장들에는 일본의 전통 예능들과 함께 신파新派가 일찍부터 공연되고 있었다. 일본의 신파는 가부키歌舞伎 특유의 황당하고 부자연스러운 미의식을 구파舊派라고 비판하면서 그 대항으로 등장했다. 하지만 사실성을 강조했던 신파 역시 하나미찌花道나 온나가타女形와 같은 가부키의 관습에서 완전히 벗어나지 못했다.

조선의 관객들에게 일본의 신파는 낯선 것이었다. 하지만 낯섦은 새로움이기도 했다. 조선의 신파극은 '신연극新演劇'으로 1911년 12월 임성구의 혁신단革新團에 의해 시작되었다. 그리고 1912년 3월에는 윤백남과 조중환의 문수성文秀星이, 같은 해 10월에는 이기세의 유일단唯一團이 개성에서 창단되었다. 이들 신파극단은 당시 『매일신보』에 인기리에 연재되었던 〈눈물〉과 〈장한몽〉, 〈쌍옥루〉 등과 같은 번안소설들을 각색 상연함으로써 흥행의 성공을 이어갔다. 신파극은 식민지 시대의 부산물이었지만, 그 멜로드라마적인 형식과 감성은 점차 우리 대중문화의 한 원형이 되었다.

우리의 근대극은 신파극에서 벗어나 서구연극을 직접 수용했던 1920년대에 시작된 것으로 여겨져 왔다. 발원지는 동경東京이었다. 일본에서 서구연극을 처음 경험했던 조선의 유학생들은 함께 모여 근대극을 연구하였으며, 여름방학에는 새로운 연극을 직접 선보이기 위해 조선을 방문했다. 그 대표가 바로 극예술협회와 토월회였다. 극예술협회는 1920년 봄에 김우진, 조명희, 홍해성 등의 동경유학생들을 중심으로 조직된 연극연구 단체로, 그 다음 해 여름방학에 동우회同友會의 회관건립기금 마련을 위해 조직된 전국순회극단의 주축이 되었다. 동우회는 동경의 조선인 노동자와 고학생 단체였다. 그리고 토월회는 1923년 2월에 역시 동경유학생이었던 박승희와 김기진, 김복진, 이서구 등을 중심으로 조직된 연극 단체로, 역시 여름방학을 이용해 같은 해 7월 조선극장에서 창립공연을 가졌다. 토월회는 그 해 일년 동안 경성에서 5회에 걸친 공연과 20일 동안의 1주년 기념공연을 이어가면서 점차 직업극단으로 변모해 나갔다.

사실상 우리의 근대극은 극예술협회나 토월회에 앞서, 그리고 이와 병행하여, 여러 요인들이 복합적으로 작동했던 일련의 과정을 통해 형성되었다. 우선 그 영향의 하나로 1910년대 중반부터 경성을 방문했던 일본 근대극 단체들의 순회공연을 들 수 있다. 일본에서는 이미 신파와의 단절을 선언한 근대극 단체들이 활발하게 활동하고 있었다. 1906년에는 쓰보우치 쇼오坪內逍遙의 분게이쿄우카이文藝協會가, 1909년에는 오사나이 가오루小山内薫의 지유게키조우自由劇場가, 1913년에는 시마무라 호게쓰島村抱月의 게이주쓰자藝術座가 조직되어 근대극운동을 견인하고 있었다.

1914년 가을에는 긴다이게키쿄우카이近代劇協會가 경성을 방문했으며, 이는 분게이쿄우카이 일원이었던 가미야마 소진上山草人과 그 아내인 야마카와 우라지山川浦路가 독립하여 1912년에 조직한 단체였다. 그리고 1915년 11월에는 게이주쓰자가 방문했는데, 이 역시 분게이쿄우카이의 일원이었던 시마무라 호게쓰와 마쓰이 스마코松井須摩子가 독립하여 조직한 단체였다.

일본 근대극의 주요 과제 중 하나는 가부키에서 신파로 이어져왔던 구습舊習인 온나가타를 철폐하고 여배우를 기용하는 것이었다. 조선을 방문했던 긴다이게키쿄우카이와 게이주쓰자 역시 야마카와 우라지와 마쓰이 스마코를 각각 극단의 대표적인 여배우로 내세우고 있었다. 비록 일본의 근대극이었지만, 이를 통해 조선의 관객들은 무대 위에서 여성을 연기하는 여배우(의 신체)를 처음으로 경험할 수 있었다.

마술공연단체인 쇼교쿠사이 덴카쓰松旭齋天勝 일행과 쇼교쿠사이 덴카松旭齋天華 일행 역시 무대 위에서 여성을 연기하는 여배우(의 신체)를 대중적으로 각인시키는 데 기여했다. 쇼교쿠사이 덴카쓰 일행은 1915년 가을과 1918년 5월에, 쇼교쿠사이 덴카 일행은 1919년 5월에 경성을 방문했는데, 덴카쓰의 〈살로메〉나 덴카의 〈벨스〉와 같이 마술적인 요소가 들어있는 연극 공연으로 특히 명성이 높았다. 특히 〈살로메〉는 극 중에서 살로메가 헤롯왕 앞에서 '일곱 베일의 춤'을 추는 장면을 통해 기존의 온나가타로는 표현될 수 없었던 여배우의 신체성을 극대화시키는 작품이었다.

1915년 11월에 방문했던 게이주쓰자의 〈부활〉은 시마무라 호게쓰의 연인이자 카츄샤 역의 여배우였던 마쓰이 스마코와 함께 일본에서의 유명세를 경성에서도 치르며 큰 화제를 모았다. 그리고 게이주쓰자의 〈부활〉 공연이 있고 얼마 지나지 않은 1916년 3월에 이기세와 윤백남은 함께 예성좌藝星座를 결성하여 신파극 개량을 선언하고 그 창단공연으로 〈코르시카의 형제〉와 〈카츄샤〉를 올렸다.

두 작품은 신파극단이 처음 올린 서구의 작품이었으며, 이 중 번역극으로 공연된 〈카츄샤〉는 게이주쓰자의 〈부활〉로부터 직접적인 영향을 받은 것이었다. 그리고 예성좌의 〈카츄샤〉는 국내에서도 카츄샤 붐을 일으켰으며 흥행에도 크게 성공했다. 하지만 예성좌의 〈카츄샤〉는 카츄샤가 온나가타인 고수철에 의해 연기되었다는 점에서 신파극 개량의 한계를 여전히 노정하고 있었다. 조선의 관객들이 카츄샤를 연기하는 여배우(의 신체)를 보게 된 것은 1923년 9월의 토월회 제2회 공연에서였으며, 그 여배우는 바로 윤백남의 민중극단을 통해 데뷔했던 이월화였다. 1921년에 조직된 이기세의 예술협회와 1922년에 조직된 윤백남의 민중극단은 모두 근대적인 여배우의 발굴과 기용에 힘썼으며, 이채전과 이월화가 바로 그 성과였다.

톨스토이의 『부활』과 빅토르 위고의 『레미제라블』과 같은 서구의 번역극 역시 우리의 근대극 형성에 중요한 영향을 미쳤다. 톨스토이의 『부활』은 주인공 네플류도프가 방종했던 지난 삶과 자신의 죄를 참회하고 도덕적인 인간으로 새롭게 태어나는 과정을 보여주는 휴머니즘 소설이었다. 그리고 그 과정에서 러시아의 사법제도와 감옥제도, 토지문제, 계급문제 등 근대문명과 사회제도가 신랄하게 비판되었다. 하지만 톨스토이의 『부활』은 예성좌의 〈카츄샤〉 연극을 비롯하여 대중적인 축약소설이나 가요 등을 통해 카츄샤를 비련의 여주인공으로 하는 멜로드라마적인 대중서사로 변용되어 수용되었다.

빅토르 위고의 『레미제라블』의 수용 양상은 『부활』과 사뭇 달랐다. 이 작품은 1918년 7월 28일에서 1919년 2월 8일까지 『매일신보』에 민태원에 의해 「애사哀史」로 번역 연재되면서 대중적으로 큰 인기를 얻었다. 그리고 1919년 6월에는 쇼쿄쿠사이 덴카 일행에 의해 〈승정의 촉대〉라는 제목의 연극으로 그 일부가 일본인 극장이었던 황금관에서 처음 공연되었다. 〈승정의 촉대〉는 「애사」의 유명세와 인기에 힘입어 단성사로 자리를 옮겨 다시 공연되었는데, 단성사의 변사들은 이때 조선인 관객들을 위해 중간중간에 연극의 내용을 마치 무성영화를 해설하듯이 설명해 주었다. 그리고 〈승정의 촉대〉 공연이 끝나고 십여 일 후에는 영화가 상영되는 중간의 여흥극으로 〈애사哀史〉를 공연했다.

단성사 변사들의 〈애사〉는 악한 인물이었지만 선한 승정의 미덕을 통해 참회하며 개량되는 장발장 중심의 멜로드라마였다. 하지만 이후에 『레미제라블』은 '희무정'이라는 제목으로 무정한 세상을 비판하는 휴머니즘적인 작품으로 수용되었다. '희무정'은 구로이와 루이코黒岩涙香가 『레미제라블』을 축약·번역하면서 무정한 사회를 비판적으로 강조하기 위해서 고쳐 달았던 제목이었다. 빵 하나를 훔친 대가로 장발장을 5년형에 처한 가혹한 법률, 19년 장기수로 복역하고 나온 장발장을 끝까지 쫓아다니는 잔인한 경관 자베르 등은 인간의 존엄성을 말살하는 근대적인 국가제도와 사회로 문제시되었다.

1920년 5월에 대구의 조선부식농원扶植農園은 단체의 경비마련을 위한 모금을 위해 경성에서 자선 활동사진회를 열어 알베르 카펠라니 Albert Capellani 감독의 〈레미제라블〉(파테사, 1912)을 〈희무정〉으로 상영했다. 조선부식농원의 자선 활동사진회는 경성에 이어 전국을 순회하면서 일종의 레미제라블 신드롬을 일으켰으며, 무정한 세상에 대한 비판과 함께 상호부조를 역설하며 관객들의 동정심에 호소했다.

이와 비슷한 시기인 1920년 5월에 윤백남은 「연극과 사회」를 『동아일보』에 연재했다. 예성좌를 통해 신파극 개량을 주장했던 윤백남이 자신이 몸담았던 신파극계를 본격적으로 비판하며 '사회'를 키워드로 하여 새로운 연극의 방향을 제시하는 글이었다. 여기서 윤백남은 현대가 개조의 시대이며, 따라서 연극은 현실 사회를 있는 그대로 비판적으로 제시하여 사회의 개조에 이바지해야 한다고 강조했다. 당시 '개조'란 3·1운동 이후 본격화된 문화운동의 이념으로 새롭게 대두된 것이었다. 그리고 이는 물질문명의 발달을 우선시했던 서구사회의 자기반성으로서 제국주의와 자본주의를 비판했던 영국의 철학자 버틀란트 러셀의 '사회개조의 원리'에서 유래한 것이었다.

윤백남은 이후 『레미제라블』의 일부를 〈희무정嘻無情〉으로 각색하여 자신의 희곡집 『운명』에 수록했다. 그리고 1922년 11월에는 조선극장 개관기념으로 직접 연출을 맡아 공연했으며, 1923년에는 자신의 민중극단에서도 공연했다. 윤백남의 〈희무정〉은 「연극과 사회」에 나타난 문제의식, 즉 연극이 현실 사회를 비판적으로 제시하고 그 개조에 이바지해야 한다는 생각에 조응하는 것이었다. 갈돕회 모금공연을 위해 쓰여진 윤백남의 〈운명〉과 이기세의 〈빈곤자의 무리〉, 그리고 동우회 모금공연을 위해 쓰여진 조명희의 〈김영일의 사〉는 당시의 사회적 이슈였던 고학생 문제를 무대화한 창작극이었다.

제1장

신파극 개량과 근대극운동

서구 번역극과 창작극, 그리고 여배우

1. 근대극의 증후들

우리 연극사에서 근대극운동은 극예술협회나 토월회와 같은 동경유학생 중심의 소인극素人劇에서 시작된 것으로 여겨진다. 그리고 이때 신파극은 극복과 부정의 대상으로서 근대극운동의 대척점에 놓여 있었다. 일찍이 이두현은 현철의 예술학원과 동경유학생들의 극예술협회 및 동우회 순회공연, 그리고 이기세의 예술협회 등이 시작되었던 1920년대 초반을 신극운동의 초창기로 구분했다.[1] 하지만 이기세와 윤백남은 신파극에서 완전히 탈피하지 못한 것으로 평가했으며 유민영도 이에 동의했다.[2] 그리고 최근에는 김재석 역시 이러한 관점을 견지했다.[3]

---

1   이두현, 『한국신극사 연구』(증보판), 서울대 출판부, 1990, 96·124쪽.
2   유민영, 『한국 근대연극사 신론』(상), 태학사, 2011, 415~416쪽.

일본에서 서구의 연극을 처음 경험했던 조선의 유학생들은 단체를 조직하여 근대극을 연구하고 여름방학에는 경성과 조선 전역에 새로운 연극을 직접 선보이고자 했으며, 그 대표가 바로 1920년대 초반에 조직된 극예술협회와 토월회였다. 하지만 변화의 바람은 그 이전부터 불고 있었다. 일본에서는 이미 신파와의 단절을 선언한 근대극 단체들이 왕성하게 활동 중이었다. 1906년에는 쓰보우치 쇼오坪內逍遙의 분게이쿄우카이文藝協會가, 1909년에는 오사나이 가오루小山內薰의 시유세키조우自由劇場가, 1913년에는 시마무라 호게쓰島村抱月의 게이주쓰자藝術座가 조직되어 근대극운동을 견인해 나갔다. 당시 경성과 동경 사이의 문화적 유동성을 감안할 때 조선의 신파 연극인들은 자신들이 그 정점에서 이미 구태였음을 잘 알고 있었을 것이었다.

1910년대 중반경 조선을 방문했던 일본 순회극단들의 근대극 공연은 새로운 모델을 구체적으로 보여주는 것이었다. 1914년 가을에는 긴다 이게키쿄우카이近代劇協會가, 1915년 11월과 1917년 6월에는 당시 근대극의 대명사였던 게이주쓰자가 방문했다. 그리고 마술 전문극단인 쇼교쿠사이 덴카쓰松旭齋天勝 일행이 1915년 가을과 1918년 5월에, 그리고 쇼교쿠사이 덴카松旭齋天華 일행이 1919년 5월에 방문했다. 이들은 헨릭 입센Henrik Ibsen의 〈인형의 집Et Dukkehjem〉과 헤르만 주더만Hermann Sudermann의 〈고향Heimat〉, 톨스토이Lev Nikolayevich Tolstoy의 〈부활Voskresenie〉, 오스카 와일드Oscar Wilde의 〈살로메Salomé〉, 빅토르 위고Victor Hugo의 〈레미제라블Les Misérables〉 등과 같은 서구의 번

---

3   김재석, 『식민지 조선 근대극의 형성』, 연극과인간, 2017.

역극을 처음 선보였으며, 특히 게이주쓰자는 번역극 외에도 나카무라 기치조中村吉藏와 같은 동시대 작가들의 창작극을 다수 소개했다. 이들 단체의 대표적인 여배우인 야마카와 우라지山川浦路와 마쓰이 스마코松井須摩子, 덴카쓰, 덴카 역시 큰 화제를 모았다.

일본 근대극 단체들의 순회공연은 우리 연극계에 분명한 자극이 되었다. 1916년 3월에 조직된 예성좌는 알렉상드르 뒤마Alexandre Duma의 〈코르시카의 형제〉와 〈카츄샤〉를 공연했는데, 〈카츄샤〉는 두말할 것도 없이 게이주쓰자의 〈부활〉을 참고한 것으로 처음 공연된 서구의 번역극이었다. 그리고 1919년 5월에 쇼교쿠사이 덴카 일행은 『레미제라블』의 한 장면을 각색하여 〈승정의 촉디〉를 공연했는데, 불과 십여 일 후에는 단성사의 변사들이 제목만 변경한 〈애사哀史〉를 공연했다. 그리고 이후 윤백남은 『레미제라블』을 직접 각색한 〈희무정〉을 1922년 11월 조선극장의 개관 기념작으로 공연했다. 〈카츄샤〉와 〈희무정〉은 이후 민중극단과 토월회에 의해 공연되면서 대중적으로 인기 있는 서구의 번역극 레퍼토리가 되었다.

이 시기에 이기세와 윤백남과 같은 신파 연극인들 역시 근대극을 의식, 지향하면서 스스로를 쇄신해 나가고 있었다. 1910년대 후반에는 이기세가 예술협회와 예술좌를 조직하고 윤백남이 민중극단을 조직하여, 창작극을 공연하고 여배우를 본격적으로 기용했다. 창작극과 서구 번역극의 공연, 그리고 여배우의 기용은 당시 근대극이 성취해야 할 주요 과제였다. 신파 연극인들은 동우회 순회극단과 비슷한 시기에 창작극과 서구의 번역극을 공연하였으며, 여배우의 기용은 동우회 순회극단이나 토월회보다 앞선 것이었다.

이기세와 윤백남은 창작극의 공연에 앞장섰다. 일반적으로 신파극은 일본 신파나 『매일신보』의 연재소설을 구찌다테口立て로 번안하거나 각색하여 공연했기 때문에 소설의 원작자나 번안자의 이름만 명기될 뿐 각색자의 이름은 명기되지 않았다. 창작 신파극은 거의 드물었다. 간간이 신문지상에 보도되었던 화제의 사건들이 연극화되는 경우가 있었지만 이 역시 구찌다테로 만들어졌던 까닭에 창작자가 명기되지는 않았다. 당시 극단을 이끌던 이기세와 윤백남뿐만 아니라 임성구, 김소랑, 김도산 등은 연기와 연출을 겸하고 번안과 각색 역시 주도했지만 어디까지나 스스로를 단장으로 대표할 뿐이었다. 하지만 이기세와 윤백남은 각각 1921년에 조직한 예술협회와 민중극단에서 창작과 번안, 각색 등의 작가와 연출가로서 스스로를 내세우기 시작했다.

윤백남의 〈운명〉은 1920년 12월 '유지有志 청년회'에 의해 '소인素人 신파'로 처음 공연되었으며, 1921년 7월 갈돕회의 전국순회극단에 의해서도 공연되었다. 하지만 이때는 작가의 이름을 밝히지 않았으며, '윤백남의 작'으로 〈운명〉이 공연된 것은 1921년 10월 예술협회의 창단공연에서였다. 〈희망의 눈물〉 역시 '이기세의 작'으로 예술협회의 창단공연에서 공연되었지만, 이기세의 처녀작은 아니었다. 1921년 7월 갈돕회의 전국순회공연 당시 윤백남의 〈운명〉과 함께 공연되었던 '미태생微蜕生'의 〈빈곤자의 무리〉가 바로 이기세의 작품이었기 때문이다. 1921년 7월 갈돕회의 전국순회 당시 공연되었던 〈빈곤자의 무리〉는 '미태생'의 작으로 『갈돕』 1호(1922)에 게재되었다. 그동안 '미태생'의 실체가 확인되지 않았으나, '수정탑水晶塔'의 「예술협회 연예부의 제2회 시연회를 보고서」(『매일신보』, 1921.12.17~22)라는 글에 이기세가 '미태'

로 지칭되어 있음을 발견할 수 있었다. 이와 같이 윤백남과 이기세는 예술협회를 창단하면서 창작자로서의 자신을 명확히 내세우기 시작했는데, 이러한 자기의식은 그들이 신파극에서 벗어나 근대극으로 나아가기 시작했던 변곡점을 증후하는 것이었다.

근대적인 여배우라고 할 수 있는 이채전과 이월화 역시 예술협회와 민중극단의 성과였다. 기존의 신파 연극계에도 여배우는 있었으며, 취성좌 김소랑 일행의 마호정馬豪政은 호평도 받았었다. 하지만 그녀는 신파극의 여배우였을 뿐 근대적인 여배우로 나아가지는 못했다. 이기세의 조선문예단에서도 여배우를 기용한 바 있었으나 역시 깊은 인상을 남기지 못한 채 단발에 그쳤으며, 근대극운동의 시발로 여겨지는 극예술협회 역시 여배우를 구하지 못해 동우회의 전국순회 당시 마해송을 온나가타女形로 하여 공연했다. 하지만 예술협회와 민중극단은 각 극단을 대표하는 여배우로 이채전과 이월화를 발굴하였으며, 이후 이들은 연극계뿐만 아니라 영화계에서도 비중 있는 활동을 이어갔다. 특히 이월화는 여배우 문제로 난항을 겪었던 토월회의 제2회 공연에서 〈카츄샤〉와 〈오로라〉의 여주인공을 성공적으로 해내면서 대중적인 지명도와 입지를 확고히 했다.

기존의 연구에서 신파 연극인들의 자기개량과 근대극운동은 사실상 실패로 여겨져왔다. 근대극은 애초부터 신파극의 토양에서 발아될 수 없는 성질의 것이었으며, 따라서 동경유학생 출신의 극예술협회나 토월회 등에 의해 비로소 실연實演될 수 있었다는 것이다. 하지만 신파 연극인들의 시도 전부를 무의미한 것으로 무화無化시킬 수는 없다. 오히려 이들의 자기개량은 그 시행착오까지도 이후 도래할 근대극을 증후적으로 예시하거나 그 일부를 선취하는 것이었다. 일반적으로 증후는 그것이 발생하는 원인에 대한 의식이나 인식 없이 나타나며 사후적으로 해석된다. 따라서 여기서는 신파극의 토양에서 자라난 줄기가 새롭게 뻗어 나가면서 어떻게 근대극을 마중하고 있었는지에 주목하고자 한다. 근대극은 동경의 유학생 단체들에서뿐만 아니라 경성의 연극계 안에서도 발원되고 있었던 것이다.

2. 일본의 근대극 순회공연과 그 영향

1910년대 경성의 일본인 거주지 안에는 일본인 전용극장들이 성업하고 있었다. 당시『경성일보京城日報』의 광고를 보면 어성좌御成座, 가부키좌歌舞伎座, 유락관有樂館, 수관壽館, 수좌壽座, 경성좌京城座, 도하좌稲荷座, 낭화관浪花館, 앵좌櫻座 등이 활동사진 외에 나니와부시浪花節나 조루리淨瑠璃, 라쿠코落語, 만당漫談, 가부키歌舞伎, 신파 등을 다양하게 공연하며 성업 중이었다. 그리고 1910년대 중반경에는 일본의 근대극 단체들이 순회하며 신게키新劇를 공연했다. 이들은 무대 위에서 서구의 번역극과 창작극, 그리고 여배우를 처음으로 선보였다.

선두는 1914년 가을에 방문했던 긴다이게키쿄우카이近代劇協會였다. 이들의 정확한 일정은 당시『경성일보』의 자료가 남아 있지 않아 오늘날 확인되지 않는다. 하지만 다음 해『경성일보』는 11월경 게이주쓰자

藝術座의 방문을 보도하면서 "소위 새로운 연극이라는 것을 작년 근대극 협회에서 맛본 경성의 사람들은 이번에야말로 신극의 본가 원조인 예술 좌 마쓰이 스마코 일행이 용산 사쿠라좌에 왔다고 하니 개장 전부터 대단한 인기이다"[4]라고 하면서 전년도의 긴다이게키쿄우카이 방문을 독자들에게 상기시켰다.

긴다이게키쿄우카이는 1912년에 이바 다카시伊庭孝, 시바타 가쓰에柴田勝衛, 스기무라 도시오杉村敏夫, 가미야마 소진上山草人, 야마카와 우라지山川浦路 등에 의해 조직된 단체였다. 이바 다카시와 시바타 가쓰에는 『엔게키효론演劇評論』를 창간한 바 있으며, 이후 스기무라 도시오를 통해 가미야마 소진과 그의 아내인 야마카와 우라지를 섭외하여 긴다이게키쿄우카이를 함께 창립했다. 가미야마 소진과 야마카와 우라지는 원래 쓰보우치 쇼오坪内逍遙의 분게이쿄우카이文藝協會에 몸담고 있었으나, 약 일 년 전에 단원들 간의 감정 문제로 탈퇴한 상태였다.

같은 해 10월 말에 있었던 창단공연 작품은 입센의 〈헤다 가블러〉였다. 그리고 1913년 3월에는 제2회 공연으로 괴테의 〈파우스트〉를, 같은 해 9월에는 제3회 공연으로 셰익스피어의 〈맥베드〉를, 그리고 같은 해 11월에는 제4회 공연으로 입센의 〈노라〉와 셰익스피어의 〈베니스의 상인〉, 단눈치오의 〈가을 저녁의 꿈〉 등을 올렸다. 제4회 공연을 하는 동안 극단의 상황은 거의 해산에 이를 정도로 악화되었다. 하지만 소진은 다시 30명의 단원을 모아 1914년 5월에서 1915년 1월 하순까지

---

4   「人氣立つた藝術座の芝居」, 『京城日報』, 1915.11.10; 홍선영, 「예술좌의 만선순업과 그 문화적 파장—시마무라 호게쓰의 신극론과 관련하여」, 『한림일본학』 15, 한림대 일본 학연구소, 2009, 179쪽에서 재인용.

중국, 규슈九州, 조선, 만주, 대만을 돌며 입센의 〈노라〉와 헤르만 주더만의 〈고향〉, 톨스토이의 〈부활〉 등을 공연했다.[5] 경성을 방문한 것은 바로 이 무렵이었다.

이들 작품은 일본 신게키의 대표적인 레퍼토리들이었지만 긴다이게키쿄우카이의 고유한 레퍼토리들은 아니었다. 입센의 〈인형의 집〉은 1911년 9월에 쓰보우치 쇼요가 이끌던 분게이쿄우카이 연극연구소의 소극장 완성을 기념하는 공연에서 시마무라 호게쓰 번역으로 공연된 바 있었다. 이때 연극연구소 1기생인 마쓰이 스마코松井須摩子가 노라를 연기하여 주목을 받았고, 그로 인해 〈인형의 집〉은 11월에 데이게키帝國劇場에서 다시 공연되면서 사회적으로 큰 화제를 모았다. 1911년 5월 연극연구소 제1회 작품으로 데이게키에서 공연되었던 〈햄릿〉에서 마쓰이 스마코와 야마카와 우라지는 각각 오필리어와 거투르드를 연기했는데, 스마코는 4개월 후 〈인형의 집〉에서 노라를 연기하면서 일본 연극사에서 완전하게 근대적인 양식으로 탄생된 '여우女優'로 평가되었다.[6] 한편 우라지는 이후 소진과 함께 분게이쿄우카이를 탈퇴한 후 새로 만든 긴다이게키쿄우카이의 대표적인 여배우가 되었다.

주더만의 〈고향〉은 1893년 작품으로 〈인형의 집〉과 유사하게 가부장적인 가정 및 사회와 갈등하는 마그다를 여주인공으로 하는 작품이었으며 그로 인해 〈마그다〉라는 제목으로도 불렸다. 이 작품 역시 분게이쿄우카이의 제3회 작품으로 1912년 5월에 시마무라 호게쓰의 번역과

---

5   오자사 요시오, 명진숙·이혜정·박태규 역, 『일본현대연극사─명치·대정편』, 연극과인간, 2012, 151~164쪽.
6   河竹 登志夫, 『近代演劇の展開』, 日本放送出版協會, 1982, 33쪽.

지도로 처음 공연되었는데, 뜻하지 않게 공연금지를 당해 세간의 화제를 모았다. 극 중 아버지가 주도한 결혼에 반발해 가출한 마그다는 성공한 오페라 가수가 되어 고향에 돌아오지만, 여전히 자신을 구속하는 아버지와 심하게 대립한다. 마지막 장면에서 아버지는 마그다를 권총으로 죽이려고까지 하다가 정작 본인이 쓰러져 죽고 마는데, 아버지에 대한 딸의 반항이 국민도덕을 강조했던 교육칙어의 취지에 어긋난다는 것이었다. 호게쓰는 마그다가 양심의 가책을 느끼며 회한의 눈물을 흘리는 것으로 결말을 고쳐 가까스로 공연금지를 면했으나, 창작의 자유를 둘러싼 논란의 여지를 남겼다.[7]

톨스토이의 〈부활〉은 시마무라 호게쓰가 순수한 예술적 무대의 창조를 지향하면서 분게이쿄우카이에서 탈퇴하고 1913년 7월에 창립한 게이주쓰자의 대표적인 레퍼토리였다. 게이주쓰자는 같은 해 9월에 메테를링크의 〈내부L'interieur〉와 〈몬나 반나Monna Vanna〉를 창립공연으로 올렸으며, 다음 해 1914년 1월에는 제2회 공연으로 체홉의 〈곰〉과 입센의 〈바다의 부인〉을 올리고 흥행에는 참패했다. 하지만 같은 해 3월 제3회 공연으로 올린 〈부활〉이 대성공하면서 극단은 기사회생하였다. 특히 스마코의 극중가劇中歌였던 〈카츄샤노 우타カチュ―シャの歌〉가 대유행하면서, 스마코의 카츄샤 분장을 모방한 가발과 장신구들까지 불티나게 팔렸다. 카츄샤 자체가 일종의 사회적인 신드롬이 되었던 것이다. 일본 연극사에서 〈부활〉은 대중적으로 성공한 최초의 신게키新劇로 평가되고 있다.[8]

---

7   오자사 요시오, 명진숙·이혜정·박태규 역, 앞의 책, 60쪽.
8   河竹 登志夫, 앞의 책, 188쪽.

1914년 가을에 경성을 방문했던 긴다이게키쿄우카이는 『매일신보』에 기사화되지 않았다. 그 이유는 극단 자체의 유명세 부족으로 추정되는데, 당시 일본 근대극의 대명사는 아무래도 분게이쿄우카이와 게이주쓰자였기 때문이다. 특히 〈부활〉은 게이주쓰자의 전매특허와도 같은 공연이었다.[9] 또한 〈노라〉와 〈고향〉의 강한 여성주의 역시 아직은 조선의 연극계와 일반 관객들의 관심을 끌지 못했던 것으로 보인다. 〈인형의 집〉이 국내 초연된 것은 1920년에 이르러서였으며, 번역도 양백화와 박계강에 의해 1921년 1월 25일에서 4월 3일까지 『매일신보』에 처음 연재되었다는 점에서 긴다이쿄우카이의 공연은 아직 시기상조였던 것이다.

〈부활〉로 기사회생한 게이주쓰자는 작품의 유명세를 이용하여 순회공연에 적극 나섰다. 1914년 4월에 장기순회공연을 처음 시작한 게이주쓰자는 1915년 1월에서 4월까지 순회공연을 마친 후 데이게키에서 제5회 공연을 하고 다시 5월에서 9월 말까지 순회공연을 떠났다. 뿐만 아니라 같은 해 9월 말에 귀경하자마자 다시 대만으로 건너갔고 이후 조선을 방문한 다음에 만주를 순회하고 블라디보스톡을 거쳐서 12월 25일 귀경했다.[10] 게이주쓰자의 조선 방문은 바로 이 와중이었던 1915년 11월이었다. 『경성일보』는 "이번에야말로 신극의 본가 원조인 예술좌 마쓰이 스마코 일행"[11]이 왔다고 하면서 방문 일정을 연일 자세히 보

---

9 실제로 호게쓰는 일년 전 소진이 아무 양해도 없이 해외순회공연 레퍼토리에 〈부활〉을 포함시켰다는 소식을 듣고 공연권 침해로 고소했다고 한다. 오자사 요시오, 명진숙·이혜정·박태규 역, 앞의 책, 163~164쪽.
10 위의 책, 108~110쪽.
11 「人氣立つた藝術座の芝居」, 『京城日報』, 1915.11.10.

도했다. 『매일신보』에서도 "문학에 유지흔 사름은 한번 구경흘만 ᄒ겟더라"[12]면서 게이주쓰자 일행의 방문과 레퍼토리를 소개했다.

게이주쓰자는 11월 7일 경성에 도착하였으며, 8일에는 호게쓰가 용산 사쿠라좌에서 '신극에 대하여'라는 제목으로 강연을 하였고, 9~11일에는 같은 극장에서 〈부활〉과 〈면도칼剃刀〉(나카무라 기치조中村吉藏 작)을 공연했다. 그리고 12~16일에는 수좌로 옮겨 공연했는데, 12일에는 〈부활〉과 〈면도칼〉을, 13~15일에는 〈조소嘲笑〉(나카무라 기치조 작)와 〈밥飯〉(나카무라 기치조 작), 〈살로메〉를, 16일에는 〈고향(마그다)〉과 〈곰〉 1막을 공연했다. 그리고 마지막 날인 17일에는 다이쇼 천황의 즉위식인 어대전 봉축회의 여흥 행사로서 경복궁 내 경회루에 마련된 연예관에서 체홉의 〈결혼신청〉을 공연했다.[13]

긴다이게키쿄우카이와 달리 게이주쓰자의 공연, 그중에서도 특히 마쓰이 스마코의 〈부활〉은 『매일신보』에 보도되었던 것 이상으로 세간의 화제가 되었다. 무엇보다도 스마코의 극중가였던 〈카츄샤노 우타〉는 약 2만 매에 달하는 공전절후의 음반판매를 기록한 일본 최초의 유행가로서 조선의 일반 대중들 사이에서도 이미 잘 알려져 있었다. 다음 해 창단한 예성좌가 4월에 바로 〈카츄샤〉의 공연을 기획했던 것은 기본적으로 게이주쓰자의 〈부활〉 공연에 대한 대중적인 인기를 배경으로 자신들의 흥행 역시 그 성공을 확신했기 때문이었다.

---

12 「예술좌일행 내연」, 『매일신보』, 1915.11.9.
13 게이주쓰자의 자세한 일정에 대해서는 홍선영의 앞의 글을 참고하였다. 그는 게이주쓰자의 '만선순업滿鮮巡業'이 특히 조선에서 경성 사쿠라자櫻座 극장주의 요청으로 다이쇼 천황의 즉위식인 '봉축 어대전御大典'이 거행되었던 11월 9일에서 17일 사이에 이루어졌다는 사실에 주목하여 일본의 신게키 역시 제국 일본의 문화 전파에 '일정한' 역할을 했다고 보았다.

게이주쓰자는 1917년 6월에 다시 한번 더 방문했다. 6월 11일에 경성에 도착한 이들은 지난번보다 더 대대적인 환영을 받았다. 특히 최남선과 진학문 등은 호게쓰 일행을 태화정에 초청하여 연회를 베풀었는데 칠팔 명의 명기名妓를 불러 조선의 가무를 보여주고 풍속을 소개하며 예술에 대해 함께 논했다.[14] 게이주쓰자는 13일에서 20일까지 수좌에서 공연하였는데, 나카무라 기치조의 창작극 다수와 스마코의 무용극인 쇼사고토所作事[15] 외에 서구의 번역극으로 〈알트 하이넬베르크Alt Heidel-berg〉, 〈오이디푸스 왕〉과 함께 〈카츄샤〉를 다시 한번 공연했다. 〈알트 하이델베르크〉는 독일의 극작가인 빌헬름 마이어 푀르스터가 자신의 소설인 「카를 하인리히Karl Heinrich」(1899)를 각색하여 1901년에 초연한 작품으로, '추억'을 의미하는 〈오모이데想出, 思い出〉라는 제목으로 공연되었다.

게이주쓰자의 방문 한 달 전에는 마술로 유명한 쇼교쿠사이 덴카쓰 일행이 9월 11일부터 10월 31일까지 조선총독부 주최로 열린 시정施政 5주년 기념 조선물산공진회의 여흥을 위해 초청되었다. 덴카쓰는 원래 일본 마술공연계의 원조인 쇼교쿠사이 덴이치松旭齋天一 극단의 일원이었다. 덴이치는 일찍이 미국과 유럽을 순회하였는데 이때 습득한 서구적인 연출 방식으로 귀국 후 큰 인기를 모았다. 하지만 건강 문제로 은퇴하고 덴지天二에게 극단을 물려주었는데, 덴카쓰와 일부 단원들이 이에 반발하고 독립하여 1912년 4월에 자신의 극단을 창단하였다.

덴카쓰 일행의 대표적인 레퍼토리는 〈살로메〉였다. 〈살로메〉는 1913

---

14 「도춘씨 일행을 태화정으로 초대」, 『매일신보』, 1917.6.16.
15 가부키에서 주로 나가우타長唄의 반주에 맞추어 추는 춤.

년 12월 데이게키의 여배우연극 중간에 마련된 특별극으로 마쓰이 스마코에 의해 처음 공연되어 호평을 얻었다. 데이게키의 전속 무용교사였던 이탈리아인 로시Giovanni Vittorio Rossi가 실질적인 연출을 했다고 한다. 이후 〈살로메〉는 〈부활〉과 함께 게이주쓰자의 대표적인 레퍼토리가 되었다. 스마코의 공연이 성공하면서 살로메는 당시 내로라하는 여배우들의 소위 워너비 캐릭터가 되었다. 극 중 살로메는 헤롯왕 앞에서 '일곱 베일의 춤'을 추는데, 이 장면에서 여배우는 기존의 온나가타는 표현할 수 없었던 여성의 신체성을 극대화시킬 수 있었기 때문이다. 그리하여 1915년 3월에는 긴다이게키쿄우카이의 야마카와 우라지가, 같은 해 5월에는 가와카미 오토지로川上音二朗 일행의 사다얏코貞奴가, 그리고 같은 해 7월에는 쇼교쿠사이 덴카쓰가 살로메를 연기했다.

이 중에서도 마술을 사용한 덴카쓰의 〈살로메〉는 가장 특색 있는 공연이었다. 특히 살로메가 왕에게 요구했던 세례 요한의 목이 쟁반에 담겨 나오는 장면에서는 거울을 이용하여 잘린 목이 눈을 뜨고 말하는 것처럼 연출되었다.[16] 그리고 은쟁반에 놓인 세례 요한의 목은 별안간 계단의 원기둥에 나타나서 껄껄 웃었다고 한다.[17] 무엇보다도 덴카쓰의 살로메는 마치 스트립쇼를 하듯 반나체로 춤추며 자신(살로메)의 신체성을 한껏 강조하는 공연이었다. 여배우들은 주로 노라나 마그다와 같이 봉건 질서와 가부장제에 반기를 드는 근대극의 문제적인 여주인공들을 통해 자신들을 각인시켰지만, 살로메를 통해서는 기존의 온나가타로

---

16 松旭齋天勝, 『魔術の女王一代記』, かのう書房, 1991, 152~153쪽; 홍선영, 「제국의 문화 영유와 외지순행-천승일좌의 〈살로메〉 경복궁 공연을 중심으로」, 『일본근대학연구』 33, 한국일본근대학회, 2011, 336쪽에서 재인용.
17 오자사 요시오, 명진숙·이혜정·박태규 역, 앞의 책, 94쪽.

는 대체 불가능한 신체의 무대적 현존성을 완성했던 것이다.[18]

조선을 방문한 덴카 일행은 1919년 5월 30일부터 황금관에서 공연했다. 덴카쓰의 애제자였던 덴카의 일행은 역시 마술을 중심으로 춤, 노래, 연극 등을 버라이어티하게 구성하였다. 연극으로는 〈벨스〉와 〈약의 실효〉, 〈승정의 촉디〉 등을 공연했는데, 이 중 〈벨스〉는 프랑스 작가 에르크망 샤트리앙Erckmann-Chatrian의 *Le Juif Polonais*(=*The Polish Jew*, 1867)를 번역한 레오폴드 데이비스 루이스Leopold Davis Lewis의 *The Bells*였디. 〈승정의 촉디〉는 『레미제라블』의 일부를 연극으로 각색한 것으로, 『레미제라블』은 1918년 7월 28일에서 1919년 2월 8일까지 『매일신보』에 번역된 민태원의 「애사」로 이미 잘 알려져 있었다.

황금관에서 공연되었던 〈승정의 촉디〉는 「애사」의 유명세와 인기에 힘입어 다시 단성사로 자리를 옮겼다. 그리고 불과 열흘 후에는 단성사 변사들에 의해 〈애사〉로 공연되었다. 단성사의 변사들은 〈승정의 촉디〉가 단성사에서 공연되었을 당시에 조선인 관객들을 위해 연극의 내용을 중간중간에 마치 무성영화를 해설하듯이 설명했었는데, 그 경험을 토대로 연극을 만든 것이었다. 이후 〈애사〉는 단성사 변사들의 레퍼토리로 자주 공연되었으며, 윤백남은 〈희무정〉으로 각색하기도 했다. 〈희무정〉은 1922년 11월 조선극장 개관기념으로 윤백남의 연출로 공연되었으며, 1923년에는 윤백남의 민중극단에 의해서도 공연되었다.

---

18 우리나라에서 문학적으로 적극 수용되었던 〈살로메〉가 정작 공연적으로 수용되지 않았던 가장 큰 이유는 텍스트 자체가 요구하는 여배우의 파격적인 노출에 있었다고 분석된다. 이 시기 문학 공간에서의 〈살로메〉 수용에 관해서는 금보현의 「1920년대 〈살로메〉 번역 연구 ─ 번역 공간, 유미주의, 작품의 기호화를 중심으로」(성균관대 석사논문, 2018)를 참고할 것.

3. 이기세와 윤백남의 신파극 개량과 근대극의 시도

1910년대 신파극단들은 구찌다테로 일본 신파의 레퍼토리들을 번안해 공연하거나 『매일신보』에 연재되었던 일본의 번안소설들을 각색해 공연했다. 1910년대 중반경 순회공연을 위해 조선을 방문했던 일본 근대극 단체들은 서구의 번역극과 창작극을 선보였으며, 그 이후 이기세와 윤백남은 신파극 개량을 시도하면서 서구의 번역극을 공연하기 시작했다. 그리고 이들은 점차 본격적으로 근대극을 지향하여, 1921년에 각각 예술협회와 민중극단을 조직하여 창작극을 공연하고 여배우를 기용했다. 근대극의 바람은 신파극계의 내부에서도 일고 있었던 것이다.

1916년 3월에 예성좌가 조직된 데에는 게이주쓰자의 영향이 컸다. 유일단과 문수성을 각각 이끌며 신파극계를 주도했던 이기세와 윤백남은 처음 손을 잡고 예성좌를 조직했다. 이들은 〈단장록〉이나 〈쌍옥루〉 같은 기존 신파극 레퍼토리의 완성도를 높여 호평을 받았다. 하지만 예성좌의 근대연극사적 의의는 근대극을 지향하며 서구의 번역극을 처음 시도했다는 데 있었다. 창단 당시 이상협이 예성좌를 '신극좌新劇座', 즉 근대극 단체로 소개한 것은 이 때문이었다.[19]

예성좌는 1916년 3월 27일 단성사에서 〈코르시카의 형제〉로 창단 공연을 했다. 이 작품은 "셔양에서 유명ㅎ던 연극으로 아직 죠션의 신파 연극단에셔 아모도 흥힝치 안이흔 쳐음 보는 것"[20]으로 소개되었다. 조

---

19 하몽생, 「신극좌 예성좌에 대ㅎ야」, 『매일신보』, 1916.3.25.
20 「예성좌의 초일初日」, 『매일신보』, 1916.3.26.

일재의 다음과 같은 감상평에 의하면 공연 프로그램에도 〈코르시카의 형제〉가 "서양연극ᄌᆡ료"임이 명백하게 인쇄되어 있었다. "시간을 보면 일곱시인ᄃᆡ 반쓰게 ᄒᆞᆫ장을 엇어 예뎨를 몬져보니 '코루시카'의 형뎨라 ᄒᆞᄂᆞᆫ 연극이오 원ᄅᆡᄂᆞᆫ 셔양연극ᄌᆡ료라고 명ᄇᆡᆨ히 박엿더라"[21] 여기서 "반쓰게"는 일본어인 '番付(ばんづけ)'로 공연 프로그램이나 배우의 역할과 줄거리 등을 적어 놓은 종이를 말하였다.

〈코르시카의 형제〉는 알렉상드르 뒤마가 쓴 농명의 소설을 각색한 것이었다. 당시 무대장치와 의상은 모두 서구식이었지만 번안의 태를 완전히 벗지는 못했다. 프랑스 남부의 코르시카 섬에 살고 있는 옥동규와 정동환 형제를 주인공으로 했기 때문이다. 하지만 프랑스의 대문호인 뒤마의 작품을 공연했다는 사실 자체는 예성좌의 지향점이 어디에 있었는지를 충분히 보여주고 있었다. 관객들 역시 여기에 부응했던 것으로 보이는데, 조일재는 관객의 "삼분의 일은 모다 학ᄉᆡᆼ모ᄌᆞ 쓴 사ᄅᆞᆷ이요 남ᄋᆞ지ᄂᆞᆫ 용모정졔ᄒᆞᆫ 셩년섄"이라고 하면서 "고상ᄒᆞᆫ 구경은 고샹한 사ᄅᆞᆷ의 눈을 익그ᄂᆞᆫ 것"이라고 호평했다.

이어서 예성좌는 29일과 30일에 〈연戀의 말로末路〉를, 31일에 〈아내〉와 〈유언〉을, 4월 1일과 2일에 〈단장록〉을 공연했고, 관객의 성원에 힘입어 3일에는 다시 〈코르시카의 형제〉를 공연했다. 그리고 10일과 11일에는 〈쌍옥루〉를, 13일에는 〈의義? 정情?〉을, 15일에는 〈신랑 둘〉을 공연했다. 하지만 4월 23일부터는 〈카츄샤〉를 새롭게 공연했다. 게이주쓰자의 〈부활〉을 참고로 한 것이었다. "예성좌의 근대극"[22]이라

21 조일재, 「예성좌의 초初무대 코시카 형뎨ᄅᆞᆯ 보고」, 『매일신보』, 1916.3.29.
22 「예성좌의 근대극」, 『매일신보』, 1916.4.23.

는 제목의 『매일신보』 기사에는 조선말로 번역된 스마코의 〈카츄샤노우타〉 가사가 전재全載되었으며, 카츄샤 역의 온나가타인 고수철이 함께 소개되었다.

'예성좌의 근대극'이었던 〈카츄샤〉는 그러나 온나가타를 유지했다는 점에서 여전히 신파극에서 벗어나지 못하고 있었다. 일본에서와 마찬가지로 우리의 근대극에서도 여배우의 기용은 핵심적인 과제였다. 근대극이 극복해야 하는 신파극의 대표적인 잔재가 구찌다테와 함께 온나가타라는 관습이었기 때문이다. 하지만 여배우에 대한 예성좌의 고민이 아주 없었던 것은 아니었다. 〈코르시카의 형제〉의 조일재의 감상평에는 여배우 "빅합자百合子"에 대한 언급이 나오기 때문이다. '백합자'는 추정컨대 '유리코'라는 이름이나 예명의 일본인이었을 가능성이 높다. 하지만 그 연기는 성공적이지 못했고 이후 활동도 지속되지 않았다. 조일재는 그녀의 연기가 "두 손은 모도 풀로 부쳐노은 것갓치 움직이지 못ᄒ고 얼골로만 틱도를 부리ᄂ 고로 표정이 덜 되더라"고 지적했다. 여성을 무대 위에 세운다고 해서 바로 여배우가 탄생되는 것은 아니었다.

예성좌는 처음부터 극단의 업무를 연출부와 문예부, 경영부로 명확히 구분하여 각각을 전문적인 책임자에게 일임했다. 앞서 이상협의 글에 의하면 연출부는 연기와 연출을 전담하면셔 "연극만 힝하ᄂ 비우의 부분"이었으며 문예부는 "연극의 지료라던지 긔량을 도모하ᄂ 주간의 부분"이었고 경영부는 "회계를 맛하 경영을 도모ᄒᄂ 홍업 부분"이었다. 그리고 연출부는 "연극에 죵ᄉᄒ지 수년에 경험과 기예가 뎨일이라ᄂ" 이기세가, 문예부는 "연극각본과 긔량의 부분은 연긔 연구가 깊은" 윤백남이, 그리고 경영부는 "곤난ᄒ 홍업에 경험잇ᄂ" 이범구가 전담했다.[23] 따라서 뒤마의 〈코르시카의 형제〉를 창립공연으로 하고 톨스토이의 〈부활〉 공연을 추진했던 사람은 문예부의 책임자였던 윤백남으로 추정된다.

윤백남의 역할 내지 이기세와의 협업은 여기까지였다. 예성좌는 1920년까지 그 명맥을 유지했지만 새로운 레퍼토리를 더하지는 못했다. 뿐만 아니라 1919년 10월에는 이기세도 예성좌를 떠나 조선문예단을 새롭게 조직하여 대구와 부산 등을 중심으로 활동을 시작했다. 1920년 4월 우미관에서의 공연 레퍼토리에는 기존의 신파극을 연쇄극으로 만든 〈지기知己〉와 〈황혼〉, 〈장한몽〉 등과 함께 예성좌에서 공연했던 〈코르시카의 형제〉가 포함되어 있었다. 정황상 이기세는 당시 김도산 일행이 시작해 큰 인기를 얻으며 유행했던 연쇄극의 대열에 합류하면서 불가피하게 윤백남과 결별했던 것으로 추정된다. 그리고 바로 이 무렵에 윤백남은 『동아일보』에 「연극과 사회」를 연재하면서 연쇄극을 '변태의 극'이라고 신랄하게 비판했다.[24]

이기세의 조선문예단은 레퍼토리의 측면에서 볼 때 예성좌보다 새롭게 나아간 것이 없었다. 극단의 대표적인 온나가타였던 고수철이 뜻하지 않게 사망하면서 난서蘭西와 소정小艇이라는 여배우를 기용했지만[25] 이 또한 성공적이지 못했다. 하지만 1921년 10월 이기세는 다시 예술협회를 조직하며 새출발했다. 발기인은 민대식과 박승빈, 이기세였고 윤백남과도 다시 협업했던 것으로 보인다. 10월 16일과 17일 단성사에

---

23 하몽생, 앞의 글.
24 윤백남, 「연극과 사회-병竝하야 조선현대극장을 논함」, 『동아일보』, 1920.5.16.
25 「문예단의 연쇄극」, 『동아일보』, 1920.4.23.

서 올린 창단 공연작품은 윤백남의 〈운명〉을 포함한 이기세의 〈희망의 눈물〉, 김영보의 〈정치삼매情痴三昧〉였기 때문이다. 이 세 편의 작품들은 모두 창작극이었으며 '사회극'을 타이틀로 했다. 창단공연 역시 '사회극 연구'라는 캐치프레이즈를 내걸었는데, '사회극'은 당시 윤백남이 「연극과 사회」에서 강조적으로 주장했던 바이기도 했다.[26] 그는 새로운 시대의 연극은 현실사회를 있는 그대로 비판적으로 제시하여 개조할 수 있는 연극이어야 한다고 주장했다.

두 달 후 12월 12~15일에 있었던 제2회 공연에서 예술협회는 한 편의 번안극과 세 편의 창작극을 공연했다. 영국의 작가인 스트로의 사회극인 〈하나님을 떠나셔〉가 이기세의 번안으로 공연되었고, 조대호의 사회극 〈무한자본〉과 이기세의 인정비극 〈눈오는 밤〉, 김영보의 희극 〈시인의 가정〉이 공연되었다. 이 중 영국의 작가인 '스트로'가 누구인지, 〈하나님을 떠나셔〉의 원작이 무엇이었는지는 정확히 확인되지 않는다. 다만 당시 신문지상에 게재되었던 감상평을 참고해 볼 때 이 작품은, 광고에는 번안이라고 명기되었으나 번역이었음을 알 수 있다. 런던의 빈민가를 배경으로 메리와 요셉을 주인공으로 하고 있었기 때문이다.

제2회 공연에서 예술협회는 온나가타를 유지했다. 온나가타 이원섭이 〈하나님을 떠나셔〉의 메리 역과 〈무한자본〉의 장문수 모친 역을 연기하였으며, 〈눈오는 밤〉에서도 역시 비록 무슨 역을 했는지 확인되진 않지만 출연했을 가능성이 높았다. 하지만 여배우도 기용했는데, 이화학당 출신의 이채전李彩田이 〈무한자본〉에서 여주인공 역을 맡았던 것

---

26 이에 관해서는 제2부 제4장의 「〈애사〉에서 〈희무정〉으로—식민지기 『레미제라블』의 연극적 수용과 변용」의 내용을 참고할 것.

이다. 이채전은 예술협회를 통해 데뷔한 여배우였다.

이채전의 연기는 처음에 호평을 받지 못했다. 당시의 감상평에 의하면 "이채전의 연법演法은 그다지 잘하얏다고 홀 말이 죠금 앗갑다. 그이는 너무 표정이 단순하고 표정법이 일정흔 선 내에 잇는 것 갓혓다".[27] 이제 막 데뷔하여 긴장했던 까닭인지 표정이나 움직임이 충분히 유연하지 못했던 것이다. 하지만 이채전은 얼마 지나지 않아 극단을 대표하는 여배우로 자리 잡았으며, 이후에는 조선키네마에 들이기 안종화와 이월화, 이주경 등과 함께 〈해海의 비곡悲曲〉에 출연하기도 했다.[28] 따라서 예술협회의 이채전은 우리의 근대극에서 의미 있게 출발한 최초의 여배우라고 할 수 있다.

여배우의 필요성에 대한 예술협회의 인식과 의지는 분명했다. 그리고 이는 근대극에 대한 예술협회의 지향성을 분명히 보여주는 것이었다. 창단공연 후 예술협회는 '동서연극연구소'를 두고 여배우를 공개 모집했는데, 자격은 '보통학교 졸업 이상'에 나이는 '17세에서 22세 이하의 독신'이었으며 삼 개월 간의 교육을 받은 후 무대에 설 수 있다는 조건이 있었다. 여기에 교육기간 동안 '상당한 생활비를 지급'하고 교육기간 이후에는 역량에 따라 '오십 원 이상 백오십 원 이내의 월급을 지급'한다는 조항은 당시로서 혁신적인 것이었다. 동서연극연구소가 얼마나 지속적으로 운영되었는지 정확히 알 수 없으나, 그 출발은 쓰보우치 쇼오의 분게이쿄우카이文藝協會 산하에 있었던 연극연구소를 벤치마킹한

---

27 수정탑水晶塔, 「예술협회 연예부의 제2회 시연회를 보고서 (四)」, 『매일신보』, 1921.12.20.
28 조선키네마는 1924년 부산에 설립된 한국 최초의 영화사로, 같은 해 〈해의 비곡〉을 제작하였으며 다음 해에는 〈운영전〉과 〈암광〉, 〈촌의 영웅〉을 제작했다.

것임이 분명했다. 분게이쿄우카이의 간판 여배우였던 마쓰이 스마코는 연극연구소의 1기생이었다. 예성좌와 조선문예단의 경험을 통해서 이 기세는 여성을 무대 위에 세우는 것만으로 여배우가 탄생되지 않는다는 사실을 절감했던 것이다.

예술협회의 등장은 지식인 사회의 환영을 받았다. 이를 반증하듯 연극에 대한 감상평이 이어졌다. 가장 먼저 현철은 창단공연에 대한 연극평인 「예술협회극단의 제1회 시연을 보고」(『개벽』 17, 1921.11)와 제2회 공연에 대한 연극평인 「예술협회 제2회 시연을 보고」(『개벽』 19, 1922.1)를 발표했다. 그리고 청의생靑衣生은 「둘재번으로 본바 예술협회 시연」을 『조선일보』(1921.12.16)에, 수정탑水晶塔은 「예술협회 연예부의 제2회 시연회를 보고서」를 『매일신보』(1921.12.17~22)에 모두 6회에 걸쳐 연재했으며, 나경석 역시 제2회 공연에 대한 연극평 「예술협회의 극을 보고」를 『동아일보』(1921.12.28)에 게재하였다. 이들은 대체적으로 연극평을 할 만한 연극이 마침내 등장했다며 반겼다. 수정탑은 예술협회의 관객들이 기존의 신파극 관객들과는 다르게 "교양이 잇는 관중"이라고 하였으며, 나경석은 불쾌했던 신파극과 연쇄극에 대한 기억을 떠올리며 "의외에 유쾌한 수시간을 가지게 되얏슴으로 예술협회 동인제군에게 감사"를 표했다.

유일하게 혹평에 가깝게 고언을 마지않았던 현철조차도 모두冒頭에서는 예술협회의 연극이 "우리 조선사람의 손으로 이때까지 시험하여 보지 못한 연극 — 연극취演劇臭가 잇는 연극 — 을 불완전하나마 그가튼 무대에 올리게 된 것"으로 "극평을 할만한 연극이 우리 사회에 나타난 것이 깃거운 가운데도 깃거운 일"이라고 치사했다.[29] 현철의 감상평은 이기세의 반박을 불러일으키며 논쟁을 야기했지만[30] 이 또한 기존의 신 파극에서는 볼 수 없었던 새로운 문화 현상이었다. 이제 이기세는 한걸음 더 나아가 1922년 4월에 예술협회 산하의 예술좌를 조직하고 4월 8일부터 단성사에서 공연했다. 이기세가 작가와 무대감독(연출)을, 윤혁이 단장을 맡았으며 남배우로는 박승호와 이일선, 여배우로는 이채전과 함께 신입 여배우 박일정朴─庭이 새로 합류했다. 레퍼토리는 앞서 공연했던 이기세 작의 〈희망의 눈물〉과 〈눈오는 밤〉, 그리고 역시 이기세가 새롭게 각색한 〈열정〉이었다.

이기세가 본격적으로 작가의 업을 겸함에 따라 윤백남과의 협업도 소원해졌던 것으로 추정되며, 이 시기에 윤백남 역시 자신의 극단을 만들었다. 1922년 1월경에는 윤백남이 극장 건축을 준비하는 한편 민중극장을 조직한다는 기사가 보도되었는데, 특히 윤백남과 조일재, 김정진이 함께 '현대 조선에 적합한 각본 연구'에 힘을 쓸 예정임이 강조되었다.[31] 그리고 민중극단은 창단공연에서 "비열한 지위에 추락되얏든 신극을 개량하야 예술적 지위로 향상케하며 관중의 요구에 적適할 만한 정도에서 순문예적 각본을 상연할 계획"[32]이라고 선언했다. 민중극단은 극장의 준비 문제로 지방에서 공연을 시작했으나 이후에도 극장의 건축은 순조롭지 않았던 것 같다. 인천과 개성 등을 순회하고 경성에 돌아온 민중극단은 단성사에서 2월 23~24일에 윤백남의 창작인 〈등대직燈臺直〉과 〈기연奇緣〉을, 3월 3~4일에는 『매일신보』에 연재되었던 박용환

---

29 현철, 「예술협회극단의 제1회 시연을 보고」, 『개벽』 17, 1921.11.
30 이기세, 「예술협회 극단의 시연에 대한 현철군의 극평」, 『매일신보』, 1921.11.12.
31 「민중극단의 출생」, 『동아일보』, 1922.1.17; 「민중극단 출현」, 『매일신보』, 1922.1.17.
32 첨구생尖口生, 「민중극단의 시연을 본대로 (上)」, 『동아일보』, 1922.2.28.

의 소설 〈흑진주〉(1921.7.22~1922.2.5)를 윤백남의 각색으로 공연했기 때문이다. 이후 다시 지방 순회를 다녀온 후인 6월 9~13일에도 단성사에서 기존의 〈등대직〉과 함께 역시 윤백남이 번안한 〈환희〉와 희극 〈주먹이냐〉를 공연했다. 그 외에도 날짜와 장소를 특정할 수는 없지만 윤백남의 창작인 〈사랑의 싹〉과 〈폭풍〉, 그리고 윤백남의 번안인 〈영겁의 처〉와 〈파륜〉을 공연했다.

민중극단의 공연에도 감상평들이 잇달았다. 첨구생尖口生은 「민중극단의 시연을 본대로」를 『동아일보』(1922.2.28 · 3.2)에, 윤기정은 「민중극단의 개연을 본 감상」을 『매일신보』(1922.6.24)에, 『동명』 6호에는 「민중극단의 공연을 보고」(1922.10.8)라는 익명의 감상평이 게재되었다. 그리고 천계생天溪生은 「우리 민중이여 극의 이해를 가집시다」를 『매일신보』(1922.10.24~26)에, 전주의 일一관객은 「민중극을 보고」를 역시 『매일신보』(1922.11.3)에 실었다. 이들은 대체적으로 민중극단의 등장을 반기고 기대감을 표하였다. 특히 첨구생은 윤백남이 쓴 〈기연〉의 극작이 교묘함을, 천계생은 윤백남이 쓴 〈폭풍〉이 "현사회 우리 동포의 비참 실황을 배경삼아 극으로 화化케 한 피彼윤백남 씨의 명철흔 노력의 결정"이라고 고평했다.

개별 작품의 연출이나 무대장치에 대해서는 의견의 차가 있었지만, 새롭게 등장한 여배우 이월화의 연기에 대해서는 대체로 입을 모아 호평했다. 민중극단 역시 온나가타를 유지하면서도 신파극단 출신의 이월화를 극단의 대표적인 여배우로 발굴했던 것이다.[33] 제1회 공연이었던

---

33 복혜숙은 이월화가 16세에 신파극단이었던 김도산의 신극좌를 통해 연극계에 처음 발을 들여놓았으며, 그러나 이후 윤백남의 민중극단에서 비로소 여배우로서 인정받게 되

〈기연〉의 출연 배우들에 대해 꼼꼼하게 연기평을 했던 첨언생의 감상평에 이월화에 대한 언급이 없었다는 점에서 이월화의 극단 합류는 그 이후였던 것으로 추정된다. 그리고 1922년 10월의 『동명』에 실린 감상평에서는 〈사랑의 싹〉의 명회 역과 〈영겁의 처〉의 오루가 역을 맡았던 이월화를 주목하면서 "배우의 역량을 말하자면, 그래도 제일 눈에 씌우는 것은 이월화 양이다. 충분한 가능성이 잇다고 하겟다"라고 했다. 그리고 전주의 일관객 역시 "여우女優 이월하의 거짓업는 동작은 과연 바라든바에 넘치는 늣김을 어덧다. 필자는 (…중략…) 무한히 깃거워하얏다. 그리고 양孃의 자신을 위하야 안이 우리 조선극계를 위하야 미래의 성공을 축하하며 찬미하얏다"고 고평했다

민중극단은 그러나 얼마 안 되어 1922년 말경에는 극단의 단장이었던 안광익이 여명극단을 조직해 나가면서 내분되었다. 윤백남이 문수성을 이끌던 초창기부터 함께 했던 안광익은 연기력을 인정받는 극단의 대표 배우였다. 탈단 직후 여명극단은 민중극단의 윤백남 작품들을 주로 공연했으나, 시간이 지남에 따라 다시 기존의 신파극들을 주로 공연했다.[34] 그 자신이 온나가타를 겸했던 안광익은, 신파극을 쇄신하고 근

었다고 회고했다. 복혜숙, 「당대 명배우, 이월화 양의 최후—타락한 여자라 비웃지 마시요」, 『별건곤』 66, 1933.9, 10쪽.

34 1922년 11월 16일부터 〈기연〉(윤백남 작), 〈몽외〉(안광익 각색), 〈심기일전〉(윤백남 번안), 활극 〈부운浮雲〉을 공연했으며, 1923년 1월 28일부터는 〈지기知己〉(이기세 번안), 〈기연〉(윤백남 작), 〈장한몽〉(조일재), 〈몽외〉(윤백남 번안), 〈심기일전〉(윤백남 번안), 〈순경循環〉(윤백남 번안), 〈등대직〉(윤백남 작)이었다. 〈몽외〉의 번안, 각색은 안광익에서 윤백남으로 수정되었다. 그리고 2월 4일부터는 〈불여귀〉와 〈형월螢月〉, 〈호반촌사湖畔村舍〉, 〈수염 하나〉, 〈유언〉, 〈연애실패〉, 〈개가改家〉, 〈선처양녀善妻良女〉, 〈형제개심〉, 〈신식경영〉, 〈관상觀像〉, 〈남아〉를 공연했으며, 2월 24일부터는 〈남아〉, 〈천리마〉, 〈유령의 복수〉, 〈신춘향곡〉, 〈비파가〉, 〈호반촌사〉, 〈관상옹觀像翁〉, 〈신식 독가비〉, 〈개가부改家夫〉를 공연했다.

대극을 지향하고자 했던 윤백남과 길항했던 것으로 추정되며, 따라서 탈단이 불가피했던 것으로 보인다. 당시 윤기정이 민중극단 감상평에서 안광익이 "시대에 배타되고 오인吾人 요구에 적합지 안이흔 추태 배우임으로 비평흘 가치가 업다"고 신랄하게 혹평했던 것은, 대표적인 신파 배우였던 안광익의 연기력 자체에 문제가 있었기 때문이라기보다는 그의 연기 스타일이 이제는 근대극을 지향하는 민중극단이나 관객의 요구에 맞지 않았었기 때문이라고 볼 수 있다. 안광익은 신파극계에서 이름있는 배우였던 것이다. 그리고 이러한 안광익 일파의 탈단은 신파극과 결별하고자 했던 민중극단의 성격이 좀 더 선명해지는 결과를 낳았을 것이었다.

1922년 11월 6일 윤백남은 조선극장의 개관기념을 위해 자신이 각색 연출한 〈짠발짠〉을 공연했다. 이는 신문지상에 "현대극계의 권위 만파회"[35]의 공연으로 소개되었는데, 당시 안광익 일파와의 내분으로 인해 민중극단의 이름을 공식적으로 내세우지 않았던 것으로 추정된다. 하지만 안광익 일파의 탈단이 마무리된 이후인 1923년 2월 8일부터는 다시 민중극단의 이름으로 공연을 시작했다. 레퍼토리는 지난 해 공연했던 〈짠발짠〉의 제목을 변경한 〈희무정〉(유고 원작, 윤백남 각색)과 〈진시황〉(윤백남 역), 〈제야의 종소래〉(윤백남 작), 〈사랑의 싹〉(윤백남 모작(模作)), 〈영겁의 처〉(윤백남 역), 〈대위의 쌀〉(윤백남 역), 〈파멸〉(윤백남 작)이었다. 김정진과 조일재 역시 민중극단의 작가로 내세워졌지만 극단 광고에 실린 작품들은 대부분 윤백남의 창작극과 번역극이었으며 윤백

---

35 조선극장 광고, 『매일신보』, 1922.11.7.

남의 연출로 공연되었다.

이상과 같이 1920년 봄에 동경유학생들 중심의 연극 연구단체로 조직되었던 극예술협회가 동우회 순회극단의 주축이 되어 근대극의 이상을 조선의 관객들에게 시험적으로 실연해 보였던 것은 1921년 7~8월이었다. 일반적으로 우리 연극사에서 근대극은 기존의 신파 연극인들과 근본적으로 다른 연극적, 문화적 토대에서 성장한 동경유학생들에 의해 추동된 것으로 여겨져 왔다. 그리하여 빠르게는 동우회 순회공연에서, 늦어도 1923년 6월에 역시 동경의 유학생들을 중심으로 창단된 토월회에서부터 시작되었다고 본다. 하지만 동경유학생들뿐만 아니라 이기세와 윤백남과 같은 일부 신파인들 역시 근대극을 인식, 지향하고 견인해 나갔던 연극적 주체의 일부였다.

극예술협회나 이후 토월회를 조직했던 유학생들은 동경이라는 제국의 중심에서 실험되는 서구의 연극을 직접적으로 경험했으며, 그로 인해 분명하게 신파극과 비판적 거리를 둘 수 있었다. 하지만 어디까지나 아마추어 단체였던 극예술협회와 초기 토월회의 근대극 실험은 처음부터 그 한계를 가지고 있었다. 그리고 이러한 점에서 신파 연극인들의 근대극 지향과 실험은 비록 자신들이 지양해야 하는 신파극의 내부에서 이루어진 것이라는 점에서 태생적인 어려움과 한계를 지니고 있었지만, 다른 한편으로는 그 시행착오가 유학생들 중심의 아마추어 연극단체와 다르게 연극계 내부의 성과로 축적될 수 있었다.

신파극단들은 1916년 예성좌의 〈카츄샤〉를 시작으로 서구의 번역극 공연을 시도하기 시작했다. 그리고 1920년대 초반부터 이기세와 윤백남은 각각 자신들이 이끌었던 예술협회와 민중극단에서 서구의 번역극과 함께 자신들의 창작극을 공연하기 시작했으며, 이채전이나 이월화와 같은 여배우를 기용하기 시작했다. 이러한 예술협회와 민중극단의 근대극 시도는 동경유학생들 중심의 동우회 순회공연이 있은 직후 본격화되었으며 토월회가 등장할 무렵까지 지속되었다. 그리고 이기세와 윤백남이 1920년대 중반 이후 영화와 음반, 방송 분야로 활동의 무게중심을 옮기면서 그 근대극적 성과는 박승희의 토월회로 모아졌다.

무대에 선 〈카츄샤〉와 번역극의 등장

1. 이제, 번안극에서 번역극으로

1916년 3월, 신파극계를 경쟁적으로 선도하던 이기세와 윤백남이 함께 손을 잡고 예성좌를 조직하여 화제를 모았다. 이들은 실력 있는 신파극 배우들만을 모아 공연 자체의 완성도를 높이며 신파극개량에 주력한다고 밝혔다.[1] 군소 신파극단들이 난무한 가운데 전반적으로 질적 하락한 신파극계를 반성하고 개량하기 위한 일종의 타계책이었던 것이다. 실제로 예성좌는 기존의 신파극 레퍼토리를 공연해 "조흔 신파연극단"[2]

---

1 예성좌는 이를 위해 이기세와 윤백남의 그간 극단경영의 노하우를 토대로 "연극만 힝ᄒᆞ는 비우의 부분"(단장 이기세 담당)과 "연극각본과 기량의 부분"(윤백남 담당), "경영을 도모하는 홍업부분"(이범구 담당)을 엄격히 구분했다. 언론의 반응도 호의적이었다. 하몽생, 「신극좌 예성좌에 대ᄒᆞ야」, 『매일신보』, 1916.3.25.
2 「신극단의 예성좌 조직셩」, 『매일신보』, 1916.3.23.

이라는 평가를 받았다.

하지만 예성좌의 근대연극사적 의의는 완성도 높았던 신파극보다 서
구 작품인 〈코르시카의 형제〉와 〈카츄샤〉를 공연했다는 데 있었다. 예
성좌는 신파극단으로서는 처음으로 '서양연극재료'를 공연하며 근대극
에 대한 지향성을 내보였던 것이다.[3] 〈코르시카의 형제〉는 기존의 레퍼
토리와 유사한 '번안 신파극'이었으며, 〈카츄샤〉는 처음 공연된 '번역
신파극'이었다. 그리고 〈코르시카의 형제〉는 카와카미 극단川上一座의,
〈카츄샤〉는 시마무라 호게쓰島村抱月가 이끌던 게이주쓰자藝術座의 레퍼
토리 중 하나였으며, 이들 극단은 신파를 지양하고 근대극을 지향했던
단체였다. 그리고 게이주쓰자는 예성좌가 창단되기 약 4개월 전에 조선
을 방문하여 〈부활〉을 포함한 근대극 작품들을 선보였다.

1910년대 『매일신보』에는 일본소설이나 서구소설의 일본어 중역이
나 번안소설이 인기리에 연재되었고, 이 중 〈눈물〉, 〈단장록〉, 〈쌍옥
루〉, 〈장한몽〉, 〈정부원〉 같은 작품들은 신파극으로 공연되어 큰 인기
를 끌었다.[4] 하지만 당시에는 저작권 개념, 즉 작품의 번안 여부나 원작
자체를 밝혀야 한다는 의식 자체가 오늘날처럼 명확히 형성되어 있지
않았다. 임화가 일찍이 "일인日人이 서양 통속소설에서 의역 개작"[5]했다
고 지적했던 〈눈물〉은 이상협 작으로 문제 없이 『매일신보』에 연재되

---

3 공연 당일 〈카츄샤〉는 『매일신보』에 '예성좌의 근대극'으로 소개되었다. 「예성좌의 근
   대극」, 『매일신보』, 1916.4.23.
4 신파극 레퍼토리와 『매일신보』 연재 번역·번안소설에 관해서는 다음의 논의를 참고할
   수 있다. 우수진, 『한국 근대연극의 형성』, 푸른사상, 2011; 박진영의 『번역과 번안의 시
   대』, 소명출판, 2011.
5 임화, 「조선소설에 관한 보고」, 국학자료원 편, 『한국문학의 논리』, 국학자료원, 1998,
   423쪽.

고 단행본으로 출간되었으며, 〈쌍옥루〉나 〈단장록〉 역시 원작이나 번안 모본에 대한 별도의 언급 없이 조일재의 이름으로 연재, 출간되었다. 심지어 〈정부원〉은 런던과 파리 등의 유럽식 지명地名에 정혜나 천웅달, 최창훈 등과 같은 우리식 인명人名이 이상협의 작으로 연재되었지만,[6] 전혀 문제시되지 않았다.

예성좌의 창립공연이었던 〈코르시카의 형제〉 역시 프랑스 남부의 코르시카 섬에 살고 있는 옥동규와 정동환 형제를 주인공으로 하는 번안 극이었다.[7] 하지만 약 한 달 뒤 공연된 〈카츄샤〉는, 비록 제목은 주인공의 이름을 따라 변경되었지만, 지명과 인명이 원작 그대로인 번역극으로 공연되었다. 공연의 보도기사에는 원작이 톨스토이의 『부활』이라는 사실과, 극중가劇中歌인 〈카츄샤의 노래〉가 시마무라 호게쓰의 노래를 우리말로 '번역'한 것이라는 사실이 강조되었다.[8]

예성좌의 〈카츄샤〉는 앙리 바타이유Henry Bataille가 1902년에 5막극으로 각색한 대본을 원작으로 했던 것으로 추정된다. 호게쓰는 바타이

---

6 〈코르시카의 형제〉 이전에 서구소설의 일본어번안이 우리말로 번안되어 『매일신보』에 연재된 것으로 알려진 작품은 다음과 같다. 심천풍 번안의 〈형제〉(1914.6.11~7.19)는 『런던타임스』에 연재되었던 작자미상의 작품을 번안한 것이며, 〈정부원〉(1914.10.29~1915.5.19)은 1894년에서 1895년까지 『요로즈초호万朝報』에 연재되었던 쿠로이와 루이코黒岩涙香의 〈스테오부네捨小舟〉를 번안한 것으로서 그 원작은 영국작가 엘리자베스 브라든Mary Elizabeth Braddon의 *Diavola*(1867)였다. (신정옥, 「영국연극」, 신정옥·한상철·전신재·신현숙·김창화·이혜경, 『한국에서의 서양 연극』, 소화, 1999, 31·32쪽) 그리고 〈장한몽〉의 번안 모본인 『곤지키야샤金色夜叉』도 베사 클레이Bertha M. Clay의 *Weaker than a Woman*을 원작으로 했다. 「『金色夜叉』の藍本—Bertha M. Clayをめぐって」, 『文學』, 岩波, 2000.12, 188~201쪽; 권두연, 「『장한몽』 연구」, 연세대 석사논문, 2003, 2쪽에서 재인용.
7 그 외의 등장인물 이름도 '이가李家', '애자愛子' 등이었다. 조일재, 「예성좌의 초初무대 코시카 형데를 보고」, 『매일신보』, 1916.3.29.
8 「예성좌의 근대극」, 『매일신보』, 1916.4.23.

유의 대본을 1908년에 번역 재구성하여 게이주쓰자에서 공연했고, 예성좌에서는 1915년에 내한했던 게이주쓰자의 공연을 참고하여 — 아마도 극단에서 각본을 담당했던 윤백남이 번역하여 — 공연했다. 바타이유의 〈부활〉은 기본적으로 멜로드라마였으며, 시마무라 호게쓰의 〈부활〉 역시 크게 다르지 않았다. 하지만 이것은 기존의 신파극과 같은 가정극 멜로드라마domestic melodrama와 일부 유사하지만 분명히 다른 새로운 멜로드라마였다. 그리고 그 새로움은 번역극이라는 형식을 통해 서구적이고 근대적인 것으로 수용, 경험되었다. 〈부활〉의 대중적인 성공은, 1910년대 초반 〈눈물〉과 〈쌍옥루〉, 〈장한몽〉, 〈정부원〉 등의 번안극이 그러했던 것처럼, 관객대중의 새로운 감각·감성의 요구와 조응했던 하나의 문화적인 증후였던 것이다. 그리고 그것은 이제 번안극이 아닌, 번역극을 통해 주조籌造되었다.

논의에 앞서 〈부활〉과 관련된 톨스토이의 수용 연구를 검토해볼 필요가 있다. 톨스토이는 『전쟁과 평화』, 『안나 카레리나』로 일찌감치 서구에서 명성이 높았으며, 1870년대에 들어서는 그 자신이 문학에서 종교로의 이행을 천명했다. 그리고 1899년 출간된 『부활』은 종교적 도덕적 사상이 집대성된 만년의 대작으로 서구 유럽에서 엄청난 반향을 일으켰다. 다른 서구 문학인들과 달리 톨스토이가 비교적 이른 시기였던 1900년대 중후반경에 문학가보다 사상가로서 국내에 중요하게 소개되었던 데에는 이러한 동시대적인 배경이 작용하고 있었다.[9] 1910년대에

9　국내 톨스토이의 번역 수용에 대해 주로 참고한 최근의 주요 연구성과들은 다음과 같다. 권보드래, 「『소년』과 톨스토이 번역」, 『한국근대문학연구』 12, 한국근대문학회, 2005; 박진영, 「한국에 온 톨스토이」, 『한국근대문학연구』 23, 한국근대문학회, 2011; 소영현, 「'지'의 근대적 전화─톨스토이 수용을 통해 본 '근대지'의 편성과 유통」, 『동방학

가장 많이 소개된 극작가 역시 셰익스피어가 아닌 톨스토이였다.[10]

톨스토이의 문학은 1910년대 중후반부터 『부활』의 공연과 번역을 통해 본격적으로 알려지기 시작했다. 『부활』의 최초 번역본은 1918년에 축역 재구성본으로 출간된 『해당화』였다.[11] 권보드래는 『해당화』가 권선징악적인 '양심'의 문제만 제기하는 데 그쳤을 뿐 시종일관 내플류도프와 카츄샤의 연애 이야기에 초점을 두었다는 점에서 "『부활』의 통속화된 이본異本"이라고 평가했다.[12] 박진영 역시 권보드래의 관점에 동의하고 『해당화』 안에 극중가인 〈카츄샤의 노래〉가 두 번이나 삽입되었다는 점에서 그 번역이 1915년 게이주쓰자의 〈부활〉과 1916년 예성좌의 〈카츄샤〉 및 극중가가 누린 대중적인 인기에 영합한 혐의가 짙다고 보았다.[13] 그리고 윤민주는 시마무라 호게쓰의 〈부활〉 대본을 참고하여 〈카츄샤〉의 실제 면모와 그것이 『해당화』에 미친 영향을 고찰하면서, 〈카츄샤〉가 원작과 달리 여주인공의 수난에 초점을 두는 가정비극류의 신파극을 답습한 공연이었다고 평가했다.[14] 이상 기존의 연구들

지』154, 연세대 국학연구원, 2011.

10 신정옥, 「러시아극의 한국수용에 관한 연구」, 『인문과학연구논총』8, 명지대 인문과학연구소, 1991, 15쪽. 1910년대에 가장 많이 소개된 극작가는 톨스토이, 셰익스피어, 괴테 등이었으며, 톨스토이 다음으로 많이 소개된 러시아 극작가는 도스토예프스키, 체홉, 고리키, 뚜르게네프 등이었다.

11 박현환, 『해당화—가주사애화賈珠謝哀話』, 경성 : 신문관, 대정 7(1918). 『부활』은 맨처음 1914년 『청춘』 지誌 '세계문학개관'에서 '갱생更生'이라는 제목으로 줄거리가 요약 소개되었다. 당시 톨스토이를 앞장서서 소개했던 최남선은 『청춘』의 발행인이자 『해당화』를 출판했던 신문관의 소유자이기도 했다. 이에 관한 자세한 논의는 전술한 권보드래와 박진영, 소영현의 논의를 참고할 것.

12 권보드래는 『해당화』가 발행된 그 지점에서 톨스토이의 최남선이 급진성을 상실, 문학가로 소비되기 시작했다고 보았다. 권보드래, 앞의 글, 90쪽.

13 박진영은 그럼에도 불구하고 『해당화』의 통속적인 번역이 톨스토이와 대중문화를 이어주는 가교 역할을 했다고 평가했다. 박진영, 앞의 글, 207·208쪽.

14 윤민주, 「극단 '예성좌'의 〈카츄샤〉 공연 연구」, 『한국극예술연구』38, 한국극예술학회,

은『부활』의 소설번역인『해당화』의 통속성 문제를 중심으로 〈카츄샤〉 공연과의 영향 관계에 주목했다. 〈카츄샤〉 공연 및 극중가의 대중적인 유행이『해당화』의 번역 출간을 견인했을 가능성은 높다. 하지만『해당화』의 번역이, 서양에서도『부활』의 해적 번역이 워낙 많았다는 점을 감안할 때, 예성좌의 〈카츄샤〉나 호게쓰의 〈부활〉이 아닌 제3의 모본을 번역한 것이었을 가능성을 배제할 수 없다.

이제 다음 장에서는 〈코르시카의 형제〉의 번안 경로와 〈카츄샤〉의 번역 경로를 통해 두 작품의 면모와 그 성격을 비교적으로 고찰하고자 한다. 그리고 특히 〈카츄샤〉의 각색 방식과 그것이 번역 공연되었던 연극적, 문화적 맥락을, 앙리 바타이유 및 시마무라 호게쓰의 경우와 비교적으로 고찰해 볼 것이다. 〈카츄샤〉는 신파극 형식으로 공연되었음에도 불구하고 카츄샤라는 새로운 유형의 여주인공과 번역극이라는 사실을 통해 근대적인 레퍼토리로 인식될 수 있었다.

2. 예성좌의 번안극 〈코르시카의 형제〉, 그 절반의 성공

예성좌가 창립공연으로 야심차게 준비했던 〈코르시카의 형제〉가 비평적 성공을 넘어 대중적인 성공에 이르지 못했던 원인은 무엇이었을까?

2012, 32~34쪽.

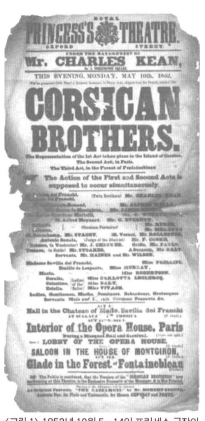

<그림 1> 1852년 10월 5~14일 프린세스 극장의
〈코르시카의 형제〉 공연 전단지.

이를 통해 우리는 〈카츄샤〉의 성공요인을
역으로 가늠해볼 수 있을 것이다. 3월 27
일 단성사에서 공연된 〈코르시카의 형제〉
는 하루 전날 『매일신보』에 "셔양에서 유
명ᄒ던 연극", "죠션의 신파연극단에셔 아
모도 흥힝치 안이ᄒ 처음보는 것"이라고
소개되었다.[15] 그리고 공연 식후에는 소일
재의 호평이 있었다. 그는 "서양연극직료"
인 이 '고상한 연극'의 관객 대부분이 학
생·신사 위주의 '고상한 사람'이었으며,
극의 중간중간에는 관객들의 감동에 찬 박
수갈채가 이어졌다고 전했다. 그리고 예성
좌에 대한 큰 기대감을 숨기지 않으며 다
음과 같이 마무리했다. "쟝쾌ᄒ된 대뎌 이
예성좌의 일힝은 명부허뎐이라 하겟스나
이졔 남보다 나은 것을 만죡타 녁이지 말
고 더욱더욱 슈양ᄒ고 면려ᄒ여 나가면 불츌긔년ᄒ야 되셩공을 긔디리
겟더라"[16] 이후 예성좌는 〈연의 말로〉와 〈안히〉, 〈유언〉, 〈단장록〉 등의
공연을 이어갔고, 4월 3일에는 관객의 요청으로 〈코르시카의 형제〉를
한 번 더 공연했다. '고상한 관객'을 위한 '고상한 신파극' 〈코르시카의
형제〉는 분명 성공적이었다.

---

15 「예성좌의 초일」, 『매일신보』, 1916.3.26.
16 조일재, 「예성좌의 초初무대 코시카 형뎨를 보고」, 『매일신보』, 1916.4.23.

〈코르시카의 형제〉의 원작은 〈삼총사〉와 〈몽테 크리스토 백작〉 등으로 잘 알려진 알렉상드르 뒤마의 유명한 소설인 『코르시카의 형제들Les Frères corses』(1844)이었다. 이 소설은 작가가 프랑스 남부의 코르시카 섬을 여행하면서 스스로 화자가 되어 인물을 소개하고, 사실과 허구를 적절히 배합하여 이야기를 펼쳐나가는 독특한 서술형식의 작품이었다. 작가 특히 코르시카 섬 특유의 친족간의 불화와 복수의 방식인 '방데타la vendetta'를 흥미롭게 다루었는데, 소설의 내러티브를 추동하는 것은 바로 다음의 세 가지 방데타 에피소드였다. ① 오를란디와 콜로나 가문 간의 피비린내 나는 복수의 역사. ② 뤼시앙 드 프랑스 가문의 조상인 사빌라Savilia가 그녀를 소유하고자 한 귀족 지위뒤스Giuduce에 의해 무참히 살해된 사건으로 인해 사백년간 지속된 복수의 역사. ③ 루이를 결투에서 죽인 샤토 르노에 대한 뤼시앙의 이야기.[17]

뒤마의 소설은 얼마 후 영국의 극작가 디온 부시코Dion Boucicault에 의해 복수극 멜로드라마로 각색되었으며 1852년 2월 런던 프린세스 극장Princess's Theatre에서 초연되었다. 부시코는 프랑스의 픽세레쿠르Guilbert de Pixerécourt에 비견되는 영국의 대표적인 멜로드라마 작가였다. 그는 1844~1848년 파리에 머물며 프랑스 멜로드라마의 각색에 전념했는데, 역시 파리에 머물러 있었던 영국의 명배우 찰스 킨Charles Kean이 뒤마의 새로운 낭만주의 멜로드라마를 동경해 부시코에게 그 각색을 맡겼던 것이다. 이후 부시코는 1850~1853년 찰스 킨이 경영했던 프린세스 극장에서 고정 작가로 일했으며, 〈코르시카의 형제〉가 초

---

17 김동윤, 「코르시카와 소설적 인물 구성 연구」, 『프랑스문화예술연구』 35, 프랑스문화예술학회, 2011, 40・52쪽.

연된 것은 바로 이때였다.[18]

부시코의 〈코르시카의 형제〉는 뒤마의 소설 중 세 번째 방데타 중에서 등장인물과 사건을 가져와 복수극 멜로드라마로 재구성한 작품이었다. 연극이 시작하면 파비앙은 가족과 함께 코르시카에, 루이는 파리에 살고 있다. 제1막은 파비앙의 환영을 보여주고 제2막은 그와 동시적으로 일어나는 실제 사건을 보여준다. 제1막의 마지막 장면에서 루이의 유령이 무대 위에 나타난 파비앙과 그의 어머니, 그리고 관객에게 자신의 죽음을 이미지로 보여준다. 제2막에서 관객은 루이가 드 레파르 부인을 좇아 파리로 갔음을 알게 된다. 루이와 파비앙은 둘다 드 레파르 부인과 사랑에 빠졌지만, 파비앙이 포기하고 루이가 그녀를 좇아 파리로 간 것이었다. 하지만 루이는 그녀가 유부녀였음을 알고 멀리 떠나기로 맹세한다. 그녀의 남편은 루이를 의심하지만, 루이의 솔직한 고백에 오히려 자신이 여행간 사이에 아내를 지켜달라고 부탁한다.[19]

결투와 오입을 일삼는 샤토 르노 역시 드 레파르 부인을 좇아다닌다. 어느날 저녁 파티에서 샤토 르노는 자신과 언쟁을 벌였던 드 레파르 부인이 자신이 아닌 루이에게 집에 데려다 달라고 부탁하자 이를 분히 여기고 루이에게 결투를 신청한다. 마지막 장면에서 루이는 칼에 가슴이 찔려 죽게 되고, 자신의 죽음을 가족에게 알리겠다고 맹세한다. 제3막에서 샤토 르노와 그의 친구는 망명을 계획한다. 그러나 마차가 루이가

---

18 1853년 미국으로 떠난 부시코는 〈엉클 톰스 캐빈〉에 마음을 빼앗겨 1859년에는 그 유명한 〈옥터룬The Octoroon〉을 썼다.

19 이상 부시코의 〈코르시카의 형제〉에 대한 작품설명 및 내용, 사진 자료는 영국 켄트 대학University of Kent의 도서관 홈페이지에서 제공하는 'Dion Boucicault Collection'에 소개된 자료를 참고하였다.

죽은 숲 인근에서 부서지면서 루이의 유령 — 사실은 파비앙 — 과 만난다. 파비앙은 형제의 복수를 맹세하고 샤토 르노와 결투한다. 결국 르노는 죽고 마지막 장면에서 루이의 유령이 무대를 가로질러 앞쪽을 향해 걸어나온다.

부시코의 〈코르시카의 형제〉는 초연 당시 어마어마한 성공을 거두었으며, 특히 환영 장면의 효과적인 연출로 호평을 받았다. 루이와 샤토 르노, 파비앙과 샤토 르노의 결투 장면는 박진감 넘치는 볼거리를 제공하기에 충분했으며, 1인 2역으로 쌍둥이 역을 맡았던 찰스 킨의 명연기는 작품의 완성도를 높이는 데 기여했을 것이었다. 음악 역시 당시 연극의 부수음악incidental music 작곡가로 유명했던 로버트 스토펠Robert Stoe-pel이 맡았다.[20]

일본에서 〈코르시카의 형제〉는 카와카미 오토지로川上音次郎에 의해 1910년 5월 〈코루시칸 브라더コルシカンブラザー—파리노 아다우치巴里の仇討〉로 공연되었다.[21] 신파극의 창시자로 알려진 카와카미의 극단은 1890년대에 들어서, 반정부적 정치적 성향이 강했던 초기의 아마추어적인 소우시시바이壯士芝居에서 벗어나 점차 직업극단의 성격을 강화해 나갔다. 특히 카와카미는 1893년 11월 단기간의 프랑스 연극시찰과 이후 1899년 4월에서 1901년 1월까지 그리고 같은 해 4월에서 1903년 1월까지 모두 두 차례에 걸친 구미순회공연 후 본격적으로 세이게키正劇운동을

---

20 독일 태생의 미국인 작곡가이자 지휘자였던 연극의 부수음악 작곡가로도 널리 활동했다. 그는 1848년 2월 3일 프랑스 떼아트르 이스토리크Théâtre Historique에서 초연된 알렉상드르 뒤마와 오귀스트 마케Auguste Maquet의 〈몽테 크리스토〉 공연에서 음악을 담당한 세 명의 작곡가 중 하나로 참여하면서 연극의 부수음악 작곡을 시작했었다. 그리고 1854~1860년에는 미국에서 활동했던 부시코 작품의 모든 부수음악을 맡았다.
21 여기서 '파리노 아다우치巴里の仇討'는 '파리에서의 복수'를 의미한다.

〈그림 2〉 예성좌의 〈코르시카의 형제〉 제3막(『매일신보』, 1916.3.29).

시작했다. 그는 구미에서 직접 목격한 〈오셀로〉와 〈베니스의 상인〉, 〈햄릿〉 등의 서구극을 솜씨 좋게 번안해냈는데, 〈코르시카의 형제〉 역시 이들 레퍼토리 중 하나였다. 이러한 카와카미의 번안 서구극은 결과적으로 신극의 탄생을 촉진시켰다는 평가를 받고 있다.[22]

예성좌의 〈코르시카의 형제〉 공연 당시 『매일신보』에 실린 기사와 비평은 모두 내용적인 면에서 작품의 원작이 부시코의 〈코르시카의 형제〉였음을 증명하고 있다. 3월 26일 자 기사 「예성좌의 초일」은 극중 "령혼도 나오며" 이 작품이 "원슈를 갑는 연극"이라고 설명하고 있다. 그리고 조일재는 특히 "옥동규가 정동환의 피살당흔 광경이 무션 전신 갓치 감응되얏슬 째 고심 '오모이이레' 하는 것"에 대해 호평했고, "그 형의 죽는 것이 은연지중에 보일 째에는 관즁이 모다 박수갈치ᄒ야 '잘 흔다 잘흔다' ᄒ는 쇼리가 연ᄒ여 일어"났다고 했다. '오모이이레思(おも)

22 大笹吉雄, 『日本現代演劇史－明治・大正篇』, 白水社, 1985, 58쪽.

いね'는 연극에서 말없이 생각이나 감정을 나타내는 몸짓을 말하였다. 그리고 예성좌의 〈코르시카의 형제〉가 번안극으로 공연된 것은 카와카미 극단의 번안극이나 또는 이를 모본으로 삼았던 다른 일본 신파극단의 공연을 참고로 했기 때문이었을 것이다.

〈코르시카의 형제〉는 국내에서 초연된 서구의 유명 레퍼토리였으며 공연의 완성도도 높았다. 그리고 〈그림 2〉에서와 같이 무대장치와 의상도 모두 서구적이었다. 하지만 〈코르시카의 형제〉는 예성좌가 애초 목표로 했던 '잘 만든 신파극'이었을 뿐, 전적으로 새로운 작품은 아니었다. 복수극, 그중에서도 부모나 형제에 대한 복수극은 기존의 신파극에서 가정극과 함께 가장 많은 인기와 비중을 차지하는 것이었다. 더구나 서구적인 무대와 의상의 번안극은 이미 1914년 혁신단의 〈단장록〉에서부터 시도되고 있었다. 그리고 혁신단의 〈정부원〉은 예성좌의 〈코르시카의 형제〉에 앞서 불과 한 달도 안 되는 3월 3일에 "슌젼흔 셔양식 연극"[23]을 표방하며, 서구 각국의 배경으로 정혜와 천웅달 등의 등장인물이 등장하는 새로운 번안극을 선보였다. 연극적 새로움은 더 이상 번안극의 몫이 아니었던 것이다.

---

23 『「정부원」의 연극』, 『매일신보』, 1916.2.29. "혁신단일힝에셔도 무딕의 수리계구의 준비에 방금쥬야 골몰중인딕 가옥과 경치가 셔양싀됨과 출장ㅎ는 빅우가 모다 양복을 입음은 물론이오 연극도 셔양싀으로 흘터인즉 신파연극이 싱긴지 오륙년 여러 가지를 구경흔이가 만켓지만은 죠션말로 옮기는 이와ㅈ치 슌젼흔 셔양싀 연극은 대톄 쳐음구경이라 ㅈ미잇는 뎡부원의 말ㅎ는 활동샤진을 보는 것과 ㅈ혼 취미가 잇스리로다."

3. 〈부활〉의 번역 공연과 경로―런던에서 동경, 그리고 경성으로

1) '톨스토이'의 〈부활〉에서 '카츄샤'의 〈부활〉로

'예술좌일행 내연來演'

고상한 신연단으로 일본에 데일이라 일컷는 녀우 송정수마조 '松井듸須摩子'. 이하의 예술좌일힝은 견죠도뎐 대학교슈 도촌포월嶋村抱月씨가 거나리고 칠일밤 남대분에 도착ᄒ야 구일부터 '룡산사구라좌'에셔 긔연홀터인듸 금회 샹당ᄒᄂ 극본은 '카츄시야', '싸로메', '마구다'와 기타 여러 가지 고샹흔 샤회극社會劇으로 문학에 유지흔 사름은 한번 구경홀만 ᄒ겟더라

1915년 11월 9일 『매일신보』에는 시마무라 호게쓰가 이끄는 동경 예술좌藝術座의 공연을 알리는 짤막한 기사가 극단의 대표적인 여배우인 마쓰이 스마코松井須摩子의 사진과 함께 실렸다. 주 레퍼토리는 〈카츄샤〉와 〈살로메〉 등이었다. 그리고 예성좌의 〈카츄샤〉가 단성사 무대에 오른 것은 이로부터 약 6개월 후인 1916년 4월 23일이었다.

예성좌의 〈카츄샤〉를 둘러싼 기존의 논의는 주로 근대극의 여부에 집중되어 왔다.[24] 하지만 여기서는 근대극의 여부보다 그것이 번안 신

---

24 일찍이 이두현과 유민영은 〈카츄샤〉가 비록 신파극으로 공연되었다는 점에서 본격적인 신극(근대극)으로 볼 수 없지만, 그것이 서구극 레퍼토리로서 일본의 신극 단체였던 게이주쓰자의 레퍼토리였다는 점만큼은 긍정적으로 보았다. 하지만 윤민주는 게이주쓰자의 〈부활〉이 일본에서 '신극의 타락'으로 대중성·통속성 논란을 일으켰으며 그 각색도 기존의 신파극을 답습한 것이었다고 비판했다. 이두현, 『한국신극사 연구』, 서울대 출판부, 1990(1966), 83쪽; 유민영, 『한국근대연극사 신론』상, 태학사, 2011, 381~382쪽; 윤민주, 앞의 글, 21~27쪽.

파극의 시대에 번역극의 형식으로 처음 공연되었다는 사실에 조금 더 주목하고자 한다. 번안은 인명과 지명, 제목은 기본으로, 필요에 따라 사건의 전개방식까지 과감하게 변경시킨다. 번안을 통해 원작은 현지화 localization되고 혼종화hybridization되며, 이 과정에서 원작과 번안의 경계는 모호해진다. 반면에 번역은 원작 그 자체를 가능한 온전히, 물론 벤야민은 궁극적으로 이것이 불가능하다고 보았지만, 재현하고자 하는 욕망에서 출발한다. 하지만 번역이 원작에 대한 동일성을 꿈꾸면 꿈꿀수록 그 과정에서 원작(타자)과 번역(주체) 사이의 경계는 점점 더 분명해진다.

이런 점에서 번안극의 시대에서 번역극의 시대로의 이행은 원작(타자·서구)을 인식하는 방식이나 태도의 변화에 조응하는 것이라고 할 수 있다. 여기에서 예성좌의 〈카츄샤〉가 번역극으로서 원작을 얼마나 충실히 재현했는가보다, 원작을 어떤 방식으로 자기화했는가에 주목하는 것은 이러한 맥락에서이다. 그리고 이를 위해 게이주쓰자의 〈카츄샤〉 공연과 그 성공이 놓여 있었던 연극사적 사회문화적 맥락을, 그 원작인 앙리 바타이유의 〈부활〉 연극과 이를 번역 재각색했던 게이주쓰자의 〈부활〉 연극이 놓여 있었던 연극사적 사회문화적 맥락과 비교하여 살펴볼 것이다. 번역은 단순히 일개 작품의 언어적 차원만이 아니라 그것이 놓여 있는 사회문화적 차원까지 포괄하는 작업이기 때문이다.

게이주쓰자의 〈부활〉과 예성좌의 〈카츄샤〉는 톨스토이의 『부활』을 각색한 프랑스의 극작가 앙리 바타이유의 〈부활〉을 원작으로 했다. 당시 서구에서 톨스토이는 『전쟁과 평화』와 『안나 카레리나』 등으로 이미 명망이 높았고, 스스로 문학가에서 종교인으로의 이행을 천명하면서 그의 모든 발언과 행동이 관심의 대상이 되고 있었다. 그리고 20년 만의 대작으로 1899년 12월에 출간된『부활』은 유럽 전역에서 빠른 속도와 양으로 번역되었다. 한 마디로 톨스토이의『부활』은 1900년 전후의 가장 뜨거운 문화적 아이콘이었다.

공연계 역시 마찬가지였다. 1901년초 밀라노의 리코르디Ricordi 출판사에서는『부활』을 오페라로 각색·출판하였으며, 이는 이후 유럽과 미국에서 영어로 번역, 공연되었다. 가장 빈번한 것은 연극 각색이었다. 앙리 바타이유의〈부활〉은 1902년 가을에 파리의 오데옹 극장Théâtre de Odéon에서 초연되었다. 그리고 다음 해인 1903년 2월 18일에는 런던과 뉴욕에서 동시에 공연되었고, 이때 파리의〈부활〉공연은 백 회를 돌파하고 있었다. 뿐만 아니라 바로 3주 후인 3월 8일에는 알렉산더 프레드릭 프랭크Alexander Frederick Frank가 2막극으로 각색한〈부활〉이 샌프란시스코의 리퍼블릭 극장Republic Theatre에서 공연되었다.〈부활〉은 공연 그 자체만으로도 화제가 되는 레퍼토리였던 것이다.

1890년대 이미 프랑스 연극계의 떠오르는 신예였던 앙리 바타이유는 상징주의 작품으로 극작을 시작했으나, 점차 대중적인 멜로드라마 작가로 변모하고 있었다. 그리고 내용적으로 복잡한 소설『부활』을 가장 대중적인 형식의 멜로드라마로 각색해내는 데 성공했다.〈위비 대왕Ubu Roi〉으로 유명한 초현실주의 작가 알프레드 자리Afred Jarry 역시 바타이유의 각색에 다음과 같이 칭찬을 아끼지 않았다. "앙리 바타이유는 굉장히 서정적인 극작가로 톨스토이의 사회적 심리적 소설에 생명을 불어넣었다"[25] 파리 공연의 성공은 곧 런던에까지 퍼져나갔다. 당시 히즈 마제스티 극장His Majesty's Theatre의 경영자이자 소유자, 그리고 배우였던 허버트 비어봄 트리Herbert Beerbohm Tree는 마이클 모튼Michael Morton 에게 즉각 번역을 의뢰하였으며, 동시에 런던과 뉴욕 빅토리아 극장 Hammerstein's Victoria Theatre에서의 공연을 신속하게 준비하였다.[26]

파리 공연뿐만 아니라 런던 공연은 톨스토이와 그 소설의 유명세와 평판에 기대는 하나의 성공적인 문화상품이었다. 트리는 프로그램에 각 색 저자인 바타이유와 모튼의 이름을 삭제하고 그 빈 자리에 '톨스토이 의 〈부활〉'을 강조해 넣었다고 한다. 무대 역시 당시 대중에게 익숙한 러시아 이미지를 반복적으로 강조하는 것이었다. 의상 디자인은 『부활』 의 삽화와 유사했고, 콜차긴 공작의 거실무대는 상페테르부르크 겨울궁 전의 실내사진과 유사했으며, 배경음악에는 글린카Glinka와 아렌스키 Arensky, 차이코프스키Tchaikovsky — 물론 〈비창〉의 일부 포함 — 뿐만 아니라 젊은 라흐마니노프Rachmaninov의 서곡까지 포함되어 있었다. 이상의 장치들은 모두 성공적이었다. 적대적인 비평가들조차 상당히 감 동적이었다는 사실을 인정했으며, 결점에 대한 책임은 톨스토이나 바타 이유가 아닌 모튼에게 있는 것으로 여겨졌다.[27] 공연은 원작의 깊이와 권위로 인해 근본적인 비판에 부딪히기도 했지만, 오히려 그로 인해 더 많은 구원을 받았던 것이다.

1903년 3월경 당시 런던에서 유학 중이었던 시마무라 호게쓰 역시 히스 마제스티 극장 안에서 〈부활〉을 지켜보고 있었다. 그리고 십여 년

---

25 "Les Théâtres", *Le Petit Bleu*, 1902.12.21; reprinted in Alfred Jarry, *La Chandelle Verte*, edited by Maurice Saillet, Paris: Livre de Poche, 1969, p.638; J. A. Cutshall, "'Not Tolstoy at All' : *Resurrection* in London", *Irish Slavonic Studies*, vol.10, 1989, p.34에서 재 인용.

26 J. A. Cutshall, *Ibid.*, pp.31~32.

27 *Ibid.*, p.36.

후에 게이주쓰자를 창단한 그는 자신이 두 번이나 보았던 〈부활〉을 번역 재각색하여 1914년 3월 26일에서 31일까지 제국극장에서 흥행에 성공하면서 말 그대로 극단을 '부활'시켰다.[28] 명치明治 말기부터 일본에서는 톨스토이에 대한 관심과 톨스토이안이 급증하고 있었으며, 대정大正 5년(1916)에는 문예잡지인『톨스토이 연구トルストイ 研究』가 출간될 정도로 그 인기가 급증하고 있었다.[29] 따라서 호게쓰의 〈부활〉은 바타이유의 〈부활〉처럼 톨스토이와 그 소설의 유명세에 크게 기대는 기획성이 강한 것이었다.[30] 그리고 톨스토이와 그 소설의 유명세, 그리고 이미 유럽에서 작품성이 검증된 바타이유의 〈부활〉 대본은 처음부터 실패하기 어려운 조합이었다. 일본의 근대연극사에서 게이주쓰자는 원래 예술성 추구를 내세웠지만 〈부활〉을 계기로 예술성과 대중성을 모두 아우르는 방향으로 전회轉回하였다고 평가된다. 〈부활〉은 여배우를 기용한 신극 형식으로 공연되었으며, 동시에 완성도가 높은 대중극이었다. "잘된 각본이라고 말할 수밖에 없다. 원작의 풍미깊은 배경이 없었던 것은 어쩔 수가 없고, 그 어수선한 원작의 서술이 그러한 분량으로 축약된 것에는 감복할 수밖에 없다."[31]

---

28 이에 대해 시마무라 호게쓰는 자신의『復活』의 서언에서 다음과 같이 밝히고 있다. "소설『부활』을 극으로 각색한 것으로는, 프랑스 앙리 바타이유Henry Bataille의 작품이 있다. 나는 이를 1903년 비어봄 트리Beerbohm Tree가 런던의 「폐하좌陛下座」에서 그 영역을 공연했을 때 보았다. 이번의 각본은 톨스토이의 원작소설과 바타이유의 각본, 여기에 약간의 손질을 더했던 트리의 공연 등의 세 편을 모본(母本)으로 하여 다시「예술좌」 제3회 상연대본에 적합하도록 재각색한 것으로서, 대정 3년 3월 26일에서부터 6일 동안 제국극장에서 공연한 중요한 역할은 松井須磨子의 카쮸샤이다." トルストイ, アンリバタイユ 脚色, 島村抱月 再脚色,『復活』, 新潮社, 大正 3年(1914), 2~3쪽.
29 大笹吉雄, 앞의 책, 147쪽.
30 위의 책, 146쪽.
31 德田秋聲,『読売新聞』, 大正 3年(1914).3.29; 大笹吉雄, 위의 책, 148쪽에서 재인용.

게이주쓰자의 〈부활〉은 하지만 대중적인 성공에 비례하여 많은 비판을 받기도 했다. 특히 지유게키조우自由劇場를 이끌던 오사나이 가오루小山內薰는 '신극의 타락'이라며 목소리를 높였다. 하지만 작품성 자체에 비해 다소 과했던 비판과 논란은 일본 근대연극사의 특수한 맥락 안에서 좀 더 객관적으로 조명될 필요가 있다. 1910년 전후 일본의 신극운동은 츠보우치 쇼오坪內逍遙가 이끄는 분게이쿄우카이文藝協會와 오사나이 가오루가 이끄는 지유게키조우에 의해 견인되고 있었으며, 그 화두는 단연 입센극의 수용과 근대극의 실현이었다. 지유게키조우는 명치 42년(1909) 〈민중의 적〉을, 분게이쿄우카이에서는 명치 44년(1911) 〈인형의 집〉을 공연했다. 이 중 분게이쿄우카이 소속이었던 시마무라 호게쓰는 신극의 이념 문제와 극단의 여배우인 스마코와의 열애 문제를 둘러싸고 스승인 쇼오와 지속적으로 대립하던 중, 분게이쿄우카이가 해산되자 1913년 7월 게이주쓰자를 창단했다. 그리고 제1회 공연으로 메테를링크의 〈실내〉와 〈몬나 반나〉를, 제2회 공연으로 입센의 체홉의 〈곰〉과 입센의 〈해海의 부인〉을 공연했다.

한편 오사나이 가오루가 이끌던 지유게키조우는 앙드레 앙투완André Antoine의 떼아트르 리브르Théâtre Livre를 모범으로 하고 있었다. 앙투완은 대극장 위주였던 파리에서 기존의 상업극장과는 차별화된 자신만의 소극장인 떼아트르 리브르를 일종의 클럽과 같은 예약 공연제로 운영했다. 그리고 당시 대중극의 주류였던 멜로드라마와 결별하고 졸라의 자연주의 작품과 입센의 〈유령〉 같은 '악명 높은' 작품을 공연하면서, 입센과 함께 근대극운동의 대명사가 되었으며 무대 사실주의를 처음 도입했다.[32] 따라서 오사나이에게 근대극운동이란 비상업적인 독립극장에서 무대 사실주의와 그 이후의 모더니즘 연극을 실현하는 것이었음을 짐작하기는 어렵지 않다. 그리고 이러한 관점에서 예술성을 추구하던 게이주쓰자가 재정적인 문제로 〈부활〉을 멜로드라마적으로 각색 공연하여 흥행에 성공한 것은, 그것이 아무리 톨스토이의 작품이라 하더라도 현실과 타협한 결과, 즉 '신극의 타락'으로 보일 수밖에 없었던 것이다. 알프레드 자리가 일찍이 〈부활〉을 호평하면서 보여주었던 일종의 균형 감각을 오사나이는 가지고 있지 않았다. 바타이유의 〈부활〉이 공연되었던 1903년은 서구 유럽에서 무대 사실주의가 이미 정점을 찍은 후였으며, 예술좌의 〈부활〉이 공연되었던 1914년은 일본에서 무대 사실주의가 이제 막 도입되고 있었던 시기였기 때문이다.

근대극에 대한 오사나이 가오루의 엄격한 이념성과 달리, 〈부활〉에 대한 관객(대중)의 태도는 물신주의적이었다. 〈부활〉의 대성공은 연극 자체보다도 부수적인 것의 유행적인 소비에 의해 추동되었다. 스마코가 극중가로 불렸던 〈카츄샤노 우타〉는 최초의 유행가로서 그 음반판매가 약 2만 매에 이르는 공전절후의 기록을 달성하였으며, 스마코의 분장을 모방한 카츄샤의 가발과 카츄샤의 이름을 붙인 빗과 비녀, 리본, 반지 등이 전국적으로 불티나게 팔려 나갔다.[33] 이들에게 〈부활〉은 톨스토이의 〈부활〉이 아닌 카츄샤의 〈부활〉로, 나아가 카츄샤의 악세사리로 소비되었던 것이다. 하지만 바로 이러한 대중적 힘, 또는 일종의 '카츄샤

---

32 앙투완의 떼아트르 리브르로 시작된 독립극장운동은, 독일에서는 오토 브람의 프라이에 뷔네Freie Bühne와 영국에서는 그레인J. T. Grein의 독립극장Independent Theatre 등, 전유럽적으로 퍼져나갔다. 이상 19세기 말 서구의 근대극운동에 대한 자세한 논의는 밀리 배린저의 『서양 연극사 이야기』(개정증보판)(우수진 역, 평민사, 2008), 234 · 235쪽을 참고할 수 있다.

33 河竹 登志夫, 『近代演劇の展開』, 日本放送出版協會, 1982, 188쪽.

신드롬'에 의해 게이주쓰자는 신극 극단으로서 총 444회에 달하는 유래 없는 순회공연을 기록할 수 있었다. 뿐만 아니라 1915년 9월부터 대만과 조선, 중국, 블라디보스톡 등지로 해외 순회공연을 하였으며, 앞서 『매일신보』에서 보도된 11월 9일의 경성 공연 역시 이 시기에 이루어진 것이었다.

게이주쓰자의 〈부활〉은 『매일신보』에 '카츄시아'라는 제목으로 소개되었다. 제목의 변경이 예술좌의 의도였는지 『매일신보』의 오보였는지는 알 수 없다. 하지만 다음 해의 예성좌 공연에서 그 제목은 〈카츄샤〉로 확실하게 변경되었다. 서구 유럽에서 〈부활〉의 흥행을 실질적으로 주도했던 톨스토이와 그 원작의 유명세는, 일본을 거쳐 우리나라에 들어오면서 카츄샤의 유명세로 전도되었던 것이다. 더욱이 당시 우리나라에서는 일본에서와는 또 달리 『부활』의 번역본조차 아직 출간되지 않은 상황이었다. 예성좌의 〈카츄샤〉가 톨스토이와 그 원작의 유명세 못지않게 〈카츄샤의 노래〉의 유명세에 더 기대었던 것은 이 때문이기도 했다. 톨스토이와 카츄샤의 전도는 2년 후 『해당화』로 출간된 『부활』의 번역에도 나타났다. 『해당화』 역시 〈카츄샤의 노래〉를 반복적으로 차용하면서 그 유명세에 호소했던 것이다. 그리고 예성좌뿐만 아니라 이후 신극단체임을 자처했던 토월회와 극예술연구회 등의 공연에서도 카츄샤는 언제나 그 전경前景에 놓여 있었다.

2) '창녀'에서 '성녀聖女'로 – 카츄샤의 전경화와 각색의 방식

카츄샤의 전경화는 바타이유 각색의 가장 큰 특징이었다. 소설과 연극은 그 형상화 방식에 있어서 근본적인 차이가 있다. 소설은 기본적으

로 이야기 형식으로, 작가는 인물의 시점視點이라는 장치를 빌어 사물이나 사실, 사상 등을 자유롭게 설명하거나 묘사한다.[34] 하지만 연극은 일찍이 아리스토텔레스가 『시학』에서 말했듯 등장인물의 극행동을 무대 위에서 직접 보여주는 방식으로 이야기를 전달한다. 따라서 바타이유의 연극 〈부활〉은 소설 『부활』과는 근본적으로 다른 전략을 요구했다.

소설 『부활』의 주된 서사는 주인공 네플류도프가 젊은 시절 자신이 유혹했던 카츄샤가 창녀로 전락해 살인죄를 쓰고 피고인이 된 것을 재판정에서 우연히 목격하고는, 자신의 죄와 그간의 방종했던 삶을 참회하고 도덕적 인간으로 말 그대로 부활, 즉 새롭게 태어나는 과정을 보여준다. 네플류도프는 젊은 시절에 스펜서의 사회평형론에 심취하고 토지의 사적 소유를 비판했을 정도로 도덕적인 귀족 청년으로 원래 선한 인물이었지만, 군대에서 방탕한 삶에 빠져 고모님 댁의 어여쁜 하녀인 카츄샤를 유혹하고 만다. 소설에서 작가는 네플류도프의 시점을 빌어 만년晚年의 기독교 사상과 도덕론을 개진하는 한편, 당시 러시아의 사법제도와 감옥제도, 토지문제와 계급문제 등을 포함하는 근대문명과 각종 사회제도에 대한 날카로운 비판을 함께 보여준다. 그리고 이는 작품의 서사 못지않게 고평되는 점이었다.

연극에서 원작의 서사와 작가의 사상은 모두 등장인물의 극행동을 중심으로 형상화된다. 네플류도프를 주인공으로 하는 작품의 주된 극행동은, 젊은 시절 한때의 실수로 카츄샤를 유혹했던 네플류도프가 십 년후 카츄샤와의 우연한 만남을 계기로 자신의 삶을 참회하고 새로운 삶

---

34 E. M. 포스터, 이성호 역, 『소설의 이해』, 문예출판사, 1991, 29~48쪽.

을 살기로 결심하여 그녀에게 용서와 사랑을 구한다는 것이다. 네플류도프는 기본적으로 선한 인물인 데다가 자신의 죄를 참회하고 스스로의 삶을 개량해나가는 의지적인 인물이라는 점에서 극의 주동인물로서 손색이 없다. 하지만 서사구조를 토대로 하는 극의 전체 구성상, 카츄샤를 유혹하고 십 년 후 그녀를 우연히 만나 참회를 결심하는 중반 이후부터는 극을 이끌어가는 네플류도프의 추동력이 현저히 약해진다. 그리고 바로 이 지점에서부터 바타이유의 〈부활〉에서는 카츄샤가 창녀였던 자신의 삶을 스스로 참회하고 죄인들을 위해 평생 봉사하기로 결심하면서 개량되는 과정이 전경화된다. 네플류도프에서 카츄샤로의 중심이동은 네플류도프의 변화가 카츄샤의 변화에 영향을 끼친 것이고, 또한 이를 통해 양쪽 모두의 참회와 개량, 서로에 대한 사랑이 심화, 완성된다는 점에서 매우 자연스럽게 이루어진다.

이를 바타이유의 프랑스어 대본을 통해 구체적으로 확인해볼 수 있다. 작품은 프롤로그와 모두 다섯 개의 막으로 구성되어 있다. 〈표 1〉에서 프롤로그와 막acte의 구분과 제목은 대본 그대로이며, 장scène의 구분은 생략하는 대신에 그 내용을 요약했다.[35]

〈표 1〉을 보면 연극은 프롤로그와 다섯 개의 막을 포함하여 모두 여섯 부분으로 이루어져 있었다. 그리고 이 여섯 부분은 다시 네플류도프를 주동인물로 하는 프롤로그에서부터 제2막까지와, 카츄샤를 주동인물로 하는 제3막에서부터 제5막까지로 구분될 수 있다. 앞부분에서 네

---

35 Henry Bataille, *Théâtre Complet III : Résurrection; Maman Colibri*, Paris : Ernest Falmmarion, Éditeur. 모튼의 영어 대본은 당시 출간되지 않았기 때문에 여기서는 바타이유의 프랑스어 대본을 참고하였다.

〈표 1〉 앙리 바타이유의 〈부활〉

막	제목	내용 요약
프롤로그 Prologue	부활절 밤 La Nuit de Paques	네플류도프의 고모인 마리야 이바노브나의 시골집. 네플류도프는 전쟁터로 나가는 전, 3년 만에 고모집에 들러 카츄샤를 유혹한다.
제1막 Acte Premier	재판정 Le Jury	십 년 후 네플류도프는 배심원으로 참여한 재판정에서 우연히 살인혐의로 피고인이 된 창녀 카츄샤를 만난다. 그는 카츄샤의 타락이 과거 자신의 방탕했던 삶 때문임을 깨닫고 깊이 참회하는 한편, 카츄샤를 살인누명에서 구원해주기로 결심한다.
제2막 Acte Deuxième	콜차긴 저택 chez les Kortchaguine	네플류도프는 카츄샤의 면회허가장을 얻기 위해 콜차긴 공작의 저녁만찬에 참여한다. 이 자리에서 그는 자신의 변화된 삶을 알리는 한편, 자신과 암묵적으로 정혼 관계에 있던 콜차긴 공작의 딸 미시에게 작별을 고한다.
제3막 Acte Troisième	여죄수 감옥 La Prison des Femmes	여죄수들이 수감되어 있는 감옥. 여기서 카츄샤와 동료 수감자들은 담배를 피우고 술을 마시며 서로 욕설을 하며 유쾌한 시간을 보낸다. 이때 네플류도프가 찾아와 면회를 신청하여 카츄샤에게 용서를 구한다.
제4막 Acte Quatrième	병원 L'infirmerie	의사 아우스티노프가 카츄샤를 욕보이려 하지만 카츄샤가 거부하면서 서로 몸싸움을 벌인다. 그리고 아우스티노프는 자신의 상관에게 카츄샤가 자신을 유혹했다며 덮어씌운다. 마침 이때 들어온 네플류도프가 이 사실을 알고 잠시 괴로워한다. 그리고 카츄샤에게 사면 청원이 기각되었음을 알린다.
제5막 Acte Cinquième	시베리아 유형지 Une Halte en Sibérie	카츄샤는 수용소 안에서 열심히 일한다. 정치범인 시몬손이 네플류도프에게 카츄샤와 결혼하고 싶다고 말하고, 네플류도프 역시 카츄샤에게서 시몬손과 결혼하겠다는 대답을 듣는다. 마지막 장면에서 카츄샤는 결국 네플류도프에게 사랑을 고백한다. 하지만 결국에는 그를 떠난다.

플류도프는 카츄샤를 유혹하고(프롤로그), 십 년 후 우연히 재판정에서 살인범으로 피의자가 된 그녀를 만난 후 자신의 잘못을 깨닫고 그녀를 구원해주기로 결심한다(제1막). 그리고 카츄샤의 면회 허가장을 얻기 위해 찾아간 콜차긴 공작의 저녁만찬에서 만난 모든 사람들에게 자신의 변화된 삶을 알린다(제2막).

제3막에서부터는 카츄샤가 연극을 이끌어나가며, 네플류도프는 이제 간헐적으로만 등장한다. 제3막에서 카츄샤는 다른 여죄수들과 함께 술 마시고 담배 피우며 욕설을 하며, 마지막 장면에서는 네플류도프가 찾아와 그녀에게 용서를 구한다. 제4막에서 카츄샤와 보도샤는 네플류도프의 주선으로 감옥의 부속병원에서 일하게 된다. 카츄샤는 아무도 없는 병실에서 자신의 과거를 알고 있는 의사의 노골적인 추근거림에 시달리지만, 오히려 자신이 유혹했다는 모함을 받는다. 마지막 장면에서 병원을 찾은 네플류도프는 이 사실을 듣고 내심 괴로워하고, 카츄샤에게 사면 청원이 기각되었음을 담담하게 알린다. 시베리아 유형지를 배경으로 하는 마지막 제5막에서 카츄샤는 죄수들 사이에서 묵묵히 열심히 일한다. 시몬손은 네플류도프에게 카츄샤와 결혼하고 싶다고 말하고, 네플류도프는 카츄샤의 생각을 묻는다. 카츄샤의 결정에 모든 이의 운명이 달린 것이다. 카츄샤는 결국 네플류도프에게 사랑을 고백하지만 결혼할 수는 없다고 말한다. 네플류도프는 떠나간다.

무대 위에서 카츄샤는 네플류도프보다 한층 더 극적으로 변모한다. 그리고 당시 비평가들은 공연의 중심이 당시 실력 있는 여배우였던 레나 애쉬웰Lena Ashwell이 맡았던 카츄샤의 역할에 있었다는 데 동의했다.[36] 프롤로그에서 카츄샤는 유혹당하기 직전의 어여쁘고 순수한 처녀로 등장한다. 하지만 바로 제1막에서는 범죄자가 되어 재판정에 선다. 나아가 제3막에서 다른 여죄수들과 함께 술과 담배, 욕설을 일삼는 카츄샤의 모습은 영락없이 타락한 창녀의 모습 그 자체이다. 제4막에서부터 그녀는 서서히 변화하기 시작한다. 카츄샤는 간호부의 깨끗한 옷을 입고 있지만, 사람들의 시선은 여전히 차가울 뿐이다. 그리고 마지막 제5막에서 카츄샤는 이제 사상범들조차 추앙하고 사랑하는 인물로 완전하게 변모한다. 그녀는 네플류도프를 사랑하지만, 사면 후에도 사상범

---

36 J. A. Cutshall, *op.cit.*, p.35.

<표 2> 시마무라 호게쓰의 <부활>

막/장		배경
제1막	제1장	모스크바, 네플류도프 저택의 침실
	제2장	십 년 전, 네플류도프 고모의 시골별장
	제3장	제1장의 모스크바, 네플류도프 저택의 침실
제2막		재판소
제3막		모스크바 감옥의 여죄수 수감실
제4막		감옥 안의 병원
제5막		시베리아의 한촌(寒村)

들의 지도자인 시몬손과 결혼하여 죄수들을 위해 평생 봉사하기로 결심한다.

카츄샤를 전경화시키는 바타이유의 각색 방식은 시마무라 호게쓰의 <부활>에서도 그대로 유지된다. <표 2>에서와 같이 시마무로 호게쓰의 <부활>는 바타이유의 대본을 다시 프롤로그가 없는 5막극으로 재구성하였다. 이 과정에서 변화된 점은 다음의 두 가지였다. 첫째로 바타이유는 네플류도프가 카츄샤를 유혹했던 십 년 전의 부활절을 독립적인 프롤로그로 처리했지만, 시마무라 호게쓰는 이를 네플류도프의 회상 또는 꿈으로 처리했다. 제1막만이 유일하게 세 개의 장으로 구성되어 있는데, 제1장에서 네플류도프는 긴 독백을 통해 모스크바에 있는 자신의 저택 침실에서 콜차긴 공작의 저녁만찬 초대를 생각하다가 문득 카츄샤를 회상한다. 암전 후 제2장에서 네플류도프는 십 년 전 부활절날 밤에 고모의 시골별장에서 카츄샤를 유혹한다. 그리고 다시 암전 후 제3장에서 네플류도프는 침대 위에 비치는 아침햇살에 잠을 깨며, "아아, 옛날 꿈을 꾸었다ああ, 古い夢を見たな"[37]고 말한다. 그리고 네플류도프는 미시의

---

[37] トルストイ, アンリバタイユ 脚色, 島村抱月 再脚色, 앞의 책, 39쪽.

편지를 받지만, 재판소로 향한다. 그리고 둘째로 바타이유는 재판소 장면 후 이어지는 콜차긴 저택의 장면을 송두리째 생략했다. 그 대신에 바로 앞의 재판소 장면이 끝나는 부분에서 네플류도프는 자신을 찾아온 미시에게 작별을 고한다.

제1막에서 시마무라 호게쓰는 회상 또는 꿈이라는 장치를 통해 십 년이라는 시간적 격차를 없애는 대신 극의 흐름을 좀 더 자연스럽게 만들고자 했던 것으로 보인다. 그리고 콜차긴 저택의 저녁만찬 장면은 네플류도프의 극행동에 큰 영향을 미치지 않으면서도 러시아 저택과 저녁만찬의 화려한 스펙터클을 무대적으로 재현하는 데 상대적으로 많은 노력과 경비가 소요되는 장면이라는 점에서 과감히 생략했던 것 같다. 하지만 그 외의 장면 구성은, 다음 표에서 정리한 바와 같이, 바타이유의 〈부활〉을 그대로 유지했다. 그리고 네플류도프가 등장하는 콜차긴 공작 저택의 제2막이 아예 생략되면서, 결과적으로는 카츄샤의 비중이 더 커지게 되었다.

〈부활〉을 무엇보다도 카츄샤의 연극으로 관객(대중)에게 각인시켰던 극중가는, 원작 소설에는 없는 것으로 바타이유에 의해 창안된 것이었다. 바타이유의 〈부활〉에서 카츄샤는 자신의 프롤로그와 제4막에서 두 번 노래를 부르는데, 호게쓰의 〈부활〉에서 역시 마찬가지이다. 프롤로그에서 네플류도프의 유혹 장면은 소설에 비해 상당히 낭만적으로 처리되는데, 카츄샤의 노래를 통해 그 효과는 더욱 배가된다. 네플류도프는 카츄샤에게 사랑을 맹세하면서 그녀의 이름이 들어간 노래를 불러달라고 부탁한다. 카츄샤의 노래가 끝나면, 네플류도프가 카츄샤와 함께 다시 한번 부른다. 그리고 제4막의 감옥 내 병원의 마지막 장면에서 카츄

〈표 3〉〈부활〉의 극중가 번역 비교

앙리 바타이유	Catherine, Catherinette légère, Te n'es pas partie, tu n'es pas partie. Celui qui fait voeu le verra Avant que neige soit fondue, Zi zi, zizipititzi
시마무라 호게쓰	カチューシャかはいや[38] 別れのつらさ せめて淡雪とけぬ間と、 神に願いを　ララ　かけましょか
예성좌 공연	카츄샤 익처롭나, 리별호기 스러워 그나마 묽은 누운, 풀니기 젼에 신명의 축원을, 라라 드리워볼가[39]

샤는 사면청원이 기각되어 마침내 시베리아로 가게 됨을 알고, 자신의 소지품을 여죄수들에게 아낌없이 나누어준다. 이 때 무대 뒤편에서 보도샤가 카츄샤의 노래를 부르기 시작하고, 곧이어 카츄샤도 따라 부른다. 가사 역시 크게 달라지지 않았으며, 바타이유와 호게쓰의 극중가, 그리고 예성좌 공연의 극중가 가사를 표로 비교해보면 〈표 3〉과 같다.

런던 공연에서 카츄샤의 극중가는 그다지 큰 반향을 일으키지 못했다. 전술했듯이 트리는 극중 음악으로 차이코프스키의 〈비창〉에서 라흐마니노프의 〈서곡〉에 이르기까지 당시 유명한 러시아 작곡가들의 음악을 풍부하게 사용했기 때문에 상대적으로 카츄샤의 노래 자체가 큰 주목을 끌지 못했을 것이었다. 하지만 게이주쓰자의 공연에서 〈카츄샤의 노래〉는 연극 못지않게 큰 인기를 끌었다. 스마코는 음반까지 취입하였으며, 그 판매는 2만 장에 달하였다. 그리고 이는 다시 연극의 인기를 견인하여, 게이주쓰자는 유래 없는 전국순회공연과 해외순회공연의 기록을 세웠다.

이러한 상황은 우리의 예성좌 공연과 사뭇 비교가 된다. 전술했듯이

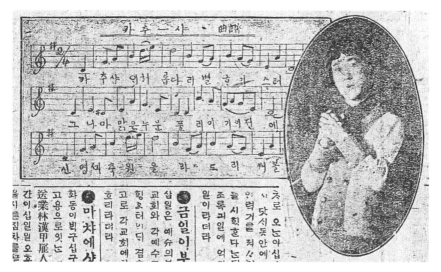

〈그림 3〉『매일신보』, 1916.4.23.

1910년대 중반 우리나라에서 톨스토이 열풍은 어디까지나 지식인들을 중심으로 하는 현상이었고, 『부활』은 번역본조차 아직 출간되지 않은 상황이었기 때문이다. 따라서 일반 관객(대중)들에게 〈부활〉은 그 자체로 낯선 레퍼토리였다. 그래서였을까. 예성좌는 톨스토이나 원작소설의 유명세보다도 이미 일본에서 대유행한 〈카츄샤노 우타〉의 유명세에 더 기대고 있었다. 『매일신보』의 공연소개 기사에는 "늬디문예가라 유명흔 도촌포월島村抱月씨의 져작흔 〈카츄-샤〉 노릭를 죠선말로 번역ᄒ야" 4절까지 소개했다. 그리고 그 "노릭에ᄂᆞᆫ '바이오랑'과 통쇼로 합주ᄒ다"고 설명하면서, 카츄샤로 분장한 여형女形 배우 고수철과 악보樂譜

---

38 여기서 'かはいや'는 'かわいや'의 옛날식 표기인 듯하다.
39 「예성좌의 근대극」, 『매일신보』, 1916.4.23. 이 공연소개 기사에는 4절까지 번역되어 소개되었다.

의 사진을 함께 실었다(〈그림 3〉).

게이주쓰자의 경우 〈부활〉은 처음부터 톨스토이와 원작 소설의 유명세를 토대로 기획되었으며, 카츄샤와 그 노래의 인기는 예상 외의 결과였다. 하지만 예성좌의 공연은 톨스토이 못지않게, 예술좌의 〈부활〉을 통해 일본에서 크게 유행한 〈카츄샤노 우타〉의 유명세에 더 크게 의지하고 있었다. 변경된 제목이 말해주듯이, 우리의 관객(대중)에게 〈부활〉은 처음부터 톨스토이의 〈부활〉도 아니고 카츄샤의 〈부활〉도 아닌, 〈카츄샤〉 그 자체였던 것이다.[40]

4. 〈카츄샤〉의 멜로드라마적 근대성

예성좌의 〈카츄샤〉에 대한 기존의 평가는 대부분 그것이 신파극으로 공연되었다는 사실에 초점을 두었다. 게이주쓰자의 〈부활〉은 비록 그것이 '신극의 타락'이라는 비판을 받기도 했지만, 분명 기존의 신파극과 달리 여배우인 마쓰이 스마코가 카츄샤를 연기하는 신극으로 공연되었다. 게이주쓰자 자체가 신극 단체였던 것이다. 하지만 예성좌는 신파극단이

---

40 한 가지 덧붙이자면 예성좌의 〈카츄샤〉가 예술좌의 공연과 같은 5막극으로 공연되었는지, 아니면 더 축약된 것이었는지는 확실치 않다. 하지만 이후 1923년 9월에 공연된 토월회의 〈카츄샤〉가 3막으로 각색되었다는 점에서 예성좌의 공연이 당시 5막극으로 공연되었을 가능성은 크지 않다. 그리고 이 경우에 공연은 아예 카츄샤를 주인공으로 하는 3막극—십 년 전의 유혹 장면과 여죄수 감옥 장면, 그리고 시베리아 유형지 장면으로 구성된—이었을 것으로 추정된다.

었으며, 〈카츄샤〉 역시 온나가타가 등장하는 신파극으로 공연되었다. 우리의 근대연극사에서 입센극의 수용과 근대극운동이 시작된 것은 실질적으로 1920년대에 접어들면서였다. 따라서 신파극이 아닌 신극의 형식으로 게이주쓰자의 〈부활〉과 비견될 수 있는 것은 여배우인 이월화가 카츄샤를 연기하여 화제를 모았던 토월회 공연이라고 할 수 있다.

그럼에도 불구하고 예성좌의 〈카츄샤〉는 기존의 신파극 레퍼토리와 차별적인 것이었다. 첫째, 그것은 번역극이었다. 번안극의 시대에 처음 등장한 번역극은, 비록 신파극으로 공연되었다고 해도, 그 자체가 새로운 것이었다. 더구나 동시대의 대문호인 톨스토이의 『부활』을 각색, 무대화했다는 점에서 〈카츄샤〉는 당시 '예성좌의 근대극'으로까지 소개되었다. 둘째, 예성좌의 〈카츄샤〉는 드라마투르기적으로도 기존의 신파극, 특히 '가정비극류' 신파극이 보여주었던 가정극 멜로드라마와는 다른 종류의 멜로드라마였다. 〈카츄샤〉가 대중적인 멜로드라마임에도 불구하고 신파극 레퍼토리로 인식되지 않고 이후 토월회나 극예술연구회와 같은 신극 단체들에 의해 공연이 계속되었던 것은 바로 이 때문이었다.

우선 네플류도프는 멜로드라마의 전형적인 공식에서 벗어나는 인물이었다. 통상 멜로드라마의 남주인공은 여주인공처럼 결백하며, 여주인공을 악인의 박해에서 구원해줄 수는 없지만 그 곁을 지켜주는 스테레오타입한 인물이다. 하지만 네플류도프는 군대에서 장교로 지내는 동안 쾌락과 이기주의에 빠져 어린 카츄샤를 유혹, 타락시킨다. 그리고 십년 후 재판정에서 우연히 카츄샤를 만나면서 다시 새로운 사람, 즉 도덕심이 강했던 원래의 자기 자신으로 되돌아온다. 그리고 카츄샤에게 용서와 사랑을 구하고 결국 그녀를 감화, 개량시킨다.

무엇보다도 카츄샤는 새로운 유형의 여주인공이었다. 기존의 가정 신파극에서 여주인공들은 대부분 '미덕을 갖춘 가정부인'이었다. 〈눈물〉의 서씨 부인과 〈쌍옥루〉의 경자, 〈불여귀〉의 나미浪子, 〈정부원〉의 정혜 등이 모두 그러했다. 그리고 이들은 악인惡人의 계략과 모함에 의해 가정에서 추방되거나 추방될 위기에 처한다. 하지만 온갖 시련에도 그들은 자신의 미덕과 특히 남편에 대한 정신적 육체적 정절을 잃지 않는다. 그리고 자신의 미덕에 감화를 받은 조력자의 도움으로 마침내 구원된다. 반면에 카츄샤는 사생아로 태어난 미천한 신분의 하녀였으며, 네플류도프의 사생아까지 낳은 후에는 창녀가 되었다. 게다가 카츄샤는 도덕성마저 그리 강한 편이 아니었다. 그녀는 네플류도프의 유혹이 옳지 않다는 것을 알았지만 끝까지 거부하지는 않았다. 그리고 그의 아이를 잃은 후에는 창녀가 되었다.

일반적으로 멜로드라마 안에서 미덕은 여주인공의 몫이고 참회와 개량은 악인의 몫이다. 하지만 카츄샤는 참회와 개량의 과정을 통해 '개량된 인물', 즉 도덕적인 인간으로 거듭 태어난다. 뿐만 아니라 가정 신파극의 여주인공처럼 네플류도프와 결혼하여 가정에 안착하지 않고, 평생 죄수를 위해 봉사하기로 결심한다(시몬손과 결혼하는 것도 이 때문이다). 그리고 그녀가 보여주는 이타주의와 박애주의는, 기존의 가정 신파극 여주인공이 보여주었던 순종royalty이나 정숙chastity, 그리고 모성maternality 등과 같은 미덕과 근본적으로 다른 종류의 것이었다. 즉 가정 신파극에서는 남녀 간의 사랑과 그 미덕이 궁극적으로 근대적 가정을 완성시키는 것이었다면,[41] 카츄샤의 이타주의와 박애주의는 가정을 초월하여 개인(주체)과 공동체(사회)를 완성시키는 것이었다. 그리고 이를 위해 카츄샤와 네플류도프의 관계는 결혼보다 정신적인 사랑을 통해 낭만적으로 완성되었다.

피터 브룩스는 도덕적인 삶에 대한 강조가 멜로드라마적인 상상력의 가장 큰 특징이라고 했다. 즉 그는 멜로드라마가 전통적인 신성神聖, Sacred이 결여되고 의미가 불확실한 근대 세계 안에서 '과잉excess'이라는 자신의 고유한 방식을 통해 도덕적 삶을 근본적으로 표현한다고 주장했다.[42] 톨스토이의 『부활』은 바로 이러한 점에서 멜로드라마적이라고 할 수 있다. 그리고 『부활』 연극인 〈카츄샤〉는 바로 기존의 가정 신파극과 달리, 불완전한 도덕성을 지닌 여주인공의 몰락과 참회, 그리고 개량의 과정을 통해 인간의 근본적인 선함과 개량 가능성을 성공적으로 보여주었던 새로운 유형의 휴머니즘 멜로드라마였다.[43] 특히 카츄샤는, 기존의 가정 신파극 여주인공이 가정으로 복귀해왔던 것과 달리, 네플류도프와의 결혼을 거부하고 공동체(사회)로의 헌신을 선택했다는 점에서 확실히 새로운 유형의 여주인공이었다.

---

41 신파극의 가정극 멜로드라마와 그것이 구현하는 근대적 도덕률로서의 가부장 이데올로기에 대한 논의는 우수진의 『한국 근대연극의 형성』(푸른사상, 2011) 제4장을 참고할 것.

42 Peter Brooks, *The Melodramatic Imagination: Balzac, Henry James, Melodrama, and the Mode of Excess -with a new Preface*, Yale Univ. Press: New Haven and London, 1995(1976), pp.1~23; 우수진, 「멜로드라마, 그 근대적인 모럴의 형식」, 『한국연극학』 49, 한국연극학회, 2013.

43 바타이유 역시 이를 놓치지 않았다. 당시 뉴욕타임즈의 다소 인색했던 리뷰어도 그 도덕적 교훈만은 깊은 인상을 남겼다고 평했다. *The New York Times*, 1903.2.18.

제3장

카츄샤 이야기

〈부활〉의 대중서사와 그 문화변용

1. 〈부활〉의 대중서사, '카츄샤 이야기'

근대 이후 문화산업 시대의 창작물은 기본적으로 모두 문화콘텐츠이다. 상품성 있는 창작물은 문학이나 연극, 영화, TV 드라마 등의 다른 대중매체를 통해 (재)생산되기 때문이다. 원래 문화콘텐츠는 디지털 문화산업의 환경 속에서 완성된 창작물과 그것을 구성하는 요소인 자료나 정보 등을 지칭하기 위해 만들어진 신조어였다.[1] 하지만 IT기술이 비약

---

[1] 문화콘텐츠 개념에 대한 이해는 김현철의 「한국과 일본의 콘텐츠 개념에 대한 비교 연구」,(『한국학연구』 45, 인하대 한국학연구소, 2013)를 토대로 다음의 논문들을 참고하였다. 박상천, 「Culture Technology와 문화콘텐츠」, 『한국언어문화』 22, 한국언어문화학회, 2002; 박상천, 「예술의 변화와 문화콘텐츠의 의의」, 『인문콘텐츠』 2, 인문콘텐츠학회, 2003; 김기덕, 「콘텐츠의 개념과 인문콘텐츠」, 『인문콘텐츠』 1, 인문콘텐츠학회, 2003; 박상천, 「'문화콘텐츠' 개념 정립을 위한 시론」, 『한국언어문화』 33, 한국언어문화학회, 2007; 이기상, 「문화콘텐츠 학의 이념과 방향」, 『인문콘텐츠』 21, 인문콘텐츠학회, 2011.

적으로 발달하면서 아날로그 환경에서 만들어진 창작물 역시 잠재적인 문화콘텐츠로 간주되고 있다. 그리고 최근의 디지털 환경은 그것에 혁신적인 복제성과 확장성, 영구성 등을 새롭게 부여하고 있다.

대중문화 창작물의 매체변용은 일반적인 현상이다. 〈춘향가〉 등의 판소리 레퍼토리는 당대에 이미 고전소설로 (재)생산되었으며, 이후 근대 극장이 등장하면서 판소리 분창이나 창극, 연극으로 공연되었다. 그리고 1920년대 이후에는 영화나 유성기 음반을 통해, 해방 이후에는 TV 드라마로 제작되었다. 서사의 차용 역시 흔한 경우이다. 근대 초기에 일부 신소설은 고소설이나 야담, 설화 등의 전래서사를 (재)생산하였으며,[2] 『매일신보』에 연재되었던 번안소설은 당시 일본에서 인기 높았던 소설의 서사를 가져온 것이었다.[3] 저작권이 아직 확립되지 않았던 근대 초기에 서사 차용은 원전原典의 재현뿐만 아니라 매체의 특성이나 대중의 요구, 때로는 작가나 출판업자, 극단 등과 같은 생산자의 임의적인 선택에 따른 다양한 층위의 자유로운 변개變改 등을 포괄하여 이루어지고 있었다. 대중적으로 유명한 작품의 경우에는 주인공과 서사를 전유하여 결말을 대중적인 요구에 맞게 변개한 속편續篇이 일종의 후일담 형

2　강현조, 「전래 서사의 신소설적 변전 양상 고찰」, 한국고소설학회 제102차 학술대회 발표문, 2013.7.

3　이는 최근 근대 초기의 신소설과 번안소설의 원전비교 연구를 통해 활발히 구명되는 추세이다. 예컨대 조일재의 『장한몽』이나 홍난파의 「허영」은 각각 버사 클레이Bertha M. Clay의 *Weaker Than a Woman*과 *Dora Thorne*을 번안한 오자키 고요尾崎紅葉의 『곤지키야 샤金色夜叉』와 기쿠치 유호菊池幽芳의 『치쿄우다이乳姉妹』를 다시 번안한 것으로 밝혀졌다. 『장한몽』에 대해서는 권두연과 박진영의 논문을, 그리고 「허영」에 대해서는 강현조의 논문을 참고할 것. 권두연, 「『장한몽』 연구」, 연세대 석사논문, 2003. 7; 박진영, 「일재 조중환의 번안소설의 시대」, 『민족문학사연구』 26, 민족문학사연구소, 2004; 강현조, 「『보환연』과 「허영」의 동일성 및 번안 문학적 성격 연구」, 『현대문학의 연구』 44, 한국문학연구학회, 2011.

식으로 생산, 소비되는 일이 적지 않았다.

대중서사popular narrative란 이같이 대중매체를 통해 생산 소비되는 이야기 형식을 말한다.[4] 그리고 여기에는 각각의 매체를 통해 (재)생산되는 개별 서사들뿐만 아니라 그 총합을 통해 대중이 공유하는 대大 서사까지 모두 포함된다. '서사'는 원래 일련의 사건들을 재현하는 언어의 형식을 의미하는 문학 개념이다. 하지만 이제 그것은 문화적인 맥락으로 확장되어 연극이나 영화, TV 드라마, 만화, 게임 등과 같은 비언어적인 대중매체의 영상이나 이미지 등을 모두 포괄하면서 대표적인 문화콘텐츠 중의 하나가 되었다.

대중서사를 대중문학의 서사에 국한시키지 않고 하나의 문화형식으로 확대, 이해함으로써 대중 문학과 문화에 대한 기존의 논의를 재고해 볼 수 있다. 예컨대 조일재의 번안소설『장한몽』은 1913년『매일신보』에 연재되어 큰 인기를 끌면서 단행본으로 출간되었으며, 1915년에는 그 속편도 같은 신문에 연재되었고 이후에 단행본으로 출간되었다. 그리고 연재와 동시에 신파극의 대표적인 레퍼토리가 되었으며, 극중가劇中歌인〈장한가〉는 인기를 끌며 유성기 음반으로 제작되었다. 20년대에는 영화로도 만들어졌다.〈장한몽〉에 대한 기존의 논의는 주로 소설을 중심으로 대중성과 상업성, 통속성의 범주에서만 이루어졌다. 하지만 그 '이수일과 심순애 이야기'가 원형적인 대중서사의 하나로서 소설을 포함한 각종 대중매체를 통해 다양한 방식으로 (재)생산되는 양상이 재조명된다면,〈장한몽〉연구는 문학 연구뿐만 아니라 문화 연구로까

---

4 여건종, 「리얼리즘과 대중서사」, 『신영어영문학』 42, 신영어영문학회, 2009, 79쪽.

지 확대될 수 있다.[5]

1910년대 이후 톨스토이의 『부활』 수용 역시 '카츄샤 이야기'라는 대중서사의 변용과 (재)생산 측면에서 논의해볼 수 있다. 1899년에 출간되자마자 전유럽적으로 엄청난 반향을 일으킨 『부활』은 잘 알려져 있듯이 작가 만년晩年의 기독교 사상과 도덕론, 그리고 근대문명 및 각종 사회제도에 대한 비판이 집대성된 작품이다. 메이지明治 말기의 일본에서도 톨스토이에 대한 관심은 일종의 사회적인 붐처럼 일어났으며, 우리의 경우에는 최남선이 1909년 자신이 창간한 『소년』 잡지를 통해 톨스토이의 삶과 사상, 작품세계를 처음 선도적으로 소개하기 시작했다. 그중에서도 특히 톨스토이의 사상, 즉 그가 제기했던 근대의 문명사회에 대한 비판과 개인의 실천적 윤리 문제는 일본과 조선의 젊은 지식인들 사이에서 폭넓은 공감과 지지를 얻으면서, 일명 '톨스토이안Tolstoi-an'을 급증시켰다. 하지만 톨스토이가 지식인들의 전유에서 벗어나 대중과 만나기 시작한 것은 바로 『부활』을 통해서였다.[6]

『부활』은 1914년 11월 최남선이 발행한 『청춘』 제2호의 세계문학 개관 란欄에 약 6쪽 분량으로 줄거리가 요약되면서 국내에 처음 소개되었다. 하지만 좀 더 본격적으로 알려지기 시작한 것은 그 이후였다. 우선 소설의 번역으로는 박현환의 축약 재구성본인 『해당화』가 1918년

---

5 박진영의 「"이수일과 심순애 이야기"의 대중문예적 성격과 계보―〈장한몽〉 연구」(『현대문학의 연구』 23, 한국문학연구학회, 2004)를 그 예로 들 수 있다.
6 이상 국내 톨스토이의 번역수용에 대해 주로 참고한 최근의 연구성과는 다음과 같다. 권보드래, 「『소년』과 톨스토이 번역」, 『한국근대문학연구』 12, 한국근대문학회, 2005; 박진영, 「한국에 온 톨스토이」, 『한국근대문학연구』 23, 한국근대문학회, 2011; 소영현, 「'지'의 근대적 전화―톨스토이 수용을 통해 본 '근대지'의 편성과 유통」, 『동방학지』 154, 연세대 국학연구원, 2011.

신문관에서 출간되었고, 춘계생春溪生의 완역이 1922년 7월 11일에서 1923년 3월 13일까지 『매일신보』에 연재되었다. 그 속편인 이서구의 「부활 후의 카쥬샤」는 1926년 6월 28일에서 9월 26일까지 『매일신보』에 연재되었으며, 흑조생黑鳥生의 『부활한 카쥬샤』는 영창서관에서 같은 해에 단행본으로 출간되었다. 하지만 『부활』이 대중적인 유명세를 얻는 데 가장 크게 기여한 것은 소설이 아닌 연극이었다. 일찍이 1915년에 내한한 시마무라 호게쓰島村抱月의 게이주쓰자는 〈카쥬샤〉를 공연하여 화제를 모았었는데, 신파극단 예성좌가 바로 다음 해에 〈카쥬샤〉를 공연함으로써 세간의 주목을 끌었던 것이다. 그리고 1923년에는 토월회에 의해 〈카쥬샤〉가 신극으로 다시 공연되면서, 이후 한국연극의 대표적인 번역극 레퍼토리로 자리잡았다. 당시 극중가로 삽입된 〈카쥬샤의 노래〉는 예성좌 공연 당시부터 큰 인기를 끌었으며 유성기 음반으로도 제작되었다.

『부활』은 이같이 원전 자체보다도 재구성 번역 및 속편과 연극, 유행가요 등을 통해 (재)생산되는 대중서사를 중심으로 하여 주로 수용되었다. 당시 유일하게 완역되었던 춘계생의 번역은 상당히 잘된 번역이었음에도 불구하고 대중적인 관심을 얻지는 못했다.[7] 오히려 가장 널리 읽힌 번역은 카쥬샤와 네플류도프의 사랑 이야기를 중심으로 재구성된 『해당화』였다. 이는 "『부활』의 통속화된 이본異本"[8]으로 평가받는 작품

---

7 박진영, 앞의 글, 208쪽.
8 위의 글, 207~208쪽. 권보드래, 앞의 글, 90쪽; 권보드래는 『해당화』를 계기로 톨스토이가 사상적 급진성을 상실하고 문학가로 소비되기 시작했다고 논평했다. 박진영 또한 『해당화』의 통속적인 번역이 톨스토이와 대중문화를 이어주는 가교의 역할을 했다고 평가했다.

으로, 그 속편이 비슷한 시기에 다른 번역자들에 의해 연재 또는 출간되기도 했다. 〈부활〉의 수용, 좀 더 정확히 말해 〈부활〉의 대중서사는 카츄샤를 중심으로 (재)생산되었던 것이다. 이는 작품들의 제목을 통해서도 단적으로 드러나는데, 춘계생의 완역만 제목을 '부활'로 했다. 한편 박현환 번역의 제목은 카츄샤를 은유하는 '해당화'였으며 부제는 '가쥬샤賈珠謝 애화'였다. 그리고 속편의 제목 역시 '부활 후의 카츄샤'와 '부활한 카츄샤'였다. 연극의 경우에도 신파극과 신극의 제목 모두 '부활'이 아닌 '카츄샤'였으며, 극중가의 제목 역시 '카츄샤의 노래'였다. 제목뿐만 아니라 이들 작품의 내용도 카츄샤를 중심으로 하고 있었다.

이와 같이 근대 초기의 『부활』 수용은 '카츄샤 이야기'라는 대중서사의 (재)생산을 중심으로 이루어졌으며, 여기서는 그것이 소설과 연극, 유행가 등의 대중매체를 통해 (재)생산되었던 양상과 그 방식을 고찰하고자 한다. 기존의 연구에서 『부활』의 대중서사는 주로 '원전의 통속화'로 평가되어 왔다. 그리고 여기에는 대중서사가 당위적으로 문학(원전)을 가능한 충실히 재현해야 하며 그렇지 않을 경우에는 아류에 불과하다는 관점이 암묵적으로 전제되어 있었다. 하지만 다양한 매체를 기반으로 (재)생산되는 대중서사는 문학(원전)을 그대로 재현하기 어려우며 사실상 재현하지도 않는다. 대중서사는 문학(원전)의 유무와 관계없이 시장의 원리에 따라 자율적으로 (재)생산되기 때문이다. 따라서 여기서는 톨스토이의 『부활』과 이를 토대로 만들어진 대중서사를 별개의 서사로 상정하고 원전의 충실성 여부는 논외로 한다. 대신 이를 통해 카츄샤 이야기라는 대중서사가 연극과 유행가, 소설 등의 매체에 따라 『부활』의 원전을 어떤 방식으로 변개, (재)생산했는지를 고찰하는 데 중점을 둔다.

『부활』의 대중서사는 그것이 문화시장 안에서 소비자 대중의 요구를 최대한 충족시킬 수 있는 방향으로 (재)생산되었다는 점에서, 작가의 사상을 충실히 반영하는 문학(원전)에 비해 소위 '대중의 감정구조'[9]를 구명하는 데 유용할 것이다. 그리고 여기서는 이러한 대중서사의 문법이 일반적으로 통속적이라는 견해에 대해서는 일단 유보적인 입장을 취한다. 기존의 논의들에서 통속성이나 통속적이란 용어는 특정한 형식성을 지칭하기보다, 왕왕 대중의 요구에 부합하는 작품이나 작가의 태도는 비예술적인 것이고 나아가 저급한 것이라는 뉘앙스로 사용되기 때문이다. 대신에 '카츄샤 이야기'라는 『부활』의 대중서사들을 통해 당시의 대중적 요구와 그 형식성을 경험적인 방식으로 살펴보고자 한다.

2. 무대에 선 카츄샤―남성 욕망의 대상

『부활』은 1916년 4월 23일 예성좌에 의해 처음 무대화되었다.[10] 예성좌의 연극 〈카츄샤〉는 『부활』의 수용 연구에서 중요한 위치를 점한

9　이때 '감정의 구조'는 세계관이나 이데올로기와 같은 신념과 구분하여 실제로 활발히 체험되고 느껴지는 그대로의 의미와 가치를 가설적으로 나타내는 레이몬드 윌리엄스의 용어이다. 레이몬드 윌리엄스, 박만준 역, 『마르크스주의와 문학』, 지식을만드는지식, 2009, 212・213쪽.

10　예성좌는 1916년 3월 이기세와 윤백남이 함께 신파극개량을 내세우며 만든 극단이었다. 예성좌는 창단 공연인 신작 〈코르시카의 형제〉와 기존의 신파극 레퍼토리인 〈단장록〉과 〈쌍옥루〉 등의 완성도를 높여 호평을 이어갔다.

다. 일단 그것은 소설의 번역보다 시기적으로 앞섰고, 무엇보다 네플류도프보다 카츄샤를 중심으로 각색되면서 〈부활〉이 '카츄샤 이야기'로 알려지는 데 결정적인 역할을 했다. 후일 최상덕이 이인직과 이광수, 염상섭, 김동인 등을 알기 전에 톨스토이를 알았으나 정작 "톨스토이를 알기 전에 『카튜샤』를 아랏다"[11]고 회고한 것은 이러한 맥락에서였다.

예성좌의 〈카츄샤〉는 바로 전년도에 내연來演했던 게이주쓰자의 〈부활〉(1908년 초연)을 직접 참고한 것이었고, 게이주쓰자의 〈부활〉은 1903년 2월 런던에서 초연되었던 미스터 트리 극단Mr. Tree Company의 〈부활〉을 참고한 것이었다.[12] 그리고 트리 극단의 공연은 전년도 파리에서 호평받았던 프랑스의 신예작가 앙리 바타이유Henry Bataille의 〈부활〉을 번역한 것이었다. 바타이유의 〈부활〉은 작품 전체를 통해 네플류도프보다 더욱 극적으로 변모하는 카츄샤를 중심으로 각색되었으며, 예성좌의 공연에서는 그 제목도 아예 〈카츄샤〉로 변경되었다. 하지만 여기에는 각색 자체보다 좀 더 현실적인 문제가 개입되어 있었다.

전술했듯이 당시 조선에서는 『부활』이 아직 번역되어 있지 않으며, 톨스토이도 아직 지식인들을 중심으로 수용되고 있었다. 그리고 이러한 상황에서는 서구 유럽이나 일본에서처럼 톨스토이와 그 원작의 대중적인 유명세에만 의지해 〈부활〉 공연의 성공을 기대하기 어려웠다. 〈카츄샤〉의 공연 홍보에 게이주쓰자의 〈부활〉 연극과 그 극중가의 유명세가 최대한 활용되었던 것은 이 때문일 것이었다. 시마무라 호게쓰가 이끄는

---

11 최상덕, 「『갓주사』와 나」, 『매일신보』, 1935.11.20.
12 시마무라 호게쓰는 영국 유학시절 이를 두 번이나 보았다고 회고했다. トルストイ, アンリバタイユ 脚色, 島村抱月 再脚色, 『復活』, 新潮社, 大正 3年(1914), 2~3쪽.

예술좌는 우리의 지식인들 사이에서도 유명한 신극 단체였던 데다가, 〈부활〉의 극중가인 〈카츄샤노 우타〉는 일본에서 2만 장에 달하는 음반이 판매될 정도로 크게 인기를 끌었었다. 실제로 당시 『매일신보』의 홍보성 기사에는 노래가사가 5절까지 번역 소개되었으며, 악보樂譜와 함께 카츄샤로 분장한 온나가타女形 고수철의 사진이 나란히 실렸다. 우리의 경우 톨스토이와 그 『부활』은 예성좌의 〈카츄샤〉를 통해, 좀 더 정확히는 '카츄샤'라는 인물을 통해 대중화되었다 해도 과언이 아니었다.[13]

예성좌의 〈카츄샤〉가 『부활』의 대중서사 형성에 끼친 가장 큰 의의는 무엇보다도 카츄샤라는 여주인공을 무대 위에, 그리고 대중문화의 장場에 등장시켰다는 데 있었다.[14] 최상덕이 회고했듯이 당시 카츄샤의 이름은 톨스토이나 그의 『부활』보다 대중적으로 더 잘 알려져 있었다. 물론 여기에는 입에서 입으로 손쉽게 퍼져나가는 극중가의 유행과 이후의 소설 번역 및 그 속편의 출간도 큰 역할을 했다. 하지만 『부활』이 처음 대중적으로 수용되었던 예성좌의 공연과 그중에서도 특히 카츄샤의 극화 방식은, 이후 대중서사의 대표적인 여주인공으로 변용, 가공될 그녀가 맨처음 어떻게 원전에서 분리 (재)생산되어 관객(대중)과 만났는지를 잘 보여준다.

카츄샤는 시골처녀에서 창녀와 살인자로, 간호부로, 성녀聖女로 변모

---

13 제2장 134쪽 〈그림 3〉을 참고할 것.

14 윤민주 역시 「극단 '예성좌'의 〈카츄샤〉 공연 연구」(『한국극예술연구』 38, 한국극예술학회, 2012)에서 카츄샤라는 인물과 그 이야기가 지닌 대중성 및 그 파급력에 대해 주목한 바 있다. 윤민주는 기존의 여성수난 서사적 관점에서 카츄샤를 해석하고 기존의 신파극 여주인공과의 유사성을 강조하며 부정적으로 평가했다. 하지만 이 논문에서는 카츄샤라는 여주인공이 대중문화적으로나 근대연극사적인 면에서 기존의 신파극 여주인공과 차별적으로 보여주었던 새로움과 매력을 긍정적인 요소로 본다.

하며 자신의 참회와 개량의 과정을 무대 위 자신의 육체적 현존을 통해 직접 보여주는 인물이었다.[15] 극중에서 어여쁘고 순수한 시골 처녀였던 카츄샤는 살인누명을 쓴 채 법정에 서고 감옥에서 술과 담배를 일삼는 타락한 창녀의 모습으로 급변한다. 그리고 네플류도프와 재회한 이후에 감옥 부속병원에서는 흰 옷을 입은 간호부로 변모하고, 시베리아 유형지에서는 누더기를 걸친 채 죄수들을 위해 봉사하는 성녀로 다시 한번 변모한다. 카츄샤 중심의 무대화 방식은 소설 안에서 네플류도프가 카츄샤와의 재회를 계기로 방탕했던 자신의 삶을 통렬히 참회하고 당시 러시아의 재판과 감옥 제도, 신분질서 등을 신랄히 비판하면서 그 중심 서사를 이끌어나갔던 방식과 사뭇 차별화되는 것이었다.

카츄샤는 당시 한창 인기를 끌던 신파극, 특히 가정 신파극에서는 볼 수 없었던 종류의 여주인공이었다. 가정 신파극의 여주인공들은 대부분 (시)부모의 며느리나 딸, 남편의 아내, 자식의 어머니라는 역할에 의해 스테레오타입적으로 성격화된다. 그리고 주로 며느리나 딸로서의 순종이나 아내로서의 정숙, 어머니로서의 모성 등의 미덕을 가장 중요한 에토스ethos로 삼는다. 기품 있는 미모는 타고난 도덕성의 육체적 현현顯現이었으며, 도덕성이 결여된 성적인 매력은 주로 악역의 첩이나 기생의 몫이었다. 그리고 이들의 도덕성, 특히 정숙한 미덕은 타고난 것으로서 순결한 육체와 동일시 되었다. 이들은 죽음으로서 '도덕성=순결한 육체'를

---

15 바타이유의 각색을 토대로 한 트리 극단의 공연에서도 네플류도프 역을 직접 맡았던 트리가 아니라, 카츄샤 역을 맡았던 여배우 레나 애쉬웰Lena Ashwell이 중심이었다. 예술좌의 〈부활〉 역시 약간의 세부적인 차이는 있었으나 바타이유의 각색을 토대로 했으며, 공연의 중심도 카츄샤 역을 맡았던 게이주쓰자의 간판 여배우이자 호게쓰의 연인으로 잘 알려진 마쓰이 스마코松井須摩子였다.

지키거나 제3자의 우연한 도움을 통해 결국은 위기를 모면하였다.[16]

반면에 카츄샤는 미천한 출생이었다. 사생아로 태어난 그녀는 운좋게 네플류도프의 고모 댁에서 양녀처럼 자랐으나 신분은 어디까지나 하녀였다. 순수한 성격에다가 사랑스러운 외모를 타고난 그녀는, 하지만 그로 인해 손쉽게 남성들의 성적인 욕망의 대상이 되었다. 순수한 시골처녀는 네플류도프에 의해 강제적으로 유린당한 후 창녀가 된 것이다. 살인죄로 수감된 후에도 카츄샤는 네플류도프의 선처로 감옥 부속병원의 간호사로 일하는 동안 함께 일하는 의사의 노골적인 추근거림을 받는다.

카츄샤가 여기서 벗어나기 시작하는 것은 네플류도프와 재회한 후 개량과 참회의 과정을 통해 새로운 도덕성을 가지게 되면서이다. 그리고 이제 카츄샤의 도덕성은 육체성을 초월하는 정신적인 것으로 고양된다. 하지만 이 과정에서 그녀의 육체는 여전히 순결하지 못하고 더럽혀진 것으로 여겨지며, 그런 점에서 실제로는 타자화된다. 카츄샤가 자신이 사랑하는 네플류도프를 받아들이지 못하는 가장 큰 이유는 바로 자신의 더럽혀진 육체 때문이었다. 대신에 그녀는 시몬손의 청혼을 받아들여 시베리아 유형지에서 평생 죄수들을 위해 봉사하는 삶을 선택하는데, 이를 통해 카츄샤와 네플류도프의 사랑은 더욱더 낭만화되면서 정신적인 것으로 고양되고 승화된다.

〈부활〉의 멜로드라마적인 이념은 카츄샤의 자기 구원, 즉 성녀가 된 카츄샤와 그 도덕성에 있었지만, 정작 무대 위에서 더 많은 시간 동안 관객(대중)의 시선을 사로잡았던 것은 아이러니하게도 창녀 카츄샤와

---

16 이에 대한 좀 더 자세한 논의는 우수진의 『한국 근대연극의 형성』(푸른사랑, 2011)의 제4장 「신파극의 멜로드라마, 근대를 연기하다」를 참고할 것.

그 육체성이었다. 실제로 카츄샤는 우리 근대연극사에서 최초로 무대 위에서 남성 욕망의 공공연한 대상으로 재현되었을 뿐만 아니라 이를 통해 무대 밖에서까지 남성 관객의 욕망 대상으로 소비되었던 창녀 캐릭터의 여주인공이었다. 남성 중심적인 문화에서 연극의 내용은 통상 남성 관객의 문화적 성향에 맞게 전달되면서 남성 관객으로 하여금 극 중 남자 주인공에 동화되거나 최소한 동일한 시각을 가지도록 유도한다. 그리고 이 때 여성인물은 수동적인 대상으로 객관화된다.[17] 대중문화의 시장 안에서 카츄샤가 톨스토이나 그의 소설인 『부활』 못지않게, 때로는 이와 무관하게 획득하고 있었던 네임밸류는 사실상 그녀 자체가 독자적으로 가지고 있었던 상품성을 반증하는 것이기도 했다.

예성좌의 공연 이후에 〈카츄샤〉는 1919년 9월 23일부터 김도산 일행의 신극좌에 의해 '전기응용 키네오라마극'으로 공연되었다.[18] 〈그림 1〉의 '신예술극'에서 '신新'은 기술적인 새로움을, 그리고 '예술극'은 그것이 서구의 대문호인 톨스토이의 작품이라는 사실을 강조하기 위한 부제였다. 하지만 대중적으로 가장 잘 알려진 것은 1923년 9월 18일 토월회의 제2회 공연 레퍼토리 중 하나로 공연되었던 〈카츄샤〉였다.[19]

---

17 질 돌란, 송원문 역, 『여성주의 연극 이론과 공연』, 한신문화사, 1999, 5쪽. 이 경우 여성 관객은 남성 관객의 입장에 무비판적으로 동화되거나 아니면 소외된 상태에서 불편함을 느끼게 된다.

18 전기응용 신파극은 1919년 5월, 단성사의 활동사진 변사들로 구성된 '변사악대'에 의해 처음 도입되었는데, 이는 '유니버스'라는 전기장치를 이용하여 무대배경이나 눈이나 비, 천둥번개, 유령 같은 특수효과를 무대 위에 투사하는 것이었다. 그리고 그 생생한 시각적 효과로 인해 많은 인기를 얻어 금세 다른 신파극단들에게도 유행처럼 확대되었다. 김도산의 신극좌 역시 9월 10일부터 전기응용 신파극을 본격적으로 공연했는데, 〈카츄샤〉는 그 레퍼토리 중 하나였다. 이에 대해서는 우수진의 앞의 책, 제5장 「신파극, 테크놀로지를 만나다」를 참고할 것.

19 동경유학생들이 하기夏期 방학을 이용해 결성했던 토월회는 7월 4일 제1회 공연으로 유

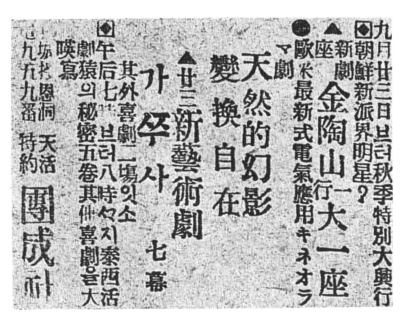

〈그림 1〉 김도산 일행 신극좌 〈가쭈사〉 공연 광고(『매일신보』, 1919.9.23).

토월회의 〈카츄샤〉는 다음 해인 1924년 2월과 6월, 그리고 그 다음해 인 1925년 5월에도 재공연되었다. 〈카츄샤〉는 토월회의 달러박스였던 셈이다. 하지만 예성좌의 경우와 달리 토월회의 성공요인은 카츄샤보다 카츄샤 역을 맡았던 여배우 이월화에 있었다. 이월화는 일찍이 신극좌 를 통해 데뷔하여 민중극단의 무대를 통해 여배우로서 입지를 굳히고 있었다. 당시 신파극 중심의 연극계에서 여주인공은 주로 온나가타女形 의 몫이었지만, 이월화는 대중적으로 이미 유명한 카츄샤를 맡아 연기 력을 인정받으며 세간의 주목을 받았던 최초의 여배우였던 것이다.

<hr />

진 필롯의 〈기갈〉과 안톤 체홉의 〈곰〉, 버나드 쇼의 〈그 남자가 그 여자의 남편에게 무엇 이라고 거짓말을 하였나〉, 박승희의 〈길식吉植〉을 올렸으며, 9월 18일 제2회 공연 레퍼 토리로는 톨스토이의 〈카츄샤〉와 마이아 펠스타의 〈알트 하이델베르크〉, 스트린드베리 의 〈채무자〉를 올렸다.

토월회의 공연에서 이월화는 카츄샤가 본격적으로 남성(대중)의 욕망 대상이 되는 데 기폭제 역할을 했다. 아니, 좀 더 정확히 말해 카츄샤는 여배우 이월화와 함께 극장 안팎에서 남성 관객 및 대중의 욕망 대상으로 소비되기 시작했다. 그리고 이것은 특히 여배우가, 근대적인 연극(극장) 제도와 이제 막 형성되기 시작했던 영화(산업) 제도 안에서 대중적인 마케팅의 일환으로서 소비되기 시작했던 양상을 여실히 보여주었다. 무명에 가까웠던 이월화가 카츄샤를 통해 일약 스타덤에 올랐던 것은 실상 그녀의 연기력보다 여배우에 대한 대중적인 요구 때문이었던 것이다. 실제로 당시 공연평에서 이월화의 카츄샤 연기는 호평과 아쉬움을 동시에 받고 있었다. "여우女優로는 선천적 결점이 적지 아니하나 (표정은 누구나 다 업엿스닛가) 말할 것이 못되고 그중 부활에 옥중생활에 나타난 그의 예풍은 여간 소인 배우로는 흉내도 내기 어려울 것이다. (순결한 처녀다운 기분을 들어냄에는 전연 실패를 하엿스나) (…후략…)"[20]

하지만 카츄샤라는 등장인물은 이월화라는 여배우를 통해 대중서사의 여주인공으로서 그 이름을 영구히 할 수 있었다. 등장인물이라는 것 자체가 추상적인 존재로서 무대 위의 배우에 의해서만 구체화될 수밖에 없었던 데 반해, (여)배우는 무대 안팎에서 육체적 안정성과 지속성을 지니고 존재하는 물리적 실체였기 때문이다. 대중문화의 장에서 (여)배우가 등장인물보다 좀 더 용이하게 상품화될 수 있는 것은 이 때문이었다.

---

20 심훈, 「미래의 극단을 위하야—토월회 2회 공연을 보고」, 『동아일보』, 1923.10.14.

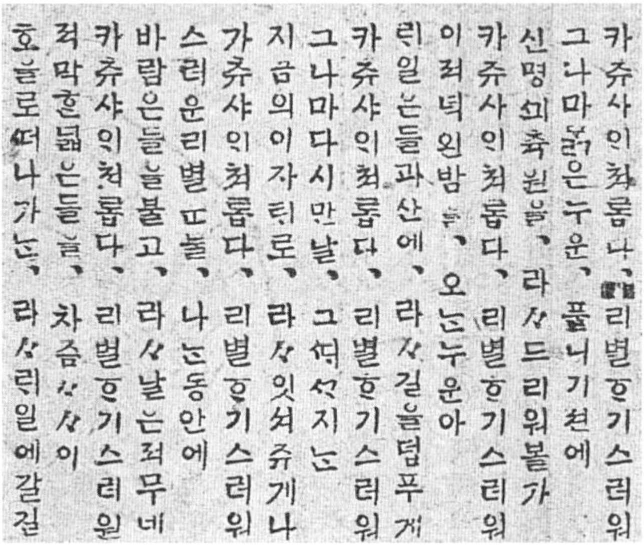

〈그림 2〉 카츄샤의 노래가사 부분(「예성좌의 근대극」, 『매일신보』, 1916.4.23).

3. 노래하는 카츄샤 — 애처로운 이별의 정한

톨스토이 이전에 카츄샤를 먼저 알았다는 최상덕은 "담정 넘어로 애연히 들니어오는 마을 아가씨의 노래를 통하여 나는 '카튜샤'라는 여자를 아랐다"고 했다. 그리고 자기 자신도 그 노래를 "놀면서도 부르고 밥을 먹으면서도 부르고 잠고대로도 불넛다"고 했다.[21] 그가 들었던 마을 아가씨의 노래는 물론 〈카츄샤의 노래〉였다. 카츄샤라는 이름이 톨스

---

21 최상덕, 앞의 글.

토이나 『부활』과 무관하게 가장 빠른 속도로 대중들 사이에 알려진 것은 바로 이 유행가를 통해서였다.

〈카츄샤의 노래〉의 원곡은 1908년 게이주쓰자의 〈부활〉 공연에서 카츄샤 역의 마쓰이 스마코가 불렀던 〈카츄샤노 우타〉였다. 시마무라 호게쓰가 1903년 런던에서 보았던 바타이유 각색의 〈부활〉에도 극중가가 삽입되어 있었다. 그리고 호게쓰는 이와 유사한 내용으로 지금까지도 가장 잘 알려진 1절 가사인 "カチューシャ かわいや 別れの辛さ せめて談雪とけぬ間と 神に願いを ララ かけましょか"를 작사했다. 이하 2절에서 5절까지는 와세다대학 교가 〈미야코노 세이호쿠都の西北〉의 작사가로 유명한 소마 교후相馬御風가 작사를 맡았으며,[22] 작곡은 당시 호게쓰의 서생으로 있었던 나카야마 신페이中山晋平가 했다. 〈카츄샤노 우타〉는 이후 음반판매가 약 2만 매에 이르는 전무후무한 기록을 세우며 유행가의 시초가 되었다.[23]

〈카츄샤노 우타〉의 곡조는 경성의 대중들에게도 이미 어느 정도 친숙했을 가능성이 크다. 그리고 1916년 예성좌의 공연을 통해 우리말 가사로 번역된 〈카츄샤의 노래〉는 금세 퍼져나갔을 것이었다. 노래 가사는 1916년 4월 23일 『매일신보』의 공연기사에 악보와 함께 5절까지가 모두 소개되었으며, 그 인기를 반증하듯이 1922년에 이상준이 편찬한 『신유행창가』(삼성사)에도 수록되었다.

최초의 근대음악 교사 중 한 명인 이상준은 각종 창가집과 잡가집, 음악이론서 등 10여 종이 넘는 저서를 발간했던 인물이었다.[24] 그리고

---

22 소마 교후는 구어체 자유시를 시도하고 자연주의를 설파했던 시인이자 평론가였다.
23 河竹 登志夫, 『近代演劇の展開』, 日本放送出版協會, 1982, 188쪽.

그중 하나였던 『신유행창가』는 범례凡例에서 밝히고 있듯이 "일반세속에서 유행하는 창가"[25]를 모은 것이었다. 초판에는 10여 곡이 실려 있었으나 이후 1929년 발행된 제3판에는 10여 곡이 추가되어 모두 23곡으로 발행되었다. 창가는 애초에 기존의 전통적인 음악과 다른 리듬을 토대로 하는 찬송가나 서양민요 번안곡 등의 외래음악을 통칭하는 용어였으나, 이는 점차 근대적 교육제도를 토대로 하는 학교창가와 교회 중심의 찬송가와 서양음악, 그리고 민간의 유행가로 분화되었다.[26] 따라서 유행창가는 학교창가와 구분적으로 사용된 용어라고 할 수 있다. 〈카츄샤의 노래〉는 『신유행창가』의 네 번째 장에 〈카츄샤〉라는 제목으로 수록되었는데, 노래의 유행 시기로 짐작하건대 초판부터 포함되어 있었을 가능성이 높다. 그리고 유행가의 본격적인 생산과 소비가 이후 유성기 음반의 제작 및 보급과 밀접한 관계를 갖는다는 점과 1928년 이전까지 나팔통식 유성기 음반에 취입된 것은 수록곡 중 단지 6곡뿐이었다는 점[27]에서, 〈카츄샤〉를 비롯한 17곡은 오직 구전口傳을 통해 민

---

24 대표적인 저서로는 『수진袖珍조선잡가집』(1916), 『신찬속곡집新撰俗曲集』(1921), 『풍금 독습 중등창가집』(1921), 『최신창가집』(1918), 『명승지리창가집』(1921), 『최신중등 창가집(부악리附樂理)』(1922), 『신유행창가집』(1922), 『조선속곡집』(1929), 『소애악 笑哀樂 창가집』(1930) 등을 들 수 있다. 그의 생애와 음악에 대해서는 박은경의 「이상준 연구」(『낭만음악』, 42, 낭만음악사, 1999)을 참고할 것.

25 이상준, 『신유행창가』, 삼성사, 1929, 1쪽. 한편 『신유행창가』는 『나팔가곡집』에 "일반 화류계와 사회에서 부르는 창가"로 광고되었다. 박은경, 앞의 글, 50쪽에서 재인용.

26 배연형, 「창가 음반의 유통」, 『한국어문학연구』 51, 한국어문학연구학회, 2008, 48쪽.

27 배연형의 글에 수록된 1928년까지 나팔통식 유성기 음반에 수록된 유행창가 및 유행가 목록에 의하면, 『신유행창가』 중 당시 음반화된 곡은 〈청년경계가〉와 〈시드른 방초〉, 〈장한몽가〉, 〈사의 찬미〉, 〈단음강〉, 그리고 〈표백가〉였다. 그리고 이 중 〈사의 찬미〉와 〈다음강〉은 같은 곡으로서, 루마니아 군악장 이바노비치Ivanovici 작곡의 〈다뉴브강의 잔물결Donauwellen Walzer〉을 토대로 한 것이다. 배연형, 위의 글, 59~60쪽에 실린 목록 참고.

간에 유행되었을 정도로 그 대중적 인기가 높았음을 어렵지 않게 짐작할 수 있다.

〈카츄샤의 노래〉는 일본에서와 달리 단독적으로 음반화되지는 않았다. 하지만 1929년 일본 콜럼비아 축음기 주식회사에서 발매한 '영화극'〈부활〉(음반번호 Columbia40019 · 40020)의 극중가로 그 일부가 삽입되어 있었다.[28] 노래는 당시 막간가수로 활동했던 유경이劉慶伊가 불렀는데, 그는 〈부활〉 외에도 〈아리랑〉과 〈낙화유수〉, 〈세동무〉 등의 영화극 · 영화해설 음반 녹음에 참여했던 인물이었다. 영화극이라는 부제와 변사의 해설만 제외한다면 내용은 연극과 유사했으며, 극중가 역시 역시 바타이유와 호게쓰의 대본과 같은 장면에 삽입되어 있었다.

구체적으로 살펴보면, 음반의 녹음 내용은 〈부활〉의 가장 대표적인 장면들이었다. 우선 Columbia40019에는 네플류도프가 전쟁터에 나가기 전에 고모집에 잠시 들러 카츄샤를 유혹하는 장면이 수록되어 있다. 앞면에는 네플류도프가 고모집에 들를 때 카츄샤가 그리움과 부끄러움에 가득 차 한껏 들떠 있는 장면이, 그리고 뒷면에는 네플류도프가 한밤중에 몰래 카츄샤의 방을 찾아가 유혹하는 장면이 녹음되어 있다. 〈카츄샤의 노래〉는 두 사람이 포옹하며 끝나는 마지막 부분에서 흘러

---

28 이는 신나라 레코드사에서 발매한 〈유성기로 듣던 무성영화모음〉에 수록되어 있다. 가사지에 의하면 해설은 김조성金肇盛, 네플류도프는 이경손李慶孫, 카츄샤는 복혜숙卜惠淑이 녹음했으며, 노래는 조극朝劇 관현단 반주로 유경이劉慶伊가 불렀다. 이중 김조성은 일찍이 무성영화 변사로 활동하다가, 1923년 동아문화협회에서 제작한 영화 〈춘향전〉에 이몽룡으로 출연하며 극장 상영시에는 변사로 해설을 맡기도 하는 등 영화제작에도 적극 참여했던 인물이다. 뿐만 아니라 이후 〈검사와 여선생〉의 작가로 유명한 김춘광 역시 개명改名한 김조성이었다. 이경손은 처음에 무대배우로 시작했으나 이후 영화감독 등에까지 활동영역을 넓혔으며, 복혜숙 역시 무대배우로 시작하여 이후 스크린에서까지 활동했던 대표적인 여배우였다.

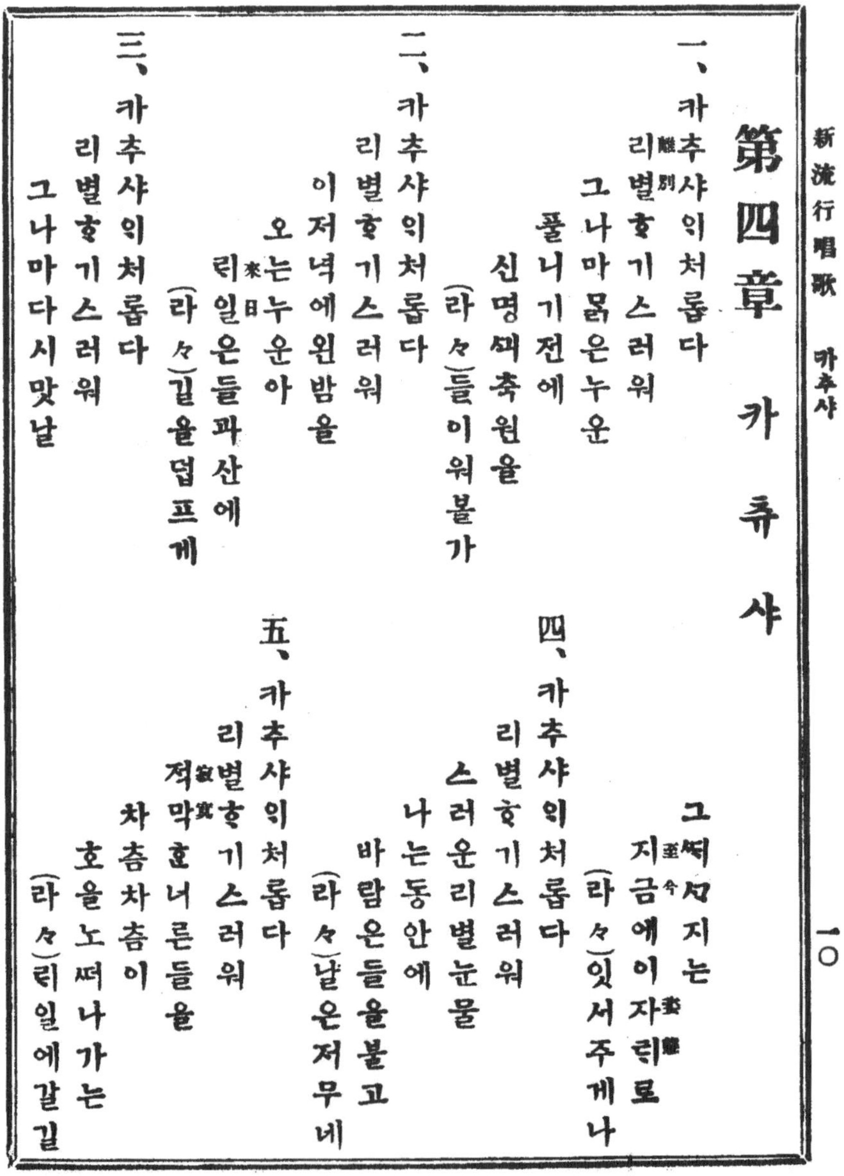
新流行唱歌 카추샤
一〇
第四章 카츄샤
一、카추샤ᄋᆡ처롭다
리별(離別)ᄒᆞ기스러워
그나마몱은누운
풀니기전에
신명께축원을
(라々)들이워볼가
二、카추샤ᄋᆡ처롭다
리별ᄒᆞ기스러워
이저녁에왼밤을
오는누운아
릐일(來日)은들파산에
(라々)길을덥프게
三、카추샤ᄋᆡ처롭다
리별ᄒᆞ기스러워
그나마다시맛날
그ᄯᅢᄭᆞ지는
지금(至今)에이자리로
(라々)잇서주게나
四、카추샤ᄋᆡ처롭다
리별ᄒᆞ기스러워
스러운리별눈물
나는동안에
바람은들을불고
(라々)날은저무네
五、카추샤ᄋᆡ처롭다
리별ᄒᆞ기스러워
적막(寂寞)ᄒᆞᆫ너른들을
차츰차츰이
호을노ᄯᅥ나가는
(라々)릐일에갈길

〈그림 3〉 이상준의 『신유행창가』 중에서. 중간에 생략된 11쪽에는 일본어가사가 수록되어 있다.

나온다. 원작 소설에서 이 장면은 원래 네플류도프가 카츄샤를 강제적
으로 유린하는 장면이지만, 녹음에서는 네플류도프가 사랑을 고백하고
카츄샤가 결국 이를 받아들이는 다소 낭만적인 방식으로 처리되었다.[29]
따라서 마지막에 흘러나오는 극중가는, 카츄샤의 입장에서 내일이면 전
쟁터로 떠나는 네플류도프와의 이별에 대한 심정을 노래함과 동시에 관
객(청중)의 입장에서 네플류도프에게 버림받을 카츄샤의 운명을 노래하
는 것으로서 극적인 효과를 극대화시켰다.

그럼에도 불구하고 노래 가사 자체는 원작소설의 서사나 연극의 플
롯과는 또 다른 대중서사를 독립적으로 (재)생산하고 있었다. 예컨대
Columbia40020의 앞면에는 네플류도프가 감옥에 갇힌 카츄샤를 찾
아와 자신의 지난 잘못을 사죄하고 이에 카츄샤가 분노해하는 장면이,
그리고 뒷면에는 시베리아 유형지에서 두 사람이 마지막으로 이별하는
장면이 녹음되어 있다. 역시 카츄샤가 떠나가는 마지막 부분에서는 "카
츄샤 이처롭다 리별하기 스러워"로 시작되는 노래가 흘러나온다. 소설
과 극중 마지막 장면에서 카츄샤와 네플류도프의 이별은 무엇보다도 카
츄샤 자신의 선택에 의한 것이었다. 따라서 이는 네플류도프를 떠나기
로 결심은 했지만 진심 떠나고 싶지 않은 카츄샤의 속마음을 노래했다
고 할 수 있다. 하지만 이 노래가 극중가가 아닌 유행창가로 불리어질
때에는, 소설이나 연극의 특정한 맥락과 무관하게, 여주인공이 사랑하
는 임에게 버림받거나 또는 의지와 상관없이 떠나보낼 수밖에 없었던
가련한 처지와 그로 인한 '이별의 정한情恨'을 노래하는 내용으로 수용

---

29 이와 관련해 네플류도프가 카츄샤에게 강제로 입술에 키스하려는 장면에서 해설자는 "카
     츄샤는 깃븜에 벅찬 가슴이 썰니고 썰니어 목소래까지 썰니여 나온다"고 설명하고 있다.

되었다. 1910년대에 그 이름도 이국적이고 생소한 〈카츄샤의 노래〉가 대중적으로 유행할 수 있었던 것은 '이별의 정한'이라는 전통적인 가사문학의 친숙한 모티프를 매개로 했기 때문이다.

〈카츄샤의 노래〉 외에도 〈카츄샤〉의 극중가로 사용된 노래가 또 있었다. 1934년 콜럼비아 축음기 주식회사에서 발매한 '영화설명 리뷰' 음반에 실린 〈부활〉(음반번호 RegalC159-B)[30]은 이애리수가 부른 〈부활〉 1절을 배경으로 하여 시작된다. 이 노래는 1931년 콜럼비아 축음기 주식회사의 '유행소곡' 음반(음반번호 Columbia40162)에 〈베니스의 노래〉와 같이 발매되었으며, 이는 같은 해인 1931년 돔보 레코드사의 '유행소곡' 음반에 〈양춘곡〉(이경설 노래)이라는 제목으로도 발매되었다.

이경설과 이애리수의 취입은 이들이 카츄샤를 연기했던 여배우들이었기 때문이었던 것으로 추정된다. 이경설은 1929년 8월에 공연되었던 취성좌의 〈카츄샤〉에서 무대에 섰으며,[31] 이애리수 역시 날짜를 특정할 수는 없지만 역시 취성좌의 공연에서 카츄샤를 연기했었다.[32] 그리고 우리는 이러한 사실을 통해 취성좌의 〈카츄샤〉 공연에 〈카츄샤의 노래〉가 아닌 위의 〈부활〉(〈양춘곡〉)이 극중가로 불렸을 가능성도 배제할 수는 없다. 그 가사의 내용은 다음과 같았다.[33]

---

30 짧은 영화설명이 실린 이 음반에는 〈부활〉 외에도 〈희무정〉, 〈백장미〉, 〈명금〉, 〈침묵〉, 〈춘희〉가 실려 있다. 이 역시 신나라 레코드사에서 발매한 〈유성기로 듣던 무성영화모음〉에 수록되어 있으며, 해설자는 김영환이었다.

31 취성좌 공연광고, 『매일신보』, 1929.8.6.

32 「여우女優 엔・파레드 연극편 (6)-대장안大長安」, 『동아일보』, 1931.6.23.

33 『정선조선가요집』 1, 경성 : 조선가요연구사, 1931; 한국음반아카이브연구단, 『한국 유성기 음반-1907~1945』 1, 한걸음더, 2011, 164쪽에서 재인용.

1. 시베리아 찬바람이 디구상에 썰치니

　　　　보기는 죽은듯하나 실상은 사랏도다

　버러지는 쌍에서 들석들석하면서

　　　　양춘가절 기다리면서 나오기를 힘쓰네

2. 춤을 추네 춤을 추네 나풀나풀 춤추네

　　　　배고하가 피여 욱어진 봄동산 져봉졉들

　부활가를 부르며 향긔롬을 밋흐라고

　　　　깃붐으로 춤을 추면서 향아로시 나라든다

이는 모두 '유행소곡'이라는 타이틀의 음반으로 발매되었으나, 가사 자체는 그 내용을 통해 알 수 있듯이 소설이나 연극과 무관하게 말 그대로 '부활절'을 노래하는 것이었다. 실제로 곡조와 반주 자체도 찬송가에 가까웠다. 취성좌로서는 십여 년 전에 유행했던 〈카츄샤의 노래〉를 극중가로 사용하기보다, 새로운 느낌을 주기 위해 극중 배경에 좀 더 충실한 부활절 찬송가를 사용했을 수 있다.

마지막으로 『부활』의 카츄샤 이야기는 1960년에 유호 작사, 이인권 작곡, 송민도 노래의 대중가요인 〈카츄샤의 노래〉로 다시 한번 (재)생산되었다. 그리고 이로 인해 오늘날 많은 사람들이 '카츄샤의 노래'라는 제목으로 떠올리는 노래가사는 "카츄샤 애처롭다 이별하기 스러워"가 아니라, "마음대로 사랑하고 마음대로 떠나가신 첫사랑 도련님과 정든 밤을 못잊어 얼어붙은 마음속에 모닥불을 피워놓고 오실날을 기다리는 가엾어라 카츄샤"이다. 하지만 가사내용을 통해 알 수 있듯이 이 노래 역시 카츄샤의 사랑과 이별을 노래하는 것이었다. 이제 카츄샤는 특히 유행가라는 대중문화의 장 안에서 톨스토이의『부활』로부터 완전히 독립하여, 높은 신분의 '도련님'에게 버림받는 '하녀'의 애처로움을 노래하는 대중서사의 대표적인 아이콘이 되었다.

4. 이야기되는 카츄샤—낭만적인 사랑의 여주인공

고전이나 명작은 일반적으로 단일 서사가 아닌 복수複數 서사로서 존재, 유통된다. 원래 고전이나 명작은 유명세에 비해 대중적으로 많이 읽히지 않으며, 읽힌다 해도 본래의 의미가 전달되지 않는 경우가 더 많다. 많은 고전이나 명작이 아동용이나 청소년용 버전, 나아가 재구성 버전으로 활발히 출판되는 것은 이 때문이다.『부활』도 예외는 아니었다.

모두冒頭에도 기술했듯이『부활』의 첫 번역은 1918년 신문관에서 출간되었던『해당화』(박현환 역)였으며, 이는 당시 가장 널리 읽혔던 축약 재구성본이었다.[34] 완역은 4년 후『매일신보』(춘계생 역, 1922.7.11~1923.3.13)에 연재되었지만, 완성도 높은 번역이었음에도 불구하고 대중적인 반응이 낮아 단행본 출간으로까지 이어지진 못했다. 그리고 약 3년 후에는 속편인 이서구의 「부활 후의 카츄샤」가『매일신보』에 연재되었고(1926.6.28~9.26), 같은 해에는『부활한 카츄샤』가 흑조생의 번역으로 영창서관에서

---

[34]『해당화』는 1920년대 초반까지 최소한 3판 이상 거듭 출판되었으며 1920~1930년대에도 광범위한 영향력을 행사했다. 박진영, 앞의 글, 208쪽.

출간되었다.[35] 일종의 후일담 형식인 동일 속편의 두 가지 번역이 비슷한 시기에 출간되었다는 사실은 『부활』의 대중 서사에 대한 여전히 높은 인기와 함께, 카츄샤 이야기의 (재)생산에 대한 대중의 지속적인 요구를 반증하는 것이었다.

완역본뿐만 아니라 축약 재구성본인 『해당화』와 그 속편 모두 『부활』의 대중서사를 수용적인 관점에서 이해하는 데 중요하다. 그동안 『해당화』는 원전의 통속적인 버전으로, 그리고 속편인 「부활 후의 카츄샤」와 『부활한 카츄샤』는 원전과 무관한 작품으로 여겨져 왔다. 그리고 여기에는 일종의 정전正典 중심주의, 즉 서구의 고전과 명작을 단일한 것으로 실체화시키고 그것의 온존한 수용을 요구하는 사고가 (무)의식적으로 작동해왔다고 말할 수 있다. 하지만 1899년 톨스토이가 『부활』을 완성한 직후에도 서구의 유럽 각국에서는 불법적인 해적 번역본들이 무수히 출판·유통되고 있었다.[36] 따라서 우리의 근대 초기에 (재)생산되었던 『부활』의 대중서사는 오히려 『부활』과 『해당화』, 그리고 속편 등의 개별 서사들에 나타나는 반복과 차이를 통해 그 형체와 특성이 구명될 수 있을 것이다.

『부활』의 서사는 주인공 네플류도프가 젊은 시절 고모님의 하녀인 카츄샤를 유린하고 약 십 년 후 재판정에서 우연히 카츄샤를 재회하면서, 자신의 과오를 깊이 깨닫고 참회하며 카츄샤의 무죄를 구명하는 과정에서 그 자신 역시 새로운 사람으로 다시 태어난다는 것을 골자로 한다.

---

35 속편은 1915년 일본에서 출판된 마쓰모토 다케오松本武雄의 『後のか·チューシャ』(近代文藝社)를 번역한 것으로서 그 원류는 분명치 않다. 위의 글, 209쪽.

36 J. A. Cutshall, "'Not Tolstoy At All': Resurrection in London", *Irish Slavonic Studies 10*, 1989(1991), pp.31~32.

총 35개의 장으로 구성된 서사의 시간적인 구조는 카츄샤가 재판정으로 들어가는 '현재'(제1장)에서 시작해 카츄샤의 성장과정에 대한 '과거'(제2장)로 갔다가, 다시 네플류도프가 재판정에 도착하여 카츄샤의 유죄가 확정되는 '현재'(제3~6장)로 돌아온 후, 다시 십 년 전 네플류도프가 카츄샤를 처음 만나 유린하고 떠났던 '과거'(제7~11장)로 돌아간다. 그리고 제12장부터는 다시 '현재'로 돌아와 시간의 흐름에 따라 진행된다. 시점은 기본적으로 전지적 작가시점이지만, 대체적으로 네플류도프의 이야기를 중심으로 한다. 따라서 총 35개의 장 중에서 24개의 장이 네플류도프의 이야기이며, 카츄샤의 이야기는 6개의 장에 불과하고 나머지 5개의 장은 재판과정이나 배심원들의 논의 등에 대한 이야기이다.

한편 『해당화』의 서사는 기본적으로 원전과 동일하며, 총 44(43)개의 장[37] 중에서 31개의 장이 네플류도프의 이야기이고 10개의 장이 카츄샤의 이야기이다. 나머지 2개의 장은 그 외의 이야기이다. 다만 원전과 비교하여 첫째, 서사의 구조가 시간의 순서에 따라 재배열되었다는 점이 눈에 띤다. 이야기는 네플류도프('내류덕')가 고모댁에서 휴가를 보내기 위해 출발하는 장면에서 시작한다. 원전의 서사가 기본적으로 현재를 배경으로 하여 중간중간 네플류도프나 카츄샤에 대한 설명이 필요할 때마다 과거로 돌아가는 입체적인 방식으로 전개되었다면, 『해당화』의 서사는 기존의 고전소설이나 신소설 등을 통해 일반 독자대중에 이미 익숙한 방식인 시간의 순서에 따라 재배열, 전개되었던 것이다.

두 번째 차이는 서사의 내용이 네플류도프와 카츄샤를 중심으로 축약

---

37 연재하는 과정에서 제4장에서 제6장으로 바로 넘어가면서 제5장이 누락되었다. 따라서 마지막 장은 제44장이지만, 실제로는 모두 43개의 장으로 구성되어 있다.

재구성되었다는 데 있다. 그리고 결과적으로 그 외의 부분이 대거 생략되었다. 즉 톨스토이가 당시 러시아의 사법 제도를 비판하기 위해 비교적 상세히 묘사된 카츄샤의 재판정 장면과 네플류도프가 카츄샤를 만난 직후 자신의 과오를 깨닫고 코르차긴 가家를 찾아가 자신의 변화를 공표하는 장면, 네플류도프가 정치범 메니쇼프와 베라 등과 만나 대화하면서 감옥제도를 비판하는 장면, 네플류도프가 자신의 영지에서 농민의 비참한 삶을 직접 목격하고 자신의 토지사유를 포기하는 장면, 그리고 마지막으로 네플류도프가 장관집 만찬에서 만난 영국인과 함께 감옥소의 비참한 시설을 둘러보고 그가 건네준 성경을 펴보며 그 내용에 대해 숙고하는 장면 등이 빠졌다. 그런데 이들 장면은 『부활』이 일종의 사회소설로서 러시아의 불합리한 사법제도와 감옥제도, 귀족사회의 부패, 토지문제 등에 대한 톨스토이의 강도 높은 비판을 핵심적으로 보여주는 것으로 고평高評되는 부분이었다. 하지만 『해당화』에서는 이들 장면이 생략됨으로써 자연스럽게 고귀한 신분의 네플류도프 공작과 하녀 카츄샤의 사랑과 참회, 그리고 개량에 초점을 둔 멜로드라마적인 서사가 (재)생산되었다.

마지막 차이는 멜로드라마적인 서사와 관계된 것으로서, 카츄샤와 네플류도프의 관계가 감정적인 방식으로 ― 속칭 센티멘털한 방식으로 ― 이루어지고 있다는 데 있다. 그리고 이는 원전에서 톨스토이가 둘의 관계를 마치 서사극과 같은 방식으로 가능한 객관적인 태도로 제3자에게 보고하듯이 보여주었던 것과 대조된다. 예컨대 톨스토이는 그들이 처음 만나 서로 좋아하는 감정을 가지고 있다는 사실을 비교적 담담히 서술했다. 네플류도프와 카츄샤는 이웃마을의 아이들이 놀러와 다같이 술래잡기를 하다가 둘만 몰래 빠져나와 쉰다. 그리고 네플류도프가 돌연 카츄샤를 힘껏 껴안고 키스하자 카츄샤는 놀라 도망간다. 하지만 『해당화』에서는 제6장에서 네플류도프가 카츄샤에게 목이 마르다며 숲속의 샘물로 안내해달라고 말한다. 그리고 제7장과 제8장에서 네플류도프의 카츄샤에 대한 애정의 감정이 상당히 길면서도 직접적으로 토로된다.

경우에 따라 감정 표현과 관계 묘사는 일종의 로맨스 소설에서와 같이 감정적이고 선정적인 방식으로 극대화되었다. 예컨대 네플류도프가 감옥 안에 있는 카츄샤를 찾아가 청혼하는 장면의 경우, 원전에서는 네플류도프의 청혼에 카츄샤가 불 같이 분노해한다. 하지만 『해당화』에서 카츄샤는 "그러케 되기야 엇지 바라겟습닛가마는"이라며 유예적으로 대답하고, "이 말 한마듸에 내류덕은 익정이 탕발ㅎ야 '갓쥬샤! 너는 내 것이다. 내 사람이다' ㅎ고 갓쥬샤의 목을 스러안는다". 그리고 네플류도프와 카츄샤가 이별하는 그 유명한 마지막 장면의 경우, 원전에서는 카츄샤가 비교적 이성적으로 자신은 시몬손을 따라가겠다는 것, 사랑은 자신에게 문제가 되지 않는다는 것, 그리고 그간 네플류도프의 수고에 감사의 말을 강조하여 말한다. 그리고 마지막으로 네플류도프에게 용서해달라고 말하고 그의 손을 잡았다가 곧장 돌아서서 떠난다. 이별을 앞둔 이들의 대화는 표면상 담담하기 그지 없으며, 네플류도프 역시 자신에 대한 카츄샤의 사랑과 이별의 슬픔을 충분히 느낄 수 있지만 굳이 내색하지 않는다. 하지만 『해당화』에서 이별의 마지막 장면은 다음과 같이 그려진다.

내류덕이 쯔겁게 잡앗던 손을 노코 도라선다. 평싱에 그리설어 울어본 적이 업건마는 그리도 스랑ㅎ던 갓쥬샤를 싱젼에 영리별ㅎ고 도라서니 눈물이

압홀 가리워 압길이 보이지 아니혼다. 가지지 안는 거름을 한 이삼보 나간즉

"여봅시오!" 호고 갓쥬샤가 공작의 가슴에 뛰여와 안기며

"아아!! 저는 당신을 스랑홉니다. 지극히 스랑홉니다. 스랑홈으로 저는 당

신과 결혼을 샤졀홉니다" 호고 목이 메여 운다.

네류덕이 갓쥬샤의 목을 안으며

"나는 비로소 네 참스랑을 알앗다! 이우에 더 만죡홀 것은 업다" 호고 두

사룸은 피가 쇪을 듯이 키쓰를 혼다.

이째에 마침 어딕서 쳐량혼 노래소리가 들린다. 두 사람은 졍신을 일코 서

서 듯는다.[38]

『부활』에서 네플류도프는 자신을 향한 카츄샤의 사랑을 어디까지나 말없이 '느끼고', 이별 역시 담담하게 이루어진다. 하지만 『해당화』에서 네플류도프와 카츄샤는 서로에 대한 사랑의 감정을 '선언'하고 '오열'한다. 감정적이고 선정적인 표현은 그들의 사랑을 더욱 애절한 것으로, 그들의 이별을 더욱 운명적인 것으로 만든다. 『해당화』가 두 사람의 연애 이야기로 된 데에는 무엇보다도 멜로드라마 특유의 감정과잉이 큰 역할을 했다.

『해당화』의 멜로드라마적인 성격은 그 속편인 「부활 후의 카츄샤」와 『부활한 카츄샤』(이후 두 작품은 〈부활한 카츄샤〉로 통일―인용자)에서 한층 더 강화되었다. 일종의 후일담 형식으로 쓰여진 〈부활한 카츄샤〉의 서사는 다음과 같다. 카츄샤는 방면된 이후 우여곡절 끝에 유대인 마도리

---

38 박현환, 『가주사 애화―해당화』, 신문관, 1918, 132~133쪽.

요나와 함께 살게 되고, 네플류도프는 모스크바에서 감옥개선 사업에 전념한다. 하지만 네플류도프는 우연히 그동안 죽은 줄 알고 있었던 카츄샤와 자신의 딸 데니야를 찾게 되고, 카츄샤에게도 딸을 보내 만나게 한다. 하지만 갑자기 감옥소에 화재가 났다는 소식을 듣고 한걸음에 달려간 카츄샤는 감옥의 문을 열어 죄수들을 구하기 위해 간수와 몸싸움을 벌이고, 그 와중에 엄마를 찾아 달려온 데니야는 간수가 휘두르는 칼에 맞아 죽고 만다. 카츄샤는 결국 죄수들을 구하지만 그 죄로 다시 싸카렌도 섬으로 유형을 가고, 그곳에서 상처가 악화되어 마침내 정신병까지 얻게 된다. 한편 사회사업이 번창하면서 정부의 심한 탄압을 받던 네플류도프는 카츄샤를 만나기 위해 싸카렌도 섬을 찾아오고, 네플류도프와 재회한 카츄샤는 마침내 정신을 차린다.

멜로드라마적인 선인善人과 악인惡人이 등장하지 않는 원작과 달리 〈부활한 카츄샤〉에는 극악무도한 죄수 부닝이 악인으로, 그리고 갈 곳 없는 카츄샤에게 거처를 마련해주는 마로리요나가 의인義人으로 등장한다. 특히 부닝은 카츄샤를 강제로 유린하기 위해 한밤중에 남몰래 그녀의 방에 침입하여 심한 몸싸움을 벌이기까지 한다. 하지만 이후 부닝은 화재로 불길에 휩싸인 감옥소에 자신을 구하러 뛰어드는 카츄샤에 의해 크게 감화되어 눈물을 흘리며 자신의 과오를 참회한다. ""이 넓은 세상에서 사랑하여 주시는 단지 한사람이니 당신을 해치려고 하든 이 무서운 악마 부닝을 용서하여 주서요 (…중략…) 악한 무리의 목숨까지르도 보호하여 주시는 하나님의 참뜻을 인제야 비로소 아럿습니다" 하고 부잉은 어린아희가티 늦겨가며 울더니 카주-샤의 발에다 입을 대이고 가벼이 고개를 숙엿다"[39]

네플류도프와 카츄샤의 딸인 데니야의 '출생의 비밀'도 멜로드라마에서 애용되는 모티프이다. 네플류도프는 자신의 하인이었던 신메루의 집에서 우연히 물을 얻으러 들어온 떠돌이 이와노후나와 여자아이 데니야와 조우한다. 네플류도프는 병약해 보이는 남자를 자선병원에 소개해주고 그와 대화하던 중에 데니야가 자신의 딸임을 알게 된다. 십 년 전 카츄샤의 산파가 팔아먹을 요량으로 아이가 죽었다고 거짓말을 했던 것이다. 이에 따라 고아였던 데니야는 하루아침에 공작집 아가씨였음이 밝혀신다.

무엇보다도 가장 크게 눈에 띄는 것은 결말의 방식이다. 『부활』과 『해당화』에서 이별했던 두 사람은 결국 〈부활한 카츄샤〉의 마지막 장면에서 다음과 같이 서로의 사랑을 확인하며 재결합한다.

"… 나는─ 당신의 것이엿습니다"

카쥬-샤는 이러케 말을 하고 눈물의 저즌 창백한 얼골을 돌니고 재촉하는 듯이 네푸류도후가 입마추어주기를 기다리엿다

'아─ 나는 이 이상 아모말도 아니하겟다 네 령혼은 벌서 깨끗한 곳에서 눈을 씻다 이야 카쥬-샤야 너는 역시 영원히 내것이다'

쓰거운 눈물을 흘니면서 두번세번 네푸류도후는 카쥬-샤 입살에다 입을 맞추윗다 푸르고 날카로운 초생달은 두 사람의 그리자를 엿보면서 부러워하는 듯이 두 사람을 휩싸고 두 사람의 눈물을 드려다보고 잇섯다

─씃─[40]

39 흑조생, 『부활한 카쥬-샤』, 영창서관, 1926, 129쪽.
40 위의 책, 143쪽.

『부활』 서사의 중심은 네플류도프와 카츄샤의 관계보다 두 사람의 참회와 개량의 과정에 있기 때문에 이별 자체가 새드엔딩을 의미하지는 않는다. 오히려 이별을 통해 두 사람이 각각 타인(사회)에 봉사하는 삶의 길을 걸어간다는 점에서 원작은 깊은 의미와 여운을 남긴다. 하지만 네플류도프와 카츄샤의 이야기인『부활』의 대중서사에서 이별은 그냥 새드엔딩으로 그려진다. 특히 서로 사랑하는 남녀가 외부적인 강요에 의해서가 아니라 주체적인 결정에 따라 이별하는 방식의 결말은, 서구의 기존 멜로드라마적 관습에서나 우리의 고전소설 및 신소설의 서사적 관습에서 볼 때 실로 납득하기 어려운 것이었다. 그리고 이런 점에서 〈부활한 카츄샤〉은 엄밀히 말해『부활』이 아닌『부활』 대중서사의 속편으로서, 네플류도프와 카츄샤의 이별을 받아들이기 힘든 대중의 요구가 반영된 해피엔딩의 멜로드라마였다고 할 수 있다.

5. 대중서사, 그 해체와 재생의 오시리스Osiris

각종 대중매체를 통해 생산 소비되는 대중서사는 본질적으로 자기 자신의 자율적인 해체와 변용을 재생의 동력으로 삼는다. 따라서 대중서사는 언제나 단수(A)가 아닌 복수(a1, a2, a3 …… aN)로 존재하며, 때로는 그 합이다. 대중서사는 어느 순간 원전(A)의 고유성originality으로부터 완전히 독립하며, 경우에 따라 둘의 관계가 전도顚倒될 수 있다.

우리의 근대 초기에 (재)생산된 가장 대표적인 대중서사는 바로 「장한몽」의 '이수일과 심순애 이야기'와 『부활』의 '카츄샤 이야기'였다. 「장한몽」은 1913년 『매일신보』에 번안 연재됨과 동시에 신파극으로 공연된 이후 유성기 음반과 영화를 통해 꾸준히 (재)생산되었다. 〈카츄샤〉역시 1916년 처음 공연된 후 소설과 유행가, 유성기 음반 등을 통해 지속적으로 (재)생산되었다.

대중서사 연구는 일반적으로 원전 또는 원작과의 비교 연구를 통해 그 변용과 통속성 여부를 문제삼는 데 집중되어 왔다. 「장한몽」연구는 대부분 그 원작인 오자키 고요尾崎紅葉의 『곤지키야샤金色夜叉』와의 비교 연구나 그것의 대중성 문제를 중심으로 논의되어 왔으며, 『부활』역시 마찬가지였다. 하지만 여기서는 근대 초기의 식민지 조선에서 특히 서구의 대문호인 톨스토이의 『부활』이 무대와 소설, 유성기 음반 등의 각종 매체에서 '카츄샤 이야기'라는 대중서사들을 통해 어떻게 적극적으로 변용, (재)생산되었는지를 구체적으로 살펴보았다. 그리고 이를 통해 톨스토이나 그의 『부활』을 중심으로 이루어져 왔던 논의의 축을, 그동안 '통속화'나 '아류'라는 이유로 배제되었던 대중서사들에게로 옮겨보았다.

근대 초기 식민지 조선에서 『부활』은 일찍감치 톨스토이의 대걸작으로 소개되며 수용되었으나, 정작 주인공 네플류도프의 참회나 개량, 근대사회 비판보다도 그가 한때 유린하고 버렸던 카츄샤를 중심으로 대중서사화되었다. 연극 〈카츄샤〉는 제목 그대로 카츄샤의 사랑과 실연失戀, 그리고 타락과 도덕적 개량을 중심으로 하는 멜로드라마로 각색되었다. 당시 현모양처로서 근대 가정이 요구하는 미덕에 엄격할 정도로 충실했던 신파극의 여주인공들과 달리, 사랑하는 남성에게 순진하게 자신의 순결을 내주고 그 결과 버림받아 창녀로까지 타락, 살인누명까지 쓰고 법정에 섰던 카츄샤의 기구한 운명 오히려 관객(대중)에게 깊은 인상을 남겼다. 여기에는 카츄샤라는 등장인물 자체의 매력적인 섹슈얼리티와 함께, 그녀가 결국은 스스로를 개량시켰으나 정작 자신이 사랑하는 네플로도프를 위해 청혼을 거절하고 결국 이별을 결심한다는 애틋한 순애보가 관객(대중)에게 강하게 어필했다.

"카츄샤 이처롭다 리별ᄒ기 스러워"로 시작하는 극중가 〈카츄샤의 노래〉 가사는 따라서 카츄샤 자신의 심경과 함께, 이러한 카츄샤를 안타깝게 생각하는 대중 정서를 반영하는 것이었다. 카츄샤와 네플류도프가 비록 타인과 사회에 봉사하는 삶을 살기 위해서라고 해도 서로 사랑하는 남녀가 자의적으로 이별을 선택하는 결말은 기존의 서사적 관습에서 볼 때 사뭇 낯설게 느껴졌을 것이었다. 그리고 이러한 낯설음 또는 기괴함은 『부활』의 속편에서 결국 두 사람을 재결합시킴으로써 결국 교정되었다.

카츄샤가 네플류도프의 청혼을 받아들이지 않고 시베리아에 남기로 결심한 것은 창녀였던 자신이 네플류도프와 어울리지 않는다고 생각했기 때문이었다. 하지만 그보다 더 큰 이유는 시몬손과의 결혼을 통해 평생 죄수를 위해 봉사하는 삶을 살기로 결심했기 때문이었다. 따라서 카츄샤의 입장에서 볼 때 네플류도프와의 이별은 자기희생이 아니라 자기완성에 더 가까웠다. 하지만 카츄샤가 안락한 가정을 포기하고 자기 자신과 사회를 위한 삶을 주체적으로 선택하는 결말은 그 자체가 대중서사화되기에 아직 낯선 것이었다. 카츄샤의 애처로움은 사실상 대중 자신의 정서가 카츄샤에게 투영된 것이었다.

〈애사〉에서 〈희무정〉으로

식민지기 『레미제라블』의 연극적 수용과 변용

1. 식민지 조선과 『레미제라블』

윤백남은 1920년에 발표된 「연극과 사회」를 통해 자신이 이끌던 신파극계를 비판하면서 연극이 현대 사회의 개조에 중요한 역할을 담당해야 한다고 주장했다.[1] 그리고 이후에는 신극(근대극)의 지향점을 '사회극'에 두고 〈운명〉과 〈박명희의 죽음〉, 그리고 〈희무정〉 등을 창작하거나 각색하여 공연했다. 1910년대의 신파극이 개인의 '동정同情'을 강조하는 멜로드라마였다면, 1920년대에는 '무정無情'한 사회에 대한 현실 비판적 인식을 강조하는 사회극이 근대극으로 등장했던 것이다.

우리의 근대연극은 일본과 서구의 번안·번역 소설을 각색 공연하는

---

1   윤백남, 「연극과 사회−병竝하야 조선현대극장을 논함」, 『동아일보』, 1920.5.4~16.

것으로 시작되었다. 1910년대 신파극은 일본 신파를 구찌다테口立て로 모방하다가 『매일신보』에 연재되고 있었던 일본의 번안소설을 각색하여 본격적으로 인기를 얻었다. 〈불여귀〉와 〈장한몽〉, 〈쌍옥루〉 등이 그 대표적인 작품이었다. 1910년대 중반에는 서구의 명작소설이 공연되기 시작했다. 대중적으로 가장 알려진 작품은 톨스토이의 『부활』과 빅토르 위고의 『레미제라블』이었다. 『부활』은 여주인공인 카츄샤 중심의 멜로드라마로 수용되었으며, 『레미제라블』 역시 악한 인물이었지만 결국 선한 승정의 미덕을 통해 참회하여 개량되는 장발장 중심의 멜로드라마로 수용되었다. 하지만 이후에는 점차 무정한 사회를 비판하는 휴머니즘 드라마 내지는 비판적 사회극으로 수용되었다.

근대 초기 『레미제라블』의 번역 수용에 관한 연구는 주로 소설과 번역 분야를 중심으로 이루어져왔다. 대표적으로 박진영은 「소설 번안의 다중성과 역사성－『레미제라블』을 위한 다섯 개의 열쇠」라는 논문에서 근대 초기의 『레미제라블』 번안·번역 다섯 편이 우리의 근대 소설사에서 직간접적으로 증후하는 바를 고찰하고, 특히 민태원의 「애사」가 '순한글의 한국어 문장'으로 근대 소설사적인 선취를 이루었다고 고평했다.[2] 최지현 역시 유사한 맥락에서 민태원의 「애사」를 그 저본인 구로이와 루이코의 『아, 무조우噫無情』와 비교적으로 고찰하면서 근대 소설사적 의의를 고찰했다.[3] 그리고 윤경애는 근대 초기의 『레미제라블』 번

---

2 박진영, 「소설 번안의 다중성과 역사성－『레미제라블』을 위한 다섯 개의 열쇠」, 『민족문학사연구』 33, 민족문학사연구소, 2007.
3 최지현, 「한국 근대 번안소설 연구－민태원의 「애사」를 중심으로」, 경상대 석사논문, 2013; 「근대 조선에서의 빅토르 위고 수용과 번역」, 『한민족어문학』 70, 한민족어문학회, 2015.

안·번역들과 그 일본어 저본들을 본격적으로 비교 연구하였다.[4]

빅토르 위고가 1845년에 집필을 시작해 1862년에 완성한 『레미제라블』은 출간되자마자 동시에 번역되어 전유럽적으로 큰 성공을 거두었다. 방대한 규모의 『레미제라블』은 실상 그 내용을 한마디로 요약할 수 없는 역작이었다. 기본적으로 이 작품은 나폴레옹의 워털루 전쟁과 어수선한 왕정복고의 시대, 프랑스 혁명을 배경으로 하면서 인간의 자유와 권리, 혁명, 진보에 대해 이야기하는 역사소설이자 정치소설이었다. 그리고 주인공인 장발장을 통해 아무리 비천한 인간이라 해도 끊임없는 자기반성과 속죄, 희생을 행한다면 고귀한 인간으로 거듭 태어날 수 있다는 것을 보여주는 휴머니즘 소설이었다. 뿐만 아니라 이 과정에서 극심한 빈곤과 가혹한 형벌 제도가 인간을 얼마나 추락시키는지를 여실히 보여줌으로써 근대의 법과 정치 제도를 통렬히 비판하는 사회소설이기도 했다.

근대 초기에 빅토르 위고와 『레미제라블』의 수용은 최남선과 민태원, 홍난파 등 일찍이 일본 유학을 다녀온 지식인들에 의해 선도되었다. 일본에서 『레미제라블』의 인기는 메이지 시대에만 열일곱 차례, 다이쇼 시대에는 열 차례나 번역될 만큼 매우 높았다.[5] 우리의 경우 최초의 번역은 1910년 7월 『소년』 제19호에 수록된 최남선의 「ABC계契」였다. 이는 하라 호이츠안原抱一庵의 『ABC구미아이組合』(『쇼넨소노少年園』에 189

---

4 윤경애, 「『레 미제라블』의 일한번역 고찰─최남선의 「역사소설 ABC계」 번역을 중심으로」, 『일본어학연구』 49, 한국일본어학회, 2016; 「『레 미제라블』의 근대 한국어 번역 연구─일본어 기점 텍스트와의 비교를 중심으로」, 계명대 박사논문, 2019; 「민태원의 『레미제라블』 번역 연구─일본어 기점텍스트와의 비교를 중심으로」, 『일본어학연구』 56, 한국일본어학회, 2018.

5 메이지 시대와 다이쇼 시대에 번안·번역된 일본어 『레미제라블』 목록은 윤경애의 「민태원의 『레미제라블』 번역 연구─일본어 기점텍스트와의 비교를 중심으로」, 앞의 책, 98쪽의 〈부록1〉을 참고할 것.

4~1895년 연재, 1902년 단행본으로 개고改稿)를 중역한 것으로서, 『레미제라블』 제3부 중 비밀결사인 'ABC의 벗들'에 해당하는 부분이었다. 따라서 『ABC구미아이』나 「ABC계」는 프랑스 혁명에 관한 일종의 역사서에 가까웠다. 이후 최남선은 『레미제라블』의 줄거리를 전체적으로 아주 짧게 요약한 「너 참 불상타」를 『청춘』 창간호(1914.10)에 수록했다.

전체 번역으로 가장 완성도가 높은 것은 1918년 7월 28일에서 1919년 2월 8일까지 『매일신보』에 번안 연재되었던 민태원의 「애사哀史」였다. 『레미제라블』의 전체적인 내용을 축약하여 번역한 구로이와 루이코黑岩淚香의 『아, 무조우噫無情』(1902~1903)를 중역한 것이었다. 하지만 민태원은 당시 일본에서 『레미제라블』의 별칭으로 통용되었던 '애사'를 제목으로 했다. 이후 홍난파로 잘 알려진 홍영후 역시 『애사』(박문서관, 1922)를 한자 혼용으로, 『장발장의 설움』(박문서관, 1923)을 순한글로 하여 연속 출간했다. 홍영후의 번역은 문장의 완성도나 내용의 충실성에 있어서 민태원의 번역에 크게 미치지 못한다는 평가를 받고 있지만, 당시 『레미제라블』의 대중적 인기와 출판시장의 수요를 충분히 반증하고 있었다.

근대 일본에서 빅토르 위고의 수용은 19세기 말 메이지 시대에 전국적으로 확대된 자유민권운동과 밀접한 관계에 있었다. 근대 일본과 빅토르 위고의 첫 만남은 민권운동가였던 이타가키 다이스케板垣退助가 위고를 방문하면서 이루어졌다고 한다. 위고는 쿠데타로 제정帝政을 수립하려는 루이 나폴레옹(나폴레옹 3세)에 반대하여 공화정을 주장했는데, 이로 인해 결국은 19년 동안 망명 생활을 하였으며 말년에는 파리에서 체류하고 있었다. 이타가키 다이스케는 자유민권운동을 전국적으로 확대시키는 데 앞장섰을 뿐만 아니라 1881년에 민권파 정당으로 결성된 자유당의 초대 총리였던 인물이었다. 그는 1882년에서 1883년까지 파리에 체재하는 동안에 위고와 만났으며[6] 이를 계기로 메이지 시대의 정치소설이 발흥되었다고 한다.[7]

구로이와 루이코의 제목인 '아, 무조우'는 무정한 사회를 비판적으로 강조하는 것이었다. 후쇼샤扶桑社에서 단행본으로 출판된『아, 무조우』의 서문에서 구로이와 루이코는 다음과 같이 밝혔다. 원작의 제목은 프랑스어로 '몸 둘 데 없는 사람'이라는 의미의 '레미제라블'이지만, 자신은 "단지 사회의 무정함으로부터 한 개인이 어떻게 고통받는가를 알리는 것이 원작자의 뜻인 줄 믿기 때문에"[8] '아, 무조우'라고 이름 붙였다는 것이었다. 그리고『레미제라블』을 번역한 이유도, 위고의 서문을 빌어, 일본에도 여전히 "사람의 힘으로 사회에 지옥을 만들고 남자는 노동 때문에 건강을 해치고 여자는 굶주림 때문에 덕조德操를 잃고 도처에 무지와 빈곤이라는 재해"[9]가 있기 때문이라고 강조했다.

민태원은 구로이와 루이코의 번역을 저본으로 삼으면서 정작 제목은 '애사'로 고쳐 달았다. '아, 무조우'라는 제목은 장발장이나 코제뜨와 같은 등장인물들의 삶이 비참한 원인이 궁극적으로 어디에 있는지를 생각하게 만든다. 하지만 말 그대로 슬픈 이야기를 의미하는 제목인 '애사'는 등장인물들의 비참한 삶 자체에 초점을 맞추고 이를 전경화시킨다. 실제

6　稲垣直樹, 「ユゴーと日本」, 『図説翻譯文學總合事典 第五卷』, 大空社, 207・208쪽; 윤경애, 「민태원의『레미제라블』번역 연구－일본어 기점텍스트와의 비교를 중심으로」, 앞의 책, 77쪽에서 재인용.

7　西永良成, 「フラン文學」, 原卓也・西永良成 編, 『翻譯百年－海外文學と日本の近代』, 東京 : 大修館書店, 2000, 52~53쪽; 박진영, 앞의 글, 223쪽에서 재인용.

8　구로이와 루이코, 「〈아아, 무정噫無情〉머리말」, 박진영 편, 『애사』, 현실문화연구, 2008, 564쪽.

9　위의 글, 566쪽.

로도 민태원은 정치적으로 민감하거나 사회를 정면에서 비판하는 내용을 생략하면서 그 대신에 재미를 위한 스토리 전달에 힘썼다.[10] 식민지적 상황, 더구나 총독부의 기관지였던 『매일신보』에 「애사」를 연재하는 상황은 민태원에게 직간접적으로 부담과 강제가 되었을 것이었다. 그리고 이렇게 사회의 문제보다 등장인물에 초점을 두고 『레미제라블』을 수용하는 방식은 식민지적인 상황에서 좀 더 일반적이었다. 전술했던 최남선의 「너 참 불쌍타」나 홍영후의 『장발장의 설움』뿐만 아니라 줄거리 요약에 그친 오천석의 「몸둘 곳 없는 사람」(『세계문학 걸작집』, 한성도서주식회사, 1925)과 이강흡의 「불란서 애화—불쌍한 꼬제뜨」(『문명』 1, 1926.1) 등등의 제목들도 모두 등장인물들의 비참한 삶을 강조하는 것이었다.

이상의 논의를 토대로 하여 여기서는 『레미제라블』이 식민지 조선의 극장에서 수용되었던 사회문화적 맥락을 고찰하고자 한다. 박숙자는 식민지 시대의 『레미제라블』의 번안·번역, 특히 민태원의 〈희무정〉조차도 "명작의 의미가 지워진 명작"[11]이었으며, 그 인기와 신드롬은 식민지민들의 '속물 교양'에 대한 욕망에 기인한다고 주장했다. 하지만 여기서는 서구 명작의 의미를 우리가 반드시 수용해야 하는 어떤 고정된 선험적인 것으로 절대화시키기보다, 그것이 식민지근대의 우리에게 어떤 의미의 텍스트로 재생산되고 변용되었는지에 조금 더 초점을 두고자 한다.

연극은 소설의 단순한 무대적 재생산이 아니다. 연극은 등장인물의 극행동을 직접 보여주는 자신의 고유한 방식으로 서사를 재창조하기 때

---

10 윤경애는 민태원이 사회비판보다 "재미를 위한 스토리의 전달"에 힘썼다고 지적했다. 윤경애, 앞의 글, 94쪽.
11 박숙자, 『속물교양의 탄생—명작이라는 식민의 유령』, 푸른역사, 2012, 93쪽.

문이다. 『레미제라블』은 1919년 일본 쇼쿄쿠사이 덴카松旭齋天華 일행의 〈승정의 촉디〉와 단성사 변사들의 〈애사〉로 처음 공연되었다. 두 작품은 장발장과 미리엘 주교의 이야기를 중심으로 각색한 것이었다. 이 때 장발장 이야기는 미리엘 주교의 동정과 장발장의 참회를 강조하는 멜로드라마적인 서사로 재생산되었다. 하지만 얼마 후 조선부식농원扶植農園의 자선 활동사진회에서 〈희무정〉으로 상영되면서 『레미제라블』은 무정한 사회에 대한 비판적인 서사로 다시 재생신되었다. 당시 윤백남은 「연극과 사회」를 『동아일보』에 연재하여 연극의 사회 개조를 강조하였으며, 그 이후에는 〈운명〉이나 〈박명희의 죽음〉, 그리고 〈희무정〉을 '사회극'으로 창작 또는 각색 공연하면서 그 지향성을 분명히 했다.

2. 변사연극 〈애사〉와 '동정'의 멜로드라마

박진영은 『레미제라블』이 1919년 9월 단성사에 의해 처음 무대에 올려졌다고 했다.[12] 하지만 정확히 말해 『레미제라블』은 1919년 6월경 순회공연차 조선을 방문한 쇼쿄쿠사이 덴카松旭齋天華 일행에 의해 〈승정의 촉디〉라는 제목으로 황금관에서 처음 공연되었다. 민태원의 「애사」 연재가 끝난 지 약 4개월만이었다. 마술전문이었던 덴카 일행은 노래와 음

---

12 박진영, 앞의 글, 214쪽.

악, 그리고 연극 등도 함께 공연했던 버라이어티 흥행극단이었다.[13]

　덴카 일행은 부산에서 3일간의 흥행을 마친 후 29일 경성에 도착하여 30일부터 황금관에서 공연을 시작했다. 신문에 광고된 공연 프로그램에는 고우타小唄(일종의 속요)와 춤, 곡예, 마술, 그리고 연극 〈마법의 의사魔法醫者〉와 〈벨스〉, 〈약의 실효〉 등이 포함되어 있었다. 〈마법의 의사〉는 마술을 연극적으로 꾸민 공연("요술을 ᄒᆞ여가며 연극을 ᄒᆞᄂᆞᆫ 것")[14]이었으며, 〈벨스〉와 〈약의 실효〉는 각각 '비극'과 '희가극'을 타이틀로 하는 연극이었다. 이 중 〈약의 실효〉는 그 내용을 알 수 없지만, "티셔문호의 걸작"[15]으로 소개된 〈벨스〉는 당시의 신문기사에 소개된 줄거리를 참고로 하여 내용과 원작을 추정해볼 수 있다. 〈벨스〉는 프랑스 작가인 에르크망 샤트리앙Erckmann-Chatrian의 *Le Juif Polonais*(=*The Polish Jew*, 1867)를 번역한 레오폴드 데이비스 루이스Leopold Davis Lewis의 멜로드라마인 *The Bells*였다. *The Bells*는 1871년 11월 런던의 리시움 극장Lyceum Theatre에서 초연되었으며, 당시 헨리 어빙Henry Irving[16]이 주인공을 맡아 흥행에 크게 성공하였다.

13　쇼쿄쿠사이 덴카松旭齋天華는 마술흥행 단체였던 쇼쿄쿠사이 덴카쓰松旭齋天勝 극단의 단원이었으며 재주가 뛰어나 덴카쓰의 애제자였다. 하지만 1915년에 극단에서 함께 나온 일행과 함께 쇼쿄쿠사이 고텐카츠松旭齋小天勝라는 이름으로 자신의 마술흥행을 시작했다. 극단에 들어간 지 3년만이었다. 하지만 덴카쓰라는 이름을 사용하는 것에 대해 강력한 항의를 받고 쇼쿄쿠사이 덴카로 개명하였다. 덴카 일행은 마술과 곡예, 무용, 음악, 촌극 등에 이르는 버라이어티한 흥행 프로그램으로 일본에서뿐만 아니라 조선, 동남아시아 등 각 지역으로 순회공연을 계속했다. 조선에서 돌아간 후 덴카는 24살의 젊은 나이로 병사病死하였지만 극단은 2대와 3대에까지 그 이름을 이어갔다.

14　「천화 일행 입성」, 『매일신보』, 1919.5.31.

15　「천화의 「벨스」극」, 『매일신보』, 1919.6.1.

16　헨리 어빙(1838.2.6~1905.10.13)은 빅토리아 시대에 활동했던 영국의 배우로, 리시움 극장의 경영을 맡아 셰익스피어 연극의 중흥을 이끌었다. 1864년에 햄릿을 연기하여 셰익스피어 배우로 명성을 얻었고, 1895년에는 배우로서 처음 'Sir' 칭호를 받았다.

내용은 다음과 같았다. 프랑스와 독일의 국경지역인 알자스에서 여관을 하던 주인공 마티아스는 큰 빚으로 생활고를 겪던 중, 어느 날 손님으로 찾아온 부유한 폴란드 유대인 상인인 코베스키의 돈을 빼앗고 그를 죽인 후 시신을 불태운다. 세월이 흘러 마티아스는 성공해 마을의 시장市長까지 되지만, 코베스키의 썰매를 끌던 말의 방울소리에 놀랐던 기억으로 인해 방울소리만 들으면 죄책감에 시달리고 그 증상은 점차 심해진다. 그리고 마침내 사랑하는 딸의 결혼식날 밤에는 재판을 받고 교수형에 처해지는 꿈을 꾼다. 잠에서 깬 마티아스는 자신의 목을 감싸고 있는 상상 속의 올가미를 잡아당기는데 그러던 중에 결국은 심장마비로 죽는다. 아무도 없는 무대 위에서 마티아스와 관객들에게만 보이는 코베스키의 유령과 방울소리가 들리는 무대효과가 극적인 긴장감을 한껏 높이는 공연이었다고 한다.

『매일신보』에 연일 게재되었던 덴카 일행의 광고 내용은 6월 3일 자까지 변동이 없었지만, 같은 날 기사에서는 새롭게 공연 프로그램이 변경된다고 소개되었다. 그리고 무엇보다도 『매일신보』에 연재되었던 소설 「애사」의 한 부분을 연극으로 만든 〈승정僧正의 촉대燭坮〉가 대대적으로 보도되었다. 덴카 일행은 황금관에서 6월 5일까지 3일간 공연하였으며, 이후에는 단성사로 무대를 옮겨 6일부터 8일까지 공연을 계속했다. 그리고 단성사 공연에서는 변사들이 중간중간에 마치 무성영화를 해설하듯이 연극의 내용을 관객들에게 설명해주었다. "실디힝연홀 찍에 그의미를 ᄌᆞ세히 몰으실듯ᄒᆞ야 변ᄉ로 ᄒᆞ야금 종종 셜명ᄒᆞ야 들일터이요."[17] 황금관과 달리 관객 대부분이 조선인이었던 단성사가 제공한 일종의 극장 서비스였다.

덴카 일행이 떠나고 십여 일 후인 6월 21일부터 27일까지 단성사의 변사들은 단독적으로 『레미제라블』을 공연하기 시작했다. 물론 덴카 일행의 〈승정의 촉디〉를 토대로 한 것이었다. 대대적인 개축改築을 거친 단성사는 1918년 12월부터 활동사진 전용관으로 재개관되어 운영 중이었는데, 다음 해인 1919년 5월 9일부터 전속 변사들은 영화가 상영되는 중간에 여흥으로서 신파극을 공연했다.[18] 변사들의 공연은 단성사가 활동사진 전용관으로 운영된 이후에도 활동사진을 보러온 관객들 사이에 여전히 연극에 대한 요구가 있었음을 반증한다. 그리고 변사들은 서구의 명작에 익숙해진 활동사진 관객들을 위한 여흥으로서, 『레미제라블』이 신파극보다 더욱 적절하다고 판단했던 것으로 보인다. 제목은 『매일신보』 연재를 통해 대중적으로 잘 알려진 '애사'로 고쳐졌다.

단성사 변사들의 〈애사〉는 약 3개월 후인 9월 5일부터 9일까지 다시 공연되었다. 역시 영화상영 중간에 여흥으로 공연되었지만, 이번에는 '소설극小說劇'이라는 타이틀로 공연되었다. 광고에 의하면 무대장치와 소도구들도 전체적으로 매우 화려하게 새로 만들어졌다. 배우들의 기량도 한껏 쇄신되었다고 광고되었는데, 주임변사인 서상호가 장발장 역을 맡으면서 연극 전체를 지도했다고 한다.[19] 서상호는 원래부터 변사로 이름이 높았으며, 고등연예관과 제2대정관의 주임변사를 거쳐 새로 개관된 단성사의 주임변사로 스카우트된 인물이었다. 그는 일찍이 신파극 단인 선미단鮮美團에서 배우로 잠시 활동했었는데, 따라서 단성사 여흥

---

17 「천화가 단성사에」, 『매일신보』, 1919.6.6.
18 「단성사의 신여흥」, 『매일신보』, 1919.5.9. 당시 기사는 이를 "기이흔 『유니바-스』 전기를 응용ᄒ야 변사악대의 신파극"으로 소개하였다.
19 「애사극 출연」, 『매일신보』, 1919.9.5.

극의 실질적인 기획자이자 연출자 역할을 했을 가능성이 높다. 그리고 〈애사〉의 첫 공연에서도 장발장 역할을 했을 것이며, 그렇다면 미리엘 주교는 김덕경이 했을 것이었다. 이후 〈애사〉는 단성사 변사들의 대표적인 레퍼토리 중 하나로 자리잡았다. 1920년 7월 13일과 14일 양일 동안 단성사는 수재민 구호를 위해 자선 활동사진회를 열었는데, 여기서도 변사들은 〈애사〉를 공연했다.

그렇다면 덴카 일행의 〈승정의 촉디〉와 단성사 변사들의 〈애사〉는 어떤 작품이었을까? 〈승정의 촉디〉는 제목처럼 『레미제라블』 중 가장 잘 알려진 장발장과 미리엘 주교의 에피소드를 연극화한 것이었다. 원작에서 19년 만에 출소한 장발장은 잠자리와 음식을 구하지만 마을의 모든 여관들에서 박대를 당하고 거의 쫓겨나다시피 한다. 마지막으로 그는 미리엘 주교의 집 문을 두드리는데, 마침 주교와 그의 여동생 바티스틴 양, 그리고 하녀인 마글루아르 부인은 저녁 식사를 하려던 중이었다. 주교는 자신의 검소한 생활 가운데 유일한 낙으로 남겨놓았던 은그릇과 은촛대로 장발장을 극진히 대접하고는 따뜻한 잠자리까지 마련해준다. 장발장은 감동을 받지만, 그럼에도 불구하고 한밤중에 은그릇을 훔쳐 달아나 헌병들의 손에 다시 붙잡혀온다. 하지만 주교는 오히려 그에게 은촛대까지 주어 보낸다.

〈승정의 촉디〉는 미리엘 주교를 중심으로 각색되었으며, 무대 역시 미리엘 주교의 집을 배경으로 했다. 기사에 소개된 '희곡의 디강'에 의하면 연극이 시작하기 전에 미리엘 주교는 동네에 사는 가난한 여인의 집세를 위해 자신이 아끼던 은그릇을 내주었다. 이에 누이인 '쎄르소메'와 하녀 '마리'가 강하게 책망하자 주교는 은촛대만은 간직하기로 약속한다. 그

〈그림 1〉 〈승정의 촉디〉 공연사진(『매일신보』, 1919.6.7).

리고 저녁 시간에 장발장이 찾아오고, 장발장은 결국 은촛대를 훔쳐 달아 났다가 다시 붙잡혀온다. 하지만 주교는 헌병에게 은촛대는 원래 자신이 준 것이라고 말하며 돌려보낸다. 당시 『매일신보』에는 장발장이 촛대를 훔쳐 달아났다가 두 명의 헌병에게 붙들려 다시 잡혀오는 장면의 공연 사진이 실렸다. 의상과 무대는 〈그림 1〉과 같이 모두 서구식이었다.

단성사 변사들의 〈애사〉는 〈승정의 촉디〉와 내용적으로나 무대적으 로 거의 유사했다. 원작에서 장발장은 은그릇을 훔쳐 달아나지만 〈애 사〉와 〈승정의 촉디〉에서는 은촛대를 훔쳐 달아난다. "댱팔찬 노릇ᄒ 던 셔샹호군의 차림차림이와 촉디훔치는 것과 나죵에 찬미소리 이ᄂ 곳 에 졍히 엄숙한 속에 막을 찬찬히 나려 만쟝의 갈치를 밧엇더라"[20] (강조 는 인용자, 이하 동일) 그리고 무대 역시 서양식이라고 광고되었다는 점에서 〈승정의 촉듸〉와 거의 유사했거나 아니면 그 무대장치와 소도구가 그대로 재활용되었을 가능성이 높다.

〈승정의 촉듸〉와 〈애사〉는 기본적으로 미리엘 주교가 보여준 인간의 선한 동정심이, 오랜 수감 생활과 사회적인 멸시로 인간성이 돌처럼 메말라버린 장발장조차 감화시킬 수 있음을 보여주는 드라마였다. "량팔찬이는 거칠고 쓸쓸ᄒ고 괴로운 세상에셔 감로甘露와 갓흔 참맛을 보고 시로온 광명光明 향ᄒ야 나가나라" 주인공에 대한 동정의 강조는 당시 관객들에게 새로운 것이 아니었다. 이미 1910년대 신파극은 '동정'이라는 연극적, 문화적인 키워드를 중심으로 재생산되고 있었기 때문이다. 일반적으로 신파극 안에서 멜로드라마적인 여주인공들은 악인에 의해 몰락하여 비참한 수난을 겪는데, 극장 안에서 관객들은 눈물로서 이들에 대한 동정을 아끼지 않았으며 극장 밖에서도 관객의 눈물과 동정은 개인적이면서 사회적인 미덕으로 여겨졌다. 신파극은 종국적으로 여주인공을 핍박하던 악인이 여주인공의 고결한 미덕에 의해 도덕적으로 감화되고 참회하는 형식의 멜로드라마였다.[21]

사실상 〈승정의 촉듸〉나 〈애사〉는 선한 주인공이 일방적으로 악인의 핍박을 받는 기존의 신파극 멜로드라마 문법에서 벗어나 있었다. 장발장은 근본적으로 멜로드라마적인 악인이 아니었으며, 그의 비참한 삶은 멜로드라마 여주인공의 그것과도 유사했다. 하지만 〈승정의 촉듸〉와 〈애사〉 안에서 미리엘 주교와 장발장의 이야기는 멜로드라마적으로 전

---

20 「애사극의 초일」, 『매일신보』, 1919.9.7.
21 이에 관해서는 우수진의 『한국 근대연극의 형성』(푸른사상, 2011), 제4장 「신파극의 멜로드라마, 근대를 연기하다」를 참고할 것.

유되었다. 미리엘 주교는 미덕을 갖춘 선한 주인공으로, 주교가 베푼 선의를 배은하고 은촛대를 훔쳤던 장발장은 악하고 불쌍한 주인공으로 말이다. 그리고 악한·불쌍한 주인공 장발장은 주교의 동정에 감화되어 참회한다. 단성사 변사들의 〈애사〉는 이렇게 대중적으로 익숙했던 기존의 신파극 문법을 토대로 하여 장발장의 비참한 삶과 그에 대한 동정을 강조하는 방식으로 생산되고 수용되었다. "〈승정의 촉디〉는 본보 4면에 련지ᄒ던 소셜『애사哀史』 중에 한부분을 쏩아셔 만든 연극인디 불상훈 댱팔찬의 쓸쓸ᄒ고 쓰린 일싱즁에 가쟝 맛잇고 가쟝 슬푸고 가쟝 우리의게 교훈을 끼치운 구졀이라."[22]

3. 활동사진 〈희무정〉과 '사회' 비판

『레미제라블』은 지식인과 교양인들이 필독해야 하는 서구의 명작으로 소개되었으나, 연극 〈애사〉를 통해서는 불쌍한 장발장의 멜로드라마로 대중서사화되었다. 이는 오자키 고요尾崎紅葉의 『곤지키야샤金色夜叉』가 연극 〈장한몽〉을 통해 '이수일과 심순애의 이야기'로, 톨스토이의 『부활』이 연극 〈카츄샤〉를 통해 '카츄샤의 이야기'로 대중서사화되었던 과정과 유사했다. 하지만 『레미제라블』은 그 다음 해인 1920년에 활동

---

22 「애사의 일절一節」, 『매일신보』, 1919.6.3.

사진을 통해 일종의 사회문화적인 신드롬을 일으키면서 사회 비판적인 텍스트로 다시 재생산되었다. 제목은 '희무정'으로 상영되었다.

조선부식농원은 1910년 10월 대구 동촌 지역에서 일본인과 조선인 빈민아동과 고아를 구제하기 위해 설립된 일종의 사회사업 단체였다.[23] 조선부식농원은 『매일신보』의 후원을 받아 단체의 경비마련을 위해 1920년 5월 11일부터 13일까지 삼일 동안 종로의 청년회관에서 자선 활동사진 대회를 열었는데, 그 작품이 바로 『레미제라블』이었다. 해설은 〈애사〉를 공연했던 단성사 변사인 서상호와 김덕경이 맡았다. 이 작품은 프랑스 파테Pathé사에서 1910년에 제작한 필름으로 알려져 있지만,[24] 좀 더 정확히는 1912년에 파테 사에서 알베르 카펠라니Albert Capellani 감독으로 제작된 작품으로서 모두 네 개의 에피소드, 즉 장발장과 팡틴, 코제프, 그리고 코제프와 마리우스의 이야기로 구성되어 있었다.

후원사였던 『매일신보』는 〈희무정〉이 날카로운 사회 비판과 휴머니즘적인 인생관, 그리고 여성 문제와 정치 문제 등을 아우르는 빅토르 위고의 감동적인 역작이라고 대대적으로 보도했다. "그 뇌용에는 압흐고 미운 사회덕 교훈과 깁흔 인싱관으로셔 도덕덕 감화와 부인문뎨 정치문뎨 등과 밋 기타 여러 방면에 딕흔 히결을 ㅎ야 잇는즁 션싱의 인도쥬의『人道主義』덕 정신이 명빅ㅎ게 나타나셔잇다 (…중략…) 이 사진을

---

23 1896년 가시마 도시로加島敏郎는 일본의 빈민아동과 고아를 구제하기 위해 오사카의 빈민지역에 한아이후쇼쿠카이汎愛扶植會를 설립하였는데, 그 재정난을 타개하고 그곳에서 성장한 청년들의 진로를 모색하기 위해 일종의 지부支部로 설립한 것이 대구의 조선부식농원이었다. 오사카의 범애부식회와 대구 조선부식농원에 대해서는 최범순의 「식민지 조선의 「레미제라블」과 대구 조선부식농원」(『일본어문학』 73, 일본어문학회, 2016. 4), 303~311쪽을 참고할 것.
24 최범순, 앞의 글, 298쪽.

〈그림 2〉 객석을 가득 메운 관객들(『매일신보』, 1920.5.13).

흔번 보면 이 셰상은 모든 것이 샤람의 디옥을 만드ᄂᆞᆫ 것을 ᄭᅵ닷고 아모리 마음이 못되고 악ᄒᆞ다 ᄒᆞ드라도 한줄기의 눈물을 흘니지 안이흘자가 업슬 것이다"[25] 그리고 활동사진 또한 모두 12권에 총 1만 5천척에 달하는 대작임을 강조했다. 기사 내용을 볼 때 당시 〈희무정〉은 네 개의 에피소드 모두가 장시간에 걸쳐 영사되었다. 관객들은 만원을 이루었으며, 삼일 동안 총 2,400명에 달하는 사람들이 관람했다. 그리고 조선부식농원은 자선 활동사진대를 조직하여 5월 22일 평양을 시작으로 하여 진남포, 신의주, 원산 등 전국을 순회하며 〈희무정〉을 상영했다. 가는 곳마다 활동사진회는 대성황이었다(〈그림 2〉).

---

25 「인도주의의 세계적 사진 「희무정」의 신성미神聖味」, 『매일신보』, 1920.5.6.

상영회가 끝나고 '설원생雪園生' 백대진의 「무자비흔 세상=희무정극을 본 감상」이 『매일신보』에 6회에 걸쳐 연일 게재되었다. 이 글에서 『레미제라블』은 교훈적이고 도덕적인 내용의 명작이나 장발장의 '애사'가 아니라, 무정한 사회를 비판하는 '희무정'으로 재생산되었다. 요지는 분명했다. 글의 곳곳에는 "아- 무경흔 세상이다- 아! 무경흔 세상이다", "아! 무경ᄒ다! 아! 무ᄌ비하다!"[26]는 외침으로 가득 차 있었다.

처음에 그는 조카들의 굶주림을 선니나 못해 빵 하니를 훔친 장발장을 5년형에 처한 "가혹흔 법률"[27]을 소리 높여 비판했다. 법률이란 힘 있는 자들이 "자긔의 권리와 자긔의 힘을 영원히 보존히 가고저 만든 바의 무자비 무인경흔 쥬의"[28] 아래 만들어진 것이며 장발장은 그 가혹한 법률의 희생자라는 것이었다. 그리고 애초 선량했던 장발장이 탈옥을 시도해 19년 장기수가 된 것도 궁극적으로는 가혹한 법률 때문이라고 지적했다. 비판은 또한 무자비한 여관 주인과 경관에게로도 향했다. 특히 법률의 집행자인 경관에게는 다음과 같이 일갈했다. "이 눈물업ᄂ 경관과 이 피업ᄂ 경관아! 너도 량심이 잇스려니 엇지 그다지 무ᄌ비ᄒ냐? 안이다 이것이 너의 허물도 되겟스나 너의 직칙이 그와ᄀ치 만든 것일다"[29] 하지만 경관의 무자비함도 그 일개인이나 직책 때문이 아니라 가혹한 법률 때문이었다. 설원생은 글의 후반에서 거칠어진 장발장의 마음을 회개시켰던 미리엘 주교의 "도덕의 힘 쏘는 종교의 위력"[30]을 강조

---

26 설원생, 「무자비흔 세상 (二)-희무정극을 본 감상」, 『매일신보』, 1920.5.15.
27 설원생, 「무자비한 세상-희무정극을 본 감상」, 『매일신보』, 1920.5.14.
28 위의 글.
29 설원생, 「무자비흔 세상 (二)-희무정극을 본 감상」, 『매일신보』, 1920.5.15.
30 설원생, 「무자비흔 세상 (五)=희무정극을 본 감상」, 『매일신보』, 1920.5.18.

했지만, 전체적으로는 무자비한 세상과 법률을 가장 크게 비판했다.

최범순은 활동사진 〈희무정〉의 신드롬과 설원생의 글이 3·1운동 직후 고조되었던 민족주의적인 저항성에 조응하는 것이었다고 평가했다. 관객들은 미리엘 주교 장면과 함께 장발장이 경관에게 쫓기는 장면에서 특히 열광했는데, 가혹한 경관과 법률이 식민국가의 그것으로 받아들여졌기 때문이라는 것이었다.[31] 물론 총독부 기관지였던『매일신보』의 후원과 일본의 자선단체 주최 아래 상영되었던 〈희무정〉은 조선인 관객들에게 식민국가에 대한 저항적인 텍스트로 전유되었을 가능성이 높다. 하지만 설원생의 글 자체는 그것이『매일신보』에 연재되었다는 점에서 조금 더 세심한 독해를 요한다. 세상과 법률에 대한 설원생의 비판이 직접적으로 국가 자체를 향한 것이었다고 보기는 어렵기 때문이다. 김현주에 의하면『매일신보』는 일찍부터 '문명한 (일본)국가'와 '무질서한 (조선) 사회'를 구분하는 방식으로 담론을 재생산하면서 무질서한 사회는 궁극적으로 개인의 도덕심을 통해 회복, 실현될 수 있다는 방식으로 담론을 재생산하고 있었다.[32] 그리고 만일 그렇다면 문명한 국가의 법률 자체가 아니라 법률이 가혹한 방식으로 집행되는 내지는 집행되도록 만든 "무자비한 세상"이 문제일 것이었다. 실제로 영화 안에서 장발장을 괴롭히는 법률은 피도 눈물도 없는 자베르 경관이나 잔혹할 만큼 비정한 여관주인들로 형상화되면서 '사회'의 문제로 전치되었다. 이에 대한 해결이나 감당은 결국 미리엘 주교와 같은 '사회'(도덕과 종교)의 몫이었다.

---

31 최범순, 앞의 글, 300~303쪽.
32 이에 대한 자세한 논의는 김현주의『사회의 발견—식민지기 '사회'에 대한 이론과 상상, 그리고 실천(1910~1925)』(소명출판, 2013)을 참고할 것.

4. 윤백남의 '사회'의식 – 「연극과 사회」와 〈희무정〉의 각색 공연

자선 활동사진회가 상영되고 있을 무렵에 윤백남은 『동아일보』에 「연극과 사회」(1920.5.4~16)를 연재하고 있었다. 윤백남은 1910년대에 신파극계를 주도했던 대표적인 연극인들 중 한 명이었다. 그는 일본유학을 함께 했던 조중환과 1912년 3월경 문수성을 결성하여 임성구의 혁신단, 이기세의 유일단과 더불어 초창기 신파극계를 이끌었다. 그리고 1916년 3월에는 신파극 개량을 위해 이기세와 손잡고 예성좌를 조직하여 번역극 〈카츄샤〉를 처음 공연해 근대극에 대한 지향을 내보이기도 했다. 그러나 1920년에 들어서는 자신이 몸담았던 신파극계를 비판하며 '사회'를 키워드로 하여 새로운 연극의 방향을 제시하는 「연극과 사회」를 발표했다.

그 이전까지 연극은 주로 국가와 국민에 미치는 영향 또는 그 관계를 중심으로 논의되었다. 1900년대 중반 이후 협률사와 원각사를 둘러싸고 신문지상에서 전개되었던 협률사 폐지론과 연극개량론의 키워드는 어디까지나 '국가'였다. 성리학적인 예악관을 토대로 했던 협률사 폐지론에서 연극(극장)은 국권이 위태로운 상황에서 학문과 실업에 힘써야 할 사람들을 유인하여 타락시키는 망국적인 것으로 간주되었다. 그리고 강제병합을 앞두고 통감정치가 본격적으로 시작된 무렵에 전개된 연극개량론에서 연극(극장)은 문명화된 (식민)국가 안에서 (식민지)국민을 교육하고 통합하는 효과적인 기관으로 인식되었다. 이후 연극개량은 국가와 경찰이 연극(극장)의 위생과 풍속을 통제하는 것이거나 문명국인 일

본의 신파극을 수용하는 것을 주로 의미했다.[33]

　이민영은 윤백남의 「연극과 사회」 역시 '국가'의 관점에서 국민을 교화하고 통합시킬 수 있는 연극을 주장했던 일종의 '국극론國劇論'이라고 주장했다.[34] 하지만 윤백남의 키워드는 제목이 명시하듯 '사회'였다. 개인의 집합이면서 국가와 구분되는 사회에 대한 추상적인 개념이 등장한 것은 1910년대 중반이었다. 김현주에 의하면 1916년 이후 이광수와 같은 문화 엘리트와 재일 조선인 유학생들을 중심으로, 식민국가와는 구별되면서 조선민족과는 일치하는 상대적으로 독립적이고 자율적인 (조선인) 사회에 대한 상상이 본격화되기 시작했다. 그리고 국내의 학술과 문화, 종교 잡지와 일본 유학생 잡지 등을 중심으로 하여 (조선인) 사회를 통합, 발전시키기 위한 비판이나 성찰이 활발히 이루어졌다.[35] 3・1운동 이후 문화정치가 시작되면서 1920년 이후 '사회'에 대한 논의가 한층 더 활성화되었는데, 이 시기에 『동아일보』에 연재된 「연극과 사회」는 그야말로 '사회'를 키워드로 하는 최초의 연극론이었던 것이다.

　우선 그 대강의 구성부터 살펴보자. 윤백남은 현대를 개조의 시대로 단언하고 연극의 역할에 대해 논의하면서 말문을 열었다. 그리고 연극 예술의 네 요소인 동작(科)과 언어(白), 무대연출(線과 色), 리듬(節奏)에 대해 설명하고, 연극과 국가(사회)가 가지는 관계에 따라 국가적인 성격이 강한 희랍식 연극과 상업성이 강한 영미식 연극, 예술성이 강한 유럽식 연극을 구분해 설명했다. 그리고 연극과 사회의 관계를 재차 강조하

33　이에 관해서는 우수진의 앞의 책, 제12장 「연극개량, 극장적 공공성을 모색하다」를 참고할 것.

34　이민영, 「윤백남의 연극개량론 연구」, 『어문학』 116, 한국어문학회, 2012.

35　김현주, 앞의 책, 제3장 「사회의 자기 통치라는 문제」를 참고할 것.

면서 조선의 현대 사회와 연극의 문제를 진단했다. 즉 연극과 배우를 천대하는 조선의 풍습을 비판하고 최근 그 지위가 향상된 일본의 연극을 호평했으며 마지막으로는 조선의 신파극단들을 비판적으로 논평하면서 부진의 원인을 분석하고 글을 마무리했다.

총 10회에 걸쳐 연재된 이 장문의 글에서 연극과 사회에 대해 논의는 개조의 시대와 연극에 대해 논의하는 앞부분과 조선의 현대 사회와 연극에 대해 논의하는 뒷부분에서 산견된다. 윤백남은 사회가 물질문명과 정신문명(문화)으로 이루어져 있으며, 물질문명만 발달하여 정신문명과 조화를 이루지 못한 사회는 추악해진다고 말한다. 그리고 최근 서구의 현대문명을 반성 없이 받아들인 조선의 현사회가 바로 그러한 도정에 있다고 진단했다. "아모 의식도 업고 아모 준비가 업시 별안간 신시설 신제도 신풍조의 관을 쓰게 되얏다."[36] 따라서 현대를 개조의 시대라고 했을 때 그 대상은 무엇보다도 정신문명이었다("시대사상을 근저에서 뒤집어업고 구래의 인습을 근본적으로 타파하고자 하는 점"[37]). 그리고 연극이 사회 개조에 특히 효과적인 문화기관이라고 다음과 같이 제시했다. "그러면 그 문화기관이라 하는 가온대 과연 엇더한 것이 가장 이 시대의 요구에 해당하고 민족을 교화하는 작용이 많이 잇겟나냐. 이는 곳 연극을 이도利導하야 그 가진바 특성을 발휘케 함이라 한다."[38]

윤백남의 인식은 당시 어느 정도 일반화된 것이었으며, 따라서 좀 더 중요한 문제는 연극이 어떻게 사회를 개조하는가에 있었다. 그리고 그

---

36 윤백남, 「연극과 사회-병竝하야 조선현대극장을 논함」, 『동아일보』, 1920.5.9.
37 윤백남, 「연극과 사회-병竝하야 조선현대극장을 논함」, 『동아일보』, 1920.5.4.
38 위의 글.

것은 새로운 연극의 문제이기도 했다. 그에 의하면, 연극은 말 그대로 묘사하는 소설이나 흥미를 중시하는 영화와 다르게 인생을 압축하여 "인생의 축도" 또는 "condense凝結된 인생상人生相"을 보여준다. 그리고 지루하고 무미건조한 설교와 달리 관객의 '감정'과 '심리'에 미묘하게 작용하여 "인생의 미묘한 이치"를 강하게 '암시'하고 그 결과로 관객의 사상을 변화 또는 형성시킨다. "보는 이의 안전眼前에 무한한 깁흔 싱각거리를 주는 동시에 사람의 마음으로 하야금 반성케하고 회오悔悟케 하고 발분케 하고 위로하며 열悅케" 한다는 것이다.[39]

그렇다면 연극은 어떻게 관객을 생각, 반성하게 만드는가? 바로 "구래의 인습", 즉 개조되어야 하는 우리 사회의 현실을 응축해서 보여줌으로써 그렇게 만든다. 신파극이 "부자연"과 "시대착오"의 연극이라는 윤백남의 비판은 그것이 극 중 수십 명이 죽거나 첩이 주인을 독살하는 등 현실 사회와 동떨어진 내용을 무대화하기 때문이었다. 그러나 이제 새로운 연극은 현실 사회를 있는 그대로 비판적으로 제시하여 개조할 수 있어야 했다.

이후 윤백남의 창작적 횡보는 새로운 연극에 대한 실천적 모색이었다. 당시 사회적 이슈가 되었던 하와이 이주노동자의 사진결혼을 소재로 하는 〈운명〉이나 직공들과 공장주의 갈등을 다룬 〈박명희의 죽음〉(『시사평론』 2~5, 1922.5~9)이 그 예로, 두 작품은 모두 '사회극'이라는 타이틀을 하고 있었다. (물론 시도와 그것의 성과는 무관하다.) 한편 사실주의 극작가인 입센에 대한 관심도 높았다. 그는 양백화가 번역한 입센의

---

39 윤백남, 「연극과 사회-병竝하야 조선현대극장을 논함」, 『동아일보』, 1920.5.5.

〈인형의 집〉 출판을 기념하는 글을 쓰기도 하고 외국의 입센론을 소개하기도 했다.[40] 그리고 같은 해 11월 6일에는 조선극장 개관 기념으로 〈쨘발쨘〉을 새롭게 각색해 연출했다.[41] 당시 『레미제라블』은 자선 활동사진회를 계기로 하여 사회 비판적인 성격의 텍스트로 부상되어 있었다. 〈쨘발쨘〉은 이후 윤백남의 희곡집 『운명』에 무정한 사회를 탄식하는 의미의 제목인 '희무정'으로 수록되었으며, 희곡집 『운명』의 부제역시 '일명一名희무정'이었다. (따라서 여기서도 〈희무정〉으로 지칭한다.)

윤백남의 〈희무정〉은 장발장을 중심으로, 특히 1막은 사회의 무정함을 강조하는 방식으로 창작에 가깝게 새로 구성되었다. 이는 앞서 공연되었던 〈승정의 촛디〉나 〈애사〉가 미리엘 주교를 중심으로 하여 1막에서 그의 선한 동정심을 강조했던 것과 달라진 각색이었다. 연극이 시작하면 주점 안에는 갑과 을, 그리고 노병 카루노가 카드 게임을 하며 이야기를 나누고 있다. 승부를 시비하던 이들의 대화가 나폴레옹을 둘러싼 논쟁으로 어느덧 왁자해지면, 낯선 손님인 장발장이 들어와 한쪽 구석에 앉고 주점에는 일순간에 긴장감이 돈다. 그리고 주인과 손님들은 장발장을 바라보며 얼마 전 감옥에서 석방되었다는 장기수에 대해 이야기를 시작한다. 낯선 손님의 정체가 그 장기수로 밝혀지면서 주인은 그를 내보내려고 하고, 장발장은 간곡하게 사정하지만 결국 빵 한 조각도 얻지 못한 채 헌병의 손에 비참하게 쫓겨나고 만다. 따라서 이러한 1막에서 전경화되는 것은 장발장이 아니며, 그보다는 장발장을 모욕적으로

---

40 윤백남, 「노라의 출현을 祝ㅎ야」, 『시사평론』 3, 1922.7; 「위대한 극작가 「입센」론─콜럼비아대학 극문학과 교수 쌱탄다 마슈씨 설說」, 『시사평론』 4, 1922.8.15.

41 1922년 11월 6일 『동아일보』의 기사 「조선극장 개연」에는 〈쨘발쨘〉의 두 막이 "윤백남씨의 감독으로" 공연된다고 보도했다.

냉대하고 쫓아내는 주점 주인과 손님들, 그리고 헌병으로 대변되는 냉정한 사회의 현실이다. 그리고 2막에서는 이들과 대조적인 미리엘 주교가 등장하여 장발장을 새로운 인간으로 거듭 태어나게 만든다.

흥미로운 점은 장발장에 대한 관객들의 감정이입이다. 김정진은 연극 〈희무정〉의 감상평을 『동아일보』에 연재하면서 "민족적으로 『짠발짠』과 가튼 박해를 밧는 우리가 무대상에 올는 개인으로의 『짠발짠』의 고민을 다시 보게 된 것은 우연이 아니라 하겟다"[42]라고 했다. 지난번 활동사진의 관객들이 무자비한 헌병에 의해 쫓기는 장발장에게 식민국가의 법률과 식민지 조선인의 관계를 투영했던 것처럼, 연극 〈희무정〉의 관객들 역시 주점의 사람들로부터 멸시와 박해를 받는 장발장에게 식민사회와 그 내부에 놓인 조선인 사회의 관계를 투영했던 것이다. 〈승정의 촉디〉와 〈애사〉가 멜로드라마적인 형식을 통해 관객들로 하여금 미리엘 주교에 감정이입하여 사회적 약자인 장발장을 타자화하고 동정하게 했다면, 〈희무정〉은 특히 장발장이 사회적으로 부당하게 냉대받는 장면을 사실적으로 그린 1막을 통해 관객들로 하여금 장발장에게서 자신이 처한 현실을 인식하게 했다.

윤백남의 사회극은 연극적으로 그 성과를 거두지는 못했던 것 같다. 문수성에서 시작하여 예성좌, 민중극단 등을 통해 지속적으로 신파극을 개량하고 신극을 시도했던 그의 연극은 여전히 구태의연하며 신파적이라는 혹평을 받았기 때문이다. 하지만 1910년대에 주도적으로 활동했던 신파 연극인인 윤백남이 사회문화적인 변화의 흐름을 놓치지 않고

42　운정, 「조선극장의 초연을 보고 (상)」, 『동아일보』, 1922.11.10.

스스로 신파극을 비판하면서 쇄신하고자 했던 점과 「연극과 사회」를 통해 연극계에서 '사회'라는 키워드를 선취했던 점, 그리고 연극론에 그치지 않고 다수의 창작극과 번역극으로 사회극을 시도했다는 점은 분명 연극사적으로 의미를 가지는 것이었다.

부언하자면, 윤백남의 희곡집인 『운명』의 표지에는 '일명 희무정'이라는 부제가 달려 있다. 희곡집 안에는 창작극 〈운명〉과 번역극 〈희무정〉, 〈영겁의 처〉가 수록되어 있지만, 그렇다고 해서 부제인 '일명 희무정'이 작품명을 지칭하는 것은 아니었다. 하지만 우리는 『레미제라블』의 문화적 연극적 수용과정에서 연극 〈희무정〉과 윤백남의 「연극과 사회」 사이의 교차점, 그리고 '일명 희무정'이라는 부제에 담긴 윤백남의 사회극에 대한 지향성을 확인해볼 수 있다. 윤백남의 〈희무정〉은 일회적 공연에 그치지 않고 이후 민중극단이나 토월회에서도 공연되었으며, 작품은 근대적인 사회극으로 인식되었다. 1928년 5월에 방인근이 장발장과 코제뜨 이야기를 각색하여 발표한 〈아-무정(코셋트 편)〉 역시 '사회극'을 타이틀로 하고 있었다.

제5장

입센극의 수용과 근대적 연극 언어의 형성

1. 근대적 연극 언어의 계기들

근대극 연구는 일찍이 '신극'의 기점 논쟁이나 연극(희곡)의 연극 형식이나 장르를 중심으로 논의되었으나, 2000년 이후부터는 근대적 연극 개념이나 근대적 제도인 연극(극장)의 형성과정 등을 중심으로 논의되었다. 그리고 여기에는 연극을 자율적인 예술 형식의 하나로 보는 서구의 근대적 개념을 무비판적으로 수용했던 기존의 태도를 반성하고 근대적 연극 개념 및 제도의 형성과정을 자국의 문화적 맥락에서 역사화하고자 하는 노력이 반영되어 있었다. 그리고 이러한 접근 방법은 연극(사) 연구의 대상과 방법론을 다양한 문화 형식들과의 연관 속에 놓고 그 외연을 확장시키는 역할을 했다. 물론 문화 연구 안에서는 연극(사) 연구의 고유한 영역인 극장과 배우, 관객, 그리고 공연물(희곡과 연출)에 대한 연구가 상대적으로 소홀해질 수 있다. 하지만 각종 문화가 종합적이고 동시적으로 작동하는 장으로서의 연극(극장) 연구에서는 관객과 배우, 텍스트와 밀접한 관계를 갖는 매개물로서의 공간과 육체, 언어 등의 요소가 무엇보다도 가장 우선시되어야 한다.[1]

　서구의 근대극이 본격적으로 수용되었던 1920년대의 중심에는 입센의 〈인형의 집〉이 놓여 있었다. 일반적으로 입센의 본격적인 수용은 1921년 7월 『개벽』에 실린 현철의 「근대문예와 입센」에서 시작된 것으로 여겨진다. 1910년대 신파극은 구연극舊演劇을 개량해야 한다는 사회적인 요구에 따라 지식인들과 일반 관객대중의 환영을 받으며 등장하였다. 하지만 1910년대 말경 활동사진과 경쟁하기 위해 신파극에 테크놀로지를 더하여 만든 전기응용극이나 연쇄극은 대중의 호기심에 지나치게 영합한다는 이유로 지식인 연극인들의 비판을 받았다.[2] 그리고 상업적인 신파극에 대한 대안으로 서구의 근대극을 요구하는 목소리가 점차 높아졌다. 이 과정에서 신파극의 노골적인 일본식 무대표현 등에 대한 거부감은 점차 커졌으며 이와 비례하여 조선적인 무대표현 — 무대장치나 의상, 대사 억양 등 — 에 대한 선호 역시 점차 커졌다. 사실적인 미장센에 대한 감각이 형성되기 시작했던 것이다. 10년대에는 일본의 신파극과 조선의 협률사 연희가 각각 문명개화의 신연극과 상풍패속의 야만적 기관을 대표하는 것으로 인식되었으나, 서구적 근대극이 보편적 척도로 새롭게 등장함에 따라 일본의 신파극과 조선의 협률사 연희는

1　Eirka Fischer-Lichte, *The Show and the Gaze of Theatre; A European Perspective*, Univ. of Iowa Press, 1997, pp.1~9.
2　1919년부터 시작된 전기응용 신파극과 연쇄극에 대해서는 우수진의 『한국 근대연극의 형성』(푸른사상, 2011) 제5장 「신파극, 테크놀로지와 만나다」를 참고할 것.

이제 모두가 극복되어야 할 타자로 인식되기 시작했다.

당시 입센극은 근대적인 개인의 자각이나 '신여성'의 등장과 관련된 여성해방 등의 사회적 문제와 연동하였고, 입센은 근대적인 극작가로서 뿐만 아니라 사상가로서 더 큰 영향력을 미쳤다. 입센극에 대한 기존의 논의가 대부분 수용사와 그 사상적 면모에 집중되었던 것은 이 때문이었다.[3] 그러나 여기서는 입센극의 수용이 특히 근대적 연극 언어의 형성에 미친 영향과 그 특성을 고찰해 보고자 한다. 서구 근대연극사에서 입센극의 언어적 특성은 토론식의 대사에 있었으며, 이러한 토론식 대사는 우리 연극사에서 기존의 판소리 분창이나 신파극을 통해 경험될 수 없었던 새로운 형식이었다.

우리의 근대연극사에서 연극의 언어는 세 가지 계기에 의해 형성되었다. 그 첫 번째 계기는 이인직이 원각사에서 공연했던 일련의 '신연극'이었다. 당시 원각사에서는 이인직의 〈은세계〉(1908.7), 〈천인봉〉(1909.7), 〈구마검〉(1909.7), 〈수궁가〉(1909.11) 등이 기존의 궁중무용이나 민속연

---

3 기존의 논의 중에서 입센극의 수용사와 관련해서는 신정옥, 「신극 초기에 있어서의 리얼리즘극의 이식 (I)」, 『명대明大 논문집』 12, 명지대, 1979(『한국신극과 서양연극』, 새문사, 1994에 재수록); 고승길, 「한국 신연극에 끼친 헨릭 입센의 영향」, 『중앙대 논문집』 27, 중앙대, 1983(『동양연극연구』, 중앙대 출판부, 1993에 재수록), 이상우, 「입센주의와 여성, 그리고 한국 근대극─1930년대 입센주의의 한국 수용과 창작극의 관련 양상」, 『현대문학의 연구』 25, 한국문학연구학회, 2005 등을 들 수 있으며, 이들 연구는 대부분 일본과 중국의 입센극 수용 양상과 사상적 측면에 대한 비교를 방법론적으로 병행하고 있다. 한편 중국에서의 입센극 수용에 대한 연구로는 강계철, 「중국신문학과 중국신극운동연구─중국초기話劇과 입센주의를 중심으로」, 『중국연구』 14, 한국외대 중국연구소, 1993; 김종진, 「중국 근대극의 입센 수용과 극복」, 『중국현대문학』 39, 한국중국현대문학학회, 2006을 참고할 수 있으며, 비교적 최근에 특히 여성 문제와 관련해서는 이승희, 「입센의 번역과 성 정치학」, 『여성문학연구』 12, 한국여성문학회, 2004; 이상우, 앞의 글; 최성희, 「입센과 동아시아의 신여성─마쓰이 수마코와 나혜석의 경우」, 『한국연극학』 30, 한국연극학회, 2006 등을 참고할 수 있다.

희, 판소리 등과는 구분되는 '신연극'으로 공연되었다. '신연극'의 형식에 관해서는 지금도 논쟁이 계속되고 있으며, 그것은 크게 당시 일본에서 '구극'으로 비판받았던 가부키를 개량하여 만든 신가부키의 예를 따라 판소리 분창으로 공연된 것이었거나, 아니면 일본에서 유행하고 있었던 신파극 공연이었을 것이라는 주장으로 대별되고 있다. 〈은세계〉를 필두로 원각사의 연극개량 사업이 시작되었던 1909년부터 일본의 식민당국은 연극 검열과 탄압의 수위를 눈에 띄게 강화했다. 그리고 1909년 5월과 6월에는 신문을 통해 원각사의 모든 연극이 장차 일본법을 모범으로 할 것이며 이를 위해 창부唱夫와 공인工人들이 한 달 동안 '일본연극'을 연습하는 중이라고 보도되었다.[4]

'신연극'의 연극 언어적 의의는 그것이 판소리 분창이었든지 신파극이었든지 간에 여러 명의 배우가 각기 다른 인물을 맡아 대사를 나누어 하기 시작했다는 데 있었다. 그리고 이는 기존의 판소리에서 한 사람의 소리꾼, 즉 창자唱者가 각종 등장인물과 해설자의 역할을 모두 겸했던 것과 분명히 차별화되는 점이었다. 즉 '신연극'이 판소리 분창의 형식으로 인해 '창唱'이라는 기존의 음악적 전통에서 완전히 벗어나지는 못했다고 해도, 분창을 통해 1인의 노래와 대사가 분화되었다는 점에서는 근대적인 연극 언어의 면모를 띠기 시작했다.

두 번째 계기는 1910년대 초반에 시작된 신파극이었다. 판소리는 대부분 노래인 '창唱'으로 불리며, '말'에 해당하는 '아니리' 역시 소리꾼의 자유 리듬에 따라 발화된다. 하지만 신파극은 판소리와 달리 '말'인

---

4 「연극모범」, 『대한민일신보』, 1909.5.15; 「연극역모」, 『대한매일신보』, 1909.5.15.

'대사'로 전개되었다. 물론 당시 신파극의 대사는 일본 신파극을 모방적으로 수용하면서 일본식의 억양을 따르는, 다소 부자연스러운 리듬감의 언어였던 것으로 보인다.[5] 하지만 신파극의 대사는 그것이 '창'이 아닌 '말'이었다는 점에서 근대적인 것이었다.

구찌다테로 행해진 신파극의 대사는 20세기 전후 일본과 우리나라에서 근대적인 미디어로서 등장했던 '연설'이 연극과 일부 교섭한 결과이기도 했다. 그리고 이러한 연설의 성격이 신파극으로 하여금 언어 형식적인 측면에서나 내용적인 측면에서 기존의 판소리나 판소리 분창과는 근본적으로 차별적인 '연극'으로 인식되게 만들었다. 특히 연설 자체가 직설적으로 담아내는 신시대 신사조 등에 대한 계몽적인 내용은 일반 관객대중뿐만 아니라 계몽주의 지식인들로 하여금 신파극을 연극개량의 성과로 여기는 데 기여했다. 신파극의 드라마나 양식상의 완성도보다, 연극이 시작하기 전과 막간에 행해졌던 단장團長의 계몽적 연설이나 극중 인물의 연설적 대사 내용이 관객들에게 더 큰 인상과 호소력을 주었던 것이다.[6]

마지막으로 세 번째 계기는 여기서 살펴볼 입센극의 토론식 대사이다. 서구의 대표적인 근대극 중 하나인 입센의 〈인형의 집〉은 1920년대 초반에 번역 수용되기 시작하여, 당시 근대극을 모색하던 연극인들에게 모범이 되었다. 신파극의 연설적인 대사는 관객에게 일방향적으로

5　물론 연극의 언어는 기본적으로 무대 위에서 관객들을 향해 '큰 소리로' 발화되며, 이로 인해 아무리 사실주의적인 연극의 대사라고 해도 일상적인 회화에서 구사되는 자연스러운 구어와는 다른 인위적인 리듬과 억양을 취하게 된다.

6　신파극의 연극 언어적 특성과 그것이 '연설'과 갖는 관련성, 그리고 신파극의 연설적 특성 등에 대한 자세한 내용에 대해서는 우수진의 앞의 책, 제3장 「'신연극' 신파극, 근대적 연극성을 체현하다」를 참고할 것.

계몽적인 내용을 전달하는 것이었기 때문에 본질적으로 연극성이 강한 것은 아니었다. 연극(드라마)은 본래 2인 이상의 등장인물이 무대 위에서 각자 자신의 주장을 전개하면서 충돌하고 갈등을 만들어가는 것이기 때문이다. 연극은, 좀 더 구체적으로 말해 연극의 대화는 근원적으로 다성성多聲性을 본질로 하는 것이었다.[7]

물론 멜로드라마적인 신파극의 등장인물들 역시 극 중에서 치열하게 갈등하며 대립한다. 하지만 선과 악으로 대립하는 등장인물들이 아니라 서로 다른 두 입장에서 '논쟁'을 벌이는 등장인물들을 우리 관객들이 보거나 읽을 수 있게 된 것은 입센의 〈인형의 집〉을 통해서였다. 관객은 이 때 서로 다른 입장에 서 있는 등장인물들 간에 토론의 형식으로 언어화되는 갈등을 보면서 각자 저마다의 '판단'을 내리게 되며, 나아가 극 중 등장인물의 논쟁은 사회적인 이슈로까지 확대되었다.[8]

이제 다음 장에서는 〈인형의 집〉의 번역 수용과정과 함께 입센극의 대표적인 연극적인 성취 중 하나인 토론식 대사의 특성을 살펴보고자 한다. 그리고 이러한 특성을 토대로 하여 1910년대 창작희곡의 연극 언어적 근대성을 고찰하고자 한다. 이기세의 〈빈곤자의 무리〉와 윤백남의 〈운명〉을 제외하고 대부분 공연되지 못했던 1910년대 창작희곡들은 드라마투르그적으로 연극성이 부족한 습작 수준의 작품이었다. 하지만

---

7   다성성은 희곡 텍스트뿐만 아니라 공연 텍스트의 고유한 특징이기도 하다. 즉 연극은 작가의 목소리가 전경화되지 않은 상태에서 서로 다른 입장의 등장인물들이 발화하는 대사를 통해 사건이 전개된다는 점에서 그러하며, 실제 공연에서는 등장인물들의 대사뿐만 아니라 무대장치, 조명, 소품, 배경음악 등이 무대 위에서 역시 동시적으로 발화한다는 점에서 그러하다. 한 명의 배우로 진행되는 일인극 '모놀로그' 역시 실제로는 배우가 극중에서 한 사람 이상의 역할을 연기해야 한다는 점에서 다성적이라고 할 수 있다.
8   근대적인 연극 언어는 이상의 세 가지 계기들을 통해 순차적으로 형성되었다기보다, 이들 계기가 같은 시공간 안에서 경쟁적으로 길항하며 형성되었다고 할 수 있다.

이들 희곡은, 특히 언어적이고 주제적인 면에서 기존의 판소리와 판소리 분창, 그리고 신파극과는 다른 언어적 근대성을 선취하고 있었다.

2. 입센극의 번역과 '토론'의 언어

초기에 쓰여진 입센과 그의 연극에 대한 단편적인 언급이나 소개 이상의 글 중에서 대표적인 것은 '반광생'이라는 필명으로『매일신보』에 연재된 김한규의 「세계문호 평전(八) 입센」[9]과 백화생白華生의 「「인형의 가家」에 대ᄒ야」,[10] 그리고 현철의 「근대문예와 입센」이다. 입센의 대표작인 〈인형의 집〉은 양백화 · 계강桂岡 합역의 「인형의 가」로『매일신보』에 연재(1921.1.25~4.2)되었으며, 이는 이후 1922년에 양백화 번역의 『노라』로 영창서관에서 출간되었다. 〈인형의 집〉은 이상수에 의해서도 번역되어 『인형의 가』(한성도서주식회사, 1922)로 출간되었으며, 그가 번역한 『해부인海婦人』(한성도서주식회사, 1923) 또한 다음 해에 출간되었다. 그리고 1925년 9월에는 현철의 조선배우학교 재학생들이 〈인형의 가〉를 천도교당에서 시연하여 호평을 얻었다.[11]

9　1920.11.25~27. 이 글은 이후『신천지』4(1922.1)에 「「입센」－팔대문호약전八大文豪略傳」으로 재수록되었다.

10　양백화는 「인형의 가」의 번역 연재를 앞두고 일종의 서문으로 이 글을 썼다.『매일신보』, 1921.4.6~9.

11　"「천도교회관」에서 시연회를 두어 번 열었는데 처음으로『입센』의 「인형의 집」을 상연시켰고 복혜숙양(그때 스무살)이『히로인』『노라』역을 하며 갈채를 받았다." 현철, 「연

김한규는 11월 6일부터 27일까지 동서고금의 문호 8명 — 셰익스피어, 졸라, 톨스토이, 소동파, 유고, 바이런, 괴테, 입센 — 에 대한 평전을 『매일신보』에 연재했는데, 입센이 그 마지막 순서였다. 이 글은 세부적인 사항에서 적지 않은 오류를 범하였고[12] 구체적인 내용 없이 그저 입센이 "철저흔 주의와 사상"을 지녔다는 점을 강조하는 데 그쳤다. 하지만 입센의 생애와 작품세계를 처음 개괄적으로 소개하였다.

현철은 입센의 근대 문예와 연극상의 의의를 좀 더 심도 있게 소개하는 데까지 나아갔다. 우선 그는 서구의 근대적 사상의 문을 열었던 입센의 "중심생명"이 무엇보다도 "자각적 생활"과 "자주적 생활"을 "진정한 생의 생활"로 하는 데 있으며, 이는 곧 "남에게 ᄯᅳ을리지 안코 남에게 쌀리지 아니하는 자유의사로써 모든 것을 처리하여야 하겟다는 것"이라고 설명하였다. 하지만 그럼에도 불구하고 입센의 개인주의는 일개인만을 위한 것이 아니며, 궁극적으로는 자각적 개인의 결합을 통해 진정한 사회개선으로 나아가는 것임을 강조했다. 그리고 이를 위해 문예·연극은 "개성을 가진 활인간", "살아잇는 인물의 '스피리튜얼라이프Spiritual Life'나 '인나라이푸Inner life'"를 묘사하고 무대 위에서 보여주어야 함을 강조했다고 했다.

그러나 현철의 글에서, 입센극의 언어적 특성에 관해 특히 눈여겨 보아야 할 대목은 다음과 같은 부분이다.

예천일야화」, 『서울신문』, 1958.9.24; 신정옥, 앞의 책, 31쪽에서 재인용.
12 이에 대한 자세한 내용은 신정옥의 「신극 초기에 있어서의 리얼리즘극의 이식 (I)」(『명대明大 논문집』 12, 명지대, 1979), 8~10쪽을 참고할 것.

입센극을 무대 우에서 보면 '스트라이킹Striking'의 우당퉁탕하는 사건의 격변이 아니요 종용從容한 무대 우에서 두 사람이 서로 찬찬히 이악이 하여가는 그 가운대서 쌍방이 다 복잡한 내면생활의 발전해 가는 것이 보입니다. 이러한 점이 입센의 입센이올시다. 입센의 각본을 보고 잇스면 무대에 나오는 사람마다 인간의 마음 속까지 드려다 보이는 것가티 느낌이 됩니다. (…중략…) 입센의 각본은 생각케하는 각본이요 울게하는 각본은 아닙니다. 울 수가 업습니다. 눈물이 나지 아니합니다. 까닭업시 눈물을 자극하는 것은 묘사치 아니하고 그 대신에 우리들에게 운명이라고 하는 것을 생각하도록 하는 것이 올시다.[13] (강조는 인용자, 이하 동일)

여기서 현철은 기존의 멜로드라마 또는 멜로드라마적인 신파극을 비판하면서, 다른 한편으로는 입센의 사실주의 연극이 이들 연극과 어떻게 다른가를 설명하고 있다. 대중추수적이고 상업적인 서구의 멜로드라마나 우리의 신파극은 모두 선정적인 사건 전개 —"'스트라이킹Striking'의 우당퉁탕하는 사건의 격변"— 를 통해 관객들의 과잉적인 감정적 반응 —"까닭업시 눈물을 자극하는 것"— 이라는 극적 효과를 목표로 한다는 것이었다. 그러나 입센의 연극은 "종용從容한 무대 우에서 두 사람이 서로 찬찬히 이악이 하여가는 그 가운대서 쌍방이 다 복잡한 내면생활의 발전해 가는 것"을 보여주며, 관객들을 울게 하기보다는 "생각하도록" 만든다고 했다. 멜로드라마가 관객들로 하여금 등장인물들의 무대적 현실에 무비판적으로 동화시킨다면, 사실주의 연극은 무대 위에서

---

13 현철, 앞의 글, 137~138쪽.

등장인물들이 처한 상황과 입장의 차이를 객관적으로 제시하고 관객들로 하여금 지켜보게 함으로써 그들과 관객 자신의 삶이나 운명에 대해 생각하게끔 만든다는 것이었다.

특히 여기서 현철이 "종용한 무대 우에서 두 사람이 서로 찬찬히 이악이 하여가는 그 가운데서"라고 한 부분은 일찍이 버나드 쇼가 입센의 연극을 예로 들면서 근대연극의 드라마적 특징이 '토론'에 있다고 주장했던 것에 상응하는 대목이다.[14] 일찍이 쇼는 분별력 없는 일반 대중들이 자명한 사건 전개와 캐릭터를 특징으로 하는 멜로드라마의 상업적인 스타 배우를 보기 위해 극장을 찾았던 이전과 달리, 입센의 극은 교양 있는 관객들로 하여금 자신들에게 개인적으로 중요한 행동과 등장인물의 문제를 제기하고 암시적이면서도 선정적으로 '토론하는 드라마'에 흥미를 느끼게 하면서 극장을 찾게 만들었다고 강조했다.

마침내 그들이 극장에 애써 찾아갈 때 느끼는 매혹은, 배우들이 순서대로 쏘는 공포탄 때문도 아니고 무대상의 전투를 끝내는 쓰러져 죽은 연기 때문도 아니고 무대 위 연인들이 벌이는 에로틱한 스릴의 자극 때문도 아니라, 등장인물의 표현exhibition과 **토론**discussion 및 극작가와 연기자들의 예술에 의해 진실된 것으로 보이는 무대 위 인물의 행동 때문이다.[15]

이에 따라 "토론은 입센의 〈인형의 집〉으로 유럽을 정복했으며, 이제

---

14 버나드 쇼의 저서는 1913년에 처음 쓰였으며, 여기에서는 다음의 단행본을 참고로 하였다. Bernard Shaw, "The Technical Novelty in Ibsen's Plays", *The Quintessence of Ibsenism*, New York : Hill & Wang, 1957.

15 *Ibid*, p.174.

진지한 극작가는 토론을 자신이 지닌 가장 큰 능력을 판단하는 기준으로뿐만 아니라 자기 희곡의 실제적인 관심의 핵심으로 인식"[16]하게 되었다. 이제 극작가는 사회적으로 중요한 도덕주의자이자 논쟁가가 된 것이었다.

극 중에서 토론의 방식은 연극의 결말을 단순히 감상적인 해피엔딩으로 마무리하지 않고 (주로 여)주인공으로 하여금 예상치 못하게 자신의 감정적 연기를 멈추고 "앉아서 우리 사이에 일어났던 모든 일을 다시 논의해보자"고 말하게 함으로써 이루어졌다고 쇼는 설명하였다.[17] 〈인형의 집〉에서 노라와 그녀의 남편 헬마 사이에서 발생한 위기는 크로그스터가 후회 속에서 협박을 철회하면서 해결되는 것처럼 보인다. 즉 크로그스터는 은행 상사인 헬마가 위조 서명이라는 불법을 저지른 자신을 해고하지 못하도록 만들기 위해, 예전에 노라가 헬마의 요양비를 마련하고자 위조 서명으로 자신에게 돈을 빌렸던 사실을 폭로하겠다고 협박했다. 그리고 이를 알게 된 헬마는 노라를 크게 비난하면서도, 크로그스터의 부도덕함에 대한 단호했던 태도와 달리 자신에게 미칠 피해를 우려해 크로그스터와 타협하고자 한다. 하지만 뜻하지 않게 크로그스터로부터 노라에게서 받은 차용증서와 사과편지를 받게 되자 선뜻 노라를 용서하고 다시 예전의 결혼생활로 돌아가고자 한다. 그러나 헬마는 관객과 함께 전혀 예상치 못했던 노라의 대응, 즉 해피엔딩으로 향해가는 듯했던 결말 직전에 노라가 제기하는 새로운 문제에 부딪힌다.

---

16   *Ibid*, pp.171~172.
17   *Ibid*, p.175.

노라 (…중략…) 여보셔요 잠시 안즈셔요. 피차彼此에 할마ㅡㄹ이 마ㅡㄴ 흐니요.

　　　(테불 한편 의자에 걸어안는다)

헬머 노라, 웨그래. 그러케 브로퉁한 얼굴을하구 —

노라 (…중략…) 나는 지금까지 무척 무도無道한 대우待遇를 바다왓서요. 첫재는 아버님한테서구요, 그다음에는 당신한테서요.

헬머 무어? 사네의 아버님과 나에게 무노無道한 대우待遇를 바다왓다?— 그다지 대단히 자네를 사랑하든 우리들더러?

노라 (머리를 흔들면서) 아니요, 당신이 정말로 나를 사랑하신것이 아니야요. 사랑하는것을 단지재미로 알고 그리신것이야요.

헬머 어째. 노라 그게 무슨말본새야?

노라 안요 그래요 여보셔요. 내가 그전前에 친정親庭에 잇슬째에는 아버님이 여러 가지 자기自己의 의사意思를 말슴하야주시면 나는그대로 조차를 왓구요. 설사設使 짠의사意思가 잇슬지라도 아버님이 조하를 아니하시니까 자연自然숨기게 되엇지요. 그래 아버님은 나를 인형人形의 어린애라구 말슴을하시구요 마치 내가 정말 인형人形을가지고 느듯이 나와노셧서요. 그리하다가 당신의 집으로 주소住所를 옴기엇서요.

헬머 주소住所를 옴기엇다— 결혼結婚한것을 그러케 말하는법法도 잇나?

노라 (그거 관계關係안코) 네. 나는 아버님의 손에서 당신의손으로 올마왓서요. 그랫더니 여긔서도 당신은 모든 것을 자기취미自己趣味의 맛는대로만하시니까 나도결국結局 당신과 가튼취미趣味가 되고말앗서요. 그러나 그건 혹시 그런체하구 흉내를 내고 지냇는지도 모르지요— 그것은 나두 몰라요. 지금只今되어 전前일을 돌아보니 나는 마치 손으로 입에다 넛는빌엉뱅이생활生活을 하고 잇섯서요. 나는 당신압해서 온갓재조를 부리어보여들이고 잇섯지요 네. 말하자면 당신이 그러케하는 것을바랏섯스니깐요. 이와가티 당신과 아버니가 내게대對해서 못할노릇을 하섯서요. 나의일생一生이 아무소용업시된것은 당신의탓이야요.

헬머　뭐무어야, 노라. 무슨 당치못한 배은망덕背恩忘德의소리야. 자네가 그래 이집에들어와서 행복幸福이엇다고는 생각 아니하나.[18]

　이 장면에서부터 시작되는 노라와 헬머의 토론은 8년 동안 유지해왔던 결혼생활에 대한 둘 간의 입장 차이를 극명하게 보여준다. 남편을 사랑한 노라는 남편의 요양 비용을 마련하기 위해 진 빚을 몰래 갚기 위해 기꺼이 고생을 감수해 왔으며 이에 대해 자부심을 느끼고 있었다. 그러나 크로그스터의 협박을 계기로 노라는 자신이 믿었던 남편의 사랑뿐만 아니라 이를 토대로 했던 결혼생활이 모두 허위적인 것이었으며 남편이 자신을 독립된 인격체가 아니라 인형으로 취급해왔다는 사실을 분명하게 깨닫는다. 그리고 이러한 사실 내지는 노라의 깨달음은 노라와 헬머 간의 대화 속에 드러나는 갈등, 즉 쇼의 표현대로 하면, '토론'을 통해 분명히 드러난다. 또한 이로 인해 연극은 모든 갈등의 화해를 통해 해피엔딩을 맞이하지 않고, 노라의 가출이라는 또 다른 문제를 관객들에게 새롭게 던진다. 즉 관객들은 연극이 끝나면 극장 문을 나서면서 생각하

18　입센, 양백화 역, 『노라』, 영창서관, 1922, 160~163쪽.

기 시작한다. 노라의 가출은 과연 정당한가? 그리고 관객들 사이에서도 토론이 시작된다.

이러한 방식의 사건 전개는 기존의 신파극이 보여주었던 멜로드라마적으로 잘 짜여진 구조well-made play 및 해피엔딩과 차별화된 것이었다. 신파극에서 등장인물의 연설에 담긴 계몽의 목소리는 다른 등장인물과 관객들의 반박이나 갈등, 토론의 여지를 남기지 않는다. 그리고 연설이라는 계몽적인 목소리의 단일성은 절대적으로 선하거나 악한 멜로드라마적 인물의 비현실적인 일면성과도 상응하는 것이었다. 반면에 입센극 안에서 갈등하고 대립하며 토론하는 둘 이상의 목소리, 즉 다성성은 인성人性을 분열시키는 요구와 충동의 다양성을 보여준다는 점에서 삶에 대한 전체적인 조망을 가능하게 하며 관객들로 하여금 스스로 판단하게 만든다.

물론 관객들의 판단과 입장은 저마다 다른 것이겠지만, 이는 신파극의 세계에서처럼 절대적인 하나의 입장으로 수렴되는 것보다 훨씬 현실성을 띠는 것이었다. 그리고 쇼의 지적처럼 드라마투르기적으로 결말 부분에 마련된 토론은 지친 관객들로 하여금 그동안 극행동들을 다시 반추하게 만드는 불편함을 주면서도, 그럼에도 불구하고 다른 한편으로는 특히 〈인형의 집〉을 통해 비로소 시작된 새로운 기법적인 특색이자 새로운 연극운동을 특징짓는 것이었다. 이렇게 입센극에서 토론식의 대사 언어는 극 중 인물뿐만 아니라 관객들의 "자각적 생활"까지 실현시키는 매개로 작동하였다. 이제는 "주장도 없고 논쟁의 여지도 없는 희곡이 더 이상 진지한 드라마로서 중시되지 않"[19]게 된 것이었다.

3. 1910년대 창작희곡의 언어적 근대성

1910년대 창작희곡인 이광수의 〈규한〉(『학지광』, 1917.1)과 윤백남의 〈운명〉(1918년 이전으로 추정) 및 〈국경〉(『태서문예신보』 12, 1918.12), 최승만의 〈황혼〉(『창조』, 1919.2), 유지영의 〈이상적 결혼〉(『삼광』 1~3, 1919. 2·12·1920.4)과 〈연과 죄〉(『매일신보』, 1919.9.22~26)[20]는 대부분 무대화되지 않고 잡지와 신문에 게재 또는 연재되었다. 이 중 공연된 것으로 확인되는 작품은 윤백남의 〈운명〉이지만, 〈국경〉 또한 윤백남의 극단에 의해 공연되었을 가능성이 크다.

이 중 〈국경〉과 〈이상적 결혼〉은 희극으로 둘 다 '신여성'의 결혼 세태를 그린 작품이다. 윤백남의 〈국경〉에서 신여성 '영자'는 남녀평등을 주장하며 가사를 소홀히 하여 부부싸움을 하다가 결국은 급병 행세를 한 남편에게 굴복하며, 유지영의 〈이상적 결혼〉에서 신여성 '애경'은 부모의 동의하에 남자들을 직접 선보고 이들 중 평소에 여주인공을 좋아하던 남자를 남편감으로 골라 결혼한다.[21]

한편 〈규한〉과 〈운명〉, 〈황혼〉, 〈연과 죄〉는 자유연애를 모티프로 하

---

19 Bernard Shaw, *op.cit.*, pp.175.
20 윤백남의 〈운명〉은 동명의 희곡집(1924)에 실렸으나 '머리말'에서 스스로 "이 운명은 나의 처녀작이였고 동시에 조선인의 작으로 조선무대에 상연된 최초의 희곡이다!"라고 밝히고 있다는 점에서 〈국경〉(1918)보다 이전 작품으로 추정된다.
21 〈국경〉과 〈이상적 결혼〉은 전자가 '신여성'의 세태를 풍자했던 것에 비해 후자가 '신여성'을 통해 새로운 결혼상을 제시했다는 점에서 차이가 있다. 남편보다 아내가 출세한 세 부부를 주인공으로 하는 〈병자삼인〉에서도 '신여성' 아내들이 남녀평등을 내세우며 집안에서도 세도를 부리다가 결국은 남편들에게 복종할 것은 맹세한다는 점에서 당시 '신여성' 문제는 사회적으로 인기 있는 희극적 모티프였던 것으로 보인다.

는 비교적 진지한 성격의 작품이다. 우선 최초의 근대 희곡으로 여겨지는 이광수의 〈규한〉을 살펴보자. 이 작품은 "초동初冬의 야夜", "시골 어느 부가富家의 안방"을 배경으로 하여, 동경유학생을 남편으로 둔 여러 부인들이 함께 바느질을 하며 이런저런 이야기를 하고 있는 장면으로 시작한다. 이 중 주인공인 이 씨는 동경유학생인 영준의 부인이며, 이 씨를 비롯한 부인네들은 일본과 유럽으로 유학 간 남편들로 인해 감당해야 하는 독수공방과 외로운 시집살이, 근대교육을 받지 못한 자신들의 무식과 그로 인한 남편의 홀대 등에 대해 서로 한탄하며 이야기를 나눈다. 그리고 잠시 후 남편에게서 온 편지를 통해 이혼을 통보받은 이 씨는 결국 실성하고 만다. 이 작품에서 이 씨는 조혼의 직접적인 희생자로 제시된다. 그리고 역시 조혼의 희생자라고 할 수 있는 남편 영준의 편지 내용을 통해 조혼은 극중에서 신랄하게 비판된다.

조혼에 대한 비판은 그러나 '편지'라는 오브제를 매개로 하여 등장하는 남편의 목소리를 통해, 이 씨를 포함한 극 중의 다른 인물들이나 관객(독자)들에게 조혼의 부당함을 알리는 방식으로 이루어진다. 그리고 이는 편지의 속성상 일방향적이고 계몽적인 어조를 띤다.

> 최 (편지를 들고) 이때 날이 점점 추워 가는데 양당 모시고 몸이 이어 평안하시니이까. 이곳은 편안히 지나오니 염려 말으시옵소서. 그대와 나와 서로 만난 지 이미 오년五年이라. 그때에 그대는 십칠세十七歲요, 나는 십사세十四歲라— 자, 나 토론討論은 또 왜 나오노— 나는 십사세十四歲라. 그때에 나는 아내가 무엇인지도 모르고 혼인婚姻이 무엇인지도 몰랐나니, 내가 그대와 부부夫婦가 됨은 내 자유의

사自由意思로 한 것이 아니요—

(…중략…)

최 자유의사自由意思로 한 것이 아니요, 전全혀 부모父母의 강제强制—

강제强制, 강제强制— 강제强制로 한 것이니, 이 행위行爲는 실實로 법

률상法律上에 아무 효력效力이 없는 것이라—』

(…중략…)

최 아무 효력效力이 없는 것이라. 지금只수 문명文明한 세상世上에는 강

제强制 로 혼인婚姻시키는 법法이 없나니 우리의 혼인행위婚姻行爲는

당연當然히 무효無效하게 될 것이라. 이는 내가 그대를 미워하여 그

럼이 아니라 실實로 법률法律이 이러함이니, 이로부터 그대는 나를

지아비로 알지 말라. 나도 그대를 아내로 알지 아니할 터이니, 이

로부터 서로 자유의 몸이 되어 그대는 그대 갈 데로 갈지어다.[22]

편지의 내용이나 전달 방식은 앞서 살펴보았던 신파극의 연설 언어
적 특성과 유사하다고 할 수 있다. 등장인물들 사이의 갈등이 무대 위에
서 직접적으로 표출되지 않고, 영준이 편지를 통해 일방적으로 이혼을
통보하는 대사의 형식이기 때문이다. 반면, 이 씨는 남편 영준의 이혼
통보에 대응할 수 있는 어떤 방법도 갖고 있지 않으며, 아니 가질 수도
없다. 그리고 '말'조차 할 수 없는 이 씨는 결국 실성하여 이를 다음과
같이 몸의 언어로 표현한다.

---

22 이광수, 〈규한〉, 『이광수 전집』 20, 삼중당, 1968(1963), 13 · 14쪽.

(바느질하던 옷을 다시 보더니 접어서 함롱函籠에 넣더니, 수건과 패물을 집어내어 두 손에 들고 망연히 섰더니 문득 눈을 부릅뜨고) 어머니 어머니, 이 바늘통이 어머님의 것이외다. (…중략…) 어머니! (하고 밖으로 뛰어 나 가련다.)[23]

한편 최승만의 〈황혼〉은 자유연애와 이혼의 문제를 이와 다른 방식으로 다루었다. 주인공 김인성은 유교적 사고방식을 지닌 부모님의 반대를 무릅쓰고 "참 혼인婚姻"을 부르짖으며 이혼을 강행하고 배순정과 결혼한다. "참 혼인婚姻은 두 사람 사이에 원만圓滿한 이해理解와 열렬熱烈한 사랑이 잇서야 하지오."[24] 이혼 후 배순정의 집에서 기거하는 인성은 그러나 자신과의 이혼 때문에 자살한 전처의 혼령으로 잠을 설치며 괴로워하던 끝에 결국 자살하고 만다. "조곰이라도, 이 세상에, 더 잇슬스룩 (…중략…) 더 만흔 괴롬박게 (…중략…) 나는, 저-리로! (소도小刀로 가슴을 찌르자 넘어진다. 순정順貞은 시체屍體를 붓들고 운다) (막)"[25] 인성의 자살은 직접적으로는 죄책감, 더 넓게는 부모와 사회로부터의 고립감 때문이라고 할 수 있다.

주인공이 자살하는 결말 못지않게 〈황혼〉에서 더 흥미롭고 중요한 것은 각각의 장면에서 김인성이 친구들과 애인, 부모님과 벌여나가는 토론의 과정이다. 오히려 인성의 자살은 그동안 자신이 벌인 토론의 결과라고도 말할 수 있다. 우선 제1막에서 김인성은 이혼 문제를 고민하

---

23 위의 글, 15~16쪽.
24 최승만, 〈황혼〉, 『창조』 1, 1919.2, 12쪽.
25 위의 글, 19쪽.

며 친구들과 함께 이에 관해 논쟁을 벌인다. 먼저 인성과 안광식은 이혼을 개인과 사회의 문제로 각각 다르게 본다.

김   (격렬激烈한 안색顏色으로) 사회社會라는 것은 무엇인가! 나를 써난 사회社會라는 것이 어듸 잇단 말인가?

안   아― 그러케 심甚하게 말할 것은 업고, '나'라는 것과 '사회'라는 것을 엇더케 써난단 말인가, 사회社會를 위爲해서는 쓰다다나 해야지. 얼는 말하면 전쟁戰爭에는 왜 나가나? 아, 죽고십허 나가나? 이것을 말하면 즉사회卽社會를 위爲해서 나가는 것이 안인가!

김   (침묵沈黙이 잠간暫間되다가) 글세, 이것은 우리씨리 늘 써다는 말일세마는 자기自己라는 '제스사로'를 너무 그러케 몰시沒視해서는 안이되겟지. 개인개인個人個人씨리 제각금 자기自己의 할 일만 잘한다하면, 이것이 사회社會에 큰 이익利益을 주는 것이 안이겟나! 내가 지금只今, 말하는 것은 개인주의個人主義에 갓가운 말일세마는 개인주의個人主義의 근본根本 쯧이 저만 잘살어야겟다는 것이 안이겟지. 사회社會를 이저버린다는 것이 안이겟지.[26]

그리고 여기에 인성과 안광식을 모두 이론주의자로 비판하며 실천을 강조하는 이명찬과 기독교를 설파하는 목사 홍순배가 등장하여 각각 자신의 입장과 주장을 더한다.

---

26 위의 글, 4·5쪽.

이	(주정군모양으로 비틀거리면서) 아이구, 안이쏩게 개인주의個人主
	義니 사회주의社會主義니. 다 고만두고 박게나가서 쏭통이나 들 쓸
	어라. 너희들 암만 써드러 소용所用잇니! 밧헤가서 쌍이라도 파는
	것이 상책上策일걸—
	(…중략…)
목사	예수 안이밋고 예배당禮拜堂 안이다니고 엇더케 하나님압헤 갈수잇
	겟슴닛가 요한복음福音 삼장십육절 말슴에도 하나님이 세상世上을
	사랑하사 독생자獨生子를 주섯스니 누구든지, 그를 밋으면 멸망滅亡
	하지 안코 영생永生을 얻으리라 하신 말슴도 잇지안슴닛가! 그러닛
	가 예수를 진실眞實히 밋고 예배당禮拜堂에도 잘 다녀야 안이하겟슴
	닛가! 네 형兄님.[27]

이들 네 명은 각자 팽팽하게 자신의 입장을 견지한다. 주인공 인성이 개인주의를 내세우며 자유연애를 내세운다는 점에서 관객(독자)은 인성의 주장에 무게를 둘 수도 있으나, 인성의 자살은 오히려 이혼을 강행하려는 인성을 비판한 친구들—특히 안광식, 그리고 이명찬—의 충고와 주장을 의미 있게 만든다. 그러나 연극적인 관점에서 제1막의 중요성은 어느 누구의 입장이 옳고 중요한가보다, 네 명의 주장이 대사를 통해 각각 펼쳐지고 갈등을 만들어내는 상황 자체에 있다. 또한 그 속에서 관객(독자)은 각자 네 명의 주장을 비판적으로 듣고 판단을 내릴 수 있다.

유사한 방식으로 제2막에서도 김인성은 자신의 애인 배순정과 함께

---

27 위의 글, 5~6쪽.

공원에서 조선사회에 대해, 특히 여성사회("여자계")에 대해 토론한다. 순정은 조선 여자계에는 연구성이 부족하다고 비판하면서 정작 자신은 "자유로운 몸"인 남자가 되고 싶다고 말한다. 하지만 인성은 여성이나 남성이 다 같이 "새사람"이 되어야 한다고 주장한다. "지금只今 조선朝鮮 사람으로서는 여자女子나 남자男子나 다— 새사람이 되야죠. 부실 것 부서버리고 깨트릴 것 깨트려 버려야지요. 지금只今은 무엇무엇 하는 이보다 모든 것을 파괴破壞할 것 파괴해버려야하지오 건설建設한다고 써드는 이보다 지금只今 이 시대時代는 파괴시대破壞時代에 잇는줄 압니다."[28] 그리고 제3막에서는 앞서 말했듯이 이혼을 반대하는 부모의 유교적 사고방식에 대해 "참 혼인"을 내세우며 대결한다. 여기서 부모의 주장 역시 인성의 주장 못지않게 설득력 있게 제시된다.

> 부   이놈아 혼인婚姻을 정定하려면 네가 정定해야하고 네가 응락應諾을
>   해야된단 말이야! 너 소학小學을 무엇을 뵈왓니! 부호명父命呼어시
>   는 유이불락唯而不諾이란 말도 잇지아니하냐 애비가 무엇이라하면
>   네! 할쌘이지 말이 무슨말이냐 그런 불경不敬스러운 말을 엇던놈한
>   테 들엇니! 쏘— 네처妻일로만 하드래도 그럿치 게집을 엇는데도
>   물론勿論 근신謹愼할 것이다 그러게 여유오불감女有五不取하니 역가
>   자불취逆家子不取, 난가자부취亂家子不取, 세유형인불취世有刑人不取, 세
>   유악질불취世有惡疾不取, 상부장자불취喪父長子不取라는 말도 잇는 것
>   이다 그러하고 이혼離婚이라도 아주 못하는 것은 안이다. 여편네는

28 위의 글, 9쪽.

칠거지악七去之惡이 잇서가주고, 불순부모거不順父母去라든가 무자
거無子去라든가 음거淫去라든가 유악질거有惡疾去라든가 다언법多言去
라든가 절도거竊盜去라든가 말이 잇스니가 이것은 내가 하는 말이
안이라 공자孔子님이 하신말슴야, 성현聖賢의 말슴이 하나나 글은
것이 잇게니. 그러니가 이 이유외理由外에는 네가 아-모리 하드랜
대도 나는 할 수 업다.[29]

　　이상 「황혼」에서 주인공 김인성이 제1막과 제2막, 제3막을 통해 자
신과 다른 각각의 입장과 벌이는 토론의 과정은 관객(독자)으로 하여금
그의 상황을 좀 더 객관적으로 바라볼 수 있게 만드는 극적인 장치가 된
다. 그리고 이같은 토론의 극작법은 〈국경〉과 〈이상적 결혼〉 같은 희극
에서 가장 분명하고 효과적으로 활용된다.

　　일반적으로 희극comedy이란 열등한 사람이 사회적 질서나 통념에 어
긋나거나 반하는 행동을 하여 주변인물이나 관객들이 볼 때 우스꽝스러
운 사건을 야기하고, 종국에는 자신의 잘못을 교정하여 기존의 사회적
질서 안으로 통합되는 해피엔딩의 연극을 말한다. 따라서 비극이 인간
의 운명이나 삶의 문제를 주로 다루는 데 반해 희극은 사회적 정치적 문
학적 군사적 문제 등과 같은 당시의 시사적인 문제를 비판적이면서도
풍자적으로 다룬다.[30] 그리고 이같은 희극의 주된 언어 형식 중 하나는

29　위의 글, 12~13쪽.
30　이는 특히 그리스의 구희극Old Comedy에 전형적으로 잘 나타나있다. 아리스토파네스
　　의 구희극은, 주로 가정사를 다룬 메난드로스의 신희극New Comedy과 달리, 당시 그리
　　스의 철학적 사회적 정치적 문제를 〈리시스트라테〉나 〈구름〉, 〈개구리〉 등의 작품을 통
　　해 희극적으로 풍자 비판하였다. 이에 관해서는 밀리 배린저, 우수진 역, 『서양연극사
　　이야기』(개정증보판), 평민사, 2008, 37~39쪽을 참고할 것.

토론으로, 그리스 희극의 대표적인 특징 중 하나였던 '아곤agon'은 희극적이고 공상적 생각이나 계획의 우수함을 둘러싸고 코러스 사이에서 벌어지는 논쟁을 지칭했다.

윤백남의 〈국경〉에서 안일세의 부인인 영자는 '신여성'으로, 여권신장을 내세우며 가사를 등한히 하고 늘상 음악회 등의 각종 모임을 핑계로 외출만 일삼는다. 안일세는 참다못해 마침내 부부싸움을 벌이고 그 끝에는 결국 '국교 단절'을 하지만, 친구 박도일의 도움으로 급병 행세를 하여 마침내 영자의 사과를 받아내는 데 성공한다. 다소 우스꽝스러운 이들 부부의 행태는 당시 '신여성'을 중심으로 주장된 여권신장을 비판하기 위한 것으로서, 극 중에서는 사동使童 점돌의 장황한 대사에 의해서 다음과 같이 직접 비판적으로 풍자된다.

> 점돌 독어獨語 참 긔가막힌다. 늬가 열일곱살 먹난 오날까지 이런집 져런집에 고용도 만이 ᄒ얏지만은 이 댁처럼 걱구루된 집은 처음보앗셔. (…중략…) (바깥어른이) 참고계시다가 못하야 두어마듸 말삼ᄒ시면 도리혀 앗씨께서 언덕 우에서 물늬려부으듯 남녀동등권男女同等權이니 가정개량家庭改良이니 예전처럼 심창에 드러안질 필요必要가 업고 아모조록 교제에 힘을 써서 은연중 남편男便의 지위地位을 견고ᄒ게 ᄒᄂᆫ 것이 오날부인의 직칙이라고. 아이고 나는 다 옴길수도업셔— 쏘 그리고 민ᄯᆺ헤 무에라 그러시드라 오—라— 쌜늬ᄒ고 밥 짓난것만 계집의 쑤ᄽᄽ 쑤ᄽ쑤틔—가 안이야, 오라 씌 유틔Duty라든지. 영감令監씌셔 말ᄒ마듸ᄒ실적에 앗씨는 천千마듸나 ᄒ시니 될수잇나 고만 흐지부지—되지, 제기 나갓흐면 말ᄒ기

전에 한번 싹 부치고 한번 들엇다 노컷드라, (…중략…)[31]

　그러나 무엇보다도 이 작품의 희극적 사건과 주된 재미는 서로 다른 입장에 서 있는 안일세와 영자가 집안에 만들어놓은 '국경'을 둘러싸고 희극적으로 벌어지는 역전의 상황과 이들 부부의 싸움, 즉 논쟁에 있다. 한 집안의 가장으로서 권위를 지녀야 할 남편 안일세는 무심결에 '국경'을 넘어와 망신 낭하고 밤에는 방에 들이가지 못해 침구도 없이 소파에 머무른다.

　유지영의 〈이상적 결혼〉 역시 당시로서는 파격적으로 주인공 김애경이 평소 자신의 결혼관에 따라 부모의 동의 아래 결혼 공고를 내고 신랑감으로 자원한 남성들을 직접 선본 후 신랑감을 고른다는 내용이다. 그러나 희극적인 상황에 반해 김애경은 극 중에서 자신의 종형從兄 김택수와 결혼에 관해 진지한 대화를 나누기도 하고, 또한 신랑감으로 자원한 사람들에게 자신의 이상理想을 말하고 그들의 이상을 들으며 판단의 기준을 세운다. 이 작품 안에서 〈황혼〉의 토론적 연극 언어는 〈국경〉에서와 같이 희극적으로 변용된다.

　이상과 같이 최초의 근대 희곡인 이광수의 〈규한〉은 단순한 극행동 안에서 조혼비판이라는 주제의식을 '편지'라는 오브제를 매개로 일방향적으로 전달하는 '연설'의 언어 형식을 띠고 있었다. 그러나 최승만의 〈황혼〉이나 윤백남의 〈국경〉, 유지영의 〈이상적 결혼〉 등은 이후 입센 극에서 성공적으로 활용되는 '토론'의 형식을 일부 선취하고 있었다. 오

31　윤백남, 〈국경〉, 『태서문예신보』, 1918.12.25.

늘날 이들 희곡에서 사용된 '토론'의 언어는 너무 익숙하고 직접적이어서 오히려 진부하게 보일 수 있으나, 당시의 연극사적인 맥락에서 볼 때는 새로운 형식의 언어였다. 윤백남을 제외하고 대부분 연극계와 무관한 문학지식인이었던 이들 작가는 지면을 통해 발표되었던 희곡을 통해 자신들의 문제의식을 상대적으로 자유롭게 표현했다.

제3부
고학생 드라마와 사회극의 등장

들어가며

　우리의 근대극은 1920년에 사회극인 '고학생 드라마'로 시작되었다. 고학생 드라마는 일차적으로 고학생을 주인공으로 하거나 고학생이 처한 현실의 문제를 다루었던 연극과 희곡을 말한다. 그리고 윤백남의 〈운명〉과 이기세의 〈빈곤자의 무리〉, 조명희의 〈김영일의 사〉 등이 그 작품이었다.

　고학생 드라마에 앞서 1910년대 후반에는 이광수의 〈규한〉(1917)을 비롯하여 윤백남의 〈국경〉(1918), 최승만의 〈황혼〉(1919), 유지영의 〈이상적 결혼〉(1919)과 〈연과 죄〉(1919) 등의 창작희곡이 발표되었다. 이들 작품은 자유연애와 이혼이라든가 신여성과 여권신장 등을 소재로 하였으며, 개인의 문제를 다루었다는 점에서 근대 희곡의 시작으로 여겨졌다. 하지만 이들 작품은 희곡으로 발표되었을 뿐 대부분 공연되지 못했으며 그 사회적인 반향도 미미했다.

　3·1운동 이후 본격화된 문화운동은 사회개조론과 상호부조론을 새로운 이념으로 하였다. 그리고 이는 물질문명의 발달을 우선시해온 서구의 사회진화론과 제국주의, 자본주의에 대한 자기반성적인 성격을 지니는 것이었다. 여기에 조선사회의 미래를 위해 무엇보다도 교육과 산업의 문제가 중시되면서, 고학생 문제가 사회적인 과제로 대두되었다. 고학생 단체 역시 조직되었다. 우선 1920년 1월에는 일본의 조선인 고학생 및 노동자들의 자기구제 단체인 동우회同友會가 창립되었다. 그리

고 1920년 6월에는 경성 고학생들의 자기구제 단체인 갈돕회가 창립되었다. 이들 단체는 좌우의 이념을 초월하여 사회 각계각층의 지지를 얻었으며, 연설회와 강연회, 음악회, 소인극 공연 등 각종 문화사업을 꾸준히 벌이면서 사회의 동정을 적극 구하였다.

고학생을 돕는 문제에 있어서 연극인들 역시 예외는 아니었다. 1920년 12월 '유지有志 청년회'는 갈돕회를 위해 소인素人 신파극을 공연하였으며, 이 중의 한 작품이 〈운명〉이었다. 그리고 다음 해 여름에 갈돕회는 전국을 순회할 극단을 조직하여 윤백남의 〈운명〉과 이기세의 〈빈곤자의 무리〉를 공연했다.[1] 신파 연극계를 대표했던 윤백남과 이기세는 유지 청년회의 갈돕회 모금공연에서 공연할 만한 희곡으로 〈운명〉과 〈빈곤자의 무리〉를 창작하고 연극을 지도함으로써 고학생 문제에 대한 동정과 지지를 표했던 것이다.

같은 해 여름 일본의 동우회도 극단을 조직하여 전국을 순회했으며 동우회 순회극단에 주축으로 참여한 것이 바로 극예술협회였다. 극예술협회는 1920년 봄에 김우진, 조명희, 홍해성, 김영팔, 최승희 등의 동경 유학생들에 의해 조직된 근대극 연구단체였으며, 여기에 윤심덕과 홍난파가 음악 공연을 위해 합세했다. 동우회 순회극단은 그들의 연극적 이상을 실제로 시도해볼 수 있는 기회의 장이 되었으며, 그중 대표적인 레퍼토리가 바로 조명희의 〈김영일의 사〉였다.

〈운명〉과 〈빈곤자의 무리〉, 〈김영일의 사〉는 모두 고학생을 주인공으로 했다. 〈운명〉은 미국 유학길에 오른 고학생 이수옥이 과거에 자신

---

1 '미태생微跆生'은 이기세의 필명이었다. 제2부의 제1장 「신파극 개량과 근대극운동」, 84쪽의 각주4를 참고할 것.

을 버리고 하와이 이주노동자와의 사진결혼을 선택한 박메리와 재회하면서 벌어지는 사건들을 멜로드라마적으로 그렸다. 그리고 〈빈곤자의 무리〉는 추운 겨울을 앞두고 기숙사에서 쫓겨날 위기에 처한 고학생들의 비참한 현실을 자연주의적으로 무대화하였고, 〈김영일의 사〉는 역시 일본 동경에서 유학 중인 가난한 고학생 김영일의 고된 삶과 안타까운 죽음을 사실적으로 그려냈다.

이 중 〈김영일의 사〉는 1921년 5월 6일 『동아일보』에 기사화되면서 사회적으로 적지 않은 반향을 일으켰던 어느 가난한 고학생 '이동화의 죽음'을 모티프로 한 작품이었다. 이동화의 죽음은 당시의 신문과 잡지를 통해 고학생들의 학업에 대한 뜨거운 열망을 강조하고, 이들을 외면하는 무정한 세상을 비판하는 방식으로 서사화되었다. 따라서 고학생 드라마는 당시 활발하게 (재)생산되고 있었던 고학생 담론과 그 서사를 포괄하고 있었으며 동시에 그와 상호작용한 결과였다.

1920년대는 소인극의 시대였으며, 사회문화적으로 각종 학생·청년 단체의 강연회나 연설회, 음악회, 연극공연 등과 같은 문화운동이 활발히 전개되었다. 동우회와 갈돕회 외에도 함산 학우회 등이 극단을 조직하여 전국을 순회하였으며, 송경학우회와 공주 청년수양회, 천주교 청년회(동경지회), 고산 청년회 등도 각 지역에서 소인극을 공연했다. 그리고 이들 소인극은 대부분 고학생 드라마였다.

1921년 7월 27일에는 개성 출신의 동경유학생 단체인 송경학우회松京學友會가 개성좌에서 '이동화의 죽음'을 내용으로 하는 임영빈任英彬의 〈백파白波의 울음〉을 공연했다. 그리고 1921년 8월 5일에는 괴산 청년회에서 창립 1주년 기념식의 여흥으로 〈이동화의 죽음〉을 공연했다. 이들 작품은 연극성보다 내용의 사실성을 강조하여 『동아일보』의 기사를 충실하게 재구성한 것이었다.

고학생 드라마는 이와 같이 현실사회에 대한 비판적 문제의식을 제기하면서 그 실상을 무대화했다는 점에서 일종의 사회극이었다. 그리고 학생·청년 단체들의 모금공연이라는 형식을 통해서 관객대중의 동정과 지지를 적극적으로 폭넓게 구했다는 점에서 그 사회적 반향도 컸다. 이는 또한 빅토르 위고의 『레미제라블』이 〈희무정〉으로 수용되는 과정에서 확대되었던 무정한 세상에 대한 비판과 상호부조의 필요성에 대한 인식을 토대로 하고 있었다.

제1장

윤백남의 〈운명〉,
식민지적 무의식과 욕망의 멜로드라마

1. '사회극' 〈운명〉의 문제성

윤백남은 자신의 희곡집 『운명』의 머리말에서 다음과 같이 밝혔다. "이 운명運命은 나의 처녀작處女作이엿고 동시同時에 조선인朝鮮人의 작作으로 조선무대朝鮮舞臺에 상연上演된 최초最初의 희곡戲曲이다!" 윤백남의 〈국경〉이 1918년 12월 『태서문예신보』에 게재되었다는 점에서 〈운명〉의 창작연대는 1917~1918년경으로 추정된다.[1]

〈운명〉은 1921년 7월의 갈돕회 전국순회공연에서 처음 공연된 것으로 알려져 있지만, 그보다 앞서 공연되었던 것으로 보인다. 1920년 12

---

1   유민영, 『한국현대희곡사』, 홍성사, 1982, 107쪽.

월 13일과 14일에는 종로의 중앙기독교청년회관에서 갈돕회 주최로 고학생들을 위한 일종의 모금공연이 마련되었다. 하지만 정확히 말해 갈돕회의 공연은 아니었으며, 갈돕회를 위해 어느 "경성유지 청년들"이 서로 의논하여 소인극을 공연한 것이었다.

> 고학싱 갈돕회는 회명과 갓치 갈한 것을 셔로 돕는다 ㅎ는 의미이라 셔로 셔로 공부ᄒ기 어려운 고학싱을 도ㅇ셔 ㅇ모죠독 공부를 계속하게 ᄒ사는 목적임으로 유지자들의 긔부도 만히 밧고 찬성도 만히 밧ㅇ오던 중 근일에 경성유지 청년들이 상이ᄒ고 갈돕회를 위ᄒ야 소인극素人劇을 릭 13, 14일 하오 7시에 종로 즁앙긔독교청년회관 안에서 홀 터인디 연뎨는 운명運命과 인형ㅅ 形의 가家라는 두 연뎨로 자미스럽게 연극을 ᄒ야 일반에게 관람케 홀 터이오 입장료는 일원과 오십전의 두 종류가 잇슬터인디 연극도 자미스러우려니와 갈돕회를 위ᄒ야 사○신사들의 긔부가 만흐리라더라[2] (강조는 인용자, 이 하 동일)

기사만으로는 '경성의 유지 청년들'이 정확히 누구였는지, 어떠한 단체였는지 정확히 알 수 없다. 다만 이들이 갈돕회를 돕기 위해 〈운명〉과 〈인형의 가〉를 소인극으로 공연했다는 것인데, 둘 다 문제적인 작품이었다는 점에서 주목을 요한다. 이 중 입센의 〈인형의 가〉는 일반적으로 1925년 9월에 현철의 조선배우학교에 의해 초연된 것으로 알려져 있는데, 그보다 5년이나 앞서 공연되었기 때문이다. 그리고 〈운명〉은 여기

---

2 「갈돕회 소인극」, 『조선일보』, 1920.12.12.

선 비록 윤백남의 작품으로 명시되지는 않았으나 다음 해 갈돕회의 전국순회공연 레퍼토리 중 하나가 바로 윤백남의 〈운명〉이었다는 점에서 같은 작품으로 보인다. 그리고 이 '경성의 유지 청년들'이 갈돕회의 전국순회공연 준비과정에서도 레퍼토리 선정이나 연극 지도 등의 영향을 미쳤을 것으로 추정된다.

〈운명〉의 의의는 단순히 우리 연극사에서 처음 공연된 희곡이었다는 사실에 있지 않다. 그보다 이 작품은 동시대의 사회적 현실인 하와이 이주민의 사진결혼을 소재로 하여 이에 대한 문제를 제기하고자 했던 '사회극'이었다는 데에 더 큰 의의가 있다. 실제로도 윤백남은 〈운명〉의 제목 앞에 '사회극'이라는 타이틀을 명기하였다.

'사회극'이라는 타이틀은 〈운명〉이 사진결혼의 폐단을 통해 강제결혼이라는 전근대적 인습을 비판한 사실주의 작품 내지는 근대극으로 평가하게 만드는 근거가 되었다. 예컨대 유민영은 사진결혼의 부작용을 구식결혼제도의 질곡으로까지 확대시킨 작가의 "근대의식의 눈"을 높이 평가하면서 〈운명〉을 근대극의 범주 안에 포함시켰다.[3] 그리고 양승국은 〈운명〉 안에서 신여성 박메리가 스스로 운명을 개척하여 적극적으로 사랑을 획득하는 근대적 여성상이라는 점을 높이 평가하였다.[4]

윤백남은 분명 사진결혼이라는 현실 사회의 문제에 대한 문제의식을 가지고 〈운명〉을 썼지만, 그러나 희곡 자체는 멜로드라마적인 구조를 취하고 있었다. 작품 안에서 신여성 박메리는 사진결혼에 속아 술과 노

---

3   유민영, 앞의 책, 113~115쪽. 여기서 근대극이란 주로 인습에 항거하는 개인의 자각이나 당대의 현실 고발 내지는 사회 개조의 문제를 다루는 작품을 말한다.
4   양승국, 「윤백남 희곡 연구―〈국경〉과 〈운명〉을 중심으로」, 『한국극예술연구』16, 한국극예술학회, 2002, 140쪽.

름을 일삼는 남편 양길삼과 결혼하여 불행한 생활을 계속하던 중에, 미국 유학길에 잠시 하와이에 머문 옛애인 이수옥과의 만남을 계기로 새 삶을 시작한다. 그리고 이 안에서 등장인물들은 '양길삼=악한 인물', '박메리=순진무구한 희생자', '이수옥=구원자' 등과 같은 멜로드라마의 전형적인 인물로 유형화된다. 또한 이수옥과 박메리가 각각 산책 중에 갑작스런 천둥번개를 만나 한적한 대합실에서 조우하게 된 것이나 이수옥과 양길삼이 몸싸움을 벌이던 중에 박메리가 우발적으로 양길삼을 살해하게 된 것 등과 같이 중요한 극적 사건은 모두 우연성에 의존한다. 뿐만 아니라 등장인물들에서 보이는 감정의 과잉과 센세이널리즘 등 역시 멜로드라마적이다.[5]

김방옥이 〈운명〉이 "사진결혼 문제를 다룬 논제극"[6]이긴 하지만 신파극의 성격이 짙은 까닭에 근대적 사실주의극 이전 수준의 작품으로 볼 수밖에 없다고 한 것은 바로 이 때문이었다. 하지만 여기서는 〈운명〉이 기존의 신파극으로부터 벗어나지 못한 멜로드라마였다고 규정하는 데 그치기보다는, 〈운명〉의 멜로드라마가 드러내는 현실 인식의 방식, 즉 사진결혼에 대한 관점에 좀 더 유의하여 고찰하고자 한다. 비극이나 희극, 멜로드라마와 같은 드라마의 형식은 본질적으로 인간의 경험 내지는 삶을 바라보는 방식을 나타내기 때문이다.

나아가 드라마의 형식이 담지하는 인식의 방식은 비단 극작가 개인의 문제일 수 없다. 드라마의 형식은 종종 연극인들과 관객들 사이에서 작

---

5   Ben Singer, *Melodrama and Modernity*, New York : Columbia University Press, 2001, pp.44~49.
6   김방옥, 『한국사실주의 희곡연구』, 동양공연예술연구소, 1988, 45~86쪽.

동하면서 (무)의식적으로 합의된 사회적 인식을 드러내기 때문이다. 따라서 〈운명〉에서 나타나는 사진결혼에 대한 관점은 곧 하와이라는 공간과 그 등장인물들에 대한 당시의 사회적 인식과 아주 무관하지 않다.

1920년경은 일제의 식민통치가 십여 년간 진행되면서 식민주의 담론이 사회문화적으로 확대되어가던 무렵이었으며, 〈운명〉 역시 그 자장磁場에서 자유로울 수 없었다. 식민주의 담론은 식민지 유지를 위해 사회의 재현수단과 양태 모두를 정하고 한계를 조정하는 강력하게 정치화된 인식 체계들이라고 할 수 있다.[7] 그리고 "세계를 문명과 야만, 정복자와 현지인, 식민자와 비식민자, 주인과 노예, 선진과 후진, 진보와 정체, 중심과 주변, 진짜와 가짜 등으로 양분하고, 그러한 일련의 이항 대립주의binarism적 쌍 개념을 참과 거짓, 성과 속, 선과 악이라는 초월적 이항二項을 정점으로 하는 위계질서 안에 봉인하는 언어 시스템"[8]을 특성으로 한다. 하지만 식민주의 담론에 의해 구현되는 세계는 결코 실제 그대로가 아니며, 오히려 식민지 지배자의 입장에 의해 재해석되거나 그들의 눈을 통해 반영된 것이라고 할 수 있다.

〈운명〉이 식민주의 담론으로부터 결코 자유로울 수 없었다는 점에서 하와이 사진결혼의 역사와 현실에 대한 이해는 필수적이다. 이 지점에서 우리는 식민지 현실을 그리는 우리의 문학이 뜻밖에도 자주 식민지 구조와 질서를 깨는 방향으로 나아가는 감각을 상실했다는 지적을 기억할 필요가 있다. "식민지 현실의 중압감이 오히려 그 현실에 대한 냉정한

---

7 릴라 간디, 이영욱 역, 『포스트식민주의란 무엇인가』, 현실문화연구, 2000, 100쪽.
8 고모리 요이치, 송태욱 역, 『포스트콜로니얼―식민지적 무의식과 식민주의적 의식』, 삼인, 2002, 9~10쪽.

직시를 거부하게끔 하고 매사를 단순한 이분법으로 파악하게끔 했을 터이지만, 그러한 사태는 창작에서만이 아니라 작품을 독해하는 데에서도 흔히 일어나곤"[9] 하기 때문이다. 하와이 이주민의 사진결혼과 〈운명〉에 대해서도 만일 이러한 이항대립적 관점을 고수한다면, 결과적으로 제국주의의 질서와 논리를 강화하고 재생산하는 데 머무를 뿐이라는 사실은 자명하다.

이상의 문제의식을 바탕으로 하여 우선 다음 장에서는 하와이 이주민의 사진결혼과 〈운명〉의 관계에 대해 살펴보고자 한다. 하와이 이민은 하와이 사탕수수 농장주들과 하와이 정부의 식민주의 정책에 의한 노동이민이었으며, 사진결혼은 하와이 이민생활의 특수성으로 인해 불가피하게 발생한 일시적 결혼풍속이었다. 그러나 〈운명〉 안에서 하와이 이주민은 양길삼이나 장한구와 같은 악인惡人으로 형상화되고 사진결혼은 사기결혼으로 그려진다.

그 다음 장에서는 식민지인 하와이와 조선의 관계, 그리고 식민지(하와이, 조선)와 식민지 모국(미국, 일본)의 관계에 주목하여 〈운명〉을 다시 읽어보고자 한다. 실질적으로 하와이는 당시 복잡한 국제정세 속에 자리하고 있었으며, 〈운명〉 안에서도 '하와이'와 그 외의 연극공간들— '미국', '조선', '일본' —은 서로 다양하게 관계를 맺고 있다. 이 관계 속에서 하와이는 '미국'의 식민지라는 점에서 '일본'의 식민지 조선인들에게 꿈의 공간이 되었지만, 동시에 '조선'과 마찬가지로 제국의 '식민지'라는 점에서는 야만의 공간이었다. 결국 '하와이'는 식민지적 무

---

9   김철, 「몰락하는 신생新生 – '만주'의 꿈과 『농군』의 오독」, 『상허학보』 9, 상허학회, 2002, 158쪽.

의식과 식민주의적 의식이 동시에 실현되는 분열적인 공간이었다. 고모리 요이치에 의하면, 식민지적 무의식은 서구 열강에 의해 식민지화될지도 모른다는 위기적 상황에 뚜껑을 덮고 마치 자발적 의지인 것처럼 '문명개화'의 슬로건을 내걸고 서구 열강을 모방하는 것에 내재하는 자기 식민지화를 은폐하고 망각함으로써 구조화된다고 한다. 그리고 이때 식민지적 무의식과 식민주의적 의식은 동시에 발동하며, 스스로가 '문명'이 되기 위해서는 주변에서 '야만'을 발견하여야만 한다.[10]

마지막 장에서는 식민주의 담론이 멜로드라마적인 기제를 통해서 텍스트 내적으로나 외적으로 어떻게 정당화되고 내면화되는지 살펴보고자 한다. '문명'과 '야만'은 기독교를 매개로 하여 '선'과 '악'으로까지 규정되는데, '문명=선'이 '야만=악'에 승리한다는 〈운명〉의 멜로드라마적 기제는 결과적으로 식민주의 담론을 재생산하는 데 기여했다. 그리고 이상의 모든 논의는 궁극적으로 〈운명〉이 산출하는 극적 세계와 그 속에 내재하고 있는 식민주의 담론을 더 이상 자명한 것으로 받아들이지 않고 비판적으로 바라보고자 하는 시도이다.

10　고모리 요이치, 송태욱 역, 앞의 책, 32쪽.

2. 사진결혼의 역사와 멜로드라마적 현실인식

이민이란 현재의 터전과 삶에 대한 부정적인 인식과 새로운 터전에서의 더 나은 삶에 대한 기대가 만나는 지점에서 단행되기 마련이다. 하지만 우리 근대사에서 이민은 1900년대 초반의 잇단 가뭄과 흉년, 외세의 침략 속에서 생활이 피폐해질 대로 피폐해지던 가운데, '기대'보다는 '부정' 속에서 선택된 고육지책이었다. 어느덧 백 년이 넘은 미국 이민사의 첫 장을 차지하는 하와이로의 이민 역시 예외는 아니었다.

하와이는 1893년까지 왕조가 지속되었으나, 아메리카 대륙과 극동을 연결하는 지리적 여건으로 인해 이미 19세기 초반부터 미국과 영국, 프랑스 등의 서구 열강들 사이에서 침탈의 대상이 되어왔다. 1840년대에 영국과 프랑스, 현지 미국인과의 사이에 귀속권을 둘러싼 분쟁이 있은 후 결국 독립이 유지되었으나, 1897년에는 미국과의 합병조약이 체결되었고 1900년에는 결국 미국의 준주準州가 되었다. 19세기 후반 하와이에서는 사탕수수, 파인애플 재배가 성공하여 제당업이 번창하였는데, 1890년 미국의 관세법 개정에 의해 제당업이 타격을 받게 되자 미국과 합병하지 않을 수 없었던 것이다.

구한말의 이민이 주로 인근지역인 만주와 간도, 러시아로의 유랑이민이었던 데 비해, 하와이 이민은 하와이 사탕농장업자들과 하와이 정부의 조직적인 협력에 의해 치밀하게 진행된 노동이민이었다. 1900년 직후 하와이 준주나 대륙의 미합중국에서는 남녀 노동자들이 미국에 도착하기 전에 노동계약을 맺는 일이나 이민자의 편의를 도모하여 고용주가 미국에 오는 교통비를 지불하는 일 등이 모두 불법이었다. 그러나 하와이 사탕농장주 협회HSPA는 값싼 노동력을 아시아에서 동원하기 위해 미합중국 이민법의 법망을 교묘히 피하고 한국 정부의 승낙마저 얻어내는 데 성공했다.[11] 하와이 노동이민의 과정은 출발에서부터 또 다른 제국주의자의 식민주의 정책으로 진행되었던 것이다.

1902년 12월 22일에 첫 이민자 121명이 인천항을 떠나 1903년 1월 13일 호놀룰루 항에 도착하여 1905년 11월에 이민이 완전히 중단될 때까지 모두 6천여 명에 이르는 사람들이 하와이 노동이민을 떠났다.[12] 그런데 하와이 이민의 현실은 이민 모집관들의 선전과 달리 노예무역과 별반 차이가 없을 정도로 매우 열악하였다. 감독관이 채찍을 휘두르는 상황에서 하루에 10시간을 꼬박 우마牛馬와 같이 일해야 했으며, 이렇게 해서 받는 임금은 한 달 25일에 겨우 16달러뿐이었다.[13]

그렇다면 하와이 이민자들은 어떤 사람들이었고 그들의 생활은 어떠했을까. 하와이 이민자들 중에는 공부를 목적으로 미합중국 본토로 가려는 학생들뿐만 아니라 교인들, 향리의 선비들, 광무 군인들, 농촌의 머슴들, 막벌이하던 역부들, 유의유식하던 건달들 등의 사람들이 다양하게 혼합되어 있었다고 한다.[14] 하지만 일단 이민을 떠나 각 농장에 속한 후에는 신분상의 차이 없이 모두 힘든 노동의 나날을 보내야만 했다. 말 그대로 노동이민이었기 때문이다. 그러나 1910년부터는 각 농장에서

---

11 오인철, 『하와이 한인 이민과 독립운동―한인 교회와 사진신부와 관련하여』, 전일실업 출판국, 1999, 55~57쪽.
12 김원용, 『재미한인 50년사』, 1959, 8쪽. 1905년 11월 일본은 한국의 외교권을 박탈한 이후 값싼 조선인 노동력의 유출을 막기 위해 노동이민을 중단시켰다.
13 이구홍, 『한국이민사』, 중앙일보사, 1979, 95~97쪽.
14 김원용, 앞의 책, 3~9쪽.

자작농이 된 사람들과 각 지방에서 사업하는 사람의 수가 점차 많아졌으며, 일반적으로 생활도 안정되어 갔다.[15] 1909년부터 1914년까지 6년 동안 농장의 품삯이 올랐으며 노동하던 동포 중에는 소작농이 생겼고 도시의 영업자들 역시 증가했다. 그리고 1915년부터 1920년까지 6년 동안은 제1차 세계대전으로 인해 경제가 팽창되어 일반 노동의 품삯이 다시 오르면서 농촌에 살던 동포들이 호놀룰루에 이주하기 시작하였다.[16]

1923년 『개벽』에는 하와이 이주민의 실상이 다음과 같이 소개되었다.

> 이주동포移哇同胞들은 해지該地의 생활生活이 안이安易하야 보통수입普通收入으로도 과過히 곤란困難치 안흔 생활生活을 하게 됨으로 의지식지衣之食之가 풍미豊美하며 주택住宅은 대개大槪 경편적輕便的이다. 동포중同胞中에 실업實業에 종사하야 점포店鋪를 자영自營하는 이는 소수少數이며 거개擧皆는 미인상매米人商買에 사용私傭이 되어 월급생활月給生活을 하고 기외基外는 전부全部 노동자勞働者인데[17]

이를 통해 우리는 동포들의 생활이 일반적으로 편안해졌으며, 직업 또한 자영업자에서 월급생활자, 노동자 등으로 다양화되었음을 알 수 있다. 당시 소수에 불과했던 자영업은 주로 잡화상, 양복재봉, 실대업室貸業, 여관업, 자동차업, 약종상, 화제조업靴製造業, 가구상 등이었다.

이민자들의 생활 안정에 적지 않게 영향을 준 것이 바로 사진결혼이

---

15 위의 책, 8쪽.
16 위의 책, 193~296쪽.
17 「'하와이'에 사는 육천동포의 실황」, 『개벽』 36, 1923.6, 33쪽.

었다. 하와이에 건너간 사람들의 대다수가 청년이거나 홀아비였고, 하루 종일 농장에서 일하다가 밤이 되면 판잣집에 몇십 명씩 모여 합숙을 했던 까닭에 술과 노름, 아편을 예사로 싸움이 끊이지 않았다고 한다. 이에 사탕농장 동맹 측은 혼인과 가정생활을 장려하였는데, 백인 여자들이 황인종과의 결혼을 꺼렸던 까닭에 본국의 처녀들을 대상으로 입국 허가뿐만 아니라 영주권까지 주며 사진결혼을 장려하였던 것이다.

사진결혼은 하와이에 이민 간 총각이 몇 년 동안 막노동을 하여 얼마간 저축을 하면 본국의 처녀에게 사진을 보내 선을 보인 후 그 사진을 보고 시집가기를 허락하는 처녀를 데려다가 혼인하던 일시적인 풍속이었다. 1910년 11월 28일부터 1924년 10월까지 한국의 사진결혼으로 하와이에 들어온 여자는 모두 951명이었으며, 그중 미국으로 들어온 여자는 115명이었다.[18] 물론 사진결혼이 모두 성공적인 것은 아니었는데, 그 이유는 일부 신랑들이 신부감을 성공적으로 고르기 위해 실제보다 젊고 멋진 사진을 보냈기 때문이었다. 젊은 모습의 사진과 달리 자기 아버지 연배의 노인이 마중을 나오는 바람에 신부가 도망치는 소동도 있었다. 하지만 사진결혼이 이민자들의 하와이 정착에 커다란 기여를 했던 것은 사실이었으며, 실제로도 이민 1세대들은 사진결혼이 대체적으로 성공이었다고 회고했다.[19]

이상의 현실적 배경을 고려할 때 우리는 서로 어울리지 않는 박메리와 양길삼의 사진결혼과 불행한 결혼생활이 결국 파국을 맞이한다는 〈운명〉의 설정이 사진결혼의 부정적인 측면을 부각시키는 극적 장치였

---

18 김원용, 앞의 책, 27~29쪽.
19 「하와이 교민의 개척 역정」, 『동아일보』, 1973.1.19.

다는 사실을 좀 더 비판적으로 주목해 볼 필요가 있다. 이것은 '사회극'이라는 타이틀이 무색하게도, 하와이 이민자들의 삶과 사진결혼의 실상을 이해하는 데 장애가 되었다는 점에서 문제적인 것이었다.

좀 더 자세히 작품을 들여다보자. 박메리는 〈운명〉 속에서 유일하게 복합적인 캐릭터를 지닌 인물이다. 자신을 버린 이유에 대해 묻는 이수옥에게 박메리는 "서양西洋것이라면 덥허노코 숭배崇拜"하고 "미국米國에 잇는 사람이라면 모두가 훌늉헌 인격人格과 부富가 잇는줄로만 오신誤信"하는 아버지의 강권을 이기지 못하였다고 변명한다.[20] 하지만 박메리는 이에 그치지 않고 "서양西洋을 동경憧憬허는 허영虛榮이 나의 양심良心을 적지아니 가리웟든것도"[21] 사실이었으며 결국 이수옥과의 결혼 약속을 아버지에게 자백하지 못했다고 고백한다. 이 대사는, 박메리가 현재 자신의 불행한 결혼생활의 직접적인 원인인 사진결혼에 대해 어떻게 인식하고 있는가를 잘 보여준다.

아무리 뛰어난 인간이라고 해도 결함이 없을 수는 없다. 인간이 삶의 재난과 불행에 대한 원인을 타인이나 외부적인 환경에서만 아니라 자기 자신에서 찾을 수 있는 것은 바로 이 때문이다. 그리고 그 원인을 스스로에게서 찾을 때 인간은 비로소 자기의 삶을 성찰할 수 있다. 모든 인간은 규범과 규범, 규범과 충동, 충동과 충동 사이에서 언제나 분열되기 마련이며, 그러한 가운데에서 갈등하면서 선택한다. 그리고 그 선택의 결과로 인해 비록 재난에 빠지거나 불행해졌다 하더라도 분열의 경험을 통해 인간은 결국 자기 자신을 인식할 수 있다. 따라서 우리가 문학예술

---

20 윤백남,『운명』, 창문당서점, 1930, 18쪽.
21 위의 책, 19쪽.

에서 인성을 분열시키는 요구와 충동의 다양성을 본다는 것은 곧 삶에 대한 전체적인 조망에 접근하는 것이라고 말할 수 있다.[22] 그리고 이러한 맥락에서 볼 때 박메리의 고백은 자기 불행의 원인을 남에게 돌리기보다 자기 자신에게서 찾는 자기성찰적인 것이라고 할 수 있다. 또한 박메리는 이 순간 당시 사진결혼으로 하와이에 건너간 여성들 중에서도 특히 서양을 무조건적으로 동경했던 여성들의 자기 분열상 또한 드러내고 있다.

박메리의 자기 성찰적 면모는 그러나 주인공으로서 극 전체를 이끌어가는 동력이 되지 못하고 멜로드라마적인 다른 인물들과의 관계 속에서 쉽게 탈각되고 만다. 우선 남편인 양길삼은 직업적 배경과 무관하게 무조건적으로 부정적인 인물로 그려진다. 당시 하와이의 현실에 비추어 볼 때 양화수선업은 이민 직후의 노예노동을 면하고도 얼마큼의 자본금이 모인 후에나 될 수 있었던 자영업 중 하나였다. 그러나 극 중에서 양길삼은 술과 노름을 일삼는 불한당 같은 인물로 형상화된다. 뿐만 아니라 양길삼은 아내 박메리에 의해 "교양敎養이업는사람이라, 술만 먹으면 말못할 구박이 자심"한 인물로 그려져, 둘 사이의 관계는 '못된 남편/착한 아내', 즉 '가해자/피해자'로 구도화된다.

'가해자/피해자'의 구도는 이수옥의 대사에 의해 더욱 공고해진다. 박메리의 사연을 들은 이수옥은 이것이 모두 "사진결혼寫眞結婚의 폐해弊害", "썩어진 유교儒敎의 독즙毒汁", "부권父權의 남용濫用", "그릇된 도의道義와 부유腐儒의 습속習俗" 때문이라고 규탄하면서 박메리의 결혼을 "일

22 Robert Bechtold Heilman, *Tragedy and Melodrama: Versions of Experience*, Seattle and London : Univ. of Washington Press, 1968, pp.7~17.

종一種의 사기결혼詐欺結婚"으로 규정한다. 그런데 흥미롭게도 이수옥의 규탄 대상에는 박메리가 바로 전에 고백했던 "서양을 동경하는 허영"이 정작 빠져 있다.

> 수옥秀玉, 사진결혼寫眞結婚의 폐해弊害올시다, 또하나는 썩어진 유교儒教의 독즙毒汁이올시다. 부권父權의 남용濫用이올시다. 그러헌 그릇된 도의道義와 부유腐儒의 습속習俗이 우리 조선사회에서 사라지기 전前에는 우리 사회는 얼 쌔진 등걸밧게 남을것이 업습니다. (…중략…) 그런데 웨 메리-씨氏는 이 하 와이에 오신뒤에 그 결혼을 거절치 아니허섯든가요. 일종의 사기결혼詐欺結 婚이 아니오니까?[23]

들은 것을 선택적으로 삭제하는 망각의 심리는 이수옥의 무의식을 드러낸다. 배신이 박메리의 자발적인 의지에 의한 선택이었다는 사실 은, 어쩔 수 없는 외적인 강압에 의한 것이었다는 사실보다 더 인정하기 힘들다고 할 수 있다. 자신보다 '더 나은 조건'에 대한 선택은 곧 자기 자신이 '더 못한 조건'임을 반증해주기 때문이다. 자신을 직시하는 태도 에 있어서 이수옥은 박메리보다 더 유약하다.

더욱 눈여겨보아야 할 점은 다음 대사에서 박메리가 이수옥의 망각에 곧바로 쉽게 편승해버린다는 사실이다. "수옥 씨秀玉氏, 저는 영원히 이 그릇된 결혼의 희생이 되야서 일생을 맛쳐야만 오를까요? 네, 수옥 씨!"[24] 앞의 대사에서 보였던 자기 성찰적인 박메리는 어느덧 사라지고,

---

23 윤백남, 앞의 책, 20쪽.
24 위의 책, 21쪽.

그 대신 사진결혼의 희생자일 뿐인 박메리가 수동적인 자세로 자기 삶에 대한 해답을 옛 애인에게 구하고 있는 것이다. 그렇기 때문에 이수옥의 "자기가 쌘린씨는 자기가 거두어야만 하겟죠"라고 하면서 "모험적冒險的 제비를 쑵은 메리-씨氏에게 죄가 잇지오"[25]라는 대사는, 결국 박메리가 희생자로서 놓여 있는 처지를 다시 한번 확인해주는 것이 되고 만다.

앞서 말했듯이 〈운명〉의 가장 값진 성취로 평가되었던 박메리의 자기성찰은 이수옥과의 대화 속에서 자신을 희생자로 합리화시키면서 쉽게 탈각되어버리고, 박메리는 결국 자기 삶과 현실을 전체적으로 조망하는 데에까지 나아가지 못한다. 여기서 〈운명〉의 멜로드라마적인 성격에 주목하는 이유는 바로 주인공 박메리의 이러한 면모 때문이다. 일찍이 헤일만은 비극의 주인공과 달리 내적 갈등 없이 통합된 멜로드라마의 주인공은 의심이나 갈등 없이 목적을 향해 나간다고 하였다.[26] 그리고 이러한 멜로드라마적인 인물은 비현실적이고 불완전한 존재로서, 현실을 자기 중심적으로 왜곡시켜 버린다. 이수옥이 자기 입장에서 박메리의 사진결혼을 사기결혼으로 규정해버리는 것, 박메리가 자신의 책임을 남에게 전가하고 자신을 희생자로 규정하는 것 모두 현실과 자신의 삶을 멜로드라마적으로 바라보기 때문이다. 〈운명〉은 사진결혼을 둘러싸고 있는 식민지 조선의 복합적인 현실을 멜로드라마적으로 일면화, 단순화시키고 있는 것이다.

---

25 위의 책, 21쪽.
26 Robert Bechtold Heilman, *op.cit.*, p.79.

3. 연극공간과 식민주의

—하와이 · 조선 · 미국과 야만 · 반개 · 문명의 구조

〈운명〉 안에서 식민주의 담론은 연극공간을 매개로 하여 작동하고 재생산된다. 연극공간은 지금-여기의 '무대공간espace scènique'과 무대밖의 공간에 해당하는 '드라마공간espace dramaturgique'으로 구분되는데, 이때 드라마공간은 무대 밖에서 일어나는 사실들에 대한 정보를 제공함으로써 무대의 지평을 넓히고 여러 전망을 첨가하는 기능을 하면서무대공간의 깊이를 형성한다.[27] 〈운명〉에서 '하와이'가 지금-여기의 무대공간이라면, '조선'과 '미국', '일본'은 무대 밖의 드라마공간이라고할 수 있다.

'하와이'는 양길삼, 장한구, 다이아몬드 농원에 다니는 마서방, 사탕회사에 있는 김서방 등의 조선인 노동이민자들이 살고 있는 공간이다. 그리고 '조선'은 조선인 노동이민자들이 하와이에 오기 전까지 태어나고 살았던 공간임과 동시에 각자 어떠한 사연에서였든지 결국은 떠나온, 떠나올 수밖에 없었던 공간이다. '하와이'는 미국의 식민지라는 점에서 '조선'과 다를 바 없었지만, '미국'의 식민지라는 점에서는 가능성있는 삶의 대안적 공간이 될 수 있었다. '미국'은 미국 유학을 가던 중인이수옥이 등장하면서 극 중으로 끌어들여진다. 하지만 '하와이'의 식민모국이라는 점에서 처음부터 끝까지 극 전체를 포괄하고 지배하는 공간이다. 마찬가지로 '일본'은 '조선'의 식민모국이라는 점에서 '조선'을

---

27 신현숙, 『희곡의 구조』, 문학과지성사, 1990, 119~120쪽.

포괄하고 지배하는 공간이며, 이수옥이 수학했던 북해도 농과대학이 있는 공간이기도 하다.[28]

이상의 공간들은 극 안에서 각각 서로 교섭하면서 등장인물들의 존재방식과 관계를 규정한다. 등장인물들은 '조선' 안에서 서로 다른 계층에 속해 있었겠으나 '하와이' 안에서는 모두 동일한 노동이민자일 뿐이다. '조선' 안에서였다면 박메리와 양길삼의 결혼은 처음부터 불가능했을 것이었다. 하지만 '하와이' 안에서 노동이민자로 균질화된 그들 사이에는 기존의 계층적 차이가 무의미할 뿐이다.

작품의 초반부에서 여인 갑은 자신이나 마서방 댁과 달리 박메리의 "학문" 있음을 은근히 부러워한다. 그러나 여인 갑의 이야기는 역으로 이 '하와이'에서는 학문의 유무가 별 의미 없다는 것, 즉 박메리나 자신은 어디까지나 조선인 노동이민자의 아내라는 점에서 똑같다는 것을 말해준다. 만일 현실을 거부하거나 도망친다면 박메리 역시, 여인 갑이 이야기해준 김서방 댁의 경우처럼, 남편의 칼에 찔려 비참하게 죽고 말 것이었다.

한편 미래의 '미국' 유학생인 이수옥은 극 중에서 가장 우위의 인물로 형상화된다. '미국'은 하와이의 식민모국이라는 점에서, 또한 강대

---

28 식민지 '조선'의 인텔리 이수옥이 '일본'에서 수학하고 다시 '미국'으로 향하는 행로는 매우 흥미롭다. 도쿄東京 제국대학(1877년 도쿄대학으로 설립, 1886년 제국대학으로 개칭하였다가 1897년에 교명을 도쿄 제국대학으로 다시 개칭함)과 교토京都 제국대학 (1897)에 이어 도호쿠東北 제국대학이 1907년에 세워지는데, 도호쿠 제국대학의 농과 대학은 이후 1918년 홋카이도北海道 제국대학을 발전하였다. 이수옥이 "북해도 농과대학 출신"이라는 것이 정확히 도호쿠 제국대학의 농과대학인지 홋카이도 제국대학을 말하는 것인지는 불분명하다. 그러나 이 대학이 당시 일본이 홋카이도 개발의 지도자를 양성할 목적으로 설립되었으며 홋카이도는 일본 제국주의의 첫 번째 식민지였다는 점에서, 식민지 지식인 이수옥에 내재하고 있었을 식민주의적 의식을 타진해볼 수 있다.

한 서구의 제국주의 국가라는 점에서 '하와이'나 '조선'보다 훨씬 우위의 공간이다. '하와이'가 '미국'의 식민지였기 때문에 박메리는 "서양에 대한 동경과 허영심"을 가지고 이수옥 대신 하와이 사진결혼을 선택할 수 있었는데, 이제 '미국'으로 유학 가는 이수옥 앞에서는 자신의 선택을 후회할 수밖에 없다. 그리고 박메리가 '결혼'이라는 현실적인 방법을 이용하여 '미국령'에 왔다면, 이수옥은 '유학'이라는 능동적인 방법을 통해 직접 '미국'을 향해 가고 있었다.

그렇다면 식민주의 담론은 이들 연극공간 속에서 어떤 방식으로 재생산되고 있을까. 이는 〈운명〉 속에서 각각의 연극공간들과 그 공간에 속한 인물들이 특정하게 이미지화되는 방식과 밀접한 관계를 맺고 있다. 우선 '미국'은 '문명'의 공간으로 이미지화되며, '미국'을 향해 가는 이수옥은 교양 있고 계몽적인 인물로 형상화된다. 그는 이성적인 인물로서, "황금黃金에 눈이 어두어서 약속約束헌 남자男子"[29]를 버리고 떠난 박메리를 만나서도 분노와 배신감을 표현하기에 앞서 "이제와셔 메리-씨氏의 과거過去를 추구追求치 아니"[30]하고 오히려 "동기動機와 원인原因을 고요히 냉정冷靜히 듯고자"[31] 한다. 비판적 의식의 소유자이기도 한 그는 박메리를 불행하게 만든 사진결혼의 원인이 바로 전근대적 조선사회에 있다고 규탄한다. 삶의 태도에 대해서도 조언을 아끼지 않는데, 그에게는 박메리나 양길삼 모두 계몽의 대상일 뿐이다. "메리-씨氏, 당신當身쎄셔는 지금只今의 자리를 쩌나랴하시지 마르십쇼, 그리고 굿세게 스십

---

29 윤백남, 앞의 책, 16쪽.
30 위의 책, 16쪽.
31 위의 책, 13쪽.

쇼, 굿세게 셔서 쓰거운 사랑의힘으로 무지無智헌 남편男便을 한거름 한 거름 향상向上의길로 이끄러 가십쇼."[32]

반면에 전도사 부인 송애라와 같은 교인教人을 제외한 나머지 '하와이' 이민자들은 대부분 '야만'의 이미지로 형상화된다. 작품에 직접 등장하진 않으나 여인 갑의 대사에 나오는 김서방은 "술만 먹으면 아주 미친 사람 모양으로 공연한 사람을 가지고 들볶"[33]는 인물이며, 아내가 참다못해 다시 조선으로 도망가려고 하자 뒤쫓아와 결국은 아내를 찔러 죽여버린다. 그리고 장한구는 친구의 아내인 박메리를 탐하는가 하면, 이수옥과 박메리의 관계를 눈치챈 후에는 양길삼으로 하여금 이수옥을 혼내주게끔 간계를 꾸민다. 박메리의 남편 양길삼 역시 다른 이민자들처럼 술과 노름에 푹 빠져 있으며, 박메리에게 "술만 먹으면 말 못할 구박이 자심"[34]하다. 이렇게 대부분의 조선인 노동이민자들은 단순히 학식 없고 문맹인 수준을 넘어서 술과 노름에 빠져 있는 방탕함, 친구의 아내를 탐하는 부도덕, 그리고 살인까지도 서슴지 않는 난폭성을 지닌 '야만'의 이미지로 형상화되었다.

여기서 '문명'과 '야만' 이항의 대립이 문제가 되는 이유는, 이것이 다른 국가나 민족과의 관계 속에서 발현될 때에 제국주의의 전형적인 논리로 작용해 왔기 때문이다. 즉 '문명'과 '야만'의 대립구도 아래 제국주의적 침략과 진출의 명분은 '반개半開'나 '미개未開'의 상태를 '문명화'하는 데 있었다. '문명'은 하나의 상태일 뿐만 아니라 진행되어야 할 과

32　위의 책, 21쪽.
33　위의 책, 7쪽.
34　위의 책, 20쪽.

정으로 해석되었으며, 어디까지나 '야만' 상태에 대한 상대적인 대립 개념이었다.[35] 이러한 점에서 '미국 (유학생)'과 '하와이 (노동이민자들)'가 각각 '문명'과 '야만'이라는 우열의 관계로 극 중에서 대비되고 있는 것은, 〈운명〉역시 19세기 말 20세기 초반을 지배하고 있던 문명 담론의 자장磁場 안에서 식민주의 담론을 재생산하는 텍스트였음을 반증한다.

이같은 '문명'과 '야만'의 대립구도 사이에서 박메리는 흥미롭게도 '반개半開'로 이미지화된다. '반개'란 '문명'이라는 타자의 거울에 자기를 비추고 그 기준에 따라 자기의 상을 형성한다. '반개'가 '미개'나 '야만'으로 떨어져 '문명'인 서구 열강의 노예가 되지 않기 위해서는, 다른 한쪽의 타자로서의 거울인 '미개'나 '야만'을 새롭게 발견하거나 날조하고 거기에 자기를 비추면서 그들에 비해 자신은 충분히 '문명'에 속한다는 사실을 확인하지 않으면 안 된다.[36]

박메리는 하와이에 도착한 직후 "훌늉헌 성공자成功者이라는 남편男便은 구두를 곳치는 생활"[37]을 하는 "교양敎養이 업는 사람"[38]이라는 사실을 알게 된다. 그리고 서양에 대한 자신의 동경이 곧 허영이었음을 깨달은 박메리는 그러나, 도망가다 남편의 칼에 찔린 김서방 댁과는 달리 자신의 선택이 초래한 '운명'을 받아들이며 살아가기로 결정한다. 하지만 그럼에도 불구하고 현실을 인정하기란 좀처럼 쉽지 않은데, 이수옥의 등장은 인텔리였던 자신이 양길삼과는 다른 존재였다는 사실을 일시에

---

35 보다 자세한 논의는, 류준필의 「'문명'·'문화' 관념의 형성과 '국문학'의 발생」(『민족문학사연구』 18, 민족문학사연구소, 2001), 17~18쪽을 참고할 것.

36 고모리 요이치, 송태욱 역, 앞의 책, 35쪽.

37 윤백남, 앞의 책, 19쪽.

38 위의 책, 20쪽.

환기시키는 사건이었기 때문이다.

이제 이수옥 앞에서 박메리는 자신이 '야만'으로 간주될 지도 모른다는 공포와 불안으로 인해, 함께 살아왔던 남편 양길삼을 더욱더 강하게 '야만'으로 몰고 자신과 차별화시킨다. 그리고 이수옥에 대해 식민지적 무의식을, 양길삼에 대해 식민주의적 의식을 보이는 박메리의 이러한 모습은 다분히 '분열적'이다. 또한 이것은 앞서 말한 바와 같이 "서양을 동경하는 허영"[39]을 고백하는 박메리의 자기 성찰을 가능하게 했던 복합적 캐릭터와도 맞닿아 있는 것이기도 하다. 박메리의 의식적인 자기 고백이 서양에 대한 무조건적인 동경을 지니고 있었던 당시 여성들의 자기 분열상을 포착하는 것이었다면, 이제 식민지적 무의식과 식민주의적 의식이 공존하는 박메리의 분열적 태도는 당시 식민지 지식인의 일반적인 무의식을 체현하는 것이었다고 말할 수 있다.

4. 식민지적 폭력과 욕망의 멜로드라마

'문명'과 '야만'의 식민주의 담론은 〈운명〉의 멜로드라마적 기제 안에서 '선'과 '악'으로 코드화되며 합리화되는데, 여기에서 매개 역할을 하는 것이 바로 '기독교'이다. 가톨릭이나 프로테스탄트 모두를 포함한

---

[39] 위의 책, 19쪽.

기독교와 식민주의의 역사적 관계는 실로 복잡하지만, 교회가 식민주의자들에게 큰 도움을 주었다는 것만은 분명한 사실이다. 기독교는 식민주의자들의 모험을 지지해주고 양심을 도와주고 식민주의가 받아들여지는 데에, 심지어 식민지인들에 의해서까지, 기여했기 때문이다.[40] 흥미롭게도 박메리의 집안 역시 아버지가 전도사인 독실한 기독교 집안이며, 박메리가 하와이로 오게 된 데에도 아버지와 교회의 역할이 컸다. 물론 사랑하는 옛 애인 이수옥도 독실한 기독교인이다. 작품 안에서 이수옥이나 박메리와 같은 식민지 지식인과 기독교 사이에 설정된 친연성은 결코 우연의 일치가 아니다.

연극은 "멀니 교당敎堂에서 울니는 종鍾소래 흘너 드러"[41] 오는 가운데 박메리가 설거지를 하는 장면으로 시작되어 "멀니 찬미讚美 소래와 종鍾소래로"[42] 막이 내린다. 즉 기독교는 작품 안에서 극적인 세계 전체를 지배하는 보이지 않는 손의 역할을 한다고 할 수 있다. 그런데 '하나님=선'인 기독교의 세계 안에서 하나님을 믿지 않는 자들은 자동적으로 '악'으로 규정되기 마련이다. 교회도 다니지 않을 뿐만 아니라 교회에 다니는 박메리를 못마땅하게 생각하고 매일 술과 노름에 빠져 있는 양길삼과 장한구는 모두 '악'한 존재인 것이다. 여기서 우리는 '식민지 지식인'이 '기독교'와 '선'으로 동일화되었던 메커니즘과 유사하게 '하와

---

40 Abert Memmi, *The Colonizer and the colonized*, Boston : Beacon Press, 1991, p.72. 여기서 멤미는, 일단 식민주의가 치명적이고 파괴적인 계획이라는 것이 증명되면 교회는 모든 일에서 손을 뗀다고 덧붙인다. 즉 오늘날의 교회는 식민지의 상황을 방어해주지 않으며 사실상 공격하기 시작하는데, 다시 말해 교회는 식민지적 상황을 이용했지만 나중에는 자신의 고유한 목적만을 고수하려고 한다는 것이다.

41 윤백남, 앞의 책, 2쪽.

42 위의 책, 43쪽.

이 노동이민자'가 '반反기독교', '악'으로 동일화되는 구조를 발견할 수 있다.

앞장에서 살펴보았던 '하와이＝야만'은 박메리와 이수옥이 대화하고 있던 제1막에서 다시 분명하게 '악'과 동일화된다. "져는 영원永遠히 이 그릇된 결혼結婚의 희생犧牲이되야셔 일생一生을 맛쳐야만 옳을까요?"[43] 그런데 여기에는 '하와이'에서의 삶이 곧 '옳지 않은 것'이라는, 즉 '나쁜 것'이라는 인식이 깔려 있다. 나아가 박메리는 자신이 '하와이'에 왔기 때문에 '타락'했다고 생각한다. "고국故國에잇든째에 나와 오늘의나와는 아조다른게집"[44]이 되었다는 것이며, 그 속에서 "육쳐이 나날이 더러워져갈 쌔마다 겨우벗틔여 가던 영靈의힘도 밋둥셔부터 써부러져"[45] 버린다는 것이다. 단지 계층적으로 부적절하고 어울리지 않는 박메리와 양길삼의 결혼은, 기독교를 매개로 하여 '옳지 않은 것', 박메리를 타락시키는 '악한 것'으로 은근슬쩍 전치된다.

양길삼을 '악'으로, 이수옥과 박메리를 '선'으로 코드화하여 대립시키는 멜로드라마 안에서 결국 양길삼의 죽음과 이수옥과 박메리와의 결합은 해피엔딩으로 합리화된다. 이수옥과 박메리의 관계를 알고 불안과 질투에 휩싸인 양길삼은, 박메리보다 이수옥을 먼저 혼내주어야 한다는 장한구의 말에 함께 프린스톤 호텔로 간다. 한편 이때 박메리는 교당으로 가던 길에 갑자기 만난 소나기를 피하기 위해 공동묘지 옆 대합실로 들어가고, 그곳에서 역시 마찬가지로 비를 피하고 있던 이수옥과 우연

---

43 위의 책, 20~21쪽.
44 위의 책, 34쪽.
45 위의 책, 34~35쪽.

히 만난다. 그리고 옛날이야기를 하다 감정에 못 이겨 급기야 포옹까지 하게 되는데, 그때 마침 프린스톤 호텔로 향하던 양길삼과 장한구 일행이 이들을 발견한다. 힘든 노동이민자의 생활 속에서 어렵게 모은 돈을 들여 결혼에 성공한 양길삼으로서는 아내의 옛 애인이 나타난 데다가 아내 역시 그 남자를 못 잊고 있었다는 상황에 불안해 하지 않을 수 없다. 게다가 옛 애인을 혼내주러 가는 길에 아내와 그 남자가 함께 있는 모습을 목격하게 되자 당연히 '실투의 불길'에 사로잡힌다. 따라서 격렬한 실랑이와 몸싸움은 예견된 것이었다.

양길삼은 싸움 끝에 칼을 꺼내 들고 결국은 박메리의 손에 뺏긴 자신의 칼에 찔려 죽고 만다. "두남녀男女는 셔로 얼켜부비닥이치며 무대舞臺로 나왓다, 양길삼梁吉三의 손에는 큰나이프가 번득엿다, 문득 나이프는 메리-의손에쌔앗겼다, 메리-는 격렬激烈한 공포恐怖와 증오憎惡에 거의 무의식無意識으로 (손에칼드른것을모르고) 양길삼梁吉三의 가슴을 내 질넛다."[46] 신파극의 선정적인 관습을 활용한 이 장면에서 양길삼의 어이없는 죽음은 다소 희극적이기까지 하다. 하지만 하와이 노동이민자들의 입장에서 볼 때 양길삼의 죽음은, 잘 살아보겠다는 희망과 의지로 먼 하와이까지 와서 고생 끝에 결혼까지 하였으나 결국은 부적절한 사진결혼으로 인해 비참하게 죽은 조선인 노동이민자의 현실을 보여줄 뿐이다.

문제는 양길삼의 죽음이 작품의 결말에서 수용되는 방식이다. '악'한 양길삼의 죽음은 곧 '선'의 승리로 합리화되면서 자연스럽게 이수옥과 박메리의 재결합으로 이어진다. 마치 원래 연인 사이였던 이수옥과 박메

---

46 위의 책, 41쪽.

리를 양길삼이 부당하게 갈라놓았던 것처럼 말이다. 이수옥은 양길삼의 시신 앞에서 "메리-씨氏, 웃절수업슴니다 운명運命이올시다. 어듸까지던 지 메리-씨氏를 전유專有허랴든 길삼吉三이는 이세상世上을 써나가고 메 리-씨氏를쏫허지아니헌이 수옥秀玉이는 맛참내 메리-씨氏를 웃게되엿 슴니다"[47]라고 선언한다. '얻고자 하면 곧 잃을 것이오, 잃고자 하면 곧 얻을 것이다'라는 성경의 구절을 떠올리게 만드는 이 대사는, 엄밀히 말 해 이 상황에 적합하지 않다. 양길삼이 남편으로서 박메리를 '전유專有' 하려던 것이 결코 죽임을 당해도 좋을 만한 이유가 되지는 않으며, 이수 옥이 메리를 뜻하지 아니했다고 해서 메리를 얻는 것이 마땅한 것은 아 니기 때문이다. 그리고 이어지는 이수옥의 기도, "오―하나님이시여 불 상헌 길삼吉三의영靈을 아바님 게신곳으로 인도引導해쥬시고 죄罪만은 우 리들에게 갈곳을 지시하소서"[48]와 함께 들리는 "멀니 찬미讚美소래와 종 鍾소래"[49]는 이수옥과 박메리의 결합을 종교적으로까지 승화시킨다.

이렇게 독자(관객)들은 작품 속에서 작동하는 '하와이 이주민=야만 =악' 대對 '미국=문명=선'이라는 멜로드라마적 기제를 통해 양길삼의 죽음을 무비판적으로 당연하게 여기며, 박메리와 이수옥의 결합을 당연 한 해피엔딩으로 받아들이게 된다. 하지만 다소 냉정한 관점에서 볼 때 둘의 결합은 합법적인 남편인 양길삼의 죽음 없이는 불가능한 것이었다 는 점에서 상당히 폭력적인 것이라고 할 수 있다. 그리고 이 때의 폭력 은 '문명'한 이수옥과 박메리의 결합을 위해서 '야만'스러운 양길삼을

---

47 위의 책, 42쪽.
48 위의 책, 43쪽.
49 위의 책, 43쪽.

희생시킨 것이었다는 점에서 식민주의적인 것이었다.

〈운명〉이 갈돕회에 의해 여러 차례 공연되었다는 사실은 작품의 이러한 결말이 당시에 커다란 거부감 없이 받아들여졌으며, 나아가 당시의 관객들이 이수옥과 그에 의해 구원된 주인공 박메리에게 감정이입하는 데 아무런 장애가 없었음을 반증한다. 그리고 여기에는 관객들이 실질적으로는 자신과 동일한 처지였던 양길삼의 죽음을 외면함으로써 식민지민이었던 자신의 현실을 부성하고자 했던 심리기제가 자리하고 있었다. 관객들은 양길삼이 아닌 박메리와 자신을 동일화시키고 박메리가 '미국'으로 향하는 이수옥과 결합되는 결말을 통해, 일본보다 더 강한 제국주의 국가인 미국에 편입되는 열망을 잠시나마 실현시켰던 것이다.

윤백남은 사회현실을 정확히 재현하는 '사회극社會劇'을 만들고자 하는 기획 아래 당시 사회적 이슈가 되었던 하와이 이주민의 사진결혼을 극화하였다. 그러나 작가의 문제의식과 다르게 〈운명〉의 선인과 악인의 이분법적 인물형과 과도한 우연성에의 의존, 강한 파토스, 도덕적 양극화, 센세이셔널리즘 등은 멜로드라마에 가까운 것으로서, 사회 현실을 객관적으로 보여주는 데 오히려 장애가 될 수 있었다.

나아가 〈운명〉의 멜로드라마는 식민주의 담론을 재생산하는 데 기여할 수 있다. 식민주의 담론은 세계를 문명/야만, 주인/노예, 선진/후진, 진짜/가짜 등으로 양분하고, 이러한 일련의 이항대립주의적 쌍 개념을 참/거짓, 선/악이라는 초월적 이항을 정점으로 하는 위계질서 안에 봉인시켜 버린다. 따라서 식민주의 담론에 의해 구현된 세계는 실제 그대로의 세계가 아니라 식민지 지배자에 의해 왜곡된 세계라는 점에서 문제적이다. 〈운명〉 속에서 '악인'으로 표상되는 양길삼의 죽음을 통해

'선인善人'으로 표상되는 이수옥과 박메리가 결합하는 해피엔딩의 멜로 드라마적 구조는, '이수옥'과 '박메리', '양길삼'이 각각 '미국으로 향하는 유학생=문명', '식민지 조선의 지식인=반개', '식민지 하와이의 노동자=야만'으로 이미지화되면서 식민주의 담론을 재생산하는 데 기여했다.

하와이의 조선인 노동이민자들은 바로 식민지 조선인이었다. 그러나 〈운명〉에서 멜로드라마적인 악인으로 형상화된 양길삼은 식민지 조선인들이 식민자적인 입장에서 '발견한' 식민지민이었다. 그리고 멜로드라마적인 악인으로 형상화된 장한구 역시 멤미가 식민지민에게서 발견된다고 했던 게으르고 흉악하며 사악하고 부정하며 다소 가학적인 본능이 있는 후진적인 인간이이었다.[50] '장한구'의 모습은, 당시 〈운명〉의 작가와 관객들 모두가 1920년 식민주의 담론에 침윤되어 정작 식민지인이었던 자기 스스로를 식민자의 시선에서 바라보고 있었음을 역설적으로 보여준다고 할 수 있다. 그리고 이때 분명한 점은 삶에 대한 멜로드라마적인 관점을 통해서는 현실 속에서 비참하게 죽어있는 자기 자신(=양길삼)을 끝까지 볼 수 없다는 사실이다.

---

50 Albert Memmi, *op.cit.*, pp.81~83.

제2장

이기세의 〈빈곤자의 무리〉, 사실성과 동정의 스펙터클

1. 갈돕회와 소인극운동

1920년 6월 창립된 갈돕회는 경성의 고학생들이 연설회와 강연회, 음악회, 소인극 공연 등과 같은 각종 문화사업을 통해 사회 각계각층의 동정과 후원을 구했던 자기구제 단체였다. 갈돕회 소인극은 국내 소인 극운동의 효시로까지 평가되지만,[1] 그동안 알려진 것은 부분적인 공연 사실 정도였다. 따라서 여기서는 갈돕회의 소인극 공연을 좀 더 포괄적 으로, 특히 그것이 놓여 있었던 사회문화적인 맥락 안에서 고찰하고자 한다. 갈돕회는 당시 『동아일보』와 『매일신보』, 『조선일보』 등과 같은

---

1 유민영, 『한국근대연극사』, 단국대 출판부, 1996, 514쪽.

신문언론을 통해 의미 있게 전경화前景化 되었던 단체였으며, 소인극과 순회모금공연은 그 핵심적인 문화사업 중 하나였다.

갈돕회의 조직과 활동은 1920년대 초반 부르주아 민족주의자들의 문화운동(론)과 궤를 같이 하고 있었다. 3·1운동을 계기로 식민당국은 문화정치를 표방하면서 조선어 신문·잡지의 발행과 단체의 결성 및 집회의 자유를 허용하였고, 이로써 식민지 민족주의자들의 활동 여건이 마련되었다. M. 로빈슨에 의하면, 1920년에 민족지인 『동아일보』와 『조선일보』가 창간되었고, 이후 『개벽』과 『신생활』, 『동명』, 『신천지』, 『조선지광』 등의 잡지가 시사문제 취급을 허가받았다. 그리고 1920년 식민지 경찰에 등록했던 단체는 985개였으며, 대다수가 지방청년단체, 종교단체, 교육연구단체, 학회, 사교클럽이었다. 1922년 9월경에 이들 단체는 5,728개로 급증하였으며, 이 중 종교단체와 청년단체가 각각 1,742개와 1,185개로 과반수를 차지하였다고 한다.[2]

국권회복을 위해 직접적인 정치투쟁을 강조했던 급진적 민족주의자들과 달리 부르주아 민족주의자들은 점진적인 문화운동(론)을 주장했고, 교육과 산업의 진흥, 그리고 구사상과 구관습의 개혁을 통한 신문화의 건설을 우선시하였다. 이는 일종의 실력양성론으로서 당시 청년회운동, 교육진흥운동, 물산장려운동, 민족개조운동 등은 모두 '문화운동'으로 통칭되었다.[3] 갈돕회의 소인극 역시 문화운동의 일환으로 공연되

---

2   이에 관해서는 M. 로빈슨의 『일제하 문화적 민족주의』(김민환 역, 나남, 1990) 제1장과 제2장을 참고할 것.
3   박찬승은 1920년대 초의 문화운동이 결국 '자본주의적 근대문명의 수립을 통한 독립의 준비'를 주장하는 개량적인 운동이었으며, 그것은 민족자본가계급의 입장을 대변하는 부르주아민족주의 우파에 의해서 전개되었다고 보았다. 이에 관해서는 박찬승의 『한국 근대정치사상사 연구』(역사비평사, 1992), 20~24쪽을 참고할 것.

었으며, 말 그대로 비영리적인 아마추어 활동이었다. 물론 갈돕회가 윤백남의 〈운명〉과 이기세의 〈빈곤자의 무리〉를 공연하였다는 점에서 연극계 인사들과의 교류 내지는 협업이 있었던 것으로 보인다. 하지만 갈돕회뿐만 아니라 20년대 초반에 활성화되었던 소인극 공연은 주로 극장이 아닌 청년회관이나 예배당 등에서 비상업적으로 공연되었으며, 따라서 공연의 목적과 관객의 층위에 있어서 기성 연극과 분명한 차이를 지니고 있었나.

1920년대의 근대극운동을 실질적으로 견인한 것은 소인극이었다. 1921년 여름 동우회와 갈돕회 순회극단은 소인극이 전국적으로 확산되는 데 결정적인 역할을 했다.[4] 동우회는 동경유학 중인 고학생과 노동자들의 모임으로 회관건립기금 모집을 위해 극예술협회에 하기夏期 순회극단의 조직을 요청했다. 극예술협회는 잘 알려진 바와 같이 1920년 봄 김우진, 조명희, 홍해성, 김영팔, 최승희 등의 동경유학생들에 의해 조직된 우리나라 최초의 근대극 연구단체이자 극회였다. 동우회 순회극단은 극예술협회를 중심으로 조직되었고 여기에 윤심덕과 홍난파 등이 합세하여 7월 9일에서 8월 18일까지 한 달 여 동안 15개 지역을 방문했다. 갈돕회 순회극단은 모두 3개 대대로 구성되었으며 각각 남선南鮮과 함경도 그리고 중부 및 평안도를 맡아 7월 27일에서 9월 3일까지 한 달 여 동안 43개 지역에서 공연했다.[5] 동우회 극단은 순회를 위해 일회적으로 기획된 임시단체였지만, 갈돕회는 창립 이후 소인극을 지속적으로 공연했다. 그리고 1921년에는 경성 갈돕회 순회극단이, 1922년에는

---

4   유민영, 앞의 책, 541쪽.
5   「고학생 순극단」, 『동아일보』, 1921.7.26.

경성 갈돕회와 동경 갈돕회 순회극단이 각각 조직되어 각 지방을 순회하였으며, 순회공연이 끝난 후에도 소인극 공연은 계속되었다.

기존의 연구에서 주로 조명을 받아온 것은 동우회 소인극이었다. 이두현은 『한국신극사연구』에서 근대극('신극')운동의 태동이 현철의 예술학원 창설과 극예술협회 조직, 동우회同友會 순회극단 공연에서 비롯되었다고 보았다. 그는 "동우회 극단의 '새로운 연극'은 학생극다운 청신한 연극이었으며, 또 한국신극운동을 추진시킨 선구적 의의를 갖는 운동이었다"고 고평하면서, 이것이 이후 송경松京 학우회와 형설회, 동경고학생 갈돕회 순회극단 등으로 이어졌다고 보았다. 하지만 동우회가 일본인 신극배우 도모다 교오스케友田恭助의 지도를 받았던 데 반해 갈돕회는 윤백남, 이기세 등 기성 연극인의 지도를 받았다며 후자를 상대적으로 저평가했다.[6] 이에 비해 유민영은 『한국근대연극사』에서 3·1운동 이후 학생들의 문화운동에 주목하면서 각종 학생회, 청년회 등을 중심으로 전국 각지에서 활성화된 소인극이 비록 연극적 완성도는 부족하지만 사회개혁에 앞장섰다는 점에서 근대적인 의의를 갖는다고 평가했다. 그리고 극예술협회 및 동우회 순회극단과 함께 갈돕회, 송경학우회, 형설회 등의 소인극을 포괄적으로 고찰하면서 갈돕회를 국내 소인극운동의 효시로 재평가했다.[7] 하지만 갈돕회와 그 소인극에 대한 단독연구는 아직 이루어지지 않고 있었다.

동우회 순회극단에 대한 고평은 무엇보다도 극예술협회의 명망에 기인한다. 극예술협회는 근대극운동이 한창이던 동경에서 조선의 지식인

6　이두현, 『한국신극사연구』, 서울대 출판부, 1966(1990), 96~117쪽. 직접 인용은 108쪽.
7　유민영, 앞의 책, 512~572쪽.

들이 서구의 근대극을 수용하면서 조선의 근대극운동을 처음 모색했던 연극단체였다. 반면에 갈돕회는 연극과 무관한 고학생들의 사회단체였다. 하지만 갈돕회 소인극은 오히려 그로 인해 20년대 초반 소인극운동의 원형적인 면모를 잘 보여준다고 할 수 있다. 소인극은 원래 부르주아 민족주의자들에 의해 주도되었던 문화운동의 일부로서 학생회, 청년회, 종교회 등 각종 사회단체에 의해 비상업적으로 공연되었던 아마추어 연극이었기 때문이다. 오히려 조선의 연극적 현실에서 볼 때 동경유학생 중심의 동우회 순회극단은 오히려 예외적이고 외삽된 것이었다.

이상의 문제의식을 토대로 다음 장에서는 갈돕회가 근대 사회를 구성하는 핵심원리인 '동정同情'과 '상조相助'를 적극 실연實演하는 단체였음을 살펴본다. 갈돕회에 대한 신문언론의 적극적이고 우호적인 보도는 결과적으로 '동정'과 '상조'의 원리가 구현되는 근대사회를 '극장화theatricalization' 하는 데 기여했다. 여기서 '극장화'는 라틴어인 '떼아트룸 문디Theatrum Mundi' 즉 '세계가 하나의 극장'이라는 연극적 개념을 사회문화적 방식으로 차용한 것이다. 이 용어를 통해 우리는 하나의 사회현상을 개별적인 사건이 아닌, 시공간적인 배경과 행위자performer, 그리고 관객audience의 관계적인 맥락에서 인식할 수 있다.

그리고 제3장에서는 갈돕회 소인극의 근대성을 살펴본다. 소인극은 신파극 형식으로 공연되었다. 하지만 갈돕회 소인극의 대표적인 레퍼토리였던 윤백남의 〈운명〉과 미태생微蜕生을 필명으로 했던 이기세의 〈빈곤자의 무리〉는, 그것이 '고학생들에 관한 고학생들의 연극'이었다는 점에서 번안 위주의 기존 신파극에는 없었던 리얼리티와 진정성을 보여주는 것이었다. 마지막으로 제4장에서는 소인극운동의 백미였던 동우회와 갈돕회 순회모금공연의 의의를 살펴볼 것이다. 특히 갈돕회의 순회공연은 고학생의 비참한 현실을 직접 무대화함으로써 관객대중의 큰 '동정'과 '상조'를 얻었다. 그리고 순회 일정에 따른 신문언론의 반복적인 중계 보도는 순회극단이 거쳐간 남선南鮮과 함경도 그리고 중부 및 평안도 등의 각 지역을 하나의 조선(사회)으로 심상화心像化시키면서 그 공동체(감)을 스펙터클화했다.

이러한 과정을 통해 1920년대 초반 소인극운동 일반의 근대적 연극성 또는 근대연극사적 의의를 탐색할 수 있다. '신연극' 신파극은 멜로드라마적인 구조를 통해 아직은 낯설고 새로웠던 근대적인 도덕률을 이념적으로 제시하였다. 그리고 신파극의 멜로드라마적 낭만성 — 헤일만에 따른다면 '유사통합성pseudo-wholeness'[8] — 은 합병 이후 식민당국에 의해 가공된 식민지주의, 예컨대 식민지 조선의 '문명'이나 '근대', '진보' 등에 대한 식민 당국의 청사진에 조응하는 것이었다. 하지만 갈돕회 소인극 레퍼토리가 보여주었던 현실 인식은 신파극과 식민지주의의 멜로드라마적인 낭만성 또는 유사통합성에 균열을 내거나 적어도 그 균열을 반증하면서, 동시에 조선(사회)이라는 공동체(감)를 비록 그것이 가상적인 것이라 하더라도 강화하는 것이었다.

---

8 로버트 헤일만, 송욱 외역, 「비극과 멜로드라마」, 『비극과 희극, 그 의미와 형식』, 고려대 출판부, 1995, 90쪽. 여기서는 'pseudo-wholeness'를 '의사온존성'으로 번역하였다.

2. 갈돕회와 '동정' 및 '상호부조'의 사회

갈돕회는 좌우를 포괄하는 각계각층의 폭넓은 지지 속에서 1920년 6월 21일에 창립되었다.[9] 그리고 민족지인『동아일보』와『조선일보』, 총독부 기관지인『매일신보』등의 신문언론을 통해 대표적인 사회단체 중 하나로 전경화되었다. 갈돕회는 부르주아 민족주의자들이 주도했던 문화운동의 키워드였던 '개조'와 '자조', '상조', '동정'의 원리를 직접 실연實演하는 단체였다. 이것은 당시 문화운동이 지향하는 근대사회의 핵심적인 구성원리로서, 자본주의로 인해 점차 심화되었던 식민지 조선 내부의 계급적 차별과 경제적 불평등의 균열을 일면 봉합하기 위한 것이었다. 특히 신문언론은 갈돕회를 매개로 '동정'과 '상조'의 원리를 '극장화'함으로써 조선 사회가 하나의 공동체라는 콘센서스consensus를 형성하고 강화시켰다.

갈돕회에 대한 높은 관심과 지지는 무엇보다도 그것이 학생이면서 노동자인 고학생의 단체라는 특수성에 기인했다. 무엇보다도 교육의 문제는 조선사회의 미래를 좌우하는 최우선적인 사안으로 좌우의 입장 차이를 초월하는 것이었다. 국권회복을 위해 실력양성을 강조했던 부르주아

---

9 1922년 8월에 발간된『갈돕』창간호에는 창립일이 6월 20일로 되어 있으나, 당시 신문 보도에 의하면 6월 21일이었다. 그리고 1920년 6월 23일『동아일보』에 실린 「「갈돕」회 창립」 기사에 따르면 당시 창립총회에서 결정된 인선(人選)은 다음과 같았다. "▲회장 최현崔鉉 ▲부회장 박희창朴喜昌 ▲총무 최하청崔河清 ▲총재 이상재李商在 ▲부총재 이승○李承○ ▲고문 박중화朴重華, 김명식金明植, 신○우申○雨, 장○○張○○, 장덕수張德秀, 김기동金箕東, 박일병朴一秉, 윤치소尹致昭, 최강崔岡, 이병조李秉祖, 차상진車相晉, 김광제金光濟, 안국선安國善."

민족주의자들에게 고학생은 그들이 중시했던 교육과 산업의 동시적인 수행자였으며, 사회주의계열의 급진적 민족주의자들에게 고학생은 자본주의의 불평등을 굳은 의지로 극복하고자 하는 무산계급이었다. 이제 막 활성화되기 시작한 민족주의운동이 아직 이념적 분열에까지는 이르지 않았던 1920년대 초반의 상황 역시 우호적인 배경으로 작용했다.[10]

갈돕회 후원인사들의 다양한 스펙트럼은 이를 잘 반영해주고 있었다. 독립운동가였던 월남 이상재 선생이 창립 당시 총재를 맡았으며, 첫 번째 문화사업으로 개최된 강연회의 연사演士로는 사회운동가였던 김명식 ─ 조선노동공제회를 조직하고 『동아일보』 창간에 참여 ─ 과 사회주의운동가였던 박일병朴一秉, 『조선독립신문』의 발행인 중 하나였던 김일선金一善이 참여했다. 그리고 1921년에 마련된 갈돕회 합숙소의 기성회장은 윤치호尹致昊였으며, 합숙소의 기본금 관리자 명단에는 윤치호와 함께 휘문고등보통학교장이었던 임경재任璟宰, 중앙고등보통학교장이었던 최두선崔斗善(최남선의 동생), 보성고등보통학교장이었던 정대현鄭大鉉, 중동학교장이었던 최규동崔奎鉉이 포함되어 있었다.[11]

---

10 M. 로빈슨은 식민당국의 문화정치가 국문신문과 잡지 등의 정기간행물 출간과 단체조직을 허용함에 따라 1920년에서 1924년까지 조성되었던 상대적으로 개방적인 지적 정치적 분위기 속에서 민족주의운동이 다시 부활했다고 보았다. 하지만 1924년경부터 급진주의자들의 강세와 식민당국의 통제 하에 부르주아민족주의자들의 문화운동은 급격히 위축되었으며, 이에 따라 갈돕회 역시 점차 신문언론상에서 후경화되었다. M. 로빈슨, 김민환 역, 앞의 책, 20~81쪽.

11 『갈돕』지 창간호에 참여했던 인사들의 면면 역시 다양했다. 당시 휘문고등보통학교 미술선생이자 이후 만문漫文 만화가로 유명해진 안석주가 삽화 「방랑자」를 그렸으며, 최남선과 제2대 군악대장이었던 백우용이 각각 갈돕회가(歌)의 작사와 작곡을 맡았다. 그리고 앞서 휘문고등보통학교장 임경재任璟宰와 사회주의운동가로 잘 알려진 신일용辛日鎔, 사학자이자 독립운동가였던 장도빈張道斌이 축사를 보냈고, 기고자에는 국어학자이자 조선어연구회 멤버였던 권덕규權悳奎, 천도교지도자이자 『개벽』의 창간자였던 이돈화李敦化, 앞서의 김명식金明植, 독립운동가였던 강매姜邁와 채순병蔡順秉, YMCA운동가이

신문언론들은 갈돕회의 단체활동을 단순보도하는 데 그치지 않고, 고학생들의 비참한 상황과 갈돕회의 창립취지 및 사업내용, 나아가 갈돕회에 대한 사회의 동정과 의무, 모금 현황 등을 각종 기사와 논설, 기고문 등을 통해 반복적으로 다루었다. 이 속에서 '개조'와 '자조', '동정', '상조' 등과 같은 문화운동의 핵심적인 슬로건은 특히 갈돕회를 매개로 하여 서사화되고 극장화되었다. 그리고 갈돕회는 이들 슬로건의 문화적 표상이었나.

현대는 급격한 변화의 시대로 인식되었으며, 인류사회의 진보는 낙관되었다. "금일은 과거에 비하야 변화한 중에도 극단으로 변화한 시대라 하겟도다 양반 상인의 차별이 업서젓스며 노, 소의 차별이 업서젓스며 남, 녀의 차별이 업서젓스며 유, 무식의 차별이 업서젓도다"[12] 하지만 진화론의 핵심인 우승열패의 원리와 자본주의의 발달로 생긴 빈부의 차, 불평등의 문제는 갈수록 심각하게 여겨졌다. "황금만능의 현대요 자자위리孜孜爲利의 시기라 하는 금일"[13] 속에서 고학생은 현실사회의 모순과 병폐를 단적으로 보여주면서, 동시에 이를 극복하고자 하는 개조와 자조의 정신을 표상하는 존재로 부각되었다. "이 복잡ᄒ고 링경흔 사회에서는 (…중략…) 그러나 이 고학싱들은 이것을 조금도 야슉다ᄒ지안코 엇지ᄒ던게 그녀의 피와 그네의 땀을 흘녀 로력ᄒᄂᆫ 그것으로써 스사로 분투ᄒ며 나가려ᄒᆫ다."[14]

신문언론에서 고학생들의 비참한 삶은 있는 그대로, 하지만 최대한

자 목사였던 홍병선洪秉璇 등등이 포함되어 있었다.
12 홍병선, 「건립하라」, 『갈돕』 창간호, 1922, 25쪽.
13 「고학생 갈돕회 제군에게 – 일학생」, 『동아일보』, 1920.9.8.
14 「설한풍아에 방황ᄒᄂᆫ 고학생의 정경」, 『조선일보』, 1920.12.15.

사회의 동정을 구하는 감정적인sentimental 방식으로 기술되었다.[15] 다음의 기사에서 잘 나타나듯이 이것은 사실을 보도하는 객관적인 문체가 아니었다. "엄동설한 삼경야에 쥬런비를 움켜쥐고 덜덜 썰니는 목쇼리를 가다듬어 아모조록 널니 음성이 퍼져 누가 만쥬를 차즌가ㅎ고 한편으로는 귀를 기우리며 "갈돕만쥬요호야호이"ㅎ며 쇠약흔 억긔를 기우려 질머진 만쥬괴싹을 그ㅇ부ㅇ는데 유ㅇ한 학자로 삼어 경성시가를 방방곡곡이 방황ㅎ고 다니는 그쳐량흔 쇼리가 야반의 격막을 씨트리며 사름의 귀를 부듸칠 썬에 쇼리를 들은니는 누구나 다 인상이 ㅇ니겁지 못흘 것이다."[16] '갈돕만쥬'는 갈돕회에서 만들어 파는 만두였다. 실제로 고학생들은 당시 학비와 생활비를 벌기 위해 밤낮 없이 신문배달이나 우유배달, 공장사역, 회사노무, 인삼장사, 엿장사, 인력거 등 각종 잡역에 종사하며 어렵게 학업을 병행하고 있었다.[17]

갈돕회는 고학생 개개인의 구제를 사회적인 방식으로 실현하는 단체였다. 우선 갈돕회 자체가 고학생들의 단체, 즉 하나의 사회였다. 단체

---

15 『도덕감정론』을 쓴 아담 스미스에게 '센티멘트sentiment'는 각 개인의 '동정'으로 개인들의 집합인 사회를 묶어주는 끈이었으며, 감정적인 것은 오히려 합리적인 것으로 여겨졌다. 딜런 에번스, 임건태 역, 『감정』, 이소출판사, 2002, 11~12쪽.

16 「설한풍야에 방황ㅎ는 고학생의 정경」, 『조선일보』, 1920.12.15. 'ㅇ'은 원문에서 식별 가능한 자음만을 남겨둔 것이다.

17 이를 가장 잘 보여주는 글이 1921년 6월 10일부터 14일까지 『매일신보』에 총 5회에 걸쳐 연재된 동경고학생 김태치金泰治의 기고문 「고학생의 정경을 술述ㅎ야 범히 사회의 동정을 구하노라」이다. 그가 간략히 정리한 고학생의 하루는 다음과 같았다. "오전 삼사시경에 신문을 씨고 나가셔 불알에 풍경소리가 날만치 얼는얼는 돌나주고 도라오드리도 칠시반이나 팔시가 된다 학교는 하교何校를 불문하고 팔시 이후 상학上學이 드물다 그럼으로 밥도 먹지 못하고 등교하니 항상 지각이얏다 장시간을 노력하든 몸이라 선생의 설명을 듯는듯 마는듯 책상압혜셔 싯덕싯덕 졸다가보면 하하종소리가 눈다 다시 책보를 싸셔 들고 교문을 나셔면 창자가 씬어지는듯 시장하다 집에 도라와 그 흔수까락를 넘기지도 못하야 석간신문을 쏘다시 배달하게 된다. (…중략…) 이것도 중도에 폐지하게 되는 사람이 불소하니 엇지하랴?"(1921.6.13)

구성을 통해 고학생들은 갈돕 만두를 만들어 판다든가 시간제 노동공장의 설립, 공동식당의 운영, 기숙사 마련 등의 계획을 비로소 세우고 실현할 수 있었다. 그리고 갈돕회의 궁극적인 목적은 사회의 동정을 구하는 것이다. 실제로 창립 직후인 22일에는 조선불교회가 백 원을 기부하였고, 25일 강연회[18]에서는 이병조李秉祚가 백 원을 기부하는 외에 일반인들이 48원 82전을, 그리고 27일에는 차기순車基淳이 20원을 기부하였다.[19] 각 기사들은 말미에 "기부금을 보내는 방법은 동회사무소 시내 관털동의 빅십구번디로 보냄을 바란다더라"[20]라거나 "연극도 자미스러우려니와 갈돕회를 위하야 사회신사들의 긔부가 만흐리라더라"[21]라고 명기하는 것을 잊지 않았다. 갈돕회의 각종 문화사업인 강연회와 음악회, 소인극 공연 등은 실질적으로 입장료 수익을 목적보다 사회의 기부를 독려하는 자리였다.

1910년대가 자선공연의 시대였다면 1920년대는 모금공연의 시대였다. 자선공연은 주로 신파극단과 기생조합의 선의善意에 의해 공연수익 전체를 경성고아원이나 조선부양성소와 같은 단체에 기부하기 위해 행해졌다. 그리고 이 과정에서 공연단체들과 관객대중(사회)가 주로 동정의 미덕을 지니는 주체로 전경화되었다.[22] 하지만 모금공연에서는 그

---

18 6월 25일 갈돕회의 첫 강연회는 종로청년회관에서 개최되었으며, 김명식, 박일병, 김일병 씨가 연사演士로 참여하였다.
19 「조선고학생『갈돕』회에 기부」,『매일신보』, 1920.6.30.
20 위의 글.
21 「갈돕회 소인극」,『조선일보』, 1920.12.12.
22 1907년 5월 민간극장으로 처음 등장했던 광무대는 같은 해 11월 1일부터 3일간 경성고아원을 위한 자선연주회를 처음 시작했다. 그리고 이후 1910년대의 신파극 공연과 기생연주회는 자선공연과 기부라는 공익적 활동을 통해 해당 단체의 사회적 지지와 위상을 도모하였다. 이에 관한 구체적인 내용은 우수진의『한국 근대연극의 형성』(푸른사상, 2011), 제2장과 제4장을 참고할 것.

동안 배경에 머물러 있었던 자선의 대상이 관객대중(사회)의 동정과 상조를 적극적으로 이끌어내는 주체로 전면에 나섰다. 그리고 여기에는 사회적인 분위기의 변화도 한몫했다. 즉 수동적으로 사회의 동정을 기다렸던 소수자들이 적극적으로 당당하고 당연하게 사회의 동정을 요구할 수 있었던 것은, 동정과 상조가 이젠 더 이상 특정인이나 특정단체의 시혜적인 미덕이 아니라 인간사회의 토대를 이루고 문화를 증진시키는 개인의 보편적인 의무라는 콘센서스가 형성되어 있기 때문이었다.

．

천리의 자연도 그러하려니와 인생의 복잡한 사회는 더욱 절절한 책임과 의무가 잇는 것이니 이에 농부는 상인을 도웁고 상인은 농부를 도으며 혹은 (…중략…) 서로 도와줌으로 그 사회의 문화를 증진케 할 수 잇슴이로다[23]

심력心力의 합合치 아니한 단체와 시대가 어찌 성취함을 망望하랴 발달함을 망望하랴 작게는 가정으로부터 크게는 국가사회까지 무릇 인간사위事爲치고는 이 상조율의 행사치 아니한바― 업나니 이를 리離하야는 모두가 구무전공俱無全空할지니라[24]

이러한 점에서 근대와 함께 시작된 '동정의 기획'은 1920년대 초반의 신문화운동, 단적으로는 갈돕회를 매개로 정점에 달했다고 할 수 있다.[25] 그리고 그것의 본질은 빈부의 차, 불평등이라는 현대자본주의의

---

23 「일고학생(기서)」, 『동아일보』, 1920.9.12.
24 권덕규, 「갈돕회로 갈돕해까지」, 『갈돕』 창간호, 1922, 6쪽.
25 10년대 동정 담론에 대한 연구는 다음을 참고할 수 있다. 김성연, 「한국의 근대문학과 동정의 계보―이광수에서 『창조』로」, 연세대 석사논문, 2002; 소영현, 「근대소설과 낭

모순을 사회주의적인 방식으로 극복하는 것이 아니라, 부르주아 휴머니즘에 호소하는 동정과 상조(기부)를 통해 완화하면서 사회의 통합을 이끌어내고자 하는 것이었다. 따라서 표면적으로는 갈돕회가 사회의 동정에 호소하고 있었지만 그 이면에는 근대사회가, 구체적으로는 부르주아 민족주의자들이 갈돕회를 동정과 상조의 척도이자 아이콘으로 발견 내지는 발명했다고 할 수 있다. "'갈돕'회에 대한 태도로 우리 사회의 상조율의 강약을 칭형秤衡할진저 (…중략…) 이 '갈돕'의 의意를 제행體行하야 개개이 분리함업시 단결한 사회로 발달하야감을 힘쓰며 최후에 이 '갈돕'회에 대한 정성이 잠이暫弛치 아니함을 망望호라 '갈돕회', '갈돕회' 그대는 상조율의 스승이로다."[26] 당시 이상적異常的으로 과열되었던 갈돕회 신드롬 역시 이러한 맥락에서 이해할 수 있다.[27] 실제로 어느 고학생의 예언은 적확한 것이었다. "천하의 동정이 장차 제군의게 폭주하리로다."[28]

만주의」, 『상허학보』 10, 상허학회, 2003; 김현주, 「1910년대 '개인', '민족'의 구성과 감정정치학」, 『현대문학의 연구』 22, 한국문학연구학회, 2004; 김현주, 「문학·예술교육과 '동정'—이광수의 '무정'을 중심으로」, 『상허학보』 12, 상허학회, 2004; 우수진, 「신파극의 눈물, 동정의 정치학」, 『현대문학의 연구』 24, 한국문학연구학회, 2004; 우수진, 「신파극의 센티멘털리티/즘과 개량의 윤리학」, 『현대문학의 연구』 38, 한국문학연구학회, 2009.

26 권덕규, 앞의 글, 6쪽.
27 그중 하나로 갈돕회 이후 고학생구제를 명분으로 하는 단체와 고학생 구제를 위명僞名하는 사기 횡령자가 급증했다. 「갈돕회 광고」, 『동아일보』, 1921.7.4; 「고학생 구제를 위명」, 『매일신보』, 1921.7.10. 예컨대 고학생구제회(1921년 7월 설립)는 기숙사와 공장 설비를 위한 모금액수(최소 1800만 원 이상)를 처음부터 내걸고 무기한의 모금사업에 착수하였다(「근고謹告 고학생구제회」, 『조선일보』, 1921.7.13). 이후 갈돕회와 고학생구제회는 인신공격적인 이전투구를 벌였으나, 결국 여론에 밀려 통합했다.
28 「고학생 갈돕회 제군에게—일학생」, 『동아일보』, 1920.9.8.

3. 갈돕회 소인극과 자연주의적 사실성의 성취

1920년대에도 구극舊劇이나 신파극 같은 기성극단의 활동은 계속되었다. 하지만 신문언론의 중심에 있었던 것은 학생·청년 단체 및 각종 사회단체들의 소인극이었다. 근대연극사에서 이들 소인극은 그동안 기존 연극, 특히 신파극과는 근본적으로 다른 근대극('신극')으로 여겨져 왔다.

갈돕회가 창립될 무렵에는 각종 학생·청년 단체의 소인극이 전국적으로 공연되고 있었다. 예컨대 대전 청년구락부는 1920년 6월 29일과 30일에 대전좌座에서,[29] 함산咸山학우회 친목회에서는 같은 해 7월 29일과 30일에 경성 대화관大和舘에서 소인극을 공연했다. 갈돕회 소인극이 처음 공연되던 무렵에도 신문의 기사와 지방통신란에는 개성 청년들의 소인극과 해주 소방대의 소인극, 평북 영산군 북진 엡윗청년회, 배제학교 교사들의 소인극, 개성 고려청년회의 소인극 등의 공연소식이 연이어 전해지고 있었다.[30]

1920년대 초반의 소인극 공연은 형식적인 면에서 아직 신파극을 벗어나지 못했다. 새로운 문화적 경험이 없는 상태에서 학생들의 아마추어 연극이 자신들의 연극적인 경험, 특히 관극 경험을 뛰어넘을 수는 없었기 때문이다. 이는 직업적인 신파 연극인에게도 매우 어려운 일이

---

29 「대전 청년구락부」, 『동아일보』, 1920.6.30.
30 「지방통신-개성 신파연예단」, 『매일신보』, 1921.1.11; 「지방통신-소방대의 소인극」, 『매일신보』, 1921.1.14; 「지방통신-일주년 기념성황」, 『매일신보』, 1921.2.2; 「소인신파극」, 『매일신보』, 1921.2.11; 「고려청년회 소인극」, 『매일신보』, 1921.3.29.

었으며, 그런 점에서 동우회의 소인극은 상대적으로 예외적이고 유리한 입장에 놓여 있었다. 하지만 더 근본적인 이유는 소인극을 공연했던 각종 단체들의 주된 관심사가 연극적인 완성도나 예술적인 성취에 있지 않았다는 데 있었다. 설령 새로운 연극에 대한 의식이 있었다고 해도 그것이 극장이 아닌 회관의 무대 조건과 절대적인 연습 부족 속에서 구현되기는 불가능했다. 실제로 소인극 공연은 예술성은커녕 다음과 같이 완성도조차 부족한 경우가 대반이었다. "요동안 소인연극이 만혼 모양이야 쇼인연극이닌가 물론 눌너볼 덤도 문치만은 그퇴 이 다음에 는 조금 싱각을 더ᄒ고 연습을 충분히 흔뒤에 츌연을 ᄒ는 것이 조흘듯 (희망생)"[31]

현실을 반영하듯 초반의 신문언론에는 '소인극'과 '소인신파극'이라는 용어가 혼용되고 있었다. 앞서 1920년 6월 29일과 30일에 있었던 대전 청년구락부의 공연은 '소인연극단'의 공연으로 보도되었으나 열흘 후에는 '소인신파'로 보도되었다.[32] 1920년 7월 29・30일 문화선전을 위해 공연된 함산학우회 친목회의 문예극 역시 '신파극'으로 보도되었으며,[33] 1921년 2월 11일 배재학교 교원들의 모금공연인 〈누구의 허물〉도 '소인신파극'으로 보도되었다.[34] 갈돕회 공연 역시 1920년 12월에는 '소인극'으로, 1~2월에는 '소인신파'로 보도되었다.[35] 신파극이 유일한 연극적 토대였던 현실에서 '소인극'은 '소인신파극'이었으

31 「독자구락부」, 『매일신보』, 1921.4.13.
32 「대전 청년구락부」, 『동아일보』, 1920.6.30; 「대전청년회 소인신파素人新派」, 『동아일보』, 1920.7.11.
33 「소인素人 신파극」, 『매일신보』, 1921.2.11.
34 「지방통신ー함산학우 문예극」, 『매일신보』, 1920.8.8.
35 「고학생을 위ᄒ야 소인素人신파 상연」, 『매일신보』, 1921.2.18.

며, 어떤 의미에서 이는 신파극이 완전히 대중화되었음을 반증하는 것이었다.

소인극의 신파극적인 형식성을 가장 잘 보여주는 것은, 일찍이 이두현이 지적했던 바와 같이 온나가타^{女形}의 존재였다.[36] 동우회 순회극단에서는 마해송^{馬海松}이, 비슷한 시기의 송경학회 소인극에서는 진장섭^{秦長燮}이 각각 온나가타로서 세간의 관심과 호평을 받았다.[37] 근대극운동을 지향했던 동우회 순회극단조차 온나가타를 무대 위에 등장시켰다. 이두현은 "새로운 연극을 내건 그들이 신파극에서와 같은 여형 배우를 등장시켰다는 것은 과도기적 성격을 상징한 것"이라고 보았지만, 실상 소인극은 신파극으로 공연되고 있었다. 갈돕회의 소인극 역시 "경성유지 청년들"[38]에 의해 공연되었고, 당시 기사들에서 여배우에 대한 언급이 없었다는 점에서 — 있었다면 당연히 큰 화제가 되었을 것이기 때문에 — 온나가타가 무대에 섰다고 할 수 있다.

갈돕회 소인극은 그러나 기존의 신파극에서는 볼 수 없었던 사실성과 진정성을 선취하고 있었다. 1910년대 신파극의 대표적인 레퍼토리는 대부분 일본과 서구의 원작을 번역·번안한 것이었기 때문에 등장인

---

36 이두현, 앞의 책, 107쪽.

37 "연극 외에는 일힝중의 꼿이라하는 윤심덕 양의 류창한 독창이 참참이 잇슬 것이며 일힝중 녀역女役 마해송馬海松 군의 연연흔 맵시와 미묘한 태도는 관직으로 하야금 여자나 안인가? 하는 의심을 일으키는 바이라더라."(「삼천의 동지를 위하야」, 『동아일보』, 1921.7.28. 강조는 인용자, 이하 동일) "과거의 죄인이라는 각본이 시작되여 이에 주인되는 광산감독鑛山監督 싹크라 하는 고한승高漢承 군의 민활한 태도와 광산 주인의 딸 '애리쓰'라는 녀역女役 진장섭秦長燮 군의 여자다운 태도와 단원 제군의 열성으로 활동함은 여러 사람으로 하야금 무한한 늣김과 박수 갈채로 동 12시 30분에 막을 닷치엇다", 「대성황의 송경극松京劇」, 『동아일보』, 1921.7.31.

38 「갈돕회 소인극」, 『조선일보』, 1920.12.12.

물의 이름이나 지명地名, 무대장치 등이 일본식이거나 서구식인 경우가 많았으며 경우에 따라 일본식과 서구식, 조선식이 모두 혼용되기도 했다. 그리고 신파극의 멜로드라마적인 구조는 근대적인 도덕률의 이념을 낭만적인 방식으로 구현하고 있었다. 하지만 갈돕회는 고학생들이 직접 고학생들의 비참한 현실을 자연주의적으로 무대화했다는 점에서 사실성과 진정성을 동시에 얻을 수 있었다.

좀 더 구체적으로 살펴보자. 1920년 12월의 갈돕회를 위한 '경성의 유지有志 청년들'의 첫 번째 소인극 공연에서는 윤백남의 〈운명〉과 입센의 〈인형의 가家〉가 공연되었다.[39] 그리고 1921년 2월의 소인극 공연에서는 작자미상의 〈승리〉와 제목미상의 희극 1편이 공연되었고, 21년 여름의 전국순회공연에서는 〈운명〉과 〈빈곤자의 무리〉, 〈승리〉, 〈유언〉 등이 공연되었다. 이 중 입센의 〈인형의 가〉는 잘 알려진 바와 같이 서구의 근대극운동을 출발시켰던 입센의 대표적인 사실주의 연극이었다. 그리고 〈운명〉과 〈빈곤자의 무리〉는 각각 윤백남과 이기세의 작품으로서 조선의 고학생을 주인공으로 하는 작품이었다.

일찍이 윤백남은 〈운명〉이 "나의 처녀작이엿고 동시에 조선인의 작作으로 조선무대에 상연된 최초의 희곡이다!"[40]라고 밝혔다. 윤백남의 자평自評은 자찬自讚만이 아니었다. 1912년 11월 『매일신보』에 연재되었던 〈병자삼인〉은 번안이었으며, 1917년 『학지광』 제11호에 실린 이광수의 〈규한〉은 공연 가능성을 염두에 두지 않은, 그리고 실제로 공연하

---

39 『갈돕』 창간호에서 밝히는 당시 출연배우는 권태선權泰善, 이원섭李元燮, 남연철南延哲, 궁은 덕弓恩德, 정태신鄭泰信, 안석주安碩柱, 이일선李日善 등이었다. 『갈돕』 창간호, 1922, 134쪽.
40 윤백남의 희곡집 『운명』(창문당서점, 1930), 머리말 중에서.

기에는 연극성이 부족한 단막극이었기 때문이다. 이 작품에서 여주인공인 메리는 연인인 가난한 고학생 수옥을 버리고 하와이 노동이민자인 양길삼과 사진결혼을 하였으나, 기대와 전혀 다른 현실로 인해 불행한 결혼생활을 해나가고 있었다. 한편 수옥은 실연의 아픔을 딛고 마침내 미국 유학길에 오르던 중 하와이에 들러 메리의 비참한 삶을 보게 되었고, 둘의 관계를 의심한 양길삼은 수옥과의 칼부림 중에 이를 말리던 메리의 손에 결국 죽고 만다.

　기존의 연구에서 〈운명〉은 당시 유행하던 사진결혼의 폐해를 다루는 '박메리의 드라마'로 읽혀왔지만, 공연사적 맥락을 고려한다면 '고학생 이수옥의 자수성가 드라마'로 다시 읽혀야 한다. 왜냐하면 〈운명〉이 극중 인물인 수옥과 마찬가지 처지인 고학생 단체에 의해 공연되었고, 모금공연의 성격상 대부분의 관객대중은 심정적으로 고학생 등장인물에 동정적일 수밖에 없었기 때문이다. 양길삼이 전형적인 악인惡人이었다면, 메리는 사랑보다는 돈을 위해 애인을 버리고 무모한 사진결혼을 하여 불행해진 인물이었다. 따라서 메리의 몰락은 스스로가 초래한 응분의 결과였으며, 세태에 대한 경계이기도 했다. 반면에 수옥은 가난 때문에 버림받았으나 결국은 자수성가를 통해 미국 유학길에 오르는 일종의 영웅적인 인물이었다.

　'미태생'이라는 필명으로 이기세가 쓴 〈빈곤자의 무리〉는 말 그대로 빈곤한 무리인 고학생의 비참한 삶의 현실을 자연주의적으로 그려낸 단막극이었다. 무대는 가을 저녁 경성 교외의 고학생 기숙사 문 앞이다. 무대지시문은 기숙사 문 앞의 풍경을 다음과 같이 비교적 사실적으로 묘사하고 있다.

우수右手로 창벽窓壁이 퇴락한 와가瓦家의 일부를 보이고 우수오右手奧으로 초가草家의 옥체屋體, 그 와가와 초가 사이로 기숙소의 내정內庭에 달達하는 길이 잇다. 무대 정면은 전포田圃가 연접해잇고 멀리 한강건너로 수도국건물이 보인다. 무대중앙에는 대목大木이 한 주株, 좌수左手로 포풀나가 이삼二三 주, 대목 엽헤는 이삼二三 개의 재목材木이 가로노혀잇다. 고학생 박남진이 그 재목 우에 걸어안저 병여病餘의 초췌한 얼굴을 들고 우수右手를 바라보고잇다.[41]

연극이 시작하면 무대 위에는 병색病色이 남아 있는 박남진이 나무 위에 앉아 무언가를 생각하며 힘없이 머리를 숙이고 있고, 잠시 후 장국현이 등장한다. 두 사람의 대화는 기숙사가 고리대금업을 하는 기숙사 임대주인 민형식의 사업확장을 위해 오늘 중으로 헐릴 예정이며, 이에 따라 고학생들이 추운 겨울을 앞두고 갈 데도 없이 쫓겨날 위기에 처해 있음을 관객들에게 알려준다. 냉정한 현실과 고단한 삶에 지치고 병든 고학생들이 무대 위에서 토로하는 좌절과 눈물, 희망의 대사는 연극이 아니라 그들의 삶 그 자체를 보여주는 것이었다.

남진 아아 공부고 무엇이고 나는 아조 세상의 모든 것이 다 실혀겻네. 국현이! 우리들은 이다티 세상의 모든 학대를 바드면서도 어대까지 공부를 해가는 것이 오른일일가.(국현의 얼굴을 치어다보고 눈물을 흘린다.)
국현 남진이! 그가티 의지가 굿든 자네가 웨 오늘와서 그가티 약한 말을

41 미태생微蛻生, 「빈곤자의 무리」, 『갈돕』 창간호, 1922, 64쪽.

하나 이만 곤난이야 우리가 처음부터 각오햇든 것이 아닌가.

남진   그것이야 그러치만 그것이 웃으운 일가티 생각이 된단 말일세. 우
      리들이 늙은 부모와 형제를 버리고 이 산 설고 물 선 이곳에 와서
      차나 더우나 괴로움을 돌아보지 아니하고 노동을 하야가면서 공부
      를 한다. 그 결과 다행히 우리가 사회적 지위와 물질적 능력을 엇
      는다하세 그리하고는 어찌하자는 말인가. 또 우리와 까튼 빈곤한
      무리들을 학대해보겟단 말이지?[42]

  임대주인 민형식은 해외유학까지 다녀온 인물로 극 중에서는 '무정無
情'한 현실 사회를 대표하는 인물이다. 그리고 남진과 국현은 고학생들
이 어렵게 공부하는 목표가 결코 민형식과 같이 "일신상一身上의 영화를
취하랴하는 것이 아니라 우리 동포 전체에 대한 행복을 구하랴"[43]는 것
임을 강조하며 고학생들에 대한 관객의 '동정同情'을 구한다.

  연극의 주된 극행동은 당장 기숙사를 헐겟다는 민형식과 고학생들의
딱한 사정을 들어 그의 동정을 구하는 기숙사 소장 창영의 대립과 갈등
을 중심으로 진행된다. 하지만 결국 공사가 감행되자 창영은 다른 고학
생들을 위해 기숙사를 허물려고 하는 목수에게 치명상을 가하고 자살한
다. 그리고 죽어가면서 다음과 같은 당부를 남긴다. 이는 갈돕회가 관객
대중 및 일반사회 모두에게 전하는 메시지이기도 했다.

  창영   (대단히 고민하는 모양으로) 여러분 과히 놀라지 마시오. 나의 자

---

42 위의 글, 65~66쪽.
43 위의 글, 66쪽.

살은 이미 각오한 바입니다. 나는 다만 자기자신의 분에 못니기어 민(悶)을 죽임은 아니외다 우리는 조선의 허다한 가난한 사람을 대표하야 나의 귀중한 생명을 희생에 바친것입니다. 그러나 한가지 한은 정다운 여러분과 시종을 가티 못하고 먼저 죽게됨이 올습니다. 제군! 내가 죽은 후에라도 아모쪼록 쉬지말고 분투노력을 해서 이 경성내에 멧백 멧천 명이라도 수용할 만한 큰 기숙소와 간이한 큰 식당을 우리들 가난한 무리의 힘으로 짓게 하야 주시오
여러분. 바람이 붑니다. 비가 옵니다. 지금부터는 자연의 고통이 제군의 신상을 핌박할 것이올습니다 그려.[44]

소인극 공연의 사실성과 진정성은 기성의 신파극단이 관객대중에게 주지 못했던 새로운 연극적인 경험이었다. 기존 신파극의 주된 레퍼토리는 대부분 조선인의 구체적이고 실제적인 삶과는 거리가 있는 번안물이었기 때문이다.[45]

---

44 위의 글, 72쪽.
45 동우회 순회극단의 레퍼토리 중 하나였던 조명희의 〈김영일의 사死〉 역시 동경유학생들이 공연하는 가난한 동경유학생의 삶과 죽음에 대한 연극이었다는 점에서 무대적 사실성을 보여주는 작품이었다.

4. 순회모금공연의 형식과 공동체(感)의 스펙터클

전국규모의 순회모금공연은 1920년대 소인극운동의 백미로서 1921
년 여름 동우회와 갈돕회에 의해 시작되었다. 동우회 순회극단은 회관건
립기금을 모집하기 위해 7월 9일에서 8월 18일 해산할 때까지 10개 지
역에서, 갈돕회 순회극단은 7월 27일부터 9월 3일까지 모두 3개 대대로
나뉘어져 43개 지역에서 공연했다. 그리고 비록 전국적인 규모는 아니
었지만 재在경성 함흥유학생 단체인 함산학우회가 7월에 모두 3개 대대
로 나뉘어져 총 19개의 함경 지역을 순회공연했다.[46]

신문언론들은 이들 단체를 적극 후원하면서 극단의 준비과정과 공연
일정, 공연 내용, 관극 분위기, 모금액수 및 기부자 명단 등을 구체적이
고 반복적으로 중계보도하였다. 이같은 순회모금공연의 극장화는 직접
공연장을 찾을 수 없었던 대부분의 독자대중에게 가상적인 관극 경험을
제공했다. 그리고 두 달 여 동안의 중계보도가 만들어냈던 스펙터클의
중심에는 '동정'과 '상조'로 인해 형성된 공동체(感)가 놓여 있었다.

순회공연의 막을 연 것은 동우회였다. 동우회 순회극단은 와세다 대
학교 정치경제과에 재학 중이던 임세희林世熙를 단장으로 하여 모두 21
명의 동경유학생으로 구성되었다. 이들은 애초 7월 8일에서 8월 18일
까지 모두 25개 지역을 순회할 계획이었다.[47] 하지만 실제 공연 일정은

---

46 「함산학우 순회연극강연단」, 『동아일보』, 1921.7.13.
47 예정된 공연 일정과 공연 내용, 조직 및 인적 구성 등에 대한 자세한 사항은 다음 기사의
내용을 참고할 것. 「동우회 제1회 순회연극단」, 『동아일보』, 1921.6.28.

각 지역의 극장 문제나 장마와 같은 기후 문제, 예상치 못했던 지역 인사들의 환대, 단원들의 피로누적 문제 등으로 인해 다소간 변경되었다. 이후 각 신문에 보도된 기사내용을 종합해볼 때 실제 공연 일정은 다음과 같았다. 7월 8일로 예정되었던 부산 공연은 9일로 늦어졌으며, 순회가 예정되었던 25개 지역은 16개 지역으로 축소되었다.

〈표 1〉 동우회 극단의 전국순회 일정

날짜	일정
7월 6일	부산 도착
7월 9일	부산 공연(부산좌)
7월 10일	김해 공연48
7월 11일	통영 도착, 장소 부득으로 음악회만 공연 후 바로 마산으로 출발
7월 13일	마산 공연(수좌(壽座))
7월 14일	진주 공연(가설극장), 16일 오전 마산으로 출발
7월 16일	밀양 공연
7월 18일	경주 공연(가설극장, 연극은 〈김영일의 사〉만 공연)
7월 20일	대구 공연(대구좌), 22일 오전 목포로 출발
7월 22일	목포 공연(상반좌(常盤座))
7월 24일	광주 공연(광주좌)
7월 26일	경성 도착
7월 28~31일	경성 공연(단성사), 8월 3일 평양으로 출발
8월 4일	평양 공연(가부키좌), 8월 7일 진남포로 출발
8월 8일	진남포 공연
8월 11일	원산 공연(동락좌(同樂座)), 12일 밤 함흥으로 출발(극장 문제로 15일에 공연 예정되었으나 일정상 14일 오후 영흥으로 출발)
8월 14일이나 15일	영흥 공연(추정)
8월 17일	경성 도착
8월 18일	해산식(오후 1시)

---

48 12일의 『동아일보』 기사는 일행이 10일에 김해로 출발했다고 보도했으나 같은 신문 19

한편 동우회 순회공연을 가장 적극적으로 보도했던 『동아일보』의 기사 목록은 다음과 같았다.

〈표 2〉 『동아일보』의 동우회 극단 기사 목록

날짜	일정
7월 7일	전일의 부산도착 기사(*)
7월 12일	9일 부산공연 기사(*)
7월 14일	9일 부산공연 기사
7월 18일	13일 마산공연 기사(*)(■)
7월 19일	11일 통영공연 기사 14일 진주공연 기사(*)(■) 16일 마산출발 기사
7월 22일	18일 경주공연 기사(*)
7월 23일	20일 대구공연 기사(*)(■)
7월 24일	18일 경주공연 동정금 기사(■) 23일 목포공연 기사
7월 25일	14일 진주공연 동정금 기사(■)
7월 26일	당일 입경예정 기사 22일 목포공연, 23일 광주공연 기사
7월 27일	26일 입경 기사 28일 경성 공연예정 기사(*) 20일 대구공연 동정금 기사(■)
7월 28일	경성공연 기사(*) 경성공연 광고

일 기사는 일행이 원래 14일의 진주 공연 후 원래 김해로 향할 예정이었으나 그 지역의 수해로 인해 마산으로 향했다고 보도했다. 하지만 원래 계획된 일정을 고려해볼 때 부산 다음 김해로 이동했다는 12일 기사의 신빙성이 더 높다고 할 수 있다. 「동우연극의 제1막」, 『동아일보』, 1921.7.12; 「동우회 연극단 일행」, 『동아일보』, 1921.7.19; 「동우극단 발향 마산」, 『동아일보』, 1921.7.19.

날짜	일정
7월 29일	경성공연 기사 경성공연 광고 단원 마해송의 기고 (「독자문단―서울로 돌아가신 황형에게」)
7월 30일	경성공연 기사(*)(■) 경성공연 연기 기사
7월 31일	경성공연 기사(*)(■) 극단 환영회 기사 24일 광주공연 기사(*)(■)
8월 1일	경성공연 기사(*)(■)
8월 2일	경성공연 기사(*)(■)
8월 3·4일	평양 출발 기사
8월 7일	4일 평양 공연 기사(*)
8월 12일	환영회 기사
8월 15일	10일 원산도착 기사 11일 원산공연 기사(*)(■)
8월 17일	15일 함흥공연 예정 기사
8월 19일	18일 해산 기사
8월 20일	15일 함흥공연 취소 및 14일 영흥출발 기사

'*'은 반복 기사
'■'은 동정금 기사

　여기서 주목해보아야 할 것은 신문언론의 중계적인 보도방식이다. 이들 기사는 마치 동우회를 따라다니듯 공연 일정을 보도하였다. 예컨대 7월 19일의 3개 기사는 동우회가 원래 11일 밤에 통영에서 공연예정이었으나 극장 사정으로 인해 통영협성학원을 빌려 음악회를 약 2시간 개최한 후 다시 마산으로 향하였고, 14일 오후에는 진주에 도착하여 당일 밤 공연 후 하루 더 머물 예정이었으나 다시 하루를 더 머문 후 다시 마산으로 향했다고 보도하였다.[49] 이는 오늘날의 TV 중계와도 같이, 특히 신문을 매일 구독하는 독자대중에게 동우회 순회 일정을 생생하게 전달하는 역할을 했다.

공연 일정과 함께 각 지역에서의 공연 내용도 상세하게 반복적으로 보도되었다. 순회공연의 성격상 공연 내용은 거의 동일하였으며, 대부분 단장 임세희의 개회사로 시작하여 윤심덕의 독창, 홍영후(난파)의 바이올린 독주, 그리고 연극 〈최후의 악수〉와 〈찬란한 문〉, 〈김영일의 죽음〉 등이 공연되었다. 지역과 시간에 따라 독창이나 연주가 더해지거나 연극이 한두 편 빠지기도 했지만 레퍼토리는 대동소이했다. 즉 동일한 패턴의 내용이 ─ 경우에 따라 독창의 곡명이나 연극의 줄거리 및 연기평, 그리고 관객반응이 더해지긴 했으나 ─ 모두 19개의 기사 중에 14개의 기사에서 반복되었다(＊표시 참조). 시간이 지남에 따라 이들 기사는 공연 내용을 독자대중에게 각인시키는 역할을 했을 것이었다.

마지막으로 이들 기사에서 빠지지 않았던 것은 각 지역에서 거두어진 '동정금同情金'의 액수와 그 명단이었다(■표시 참조). 공연 내용을 다루는 기사도 관객대중의 감동과 동정을 강조하며 다음과 같이 마무리되곤 했다. "당일 관긱중 유지 제씨의 동정금이 일빅오십원이나 되야 동단원 일동은 매우 감사히 싱각한다더라"[50] 동정금과 그 기부자에 대한 구체적인 액수와 명단을 알리는 기사[51]는 순회공연의 성과를 가시화하는 동시에 미래 관객과 잠재 관객을 동시에 학습시키는 역할을 했다. 그리고 전체적으로 반복되는 중계보도의 과정에서 관객대중의 동정금 역

49 「음악회는 불허」 · 「동우회 연극단 일행」 · 「동우극단 발향發向 마산」, 『동아일보』, 1921.7.19.
50 「대환영의 동우회」, 『동아일보』, 1921.7.18.
51 "동우회연극단일행이 거 18일 경주에 도착하야 각종 연극을 흥행하는 동시에 유지제씨의 쓰거운 동정으로 의연한 금액이 220여 원에 달하얏는대 기其 방명芳名과 액별은 여좌하다더라 (경주)"「동우회극단 동정금」, 『동아일보』, 1921.7.24.

시 일종의 도미노현상처럼 계속 이어지고 강화되었다.

다음으로 갈돕회의 순회모금공연은 모두 3개 대대의 규모로 7월 말경 시작되어 동우회의 동정과 공동체(갑)의 스펙터클을 이어갔다. 갈돕회 순회극단 역시 처음에는 제1대 28개 지역, 제2대 15개 지역, 제3대 25개 지역 등 총 68개 지역을 예정하였다.[52] 하지만 『갈돕』 창간지에서 밝힌 실제 공연지역은 제1대 14개 지역, 제2대 함경도 강원도 경기도 16개 지역, 제3대 평안도 전라도 13개 지역 등 모두 43개 지역이었다. 이후 신문기사들을 종합해 볼 때 구체적으로 파악되는 공연 일정은 〈표 3〉과 같았다.[53]

특히 『동아일보』는 조선노동공제회 및 각 지역의 청년단체와 함께 갈돕회 순회공연을 후원하였던 까닭에 보도에 더욱 적극적이었다. 중계적인 보도방식은 동우회와 대등소이하였으나, 동우회보다 모금공연의 목적을 조금 더 분명히 하고 있었다.

우선 순회공연은 갈돕회 회장 최현이 『동아일보』에 장문長文을 기고하면서 시작되었다. 이 글에서 최현은 갈돕회 고학생들이 여름방학에도 고향에 가지 못하고 전국순회공연을 감행하는 취지를 다음과 같이 설명하였다. "한갓 갈돕회를 위하야, 아니 일반의 고학계를 위하야, 사회의 빈계급을 위하야 상부상조의 생활기관을 시설하랴는 지취로써 단촉短促한 기회를 승乘하야 갈돕회 지방순회극단을 조직함으로" 여기서 '상부

---

52 예정된 공연 일정과 공연 내용, 조직 및 인적 구성 등에 대한 자세한 사항은 다음 기사를 참고할 것. 「고학생 순극단」, 『동아일보』, 1921.7.26.
53 갈돕회의 실제 공연 일정 역시 동우회와 마찬가지로 본고에서 처음 정리된 것임을 밝힌다. 제1대는 14개 지역 중 호우로 취소된 밀양을 제외한 13개 지역, 제2대는 16개 지역 중 10개 지역, 제3대는 13개 지역 모두의 일정이 당시에 보도되었다.

날짜	제1대(남선(南鮮))	제2대(함경도)	제3대(평안도와 중부)
7월 27일	밀양(호우로 취소)		서흥
7월 28일			흥수원
7월 29일	양산		
7월 30일	김해		
8월 1일			해주
8월 2일	마산		
8월 3일	진동		
8월 4일	오서		황주
8월 7일	고성		
8월 8일	고성 철의숙(鐵義塾)		평양
8월 10일	통영		
8월 11일	사천		신의주
8월 12일		성진(오늘날 김책)	
8월 13일	진주	차호로 출발	
8월 14일	의령		
8월 15일		북청	의주
8월 16일	함안		
8월 17일		홍원	선천
8월 19일		함흥	수원
8월 20일	경주	영흥	강경으로 출발
8월 21일	경성으로 출발	고원	
8월 23일		평강	군산
8월 25일			전주
8월 27일			광주
8월 29일			목포(호우로 취소)
8월 30일			경성으로
8월 31일		개성	
9월 3일(4일?)		인천	

상조의 생활기관'이란 곧 고학생 기숙사와 공동식당을 의미하는 것이었으며, 그 마지막에는 갈돕회에 대한 큰 동정을 사회에 구하였다. "육감으로 공명하야 주시며 동정으로 부조하야 주시어 고학생의 활로를 개척하야 주시옵소서 사회동족의 환영 중에서 순회극단의 개가가 높히 울니기를 쌍수를 공拱하야 천만기도千萬冀禱."[54]

전술했듯이 갈돕회 순회극단은 국내의 고학생 단체였다는 점에서 동우회 순회극단과 또 다르게 더 큰 동정과 공동체(舍)의 스펙터클을 만들어냈다. 특히 〈빈곤자의 무리〉는 그 내용이 고학생의 비참한 현실과 기숙사 마련의 필요성에 대한 것으로 관객대중의 동정에 직접 호소했다. 평양 공연의 분위기는 이를 단적으로 보여주고 있었다.

> (…전략…) 신산고통이 자심한 고학싱들의 참혹한 정경을 그려노은 자긔네의 즈셔뎐自敍傳의 일졀 一節인 빈곤자貧困者의 무리라는 일막물의 비극이 시작되얏다 비경은 경성 한강가漢江邊에 외로히 셔잇는 조고한 고학싱 합숙쇼이다 그곳에 세사람의 어린학싱들이 모히여 시뎌의 향상을 싸라 우리도 비호지 안으면 살슈가 업다 그리ㅎ야 우리의 팔자八字를 우리가 스사로 짓자ㅎ는 굿은 결심으로 물질의 심흔 고통을 쓰리지 안코 험악한 사회에서 오직 고원흔 쟝릭만 바라고 도보를 갓히 ㅎ든 그들의게 몸살스러운 운명의 검은손은 사졍업시 합숙쇼장 박환에게 닉리여 자아차 그의 집 닉노으라는 독촉이 자심ㅎ야 병자를 넙혜둔 그들의 갈바를 몰라 하날을 우르러 오호 통곡ㅎ면 ㅇ-야속흔 뎡명○ 신이여 우리에게 무어시 더 부죡ㅎ야 나의 사랑하는 막형

54   최현, 「고학생 갈돕회 지방순회 연극단에」, 『동아일보』, 1921.8.1.

을 쌔셔가고져 흠닛가 ᄒ고

　슬피 부르짓는 쇼리에 림ᄒ야는 갓득인 쳐츰한 긔운이 가득ᄒᆫ 당늬에 더옷 슬
푼빗치 넘치며 이곳저곳에서 손슈건으로 눈을 가리고 흑흑흑흑 늣겨우는 사롬이
만핫셧ᄃ 오즉 만장관즁은 슬푼 감뎡에 기우러져 그들을 향ᄒᆫ 넘치는 동정심을
바히 금치 못ᄒᆞ는즁에 (…후략…)[55]

　대부분의 기사 역시 언제나 "일반 관광자의 비애悲哀와 흥분을 도逃하
야 태반은 함루처한含淚悽恨을 불승하야 동정금이 쟁출爭出바 기其 씨명氏
名은 좌左와 여如하다더라"[56]와 같은 방식으로 마무리되었다. 보도내용
의 사실여부, 즉 공연 분위기가 정말 동정의 눈물로 넘쳐났는지의 여부
는 알 수도 없고 중요하지도 않다. 분명한 것은 신문언론상에서 보도되
었던 관극 분위기와 동정금의 액수, 그 기부자 명단이 실제적인 관객대
중보다 더 많은 독자대중에게 동정과 공동체(감)의 스펙터클을 형성, 강
화했다는 사실이었다.

　적어도 처음에는 표면상 호의적이었던 식민당국은 순회공연이 정작
열기를 띠자 노골적인 감시와 경계를 숨기지 않았다. 동우회 순회공연
을 앞두고 『매일신보』는 "무한한 경의를 표하는 동시에 지방인사가 특
별히 동정을 경주傾注하며 환영의 의意를 표하기를 희망"[57]한다고 밝혔
다. 하지만 첫 번째 부산공연에서부터 임검臨檢 경찰은 삼엄한 분위기를
연출하였다. "당디에서 흥힝할 쌔에는 당국의 감시가 극히 엄중하야 각

55　「열렬흔 동정리에 고학생 순회극단」, 『조선일보』, 1921.8.14.
56　「갈돕순극 신의주 착」, 『동아일보』, 1921.8.17.
57　「동우회의 순회연극」, 『매일신보』, 1921.7.3.

본 원문 외에는 일언반구를 자유로 하지 못하얏슴으로 다소간 원긔를 일케된 것은 일반이 매우 유감으로 녁인바이라더라.(부산)"[58] 뿐만 아니라 평양공연에서는 〈김영일의 사〉 공연 중 "십 년 전에는 자유가 잇섯는지 모르거니와 지금은 자유가 업다"는 대사 중 '십 년'이라는 말을 빌미로 공연을 중지시키고 배우를 경찰에 출두시켜 변명서를 작성케 했다.[59] 갈돕회의 함흥공연에서도 단장團長의 연설은 불허되었다. "단장 장채극 씨가 갈돕회의 취지와 경과를 일반에게 소개코자할 시에 경관의 금지로 인하여 부득이 중지하고."[60]

경찰 당국은 공연 내용뿐만 아니라 동정과 상조의 분위기를 통해 강화되었던 공동체(감)까지 감시하고 경계했다. 동우회와 갈돕회 순회공연은 모두 노동자와 고학생을 위한 모금공연이었기 때문에 동정의 감정은 관객대중들과 순회극단 모두에 하나의 공동체(감)을 자연스럽게 형성하고 강화시켰다. 당시 관객들은 공연 중간이나 끝에 단원들에게 직접 동정금을 전달하였으며, 극단 측에서는 감사를 표하는 동시에 분위기를 고취하기 위해 그들의 이름과 금액을 일일이 적어 일반 관중에 공개하였다. 하지만 경찰당국은 순회공연의 취지를 설명하고 의연자義捐者의 이름이나 감사를 표시하는 것이 모두 기부를 요구하는 행위라는 이유로 이를 금지시켰다.[61] 관객들이 자발적으로 내는 돈은 동정금이지

---

58 「동우연극의 제1막」, 『동아일보』, 1921.7.12.
59 「평양의 동우연극」, 『동아일보』, 1921.8.7; 「"십 년" 이자二字로 중지명령」, 『동아일보』, 1921.8.7.
60 「갈돕순회극단 착발」, 『동아일보』, 1921.8.27.
61 "당일 경찰당국에서는 고학생을 구제한다는 취지에 관한 설명과 의연자의 방명芳名을 표시 혹은 당석當席에서 사의를 표하는 등은 기부사상을 고취케하는 방법이라하야 차를 금지하얏스나" 「동우극 개연과 동정」, 『동아일보』, 1921.7.31.

만, 주최 측의 직간접적인 부탁이나 요구에 의해 내는 돈은 기부금이라는 것이었다. 그리고 기부금을 받을 경우에는 사전에 경찰 당국에 기부금 모집 신고를 해야 한다고 했다. 8월 8일 갈돕회의 평양공연에서도 『동아일보』 평양지국 기자記者가 고학생을 대신하여 감사의 말과 함께 "누구시던지 고학싱들을 불상히 역여 다쇼의 금익으로 동졍을 표하시면 사양치는 안켓노라"고 했으나 결국 경관들이 이를 기부금 청구로 간주하여 제지하였다. 관객들이 거세게 항의했음에도 불구하고 경관들은 기자의 말 이후에 들어온 동정금을 모두 관객들에게 돌려주도록 조치했다.[62] 8월 27일 광주공연에서도 경관들은 동정금을 낸 사람의 이름을 공개하거나 동정을 요구하는 말, 동정심을 고취하는 행동 등을 절대 금지했다.[63]

『조선일보』는 논설을 통해 당국이 문화정책을 천명했음에도 불구하고 정작 문화운동에 대해 지나치게 대응하고 있다며 이의를 제기했다. "지방경찰관은 차此 강연단에 대호야 종래로 위험시호는 색안경을 거去호고 공평흔 양해가 업고보면 ○○의 알록이 업지 못할 것이요 올록이 생흔 당시에는 당국의 문화적 방침은 싸라 모순이 될 것이다."[64] 하지만 식민당국의 통제나 이에 대해 비판적이었던 신문언론의 보도와 논설 모두가 오히려 결과적으로는 모금공연의 흥행에 기여했다고 볼 수 있다. 동정과 상조로 만들어지는 공동체(감)는 이를 위협하는 타자에 의해 더욱더 강해지기 마련이었기 때문이다. 그 결과 갈돕회의 전국순회공연은

---

62 「동정금 답지중에」, 『조선일보』, 1921.8.14.
63 「광주의 갈돕극」, 『동아일보』, 1921.9.2.
64 「문화정치와 문화운동」, 『조선일보』, 1921.7.15.

제1대 1,370여 원, 제2대 2,601여 원, 제3대 1,423여 원 등 총 5,395원의 동정금과 제1대 389여 원, 제2대 945여 원, 제3대 701여 원 등 총 2,035여 원의 입장료 수입을 거두면서 그 성공적인 막을 내렸다.[65]

연극적인 성과만으로 본다면 1920년대 초반의 소인극운동은 1910년대 신파극의 연장 또는 그것의 대중화 현상일 뿐이었다. 하지만 소인극운동은 기성 연극의 근본적인 틀, 즉 공연의 주체와 목적을 전도시켰다는 점에서 1910년대 신파극과 전혀 다른 연극이었다. 즉 1910년대 신파극이 기성극단이 관객대중을 상대로 하는 상업적인 연극이었다면, 1920년대 소인극공연은 사회의 한 구성원이 다른 구성원들의 '동정'과 '상조'를 구하는 일종의 공동체성을 강조하는 연극이었다. 전자가 생산자와 소비자, 상품을 주요소로 하는 자본주의 시장市場의 연극이었다면, 후자는 그것이 심화시킨 빈부의 차, 불평등을 지양하는 공동체 조선(사회)의 연극이었다.

갈돕회의 주된 레퍼토리였던 〈운명〉이나 〈빈곤한 자의 무리〉는 그것이 고학생에 관한 연극이었다는 점에서 공동체 사회의 공감과 소통을 최대화하는 것이었다. 이를 통해 공연주체들은 자신의 서사를 연극화하면서 자기 자신 및 자신이 속한 공동체 사회를 (재)인식하기 시작했다. 그리고 관객대중은 자신과 그들(공연 주체)이 함께 속해 있는 공동체 사회의 현실을 (재)발견하면서 진정성과 문제의식을 공유했다. 소인극운동이 창작극으로 시작했던 좀 더 근본적인 이유는 관중이 높은 수준의 서구 연극을 이해하지 못했기 때문[66]이었다기보다, 자기 자신과 공동체

---

65 『갈돕』창간호, 1922, 125쪽.
66 유민영, 앞의 책, 569쪽.

사회의 현실에 대한 인식, 그리고 이를 매개로 하는 공감과 소통이 당시 소인극운동의 특성이자 근대극운동의 핵심이었기 때문이었다. 다만 서구의 근대극이 기존 사회의 구사상과 구질서에 대한 근본적인 비판과 개혁을 요구하는 사실주의연극으로 시작되었다면, 우리의 근대극은 자신의 삶을 억압하는 현실적인 모순을 직시하는 소박한 자연주의 연극으로 시작되었다. 그리고 근본적인 비판과 개혁의 여지가 봉쇄된 식민지적인 상황에서 그 연극은 다름 아닌 식민지 조선 사회의 공동체(감)를 강화하는 방식으로 일종의 대항적인 문화를 형성하였다.

제3장

조명희의 〈김영일의 사〉,
'이동화의 죽음'과 '상호부조'의 극장화

1. 〈김영일의 사〉와 '고학생 드라마'의 시대

조명희의 〈김영일의 사死〉는 1920년 이후 사회적 이슈로 급부상한 고학생 문제, 그 담론 및 서사와 밀접하게 교호交互하면서 등장했던 '고학생 드라마' 중 하나였으며, 특히 『동아일보』에 대서특필되어 사회적으로 적지 않은 파장을 일으켰던 실화實話 '이동화의 죽음'을 모티프로 했다. 당시 고학생 드라마는 내용적으로 조선사회의 현실을 무대화하는 것이었으며 공연적으로는 '상호부조'라는 새로운 사회적 원리를 극장화하는 것이었다. 그리고 이러한 점에서 고학생 드라마는 우리 연극사에 처음 등장했던 사회극이었으며 근대극이었다.

여기서 고학생 드라마라는 용어는 고학생을 주인공으로 하거나 고학생이 처한 현실의 문제를 다루었던 연극과 희곡을 일차적으로 지칭한다. 고학생 드라마는 전사회적 관심과 지지를 받으며 기성의 신파 연극인들과 소인극 단체들 모두에 의해 생산되었으며, 그 대표적인 작품으로는 윤백남의 〈운명〉과 이기세의 〈빈곤자의 무리〉, 그리고 조명희의 〈김영일의 사〉를 들 수 있다. 이 중 〈운명〉은 고학생 이수옥이 미국 유학길에 가던 길에 자신을 버리고 하와이 이주노동자의 사진결혼을 소재로 하여 고학생인 이수옥과 그의 연인이었던 박메리를 주인공으로 하는 작품이었으며, 〈빈곤자의 무리〉는 추운 겨울을 앞두고 머물고 있던 기숙사에서 쫓겨날 위기에 처한 경성 고학생들의 비참한 현실을 그린 작품이었다. 그리고 〈김영일의 사〉는 일본 동경에서 유학하는 가난한 고학생의 삶과 죽음을 무대화한 작품이었다.

나아가 여기서 고학생 드라마라는 용어는 당시 신문과 잡지 등을 통해 활발히 생산되고 있었던 고학생 담론 및 그 서사를 포괄한다. 하나의 연극은 작가의 의도를 온전히 구현하는 자기충족적 예술작품이라기보다, 하나의 문화적 가공물로서 그것이 속해 있었던 역사적 시공간 속에서 작동하는 담론들이 상호작용하는 결과이다. 따라서 그것은 역사적 컨텍스트에 의해 형성되며 동시에 그 컨텍스트를 형성한다.[1] 실제로 〈운명〉과 〈빈곤자의 무리〉, 그리고 〈김영일의 사〉의 창작과 공연은 모두 고학생 단체와 직접적으로 밀접한 관계를 가지고 있었다. 〈운명〉은 1920년 12월 경성의 고학생 단체였던 갈돕회를 돕기 위한 '유지有志 청년회'의 소인素人 신파극으로 처음 공연되었으며, 〈운명〉과 〈빈곤자의

---

[1] 신역사주의적 관점에 대해서는 로이스 타이슨의 『비평이론의 모든 것』(윤동구 역, 앨피, 2012) 제9장을 참고할 것.

무리〉는 1921년 여름에 전국을 순회했던 갈돕회 연극단의 대표적인 레퍼토리였다. 그리고 〈김영일의 사〉 역시 같은 시기에 전국을 순회했던 동경 고학생 단체 동우회同友會 극단의 대표적인 레퍼토리 중 하나였다.

사회문화적으로 1921년 여름에는 각종 학생·청년 단체들에 의해 강연회나 연설회, 음악회, 연극공연 등과 같은 문화운동이 활발히 전개되고 있었다. 동우회와 갈돕회 이외에도 함산 학우회 등이 극단을 조직하여 전국을 순회하였으며, 송경학우회와 공주 청년수양회, 천주교 청년회(동경지회), 고산 청년회 등도 각 지역에서 너나없이 소인극을 공연했다. 그리고 이들 소인극은 대부분 고학생 드라마였다.

이러한 맥락에서 여기서는 〈김영일의 사〉가 조명희라는 작가 개인이나 동우회라는 일개 공연 단체의 창작적 성취였다기보다, 연극이 당시의 사회문화적 요구와 민감하게 상호작용하면서 적극적으로 문제를 제기해 나갔던 과정이자 결과였다고 본다. 그리고 이러한 사회적 현실성에 〈김영일의 사〉를 포함한 이 시기의 고학생 드라마가 지니는 근대적 의의가 있다고 본다. 기존의 신파극은 부부 중심의 근대적인 가정과 그 가부장적인 도덕률을 보여주면서 '신연극'으로 환영을 받았으나, 점차 선악의 이분법적 대립과 해피엔딩의 비현실성으로 인해 "부자연"과 "시대착오"의 연극이라는 비판을 받았다.[2] 하지만 1920년을 전후하여 연극(근대극)은 현실을 있는 그대로 제시하여 궁극적으로 사회의 개조에 기여해야 한다는 인식이 점차 본격적으로 확대되었다.

기존의 연구에서 조명희의 〈김영일의 사〉는 공연과 극작의 한계에도

---

2   윤백남, 「연극과 사회-병竝하야 조선현대극장을 논함」, 『동아일보』, 1920.5.4.

불구하고 현실 사회에 대한 비판과 개인 의식을 보여주는 근대극의 선구로 평가되어 왔다. 이두현은 이 작품이 신파극의 관습인 온나가타女形를 등장시켜 근대극으로서는 "과도기적 성격"[3]을 띠고 있었지만, 3·1운동 이후 높아진 "근대적 자아를 강조"[4]했다는 점에서 "한국신극운동을 추진시킨 선구적 의의"를 갖는다고 했다. 그리고 유민영은 이 작품이 구성적인 면에서 "전혀 희곡으로서의 골격을 갖추지 못했"지만, "궁핍한 식민 현실의 고발이며 휴머니즘의 바탕 위에서 인간의 자유 평등과 반봉건, 인습타파를 근저"에 두었다는 점에서 근대적인 작품이라고 보았다.[5] 김재석은 여기서 한걸음 더 나아가 기존의 미온적인 평가에 문제를 제기했다. 그리고 이 작품이 근대적 주체로서의 면모를 지니는 주인공과 짜임새 있는 극 구조, 무대의 사실적인 재현, 그리고 자발성이 높았던 식민지 조선의 관객 등의 면모를 모두 갖춘 "한국 근대극의 원천으로서 충분한 의미"[6]를 지닌다고 고평했다.

일차적으로 이러한 평가들에는 바다 건너 동경유학생들의 아마추어 연극이 제아무리 미숙한 것이었다 해도, 아니 오히려 그렇기 때문에 국내 기성 신파극의 때가 묻지 않은 근본적으로 새로운 연극이었다는 인식이나 기대가 반영되어 있다. 그런데 이는 단순히 '유학생 베네피트'에 그치지 않는다. 왜냐하면 여기에는 '신파극'과 '근대극'을 각각 신파 연극인들과 유학생을 주체로 하는 상업적인 연극과 비상업적 연극, 타락

---

3 이두현, 『한국신극사연구』, 서울대 출판부, 1966(1990), 107쪽.
4 위의 책, 108쪽.
5 유민영, 『한국현대희곡사』, 홍성사, 1982, 123쪽.
6 김재석, 「형성기 한국 근대극에서 〈김영일의 사〉의 위치」, 『한국연극학』 50, 한국연극학회, 2013, 41쪽.

한 연극과 순수한 연극으로 이원화시키면서, 궁극적으로는 전자가 후자에 의해 결국은 부정되고 극복되어야 한다는 일종의 엘리트 중심주의적인 관점이 투사되어 있기 때문이다.

동우회 순회연극이 지니는 근대극으로서의 한계는 처음부터 명확했다. 이두현의 이미 지적한 대로 여배우를 구할 수 없었던 까닭에 온나가타라는 신파극의 관습을 유지할 수밖에 없었으며, 무엇보다도 순회극단 자체가 일회적으로 기획된 아마추어 극단이었다. 게다가 마해성의 회고에 의하면, 당시 총무대감독을 맡았던 김우진에게는 연극 경험이 전혀 없었기 때문에 그의 와세다대학 친구이자 신극 배우였던 도모다 쿄스케友田恭助의 도움으로 "비로소 연극다운 형성"[7]을 갖출 수 있었다. 공연을 거듭하면서, 무엇보다도 관객의 열광적인 반응에 힘입어 배우들 개개인의 연기와 전체적인 앙상블은 점차 발전하였겠지만, 단 한 차례의 동우회 순회연극이 우리의 근대극 형성에 어떤 선구적인 역할을 했다거나, 아니면 그 자체로 선구였다고 보기는 어렵다.

우리의 근대극은 사실상 여러 요인들이 복합적으로 작동하는 일련의 과정을 통해 형성되었다. 1910년대 중반 이후 경성을 방문하여 서구의 번역극과 여배우를 관객들에게 처음 선보였던 긴다이게키쿄우카이近代劇協會나 게이주쓰자藝術座와 같은 일본 근대극 단체들의 공연, 그리고 마술 전문극단인 쇼교쿠사이 덴카쓰松旭齋天勝 일행과 쇼교쿠사이 덴카松旭齋天華의 순회공연 역시 그 요인들 중 하나였다. 그리고 1916년 예성좌의 〈카츄샤〉를 시작으로 1920년 전후부터 이기세와 윤백남 같은 일부 신

---

7   이두현, 앞의 책, 106쪽.

파 연극인들에 의해 시작된 신파극의 개량, 즉 번역극과 창작극 공연 및 여배우의 기용 등 역시 근대극의 형성에 중요한 일부로 영향을 미쳤다.[8]

2. '상호부조'의 사회원리와 문화운동

동우회의 조직과 활동은 기본적으로 1920년대 초반 부르주아 민족주의자들이 주도했던 문화운동(론)을 배경으로 하고 있었다. 3·1운동 이후 식민당국이 문화정치를 표방함에 따라 조선어 신문과 잡지의 발행, 단체의 결성과 집회의 자유가 허용되면서 민족주의자들의 활동 여건이 마련되었던 것이다. 부르주아 민족주의자들은 독립을 우선과제로 삼았던 급진적인 민족주의자들과 달리 점진적인 문화운동(론)을 주장했는데, 이는 교육과 산업의 진흥, 구사상과 구관습의 개혁을 통한 신문화의 건설을 우선시하는 일종의 실력양성론이었다. 청년회운동, 교육진흥운동, 물산장려운동, 민족개조운동 등은 모두 문화운동으로 통칭되었다.[9]

이 시기 문화라는 용어와 그 개념은 기존의 서구 중심적인 물질문명을 비판적으로 반성하면서, 현실적 우위에 놓여 있었던 '제국, 일본, 국

---

8 이에 관해서는 우수진의 「신파극 개량과 근대극운동—서구 번역극과 창작극, 그리고 여배우의 문제를 중심으로」, 『리터러시연구』 10-3, 한국리터러시학회, 2019.
9 박찬승, 『한국근대정치사상사 연구』, 역사비평사, 1992, 20~24쪽.

민'에 대해 상대적으로 '식민지, 조선, 민족'의 정신적 독립성을 구분적
으로 인식, 강조하고자 했던 결과였다. 그리고 이 문화운동의 이념으로
새롭게 대두된 것이 바로 '개조론'이었다. '개조改造, reconstruction'라는
용어는 원래 'Principles of Social Reconstruction(사회 개조의 원리)'
라는 제목으로 이루어진 영국의 철학자 버틀런드 러셀Bertrand Russell
의 런던 강연(1915)과 그 내용을 담은 동명同名의 저서(1916)에서 유래
하였다. 그리고 이는 1914년부터 시작해서 1918년 가을까지 이어진
'제1차 세계대전'에 대한 세계 지식인의 반응, 즉 '반전反戰'의 구호를
집약하고 있었다. 이런 점에서 개조는 전쟁의 원인이 되었던 자본주의
의 개조를 의미하였으며, 동시에 자본주의를 대신하는 또 다른 체제에
대한 기대감을 포함하는 사상적 흐름을 일컫기도 했다.[10] 개조론은 물
질문명의 발달을 최우선으로 추종했던 서구 사회에서 제기된 일종의 자
기반성론이었던 것이다.

그렇다면 식민지 조선에서 개조론은 어떻게 수용되었을까? 오문석
에 의하면, 그동안 실력양성론을 내세우며 서구 문명을 따라잡기에 급
급했던 조선의 지식인들은 3·1운동 이후 대두된 개조론을 통해 처음
으로 진보에 대한 회의주의를 경험하였다. 그리고 러일전쟁 이후 급속
도로 확산되었던 사회진화론을 비판적으로 반성하기 시작했으며, 우승
열패와 약육강식의 원리에 따라 그동안 당연하게 여겨왔던 불평등의 요
인을 없애기 위해 노력했다. 이러한 점에서 개조론은 냉혹한 현실을 부

10　개조론의 기원과 그 성격에 대해서는 오문석의 「1차대전 이후 개조론의 문학사적 의미」
　　(『인문학연구』 46, 조선대 인문학연구원, 2013) 제2장 「개조론과 반문명론의 대두」를
　　참고하였다.

정하는, 이상적이고 정신적인 반反문명적인 성격 역시 지니고 있었다.[11]

이 때 기존의 사회진화론을 대신하는 사회적 원리로 새롭게 제시된 것이 바로 '상호부조(론)'이었다. 이는 러시아의 아나키스트인 크로포트킨Pyotr Alekseevich Kropotkin이 1902년에 쓴 『상호부조론』에서 찰스 다윈의 생존경쟁과 적자생존 개념을 비판하면서 주장했던 바로서, 동물과 인간은 서로 싸우려는 속성보다 서로 돕는 속성이 더 강하다는 것이었다. 오랜 역사 속에서 인간이 더 강한 동물의 위협과 혹독한 자연환경 속에서 살아남을 수 있었던 것은 생존경쟁보다 상호부조하는 사회성 때문이었다. 하지만 근대 이후에 국가가 등장하여 사회의 기능들을 흡수하면서 방종하고 편협한 개인주의가 발전하게 되었으며, 분쟁이나 빈곤의 문제 등은 모두 국가의 문제로 여겨지고 이에 따라 시민들의 의무 역시 줄어들었다. 그가 중세의 길드와 같이 공동체적인 성격을 띠는 조합운동에 앞장섰던 것은 이러한 문제의식을 가지고 있었기 때문이었다.[12]

식민지적인 상황에서 아나키즘의 수용은 활동보다 사상을 중심으로 이루어졌다. 특히 신채호와 같은 민족주의자는 일본의 아나키스트였던 고토쿠 슈스이幸德秋水[13]의 영향을 받아 비교적 일찍 크로포트킨의 영향을 받았으며, 그 외에도 많은 사회주의자들이 마르크시즘과 아나키즘을 동시적으로 수용했다. 그리고 1920년 4월에는 우리나라 최초의 전국

---

11 오문석, 앞의 글.
12 이상 크로포트킨의 상호부조론에 대해서는 하승우의 『세계를 뒤흔든 상호부조론』(그린비, 2006)을 참조하였다.
13 사회주의자였던 교토쿠 슈스이는 1905년경 크로포트킨을 접하면서 아나키스트로 전향하였으며, 1909년에는 크로포트킨의 『빵의 쟁취』를 일본어로 처음 번역하였다. 하지만 1911년 일본 정부는 아나키스트에 대한 대대적인 검거를 실시, 고토쿠를 포함한 12명의 아나키스트들을 처형하였다.

적인 노동운동단체였던 조선노동공제회朝鮮勞動共濟會가 국내의 아나키스트 단체로서 처음 조직되었다.[14] 하지만 조선사회의 아나키즘운동은 마르크시즘운동과 마찬가지로 식민지적 억압과 그에 대한 저항이었던 민족주의에서 완전히 자유로울 수 없었다. 그리고 이러한 맥락에서 상호부조(론)는 사상의 차원을 넘어 유행적으로 확대되면서 좌우 세력을 포괄하는 1920년대 문화운동의 핵심이 될 수 있었다.

빅토르 위고의 『레미제라블』 또한 1910년대 후반부터 소설과 연극, 영화 등을 통해 본격적으로 수용되면서 상호부조(론)가 비판했던 근대사회의 무자비한 현실과 그것의 부당함에 대한 인식과 감각을 확산시키는 데 크게 기여했다. 『레미제라블』은 일찍이 1910년부터 최남선 같은 일본 유학생을 통해 소개되었지만, 대중적으로는 1918년 7월에서 다음해 2월까지 『매일신보』에 번안해 연재되었던 민태원의 「애사哀史」로 큰 인기를 얻었다. 그리고 무대에서는 1919년 6월 일본의 쇼교쿠사이 덴카 일행이 단성사에서 〈승정의 촉디〉를 공연한 이후 같은 해 9월부터 단성사 변사들에 의해 〈애사〉로 공연되었으며, 1922년 11월 6일에는 윤백남에 의해 〈짠발짠〉으로 각색해 공연되었다. 1920년 5월에 대구의 조선부식농원扶植農園은 단체의 경비마련을 위해 경성을 필두로 하는 전국순회 자선 활동사진대회를 열었는데, 그 작품 또한 〈희무정〉이었다. 법률로 대표되는 근대적인 국가제도의 가혹함과 자본주의가 초래한 극심한 빈곤 등은 이들 작품에서 반복적으로 고발되었다.

여기에 1920년을 기점으로 급상승한 고학생의 수와 그들이 처한 열

---

14 존 크럼, 이문창 역, 「동아시아에 있어서의 아나키즘과 민족주의」, 『아나키즘연구』 창간호, 자유사회운동연구회, 1995, 93쪽.

악한 현실은 상호부조의 사회 원리를 실천적으로 요구하는 문제로 부상되었다. 3·1운동 이후 실력양성론뿐만 아니라 교육을 통한 신분 상승의 기대감이 확산됨에 따라 전체 교육열은 폭발적으로 증가했다. 특히 1920년을 기점으로 일본 유학생의 수가 급속히 증가하였는데, 그 직접적인 원인은 식민당국이 1920년 11월 6일에 사비私費 유학생에 대한 규제를 완전히 철폐했기 때문이었다. 하지만 궁극적으로 더 큰 원인은 학생들의 수요에 비해 중고등교육기관들이 턱없이 부족했던 조선의 현실에 있었다. 그 결과 1919년까지 644명이었던 일본의 유학생 수는 1920년에 그 두 배에 가까운 1,230명으로 증가하였으며, 고학생의 수 역시 급격히 증가하여 1925년의 경우에는 동경유학생 중 47%가 고학생이었다.[15] 여기에 교육과 함께 산업의 중시는 자연스럽게 학생이자 노동자인 고학생에 대한 관심으로 이어졌으며, 그 중심에는 동우회와 갈돕회가 놓여 있었다.

동우회는 1920년 1월경에 조직되어 재일在日 조선인 고학생과 노동자 단체로서 나고야와 고베, 오사카, 교토, 아카시 등 일본 각지에 지부를 두고 있었으며 기본적으로는 노동자조합의 성격이 강했다. 하지만 사회적으로는 노동과 학업을 병행하는 고학생들에 대한 지원을 강조하면서 노동자와 고학생을 대상으로 하는 강습회나 강연회, 토론회 등과 기숙사 설치, 의료 지원, 잡지 발간 등을 주요 사업으로 내세웠다.[16] 1921년 여

---

15 정미량, 「1920년대 일제의 재일조선유학생 후원사업과 그 성격」, 『한국교육사학』 30-1, 한국교육사학회, 2008, 70~72쪽; 일본 유학생의 수는 조선총독부 학무국의 「조선교육요람」을 참고하였다. 『한민족독립운동사자료집』 13, 국사편찬위원회, 1990, 1,118쪽; 박찬승, 「1920년대 도일유학생과 그 사상적 동향」, 『한국근현대사연구』 30, 한국근현대사학회, 2004, 101쪽에서 재인용.

16 1920년 7월 15일 『동아일보』의 사설 「동우회에 대하야」에는 그 설립 목적이 "동경에 재

름에 추진되었던 전국순회공연 역시 단체의 회관건립기금 마련을 위한
것이었다.

6월경에는 동우회와 유사하게 경성 고학생들의 자기구제 단체인 갈
돕회가 경성에서 사회 각계각층의 지지를 얻으며 창립되었다. 교육은
조선사회의 미래를 좌우하는 가장 중요한 문제로 받아들여졌기 때문이
다. 갈돕회 또한 각종 연설회와 강연회, 음악회, 소인극 공연 등 각종 문
화사업을 꾸준히 벌여나갔다. 이에 비해 동우회는 비록 국내 언론을 통
해 종종 단체와 그 활동 내용이 소개되었지만, 지리적인 여건상 조선사
회 안에서 지속적인 관심의 대상이 되지는 못하고 있었다. 하지만 1921
년 여름방학 기간 동안에 극단을 조직하여 귀국, 전국을 순회하기로 계
획하면서, 그리고 여기에 동경유학생들이 자발적으로 나서서 동우회를
돕기 위한 순회극단을 조직했다는 사실이 알려지면서 사회적으로 큰 화
제가 되었다. 그 해 여름 내내 동우회 전국순회극단은 갈돕회 전국순회
극단과 함께 언론 보도의 중심에 서 있었다.

류하는 노동자를 단결하며 향상하고 고학생의게 대하야 편의를 도모하며 친목을 증진하
기 위하야"라고 소개되었다. 동우회 관련 기사로는 「동경에 동우회 설립」, 『동아일보』,
1920.6.6; 「일본에 가 잇는 고학생으로 조직된 동우회에셔」, 『조선일보』, 1920.8.4; 「동
경에 조선인 노동조합」, 『매일신보』, 1920.8.5.

3. 〈김영일의 사〉와 동우회 순회극단,
그리고 '상호부조'의 극장화

〈김영일의 사〉는 1921년 여름 전국을 순회했던 동우회 극단의 레퍼토리 중 하나였다. 동우회 극단은 극예술협회를 주축으로 조직되었다. 그리고 극예술협회는 당시 동경 유학 중이던 김우진과 조명희, 홍해성, 김영팔, 최승일 등 20여 명의 학생들이 모여 서구의 고전과 근대극을 공부하던 연극연구 단체였다. 따라서 순회극단을 조직해 달라는 동우회의 제안은 극예술협회가 지니고 있었던 연극적 이상理想, 다시 말해 서구적이고 근대적인 연극에 대한 지향을 실제적으로 시도 내지는 실험해 볼 수 있는 기회이기도 했다. 학생들의 연구단체였던 극예술협회가 우리 연극사에서 근대극 단체로 평가되었던 것은 바로 이 때문이었다.

동우회 순회극단의 레퍼토리는 음악회와 연극 공연이었다. 음악회는 관비유학생으로 동경음악대학에서 성악을 공부하던 윤심덕의 독창 및 같은 학교에서 수학한 홍영후(난파)의 바이올린 연주로 이루어졌으며, 연극은 〈최후의 악수〉와 〈찬란한 문〉, 〈김영일의 사〉 모두 세 편이 공연되었다. 이 중 〈최후의 악수〉는 홍영후가 입센의 〈인형의 집〉을 모티프로 쓴 동명의 소설을 각색한 것이었고,[17] 〈찬란한 문〉은 김우진이 아일랜드 극작가인 던세이니 경Lord Dunsany의 단막극 *The Glittering Gate*를 번역한

---

[17] 1921년 7월 27일 『동아일보』의 기사 「동우회극단 상장上場, 극 3종의 경개」에는 〈최후의 악수〉가 "입센의 『인형의 가家』와 그 극적 동요가 유사한 점이 잇슴을 주의하십시오" 라고 소개하였다. 〈최후의 악수〉는 1921년 4월 29일부터 6월 7일까지 『매일신보』에 연재되었고, 이후 1922년 박문서관에서 단행본으로 출간되었다.

것이었다. 그리고 조명희의 〈김영일의 사〉는 유일한 창작극으로서 일본에 유학 중인 조선인 고학생이 처한 비참한 현실과 그 죽음을 그렸다.

가장 화제가 되었던 작품은 〈김영일의 사〉였다. 동우회 순회극단의 목적에 가장 부합하는 작품이기도 했지만, 무엇보다도 고학생 문제를 통해 실감나게 제시된 조선의 극심한 빈부격차 문제는 다른 두 작품에 비해 커다란 호소력을 가지고 관객들의 공감을 자아냈다. 1921년 7월 30일 『동아일보』의 기사 「대호평의 동우극」에서는 극 중 '빈부貧富 학생'의 충돌 장면이 현실 사회의 문제를 제기하여 관객들의 공감과 설득을 얻었다고 다음과 같이 강조했다. "데이장의 빈부학싱 충돌은 현금사회를 통하야 공명되는 긔분임으로 그 순간은 배우나 관긱이나 갓혼 긔분에 부지중에 손에서 울녀나오는 박수소리는 갈채를 의미하는 것보다 큰 사상의 일치되는 것을 의미하엿다."(강조는 인용자, 이하 동일) 그리고 이 외의 기사들도 관객들이 주인공의 처지에 '끝없는 동정'을 보내며 '커다란 환영'과 '만장의 대갈채'를 아끼지 않았다고 입을 모았다. 특히 김영일과 부유한 유학생인 전석원이 싸우는 장면에서 "그놈 석원을 죽여라 하는 부르지즘이 극장이 써나가도록 사방에 들녔"으며, 김영일이 마침내 죽음을 맞이하는 마지막 장면에서는 "탄식하는 사람 우는 사람 극장은 전혀 일종의 초상집을 이룬 듯"[18]했다고 한다.

동우회 순회극단의 애초 계획은 7월 8일 부산에서 시작, 8월 18일 함흥을 끝으로 하여 총 25개 지역에서 하루씩 공연을 하며 전국을 순회하는 것이었다.[19] 하지만 정작 순회가 시작되고 각 지역의 극장 사정이나

---

18 「대환영의 동우극」, 『동아일보』, 1921.7.18.
19 순회예정된 25개 도시는 순서에 따라 부산, 김해, 마산, 진주, 통영, 밀양, 경주, 대구, 목

집중호우와 같은 악천후, 그리고 단원들의 신병이나 피로 문제 등이 예기치 않게 발생하면서 일정은 불가피하게 조정되었다. 그리하여 실제 일정은 7월 9일 부산 공연을 시작으로 하여 10일 김해, 11일 통영(음악회만), 13일 마산, 14일 진주, 16일 밀양, 18일 경주, 20일 대구, 22일 목포, 24일 광주, (26일 경성 도착) 28~31일 경성, 8월 4일 평양, 8일 진남포, 11일 원산, (12일 함흥에 도착하였으나 지역 사정으로 15일로 공연 예정. 하지만 더 이상 지체할 수 없어) 14일 오후에 영흥으로 출발하였다. 따라서 김해를 포함한다면 최소 16개 지역에서 모두 18회의 공연을 마친 후 (17일 밤에 경성 도착) 8월 18일 경성에서 해산식을 가졌다.[20] 방문 지역은 계획보다 많이 축소되었으나 당시의 열악했던 교통을 감안한다면 기차로 총 41일 동안 16개 지역을 순회했던, 역시 쉽지 않은 일정이었다.

동우회의 전국순회공연은 갈돕회의 경우와 마찬가지로 그 전과정이 신문언론을 통해 반복적으로 중계보도됨으로써 '동정'과 '상부상조'의 원리를 사회적으로 극장화theatricalization하였다. 그리고 이러한 과정을 통해 전국 각 지역을 하나의 조선 사회로 심상화心像化시키고 그것이 하나의 공동체라는 컨센서스를 형성, 강화시켰다. 김현주에 의하면, 1910

포, 광주, 전주, 군산, 강경, 공주, 청주, 경성, 개성, 해주, 평양, 의주, 정주, 철원, 원산, 영흥, 함흥이었다. 「동우회 제1회 순회연극단」, 『동아일보』, 1921.6.28; 동우회순회연극단 광고, 『동아일보』, 1921.6.30.

20 15개 지역 중 김해와 영흥의 공연 여부는 확실치 않지만 이루어진 것으로 추정된다. 7월 12일 『동아일보』 기사에는 일행이 10일 오후에 부산에서 김해로 출발했다고 보도했는데, 이후 19일 기사에서는 15일에 김해로 출발하고자 했으나 그 지역의 수해가 심하여 다음 날인 16일 마산으로 떠났다고 보도했다. (그런데 마산 공연은 13일이었다는 점에서 마산을 거쳐 통영으로 간 것으로 추정된다.) 하지만 원래 계획된 일정을 고려해볼 때 부산 다음 김해로 이동했다는 12일 기사의 신빙성이 더 높다고 할 수 있다. 한편 1921년 8월 20일의 『동아일보』 기사에서 일행이 영흥으로 출발했다고 보도한 점에서 영흥 지역의 공연이 있었을 것으로 추정된다.

년대 중반까지 조선(사회)은 주로 문명한 일본(국가)와 구분되는 무질서한 것으로 (재)생산되었다. 하지만 1916년 이후에는 점차 이광수와 같은 문화 엘리트와 재일 조선인 유학생들에 의해 식민국가와 구별되면서 조선민족과 일치하는 상대적으로 독립적이고 자율적인 것으로 상상되기 시작했고, 나아가 1920년대 초반부터는 문화를 매개로 하여 정치의 의미를 획득하기 시작했다.[21]

흥미롭게도 당시 동우회 순회극단의 모금을 둘러싸고 일어났던 논란은 이렇게 오버랩되어 있었던 문화와 정치의 균열지점을 역설적으로 보여주는 것이었다. 사정은 이러했다. 애초부터 회관건립모금을 위해 추진되었던 동우회 순회극단은 방문하는 모든 지역에서 뜻있는 지역민('有志諸氏')으로부터 동정을 표시하는 후원금을 받았다. 신문보도에 따르면, 지역마다 차이는 있었지만 대체로 적게는 백여 원에서 많게는 삼백여 원에 이르는 후원금이 모였다. 그리고 이러한 모금공연은 기존의 자선공연과 구분되는 것이었다. 자선공연이 기본적으로 약육강식의 사회진화론을 전제로 개개인의 도덕심에 호소하며 약자에 대한 강자의 자선을 강조하는 동정 담론을 토대로 하는 것이었다면, 1920년대 문화운동과 함께 본격화된 모금공연은 사회진화론의 결과인 냉혹한 현실을 비판하면서 자율적으로 '상호부조'의 사회 원리를 실현하는 공동체에 대한 믿음을 토대로 하는 것이었기 때문이다. 그리고 자선공연이 주로 신파극단과 기생조합 같은 단체가 공연의 수익 전체를 경성고아원이나 조선부양성소 같은

---

21 이에 대한 자세한 논의는 김현주의 『사회의 발견―식민지기 '사회'에 대한 이론과 상상, 그리고 실천(1910~1925)』(소명출판, 2013) 제2부 제2장 「『매일신보』에서 재창조된 사회」와 제3장 「사회의 자기통치라는 문제」, 제4장 「재일 유학생의 사회로의 이동」, 그리고 제3부 제1장 「다수의 정치와 수평적 상호작용으로서의 사회」를 참고할 것.

사회단체에 기부하는 형식이었다면, 모금공연은 고학생 단체와 같은 사회단체들이 말 그대로 직접 동정과 상호부조를 직접 구하는 형식이었다.

문제는 식민당국의 태도변화였다. 일제는 순회공연이 중반에 접어든 7월 말경부터 돌연히 동우회의 모금운동에 제재를 가했다. 7월 24일의 광주 공연에서 임검臨檢 경관은 공연 도중에 관객의 기부를 독려할 수 있는 모든 행위를 금지했다. 고학생 구제를 목적으로 하는 순회공연의 취지를 설명한다거나 기부자의 이름을 공개적으로 표시한다거나 그 자리에서 감사의 뜻을 표하는 행위 등등을 일체 금지했던 것이다.[22] 그리고 8월 8일 갈돕회 평양 공연에서 관객들의 기부가 줄을 잇자 임검 경관이 "공개公揭한 기부인 중 최초로 6인만 동정금으로 하고 그 여餘는 기부금으로 인정하니 반환하라고 명령"[23]하는 일종의 해프닝이 벌어졌다. 경찰 당국에 의하면, 자발적으로 기부하는 동정금이 아니라 공개적으로나 암묵적으로 요구되는 기부금은 법에 위배된다는 것이었다.

실질적으로 동정금과 기부금은 뚜렷하게 구분되기 어려웠다. 광주 공연에서도 경관의 강력한 통제에도 불구하고 "동정의 누淚를 난금難禁하는 유지인사의 자발적 기증금이 백여원에 달"[24]하였다. 그리고 갈돕회의 평양 공연에서도 경관이 여섯 번째 사람까지만 기부를 인정하고 그 이후의 사람들에게는 기부한 돈을 돌려주라고 요구하였음에도 불구하고 극장 안에서 사람들의 원성은 다음과 같이 빗발쳤다. "'안이오 안이오 동정금이오 기부금이 안이오', '반금反金한다 함은 무리요'라 하며

---

22 「동우극 개연과 동정」, 『동아일보』, 1921.7.31.
23 「평양만필－동정금? 기부금?」, 『동아일보』, 1921.8.18.
24 「동우극 개연과 동정」, 『동아일보』, 1921.7.31.

한참 훤조喧噪ᄒ얏다."[25]

식민당국의 견제와 통제는 자선과 기부의 문화가 국가통치의 사각지대를 보완하는 순수한 '사회'의 영역이 아니라 오히려 식민통치의 균열을 비판적으로 드러내는 대항문화를 형성하는 것이었으며, 나아가 그로 인해 식민당국에 의해 불온한 영역으로 간주되었음을 드러낸다.[26] 이는 확실히 우려에 그치지 않았다. 7월 9일 부산 공연에 대해 "당국의 감시가 극히 엄중하야 각본 원문 외에는 일언반구를 사유로 하지 못하얏"[27]다고 보도되었기 때문이다. 그리고 이는 동우회 극단이 공연의 현장성을 십분 활용하여 애초 검열대본에 없었던 대사들을 즉흥적으로 가감했거나 최소한 그같이 시도했음을 역설적으로 암시한다.

동우회 극단은 실제로 매공연마다 임검 경찰을 동석하였고, 공연 외 시간에도 방문하는 지역마다 혹독한 경찰 조사를 받는 등 적지않은 고초를 겪었다. 단원이었던 마해송이 순회 도중 『동아일보』에 기고했던 글에는 이러한 정황이 다음과 같이 우회적으로, 그러나 분명히 나타나 있었다. "그 월야와 캄캄한 밤두二시에 통영 항구에 날여 조사밧던 일이 쯧업시 작고 싱각되더이다 (…중략…) 나는 여전히 광주에서 괴로움밧고 잇슴니다 호강을 퍽 밧고 잇스나 그가온대 은연히 밧는 괴로움은 벌서 여행에 실증이 나게 되엇슴니다 대구, 목포서 쓰던 선전지宣傳紙를 이곳에서는 압수를 당하얏다 합니다."[28]

---

25 「평양만필—동정금? 기부금?」, 『동아일보』, 1921.8.18.
26 이와 관련하여 식민지기 자선·기부 행위가 조선사회 안에서 만들어낸 '대안적 공공성'에 대해서는 고태우의 「일제시기 재해문제와 '자선·기부문화'—전통·근대화·'공공성'」(『동방학지』 168, 연세대 국학연구원, 2014)을 참고할 것.
27 「동우연극의 제1막」, 『동아일보』, 1921.7.12.
28 마해송, 「독자문단—서울로 돌아가신 황형兄에게」, 『동아일보』, 1921.7.29.

그럼에도 불구하고 동우회 극단의 '불온한 시도'는 지속적으로 단행되었으며, 식민당국의 통제가 심해질수록 관객들의 대항적인 분위기 역시 더욱 강화되었던 것으로 보인다. 8월 4일 평양 공연에서는 제3막 중 "허일許― 씨의 말이 너머 과격하다하야 경관의 중지를 당하매 만장관긱은 박수로써 단원을 위로"했다. 뿐만 아니라 이 평양 공연에서는 검열대본에는 없었던 것으로 추정되는 대사인 "십 년 전에는 자유가 잇섯는지 모르거니와 지금은 자유가 업다"로 인해 고초를 겪었다. 경찰은 특히 "'십 년' 두 글자에 (불온한) 쯧이 잇다고" 주장하였으며, 결국 동우회의 단장團長이 경찰서에서 변명서를 쓰고 공연 중지명령을 받는 것으로 사건은 마무리되었다.

전술했던 바 〈김영일의 사〉에 대한 관객들의 열광적인 반응은 그동안 '자발성'의 차원에서 논의되어 왔다.[29] 하지만 그것은 단순히 관객 개개인의 자발성 이상의 것으로, 그보다는 사회문화적으로 형성된 것이었다. 일차적으로 작품에서 제시되는 극심한 빈부의 차이라는 경제적 현실과 그 원인으로 암시되는 식민지 현실은 가난한 고학생 주인공에 대한 동정과 현실 사회에 대한 분노를 사기에 충분했다. 그리고 지역의 모금공연이라는 형식 안에서 관객의 동정과 분노가 집단적으로 표출되면서 상호부조의 조선사회가 가시적으로 극장화되었다. 그리고 여기에, 아마도 그로 인해 현장에서 가해진 임검 경찰의 직접적인 통제는 관객의 공동체감과 대항성을 더욱더 강화시켰다.

---

29 김재석, 앞의 글; 이광욱, 「'관객성'의 구성 맥락과 해석공동체의 아비투스」, 『한국극예술연구』 61, 한국극예술학회, 2018.

4. '이동화의 죽음'에서 '김영일의 죽음'으로

조명희의 〈김영일의 사〉는 1921년 5월 6일 『동아일보』에 기사화되어 사회적으로 큰 이슈가 되었던 어느 가난한 고학생 '이동화의 죽음'을 모티프로 쓰여진 것이었다. 기사가 보도된 지 약 보름이 지난 5월 23일 일본 동경의 경시청에는 동우회 순회공연을 위한 대본으로 〈김영일의 사〉가 사전검열을 요구하며 제출되었다. 시간적 차이를 고려해볼 때 조명희는 이동화의 죽음에 대한 기사를 접한 이후에 동우회 순회극단의 작품으로 〈김영일의 사〉를 구상하고 그 집필에 착수했던 것으로 보인다.

우선 이동화의 죽음에 대해 살펴보자. 1921년 5월 6일 『동아일보』에는 「완고한 부모를 하직하고」라는 제목으로 '이동화李東和'라는 어느 고학생의 투신자살에 대한 기사가 대서특필되었다. 23세의 안동 출신인 이동화는 학업에 대한 커다란 열망을 가지고 일찍부터 부모에게 경성 유학을 청하였으나 번번히 거절 당하였다. 결국 빈손으로 경성에 올라온 그는 황금정黃金町에 있는 어느 부기簿記 강습원에서 수학하였고, 수중의 돈이 떨어지면서 학비와 생활비에 극심한 곤란을 겪어 어쩔 수 없이 다시금 고향의 부모에게 도움을 청하였다. 하지만 끝내 부모의 응답은 없었으며, 이를 비관한 이동화는 결국 한강에 투신했다.

이동화의 투신자살은 기사 안에서 두 가지 방식으로 서사화되었다. 첫째, 그것은 고학생들의 학업에 대한 뜨거운 열망과 그로 인해 겪어야 하는 온갖 어려움에 대한 극복 의지를 강조했다. 이동화 역시 "불길가치 미는('불길가치 치미는'의 오기誤記인 듯—인용자) 배오고 십흔 마음을 억제치 못하야" 부모의 반대를 무릅쓰고 굳은 의지를 가지고 경성에 왔다. 하지만 현실은 녹록하지 않았다. "밥갑 못내는 려관밥을 눈총을 맞고 어더먹어가며 학교를 통학하고 학교에서 도라오면 혹은 물도 길어주고 혹은 장작도 패여주어 조금이라도 밥갑 못내는 죄를 일노나 갑흐랴고 애를" 쓰고 가시밥을 먹으면서 학업을 이어가야만 했다.

둘째는 '무정한 세상'을 강조하는 것이었다. '무정한 세상'은 기사 안에서 '완고한 부모'로 환유되었는데, 이동화의 조부祖父는 대구에서 돈놀이를 하여 매우 유복했기 때문이다("가세가 매우 유여하며 더욱 그의 조부는 지금 대구에서 돈취리를 크게 하야 매일 돈을 수빅원식 주무르고 명성이 자々하야"). 따라서 '완고한 부모를 하직하고'라는 제목은 기사의 강조점이 고학생의 학업에 대한 열망보다, 고학생의 열망뿐만 아니라 생명까지 앗아간 무정한 세상에 대한 비판 내지는 고발을 강조하는 데 있었음을 나타낸다("돈이 태산 가트면 무엇하리요 자긔 손자가 돈이 업서 불가치 치미는 공부를 못하고 자살까지 하게 되엿는대"). 그리하여 기사는 이동화의 부모뿐만 아니라 조선 사회의 완고한 부모 일반에게도 다음과 같이 일갈했다.

나서매 입을 것이 업고 드러가매 밥 한술 사먹을 돈이 업서 트러진 배를 쥐이고 해여진 옷가지를 엇어입으며 지내가는 고학싱이 몃명이나 되는가 아아 완고한 부모네여! 당신에의 자손이 배호고자 애쓰는 동안에 그 비참한 내용이 엇더한 것을 싱각하라 그리고 지금에 죽고자 하는 사람이 몃명이나 되는지 아는가

기사의 반향은 사뭇 컸다. 『동아일보』의 보도가 있은 후, 같은 달 16

일『조선일보』에는 「한강에서 원혼된 이동화 군을 적吊흠」이라는 제목으로 장문의 기고문이 실렸다. 경성에 거주하는 글쓴이 이준태李準泰는 이동화의 죽음을 비통해하면서 일면 그의 유약함을 안타까워했다. 하지만 자살의 옳고 그름을 손쉽게 판단하기보다는, 학업에 대한 열망만큼 간절했을 그의 삶에 대한 욕망과 그렇기 때문에 오히려 겪어야 했던 좌절을 강조했다. 그리고『동아일보』의 기사와 마찬가지로 학비를 보조해 주기는커녕 이동화의 편지에 답신도 하지 않았을 뿐만 아니라 편지를 수신하지도 않은 조부와 부모의 무정함을 더 크게 비판했다.

세간의 평처럼 이준태 역시 이동화의 죽음은 "완고흔 부형"과 "사회의 박정"에 그 원인이 있다고 보았으며, 나아가 "(이동화가) 자기일신을 희생흐야 일반 완고흔 학부형에게 일대 경성警醒을 쥬며 징계를 주고자" 함이었다고 했다. 그리고 무엇보다도 이동화의 죽음은 일개인의 죽음이 아니라 "사회와 국가의 희생"이라고 강조했다. 자손은 부모의 사적 소유물이 아니라 국가와 사회의 일원이며, 따라서 부모에게는 자손을 양육하고 교육시킬 의무가 있다는 것이었다. 그리하여 "인류사회상 자손은 사유私有가 아니라 아我의 자손인 동시에 국민의 일분자一分子이며 사회의 일원인 줄 분명히 을아야 합니다 자애慈愛의 정은 쎄여놋코 자손을 양육흐며 교육시킬 의무가 잇는 것이올시다"라고 하면서, 자손의 향학열을 외면한 그들은 "국가의 죄인이며 사회의 죄인"이라고 일갈하였다. 고학생 문제는 사회와 국가의 문제인 것이었다.

같은 해 6월에는 일본 유학생 잡지인『학지광』에도 김준연의 「이동화의 죽엄」이라는 글이 실렸다. 이 글은 이동화의 죽음이라는 사건이 같은 세대인 동경의 유학생들에게 어떻게 받아들여졌는지를 잘 보여준다는 점에서 흥미롭다. 무엇보다도 그는 이동화의 죽음을 다음과 같이 우리 사회의 도처에 있는 '신구新舊의 충돌' 문제로 보았다. "가정에서 부자간에 충돌, 모자간에 충돌, 조손간에 충돌 부부간에 충돌이 잇고 사회에서 부자와 빈자 간에 충돌이 잇고 노중년과 청년 간에 충돌이잇다. 통通써러 말하면 우리 사회에는 도처에 신구의 충돌이 잇다." 그리고 이동화의 죽음은 '조여부모祖與父母'로 대표되는 구인舊人에 의해 이동화라는 신인新人이 패배한 결과라고 보았다. 하지만 이동화는 어디까지나 피상적인 차원에서만 패배한 것인데, 왜냐하면 그가 끝내 굴복하지 않고 죽음을 선택했기 때문이었다.

김준연에 의하면 '구인'과 동양의 도덕은 삼강오륜의 장유유서長幼有序와 같이 언제나 "재하자 유구무언在下者有口無言"의 세계에 놓여 있었다. 그리고 그렇기 때문에 윗사람들이 자손들에게 근대 교육을 시키지 않고, 그저 손주를 보기 위해 혼인만을 강제해도, 아랫사람들은 무조건적으로 절대복종해야 했다. 하지만 이동화와 같은 '신인'들은 이미 근대라는, 개개인의 삶이 중요한 "인무상하人無上下"의 세계로 진입했다. 그리고 이렇게 자기 자신의 삶에 한번 눈뜬 신인들은 이제 다시 "재하자 유구무언"의 세계로 돌아갈 수 없다는 것이었다.

조명희의 〈김영일의 사〉는 이렇게 사회적으로 큰 이슈가 되었던 '이동화의 죽음'을 모티프이자 서브텍스트로 했다. 하지만 집필 과정에서 몇 가지 사실이 변화되었는데, 우선 작품의 배경이 '경성'에서 '동경'으로 옮겨졌다. 동우회가 일본의 조선인 고학생·노동자 단체라는 사실을 고려했던 결과일 것이었다. 그리고 부유한 출신이었으나 근대교육에 대한 조부의 몰이해와 외면으로 인해 자살했던 고학생 '이동화'는 홀어머니를 고향에 두고 멀리 유학 온 가난한 고학생 '김영일'로 변경되었다. 이동화의 경우 그 죽음의 원인이 조부의 무정함에 있었다면, 김영일의 경우에는 그 죽음의 원인이 가난 그 자체와 그의 곤경을 외면하여 결국 죽음에 이르게 만든 잔인한 사회에 있는 것으로 강조되었다.

작품의 내용은 이러했다. 추운 2월 하순 어느 날, 고학생 김영일은 거금 89원이 들어있는 지갑을 줍고 그것이 부유한 유학생 친구인 전석원의 섯임을 알게 된다. 김영일은 생활고로 인해 신문배달을 하면서 빙판에 넘어진 후 치료도 제대로 못 받아 고생이 심했던 까닭에 마음이 잠깐 흔들리지만, 결국은 '양심'의 가책으로 인해 돌려준다. "속중俗衆덜과 다른 것은 내가 조그만치라도 낫분일을 하고 나면 내 영혼에게, 위대진실한 마음에게 가책을 밧난다."[30] 여기서 양심이라는 극적 장치는 김영일이 본질적으로 선한 사람임을 드러내면서, 이후 그의 죽음이 무정하고 가혹한 세상에 의해 희생된 것이었음을 강조한다.

김영일에게는 원래 형과 손아래 누이가 있었다. 경성에서 공부하던 김영일은 2년 전에 형이 '감모感冒'(지금의 독감－인용자)로 사망하자 고향에 내려가 농사일을 도왔다. 하지만 끝내 공부를 포기할 수 없었던 김영일은 다시 동경으로 유학을 왔는데, 그러던 중 고향에 계신 어머니가 위중하다다는 편지를 받는다. 그리고 괴로워하며 고민하던 그에게 친구들은 함께 전석원을 찾아가 여비를 부탁하자고 제안한다. 김영일은 전석원이 지갑에 대한 사례금으로 겨우 10원을 내놓자 모욕감을 느껴 거절했었지만, 지금은 별다른 방법이 없었다. 하지만 전석원과 그의 친구들

---

30 조명희, 『김영일의 사』, 동양서원, 1923, 8~9쪽.

은 술과 고기에는 돈을 아끼지 않으면서도 김영일에게는 돈이 없다며 20원밖에 내어주지 않는다. 그리고 이 모습에 격분한 김영일의 아나키 스트 친구인 박대연이 전석원에게 주먹을 휘두르면서 큰 싸움이 벌어지 게 되고, 이 과정에서 박대연의 품속에서 불온 유인물인 '선전 비라'가 쏟아지는 바람에 김영일과 박대연 등은 체포되고 만다.

김영일은 구류拘留가 끝난 후 집에 돌아오지만 경찰서에 있는 동안 악 화된 신병身病으로 인해 혼수상태에 빠져 고향에 계신 어머니를 찾는다. 그리고 친구들에게 가혹한 세상 속에서도 언제나 자기 자신을 믿고 존 중하며 타인을 사랑하라고 다음과 같이 당부하면서 끝내 눈을 감는다.

> 영 (눈을 쓰며) 내가 지금은 아모 불안도 읍네, 참, 기적일세. (잠묵暫
> 默) 자네덜은 아모조록 큰 고통과 굿세게 싸워나가게. 거긔, 새 세
> 계가 열니리니 그러고 다각긔 '나'라는 참된 마음을 밋게, 위대진
> 실한 '나'라난 것 즉 신을 미드란 말이야 . 세상이야 학대하던마던
> '나'라는 것을 존중히 녁이게. 그러고 사람을 사랑하게, 사람이란
> 다 사람이니. 다 가혼 운명에 학대를 밧지 안나? 사람은 다 불상하
> 니 (잠묵暫默, 눈을 감으며) 저 바람소리! 검은 바람소리! 새나라!
> 언제나 새나라? (최후의 숨 쓰너지난 (흙) 소리나며 절식絶息)[31]

조명희는 희곡집 『김영일의 사』의 서문에서 "생生은 비극悲劇, 인세人 世는 전쟁장戰爭場, 사람은 전사戰士, 사람은 아니 싸우지 못할 운명運命을

---

31 위의 책, 50~51쪽.

가젓나"라고 질문했다. 그리고 "악樂하기 사갈蛇蝎 갓흔 무리"와 "추醜하기 들돗 갓흔, 무리"가 넘쳐나는 세상에 "약弱하고 불상한 사람" "순결純潔하고 착한 사람"이 "모진 칼날에 넘어지고" "씨러기통에 팡쏘각도 구求할 수 업는" 현실을 탄식하면서 "이것이 사람의 죄罪인가? 운명運命의 죄罪인가? 쏘는 세상世上의 죄罪인가?"라고 물었다. 물론 그 대답은 '사람의 죄도, 운명의 죄'도 아닌 '세상의 죄'였다. 그리고 극 중에서 부유하지만 산인할 만큼 인정 없는 유儒학생 전석원은 바로 김영일을 희생시킨 '세상의 죄'를 형상화한 것이었다. 그는 단호하게 말한다. "이것이 언제까지 이러고 말 것인가? 아니다, 아니다."[32]

그해 여름 동안에 '이동화의 죽음'은 동우회 순회연극에서뿐만 아니라 다른 청년·학생단체 소인극에서도 공연되었다. 1921년 7월 27일, 개성 출신의 동경유학생 단체인 송경학우회松京學友會는 개성좌에서 '이동화의 죽음'을 내용으로 하는 임영빈任英彬의 〈백파白波의 울음〉을 공연했으며, 1921년 8월 5일에는 괴산 청년회가 창립 1주년 기념식의 여흥으로 〈이동화의 죽음〉을 공연했다.

이 중 비교적 그 내용을 자세히 알 수 있는 것은 〈백파의 울음〉이다. 당시 보도에 의하면, 시작에 앞서 연극의 사실성을 강조하는 간단한 설명이 있었다. "말할 수 업는 것을 사실事實 그대로 무대 우에 낫타내는 것이 진정한 예술덕 가치가 잇는 연극이라는 간단한 취지의 소개"[33]였다. 작품의 내용은 앞서 살펴본 『동아일보』의 기사에 충실하게 구성되었다. 제1막에서는 이동화의 고향에 계신 부친의 집을 배경으로 하여

---

32 이상 직접 인용은 모두 조명희의 「서사序詞」, 위의 책, 2쪽.
33 「대성황의 송경극松京劇」, 『동아일보』, 1921.7.31.

완고한 집안의 분위기가 무대화되었고, 제2막에서는 이동화의 가난한 기숙사 생활, 특히 "금전으로 인하야 곤난과 핍박을 밧는 것"이 보여졌다. 그리고 마지막으로 제3막에서는 이동화가 "월쇠이 교교한 한강 텰교 우에서 금전의 저주로 애처로히 이 세상의 최후를 짓는 광경"으로 "관긱의게 무한한 자극을 주"었다.[34]

이와 같이 고학생 드라마는 우리의 연극사에서 사실주의의 감각을 처음 본격적으로 무대화했다. 앞서 "말할 수 업는 것을 사실 그대로 무대 우에 낫타내는 것이 진정한 예술덕 가치가 잇는 연극"[35]이라는 『동아일보』의 기사는, 진정한 연극 예술은 현실을 있는 그대로 무대화하는 것이라는 인식을 잘 보여주고 있었다. 그리고 이러한 사실적 현실성은 비판적 문제의식을 토대로 하는 것이었으며, 그러한 점에서 고학생 드라마는 사회극으로서 근대적 의의를 지니고 있었다.

---

34 위의 글.
35 위의 글.

제4부
미디어되는 연극과 대중문화

들어가며

    1920년대 중반 우리의 근대연극은 미디어연극인 유성기 음반극과 라디오 방송극, 영화극으로 자신의 영역을 새롭게 확장해 나가기 시작했다. 유성기는 1907년 평원반이 개발되면서 일반에 본격적으로 보급되기 시작했으며 1928년에는 전기녹음 방식의 개발로 음질이 비약적으로 향상되었다. 음반극은 1926년경에 처음 등장했다. 라디오는 1924년에 시험방송을 처음 시작한 이후 1927년에 정기방송을 공식적으로 시작했으며 방송극은 초창기부터 시작되었다. 국산 영화극 역시 1920년 전후에 시작되었다는 점에서 미디어연극은 일찍부터 우리 근대연극의 중요한 일부가 되었다.

    초창기의 유성기와 라디오라는 미디어는 근대의 과학기술 테크놀로지를 통해 무대 중심의 극장성을 확장시키고 변형시켰다. 그중 유성기는 공연자의 '몸'과 '소리'를 분리하고, 분리된 소리를 '음반'이라는 상품의 형식으로 판매하여 사유화私有化할 수 있게 했다. 이제 공연물(소리)은 직접 극장에 가지 않고도 언제 어느 때나 시간과 장소를 초월해서, 그것도 반복적으로 들을 수 있게 되었다.

    초창기의 라디오 시험방송은 그 자체가 무대 극장적인 공개방송의 형식으로 실연實演되고 경험되었다. 방송과 청취 행위는 서로 다른 장소에서 동시에 이루어졌다. 그리고 사람들은 한 공간에 모여 먼 곳에서 발생한 소리가 전기 신호로 변환되고 공중의 전파를 통해 자신에게 똑똑히 전달되는 신기한 구경거리를 직접 목격했다.

정기방송이 시작된 이후에도 여전히 일반 대중들은 공개방송의 형식으로 라디오를 청취했다. 그리고 극장이나 공원 같은 공공장소에서 라디오 방송을 듣던 '청중'은 점차 가정과 같은 사적 공간에서 듣는 '청취자'가 되었고, 이에 따라 라디오청취는 점차 사적이고 일상적이며 친밀한 경험이 되었다. 하지만 여전히 그것은 동시적이면서 편재적偏在的으로 이루어지는 소리의 스펙터클을 집단적이고 공동체적으로 경험할 수 있는 일종의 도시극장이었다.

미디어극장은 미디어 기기機器와 함께 언제 어디서나 존재할 수 있다는 점에서 일종의 이동극장이었다. 그리고 이를 통해 무대적 극장성은 직접성과 현장성, 일회성에서 벗어나 간접성과 시공간적 초월성, 동시성, 반복성 등을 획득할 수 있었다. 근대연극의 특징인 공공성과 대중성, 상업성은 이들 미디어를 통해 급속히, 폭발적으로 확대되었다.

나아가 미디어극장은 생생함에 대한 감각과 이념을 분화시켰다. 일반적으로 재생음의 생생함은 통상적으로 원음原音의 생생함에 비견된다. 하지만 여기에는 몸과 소리, 원음과 재생음을 분리하고 재생음을 통해 원음의 불가능한 재현을 궁극의 목표로 삼는 근대 음향기술의 '이념'이 자리하고 있다. 몸과 소리의 분리를 상상할 수 없었던 시대에는 생생한 원음에 대한 감각이나 인식 자체가 애초에 불가능했다.

1902년 협률사가 처음 설치되었을 당시 근대연극(극장)의 소리는 소음에 가까운 것으로 인식되고 경험되었으며, 따라서 규제도 점차 강화되었다. 하지만 매일 저녁마다 울리는 극장의 취군聚軍하는 소리, 특히 호적胡笛(태평소) 소리는 점차 근대 도시의 특색 있는 사운드스케이프를 구성하는 중요한 일부가 되었다.

극장의 소리가 서서히 도시생활의 일부가 되어갈 무렵, 이제는 유성기 소리가 사람들의 귀를 새롭게 사로잡기 시작했다. 처음 유성기 소리는 신기한 구경거리로 사람들을 매혹시켰으며, 점차 가정의 완상품玩賞品으로 그 보급이 확대되었다. 초기에는 식별 가능하기만 해도 찬사를 받았던 유성기 소리는 재생기술이 발달함에 따라 실제 소리와 다르지 않은 '생생한 소리' 내지는 '완전한 소리'로, 나아가 '불멸의 소리'로 인식되고 경험되었다.

유성기 음반극은 1920~1930년대 우리의 연극과 문화의 장에서 무대극과 라디오극, 영화극 못지않게 중요한 비중을 차지하고 있었다. 그리고 유성기 음반극은 당시 대중극과 대중서사, 대중문화의 표본이었다. 실제로 인기 있는 소재들이나 등장인물들, 대중서사들은 음반극뿐만 아니라 무대극과 영화, 소설, 가요 등에서 널리 조금씩 유사한 듯 다르게 변용적으로 차용되었다. 그리고 음반 녹음에는 잘 알려진 기존의 무대극 및 영화배우들과 무성영화 변사, 가수들이 주로 참여했다.

유성기 음반극에서 고전 레퍼토리들은 상당히 많은 비중을 차지하고 있었다. 〈춘향전〉과 〈심청전〉 등과 같은 고전 소설(또는 판소리)과 〈장한몽〉과 〈불여귀〉와 같은 고전 신파극, 〈부활〉과 〈장발장〉 등과 같은 서구 고전 등은 실제로 여러 음반 회사를 통해 반복적으로 제작·발매되었다. 하지만 유성기 음반극의 대부분을 차지하는 것은 무엇보다도 창작 음반극이었다.

창작 음반극은 대중극과 대중서사가 당시 적극적으로 교섭했던 결과였다. 1930년대의 대표적인 대중극이었던 임선규의 〈사랑에 속고 돈에 울고〉에서 기생이었던 홍도의 사랑이 결국 배신당하는 서사, 이서구의 〈어머니의 힘〉에서 기생이었던 정옥이 진정한 현모양처로 거듭나고 받아들여지는 서사, 유치진의 〈버드나무 선 동리의 풍경〉과 〈토막―쌍보 일가의 이향〉에서 빈곤으로 인해 정든 고향을 떠나고 딸자식을 권번에 파는 서사 등은 이미 음반극을 통해 유사한 내용의 서사가 다수 발매, 유통되고 있었다. 따라서 이들 작품은 어느 한 작가의 고유한 창작품이 었다기보다, 당시 잘 알려진 대중극과 대중서사들이 완성도 있는 형식 과 내용으로 종합된 것이었다.

유성기 음반은 재담과 만담처럼 수행성이 강한 이들 형식을 연구하 는 데에 무엇보다도 귀중한 자료를 제공한다. 재담과 만담은 재담가와 만담가의 몸과 소리를 매개로 관객 앞에서 행해지는 일회적이고 현장적 인 표현의 형식이었다.

재담은 박춘재의 〈장대장타령〉이나 〈개넋두리〉, 〈개타령〉, 〈병신재 담〉 등의 음반자료를 통해 그 면모를 엿볼 수 있다. 이들 자료에 의하면 박춘재의 재담은 대부분 주고받는 말의 장단과 의미를 담지 않은 언어유 희, 즉 형식적인 말장난에 그 본질이 있었다. 그리고 비어있는 의미의 자리 에는 재담자의 육체적 현존과 각종 몸짓이 채워져 있었다. 재담은 근본적 으로 무無의미가 아닌, 비非의미의 언어와 몸짓으로 이루어진 세계였다.

만담은 신불출의 〈읽살마진 대머리〉와 같은 각종 넌센스 음반자료와 함께 『삼천리』에 연재되었던 〈관대한 남편〉 방청기를 통해 그 면모를 엿볼 수 있다. 신불출의 만담은 재담처럼 비의미적인 말장난을 적극적 으로 활용하였지만, 궁극적으로는 근대적인 삶과 진실, 도덕적 교훈을 담아내고자 했다. 박춘재의 재담이 대중적으로 높은 인기에도 불구하고 풍속을 어지럽힌다는 비판을 받았던 데 반해, 신불출의 만담이 평단의 호평을 받았던 것은 이 때문이었다.

제1장

미디어극장의 시대, 유성기와 라디오

1. 미디어되는 근대연극

오늘날 연극은 통상 무대극을 의미한다. 현재 국립국어원의『표준국어대사전』에서 연극은 "배우가 각본에 따라 어떤 사건이나 인물을 말과 동작으로 관객에게 보여주는 무대예술"로 정의되어 있다. 여기서 '무대'는 건축적인 극장 무대뿐만 아니라 피터 브룩의 '빈 공간', 즉 공연자와 관객이 직접 만나는 모든 형식의 물리적 공간을 포괄적으로 지칭한다. 따라서 무대극은 무엇보다도 공연자와 관객이 직접적으로 만나 이루어지는 현장예술이다.

마틴 에슬린Martin Esslin은 자신의 저서인 『드라마의 해부An Anotomy of Drama』(1977)에서 오늘날 무대극이 연극이라는 표현 형식 가운데 비교적 작은 하나의 것이 되었다고 말했다. 그리고 벤야민이 일찍이 기술복제의 시대라고 일컬었던 지금의 연극은 영화나 텔레비전, 라디오 등의 매스 미디어를 통해, 활자가 가져온 구텐베르크 혁명보다 더 강력한 힘을 지니게 되었다고 했다. 에슬린은 연극의 본질이 현장성보다 "행해지는 허구enacted fiction"[1]에 있다고 보았다. 그리고 그는 연극을 무대뿐만 아니라 그 외의 근대 미디어들을 통해 실연實演되는 '인간 행동의 모방' 전체로 확장시켰다.

1970년대라는 당시의 연극적 예술적 흐름을 감안할 때 에슬린의 정의는 우리의 주목을 요한다. 그 무렵 서구에서는 연극 고유의 현장성을 매개로 하는 퍼포먼스 예술운동이 연극과 무용, 음악, 미술, 심지어 문학과 사진 등의 영역을 교류, 융합하면서 새로운 형식을 끊임없이 실험해 나가고 있었기 때문이다. 그리고 이 속에서 연극은 무엇보다도 현장성과 직접성, 일회성, 우연성, 육체적 현존성 등을 자신만의 고유성으로 내세우고 있었다. 하지만 에슬린은 연극의 범주 안에 비현장적이고 간접적이며 재생 가능한 영화와 라디오 및 텔레비전 드라마까지 모두 포함시켰으며, 나아가 그것의 혁명성까지 강조하였다. 그리고 이는 컴퓨터와 인터넷 통신 테크놀로지가 가속적으로 발달하고 미디어가 다변화된 오늘날 한층 더 현실적인 것으로 실감되고 있다. 이제 연극은 테크놀로지를 핵심으로 하는 근대적 환경 안에서 스스로를 직접적이고 현장적인 무대에 한정하지 않고 영화와 유성기, 라디오뿐만 아니라 텔레비전과 컴퓨터, 스마트폰 등의 각종 미디어 기기를 통해 적극적으로 확장해 나아가고 있기 때문이다.[2]

---

1   마틴 에슬린, 원재길 역, 『드라머의 해부』, 청하, 1987, 11~15쪽.

2   한편 파울슈티히와 같은 이는 연극이 고대와 중세, 르네상스 시대까지도 사회적 지배력을 지니고 있었으나 근대 초기에 접어들면서는 인쇄 매체 등에 그 자리를 내주었다고 보았다. 하지만 이는 사실이 아니다. 그는 매체 개념을 사회학적으로 확장시키고 매체

1920년대 중반 우리의 근대연극 역시 미디어연극인 유성기 음반극과 라디오 방송극으로 자신의 영역을 새롭게 확장해 나가기 시작했다. 유성기는 1907년 평원반이 개발되면서 일반에 본격적으로 보급되기 시작했고, 음반극은 1926년경에 처음 등장했다. 그리고 라디오는 1924년에 시험방송을 처음 시작한 이후 1927년에 정기방송을 공식적으로 시작했으며, 방송극은 그 초창기부터 시작되었다. 또한, 비록 여기서는 함께 논의하지 않지만, 국산 영화극의 제작 역시 1920년 전후에 시작되었다는 점에서 이들 미디어연극은 일찍부터 우리 근대연극의 중요한 일부가 되었다고 말할 수 있다. 이에 여기서는 그중 유성기와 라디오가 근대 미디어로서 지니고 있었던 극장성theatricality을 구명하고자 한다.

유성기와 라디오는 극장 무대라는 물리적 공간과 전연 다른 속성의 기계 미디어와 전기 미디어였지만, 초창기에는 무대 극장적인 방식으로 실연되고 경험되었다. 즉 유성기와 라디오의 미디어적인 새로움은 근대의 과학기술 테크놀로지를 통해 기존의 무대적 극장성을 확장시키고 변형시키는 데에 초점을 두고 감각되었던 것이다. 그리고 이러한 맥락에서 근대 미디어는 관객의 경험적 차원에서 무대적 극장성을 내파하는 동시에 변형시키면서, 궁극적으로는 확장시켰다고 할 수 있다. 따라서 여기서는 일반 대중에게 분명 '낯선' 기기器機로 처음 등장했던 유성기와 라

가 단순히 정보 전달의 기술적 수단이 아니라 사회적 지배력을 갖춘 일종의 의사소통 구조체계라고 보면서도, 연극에 대해서는 보수적인 관점을 취했다. 즉 그는 유감스럽게도 연극을 인간 매체에 의한 것, 그리고 현장적인 것으로 한정시켰다. 하지만 근대 이후 연극은 실질적으로 무대 외에도 새롭게 등장한 각종 미디어를 통해 그 영역이 무한히 확장되면서, 대중문화의 핵심이 되었다. 베르너 파울슈티히의 논의에 대해서는 『근대 초기 매체의 역사』(황대현 역, 지식의풍경, 2007)의 「서론」과 제12장 「연극의 세분화와 새로운 입지」를 참고할 것.

디오가 기존의 무대 극장인 '친숙한' 환경을 토대로 하여 어떻게 경험되었는지를 살펴보도록 한다. 그리고 이 과정에서 유성기와 라디오가 근대적인 과학기술 테크놀로지를 통해 직접성과 현장성, 일회성을 고유한 특성으로 하는 무대적 극장성을, 간접성과 시공간적 초월성, 동시성, 반복성 등의 미디어적 극장성으로 어떻게 확장 변형시켰음을 주목해 살펴볼 것이다. 근대연극의 특징인 공공성과 대중성, 상업성 이들 미디어를 통해 급속히, 그리고 폭발적으로 확대되었다.

여기서 '미디어연극media drama'과 '미디어극장media theater'이라는 용어는 유성기 음반극과 라디오 방송극을 기존의 무대 연극과 구분하는 일종의 조어造語로 사용된다. '미디어극장'은 말 그대로 미디어를 극장의 공간 개념으로 확장시킨 것으로, 공연자(음반기획자나 방송국, 영화사 등)와 관객(음반소비자와 방송청취자, 영화관객 등)이 시공간을 초월하여 만나는 가상적이면서도 실질적인 공간을 말한다. 연극 공간은 원래 구체적으로 보여지는 '무대 안의 공간'과 말에 의해 상상되는 '무대 밖의 공간'으로 구분될 수 있는데, '무대 안의 공간' 역시 궁극적으로 현실 세계의 이미지라는 점에서 연극 공간은 본질적으로 가상적이면서도 실질적인 공간이라고 할 수 있다. 그리고 이런 맥락에서 볼 때 미디어극장은 연극 공간 중에서도 특히 '무대 밖의 공간'으로 이루어진 것이라고 할 수 있다.[3] 한편 '미디어연극'은 미디어상의 공연물, 즉 각종 영화극이나 유성기 음반극, 라디오와 텔레비전 방송극 등을 포괄적으로 지칭하는 용어이다. 하지만 미디어연극과 미디어극장의 구분은 어디까지나 논의상의 편의를

---

3   이에 관해서는 신현숙의 『희곡의 구조』(문학과지성사, 1990) 제1부 중 '공간'을 참고할 것.

위한 것이며, 마샬 맥루한의 '미디어는 곧 메시지'라 유명한 명제처럼 둘의 구분은 궁극적으로 불가능할 뿐만 아니라 무의미하다.

미디어에 대한 최근의 관점들은 사실상 미디어를 극장적 관점에서 이해하는 것이라고 할 수 있다. 기존의 커뮤니케이션 연구에서 미디어는 으레 송신자가 수신자에게 전달하는 메시지를 매개해주는 수단 내지는 도구로 이해되어왔다. 하지만 1960년대 맥루한의 연구를 계기로, 좀 더 선구적으로는 벤야민의 언어 연구를 통해 미디어의 투명성에 대한 비판이 제기되었다. 그리고 미디어는 이제 더 이상 고정불변의 메시지를 전달하는 도구가 아니라 그 자체가 "생산과 수용의 무한한 과정 속에서 의미를 재생산하는 텍스트"[4]이자 "상호주관적인 관계 속에서 의미가 성립하는 장"[5]으로 이해되고 있다. 즉 미디어가 송신자와 수신자가 상호관계하는 장으로서 기능하며 그 안에서 '미디어=메시지'를 (재)생산하는 기제는, 연극 생산자와 관객이 동시적으로 상호관계하는 극장 안에서 연극 공간과 공연물의 의미가 (재)생산되는 기제와 유사하다.

그동안 유성기 음반극과 라디오 방송극 연구는 무대극 중심이었던 기존의 근대연극(사) 연구에서 극히 과소한 비중을 차지해 왔다. 그리고 그 대부분의 연구는 무대 연극과 다른 미디어연극의 특수성을 전제로 하거나 강조해왔다. 우선 음반극의 경우에는 김재석과 김만수·최동현의 연구가 거의 전부로, 음반극 하위 장르의 형식성이나 내용별 소재별 분류, 또는 음반극 고유의 미디어 극작법을 중심적으로 논의되었다.[6] 한

---

4   요시미 순야, 안미라 역, 『미디어 문화론』, 커뮤니케이션북스, 2006, 7쪽.
5   위의 책, 6쪽.
6   김재석, 「1930년대 유성기 음반의 촌극 연구」, 『한국극예술연구』 2, 한국극예술학회, 1992; 김만수, 「'유성기 음반에 수록된 영화설명 대본'에 대하여(자료해설)」, 『한국극예

편 방송극의 경우는 양승국과 양진문, 김상교를 필두로 하여 최근에는 서재길에 이르기까지 그 논의가 다각화되고 있다.[7]

여기서 '음반극'이라는 용어는 김만수에 따른 것이다. 그는 음반극을 "'음반'이라는 음악적 형식 속에 실린 '극'"으로 규정하고 "일반적으로 말하는 '극'과 성격을 달리"하는 것으로 보았다.[8] 그러나 '음반이라는 음악적 형식'은 곧 '음반 미디어'의 다른 표현이라는 점에서, '음반극이 극이지만 일반적인 극과 성격을 달리한다'는 관점은 여기서 주목하고자 하는 '음반극의 미디어연극(극장)적 특성'과도 연관된다고 할 수 있다. 다만 그가 음반극의 특성을 주로 드라마적인 측면인 인물 성격과 플롯, 주제의 유형성과 시공간의 서술화 경향 등에 초점을 두고 논의하였다면, 여기서는 좀 더 미디어적인 측면에 초점을 두고 논의를 발전시키고자 한다. 한편 '방송극'이라는 용어는 그것이 등장했던 1920년대 중반경부터 일반적으로 사용되고 있었던 것을 그대로 따른 것이다.[9]

술연구』6, 한국극예술학회, 1996; 「1930년대 유성기 음반에 수록된 만담·넌센스·스케치 연구」, 『한국극예술연구』7, 한국극예술학회, 1997; 「일제강점기 SP 음반에 나타난 대중극에 관한 연구」, 『한국극예술연구』8, 한국극예술학회, 1998. 그리고 이외에 음반극 자료집으로서 최동현·김만수의 『일제강점기 유성기 음반 속의 대중희곡』과 『일제강점기 유성기 음반 속의 극. 영화』이 각각 태학사에 1997년과 1998에 출간되었다.

7 양승국, 「1920~1930년대 연극비평 연구-아동극론과 라디오드라마론을 중심으로」, 『인문논총』8, 울산대 인문과학연구소, 1995; 양진문, 「한국 방송극의 형성과 전개양상에 대한 연구」, 조선대 석사논문, 2003.2; 「한국 방송극의 역사적 고찰」, 『한국연극연구』5, 한국연극사학회, 2003; 김상교, 「극예술연구회의 방송극 연구」, 『한국연극학』12, 한국연극학회, 1999; 서재길, 「JODK 경성방송국의 설립과 초기의 연예방송」, 『서울학연구』27, 서울시립대 서울학연구소, 2006; 「'공기'와 '연극'-초기의 라디오 예수론에 관한 소고」, 『한국문화』38, 규장각한국학연구소, 2006; 「한국 근대 방송문예 연구」, 서울대 박사논문, 2007; 「드라마, 라디오, 레코드-극예술연구회의 미디어연극 연구」, 『한국극예술연구』26, 한국극예술학회, 2007; 「식민지 말기의 매체환경과 방송잡지 『방송지우』의 성격」, 『근대서지』3, 근대서지학회, 2011.

8 김만수, 「일제강점기 SP 음반에 나타난 대중극에 관한 연구」, 앞의 책, 117쪽.

9 예컨대 이경손은 「무선방송극의 연출품과 무전극無電劇 연구회에 대하여」라는 제목의

2. 유성기의 반복적 편재성과 대중감각의 형성

1877년 에디슨의 원통형 유성기는 소리를 복제하고 재생하는 미디어로 발명되었다. 그는 원통에 감아놓은 얇은 은박지에 소리의 진동을 기록하고 이를 재생하는 데 처음 성공했으며, 이후에는 은박지 대신 왁스를 사용하여 효율성을 더욱 높였다. 그리고 19세기말경 우리나라에 처음 수용된 유성기는 극장적인 환경에서 재생되고 청취되었다. 유성기는 그 자체가 완전히 새롭고 놀라운 구경거리였던 것이다.

유성기가 신문지상에 처음 소개된 것은 1899년 3월 10일 『황성신문』의 유성기장留聲機場 광고에서였다. 이 외의 다른 신문광고를 통해 우리는 당시 여러 유성기장들이 광화문 봉상시 앞쪽과 징청방澄淸坊 주석동朱錫洞(지금의 세종로와 종로 1가 부근)과 광통교(지금의 청계천 부근) 등지를 중심으로 성업하고 있었음을 알 수 있다. 이들 광고는 대부분 유성기에서 흘러나오는 노랫소리와 피리, 거문고 등의 악기 소리 등이 마치 연극장에서 듣는 것과 같다는 점을 강조하면서 다음과 같이 사람들을 유인하였다.

기중其中으로 가적생슬성歌笛笙瑟聲이 운기運機하ᄂᆞᆫ딕로 출出하야 완연完然히 연극장演劇場과 여如하니 첨군자僉君子ᄂᆞᆫ 해처該處로 내임완상來臨玩賞하시오[10] (강조는 인용자, 이하 동일)

글을 1926년 6월 21일과 28일에 『시대일보』에 연재하였다.
10 '광고', 『황성신문』, 1899.3.10~11 · 13~18 · 20~25.

이들은 하나같이 유성기를 '들으러' 오라고 하지 않고 '구경하러' 오라며 호객했다. "(유성기가) 하 신기하기로 세상에 구경시키기 위하야 농상공부 인가를 얻었사오니 많이들 와서 구경하시되",[11] "첨군자는 그곳으로 내림하오셔 구경하시기를 바라나이다".[12] 유성기의 광고 문구인 "말하는 기계"[13] 역시 그 기능보다 기계 자체를 신비화시킴으로써 호기심을 자극했다.

1907년 이후 평원반 음반이 대량적으로 생산 판매되면서 유성기는 일반에 본격적으로 보급되기 시작했다. 에디슨의 원통형 음반이 종縱진동 방식으로서 떨림판 가운데 달린 바늘이 직각으로 원통 표면을 찍으면서 소리를 새겼던 데 반해, 원반형 음반은 횡橫진동 방식으로서 바늘에 지렛대를 달아 떨림판의 진동 방향을 횡으로 바꾸고 그것을 원반에 새겼다. 횡진동 방식의 원반은 종진동 방식의 원통형 음반에 비해 소리의 효율이 다소 떨어지고 음반 안쪽으로 갈수록 소리가 나빠지는 단점이 있었다. 하지만 틀에 넣어 눌러 찍는 방식으로 복제됨에 따라 비로소 대량 생산이 가능해졌으며 음반의 보관 또한 용이해졌다.[14]

한국 음악을 담은 평원반의 최초 녹음은 1907년 미국의 콜럼비아 레코드에 의해서 이루어졌다. 취입자는 대한제국 악공樂工인 한인오와 관기官妓 최홍매, 그리고 3인의 기악 연주자들이었으며, 반주에 사용된 악기는 장고鼓, 피리笛, 해금胡弓, 그리고 가야금 혹은 거문고로 추정되는 슬瑟이었다. 그리고 녹음된 음반의 수는 유산가遊山歌, 연작가燕鵲歌, 적벽가赤壁歌, 주유가舟遊歌, 다정가多情歌, 백구사白鷗詞, 황계사黃鷄寺, 효녀심창

---

11 '광고', 『제국신문』, 1899.3.13.
12 '광고', 『독립신문』, 1899.4.28.
13 '광고', 『만세보』, 1907.4.19.
14 배연형, 『한국 유성기 음반(1907~1945)』 5－해제·색인, 한걸음더, 2011, 12쪽.

가효녀沈孝女沈昌歌, 남초가南草歌, 열녀형장가烈女刑杖歌 등 모두 30면이었다.[15]

평원반의 대량 복제와 재생산이 가능해지면서 음반 시장은 본격적으로 확대되었고 녹음 발매되는 음악의 종류 역시 훨씬 다양해졌다. 유성기는 더 이상 신기한 구경거리가 아니었으며 점차 소리를 재생하는 기계로 소비되었다. 1911년까지 한 면에만 소리를 녹음하는 소위 '쪽판'으로 제작된 유성기 음반은 1913년부터 '양면판'으로 제작되었는데, 1928년에는 전기녹음 방식의 개발로 음질이 비약적으로 향상되었다. 유성기 음반 시장은 전성기를 맞이했던 것이다.[16] 그리고 1926년 이후에는 전통 음악 중심이었던 음반 시장이 신식 유행가와 동요 등과 같은 서양 음악뿐만 아니라 영화와 연극 등의 분야로까지 조금씩 확대되기 시작했다. 이는 미국의 콜럼비아사와 빅터사가 중심이었던 음반 시장이 일본축음기상회와 일동日東축음기 주식회사의 새로운 가세로 그 경쟁이 치열해지면서 새로운 레퍼토리의 개발에 대한 요구가 커졌기 때문으로 보인다. 일본축음기상회와 일동축음기 주식회사에서 처음 시도되었던 영화와 연극의 음반화는 이후 다른 음반사로까지 확대되었다.

광고를 통해 현재 가장 최초의 것으로 확인되는 연극·영화 음반은 변사 김덕경의 '영화설명' 음반이며, 곧이어 김영환과 김조성의 '영화설명'도 음반화되었다. 그리고 연극으로는 안종화와 이월화가 녹음한 〈카르멘〉의 한 장면이 '극대사劇臺辭'라는 타이틀로 녹음되었다(이상 목

---

15 山口龜之助, 『レコード文化發達史』弟壹券, 明治大正時代 初篇 (日本 大阪 : 錄音文獻協會 發行, 東京 丸善株式會社 發賣, 1936(昭和11)), 103쪽; 배연형, 앞의 책, 22~23쪽에서 재인용. 배연형에 의하면 현재까지 그중 9매가 발견되었다고 한다.

16 배연형은 평원반 발매가 시작되던 1907년부터 1927년까지를 한국 유성기 음반의 성장기, 전기녹음이 시작되는 1928년부터 해방 직전까지를 전성기로 분류했다. 배연형, 앞의 책, 18·19쪽.

록은 아래와 같다). 이 중 일동축음기 주식회사가 연극의 음반 제작에 맨처음 나섰던 것은 핵심적인 한국인 기획자로 참여하고 있었던 이기세 때문으로 추정된다. 이기세는 일찍이 1912년에 개성에서 신파극단 유일단을 창단한 바 있으며, 그 이후 예성좌(1916), 조선문예단(1919), 예술협회(1921) 등의 극단을 이끌었던 대표적인 연극인 중 하나였다.

〈표 1〉 초기의 연극·영화 유성기음반 목록

음반번호	제목	발행일
일축조선소리반K590	김덕경의 영화설명 〈저 언덕을 넘어서(오버듸힐)〉	1926
일축조선소리반K621	김영환의 영화설명 〈동도(東道)〉	1927
제비표조선레코드B140	이월화 안종화의 극대사 〈카르멘〉	1927
제비표조선레코드B141	김영환의 영화설명 〈애국의 나팔〉	1927
제비표조선레코드B151	김조성의 〈똔큐〉	1927

유성기의 가장 큰 매력이자 테크놀로지가 성취한 핵심은 무엇보다도 노래하거나 연주, 연기하는 공연자의 '몸'과 '공연물'을 분리하고, 그 분리된 공연물에 해당하는 음악이나 악기연주, 연극, 영화해설 등을 '음반'이라는 상품의 형식으로 판매하여 그 사유화私有化를 가능하게 만들었다는 데 있었다. 유명한 기생과 명창의 소리, 악공의 연주, 변사의 해설과 배우들의 연기를 보고 듣기 위해서는 값비싼 소리값을 지불하고 기생과 창부, 악사를 직접 부르거나 직접 극장에 가야만 했던 이전과 비교해 본다면, 이는 상상조차 할 수 없었던 일대 혁신이었다.[17] 게다가 음반의 형

---

17 이와 관련하여 요시미 순야는 유성기의 등장이 19세기에 이미 고조되고 있었던 부르주아계층의 음악감상에 대한 미적 요구에 부응하는 것이었다고 지적했다. 즉 그는 윌리엄 웨버와 와타나베 히로시의 논의를 토대로 19세기 전후 음악회의 사회적 성격이 '사교'에서 '음악감상'으로 변화하면서, 음악의 상품화에 대한 요구가 급증했다고 정리했다.

식으로 상품화되고 사유화된 음악은 언제 어느 때나 시간과 장소를 초월해서, 그것도 반복적으로 들을 수 있었다. 특정한 장소에서나 듣고 볼 수 있었던 유명한 기생과 명창의 소리, 악공의 연주, 명배우의 연극, 명변사의 해설은 이제 언제 어디서나 일상 속에서 들을 수 있게 된 것이었다.

뿐만 아니라 유성기는 그것을 직접 소유할 수 없었던 사람들에게까지도 음악과 연극 등을 대중화시키는 데 기여했다. 실제로 유성기는 매우 고가高價였으며, 따라서 1920년대 중반까지도 가정에서보다는 공공장소에서 청중을 동원하거나 여흥을 함께 즐기는 등의 목적으로 애용되었다. 1907년부터 1928년까지의 유성기 신문광고를 분석한 이상길에 의하면, 수입상들의 주된 목표수요층은 가정과 함께 학교와 상인, 상점, 그리고 교회나 사회단체였다. 즉 다수의 손님을 유인해야 하는 상점은 말할 것도 없거니와, 애국부인회나 국시유세단國是遊說團 등 다양한 단체의 행사에서 사람들을 모으기 위해서, 그리고 학교에서 학생을 모집하거나 교회에서 전도할 목적으로 유성기를 틀어주었다는 것이다. 뿐만 아니라 1920년대 초반부터는 단순히 '호객'의 수준을 넘어서 전문적인 음악감상을 위한 유성기 음악회가 열리기도 했다.[18] 이제 사람들은 길거리에서도 상점과 학교, 교회, 각종 회관 등에서 흘러나오는 나오는 유성기 소리를 들을 수 있었다.

자연스럽게 유성기 음반시장은 대중사회의 공동적인 감각이나 감정, 나아가 취향을 적극 반영해 나갔다. 우선 음악 분야에서는 장안의 명창

이에 관해서는 요시미 순야의 『소리의 자본주의』(송태욱 역, 이매진, 2005), 111~121쪽을 참고할 것.

18 이상길, 「유성기의 활용과 사적 영역의 형성」, 『언론과 사회』 33, 사단법인 언론과사회, 2001, 61~63쪽.

으로 손꼽히는 박춘재나 송만갑 등과 함께 내로라하는 기생들이 주로 음반을 취입했다. 그리고 영화·연극의 경우에는 예외 없이 스타성이 있는 공연자들이 중심이 되어 음반을 취입했다. 앞의 목록에서 영화설명을 맡았던 김덕경과 김영환, 김조성은 "해설계의 삼성三星"[19]이라고 불릴 만큼 유명했던 대표적인 변사들이었다. 당시 변사들은 극장 안에서 무성영화를 그저 해설만 해주는 부수적인 존재가 아니라, 무성영화의 상영을 실질적으로 주도하면서 연기하고 연출하며 유명 배우 못지않은 스타덤을 지니고 있었던 핵심적인 존재였다.[20] '극 대사'를 녹음했던 이월화와 안종화 역시 무대와 스크린을 넘나들며 활동하고 있었던 대표적인 스타 배우들이었다. 당시의 극장이 일반 신사들과 여염집 부인들이 찾기에는 매우 점잖지 못한 공간으로 여겨졌다는 점에서 스타 음악인과 배우들의 음반 수요는 자못 높았을 것이었다.

하지만 일단 음반화된 음악과 연극, 영화 등의 대중적 연예물들은 시공간을 초월하여 반복적으로 재생되었으며, 이를 통해 대중사회 안에서 공동의 감각이나 감정 등을 적극적으로 형성해 나갔다.[21] 특히 〈카츄샤의 노래〉와 같은 유행가나 〈춘향전〉과 같은 창극, 그리고 〈장한몽〉이나 〈불여귀〉 같은 신파극 레퍼토리의 음반은, 대중사회의 공동적인 감각이나 감정에 아직 포섭되지 않았던 개개인의 감각이나 감정, 취향 등을 균질화하는 데 기여했다. 즉 음반대중은 시공간적인 제한에서 자유로운

---

19 홍원생紅園生, 「해설계의 삼성三星」, 『매일신보』, 1925.1.1.
20 이에 대해서는 우수진의 「변사의 대중연예, 무성영화를 공연하다」(『한국 근대연극의 형성』, 푸른사상, 2011)를 참고할 것.
21 장유정은 이를 '취향의 공동체'로 표현했다. 「대중매체의 출현과 음악문화의 변모양상─라디오와 유성기를 중심으로」, 『대중서사연구』 18, 대중서사학회, 2007, 280~283쪽.

음반을 대량적이고 동시적으로 소비함으로써 대중적인 공동체감을 형성할 수 있었으며, 그것은 '유행'이라는 감각의 형식으로 확인 재생산되었다고 할 수 있다. 이는 관객대중이 극장 안에서 물리적인 현존을 통해 공동체감을 형성하는 것과 유사하면서도 일면 변형적으로 확장된 방식이었다. 그리고 음반대중을 중심으로 형성되고 공유된 감정과 감각의 공동체는 근대적이면서도 내셔널한 대중문화가 실질적으로 형성될 수 있는 기반이 되었다.

3. 라디오의 동시적 편재성과 공동체감각의 형성

라디오 방송은 20세기 전후 비약적으로 발전한 무선통신 테크놀로지의 성과물이었다. 이탈리아의 마르코니Guglielmo Marconi는 1895년에 무선전신 장치를 발명한 후 1899년과 1901년에 각각 도버해협과 대서양을 횡단하는 장거리 통신에 성공했다. 그리고 미국의 페선던Reginald Aubrey Fessenden은 1906년에 무선전신의 전파 원리를 응용하여 소리를 보내는 무선전화 실험에 성공했다. 디포리스트Lee De Forest에 의해 시작된 라디오 방송은 무선전화를 활용하여 각 가정에 판매한 수신장치를 통해 음악을 방송하는 일종의 서비스 사업이었다. 이로부터 20년이 채 지나지 않아 일본에서는 도쿄 방송국이 1925년경 방송을 시작했으며,[22] 2년 후인 1927년 2월 16일에는 우리나라에서도 경성 방송국이 공식적으로 개국했다. 시험방송이 시작된 것은 이보다 이른 1924년 말경이었다. 당시 라디오 공개방송에 모인 청중들은 소리를 무선으로 전송 재생시키는 테크놀로지에 열광적으로 환호했다.

최초의 라디오 시험방송은 체신국에 의해 비공개적으로 이루어졌다. 1924년 12월 1일 광화문 체신국은 체신국의 방송실에서 약 '백 간間' (약 182m 정도) 정도 떨어진 수화처受話處에 소수의 신문기자들을 초청해 놓고 약 1시산 30분 가량 시험방송했다. 프로그램은 체신국장의 연설과 유성기 소리, 성악, 하모니카 연주 합창 등으로 구성되었다. 시험방송의 성공에 힘입어 12월 10일에는 일본전보통신 경성지국 주최의 공개 시험방송이 처음 시도되었다. 송신처送信處는 예전처럼 체신국 방송실이었지만, 수화처는 전보다 좀 더 먼 곳에 위치한 삼월오복점三越吳服店 3층 옥상(지금의 명동 부근)이었다. 전날에는 기술 점검을 위한 간단한 비공개 시험방송이 있었으며, 다음날에는 오전 11시 반에서 오후 1시까지, 그리고 오후 3시부터 오후 5시까지 두 번에 걸쳐 공개적인 시험방송이 진행되었다. 미쓰코시 백화점의 경성 출장소였던 삼월오복점 자체가 번화가에 위치한 이유도 있었겠지만, 최초의 공개 라디오 방송을 듣기 위해 "뎡각에ᄂᆞᆫ 림츄의 여디가 업시 방텽긱이 모혀 큰 셩황을 일우엇"[23]다. 당시 프로그램은 일본전보통신사 경성 지국장과 체신국장의 연설과 유성기 소리 및 각종 여흥으로 구성되었다.

초기의 라디오 시험방송은 그 자체가 극장적인 성격을 띠고 있었다.

---

22 오사카大阪 방송국과 나고야名古屋 방송국은 각각 6월 1일과 7월 15일부터 방송을 시작했다.
23 「방송무전공개」, 『매일신보』, 1924.12.12. 기사 내용 중 "림츄"는 '립츄立錐'의 오기誤記로 보인다.

무엇보다도 사람들은 최첨단 테크놀로지가 연출하는 '신기한 구경거리'를 보기 위해 한 공간에 모여 들었다. 소리의 공유는 원래 물리적인 장소의 공유를 전제로 하는 것이었다. 하지만 라디오 방송을 통해 사람들은 먼 곳에서 발생한 소리가 전기 신호로 변환되고 공중의 전파를 통해 자신에게 똑똑히 전달되는 '소리의 스펙터클'을 직접 경험하게 되었다. 그리고 그 경험은 라디오 방송을 직접 '듣는' 것이었지만, 동시에 그것의 실연實演을 직접 '보는' 것이기도 했다. "죽기 전에 이상한 조화를 한번 보라고 왔소"라는 어느 노인 방청객의 말은 그 자리에 모여 있었던 대다수 청중의 심경을 분명하게 대변해주고 있었다.

라디오 방송은 각각 다른 장소에 위치한 송신처와 수화처가 미디어를 통해 연결된다는 점에서 비현장적이고 간접적인 것이었지만, 방송과 청취 행위는 무대극처럼 어디까지나 동시적으로 발생하는 것이었다. 방송이 시작되면 사람들은 어딘가 무대 위에서 이루어지고 있는 연설과 공연의 소리에 다같이 귀를 기울이며 감탄했다. 분명 최초의 라디오 방송은 방송(공연)과 청취(관극)가 장소성을 초월하여 동시적으로 이루어지는 것이었다는 점에서 당시 청중들에게 근대 테크놀로지가 연출해내는 하나의 신기한 스펙터클이자 일종의 버라이어티한 이벤트로 경험되었다.

불과 며칠 뒤 『조선일보』에서는 대규모 공개 시험방송을 주최했다. 12월 17일에서 19일까지 진행된 삼 일간의 방송은 조선일보사와 우미관을 각각 송신처와 수화처로 하는 최초의 조선말 방송이었다. 수화처가 '우미관'이었다는 사실은 당시 라디오 방송 자체가 띠고 있었던 극장적인 성격, 즉 그것이 최첨단 테크놀로지 스펙터클로 경험되었음을 상징적이면서도 실제적으로 보여준다. 첫날 우미관에서의 시험방송이 특히 오후

생학녀남의장만는기늣을함긔신에험실기다호배만로으책
(험 시 화 면 션 무 의 당 회 공 터 부 시 한 후 오 일 작)

〈그림 1〉 경성공회당의 라디오 공개방송 모습. "책으로만 배호다가 기 실험에 신긔함을 늣기는 만장의 남녀학생(작일 오후 한시부터 공회당의 무선뎐화시험)."

시간대에 용산과 일본, 중국 사이의 무선전신 교환으로 인해 발생한 전파방해로 인해 차질을 빚자 주최 측은 장소를 경성공회당으로 옮겨 진행하였다. '경성공회당' 역시 당시 극장 공간으로 활용되었던 곳이었다.

『조선일보』의 시험방송은 공전절후의 대성황을 이루었다. 애초 주최측에서는 사회의 열렬한 요구를 받아들여 삼 일간 세 차례, 즉 오전 11시와 오후 1시, 3시에 각각 독자와 학생, 일반 공중을 대상으로 하는 총 아홉 차례의 방송을 하고자 했다.[24] 하지만 첫날 몰려드는 사람들로 인

---

24 당시 『조선일보』는 이러한 상황을 다음과 같이 설명하고 있었다. "샤회 각 방면의 환영과 찬동이 극히 열렬하야 한두번의 공개로는 도저히 구경하실 희망자의 몃분지일도 수용할 수 업슴으로 삼 일간을 계속 공개하기로 하야 하로에 두차례식 실연하기로 결뎡하얏든바 경성에 잇는 애독자 제씨의 희망에 의지하야 다시 독자우대의 한차례를 더 너허

해 장내의 신속한 정리가 어려워지자, 하루 세 차례로 예정되었던 방송은 두 차례로 변경되었고 입장객의 수도 천 명으로 한정되었다. 당시의 기사는 이러한 상황을 다음과 같이 보도하였다.

여섯시부터 모혀드는 군중! 양복신사도 잇고 가뎡부인도 모히고 로동자도 잇스며 로인네도 잇서서 실로히 경성시민의 각계급을 망라하얏는가 하는 감상이 잇섯다 뒤를 이어 뒤를 이어 모혀드는 군중은 도저히 일시에 수용할 길이 업서서 두번 세번 문을 닷고 정리하지 아니하면 도저히 공회당이 터질 디경이라 성황 이상의 성황을 극한 이 광경을 본 본정本町 서署에서는 만일을 넘려하야 경관까지 출장하야 겨우 정리를 하얏는대 뎡각 일곱시에는 이미 공회당 안에는 발낏 하나 드려노흘 틈이 업섯다[25]

한층 다채로워진 프로그램은 당시의 연극장들처럼 버라이어티 형식으로 구성되었다. 매 방송마다 약간의 차이는 있었으나 대개는 『조선일보』측의 인사인 이상협이나 백관수, 이서구의 개회사와 민태원의 예사禮辭, 무선전신에 대한 활동사진인 〈신비한 상자〉 상영, 그리고 홍영후(난파)의 바이올린 독주와 정악전습소원의 합주合奏, 조동석의 단소 독주獨奏, 이동백의 단가短歌나 판소리, 김금주의 단가, 윤극영의 동요 독창, 그리고 유성기 소리 등으로 구성되었다. 그리고 단체관람 학생들을 위해서는 특별히 무선전신기계 제조소의 소장인 가시마加島의 무선전신

하로 세차례식 도합 아홉차례를 공개하게 되얏습니다" 「일日삼차삼일 공개」, 『조선일보』, 1924.12.17.
25 「일반에게 공개한 오후」, 『조선일보』, 1924.12.19.

에 관한 강연이 더해졌다. 둘째 날 저녁 7시 방송에서는 이상협과 민태원의 개회사와 예사가 끝난 후 김금주의 단가, 조동석의 단소, 정악전습소의 조선악 합주, 이동백의 〈화룡도〉(적벽가)가 이어졌으며, 청중들의 즉흥적인 앵콜 요구로 인해 이동백의 단가와 조동석의 단소가 더해졌다("보러왓든 텽중은 이미 실험쌘으로 만족지 안코 바로 음악회에 온 텽중과 가티 좀 더 듯자는 주문까지 잇서서"). 앵콜 공연 후에는 활동사진 상영이 있었으며, 방송이 모두 마친 것은 9시였다. 『조선일보』는 이날의 방송을 "가장 완전한 무선뎐화 실험 겸 음악회"[26]라고 자평하였다. 당시 청중들에게 연설자나 공연자의 모습을 직접 볼 수 없는 것은 아무런 문제가 되지 않았다. 오히려 라디오 방송이 제공하는 '소리의 스펙터클'에서는 사라진 시각성은 그 자체가 스펙터클의 일부가 되었다.

일련의 공개 시험방송 이후 체신국에서는 1925년 3월 14일부터 일주일에 두 번, 하루에 두 차례, 한 차례에 1시간씩 정기적인 시험방송을 시작했다.[27] 그리고 청취자들의 요구가 점점 늘어나자 시간을 늘려, 6월 21일부터는 야간에 주 4회, 1시간 반씩 방송했다.[28] 프로그램은 주로 신문기사나 일기예보, 그리고 음악방송 등으로 구성되었다. 마침내 공식적인 방송이 매일 이루어지기 시작한 것은 1927년 2월 16일이었다. 하지만 라디오의 청취율은 아직도 낮은 편이었다. 최소 15~16원에 달하는 고가의 라디오 장비와 월 2원의 라디오 수신비는 현실적으로 부담

---

26 위의 글.
27 3월 14일부터 수요일과 토요일 각각 오전 11시부터 정오까지, 3시부터 4시까지 1시간씩 방송하였으며, 4월 8일부터는 수요일과 토요일 각각 정오부터 1시까지, 오후 2시부터 3시까지로 시간을 조정하여 방송했다.
28 처음에는 화목금일 오후 6시 반부터 8시까지로 변경했다가, 다음 해인 1926년 5월에는 30분씩 늦춘 7시부터 8시 반까지로 시간을 조정해 방송했다.

스러운 액수였기 때문이다. 1925년 6월경 라디오 신청자는 70여 명 정도였고 불법 청취자는 수백 명에 달하는 것으로 추산되었는데,[29] 그나마 신청자들 중 대부분이 일본인이었다.

정기방송이 시작된 이후에도 여전히 일반 대중들은 공개방송의 형식으로 라디오를 청취했다. 홍보를 위한 목적으로 1925년 4월 22일과 25일에 남산 음악당에서는 한두 시간씩 라디오를 공개적으로 방송하였으며, 1926년 7월 15일에는 탑골공원 안에서도 공개방송이 이루어졌다. 흥미롭게도 지방에서는, 물론 홍보를 목적으로 하는 것이었지만, 라디오 순회대가 조직되기도 했다. 즉 1925년 12월에는 부산의 후타바二葉 전기상회의 후원으로 조직된 라디오 순회대가 마치 순회 연극단과 같은 형식으로 약 두 달 간의 일정으로 삼남 지방을 순회했다.[30]

정기적인 시험방송과 함께 극장이나 공원 같은 공공장소에서 라디오 방송을 듣던 '청중'들은 시간이 지남에 따라 가정에서 사적으로 라디오 방송을 듣는 개인적인 '청취자'가 되었다. 그리고 이에 따라 라디오청취는 이제 더 이상 공공적이고 집단적인 경험이 아니라 사적이고 일상적이며 친밀한 경험이 되었다. 하지만 여전히 그것은 물리적인 장소를 초

---

29 「무선전화 매주 4회로 정기방송」, 『동아일보』, 1925.6.26. 불법 청취자는 비록 수백에 달했지만, 허가받은 청취자나 불법 청취자의 대부분은 일본인이었을 것으로 추정된다.
30 「'라디오'반 순회 일정」, 『동아일보』, 1925.12.5. 그 일정과 지명은 다음과 같았다. "▲ 12월 10일 김천 ▲11일 영동 ▲12일 옥천 ▲13일 태전 ▲14일 논산 ▲15일 강경 ▲16일 이리 ▲17일 군산 ▲18일 옥구 ▲19일 김제 ▲20일 만경 ▲21일 태인 ▲22일 고부 ▲23일 정읍 ▲24일 전주 ▲25일 임관 ▲26일 남원 ▲27일 곡성 ▲28일 옥과 ▲29일 순창 ▲30일 담양 ▲31일 창평 ▲1월 1일 휴休(광주) ▲2일 광주 ▲3일 화순 ▲4일 능주 ▲5일 남평 ▲6일 나주 ▲7일 송정리 ▲8일 장성 ▲9일 고창 ▲10일 영광 ▲11일 영산포 ▲12일 함평 ▲13일 무안 ▲14일 목포 ▲15일 해남 ▲16일 영암 ▲17일 강진 ▲18일 장흥 ▲19일 보성 ▲20일 벌교 ▲21일 순천 ▲22일 광양 ▲23일 여수"

월하여 도시 내 공간에서 동시적이면서도 편재적으로 이루어지는 '소리의 스펙터클'에 대한 집단적이고 공동체적인 경험을 제공하는 것이었다. "라디오극장은 청천에 떠잇다"[31]는 이경손의 말처럼 그것은 하늘을 무대로 하는 하나의 도시극장이었다.

4. 극장적 공공성과 상업성의 변형과 확장

근대 극장은 누구든지 입장료를 내면 들어올 수 있다는 점에서 공공적인 동시에 상업적인 극장이었다.[32] 극장은 일종의 시장市場과 같이 배우와 관객 사이에 교역이 발생하는 공간이었으며,[33] 이 안에서 배우는 공연물을 상품으로 제공하고 관객은 그 상품의 소비자가 되었다. 기존의 무대극장 안에서 교역은 일회적이고 직접적인 방식으로 거래되었다. 하지만 미디어극장에서 그것은 말 그대로 미디어에 의해 매개되었기 때문에 간접적인 동시에 편재적인 방식으로 이루어졌다. 그리고 그 결과 그 공

---

31 이경손, 「무선방송극의 연출품과 무전극 연구회에 대하에 (하)」, 『시대일보』, 1926.6.28.
32 이전까지 기생과 창부의 연희는 소수의 왕족과 귀족, 고위관리, 양반, 그리고 부유한 중인들의 전유물이었으며, 일반대중이 접근할 수 없는 궁중이나 관청, 사가私家 등의 공간에서 비공개적으로 향유되었다. 하지만 신분이나 경제적인 이유로 기생과 창부의 연희를 접할 수 없었던 일반대중들은 이제 최소 15전에서 50전의 입장료만 내면 그들과 같은 공간에서 함께 즐길 수 있게 되었다. 근대극장의 등장과 함께 공공화된 창부와 기생의 연희에 대해서는 우수진, 「협률사, 극장 도시를 시작하다」(『한국 근대연극의 형성』, 푸른사상, 2011), 48~60쪽을 참고할 것.
33 Erika Fischer-Lichte, *The Show and the Gaze of Theater; A European Perspective*, Univ. of Iowa Press, 1977, p.1.

공성과 상업성은 무대극장의 경우와 비교할 수 없을 정도로 확장되었다.

상설극장인 무대극장과 달리 미디어극장은 미디어 기기機器와 함께 언제 어디서나 존재할 수 있다는 점에서 일종의 이동극장과 같았다. 따라서 미디어극장에 대한 관객의 접근성은, 무대극장이 하루에 한두 번의 공연, 그리고 한 번의 공연에 일정한 수의 관객 이상을 수용할 수 없었던 데 비해 비교할 수 없을 정도로 확장되었다. 미디어극장은 궁극적으로 1인 1미디어를 통해 1인 1극장을 지향했으며, 오늘날에 와서는 1인 다多미디어를 통해 1인 다多극장 시대를 실현하고 있다.

초창기 미디어극장은 미디어 기기, 실상은 기기에 내장된 하이테크 놀로지 자체가 엄청난 고가高價였기 때문에 일반 대중이 손쉽게 접근할 수 없었다. 예컨대 1900년 전후 사용되었던 유성기는 왁스 원통형 음반을 사용하는 기기였으며, 너무나 고가여서 극히 일부의 상층인사들만 구입할 수 있었다. 신문기사에 의하면 당시 고관高官들은 잔치의 흥을 돋우기 위해 유성기를 사용했는데, 여기에 서양 사람들을 고용하여 즉석에서 기생들의 노랫소리를 녹음하고 재생시켰다.[34]

유성기장이 등장할 수 있었던 것은 이러한 고가 유성기의 희귀성 때문이었다. 사람들은 유성기를 '구경'하기 위해 상대적으로 매우 저렴한 비용을 기꺼이 지불했다. 1899년 3월 13일 자 『제국신문』의 광고에 따르면 당시 구경값은 어른이 백통전 한 개였고 아이는 적동전 세 개였는데, 백통전 한 개는 2전 5푼, 적동전 세 개는 1전 5푼에 해당되는 금액

---

34 「만고절창」, 『독립신문』, 1899.4.20. 에디슨이 은박지 대신 왁스를 사용하여 만든 원통형 음반은 재질이 무르기 때문에 즉석에서 녹음이 가능하고 그 자리에서 바로 재생할 수 있었다. 배연형, 앞의 책, 11쪽.

이었다. 1902년 한성부 내에 최초의 실내극장으로 개장했던 협률사의 입장료가 관객석의 등급에 따라 50전에서 1원에까지 이르렀고 상대적으로 저렴했던 활동사진의 구경값이 10전이었다는 점을 감안한다면, 유성기장의 입장료는 상당히 저렴한 편이었다.[35] 유성기장은 기기와 음반만 가지고도 넓지 않은 공간에서 비교적 쉽게 개장할 수 있었기 때문에 시내에서 여러 곳이 성업 중이었으며, 또한 그로 인해 입장료가 더 이상 비싸지지는 않았다.

1907년경 미국의 콜럼비아사에서 평원반 음반을 판매하기 시작하면서 유성기는 본격적으로 일반에 보급되기 시작했다. 물론 유성기의 가격은 20원에서 90원까지를 호가呼價할 만큼 여전히 값비쌌고[36] 음반 한 장의 가격도 1원 50전에 달했지만, 그럼에도 불구하고 유성기는 구매하고 싶은 매력적인 물건이었다. 시내에 위치한 공공극장들은 대부분 접근성이 좋았지만 공연시간은 저녁부터 밤까지였고, 더구나 당시 연극장은 사회적으로 풍기문란한 공간으로 인식되고 있었다.[37] 연극장은 점잖은 신사들이나 여염집 부인들, 또는 가족 모두가 취미 삼아 다니기에

---

35 이를 통해 볼 때 1900년 전후 한성부의 극장 문화는 이들 유성기장과 함께 용산·아현 등지의 한강변을 중심으로 성업했던 무동연희장, 그리고 1902년에 한성부 내에 설치되었던 협률사와 1903년 동대문 안 전기회사 기계창에 가설되었던 활동사진관 등을 중심으로 형성되고 있었다. 무동연희장 및 협률사에 관해서는 우수진, 앞의 글을 참고할 것.

36 90원은 오늘날 200만 원에 달하는 돈으로, 1907년 당시 목수의 하루 임금이 약 70전, 신소설 1권의 가격이 대략 30전이었다고 한다. 따라서 90원이면 목수의 100일분이 넘는 돈이었다. 통계청 편,『통계로 본 개화기의 경제·사회상』, 1994; 한기형,『한국 근대 소설사의 시각』, 소명출판, 1999, 236쪽에서 재인용.

37 극장의 풍기문란을 둘러싼 당시의 논의에 대해서는 우수진, 앞의 책, 70~73쪽 참고할 것. 명월관 같은 고급 요리점에서도 기생이나 창부의 소리와 춤을 접할 수 있었으나, 이는 주로 고관대작 중심의 남성 상층인사들을 대상으로 영업하는 곳이었기 때문에 극장보다 일반인들의 접근이 더욱 어려웠다. 명월관은 궁중 요리장이었던 안순환이 1904년 지금의 광화문 『동아일보』 구사옥 자리인 황토현에 개업한 고급 요리점이었다.

는 아직 어려운 공간이었던 것이다. 하지만 유성기는 한번 사두면 영구적으로 사용할 수 있었다. 그리고 음반 가격은 극장 입장료보다는 비쌌지만, 여러 사람들이 함께 반복해서 들을 수 있었기 때문에 장기적으로는 극장 입장료보다 저렴한 것이었다. 뿐만 아니라 음반 시장의 경쟁이 갈수록 치열해지는 가운데 음악 및 대중연예의 종류가 점차 다양해지고 있는 상황 역시 유성기의 구매에 긍정적인 요인으로 작용했다.

한편 라디오는 공중의 전파를 이용하여 무선으로 작동하는 고도의 하이테크놀로지를 통해 실현되는 전자 미디어였다.[38] 라디오는 방송국에서 송신하는 프로그램을 수신자가 동시적이고 편재적으로 청취할 수 있다는 점에서 진정한 매스 미디어였으며, 이를 통해 미디어극장의 공공성은 획기적으로 확장되었다. 나아가 그것은 '누구에게나 열려 있다'는 의미에다가 '국가와 관계된 공적인official 것'이라는 의미를 새롭게 더하였다.[39] 우리나라의 라디오 방송사업은 처음부터 민간이 아닌 국가에 의해, 좀 더 정확히 말하자면 조선총독부의 체신국에 의해 (식민지)국민을 대상으로 실시되었던 것이다.

무선전화의 송신시험이 처음 이루어진 것은 1915년경이었으나 라디오 방송이 본격적으로 준비된 것은 1924년경이었다. 당시 조선총독부 체신국에서는 방송에 대한 조사와 기술적 연구를 위해 일본에 실무자를

---

38 당시 라디오는 신문지상에서 통상 "근세 과학의 일대 경이"라는 제목과 "몇백몇천리를 격한 곳에 흔적업시 전파되는 방송무선뎐화의 신긔막측한 비밀을 보라!" 식의 부제 아래 보도되었다. 「근세과학의 일대 경이」, 『조선일보』, 1924.12.17.
39 사이토 준이치는 그의 『민주적 공공성』에서 '공공성'의 의미를 크게 세 가지, 즉 "국가에 관계된 공적인official 것이라는 의미"와 "모든 사람들과 관계된 공통적인common 것이라는 의미", 그리고 "누구에게나 열려 있다open는 의미"로 구분해 설명했다. 사이토 준이치, 윤대석·류수연·윤미란 역, 『민주적 공공성』, 이음, 2009, 18~20쪽.

파견하여 제도를 정비하는 한편, 2만 5천원의 예산으로 5W, 10W의 무선송신기 각 1대와 무선방송 수신기 수대, 기타 필요부품 계기 등을 외국에 주문하여 12월에 시험방송을 시작했다.[40] 그리고 다음 해 1925년 3월부터 일주일에 2회 시험방송을 시작하면서 수신기 설치 청원을 받기 시작했으며,[41] 방송국이 공식 개국한 1927년 2월부터는 2원 상당의 수신비를 받기 시작했다.

수신기 설치 청원은 일종의 수신 청원, 즉 체신국에 수신기 설치를 공식적으로 허가받는 일종의 행정적인 절차였다. 여기에는 수신자를 정확히 파악하여 수신비를 받고자 하는 실질적인 목적이 있었다. 수신기는 개개인이 완제품을 십오륙 원에서 이십 원 정도의 가격으로 구입하거나 아니면 비용 절감을 위해 오륙 원 상당의 부품을 사다 직접 조립해서 마련할 수 있었다. 실제로 누구나 수신기만 설치하면 라디오 방송을 들을 수 있었기 때문에 당시에는 무허가 청취자의 수가 허가받은 이들에 비해 압도적으로 많았다. 따라서 당국에서는 가입자의 문 앞에는 가입자 번호가 적힌 표찰을 붙이고, 무전법無電法에 의거하여 무허가 청취자를 일년 이하의 징역에 처하는 등 엄하게 단속했다.[42] 공중의 전파를 매개로 라디오 방송은 수신기만 있으면 누구나 쉽게 들을 수 있다는 점에서 공공적인(열린) 것이었지만, 동시에 어디까지나 체신국의 허가와 규제를 통해 통제되는 것이라는 점에서는 공공적인(국가적) 것이었다.

국가 미디어로 출발했던 라디오 방송의 제도는 상업성보다 공공성(공

40 한국방송공사, 『한국방송사』, 1977, 16쪽.
41 구체적으로 방송은 3월 14일에 시작되었으며, 방송시간은 수요일 오전 11시~12시, 토요일 오후 3시~4시였다. 「체신국 무전방송」, 『동아일보』, 1925.3.13.
42 「완성된 방송국」, 『동아일보』, 1926.12.24.

영성)을 우선시하는 것이었다. 즉 체신국은 막대한 예산을 들여 라디오 자체를 보급하는 데 노력했다. 그 결과 수신기는 유성기에 비해서 훨씬 저렴해졌으며, 한 달 수신료도 음반 한 장 가격과 별 차이가 없어졌다. 게다가 라디오는 매일 다양한 내용의 방송을 전해 주었다. 즉 그것이 제 공하는 프로그램은 뉴스와 일기, 시황市況 등의 일상적이고 시사적인 정 보에서부터 각종 교양 및 음악, 연극, 연예 등의 오락에 이르기까지 훨씬 다양했다. 장기적으로는 수신자의 급증에 따라 방송국의 수익구조가 개 선될 것이었지만, 국가사업의 일환으로서 라디오 방송의 궁극적인 목적 은 어디까지나 국민의 문화생활을 향상시키는 데 있었다. 특히 오락 프로 그램과 함께 일상적 시사적 정보와 교양 프로그램은 매일매일 수신자 전 체를 향해 일제히 방송됨으로써 국민의 감각을 형성시키는 데 기여했다.

일반적으로 무대극은 유비쿼터스한 디지털 미디어 시대에 거의 유일하 게 현장성을 생명으로 하는 아날로그 형식으로 여겨진다. 하지만 그리스 시대에도 극장은 폴리스의 핵심적인 미디어 중 하나였으며, 우리의 연극 사에서도 극장은 신문과 잡지, 유성기, 라디오 등과 함께 근대 미디어로 등장했다. 실상 근대연극은 미디어연극이라고 해도 과언이 아닐 것이다.
연극의 본질을 현장성보다 인간 행동의 모방에 둔다면, 연극의 영역 은 무대극뿐만 아니라 유성기와 영화, 라디오, TV, 그리고 컴퓨터 및 스 마트폰 등을 통해 인간 행동의 모방을 실연實演하는 미디어연극으로 확 장될 수 있다. 우리의 근대 초기에 유성기와 라디오는 무대 극장적인 환 경에서 경험되었다. 사람들은 유성기와 라디오가 보여주는 근대적인 테 크놀로지의 스펙터클을 직접 경험하기 위해 극장에 모여들었다. 그리고 무대극장에서만 향유되었던 공연물은 유성기와 라디오를 통해서도 향유되었다. 미디어극장은 물리적으로 제한되어 있었던 무대극장의 시공간을 말 그대로 미디어를 통해 획기적으로 확장시켰으며, 이를 통해 근대적이고 내셔널한 대중문화를 형성해 나갔던 것이다.

실제적으로 당시의 연극 장theatrical sphere 안에서 무대극장과 미디어극장은 밀접한 관계 아래 상호교섭하고 있었다. 협률사와 원각사, 광부대와 연흥사, 단성사 능의 극장을 수 부대로 활농하고 있었던 이름난 창부와 기생, 악공, 배우, 변사 등은 대부분 유성기음반을 녹음하였고 라디오에도 출연했다. 당시 신파극과 신극, 영화해설 등은 무대극장과 유성기음반극장, 라디오극장 등에서 동시에, 물론 각각의 미디어에 적합하게 변형된 형식으로 상연되었던 것이다. 우리 연극사의 대표적인 신극단체인 극예술연구회 역시 마찬가지였다. 1931년 창단 이후 그들은 유치진의 〈버드나무 선 동리의 풍경〉과 셰익스피어의 작품들을 무대에서 공연했을 뿐만 아니라 유성기음반으로 녹음했으며 라디오의 방송극으로도 공연했다. 근대연극의 장theatrical sphere 안에서 이들 무대연극(극장)과 미디어연극(극장)이 상호교섭하며 전개되는 양상은 이후 근대연극(사)의 중요한 과제가 될 것이다.

제2장

극장과 유성기, 근대의 사운드스케이프

1. '생생함'이라는 감각과 그 이념

1941년 3월 『춘추春秋』에는 「가무歌舞의 제문제」라는 제목 아래 명창名唱 이동백과 명고수名鼓手 한성준의 대담이 실렸다.[1] 기자記者가 모두冒頭에서 밝혔듯, 전수기관傳授機關 하나 없는 현실에서 조선의 가무를 어떻게 보존해 나갈 것인가에 대한 답을 모색하기 위해 마련된 자리였다.

---

1   이동백·한성준 대담, 「가무歌舞의 제문제諸問題」, 『춘추春秋』 2-2, 1941.3, 147~153쪽.
     이 기사는 소위 '신극新劇의 기점 논쟁'을 통해 근대극 연구자들에게는 어느 정도 잘 알려진 자료이다. 대담 중 이동백과 한성준은 지난 원각사 시절에 공연했던 창극唱劇 중 하나가 원주에서 폭정을 일삼던 정감사鄭監事에 의해 어느 양민良民이 억울하게 맞아죽었던 실제 사건을 토대로 만들어 큰 인기를 끌었다고 회상하는데, 이후 유민영 교수는 이를 근거로 '신연극新演劇' 〈은세계〉가 신파극이 아닌 판소리 개량극, 즉 창극이었다고 주장했다.(유민영, 「연극(판소리) 개량시대」, 『연극평론』 6, 한국연극평론가협회, 1972) 이는 당시 학계의 정설定說로 받아들여졌던, '신연극' 〈은세계〉는 신파극이었다는 이두현 교수의 주장을 뒤집고 근대극('신극新劇')의 기점을 1911년 임성구 일행의 신파극단인 혁신단 공연으로 재설정하면서 학계의 큰 화제를 모았다.

어느덧 여든과 일흔을 바라보고 있었던 이들은 대담의 취지를 크게 의식하지 않고 편안하게 지난날을 회상하며 이야기를 이끌어간다. 하지만 시작하면서 전통의 보존에 관해 가볍게 주고받은 다음의 대화는, 근대 매체와 소리 재생에 대해 흥미로운 인식을 드러낸다는 점에서 주의 깊은 일독一讀을 요한다.

한　그렇다뿐이겠습니까. 더군다나 형兄님의 소리는 형兄님 개인個人의 것이안이라 조선朝鮮의 단뿐하나뿐인 명창名唱인데.

이　아니 무슨 내가 소리를 잘 한대서 하는 말이 아녀. 연령年齡이란 속일수 없어 늙으면 죽는거지만 소리만은 남어있으면 허겠단 말이지. 이런 심정心情이야 소리하는 사람치고 다 가졌겠지.

한　그렇니까 유성기留聲機 소리판이 있어서 후세後世에 전傳할수 있잔습니까.

이　허허─ 그것이야 기계機械가 하는 것이지 사람이 하는 것인가. 그것은 생생生生한 맛이 없거던. 우린 무식無識해서 알순 없지만 생기生氣가 없는것은 예술藝術이라 할수없을것이요.

대화에서 이동백은 자신의 죽음보다도 소리의 죽음을 더 안타까워한다. 한성준은 이동백에게 그의 소리가 유성기음반을 통해 후세에까지, 아마도 영원히 살아남지 않겠냐고 위로의 말을 건네지만, 이동백의 대답은 의외로 단호하다. 유성기 소리는 기계의 소리일 뿐 생생한 육성肉聲이 아니기 때문에 자신의 소리도 아니고 진정한 예술도 아니라는 것이었다.

매체가 재생하는 소리에 대해 두 사람은 비슷하지만 상반된 입장을 취하고 있다. 우선 이들은 몸과 소리의 분리를 어느 정도 당연시 여긴다. 하지만 한 사람은 몸에서 분리된 소리가 미디어를 통해, 여기서는 유성기와 그 음반을 통해 영구히 재생산될 수 있다고 생각한다. 그리고 다른 사람은 미디어에 의해 재생되는 소리가 실제 소리와 같을 수 없으며, 진정한 예술이란 모름지기 생생한 것, 생기가 있는 것이어야 한다고 주장한다.

두 사람은 '사실'에 대해 말하고 있는 것 같지만, 실질적으로는 각자의 '인식'에 대해 말하고 있다. 소리가 몸에서 해방되고 시간과 공간으로부터 독립한 것은 어디까지나 근대적인 사건으로서 전화와 축음기, 라디오 등의 근대 미디어가 발명되고 일반에 보급되면서부터였다. 이들이 아직 젊었던 19세기 후반까지만 해도 소리가 몸에서 분리된다는 것은 상상조차 할 수 없는 일이었다. 실질적으로 몸과 소리의 분리에 대한 인식은, 우리의 경우 20세기 전후에 전신과 전화, 유성기, 라디오 등의 근대 미디어들이 등장하고 이에 대한 경험이 축적되면서 사회문화적으로 구성된 것이라고 할 수 있다.

유성기음반을 통해 이동백의 소리가 후세에 영구히 살아남을 것이라는 한성준의 말은 당시의 음향재생 기술상 사실이 아니었다. 음반 제작의 기술적인 한계로 인해 음반의 영구보존이 불가능했기 때문이다. 유성기는 유성기 바늘이 음반의 소리골을 따라 움직이면서 소리를 재생하는 방식으로 작동했기 때문에 음반의 재생 횟수가 많아지면 소리골이 마모될 수밖에 없었다. 따라서 음반 자체는 소모품에 가까웠고 실제로도 그렇게 인식되었다. 아껴서 사용한다고 해도 음반 자체가 온도와 습도에 민감해 장기보관도 쉽지 않았다. 그런 점에서 한성준의 말은 근대 미디어에 대한 자신과 세간의 '믿음', 즉 몸에서 분리된 소리가 미디어를 통해 영구히 살아남을 수 있다는 '믿음'을 전달하는 것이었다.

나아가 이동백은 생기가 없는 것은 예술이 아니며, 예술의 생명은 생생함에 있다고 단언한다. 생생함은 바로 '기계가 아닌 사람이 하는' 데서 오는 것, 즉 현장의 원음原音에 기인한다는 것이었다. 이동백의 말은 앞서 한성준이 보여주었던 미디어에 대한 믿음에 거리를 두는, 그리고 엄밀히 말한다면 그 믿음을 선제로 하는 것이었다. 봄과 소리의 분리를 상상할 수 없었던 시대에는 원음이 생생하다는 감각이나 인식조차 가능하지 않기 때문이다. 따라서 이동백의 감각이나 인식은 지난 40여 년간의 미디어 경험에서 비롯된 것이라고 할 수 있다.

조선 시대에 태어난 이동백과 한성준, 이 두 사람은 양반들의 대청大廳에 불려다니며 소리를 하다가 대한제국 시대부터는 한성부 안에 등장한 극장들의 무대에 서기 시작했다. 그리고 1910년대 이후에는 유성기가 보급됨에 따라 다수의 음반을 취입하였고, 1920년대 중반부터는 신설된 라디오 방송에까지 활동장을 넓혀 나갔다. 1930년대에 전성을 맞이했던 식민지 조선의 대중문화는 실상 문명개화 이후 점차 축적된 극장과 음반, 라디오 등과 같은 문화산업의 물적 기반과 이를 무대로 활동해온 인적 자원들이 총체적으로 네트워킹되면서 만들어진 결과였다. 그리고 이동백은 이들 미디어를 넘나들면서 누구보다도 열심히 활동했고 그 수혜를 가장 많이 받은 사람들 중 한 명이었다.

그런데도 1941년 1월 『춘추』의 대담에서 이동백은 예술의 "생기"와 "생생한 맛"을 강조하면서 유성기 소리에는 그것이 없다고 목소리를 높였다. 왜 그랬을까? 혹시 생생함의 문제 이전에, 유성기음반(의 소리)에 의해 정작 자기 자신(의 소리)이 밀려나고 있다는 느낌, 그로 인한 불쾌감이나 불안감이 그 근원에 자리해 있었던 것은 아니었을까? 여기서의 논의는 이러한 문제의식에서 출발한다. 실제로『춘추』의 대담이 있었던 1941년 무렵에는 라디오 방송에서도 유성기음반이 명창이나 가수, 배우들을 대체하는 경우가 점점 잦아지고 있었다.

재생음의 생생함은 통상 원음의 생생함에 비견된다. 하지만 여기에는 몸과 소리, 원음과 재생음을 분리하고[2] 재생음을 통해 원음의 불가능한 재현을 궁극의 목표로 삼는 근대 음향기술의 '이념'이 자리하고 있다. 원래 음향재생 기술은 재생음이 원음에 가깝다는 느낌을 창출하도록 인위적으로 소리를 재구성한다. 조녀선 스턴Jonathan Sterne의 말을 빌자면, 음향적 충실도sound fidelity는 소리와 그 원천의 관계라기보다, 어디까지나 특정하게 조직된 기계들의 배치와 그 사회적 기능에 대한 믿음의 문제라고 할 수 있다. 음향 재생은 처음부터 스튜디오의 예술이었던 것이다.[3]

스턴은 이어서 다음과 같이 말한다. "레코딩, 전화, 라디오 같은 기계적 음향 재생의 시대에 대두한 음향적 원본성의 조건에 대해서도 똑같이 말할 수 있다. (…중략…) 재생의 가능성이 원본의 가능성에 우선했던 것이다."[4] 그리고 이를 위해 벤야민의 '아우라aura' 개념을 재검토한다. 잘 알려져 있듯 벤야민은 「기술복제 시대의 예술작품」에서 아우라

---

2   캐나다의 작곡가이자 환경운동가인 머레이 쉐이퍼는 근대 전기혁명이 소리를 패키지화하고 저장하는 기술과 소리의 일부를 원래의 콘텍스트로 분리하는 기술을 소개했다고 하면서, 이를 '스키조포니아schizophonia', 즉 '소리분열'이라는 용어로 표현했다. 머레이 쉐이퍼, 한명호・오양기 역,『사운드스케이프－세계의 조율』, 그물코, 2008, 150쪽.
3   조녀선 스턴, 윤원화 역,『청취의 과거－청각적 근대성의 기원들』, 현실문화, 2010, 297쪽.
4   위의 책, 298・299쪽.

를 특정한 재현의 시공간에서 나타나는 독특한 현존으로서 특정한 맥락과 전통 속에서 위치시켰다. 그리고 기계적 복제가 특정한 시공간, 전통의 속박에서 복제 대상을 해방시켜서 아우라를 파괴한다고 말했다. 하지만 스턴은 아우라의 구성 자체가 매우 회고적인 것이라고 강조한다. 아우라는 자기 현존의 부차적 효과나 내재적 특질이 아니라 오히려 복제 가능성의 산물로서 복제에 수반되는 향수의 대상이라는 것이다. 실세로 복제는 사본을 원본에서 분리하는 것이 아니라 원본성의 독특한 형태를 창조하는 것이다.[5]

'기계가 아닌 사람의 소리'에 대한 이동백의 강조 역시 같은 맥락에서 이해해 볼 수 있다. 그러나 여기서는 그가 단순히 '사람의 소리'를 강조하는 데 그치지 않고, 그것의 '생생함'을 강조했다는 사실에 좀 더 주의를 기울일 필요가 있다. 즉 그는 '생생함'이야말로 자기 자신이 재생음의 원음이라고 간주하는 '사람의 소리'와 그것이 만들어지는 '현장성'의 고유한 미덕이라고 주장했던 것이다. 하지만 '생생함'은 원래 현장의 소리보다 유성기와 라디오 등과 같은 근대 매체의 소리적 특성으로 인식, 경험되었다. 그리고 여기서는 이를 극장과 유성기가 만들어냈던 근대의 사운드스케이프soundscape를 통해 살펴보고자 한다. '(원음처럼) 생생하다'는 수사는 음향재생기술에 본래적으로 부재한 현장성 내지는 원음의 존재를 상상적으로 환기시키고, 근대의 음향재생 테크놀로지에 대한 확신과 믿음을 심어주는 데 기여하는 것이었다.[6] 반면에 협률

---

5   벤야민의 아우라 개념에 대해서는 위의 책, 297~299쪽을 참조할 것.
6   위의 책, 41~42쪽. 서구에서 원음과 재생음을 비교하는 수사법 자체는 광고주들이 잠재적인 소비자들로 하여금 재생음이 어딘가의 원음을 반영하고 있으며, 따라서 새로운 음향매체가 대화처럼 익숙한 커뮤니케이션에 속한다는 확신을 심어주기 위해 고안된

사 이후 근대연극(극장)의 소리는 오히려 '소음'에 가까운 것으로 인식, 경험되었다.

'소리'와 '풍경'의 합성어인 '사운드스케이프'라는 용어는 머레이 쉐이퍼Murray Shafer가 고안한 용어로서, 자연의 소리, 농촌/도시의 소리, 음성, 음악 등을 모두 포괄하는 제반의 소리환경을 의미한다.[7] 따라서 근대연극(극장)의 소리풍경은 연극(공연)의 내용이 되는 직접적인 말소리(대사와 노래)나 음악, 음향 소리 등뿐만 아니라 극장(건축)을 둘러싸고 발생하는 모든 소리, 즉 관객을 모으기 위한 음악이나 고함 소리, 사람들의 웅성거림 등을 모두 포괄한다. 소리는 생성되는 순간 공중 속으로 사라진다는 점에서 근대연극의 사운드스케이프는 과거의 기록들을 통해 재구성될 수밖에 없다. 하지만 오히려 우리는 과거의 기록을 통해 소리들의 정보뿐만 아니라 소리들에 대한 사회문화적 인식까지 함께 포착할 수 있다. 쉐이퍼에게도 사운드스케이프는 물리적 환경만이 아니라 환경을 인식하는 방법이었다. "어떤 사회의 일반적 음환경acoustic environment은 그것을 탄생시키는 사회적 상황의 지표로 읽혀질 수 있"[8]기 때문이다.

것이었다고 한다.

7 사운드스케이프에 대한 자세한 논의는 다음과 저서와 논문을 참조할 수 있다. 머레이 쉐이퍼, 한명호·오양기 역, 앞의 책; 김서경, 「사운드스케이프의 음악교육적 적용방안」, 『음악과 민족』 38, 민족음악학회, 2009; 김수진, 「라디오가 들려주는 소리 정치성」, 『대중서사연구』 35, 대중서사학회, 2015.

8 머레이 쉐이퍼, 한명호·오양기 역, 위의 책, 21쪽.

2. 극장 — 도시의 '소음'에서 '배경음'으로

1900년의 한성부 도심 한가운데에 서있다고 상상해보자. 무슨 소리들이 들리는가. 사람들의 웅성거림, 그 사이를 뚫고 울려 퍼지는 장사꾼들의 외침, 소나 말이 끄는 수레의 바퀴소리, 간간이 바쁘게 지나가는 가마와 인력거의 소리, 그리고 여기에 1899년 5월에 개통된 전차가 달리면서 내는 낯선 굉음 소리가 간간이 더해질 수 있을 것이다. 자동차소리는 아직 들리지 않는다. 오늘날 오토바이와 자동차 소리, 상점 스피커에서 끝없이 흘러나오는 음악 소리와 호객 소리 등으로 가득 차 있는 거리와 비교해 본다면 참으로 고즈넉한 풍경이다.

이때는 도시의 가로街路와 시장에 사람들이 모여 풍기를 어지럽히는 행위가 금지되어 있었다. 1894년 7월 14일에 의안議案된 행정경찰 장정章程의 제3절 순검직무 장정 중에는 "街路場市群聚雜遝 有遺風紀 亟宣制止"이라고 하여 "가로와 시장에 사람들이 모여 군취잡답하여 풍기를 어지럽히면 급히 이를 제지하여야 한다"는 조항이 포함되어 있었다.[9] 따라서 한성부 내 가설 연희장의 설치 역시 금지되었다. 실례로 1899년 4월 3일 『황성신문』에 실린 기사 「한잡유희閒雜遊戲」에는 서강한잡배西江閒雜輩가 아현 등지에 개설한 무동舞童 연희장을 경무청 순검이 강제 해산했다가 벌어진 폭행 사건이 보도되었다. 그리고 1900년 4월 9일 『제국신문』에는 산두대감 연희장을 개설하려고 했던 서대문 밖 냉천동 사람들이 처음

---

9   송병기 외편저, 『한말근대법령자료집』 I, 대한민국 국회도서관, 1970, 42쪽.

에는 관의 허락을 얻지 못했으나, 이후 한성부의 외곽지역인 용산에 개설한다는 조건하에 허가를 얻었다는 사실이 기사화되기도 했다.[10]

도시 내 연희장을 금지시켰던 직접적인 이유는 그것이 사람들의 통행을 막고 소음과 때로는 각종 불미스런 사건사고들까지 발생시키기 때문이었다. 실제로 치외법권이었던 일본인과 청인 거주지역의 연희장에서는 각종 사건 사고들이 종종 발생했다. 예컨대 1899년 3월 7일 『제국신문』의 기사 「잘 쑤드린다」는 근래 청인淸人 거주지역에 설치된 곰놀이장의 소음에 강한 불만을 제기하면서, 우리나라 사람들 사이에서 행해지는 무동과 함께 곰놀이장의 단속을 요구하고 있었다. "그 근쳐에는 일인과 청인에 쑤다리는 소리에 귀가 압허서 참 견딜슈가 업다고들 ᄒ 는듸 쏘 우리나라 사름들이 무동인가 무엇슬 쑤며가지고 밤낫업시 쑤다리며 동리마다 다니며 돈을 달나고 ᄒ니 외교관이며 경무관리가 고만 쑤다리라고 좀 고쳐 ᄒ엿스면 미우 죠흘너라."

무동舞童은 1900년 이전부터 성행하고 있었다. 하지만 1897년경 한성판윤 이채윤의 한성도시개조사업이 본격화되면서부터는 용산과 아현 등지의 한강변에 한해 그 영업이 허가되었다. 에밀 부르다레의 『대한제국 최후의 숨결En Corée』(1904)에 실린 사진을 보면, 아현동 무동연희장의 규모는 자못 컸다.[11] 넓은 장방형의 놀이판 한가운데에는 그늘막이 높이 솟아있고, 그 주위에는 하얀 도포에 갓을 쓴 사람들이 구름처럼 모여 있

---

10 이에 관한 좀 더 자세한 논의는 우수진, 『한국 근대연극의 형성』, 푸른사상, 2011, 19~25쪽을 참고할 것.

11 사진은 에밀 부르다레, 정진국 역, 『대한제국 최후의 숨결』, 글항아리, 2009, 185쪽을, 이 사진과 관련된 무동연희장에 대한 설명은 우수진, 『한국 근대연극의 형성』, 푸른사상, 2011, 20~23쪽을 참고할 것.

〈그림 1〉 아현동 무동연희장[12]

다. 원거리에서 찍은 이 사진을, 1900년 3월 황성신문의 논설인 「무희
당금舞姬當禁」[13]에서 무동을 묘사하는 대목을 통해 한껏 '줌인zoom-in'해
서 들여다보자. 놀이패들은 "분남위녀扮男爲女도 ᄒ며 환속위승幻俗爲僧도
ᄒ야 녹의홍상綠衣紅裳과 송납장삼松納長衫으로 견상肩上에 파립擺立ᄒ야
난무편편亂舞翩翩ᄒ며", 즉 붉은 치마에 초록 저고리의 여성이나 장삼을
입은 승려로 분장하고 어깨 위에 층층이 서서 춤을 추고 있다.

사진은 시각적 재현에 그치고 있지만, 우리는 여기에 약간의 청각적
상상력을 더해 볼 수 있다. 놀이패들의 흥을 돋우는 외침과 환호하는 구

---

12 사진의 출처는 에밀 부르다레, 정진국 역, 『대한제국 최후의 숨결』, 글항아리, 2009.
13 논설에 의하면, 무동은 당시 '남사당'이나 '답교패'로 불리며 새롭게 등장한 것이었다.
무동이 남사당으로 불렸던 원인은 남사당이 보통 무동놀이를 중심으로 하는 풍물로 시
작하기 때문으로 보인다. 하지만 이 논설의 주된 내용은 당시 무동연희장과 한성전기회
사의 부당한 공조관계에 대한 세간의 의심을 제기, 비판하면서 당국의 엄정한 단속을 요
구하는 것이었다.

경꾼들의 웅성거림, 그리고 무엇보다도 하늘을 찌르듯 울려퍼지는 풍물소리가 귀에 들리지 않는가. 그중에서도 꽹과리, 징, 북, 장구, 태평소, 소고 등의 악기가 어우러진 풍물소리의 음량은 지금도 그렇지만 대단했을 것이었다. 앞서의 논설 「무희당금」에서도 "소고호적小鼓胡笛으로 취타괄괄吹打聒聒ㅎ니"라고 하여 소고와 호적의 소리가 시끄럽고 요란하다고 했다.

1902년 광화문의 봉상시奉常寺 안에 협률사가 설치된 것은 이런 맥락에서 하나의 큰 사건이었다. 당시 지식인들은 협률사가 국권위기의 상황에서 교육과 실업에 힘써야 하는 사람들의 시간과 금전을 낭비시키고 풍기문란을 조장한다면서 강력히 비판, 그 철폐를 주장하였다.[14] 이들에게 협률사 안에서 울려 퍼지는 소리는 단순한 소음이 아니라 망국忘國의 소리였다. 즉 "매일 풍악이 굉천"[15]하고 "가성歌聲이 경천競天"[16]하는 협률사의 소리는 "망국지유풍亡國之遺風"인 "애원지음哀怨之音"으로 들렸던 것이다. 이는 협률사가 폐장과 재개장을 거듭하고 한성부 안에 단성사나 연흥사와 같은 극장들이 속속 생겨나도 마찬가지였다. 1908년 『대한매일신보』의 논설에서는 "소고簫鼓가 굉조轟噪ㅎ고 가무歌舞가 질탕跌宕ㅎ는 것이 개상복지음皆桑濮之音이오 정위지풍鄭衛之風이라"[17]며 탄식했다.

협률사의 소리에 대한 신문기사와 논설의 수사법은, 그전까지 고즈넉해 마지 않았을 한성부의 소리풍경을 생각해볼 때 그리 과장적인 것

14 협률사 혁파론에 대한 좀 더 자세한 논의는 우수진의 『한국 근대연극의 형성』, 푸른사상, 2011, 65~73쪽을 참고할 수 있다.
15 「논협률사論協律社」, 『대한매일신보』, 1906.3.8.
16 「논설-협률지폐」, 『대한매일신보』, 1906.4.7.
17 「논설-대연희장ㅎ야 탄 아방嘆 邦人의 실기상성失其常性」, 『황성신문』, 1908.5.5.

만은 아니었다. 하지만 단성사나 연흥사 등의 민간 극장들이 연희개량과 자선공연에 나서고 1908년 이인직의 연극개량적 실험인 '신연극' 〈은세계〉가 공연되고 1911년 겨울 임성구의 혁신단에 의해 신파극 공연이 시작되면서, 극장에 대한 사회적 인식에도 변화가 생겼다. 비판의 목소리는 여전히 높았지만, 극장이 연극개량을 통해 애국사상을 불러일으키고 지식을 계발시켜야 한다는 목소리 또한 높아지기 시작했던 것이다. 그리고 이제 사람들의 관심은 극장의 존폐 여부보다 연극의 개량, 그 내용에 모아졌다.

그럼에도 불구하고 극장은 소음과 사회적 문젯거리의 온상이라는 인식이 더욱 지배적이었다. 1908년 6월 23일 『대한매일신보』의 기사 「연희시간」[18]은 당시 극장의 영업이 6시경부터 자정 넘게까지 계속되어 이웃 주민들의 수면을 방해하므로 각 경찰서에서는 위생경찰규칙에 근거해 공연시간을 12시까지로 엄격히 제한하기로 했다고 보도했다. 극장 인근에 거주하는 지역민들의 불만이 무척 높았던 것이었다. 하지만 단속에도 불구하고 밤늦은 시간의 극장 영업은 여전히 도시민들에게 극심한 소음을 제공했다. 같은 해 10월 23일에도, 도시 곳곳에 있는 연희장에서 밤늦도록 징과 북을 두드리는 소리(소음) 때문에 잠을 잘 수가 없고 심지어 임산부가 낙태하는 폐해도 있으니 이를 단속해야 한다는 기사도 실렸다.[19]

---

18 "한성 서구漢城 西署 연극장演劇場에서 연희演戲를 하오下午 열두시十二時가 과과호도록 호 는 고故로 관람객觀覽客과 차인가此隣家의 안침방해安寢妨害홈이 다多홈지라 각경찰서各警察署에서 위생경찰규칙衛生警察規則을 의依호야 매일하오每日下午 열두시十二時 후後에는 부득不得 연희演戲케호고 약위배若違背호는 자면 위벌죄違罰罪로 과벌科罰하기를 일체엄금홀體嚴禁홀다더라"
19 「국닉잡보」, 『경향신문』, 1908.10.23. "▲연희장분라 근일에 연희장에 처쳐에 셩힝호

1908년경은 통감부의 극장 관련 경찰통제가 점차 시작된 때였다. 이 때의 극장 통제는 아직 위생경찰 관련법규와 풍속경찰 관련법규에 의거해 이루어지고 있었으며, 1909년 9월경에는 연극장의 나팔소리가 금지되었고,[20] 1910년 3월경에는 징 소리가 전면 금지되었다.[21] 이후 1911년 7월에는 마침내 연극장 관련 법규가 마련되었는데, 공연시간은 오후 11시 30분까지로 제한되었다.[22] 극장의 소음에 대한 규제가 점차 강화되었던 것이다.

극장의 소리는 그러나 점차 근대 도시의 사운드스케이프를 구성하는 중요한 일부가 되어갔다. 1912년 10월 4일 자 『매일신보』의 「도청도설」에서는 개화된 서울의 특색, 즉 서울에서 가장 발달한 것으로 이발소와 연극장을 꼽았다. 매일 저녁마다 울리는 극장의 취군聚軍하는 소리, 특히 호적 소리는 이제 서울의 가장 특색 있는 사운드스케이프 중 하나를 이루고 있었던 것이다. 그리고 이는 이해조의 신소설 『산천초목』에 다음과 같이 묘사되었다.

여 야심토록 딩 북을 두드리는 소리에 근처 인민이 밤에 잠을 잘 수 업슬 뿐더러 잉부가 락틱ᄒᆞ는 폐가 종종 잇다니 젼에 무당의 굿ᄒᆞ는 것은 금지ᄒᆞ더니 이런 분괄ᄒᆞᆯ 것은 못금ᄒᆞ는 지경 무셔에셔 쥬의ᄒᆞᆯ 일이라고 ᄒᆞ더라"

20 「인뢰人籟」, 『대한민보』, 1909.9.24. "어졔밤에는 각 연극장에 납팔소래가 안들니니 웬 일이야. 이 사람 못들엇나, 경시청에셔 금지ᄒᆞ얏다데, 하, 시원셥셥ᄒᆞᆫ 일이셰만은, 오날 브텀은 잠좀 자갯네"

21 「격정擊鉦 금지」, 『황성신문』, 1910.3.3. "즁부경찰셔에셔는 재작일에 해該관내 연극장 사무원 등을 초치ᄒᆞ야 악기 즁에 격정擊鉦ᄒᆞ는 사事는 일체 금지ᄒᆞ라 ᄒᆞ얏다더라"

22 「각연극장과 주의건件」, 『매일신보』, 1911.7.18. "북부 경찰셔에셔 관내官內 각 파출소로 지휘ᄒᆞ되 각연극장에 대ᄒᆞ야 풍속괴란風俗壞亂되는 것은 일병一竝금지ᄒᆞ고 연극처소롤 항상 청결ᄒᆞ야 위생에 방해가 무無케ᄒᆞ며 시간은 매일 오후 11시 30분을 초과치 못ᄒᆞ게 ᄒᆞ며 과목科目을 개량ᄒᆞ며 폐지ᄒᆞ는 것을 상셰히 보고ᄒᆞ라 ᄒᆞ얏다더라"

그달빗이 탑골공원 셔편마당에 반씀들냐말냐ᄒᆞ닛가 별안간에 네누나 나누 나 나니누 네눈실 그나팔 뒤를ᄯᅡ라 장구 소고 징 제금을 함부루 두다려내니 이는 사동 연희샹에서 날마다 그만씨면 취군ᄒᆞ는 소리라[23]

같은 해인 1912년 10월 5일 『매일신보』에 실린 「사면팔방」의 일부를 보자.

▲ 허허 나는 간밤에 일건 별으고 별너 ᄉ동 연흥샤 신연극 구경을 갓더니, 랑픽를 ᄒᆞ얏거니와, 이왕에ᄂᆞ, 하오 일곱시만 지나면, 호적소리가, 늬나누 나니누ᄒᆞ며, 남녀로쇼가, ᄉᆞ역ᄉᆞ역 모혀들더니, 간밤에ᄂᆞ 호적소리도 업고, 사롬도 별로 업기에, 이상히 녁여, 연흥샤 문 압까지 가보닛가, 폐업 광고를 써서, 늬걸엇데 그려 (허행자虛行者)

일종의 독자투고란처럼 꾸며진 이 글을 통해 알 수 있는 사실은 다음과 같다. 매일 저녁 일곱 시가 되면 극장에는 개장開場을 알리는 호적 소리가 울렸고, 그 소리에 맞춰 사람들이 모여들기 시작했다는 것이었다. 그런데 우리는 여기서 호적 소리에 대한 '허행자'의 반감을 별로 느낄 수 없다. 오히려 '허행자虛行者'는 지난밤에 호적 소리가 들리지 않자 이상하다고 생각하며 그 이유를 궁금해 한다. 매일 정해진 시간에 들리던 호적 소리는 이제 안 들리면 이상할 만큼 "어느 순간 듣는 습관 그 자체", "사회의 행동이나 생활양식에 영향을 주는" 도시의 '기조음keynote sounds'

---

23 『산천초목』, 유일서관, 1912, 1쪽; 한국학문헌연구소, 『신소설 번역(안) 소설』 6, 아세아문화사, 345쪽.

이 되었던 것이다.[24]

　같은 해 11월 6일『매일신보』에는 연극장의 취군에 군악과 호적이 일체 금지되고 오직 북만 허용된다는 기사가 보도되었다. 하지만 취군의 호적 소리는 그 후로도 오랫동안 근대적인 도시 안에서 불편하지만 익숙한 사운드스케이프를 만들어냈다. 예컨대 1915년 1월 30일『매일신보』의 기사「불법의 단성사 일행」에서는 여전히 호적과 장고, 제금으로 구성된 취군 소리가 요란하다고 말하고 있었기 때문이다. "이십팔일 져녁에도 역시 호적과 장고와 제금으로 귀가 압푸도록 오휴 여섯시쌔부터 취군ᄒ기를 시쟉ᄒ야 관람쟈를 모ᄒᄂ는중 일근의 구경숀은 치운 일긔를 무릅쓰고 ᄉ방에셔 모히여, 일이삼등의 표를 사가지고 입쟝ᄒᄂ는딕 ᄉ새는 일곱시라"고 하였다. 그리고 1916년 3월 조일재는 예성좌의 창단공연 〈코루시카의 형제〉를 리뷰하기에 앞서 "취군하는 호적소리"[25]에 귀가 아팠다고 말했다. 1923년 10월 토월회 공연에 대한 리뷰에서도 여전히 호적 소리는 극장 사운드스케이프의 특징적 요소로 묘사되고 있었다. "저녁마다 극장옥정屋頂에서 광고하느라고 부는 고악古樂의 처량한 호적 소리가 광야가치 소조蕭條한 서울 어둔 한울에 울녀들닐제."[26]

24　머레이 쉐이퍼는 사운드스케이프를 기조음keynote sounds과 신호음signals, 표식음soundmarks으로 구분했다. 기조음은 습관 그 자체가 되는 배경음, 사회의 행동이나 생활 양식에 영향을 주는 소리를 말하고, 신호음은 벨이나 기적, 경적, 사이렌과 같이 의식적으로 들리는 소리를 말한다. 그리고 표식음은 공동체 사람들이 특히 존중하고 주의를 기울였던 특징을 가진 소리를 말한다. 머레이 쉐이퍼, 한명호·오양기 역, 앞의 책, 24~25쪽.
25　일재一齋,「예성좌의 초初무대 코시카 형뎨롤 보고」,『매일신보』, 1916.3.29.
26　심훙,「미래의 극단을 위하야－토월회 2회 공연을 보고」,『동아일보』, 1923.10.14.

3. 유성기 – '신기한 소리'에서 '완전과 불멸의 소리'로

극장의 소리가 서서히 도시생활의 일부가 되어갈 무렵에 사람들의 귀를 새롭게 사로잡기 시작한 것은 바로 유성기 소리였다. 유성기가 우리나라에 들어온 것은 극장보다도 이른 1900년 이전이었다. 1899년 4월 20일 『독립신문』에는 삼청동 감은정에 외유外遊를 나간 대신大臣들이 유성기에 기생들의 소리를 넣고 들으면서 하루종일 놀았다는 기사가 실렸다.[27]

유성기 소리는 처음부터 사람들을 매혹시켰다. 아니, 유성기 그 자체가 완전히 새롭고 놀라운 물건이었다. 1900년 전후 성행했던 유성기장留聲機場은 소위 "말ㅎ는 기계"[28] 자체에 대한 사람들의 호기심을 타겟으로 하고 있었다. 따라서 유성기는 사람들을 효과적으로 동원하는 수단이 되기도 했다. 애국부인회 같은 사회단체의 각종 행사에서는 유성기가 청중동원에 으레 한몫을 하였으며,[29] 심지어 극장의 공연 레퍼토리에도 유성기 소리가 포함되어 있었다.[30] 1910년 7월에는 관공립학교의 입학생이 적어 고민하던 평남 관찰사가 유성기와 환등기구 등을 구비하고 사람들을 모아 연설하였더니 보통학교 입학생이 크게 증가했다는 기사도 보도되었다.[31]

---

27 「만고절창」, 『독립신문』, 1899.4.20.
28 '광고', 『만세보』, 1899.4.28.
29 「사진회성황」, 『매일신보』, 1908.6.26; 「활동유성留聲」, 『대한민보』, 1909.6.19. 이에 대한 좀 더 자세한 논의는 배연형의 「고음반수집야회 (3)」, 『객석』, 1989.8, 265~266쪽을 참조하기 바란다.
30 「연극기관演劇奇觀」, 『만세보』, 1907.5.30.

신기한 구경거리였던 유성기는 점차 가정의 완상품玩賞品이 되었다. "엄한嚴寒 시절의 가정오락용으로는 축음기 이상의 것은 무無"[32]하다는 어느 기사의 일부는 이러한 세태를 적실히 말해주고 있었다. 그리고 1915년경에는 새로운 음반이 발매되었다거나 음반 가격이 내려갔다는 기사, 유성기를 이용하는 방법에 대한 기사 등이 종종 신문지면을 차지했다. 뿐만 아니라 유성기 소리는 공원과 같은 야외에서 특색 있는 사운드스케이프를 만들어내기도 했다. 1919년 7월 뚝섬과 노량진의 수원지水源池를 견학하러간 부인견학단 일행에 대한 기사에는 수원지 풍경의 운치를 한껏 돋우고 있었던 유성기 소리가 언급되어 있었다. "큰 탁자우에난 류셩긔를 트러노아셔 무르녹은 버들가지 사이에 한가히 노릭흐든 미암이를 놀닉는 동시에 일힝의 흥미를 한창 더도앗다"[33]

처음에 유성기 소리는 식별가능하기만 해도 "완연"[34]하다는 찬사를 받았다. 하지만 점차 재생기술이 발달함에 따라 유성기 소리는 '생생한 소리', 즉 "육성과 소이홈이 무無"[35]한 소리로 인식되고 경험되었다. 그리고 이렇게 육성과 재생음이 동일하다는 감각과 인식은 1925년 9월 15일과 16일 일동축음기회사日東蓄音機會社 주최로 개최되었던 축음기와 육성의 비교 대회를 통해 사회적으로 확고해졌다. 1925년 일동축음기회사는 축음기회사로는 최초로 경성에 직접 녹음실을 신설하여 각종 조선악 음반을 제작하였는데, 음반의 대대적인 선전을 위해 '레코드와 육

---

31 「환등유성기의 효력」, 『황성신문』, 1910.7.10.

32 「축음기의 신음보新音譜」, 『매일신보』, 1915.12.14. 이 기사는 경성 본정本町의 일본축음기상회에 새로운 음반이 들어왔다는 소식을 전해주고 있었다.

33 「독도纛島에 도착한 부인견학단일행」, 『매일신보』, 1919.7.28.

34 '광고', 『황성신문』, 1899.3.10~11・20~25; 「만고절창」, 『독립신문』, 1899.4.20.

35 「축음기의 신음보新音譜」, 『매일신보』, 1915.12.14.

〈그림 2〉 뒤에서 바라본 장내(場內)(『매일신보』, 1925.9.15).

성의 비교 대회'를 마련했던 것이다.

　유성기 음질이 점차 개량됨에 따라 당시에는 이미 각종 축음기음악
회가 '축음기회'나 '축음기대회', '축음기연주회', '레코드 콘서트'라는
이름으로 성행하고 있었다. 하지만 '레코드와 육성의 비교 대회'는 말
그대로 유성기 소리와 그 소리의 주인공인 명창 및 악사들의 실연을 번
갈아 들려준다는 점에서 특색 있고 새로운 것이었다. 무엇보다도 가장
흥미로운 점은 비교 대회의 목적이 육성보다 유성기 소리의 완전함과
생생함을 강조하기 위한 것이었다는 데 있다. 대회를 선전하는 기사들
에서는 대부분 "축음긔소리나 사람의 소리나 조금도 다를 것이 업다는"
것, 그리고 이는 "가장 완전한 장치를 한 방에서" 녹음한 "가장 완전한
됴션 소리"를 녹음했기 때문이라는 사실을 강조했다.[36]

〈그림 3〉 앞에서 바라본 장내(『매일신보』, 1925.9.18).

이는 전적으로 새로운 방식의 프로모션이 아니었다. 미국의 에디슨
사The Edison Company에서는 1915년에서 1926년까지 유성기 소리를
라이브 공연과 직접 비교하는 일종의 '톤 테스트tone tests'를 개최하였
다. 톤 테스트의 새로움은 기존에 종종 행해지고 있었던 유성기들 간의
음질 비교 대회가 아니라 유성기 소리와 라이브 음악의 비교 대회라는
점에서 새롭고 혁신적인 것이었다. 현장에서 톤 테스트는 유성기 소리
가 오리지널한 공연과 실제로 구별 가능한가 불가능한가를 둘러싸고 논
쟁적으로 흥미롭게 진행되었다고 한다.

하지만 여기서 좀 더 중요한 것은 에밀리 톰슨Emily Thompson이 지적

---

36 「레코-드와 육성비교」, 『매일신보』, 1925.9.15.

한 바와 같이 당시의 관중들이 '비교'라는 전제 자체를 보편적으로 받아들이고 있었다는 사실이었다. 그리고 유성기 소리의 청취는 암묵적으로 육성의 음악 청취와 문화적으로 동일한 것으로 받아들여지고 있었다.[37] 앞서 전술했던 우리의 각종 축음기음악회 역시, '축음기연주회'라는 용어에서 잘 나타나 있듯이, 마찬가지였다. 그리고 축음기음악회는 20년대 후반 전기녹음의 개발로 그 음질이 비약적으로 발전하면서 더욱더 성행하였다.

유성기 소리는 또한 불멸한 소리였다. 불멸성에 대한 감각은 특히 1926년 윤심덕의 유고 음반을 통해 대중적으로 강화되었다. 잘 알려져 있듯이 1926년 윤심덕은 일본 오사카로 건너가 일동축음기회사에서 〈사의 찬미〉와 〈부활의 기쁨〉 두 곡을 취입하고 돌아오는 길에 김우진과 현해탄에 투신하여 생을 마감하였다. 두 사람의 죽음은 소위 '현해탄의 정사情死'로 대서특필되면서 장안의 화제가 되었으며, 윤심덕이 최후로 취입했던 음반에도 사람들의 폭발적인 관심이 모아졌다. 그러자 음반을 취입했던 일동축음기회사는 화급히 음반의 발매를 서둘러 공전절후의 판매고를 기록하였다.[38] 다음 기사는 당시 음반이 날개 돋친 듯 팔려나갔던 정황을 생생하게 전해준다. "일주일이 다 못되야 두 번 하착何着한 사의 찬미 레코-드 일천매가 나는다시 다 팔엇고 전화로 구두口頭

---

37 Emily Thompson, *The Soundscape of Modernity: architectural acoustics and the culture of listening in America, 1900~1933*, Cambridge, Massachusetts, London, England : The MIT Press, 2004, pp.237~238. 에디슨사의 톤 테스트는 1920년경 가장 인기가 높았으며, 약 2천 회 이상의 공연이 전국적으로 공연되었다가 이후 점차 쇠퇴하여 1926년에는 중단되었다고 한다.

38 윤심덕의 음반(Nitto2249)은 일동축음기에서 발매한 한국음반들이 모두 '제비표 조선 레코드'라는 상표 하에 발매되었던 것과 달리 유일하게 일본음반 번호체계로 발매되었는데, 이는 당시 회사의 화급했던 상황을 반증하는 것이었다.

로 사의 찬미 찾는 소리에 대답할 시간도 채업다."[39]

〈사의 찬미〉에 대한 뜨거운 관심의 근원에는 그것이 '부재하는 육성을 재생하는 불멸의 소리'라는 데 있었다. 즉 〈사의 찬미〉에 대한 대중들의 감수성 — "그의 그 처량한 소리! 더욱이 끗구절에 가서는 서름에 목이 메어서 눈물겨운 이의 가슴을 쥐어쓷는다시 취입한 그 레코-드"[40] — 은 그것이 '부재하는 육성을 재생하는 불멸의 소리'라는 사실을 통해 더욱더 강하게 증폭되었다. 당시 윤심덕의 "최후의 미음美音"을 취입했다고 알려진 이기세 역시 매일신보사와의 인터뷰에서 "그의 소리만 남고 사람은 다시 못맛날줄이야 누가 아랏겟슴니가"[41]라며 자신의 소감을 피력했다. 그는 일동축음기의 조선총대리점에 해당하는 조선축음기상회를 설립하고 제비표 조선레코드의 실질적인 기획을 담당하고 있었는데, 윤심덕의 음반 취입도 그의 적극적인 주선을 통해 성사된 것이었다.

〈사의 찬미〉 이후에도 유성기 소리의 불멸성을 강조하는 수사법은 반복되었다. 1928년 1월 명창 김해녹주의 영면永眠을 알리는 『매일신보』 기사의 부제는 "유음遺音 남긴 소리판"이었다. 기사에서는 "그는 임의 써나갓슴니다만은 불행중다행으로 춘향전 남도잡가 단가 판소리 등 13매의 제비표소리판에 남아 임의 다섯장은 파는 중이요 뎌들장은 불원간 발매케된 것은 참으로 그의 망령을 위하야서 저욱이 위로가 될줄노 압니다"[42]라고 전하였다. 그런데 기사 내용에서도 짐작할 수 있듯이 불멸하는 소리에 대한 감각의 호소는 궁극적으로 음반사의 판매 전략과

---

39 취성생翠星生, 「사의 찬미를 찾는 이에게」, 『매일신보』, 1926.9.4.
40 위의 글.
41 「'성악가 윤심덕양 정부와 현해에 투신정사」, 『매일신보』, 1926.8.5.
42 「명창 김해녹주의 영면」, 『매일신보』, 1928.1.13.

무관할 수 없었다. 1935년 카츄샤로 유명세를 탔던 여배우 이경설이 스물네 살의 젊은 나이로 사망하자, 이후 그녀의 소속사였던 포리돌 레코드에서는 음반 〈명우名優의 애화 (고故이경설의 추억담)〉(polydor19287)를 재빠르게 발매했다.

　유성기 소리의 완전함과 불멸성에 대한 믿음은 실상 근대 테크놀로지 그 자체에 대한 것이라고 말할 수 있다. 그리고 그것은 지금 여기가 아닌 미래, 즉 근대의 테크놀로지가 가져다줄 머나먼 미래를 향해 있었다. 실제로 당시 사람들은 유성기 소리가 불완전하고 영구보존이 불가능하다는 사실을 잘 알고 있었다. 1930년대 음반 관련 기사들은 대부분 유성기의 음질 향상과 음반의 보존법에 대한 것이었다. 이들 기사에서는 한결같이 음반을 실상 주의하여 관리하지 않으면 쉽게 곰팡이가 생기거나 구부러질 수 있다고 경고했다.

　유성기 소리에 대한 믿음은 따라서 일종의 물신物神적인 것이었다. 그리고 이는 '축음기제蓄音機祭'라는 하나의 사회문화적 해프닝을 만들어내기도 했다. 축음기제는 1930년 7월 1일 경성축음기상조합의 주최로 에디슨의 축음기 발명 53주년을 기념하여 경성의 신사神社에서 준비, 진행되었다. 당시 행사는 식장에 축음기를 안치하고 신관神官이 제사祭詞를 주독奏讀한 후 참례원의 예배와 조합장의 축사낭독 순으로 진행되었다. 그리고 가을에는 유성기바늘을 공양供養했다.[43]

---

43 「진기한 축음기제」, 『매일신보』, 1930.7.3.

4. 예술가의 자의식과 '생생함'의 재전유

마샬 버먼은 "견고한 모든 것은 대기 속에 녹아버린다"라는 마르크스의 『공산당 선언』 구절이 근대성의 경험을 본질적으로 표현하는 것이었다고 말했다. 여기에는 확고한 미래와 영원성에 대한 근대인의 확신이 실상은 모든 것이 끊임없이 유동적이고 불확실한 근대의 현재적인 삶 자체에 기인한다는 버먼의 통찰이 담겨져 있었다.

근대성의 경험은 통상 시각을 핵심으로 한다고 말해지지만, 이는 어디까지나 시각중심주의자들의 이야기라고 할 수 있다. 인간의 감각들 중에서 말 그대로 '대기 속에 녹아버리는' 소리에 대한 청각적 경험은 시각적 경험 못지않게, 어쩌면 그 이상으로 버먼이 말하는 근대적 삶의 소용돌이 속에서 역동적으로 전개, 변화되고 있었기 때문이다. 근대적인 삶에서 소리는 새로운 문제로 떠올랐으며, 그것은 성찰하고 재구성하고 조직해야 할 대상, 파편화하고 산업화하고 상품화할 수 있는 그 무엇이 되었다.[44]

애초에 극장의 소리는 그저 소음이었다. 극장 안에서 이루어지는 생생함과 완전함에 대한 감각은 청각보다는 시각, 즉 활동사진이나 무대 공연의 무대적 재현에 대한 것이었다. 그리고 소리에 대한 생생함과 완전함, 그리고 불멸함에 대한 감각이나 인식은 이후 유성기나 라디오와 같은 매체의 재생음을 통해 형성되었다. 앞서 한성준의 말은 당시 세간

---

44 조너선 스턴, 윤원화 역, 앞의 책, 19~20쪽.

의 이러한 믿음을 가감 없이 반영하고 있었다. 그리고 세간의 믿음에 대한 이동백의 이의異議는 스스로(의 소리)를 원음原音, 즉 오리지널한 것이라고 생각했던 그의 '자의식'에서 비롯된 것이었다.

이러한 자의식은 일찍이 홍난파가 1927년 9월 8일과 9일 이틀에 걸쳐 연재한 장문의 글인 「축음기음악에 대하야」에서도 엿보인다. 아마도 최초의 축음기(유성기) 음악론이라고 할 수 있는 이 글은 축음기음악의 상섭을 서술하는 것이었다. 그는 축음기가 특히 ① 시간과 장소의 구애를 받지 않고, ② 좋아하는 음악만을 선택할 수 있고, ③ 음악 연구에 적합하며, ④ 세계 음악가의 음악을 한 장소에서 들을 수 있고, ⑤ 가격이 저렴하며, ⑥ 가정의 평화에 기여한다는 점에서 뛰어나다고 설명했다. 하지만 본격적인 논의에 앞서 그는, 음악은 귀로만 듣지 않고 눈으로 볼 때 듣기만 하는 음악보다 더 큰 감동을 준다고 강조했다. 즉 축음기는 "아모리 완전한 기계와 무흠無欠한 보반譜盤을 사용한다더라도 연주가가 실지로 주奏하는 태도나 행동을 볼 수 업고 단지 울러나오는 악음樂音을 듯기만 할 쑨"[45]이라는 점에서 한계가 있다는 것이었다.

홍난파는 여기서 유성기의 음질 자체, 즉 그것의 불완전성을 문제삼지 않는다. 그보다는 음악 감상에 있어서 연주자의 육체적 현존성 자체가 중요함을 강조하는 방식으로 문제를 제기한다. 당시 홍난파는 바이올린 연주자로서 무대 안팎에서 명성을 얻고 있었으며, 음반도 역시 적지 않게 취입하고 있었다. 하지만 그런 그가 지금 유성기 음악의 감상이 그 자체로 불완전한 것이라고 말하고 있었던 것이다. 우리는 여기에서

---

45   홍난파, 「축음기음악에 대하야 (상)」, 『매일신보』, 1927.9.8.

스스로를 음원의 근원이라고 생각하는 근대적인 예술가의 자의식을 느낄 수 있다. 서양 음악을 전공했던 홍난파의 자의식 또는 자존감은 아마도 이동백에 비해 더 예민하게 작동하고 있었을 것이었다.

오늘날 공연예술의 고유한 특성으로 당연히 인식, 경험되는 생생함은 애초에 유성기와 라디오 같은 매체 경험을 통해 사후적으로 형성, 강화된 것이었다. 유성기 소리는 재생기술의 부족, 현장성의 결여를 보충하기 위해 생생함의 수사법을 전유했다. 하지만 재생기술의 발달로 유성기 소리가 점차 자체적인 독립성을 획득하게 되자, 소리의 생생함은 아이러니하게도 공연예술가들에 의해 현장성을 통해서만 경험될 수 있는 속성으로 재전유되었다. 그러나 실상 생생함은 오늘날 공연예술과 재생음향 모두의 속성이 되었다고 할 수 있다. 오늘날의 관객들은 극장 안에서 배우들의 육성과 함께 MR이나 마이크·스피커 시스템을 통해 재생되는 소리를 의식적인 구분 없이 모두 다 '생생한 것'으로 경험하고 있기 때문이다.

제3장
유성기 음반극, 대중문화의 미디어극장

1. 유성기 음반극─대중극과 대중문화의 표본

1977년 마틴 에슬린Martin Esslin은 아리스토텔레스의 정의에 입각해 연극의 본질이 현장성보다는 "행해지는 허구enacted fiction"[1]에 있으며, 이에 따라 무대극은 연극이라는 표현형식 중에서도 아주 작은 일부가 되었다고 말했다. 오랫동안 무대에서 이루어져왔던 '인간 행동의 모방'이, 근대 이후 새롭게 등장했던 라디오나 영화, TV 등의 미디어를 통해 실현가능해졌기 때문이다.[2]

극장 무대 역시 하나의 미디어라는 점에서 근대는 미디어연극(극장)의 시대이며, 그 영역은 지금도 계속 확장되고 있다. 배우와 작가, 연출

---

1   마틴 에슬린, 원재길 역,『드라머의 해부』, 청하, 1987, 11~15쪽.
2   이에 관한 좀 더 자세한 논의는 앞 장의 내용을 참고할 것.

가, 기술진 등과 같은 각종 인적 자원들과 작품들 그리고 관객·청중·소비자 등은, 무대나 유성기음반, 라디오, 영화, TV 등의 미디어를 활발히 넘나들고 있으며, 문학이나 음악 등의 인접 문화형식들과도 적극 교류하고 있기 때문이다. 연극(극장) 연구가 문화 연구의 성격을 띠는 것은 바로 이 때문이다.

그럼에도 불구하고 지금까지 근대연극의 연구는 무대극을 중심으로 이루어져 왔다. 물론 1990년대 이후에는 대중매체의 문화적 영향력이 급증함에 따라 특히 영화극과 TV극이 독립적인 연구 분야로 빠르게 자리 잡았다. 하지만 초창기 미디어연극인 유성기 음반극이나 라디오극의 연구는 여전히 논외에 가까울 정도로 과소한 것이 현실이다.

유성기 음반극은 1920~1930년대 우리 연극과 문화의 장에서 무대극과 라디오극, 그리고 영화극 못지않게 중요한 비중을 차지하고 있었다. 유성기留聲機, gramophone는 소리를 재생산하는 근대 미디어로서 19세기 말경 우리나라에 처음 들어왔다. 1877년 원통형으로 처음 발명되었던 유성기음반은 1907년에 보관과 운반이 용이한 평원반으로 개발되었으며, 이를 계기로 일반에 본격적으로 보급되기 시작했다. 그리고 1928년에는 전기녹음 방식의 개발로 그 음질까지 비약적으로 향상되면서 전성기를 맞이했다.

초기 유성기음반의 내용물은 주로 전통음악이었다. 하지만 시장규모가 점차 확대됨에 따라 신식 유행가와 동요, 교회음악 등과 같은 서양음악뿐만 아니라 연극과 영화, 이야기, 연설 등도 음반화되기 시작했다. 현재 광고를 통해 최초인 것으로 확인되는 연극과 영화 음반은 1926년 김덕경의 '영화설명'〈저 언덕을 넘어서(오버더힐)〉(일축조선소리반K590)

와, 1927년 김영환의 '영화설명'〈동도東道〉(일축조선소리반K621), 이월화·안종화의 '극대사劇臺詞'〈카르멘〉(제비표조선레코드B140), 김영환의 '영화설명'〈애국의 나팔〉(제비표조선레코드B141)이다. 여기서 '영화설명'이나 '극대사' 등은 일종의 표제title로서 음반의 성격을 간명하게 알려주는 역할을 했다. 표제의 표기방식은 대체로 통일적이었으나 일관적이지는 않았으며, 동일 작품의 음반과 가사지, 신문광고 상에 표기된 표제가 각각 다른 경우도 종종 있었나. (표제의 표기 방식은 음반회사에 따라, 그리고 각각의 음반에 따라 조금씩 차이가 있었기 때문에 표제 자체를 그대로 음반극의 하위장르명으로 삼을 수는 없다. 다만 참고를 위해 여기서는 음반극 목록에 음반극 각각의 표제를 명기하였다.)

김재석은 일찍이 가사지紙가 확인되는 90편의 음반극을 대상으로 하여 음반극을 '짧은 공연물'이란 의미에서 '촌극寸劇'이라고 명명하였다.[3] 그러나 음반극의 '길이'는 어디까지나 '음반'이라는 미디어의 자체적 특성에 기인하는 것이라는 점에서,[4] 그리고 '촌극'이라는 용어는 무대극의 형식에 좀 더 범용적으로 사용된다는 점에서[5] 여기서는 '음반극'이라는 용어를 사용하고자 한다.

'음반극'이라는 용어는 최동현·김만수의 「일제 강점기 SP음반에 나타난 대중극에 대한 연구」에서 처음 사용되었다. 최동현·김만수는 이

---

3 김재석, 「1930년대 유성기음반의 촌극 연구」, 『한국극예술연구』 2, 한국극예술학회, 1992.
4 유성기음반은 1분당 78회전으로서 그 재생시간은 한 쪽 면에 3분 내지 3분 30초 정도로 양면을 합해 7분 정도였다.
5 실제로 국립국어원에 따르면, '촌극'에는 '아주 짧은 단편적인 연극'과 '사람들의 이목을 끄는 우발적이고 우스꽝스러운 일을 비유적으로 이르는 말'이라는 의미가 들어있다. 그리고 옥스퍼드 영어사전에서도 'sketch'를 "4. A short play or performance of slight dramatic construction and usually of a light or comic nature"로 정의하고 있다.

논문과 「1930년대 유성기음반에 수록된 만담·넌센스·스케치 연구」에서 희극 음반 143편과 대중극 음반 93편을 고찰하였다.[6] 하지만 이들의 대중극 음반 목록에는 음반극 형식으로 보기 어려운 '영화설명'과 '회話 형식'까지 포함되었으며, 또한 표제를 기준으로 음반을 구분했기 때문에 음반의 실제 내용이 극형식인 일부 작품들이 제외되기도 했다.[7]

이상의 논의를 토대로 여기서는 1907년에서 1945년까지 발매되었던 음반들 중 현재 음반 정보가 파악되는 음반들을 조사하여 그 음반 내용에 따라 크게 '음악'과 '극', '서사' 분야로 나누고, 그중에서 특히 '2인 이상의 대화적 상황이 포함된 연극적 구성물'을 '극', 다시 말해 '음반극'으로 범주화한다. 그리고 이 과정에서 한국 유성기음반 총목록집인 한국음반아카이브연구단의 『한국 유성기음반-1907~1945』(전5권)과 유성기음반 아카이브, 유성기음반 가사집, 유성기음반 관련 CD집, 그리고 KBS·MBC 및 개인소장자들의 유성기음반 음원 등을 기초적인 자료로 활용한다.[8]

---

6   최동현·김만수, 「'유성기음반에 수록된 영화설명 대본'에 대하여」(자료해설), 『한국극예술연구』 6, 한국극예술학회, 1996; 「1930년대 유성기음반에 수록된 만담·넌센스·스케치 연구」, 『한국극예술연구』 7, 한국극예술학회, 1997; 「일제강점기 SP 음반에 나타난 대중극에 관한 연구」, 『한국극예술연구』 8, 한국극예술학회, 1998. 이외에도 음반극 자료집으로서 『일제강점기 유성기음반 속의 대중희극』과 『일제강점기 유성기음반 속의 극. 영화』(김만수·김동현, 태학사, 1997~1998)가 있다.

7   이 외에 극예술연구회의 음반극에 대한 기존의 논의는 다음과 같다. 박명진, 「30년대 유성기음반 희곡의 근대성」, 『국어국문학』 124, 국어국문학회, 1999; 김상교, 「극예술연구회의 방송극 연구」, 『한국연극학』 12, 한국연극학회, 1999; 서재길, 「드라마, 라디오, 레코드-극예술연구회의 미디어연극 연구」, 『한국극예술연구』 26, 한국극예술학회, 2007.

8   이보형·홍기원·배연형 편저, 『유성기음반 가사집-전통음악·극·양악·유행가』 1·2, 민속원, 1990·1994; 한국고음반연구회 편, 『유성기음반 가사집』 3·4(콜럼비아 음반), 민속원, 1992·1994; 최동현·임명진, 『유성기음반 가사집』 5·6(리갈, 콜럼비아), 민속원, 2003; 이준희·장유정 편, 『유성기음반 가사집』 7, 민속원, 2008; 한국음반아카이브연구단 편, 『한국 유성기음반-1907~1945』, 한걸음더, 2011; 〈유성기

유성기 음반극은 다시 고전소설 음반극 · 고전신파 음반극 · 서양고
전 음반극과 창작극 음반으로 하위분류한다. 결론적으로 말해 당시 고
전소설 음반극과 고전신파 음반극, 서양고전 음반극은 각각 6편 · 16
종, 3편 · 14종, 10편 · 16종이었으며(따라서 총 19편 · 47종), 창작극 음
반은 총 161편 · 167종이었다. 따라서 살펴볼 음반은 모두 213종으로
작품 수는 180편에 달한다.[9] 일부 자료를 대상으로 했던 기존의 연구들
과 달리[10] 현재 남아있는 자료 전체의 실태를 조사했다는 점에서, 이는
유성기 음반극의 본격적 연구를 위한 기초 작업으로서 의의를 지닌다.[11]

여기서는 남아있는 유성기음반들 중 음반극을 분류하고 그것의 음반
번호와 표제, 제목, 가사지와 음원의 여부를 목록화함으로써 그 내용과
전모를 파악하는 데 일차적인 목적이 있다. 그리고 이를 통해 유성기 음
반극이 당시 무대극과 영화, 소설, 유행가 등과 같은 대중적 문화 형식

로 듣던 연극모음〉(신나라레코드 발매 CD집, 1996);〈유성기로 듣던 무성영화모음〉
(신나라레코드 발매 CD집, 1997),〈1934년 그 해 이 땅의 연극 (콜럼비아 유성기 원반
13)〉, 노재명 편, LG미디어 발매, 1996; 한국 유성기음반 아카이브 홈페이지(www.spar
chive.co.kr); 기타 유성기음반의 음원자료들 등.

9   여기서 집계한 전체 작품 수와 종수는 서구고전과 창작 음반극 목록에서 중복계산된
〈지나간그날〉(Polydor19091)을 '-1'한 것이다.〈지나간그날〉은 일종의 극중극 형식
으로서 창작극인 바깥 이야기에 번역극〈부활〉와 창작극〈아리랑〉이 극중극으로 들어
가 있어 서구고전과 창작 음반극 목록에 모두 포함시켰다.

10 앞서 김재석의 논의는 극 40편, 넌센스 27편, 스케치 18편, 만담 5편을 대상으로 하였으
며, 김만수의 대중극 논의는 창작극 44편, 영화해설 18편, 번안극과 번안영화 21편, 기
타 10편을 대상으로 하였다.

11 참고로 여기서는 배연형의 구분을 참고하여 유성기음반의 '작품'과 '종種'을 구분적으
로 사용한다. '종'은 말 그대로 음반의 종류를 일컫는 것인데, 예컨대 하나의 작품은 여
러 음반회사를 통해, 그리고 한 음반회사의 음반 재발매를 통해 여러 종의 음반으로 발
매될 수 있다. 한편 음반 1종의 음반 매수는 여러 장일 수 있다. 예컨대〈표 3〉에서 작품
〈부활〉은 5종의 음반극으로 발매되었는데, 그중 1종인 '영화극'〈부활(카츄샤)〉는 콜럼
비아음반회사에서 두 장의 음반(음반번호 Columbia40019 · 40020)으로 발매되었다.
반면에 1종 1장의 음반에 2작품이 음반의 앞면과 뒷면에 각각 실리는 경우도 있었다.

들과 어떻게 적극적으로 교섭하고 있었는가를 살펴보는 데에 궁극적인 목적이 있다. 유성기 음반극 연구는 1920~1930년대 대중극과 대중문화 연구에 중요한 의의를 지닌다. 무엇보다도 유성기음반 자체가 상업적인 판매상품이었던 까닭에 음반의 기획 및 제작단계에서부터 음반소비자 대중의 취향이나 유행 등이 고려될 수밖에 없었다. 실제로 〈장한몽〉이나 〈불여귀〉, 〈사랑에 속고 돈에 울고〉, 〈부활(카츄샤)〉 등과 같이 무대극으로나 대중서사로 꾸준히 인기를 얻고 있었던 레퍼토리들은 반복적으로 음반화되었으며, 음반 녹음에도 주로 대중적 인지도와 인기가 높은 배우와 변사, 가수 등이 참여했다.

실제로 인기 있었던 소재나 등장인물들, 대중서사들은 음반극에서뿐만 아니라 무대극과 영화, 소설, 가요 등에서 널리 변용적으로 반복 차용되었다. 예컨대 장안의 화제가 되었던 정사情死 사건이 그대로 연극과 영화설명, 유행가 등의 음반으로 제작 발매되는 경우도 있었으며, 역으로 음반극을 통해 큰 인기를 얻은 레퍼토리들이 이후 무대화되거나 영화화되는 일도 있었다. 이서구의 〈어머니의 힘〉이나 유치진의 〈버드나무 선 동리의 풍경〉과 〈토막－쌩보 일가의 이향〉과 같은 작품도 당시 음반극에서 빈번히 (재)생산되고 있었던 빈곤과 이향의 모티프를 공유한 것이었다. 따라서 유성기 음반극 연구는, 특히 동양극장을 주 무대로 공연되었던 1930년대 대중극의 대본들이 거의 남아 있지 않은 상황에서, 당시의 대중극과 대중문화의 면모를 생생하게 보여주는 실로 중요한 표본이라고 할 수 있다.

본격적인 논의에 앞서 여기서는 최동현·김만수와 달리, 변사 1인의 내레이션으로만 이루어지는 '영화설명' 및 '영화해설' 음반이나 낭독자의 이야기로 전달되는 '화話 형식' 음반은 서사 분야로 구분하고 음반극의 범주에 포함시키지 않는다.[12] 대신에 '극劇'이나 '극대사劇臺詞', '비극悲劇', '사극史劇', '영화극' 등을 표제로 하면서 음반의 실제내용 역시 연극적 구성물로 되어 있는 음반들과, '애화哀話'나 '비화悲話'와 같은 서사적 표제에도 불구하고 음반의 실제내용이 연극적 구성물로 되어 있는 음반은 음반극의 범주에 포함시킨다. 이 외에도 '판소리'나 '창극唱劇', '가극歌劇' 음반과 같이 음악과 노래가 중심인 깃 역시 음반극의 범주에 포함시키지 않는다. 하지만 일부 '가요극歌謠劇' 음반 중에서 연극적 구성이 강한 것은 음반극의 범주에 포함시킨다.

단, 음반극 중에서도 특히 '넌센스'와 '스케치', '코메디'를 표제로 하는 희극 형식의 음반들은 그 규모가 양적으로 방대한 까닭에 별도의 논의를 통해 고찰하도록 한다. 한편 '만극'과 '촌극', '풍자극', 그리고 '희극' 표제의 음반들은 함께 목록화한다. 이들 음반은 '넌센스'와 '스케치', '코메디' 표제의 음반에 비해 그 양이 많지 않기도 하거니와, 무엇보다도 모두가 다 희극인 것도 아니기 때문이다.[13] 반면에 '만곡'이나 '만요'와 같이 음악적 표제의 음반들은, 그중 일부가 연극적 구성의 형태를 띤다고 해도 해당 표제의 음반 전체를 목록에 포함시키지 않는다.

---

12 다만 여기서 서사 분야로 분류한 영화설명・영화해설 중에서 변사 1인의 내레이션만으로 구성되지 않고, 변사 1인의 내레이션과 1인 다역의 연극적 상황으로 구성된 음반에 대해서는 추후 재론하기로 한다. 그리고 만담과 같이 기본적으로 서사적이지만 경우에 따라 여러 명이 참여하여 연극적 성격이 강한 음반 역시 여기서는 일단 서사 분야로 구분하였고, 추후 재론하고자 한다.
13 따라서 여기서는 연구자가 음반내용에 따라 희극 장르의 여부를 정하는 것은 다소 주관적일 수 있다는 판단하에, 일단 넌센스와 스케치, 코메디를 표제로 하는 음반을 제외한 나머지를 모두 목록화하였다.

2. '고전'의 재생산과 현대적 전유

'고전古典'은 언제나 가장 인기 있고 대중적인 문화콘텐츠 중 하나이며, 유성기 음반극의 경우에도 '고전' 레퍼토리들이 상당한 비중을 차지하고 있었다. 〈춘향전〉과 〈심청전〉 등과 같은 고전소설(또는 판소리)과 〈장한몽〉과 〈불여귀〉와 같은 고전 신파극, 〈부활〉과 〈장발장〉 등과 같은 서구고전 등은 실제로 여러 음반 회사를 통해 반복적으로 제작·발매되었다. 고전들의 음반화는 말 그대로 고전의 불변성을 보여준다고 할 수 있다. 하지만 좀 더 정확히 말한다면 이것은 오히려 고전의 가변성可變性, 즉 고전이 변용적으로 (재)생산되거나 전유됨으로써, 고전 자체의 내용이나 정신보다는 새로운 시대사회의 형식과 감각을 보여주는 것이었다.

1) 고전소설 음반극

고전소설 또는 판소리가 음반화된 것은 모두 6편, 즉 〈심청전〉과 〈춘향전〉, 〈장화홍련전〉, 〈홍길동전〉, 〈추풍감별곡〉이었다. 이 중 가장 많이 재생산된 작품은 〈심청전〉(6종의 음반)과 〈춘향전〉('넌센스' 음반 1종을 제외하여 5종의 음반)이었으며, 〈장화홍련전〉은 '영화설명'을 제외하고 2종의 음반, 〈홍길동전〉은 '극 낭독'을 제외하고 1종의 음반, 〈추풍감별곡〉 역시 '독서'와 '소설낭독'을 제외하고 1종의 음반으로 제작되었다. 따라서 고전소설(판소리) 음반극은 모두 16종이었으며, 이 중 가사지와 음원이 모두 남아있는 것은 5종, 가사지만 확인되는 것은 3종, 음원만 남아있는 것은 5종이다(〈표 1〉 참조).

　고전의 음반화는 근대 미디어를 통해 고전이 새로운 방식과 내용으로 수용되는 과정이었다. 무엇보다도 음반극은 본래 시청각적인 관극의 경험을 청각에 한정 또는 집중시켰을 뿐만 아니라, 절대적으로 짧았던 물리적 재생시간으로 인해 관극(감상) 경험을 분절화分節化했다. 하지만 음반극은 무대극과 달리 언제 어느 때나 그것도 반복적인 관극(감상)을 가능하게 했다. 특히 여성 관객의 경우에 그것은, 특히 극장 출입에 대한 당시 사회의 부정적인 시선을 감안한다면, 하나의 문화적 혁신이었다.

　〈표 1〉의 목록에서 흥미로운 점은 그중에서도 특히 〈심청전〉과 〈춘향전〉이 음반극을 통해 좀 더 적극적으로 재생산되고 전유되었다는 사실과 그 방식에 있다. 〈심청전〉의 음반극은 거의 대부분 원작에 충실하였으나, '만극漫劇' 〈모던 심청전〉은 그 배경을 현대화하였다. 이 작품에서 심청이는 고무공장의 여직공으로, 심봉사는 맹아학교의 선생님으로 일하고 있다. 그리고 심봉사는 집으로 오던 중 낙상해 병원에 치료를 받으러 갔다가 그곳에서 치료비 삼백 원만 있으면 제중원의 유명한 의사에게 눈을 고칠 수 있다는 얘기를 듣는다. 심봉사는 이 말을 심청에게 전하지만, 옆에서 함께 듣던 뺑덕어멈은 "공양미삼백석에 붓처님도못쓰게한봉사님의눈을" 어찌 고치겠느냐면서 공연히 심청이만 고생시키지 말라며 핀잔을 준다. 하지만 효녀 심청은 돈 삼백 원을 마련하기 위해 결국 하얼빈의 댄스홀에 자신의 몸을 판다. 눈뜨고 싶은 마음에 몽운사 화주승에게 터무니없는 약속을 했던 심봉사의 어리석음은, '하루빈'의 '쌘쓰홀'에 다녀온다는 심청이의 말을 '하루쌘해(하룻길에)' '단사흘' 다녀온다는 말로 잘못 듣고 흔쾌히 보내주는 모습으로 희화화된다. 그

연번		음반번호	표제	제목	저자	취입	발매일	가사지	음원
편수	종수								
1	1	Columbia40065	영화극	심청전		김영환 복혜숙 박녹주	1930.1		◎ 앞면
	2	RegalC456	비극	심청이	김다인 각색	박세명 지경순	1938.1	○	◎
	3	VictorKJ-1136	극	심청전	이서구 작	청춘좌	1937.12		○
	4	Taihei8608 · 8609	고대비극	애화 심청이	김향 각색	강남설 김향	1943.1 (추정)		○ 8608
	5	KirinC155 · 156	고대비극	심청전	김진문 편	김진문 한석 (창 김월선)	1934.12		
	6	RegalC302	만극	모던 심청전		김선초 김성운 이리안	1935.11	○	◎
2	1	Columbia 40146 · 40147	극	춘향전		박영환 이애리스 윤혁 박녹주	1931.2	○	◎
	2	Okeh 31116~31120	가요극[14]	춘향전 1~10	조명암 작	유계선 박창환 이백수 강정애 (외) (주제가 남인수 이화자)	1942.8		
	3	Columbia C2033 · C2034	만극	유선형 춘향전	김원호 작	김원호 복혜숙	1940.4	○	◎
	4	Okeh1634	폭소극	요절 춘향전		신불출 성광현	1934.2	○	
	5	KirinC164	만극	삼도(三道) 춘향전		김태평	1934.3		
		Chieron104	넌센스	모던 춘향전	이서구 작사	신불출 김연실 신은봉	1933.6		○

---

14 오케음반회사에서 발매한 가요극 〈춘향전〉의 가사지와 음원은 확인되지 않지만, 함께
  기획되었던 가요극 〈장화홍련전〉의 가사지를 통해 그 연극적 구성방식을 확인, 음반극
  으로 분류하였다.

연번		음반번호	표제	제목	저자	취입	발매일	가사지	음원
편수	종수								
3	1	Okeh1742	고대소설 극화	장화홍련전	김능인 편	신은봉 차홍녀 신불출 김효산	1934.12	○	◎
	2	Okeh 31151~31156	가요극 (고대전설 가정비극)	장화홍련전 1~12		유계선 김양춘 복혜숙 이백수 (주제가 이난영)	1943.2	○	
		Colulmbia40250	영화설명	장화홍련전		김영환 해설 노래 이애리스			◎
4	1	Okeh1644	사전(史傳) 비극	홍길동전 출가(出家)편	김능인 편	신불출 성광현 나품심 신일선 김창배	1934.3	○	
		Victor49310	극낭독	홍길동	황철 각색	황철	1934.9		
5	1	Columbia 40037 · 40038	고대비극	숙영낭자전 1~4		서월영 복혜숙	1929.7		◎
		VictorKJ-1080	영화설명	숙영낭자전		김영환 해설	1936.3	○	◎
6	1	KirinC176 · 177	고대비극	추풍감별곡		이소연 석금성 양백명 강석제 유장안 최승이 김남수 (창)	1934.3		○
		제비표조선레코드B임30	독서	추풍감별곡		김죽사			
		일축조선소리반 K606~K618	소설낭독	추풍감별곡		백모란			
		RegalC189	소설낭독	추풍감별곡		백모란	1934	○	◎
		일축조선소리반K806	소설낭독	추풍감별곡		김옥엽			
		Columbia40242	소설낭독	추풍감별곡		김옥엽	1931		◎
		VictorKJ1069	소설낭독	추풍감별곡		박월정			◎

* 이후 〈표〉에서 '넌센스'·'스케치'·'코메디' 음반극은 옅은 회색바탕, 음반극이 아닌 서사음반은 짙은 회색바탕으로 표시했으며, 음원 표시 중에서도 연구자가 음원을 직접 확인한 것은 '◎' 표시하였다. 음원의 구체적인 소장처는 한국 유성기음반 홈페이지를 통해 확인할 수 있다.

리고 댄스홀로 향하는 심청이의 모습을 통해 가난 때문에 딸들이 여전히 권번이나 카페, 댄스홀 등으로 팔려가는 당시의 세태가 씁쓸하게 풍자된다.

〈춘향전〉은 과반수의 음반, 즉 6종의 음반 중 4종의 음반(넌센스음반 포함)이 희극으로 재생산되었다. 그중 내용이 확인되는 것은 '만극' 〈유선형流線型 춘향전〉과 '폭소극' 〈요절 춘향전〉으로서, 이들 작품 역시 현대를 배경으로 하여 당시의 세태를 희화화했다. 〈유선형 춘향전〉에서 이몽룡은 자전거에 위스키와 바이올린을 싣고 광한루에 하이킹을 왔다가 그네 타는 춘향이를 발견하고 사랑에 빠진다. 그리고 한양으로 떠나는 길에 춘향이에게 "'스마-트'한 양장한벌" 사다주기로 약속하고 "한양행 오전구시삽십분차"(기차)에 몸을 싣는다. 〈요절 춘향전〉에서는 방자가 광한루에서 술을 좀 가져오라는 이몽룡의 말에 "녜-술도여러가지가잇습니다 관술도잇고 잡술도잇고 긔술도잇고 요술도잇고 마술도잇고 도술도잇고 미술도잇고 예술도잇습니다 무슨술로가저올가요"라고 사설을 푼다. 이몽룡이 그냥 먹는 술로 가져오라고 하자 "잡숫는술로일러도 쏘여러가지가잇습니다 무주 탁주 약주 소주 과주 황주 정종 아메리카 칵텔도잇고 영국위스키 불란서포도주 독일맥주 로서아 쌕々々々々々"이라고 답한다. 결국 이몽룡은 "쇠언한비루한병"을 요구한다.

2) 고전신파 음반극

고전 신파극은 특히 〈장한몽〉과 〈불여귀〉와 같은 작품이 대중의 사랑을 받으며 빈번히 음반화되었다. 이들 작품은 모두 14종으로 음반화되었으며('넌센스' 음반 2종 제외), 이 중 가사지와 음원이 모두 남아있는 것은 5종이고 가사지만 남아있는 것은 0종, 음원만 남아있는 것은 6종이다(〈표 2〉 참조).

〈장한몽〉은 잘 알려져 있듯이 오자키 고요尾崎紅葉의 소설 『곤지키야샤金色夜叉』를 원작으로 하며, 1913년 5월 13일에서 10월 1일까지 조일재에 의해 번안되어 『매일신보』에 연재되었던 작품이었다. 그리고 연재 중이었던 7월 27~29일에 당시 이기세가 이끌던 유일단에 의해 연흥사에서 그 전편이, 8월 8~10일에는 그 상편과 중편이 초연되어 큰 인기를 끌면서, 이후 대표적인 신파극 레퍼토리로 자리잡았다. 그리고 〈불여귀〉는 도쿠토미 로카德富蘆花의 『호토도기스不如歸』를 원작으로 하는 것으로, 1912년 8월 조일재가 번역하여 출판되기 직전인 2월에 조일재와 윤백남이 함께했던 문수성의 창단공연으로 원각사에서 초연되었던 작품이다. 〈불여귀〉는 비록 〈장한몽〉이나 〈눈물〉, 〈쌍옥루〉 등에 비해 그다지 흥행에 성공하지 못했으나, 원작의 유명세에 힘입어 세 차례나 음반화되었다. 한편 〈쌍옥루〉는 기쿠치 유우로우菊池幽芳의 『오노가쓰미己か罪』를 조일재가 1912년 7월 17일에서 다음 해 2월 4일까지 『매일신보』에 번안하여 연재했던 작품이었다.

우선 〈장한몽〉은 모두 12종의 음반('넌센스' 음반 1종 제외)으로 발매되었다. 그리고 12종의 음반 중 8종의 음반과 다른 1종의 '넌센스' 음반 —'극' 〈서양 장한몽〉과 '극' 〈장한몽 후일담〉, '극' 〈신작 장한몽〉, '극' 〈신판 장한몽〉, '만극' 〈칵텔 장한몽〉, '희극' 〈만국 장한몽〉, '만담' 〈익살 장한몽〉, '촌극' 〈깨어진 장한몽〉, '넌센스' 〈이도령과 심순애〉 — 이 그 제목을 고려해볼 때 현대적으로 재생산된 것임을 알 수 있다.

이 중 가사지와 음원을 통해 그 내용이 확인되는 것은 '영화극' 〈장한

연번 편수	연번 종수	음반번호	표제	제목	저자	취입	발매일	가사지	음원
1	1	Columbia 40004 · 40005	영화극	장한몽		서월영 복혜숙 설명 김영환	1929.2	○	◎
	2	RegalC458	명작비극	신장한몽	송아지 각색	박세명 지경순	1938.12	○	◎
	3	RegalC312	극	장한몽	김병철 안	도무 이리안	1936.2	○	◎
	4	Chieron37	극	서양 장한몽		서월영 김연실	1932.5		○
	5	Polydor19150	극	장한몽		심영 신은봉	1934.7		
		PolydorX510(재발매)	극	장한몽		심영 신은봉	1938.12		○
	6	Okeh1931	극	장한몽후일담			1936.10		
	7	KirinC218	극(?)	신작 장한몽		성광현 윤홍심	1937.8		
	8	VictorKJ-1162	극	신판 장한몽	송영 작	심영 한은진	1937.11		○
	9	Columbia40329	만극	컥텔 장한몽		심영 박제행 김선영	1932.7		◎
	10	Taihei8013	희극	만국 장한몽		성광현 윤백단	1932.11	○	
	11	Okeh12076	만담	익살장한몽			1937.11		
	12	CoreaH4	촌극	깨어진 장한몽		이경일 문숙방	1935.4		
		Okeh1941	넌센스	이도령과 심순애			1936.11		
2	1	Columbia 40093 · 40094	인정비극 영화극	불여귀		김영환 복혜숙	1930.3		◎
	2	RegalC312	극	불여귀	김병철 안	도무 이리안	1936.2	○	◎

연번		음반번호	표제	제목	저자	취입	발매일	가사지	음원
편수	종수								
		Okeh1675	넌센스	괘사 불여귀		신불출 이옥례 김진문 신일선	1934.5		
3	1	Columbia 40046·40047	인정비극 영화극	쌍옥루		김영환 이경손 복혜숙	1929.10		◎

봉〉과 '명작비극'〈신장한봉〉, '극'〈장한몽〉(RegalC312), '만극'〈컥텔 장한몽〉과 '희극'〈만국 장한몽〉이다. 일반적으로 〈장한몽〉에서 가장 유명한 장면은 대동강변에서의 이별 장면으로, 이수일이 김중배로 인해 심순애와 크게 싸우고 결국 헤어지면서 하늘에 뜬 달에다 복수를 맹세 하는 장면이다. 그리고 이들 음반극도 거의 다 이 장면을 담고 있었다. 다만 〈컥텔 장한몽〉에서는 서로 다른 지역 출신인 등장인물들의 대사 를 각 지역의 사투리로 특색 있게 처리하였다. 즉 순애는 평양, 수일이 는 영남, 김중배는 충청도, 수일의 친구는 함경도 사람으로 설정함으로 써 등장인물들이 각각의 사투리를 통해 희극적으로 성격화되었다. 그리 고 이와 유사하게 희극 〈만국 장한몽〉에서는 이수일을 중국 사람, 심순 애를 영국 사람, 김중배를 조선 사람으로 설정하여 희극적 효과를 내었 다. 극 중에서 순애는 대국大國(중국)으로 돌아가려고 하는 수일을 만류 하며, 김중배에게 밑천을 얻어줄 테니 떠나지 말고 여기(조선)에서 호떡 장사나 해보는 게 어떻겠냐고 묻는다. 원작에서 돈 때문에 사랑을 잃고 동정의 대상이 되었던 이수일은 여기서 오히려 희화화된다.

〈불여귀〉는 '영화극'〈불여귀〉와 '극'〈불여귀〉 등 2종의 음반('넌센 스' 음반 1종 제외)으로 발매되었으며, 2종의 음반 모두 그 내용을 확인할 수 있다. 이들 음반은 〈불여귀〉에서 가장 유명한 장면, 즉 무남武男이가 강화도 별장에서 요양하고 있는 낭자浪子를 찾아와 병문안하는 장면을 음반화하였다. 이 장면에서 낭자는 무남과 함께 바닷가에서 산책하다가 잠시 앉아 쉬면서, 반드시 건강을 되찾아 무남과 천년이고 만년이고 살고 싶다고 말하며 삶에 대한 의지를 밝힌다. 하지만 이는 자신의 죽음을 예감한 낭자의 대사라는 점에서 독자와 관객의 안타까움을 더욱더 불러 일으킨다. 초연 당시 〈장한몽〉 못지않게 큰 인기를 끌었던 〈쌍옥루〉는 1종의 음반으로 발매되었다. 그리고 음반화된 장면은 여주인공인 경자의 두 아이가 파도에 휩쓸려 죽음을 맞이하면서, 마침내 경자의 과거가 남편 정욱조에게 밝혀지는 부분이었다. 죄 없는 아이들의 죽음을 계기로 경자가 과거 자신의 잘못을 남편에게 고백하고 용서를 구하는 이 장면은 당시 관객과 독자 모두로 하여금 눈물을 그칠 수 없게 만들었던 작품의 클라이맥스였다.

3) 서구고전 음반극

서구의 고전이 음반화된 것은 모두 10편, 즉 〈부활〉(톨스토이 원작)과 〈춘희〉(뒤마 원작), 〈레미제라블〉(위고 원작), 〈카르멘〉(비제 원작), 〈데아부로〉(작자 미상), 〈로미오와 줄리엣〉(셰익스피어 원작), 〈인형의 집〉(입센 원작), 〈베니스의 상인〉(셰익스피어 원작), 〈폭풍우〉(오스트랍스키 원작), 〈빌헬름텔〉(실러 원작)이었다. 서구고전 음반극은 고전소설 음반극이나 고전신파 음반극과 달리 원작의 특별한 변용 없이 대표적인 장면들을 원작 그대로 음반화하는 방식으로 제작되었다. 서구고전 중 특히 대중적으로 잘 알려진 〈부활〉과 〈춘희〉, 〈레미제라블〉을 제외한 작품의 경우에는, 음반화의 목적이 상업적인 대량판매보다 교양적인 작품의 소개에 있었기 때문이다. 서구고전 음반극은 모두 16종이었으며, 그중 가사지와 음원이 모두 남아있는 것은 9종, 가사지만 남아있는 것은 2종, 음원만 남아있는 것은 1종이다(〈표 3〉 참조).

이 중 〈부활〉와 〈춘희〉, 〈레미제라블〉은 특히 인기가 높아 여러 차례 음반화되었다. 이러한 사실은 당시 이들 작품이 단순히 서구의 고전이 아니라 친숙한 대중서사로 자리 잡았음을 보여주는 것이기도 했다. 예컨대 〈부활〉은 1915년 동경예술좌의 내한 공연 이후 그 극중가劇中歌인 〈카츄샤의 노래〉가 큰 인기를 얻었으며, 그 다음해인 1916년에는 예성좌에 의해, 이후 1923년에는 토월회에 의해 〈카츄샤〉라는 제목으로 공연되어 흥행에 대성공을 거두었다. 그리고 1918년에는 극중가인 〈카츄샤의 노래〉가 포함된 축역 재구성본이 소설 『해당화』로 출간되었으며, 『매일신보』(1922.7.11~1923.3.13)에는 춘계생春溪生에 의해 완역 연재되었고, 그 후에는 카츄샤의 후일담을 담은 속편이 단행본으로 출간되는 한편 『매일신보』에도 연재되었다. 〈춘희〉와 〈레미제라블〉 역시 이와 유사한 과정을 밟았다.

그중 가장 인기가 높았던 〈부활〉은 모두 4종의 음반극('스케치' 음반 1종 포함)으로 발매되었으며, 1종의 '영화설명'〈설명레뷰〉음반에도 작품의 일부가 포함되어 있었다. 그리고 그중 하나인 〈그여자의 일생〉음반극의 후편[15]을 제외하고는 모두 가사지나 음원이 남아 있어 그 내용

---

15 〈그여자의 일생〉은 전편 1장과 후편 1장, 총 2장으로 구성되었으며, 1936년 8월과 10월에 각각 Polydor19335·19336으로 발매된 이후 1939년 5월에 PolydorX549·550으로 재발매되었다. 이는 〈표 3〉을 참고할 것.

〈표 3〉 서구고전 음반극 : 총10편 · 16종

연번 편수	연번 종수	음반번호	표제	제목	저자	취입	발매일	가사지	음원
1	1	Columbia 40019 · 40020	영화극	부활(카츄샤)	톨스토이 원작	이경손 복혜숙 설명 김조성	1929.4	○	◎
	2	Columbia 40604 · 40608	극	부활	함대훈 각색 홍해성 연출	극예술연구회 김영옥 김창기 김일영	1935.8	○	◎
	3	Polydor 19335 · 19346	극	그여자의 일생 :「카츄샤」 레코드 극화		전옥 왕수복 해설 김용환	1936.8 1936.10	○ 19335	
		Polydor X549 · 550 (재발매)	극	그여자의 일생 :「카츄샤」 레코드 극화		전옥 왕평 왕수복 김용환	1939.5		
		RegalC223	스케치	카츄샤의 하소		도무 이리안	1934.10	○	◎
		RegalC159	영화설명	설명레뷰(하) 중 부활		김영환 해설	1934.7	○	◎
2	1	Columbia 40110 · 40111	영화극	춘희		김영환 복혜숙	1930.7		◎
	2	Columbia 40715 · 40724	극	춘희	이헌구 번안 홍해성 연출	극예술연구회 김복진 김창기 홍정숙	1934.12	○	◎
	3	RegalC460	비극	춘희	김다인 작	지경순 박세명	1939.1	○	◎
	4	Polydor19159	극	춘희	이응호 안	이경설 왕평 해설 신은봉	1934.9	○	
2	4	PolydorX575 (재발매)	극	춘희	이응호 안	이경설 왕평 해설 신은봉	1939.8		
		RegalC159	영화설명	설명레뷰(하) 중 춘희		김영환 해설	1934.7	○	◎

연번		음반번호	표제	제목	저자	취입	발매일	가사지	음원
편수	종수								
3	1	Polydor19097	극	밀이엘승정		박제행 왕평 신일선	1933.11		
	2	KirinC168·169	서양극	짠발쟌		김포연 강석우 탄월	1934.3		
		Victor49016	영화설명	희무정		김영환 해설	1928.12	○	
		RegalC159	영화설명	설명레뷰(상) 중 희무정		김영환 해설	1934.7	○	◎
4	1	제비표 조선레코드B140	극	카르멘		이월화 안종화	1927		
		Columbia40092	영화설명	칼멘		김영환 해설	1930		◎
5	1	일축조선 소리판K848	연극	데아부로		이백수 석금성 외	1932.1		
6	1	Columbia40537	극	로미오와 주리엘	쉐스피어 김광섭 역안 홍해성 연출	극예술연구회 김창기 김영옥	1934.9	○	◎
7	1	Columbia40577	극	인형의 가	헨릭입센 박용철 역 홍해성 연출	극예술연구회 김복진 이웅	1935.8	○	◎
8	1	Columbia40598	극	베니스의 상인	쉐스피어 김광섭 역안	극예술연구회 신태선 최봉칙 김복진 이웅 김처을	1934.9	○	◎
9	1	Columbia40664	극	폭풍우	오스트롭스키 함대훈 개작	극예술 연구회 김영옥 김창기	1936	○	◎
10	1	Columbia40740	극	윌헬름, 텔	서항석 번안 홍해성 연출	극예술연구회 윤정섭 이웅 김일영 홍정숙	1938.1	○	◎

을 파악할 수 있다. 우선 '영화극' 〈부활(카츄샤)〉은 네플류도프가 전쟁에 나가기 전에 고모님 댁을 찾아와 카츄샤를 유혹하는 장면과, 이후 재판정에서 우연히 카츄샤를 보고 자신의 지난 잘못을 깨우친 네플류도프가 감옥소로 카츄샤를 찾아가 용서를 구하는 장면, 그리고 시베리아 유형지에서 카츄샤가 끝내 네플류도프의 청혼을 거절하고 둘이 이별하는 장면으로 구성되어 있다. 그리고 이후 극예술연구회가 녹음했던 〈부활〉 음반은 네플류도프가 감옥소로 카츄샤를 찾아가 용서를 구하며 청혼하는 장면과 시베리아 유형지에서 네플류도프가 카츄샤의 무죄사면을 알리며 다시 한번 청혼하지만 카츄샤가 결국 거절하고 둘이 이별하는 장면으로 구성되어 있다.

두 음반을 제외한 나머지 음반들은 원작의 내용을 다른 형식으로 음반화하였다. 음반 〈지나간 그날〉은 배우 신일선과의 인터뷰 형식으로 녹음되었는데, 그 안에서 신일선은 〈부활〉과 〈아리랑〉의 한 장면을 극중극 형식으로 연기하였다. 그리고 극중극 〈부활〉에서는 감옥소에 찾아와 눈물로 용서를 구하는 네플류도프를 원망하고 저주하는 카츄샤를 연기했다.[16] 한편 음반 〈그여자의 일생―「카츄샤」 레코드극화〉(전편)는 감옥소 여女감방에 갇힌 카츄샤가 늦은 밤까지 술을 마시며 마리아에게 자신의 지난 삶을 이야기해주는 형식으로 구성되어 있다. 즉 십 년 전 부활절 밤에 네플류도프가 자신을 유혹했던 일, 그 후 고모님 댁을 나와 매춘부 생활을 하던 중 살인혐의를 받게 된 일, 그리고 네플류도프가 미씨라는 여인과 약혼하여 행복하게 잘 살고 있다는 소문을 들은 일 등등

---

16 그러나 〈지나간 그날〉은 〈부활〉이 극중극이라는 점에서 서구 고전극 음반 리스트(〈표 3〉)가 아닌 창작극 음반 리스트(〈표 4〉)에 포함시켰다.

을 카츄샤는 서글프게 풀어낸다. 전편의 내용과 형식을 통해 볼 때 〈그 여자의 일생〉 후편은 이후 네플류도프가 감옥소로 찾아와 용서를 구하는 장면 등으로 구성되었을 가능성이 크다. 한편 '스케치' 음반극인 〈카츄샤의 하소〉는 말 그대로 하소연에 가까운 카츄샤의 독백과 노래, 짧은 연극 장면으로 구성되어 있다. 즉 네플류도프가 자신을 유혹한 부활절 밤에 대한 카츄샤의 회상적인 독백과 노래가 있은 후 네플류도프가 카츄샤를 유혹하는 짤막한 상년이 이어진다. 그리고 뒷면에서는 노래 다음에 시베리아 유형지에서 카츄샤가 자신을 유혹한 네플류도프에 깊은 원망과 자신의 신세를 한탄하는 다소 긴 대사가 이어진 후 다시 노래로 마무리된다.

〈춘희〉는 모두 4종의 음반극으로 발매되었으며, 이들 음반 모두 가사지나 음원이 남아 있다. 우선 '영화극' 〈춘희〉는 아르망이 병든 춘희에게 변함없는 사랑을 보이는 장면과, 그러나 아르망 아버지가 춘희를 찾아와 아들의 장래를 위해서 헤어져 달라고 부탁하는 장면, 그리고 그로 인해 춘희가 변심한 척 아르망을 떠나보내고 결국은 혼자 쓸쓸하게 죽음을 맞이하는 장면으로 구성되어 있다. 그리고 극예술연구회의 〈춘희〉는 병든 춘희에게 자신의 변함없는 사랑을 전하는 장면, 그리고 이후 뒤늦게 아버지의 개입 사실은 알게 된 아르망이 죽어가는 춘희를 찾아와 용서를 구하는 장면, 그리고 마지막에는 아르망의 품에서 춘희가 죽음을 맞이하는 장면으로 구성되어 있다. 한편 '비극' 〈춘희〉는 아르망의 아버지가 찾아와서 춘희를 설득하는 장면을 음반화하였으며, 이경설의 사후死後 영면유작 발매음반인 '극' 〈춘희〉는 아버지의 부탁을 받은 춘희가 아르망(극중에서는 영철)을 모질게 끊어내고 혼자 남아 흐느끼는 장면과 결국은 쓸쓸하게 죽음을 맞이하는 장면으로 구성되어 있다.

〈레미제라블〉은 4종의 음반극으로 발매되었으며, 그 외에도 2종의 '영화설명'으로 음반화되었다. 아쉽게도 현재 남아 있는 것은 영화설명 음반의 가사지와 음원뿐이지만, 나머지 두 음반의 내용을 짐작하기는 어렵지 않다. 왜냐하면 대중적으로 가장 유명하고 감동적인 장면이 바로 장발장이 미리엘 대주교로 인해 감화를 받아 새로운 사람으로 거듭나는 장면이기 때문이다. '영화설명'〈희무정〉도 장발장이 오갈 데 없는 전과자인 자신을 하룻밤 재워준 미리엘 대주교의 집에서 결국 은식기를 훔쳐가지고 달아났다가 헌병에 붙잡히는 장면, 그러나 미리엘 대주교가 오히려 은촛대까지 주며 올바르게 살 것을 당부하자 장발장이 크게 감화를 받고 선한 사람으로 거듭나는 장면으로 구성되어 있다. 그리고 다른 '영화설명'〈설명레뷰〉에도 감화를 받은 장발장과 미리엘 주교와의 대화 장면이 포함되어 있다.

서구고전 음반극 10편 중 7편이 극예술연구회에 의해 녹음되었다. 극예술연구회는 1934년 5월에 일본 콜럼비아 축음기회사에서 총 11편의 작품, 즉 번역극 7편과 창작극 4편을 녹음하였다.[17] 이때 번역극이 창작극보다 더 많았던 까닭은 극예술연구회와 음반회사의 교섭 자체가 "세계 명작극본 취입"에 관한 것으로 시작했기 때문이었다. 그리고 극예술연구회는 대중적인 인기가 높았던 〈부활〉과 〈춘희〉뿐만 아니라 셰익스피어의 〈로미오와 줄리엣〉과 〈베니스의 상인〉, 입센의 대표작인

---

17 『극예술』 2호에 실린 「극예술연구회 제1회 취입 명작 레코드 드라마 기록」에 의하면 당시 창작극은 모두 4편으로서 〈버드나무 선 동리의 풍경〉(Columbia40620)과 〈토막〉(Columbia40690), 〈동방의 비가〉(Columbia40522), 〈사랑의 힘〉이 녹음되었다고 한다. 하지만 이 중 〈사랑의 힘〉은 그 음원정보가 확인되고 있지 않아 그 발매 여부가 확실치 않다.

〈입센의 가家〉, 실러의 〈빌헬름텔〉, 그리고 러시아의 사실주의 극작가 오스트롭스키의 〈폭풍우〉를 녹음하였다. 이 중에서 〈베니스의 상인〉과 〈부활〉, 〈춘희〉, 〈인형의 집〉은 창작극 〈버드나무 선 동리의 풍경〉과 함께 JDOK에서 라디오극으로도 방송되었다.

이 외에 〈카르멘〉는 비제의 오페라로 잘 알려져 있기는 하지만, 가사지와 음원 모두 남아 있지 않아 구체적으로 어느 장면이 음반화되었는지는 알 수 없다. 그리고 〈데아부로〉는 그 제목이 '악마' 또는 '마왕'이란 뜻의 스페인어인 'diablo'로서 서구고전 음반극 중 유일하게 원작을 확인할 수 없는 작품이다. 하지만 〈데아부로〉 자체는 당시 대중적으로 잘 알려진 작품이었으며, 특히 챙 달린 모자를 깊이 눌러쓰고 검은 망토를 두른 주인공은 활동사진을 통해 제법 유명했던 등장인물이었다. 동명同名의 가극 작품이 1926년 6월 26일 중앙기독교청년회관에서 열린 무도武道 대회의 여흥으로 공연되었는데, 이때 출연했던 이백수와 복혜숙이 음반 녹음에도 참여하였다. 이후 〈데아부로〉는 1928년에 토월회에 의해, 그리고 1929년에는 김소랑일행에 의해 공연되었다.

3. 창작 음반극
—사랑/이별과 실향/망향, 현실/역사의 대중서사와 그 교섭

창작극 음반은 모두 167종에 그 작품의 수가 모두 161편에 달할 정도로 음반극의 대다수를 차지하고 있다. 이 중 가사지와 음원이 모두 남아있는 것은 35종이고, 가사지만 확인되는 것은 18종, 음원만 남아있는 것은 34종이다. 그리고 이 중 역사를 소재로 하는 작품은 〈낙화암〉, 〈낙랑공주와 마의태자〉, 〈항우와 우미인〉, 〈망사암비화〉, 〈신라의 달〉, 〈단종애사후일담〉 등 모두 6편이고, 이미 잘 알려진 소설을 음반극화한 문예극은 이광수 원작의 〈개척자〉 및 〈사랑〉과, 역시 이광수 원작으로 추정되는 〈무정〉과 〈유정〉 등 모두 4편이다. 따라서 창작 음반극 중 역사(소재)극과 문예극 10편을 제외한 150편 정도가 일반 대중극 음반이라고 할 수 있다.

대중극 음반에서 가장 빈번하게 사용되었던 모티프는 역시 남녀 간의 사랑과 이별이었으며, 그 안에서 사랑과 이별, 배신과 죽음 등은 다양한 방식으로 변주되었다. 예컨대 〈무엇이 숙자를 죽였나〉(RegalC280)[18]에서 숙자는 사랑하는 남자가 있었지만 문벌을 중시하는 부모의 종용으로 인해 다른 남자와 결혼한다. 하지만 사랑했던 남자가 찾아와 숙자를 저주하며 정조를 유린하려고 하자, 숙자는 자살한다. 〈사의 승리〉(RegalC467)에서 희숙은 자신의 약혼자인 최춘과 애리스의 사랑이 진실된 것임을 깨닫고, 둘의 사랑을 완성시켜주기 위해 죽음을 택한다.

---

18 창작 음반극의 경우에는 그 작품의 수가 많아, 본문 중 제목 옆에 음반번호를 병기하였다.

한편 〈사랑은 속아도 사랑〉(RegalC453)에서 영채와 결혼을 앞둔 희준은 우연히 영채의 집안이 갑작스럽게 파산의 위기에 처했다는 사실과 파산을 막기 위해서 영채가 어느 재벌집의 첩으로 들어가야 한다는 사실을 알게 된다. 그리고 영채의 집안을 위하는 것이 곧 영채를 위한 것이라는 판단하에 영채를 기꺼이 포기한다. 하지만 5년 후 희준은 요코하마 화류촌에서 매춘부가 된 영채와 조우하고, 과거 자신의 선택이 잘못된 것이었음을 깨닫고 뒤늦은 후회를 한다.

영화와 그 주제가로 잘 알려진 〈낙화유수〉(Victor49017) 역시 이와 다르지 않다. 춘홍은 아기를 안고 아이의 아빠인 성원을 만나기 위해 상경하지만, 성원은 도리어 춘홍과 강호정의 관계를 의심하고 그녀를 버린다. 이에 춘홍은 실성해 버리고, 고향에 돌아온 후에도 성원에 대한 그리움을 이기지 못하여 그만 강물에 뛰어들고 만다. 춘홍의 오빠 도영이 춘홍을 서둘러 구하지만 춘홍은 결국 죽고, 자신의 잘못을 뒤늦게 깨달은 성원이 때마침 돌아와 사죄하며 춘홍의 죽음을 지킨다. 〈낙화유수〉는 1927년, 즉 음반화되기 일 년 전에 김영환 각본, 이구영 감독의 무성영화로 제작되었는데, 당시 유명한 변사였던 김영환이 자신의 삶을 토대로 시나리오를 썼다는 점에서 큰 화제를 모았던 작품이었다. 그리고 주제곡 〈낙화유수〉도 크게 유행하면서 1929년 4월에 음반화되었다.

남녀 간의 사랑과 이별의 음반극에서 보여지는 가장 특징적인 요소 중 하나가 바로 기생과 카페여급 여주인공이었다. 〈한만혼 신세〉(RegalC214)에서 기생 옥란은 창호를 공부시키고 그의 아이까지 낳아 기르지만 결국은 어머니의 강요로 인해 부잣집의 첩이 되고, 그로 인해 창호의 비난을 받으며 아이까지 빼앗긴다. 〈마즈막 편지〉(RegalC242)에서 계월은 사랑하는 시춘을 동경으로 유학 보내고 자신의 사랑하는 의동생을 부양하기 위해 부자인 진가(秦家)의 첩으로 들어가지만, 결국은 못 견디어 진가를 독살한 후 자살하고 만다. 〈못잊을 설음〉(RegalC276)에서도 남수는 카페여급 정숙을 사랑하였지만, 아버지가 경영하는 광산이 어려움에 처하자 아버지의 뜻에 따라 부유한 집안의 여자와 결혼한다. 〈눈물저즌 자장가〉(RegalC281)에서도 기생이나 카페여급으로 추정되는 여주인공이, 아내가 있다는 사실을 숨기고 자신과 결혼한 남자에게 배신당하고 뱃속에 있는 아이에게 눈물의 자장가를 불러준다.

기생과 카페여급 여주인공의 사랑과 이별을 담은 음반극 중 가장 잘 알려진 작품 중 하나는 무대극으로도 잘 알려진 〈사랑에 속고 돈에 울고〉(임선규 작)이다. 이 작품은 1936년 7월 동양극장의 전속극단인 청춘좌에서 공연하여 큰 인기를 얻은 후 동양극장의 대표적인 레퍼토리로 자리 잡았다. 그리고 1939년에는 이명우 감독의 영화로도 제작되었고 (당시 차홍녀와 심영, 황철, 변기종 등이 출연), 같은 해 3월에는 주제가인 〈홍도야 우지마라〉가 음반으로 발매되었다. 음반극이 녹음 발매된 것은 바로 그 해 10월이었으며, 녹음에는 영화에 출연했던 황철과 차홍녀 등이 참여했다. 잘 알려진 바와 같이 오빠의 학비를 벌기 위해 기생이 된 홍도는, 오빠의 친구 영호와 사랑하여 결혼한다. 하지만 시어머니의 반대와 간계로 결국 시집에서 쫓겨나가고, 우여곡절 끝에 영호의 또 다른 정혼자를 칼로 찔러 죽이고 만다. 주제곡 〈홍도야 우지 마라〉는 홍도가 공부시켜 경찰이 된 오빠가 살인의 죄를 저지른 누이의 손에 직접 수갑을 채우고 끌고 나가면서 애절하게 부르는 노래로 큰 인기를 얻었다.

한편 〈저승에 맺는 사랑〉(Columbia40498)은 어느 카페 여급의 자살이라는 실화를 음반극으로 만든 것이었다. 1933년 9월 말경 김봉자와 노병운의 정사情死 사건은 모든 일간지를 연이어 장식하면서 장안의 큰 화제가 되었다. 엔젤 카페의 여급으로 있던 김봉자는 의학사醫學士이자 유부남이었던 노병운과의 사랑에 비관하고 한강에 투신자살하였으며, 그로부터 이틀 후에 노병운 역시 한강에 투신자살하였던 것이다. 게다가 여기에 김봉자의 공산당 스파이설이 대서특필되면서 사건은 더욱더 흥미진진해졌다. 각 일간지에서는 조간과 석간을 앞다투어 김봉자와 노병운의 삶, 김봉자에게 온 편지들, 김봉자 지인들의 인터뷰 등등을 기사화하면서 선정적인 추측성 기사를 이어갔다.

이 사건은 음반시장에 좋은 호재로 작용했다. 사건이 있었던 1933년 9월 직후, 즉 같은 해 12월에는 유행가 〈봉자의 노래〉(Columbia40488)가, 다음 해 2월에는 〈병운의 노래〉(Columbia40490)가 발매되었다. 그리고 같은 해 2월에는 정사애화 〈저승에 맺는 사랑〉이, 그리고 7월에는 '영화설명' 〈봉자의 죽음〉(RegalC192)이 각각 발매되었다. 〈저승에 맺는 사랑〉은 죽음을 앞둔 봉자와 병운의 독백으로 구성되었으며, 〈봉자의 죽음〉은 두 남녀가 죽기 직전의 상황을 연극적으로 구성하고 해설한 것이었다.

〈항구의 일야〉 시리즈는 음반극으로 제작되어 공전의 히트를 치며 이후 영화화까지 된 작품이다. 첫 편인 〈항구의 일야〉(Polydor19062)는 이역異域의 어느 항구를 배경으로 이별하는 이철과 탄심의 이야기이다. 술집 작부인 탄심은 사랑하는 이철을 떠나보내야 하는 아침에 이철의 잠든 얼굴을 바라만 볼 뿐 차마 깨우지 못한다. 오늘은 이철이 삼사 년간의 공부를 마침내 끝내고 부모님과 정혼자가 있는 고향으로 돌아가는 날이기 때문이다. 이철은 잠깐 고향에 다녀오는 것뿐이라고 위로하지만, 탄심은 피맺힌 눈물을 흘리며 이별을 노래한다. 당대에 '눈물의 여왕'이라 불리던 전옥이 탄심을 맡아 흐느끼는 열연을 하여 더욱 유명해진 작품이었다.

〈항구의 일야(추억 편)〉(Polydor19209)에서 탄심의 이철에 대한 사무친 그리움은 그만 병이 되었다. 하지만 이철을 기다리는 탄심에게 돌아온 것은 정작 신문에 실린 이철의 결혼 소식뿐이었으며, 탄심은 또 다시 피맺힌 눈물을 흘리며 추억을 노래한다. 마지막 〈눈물의 추억(항구의 일야 최종 편)〉(Polydor19283)에서 탄심은 그 옛날 이철과 정답게 부르던 노래인 〈눈물의 추억〉을 부르기 위해 라디오 방송에 출연한다. 그런데 신문기사를 통해 탄심의 방송 사실을 알게 된 이철이 하루 전날 찾아와 용서를 구하며 자신과 함께 고향으로 가자고 말한다. 하지만 탄심은 이철의 권유를 뿌리치며 갱생의 의지를 다진다. 이후 네 번째 음반인 〈항구 일야의 후일담〉(Polydor19427)까지 발매되었으나 안타깝게도 오늘날 그 내용을 확인할 수 없다. 4종의 음반은 모두 큰 인기를 얻어 이후 같은 음반회사에서 모음집으로 재발매되었으며, 1956년에는 전옥과 최무룡 주연, 김화랑 감독의 영화로까지 제작되었다. 뿐만 아니라 1957년에는 전옥과 남성우 주연으로 다시 음반화되어 해방 후까지 그 인기를 꾸준히 이어갔다.

빈곤으로 인해 기생이나 첩이 되는 딸과 개과改過 후 현모양처가 되는 기생은 모두, 기생 여주인공의 변주라고 할 수 있다. 〈말못할 사정〉(Columbia40205·40206)에서 정희는 폐병에 걸린 자신의 약값과 취업하지 못한 오빠를 대신하여 생활비를 벌기 위해 매춘을 하고, 이 사실을 알게 된 정희의 오빠는 그녀를 죽이고 순사에게 자수한다. 〈정희의 오빠〉(Col-umbia40640)에서도 영숙[19]은 오빠의 학비를 위해 매춘을 하고, 그 사실을 안 오빠는 결국 학업을 그만두기로 결심한다. 유사하게 〈설어운 일요일〉(Polydor19387)에서 영순은 가난한 가족을 위해 사랑하는 희영과 이별하고 부잣집 첩으로 들어간다.

이서구의 〈어머니의 힘〉에서 명문가의 아들이자 화가인 명규는 완고한 아버지 은식과의 의절을 무릅쓰고 기생 정옥과 결혼하지만 결국 아들 하나를 남긴 채 죽고 만다. 이후 정옥은 삯바느질을 하며 아들 영구를 바르게 키우는 데 전념하지만, 은직이 찾아와 영구를 집안의 상속자로 삼겠다며 요구한다. 정옥은 아들의 장래를 위해 생이별을 결심하지만, 결국 정옥의 모성과 영구의 효심에 감동한 은직은 정옥을 자신의 며느리로 받아들인다.

〈어머니의 힘〉이 극단 호화선에 의해 동양극장에서 초연된 것은 1937년이었으며, 음반화된 것은 1939년 11월이었다. 하지만 이보다 훨씬 앞선 1935년 2월과 4월에 발매된 〈모성애〉(RegalC264 · 271)의 등장인물과 그 서사는 〈어머니의 힘〉과 유사한 것이었다. 〈모성애〉에서 어머니는 기생이라는 이유로 결혼을 정식으로 인정받지 못한다. 그러나 어머니는 남편이 죽은 후 어려운 환경 속에서도 아들 수동을 효심 깊고 공부 잘하는 아이로 힘껏 키워낸다. 그리고 집안의 대를 잇게 하기 위해 수동을 데려가려던 시아버지는 수동의 효심과 며느리의 모성에 감동하

---

19 흥미롭게도 여주인공의 이름은 제목과 달리 영숙이다. 그리고 이는 대중서사의 여주인공이 고유하고 개성적인 유일무이의 특정인물이 아니라, '영숙'과 '정희', '순애', '탄심' 등으로 언제든 대체될 수 있는 '그녀'임을 보여준다.

여 결국 며느리를 인정하고 받아들인다.

빈곤과 망국으로 인한 실향과 망향 역시 음반극뿐만 아니라 무대극, 영화, 가요 등에서 반복되었던 인기 있는 모티프였다. 〈아리랑고개〉(Columbia40251)에서 길남이는 어린 아들 길남을 데리고 아리랑고개를 넘어 정든 고향을 떠난다. 〈망향비곡〉(Polydor19189)은 제목 그대로 고향을 떠난 이들의 슬픔에 대한 작품이다. 극중 남자는 고향에 대한 그리움을 달래기 위해 이역 땅에서 밤낮을 술로 지새우다 결국 병으로 죽고, 아내는 남편의 시체를 안고 울부짖는다. 〈국경의 밤주막〉(Okeh1866)에서는 비가 쏟아지는 어느 날 밤, 주막에서 스치듯 조우하는 남녀가 고향에 대한 그리움과 유랑의 설움 및 외로움을 서로에게 달래어 본다. 그리고 〈상해야화〉(RegalC352)에서는 머나먼 상해의 화류계에 몸담고 있는 여자가 아편 중독으로 인해 사랑하는 남자와 함께 그리운 고향에 끝내 돌아가지 못한다. 1931년에서 1932년 사이에 『문예월간』에 게재, 1933년 2월 극예술연구회에 의해 공연된 유치진의 〈토막—쌍보 일가의 이향〉 역시, 이렇게 창작 음반극에서 (재)생산되고 있었던 실향과 망향이라는 대중적 모티프를 공유하는 것이었다.

〈표 4〉 창작 음반극 : 총161편 · 167종(여기서는 종수를 누적표기하였다).

연번 편수	연번 종수	음반번호	표제	제목	저자교정	취입	발매일	가사지	음원
1	1	일축조선 소리반 K808	동요극	숨박잡기		아동예술연구회	1929.10		
	2	RegalC143	동요극	숨박잡기			1934.7	○	◎
2	3	일축조선 소리판K849	영화극	약혼		김영환 · 복혜숙	1932.1		
3	4	일축조선 소리판K858	영화극	종소래		김영환 · 윤혁 이애리수	1932.1		
	5	RegalC138 (재발매)	영화극	종소래		김영환 · 윤혁 이애리수	1934.6	○	◎
4	6	Columbia 40163	영화극	개척자	이광수 작	이애리스 · 윤혁 해설 김영환	1931.3	○	◎
5	7	Columbia 40205 · 40206	극	말못할 사정		나운규 · 석금성 심영	1931.6		◎
6	8	Columbia 40251	극	아리랑고개		이백수 · 석금성	1931.10		◎
7	9	Columbia 40266	희가극	레코드카페		김영환 · 강석연 김선초 · 채규엽	1931.11	○	◎
8	10	Columbia 40272	가극	우리집	김서정 작	김영환 · 강석연 김선초	1931.12		
9	11	Columbia 40311	극	이팔청춘	홍토무 작	태양극장 · 심영 박제행 · 김선영	1932.5		◎
10	12	Columbia 40329	만극	불행한 시인		심영 · 박제행 김선영	1932.7		◎
11	13	Columbia 40334	극	인도의 밤	이북월 작	심영 · 박제행 김선영	1932.8		◎
12	14	Columbia 40336	희극	미인 포스타		예술좌원(員)	1932.8		◎
13	15	Columbia 40402 · 40403	아동비극	종수의 설음		김영환 · 김선초 이월파	1933.3		◎
14	16	Columbia 40419	아동비극	무엇이 수남을 그럿케 했나		심영 · 박제행 김선영	1933.4		◎
15	17	Columbia 40426	아동비극	어버이	임서방 안	콜럼비아극단	1933.7		
16	18	Columbia 40464	아동비극	순동이의 효성		심영 · 김성운 김선초 · 김선영	1933.9	○	◎

연번 편수	연번 종수	음반번호	표제	제목	저자교정	취입	발매일	가사지	음원
17	19	Columbia 40478	아동비화	애곡	외국 작 남궁춘 안	심영·김성운 김선초·김선영	1934.1	○	◎
18	20	Columbia 40487	화류애화	처량한 밤	홍토무 안	심영·김성운 김선초·김선영	1934.1	○	◎
19	21	Columbia 40498	정사애화	저승에 맺는 사랑	남궁춘 작	석금성·김성운	1934.2	○	◎
20	22	Columbia 40504	가정비극	별밧는 어머니	남궁춘 안	석금성·김성운	1934.3	○	◎
21	23	Columbia 40522	극	동방의 비가	김창기 안 홍해성 연출	극예술연구회 이웅·김복진 윤정섭·김창기	1934.7	○	◎
22	24	Columbia 40620	극	버드나무선 동리의 풍경	유치진 작 홍해성 연출	극예술연구회 윤정섭·이웅 김복진·조정해	1935.6	○	◎
23	25	Columbia 40633	극	장탄야곡	김병철 작	전옥·강홍식	1935.8	○	
24	26	Columbia 40640	극	정희의 오빠	김병철 작	전옥·강홍식	1935.9	○	◎
25	27	Columbia 40690	극	토막 -쌍보 일가의 이향	유치진 작	극예술연구회 이웅·윤정섭 김영옥·김복진	1936.8	○	◎
26	28	Columbia C2001·C2002	비극	사랑에 속고 돈에 울고	이서구 각색	청춘좌·황철 차홍녀·한일송 김선초·이동호	1939.10	○	◎ C2002
	29	Polydor 19414·19440	극	사랑에 속고 돈에 울고		문예봉·왕평 독은린·전옥 (이?)백수	1937.5 1937.9		
	30	Polydor X555·556	극	사랑에 속고 돈에 울고		문예봉·왕평 독은린	1939.5		
27	31	Columbia C2003·C2004	모성극	어머니의 힘		지경순·김소조 박영신	1939.11		◎
28	32	RegalC214	애화	한만흔 신세		도무·이리안 김덕희·김성운	1934.9	○	◎
29	33	RegalC242	극	마즈막 편지	홍토무 작	도무·이리안	1934.12	○	◎
30	34	RegalC259	아동비극	울지안는 종		심영·김성운 김덕희·김선영	1935.2	○	◎
31	35	Regal C264·271	극	모성애	김병철 안	도무·신경녀 석정의	1935.2	○	◎

연번		음반번호	표제	제목	저자교정	취입	발매일	가사지	음원
편수	종수								
32	36	RegalC276	극	못잊을 설음	김병철 작	도무·신경녀 석정의	1935.5	○	◎
33	37	RegalC280	극	무엇이 숙자를 죽였나	남궁춘 작	도무·이리안	1935.6	○	◎
34	38	RegalC281	극	눈물저즌 자장가	남궁춘 작	도무·이리안	1935.7	○	◎
35	39	RegalC346	아동비화	눈물의 노래	남궁춘 작	김선초·김성운 이리안	1936.8	○	◎
36	40	RegalC352	극	상해야화	윤기항 작	도무·이리안	1936.8	○	◎
37	41	RegalC367	극	순사와 산부	김상준 작	도무·이리안	1936.11	○	◎
38	42	RegalC373	극	누구의 죄		도무·이리안	1936.11	○	◎
39	43	RegalC453	화류비극	사랑은속아도사랑	김다인 작	박세명·지경순	1938.1	○	◎
40	44	RegalC466	비극	유랑남매	문예부 편	강석연·도무	1939.4	○	◎
41	45	RegalC467	비극	사의 승리	김다인 작	박세명·지경순	1939.5	○	◎
42	46	Victor49017	영화극	낙화유수	김영환 작	김영환·복혜숙 유경이	1928.12	○	○
43	47	Victor49114	촌극	무엇이그들을울니엿나	윤백남 작	윤혁·박월정 윤백남	1935.2	○	
44	48	Victor49398	극	피에 어린 사제애	이헌경 작	서일성·신은봉	1935.11		
45	49	Victor KJ-1048	극	호반의 애가	이고범 작	서일성·신은봉	1935.11		○
46	50	Victor KJ-1059	극	비련		서일성·신은봉	1935.11	내용	○
47	51	Victor KJ-1110	극	팔자업는 출세		동양극장 제공 황철·심영 지경순·김선초	1937.4	○	◎
48	52	Victor KJ-3001	아동극	애라의 하루		신흥동인회	1937.4		○
49	53	Victor KJ-3003	아동극	개구리유치원		신흥동인회	1937.4		○
50	54	Victor KJ-3006	아동극	뒷골목행진곡		신흥동인회	1937.4		○
51	55	Victor KJ-3007	아동극	나의 생일		신흥동인회	1937.5		○
52	56	Victor KJ-3010	아동극	흥부와 제비		신흥동인회	1937.11[20]		○

연번 편수	연번 종수	음반번호	표제	제목	저자교정	취입	발매일	가사지	음원
53	57	Victor KJ-3011	아동극	봄이 왔다		신흥동인회	1937.4		○
54	58	Victor KJ-3013	아동극	콩쥐와 팥쥐		신흥동인회	1938.8		○
55	59	Chieron11	만극	사랑의 불길		임서방·전수린 신카나리아	1932.6		
56	60	Chieron 18·19	극	환락의 이면		임서방 신카나리아 강금자	1932.6		
57	61	Chieron43	극	항구의 에레지		서월영·김연실	1932.8		
58	62	Chieron79	폭소극	읽살마진 대머리	신불출 편	신불출·김연실	1932.12	○	
59			풍자희극	여천하		신불출·신은봉 이춘풍			
60	63	Chieron97	극	방아타령		이춘풍·신불출 신은봉	1933.5		
61	64	Chieron112	극	파계	이고범 작	이경환·김연실	1933.7	내용	
62	65	Chieron137	극	단장애곡	이고범 작사 김서정 작곡	김영환·남궁선 전입분·남궁춘	1933.11		○
63	66	Chieron154	극	애련비련		김영환·남궁선 김연실	1934.1		
64	67	Chieron159	극	그리운자장가		김영환·최향화 김연실·전입분 남궁선	1934.2		
65	68	Chieron168	극	그날밤애화		김영환·전입분 남궁선·남궁춘	1934.3		
66	69	Chieron174	극 모성비극	어머님무덤에	이고범 작사 김서정 작곡	김영환·남궁선 김선영	1934.4		
67	70	Chieron175	극	월화의 상해행	이고범 작	김영환	1934.5		
68	71	Chieron187	극	황국백국	이고범 작사 김서정 작곡	남궁선·김선영 김영환·이화춘	1934.6		
69	72	Chieron205	극	거룩한 새벽		남궁선·김선영 심영·김양자	1934.9		
70	73	Chieron219	극	동백꼿	이고범 작사	심영·남궁선 이춘풍·김선영	1934.11		○

20 이때의 발매일은 유성기음반 아카이브 연구소 홈페이지를 참고한 것인데, 앞뒤 음반의 발매일을 고려할 때 착오가 있어보인다.

연번		음반번호	표제	제목	저자교정	취입	발매일	가사지	음원
편수	종수								
71	74	Chieron 504(특)	극	신가정생활		김연실 · 서월영	1932.7		
72	75	Chieron임01	극	거리의 성모		차홍녀	1936.12		
73	76	Okeh1543	극	낙화암		신불출	1933.7	○	◎
74	77	Okeh1609	극	묽어진 아리랑 (불출 편)		신일선 · 성광현 이난영 · 신불출	1933.12		○
75	78	Okeh1610	극	부부암애화		신불출 · 나품심 성광현	1933.12	○	
76	79	Okeh 1614 · 1615	비사극	낙랑공주와 마의태자	김능인 편	신일선 · 신불출 성광현 · 김창배 유성준	1934.1	○	◎ 1614
77	80	Okeh1616	폭소극	엉터리	성광현 편	성광현 · 나품심 신불출	1934.1	○	
78	81	Okeh1635	아동극	짝짝이신발		신불출	1934.2		
79				옥수수하모니카					
80	82	Okeh1676	비극	무정세월		김진문 · 신일선	1934.5		
81	83	Okeh1678	비극	강촌은 요란하다		신불출 · 성광현 나품심	1934.6		
82	84	Okeh1700	애화	빙산의 비밀		신불출 · 신일선	1934.8		
83	85	Okeh1709	민요극	울고갈 길 왜 왔나		신불출 · 신일선 성광현 · 나품심			
84	86	Okeh1720	비극 실화극	수재	김능인 편	신불출 · 신은봉 김효산 · 차홍녀	1934.11		
85	87	Okeh1746	가정비극	아들눈물잇소		신불출 · 차홍녀	1935.1		
86	88	Okeh1758	지나사극	항우와 우미인	김능인 편	신불출 · 차홍녀 김효산 해설 손길	1935.2	○	
87	89	Okeh1766	청루비극	화류장한		신불출 · 신은봉 차홍녀	1935.3		
88	90	Okeh1778	전설극	망사암비화		신불출 · 신은봉 김효산 · 차홍녀	1935.5		
89	91	Okeh1833	가정비극	죄		김진문 · 남궁선	1935.11		
90	92	Okeh1866	비극 · 비사극	국경의 밤주막	김능인 작	김진문 · 남궁선	1936.2		◎
91	93	Okeh1910	사극	신라의 달	박영호 작	박세오 · 나품심	1936.7		
92	94	Okeh1911	시극	눈물의 출범	박영호 작	박세오 · 나품심	1936.7		

연번		음반번호	표제	제목	저자교정	취입	발매일	가사지	음원
편수	종수								
93	95	Okeh1916	법정비극	어머니의 비밀	박영호 작	박세오·나품심	1936.8	내용	
94	96	Okeh1969	영화극	오몽녀		나운규·노재신 윤봉춘·박세명	1937.3	내용	
95	97	Okeh1973	화류비극	피무든 처녀설		박세오·나품심	1937.3		
96	98	Okeh1978	연예비극	문허진 상하탑		박창환·지최순	1937.4		
97	99	Okeh1992	순정비극	상사십년		박창환·지최순	1937.5		
98	100	Okeh12045	극	운명의 거미줄		나품심·세명 ○정	1937.5		
99	101	Okeh 20107~20109	가요극	역마차		이백수·유계선	1941.10		
100	102	Okeh 20119~20122	가요극	남매	조명암 작	한일송·유계선 해설 박창원	1942.6		○
101	103	Okeh 31140~31143	가요극	어머님전상백		유계선·박창환 이백수	1943.2		◎
102	104	Okeh 31168~31171	가요극	모자상봉		유계선·복혜숙 이백수	1943.2		
103	105	Polydor 19018(임)	극	국경의 애곡	왕평	이경설·김용환	1932.9		
	106	Polydor19029	극	국경의 애곡	왕평	이경설·김용환	1933.1		
104	107	Polydor19030	극	총각과 처녀	왕평	이경설·김용환	1933.1		○
105	108	Polydor19056	극	침묵		강홍식·전옥	1933.4		
106	109	Polydor19062	극	항구의 일야	이응호 안	왕평·전옥	1933.4	○	○
107	110	Polydor19066	가요극	효녀의 살인		강홍식·전옥 지계순	1933.5		
108	111	Polydor19069	극	안해의무덤을안고	이응호 안	왕평·전옥 지계순	1933.7	○	
109	112	Polydor19078	극	눈나리는밤	왕평 안	강홍식·전옥 지계순	1933.8	내용	○
110	113	Polydor19091	극	지나간그날[21] (영화 '아리랑'에서)	왕평 안	왕평·신일선 박재행	1933.10	○	
111	114	Polydor 19105·19106	극	심화		왕평·박재행 나품심	1933.12	○ 19105	

---

21 전술했듯이 이 작품은 극중극적 형식으로 인해 〈표 3〉의 서구고전 음반극 목록에도 포함되었다.

연번 편수	연번 종수	음반번호	표제	제목	저자교정	취입	발매일	가사지	음원
112	115	Polydor19113	극	자장가		왕평·박재행 신일선·나품심	1934.1		
113	116	Polydor19120	극	낙화장한	이응호 안	왕평·나품심	1934.2		
114	117	Polydor19126	극	남매		왕평·박재행 나품심	1934.○		
115	118	Polydor19140	극	울고웃는인생	이응호 작	왕평·이경설	1934.5	○	
116	119	Polydor19189	극	망향비곡	이경설 작	심영·왕평	1935.3	○	○
117	120	Polydor19209	극	항구의 일야 (추억 편)	이응호 작	전옥·왕평	1935.7	○	
118	121	Polydor19283	극	눈물의 추억 (항구의 일야 최종 편)	이응호 작	전옥·왕평	1936.1	○	
119	122	Polydor19287	극	명우의 애화 (고(故)이경설의 추억담)	이응호 안	전옥·왕평	1936.2	○	
120	123	Polydor19387	극	설어운 일요일	왕평 작	전옥·이응호 왕평·윤건영	1937.1	○	
	124	PolydorX540	극	설어운 일요일	왕평 작	전옥·이응호 왕평·윤건영	1939.3		
121	125	Polydor19396	가요극	항구의 이별22		전옥·왕평	1937.2	○	
122	126	Polydor19702	가요극	형매		정옥·왕평	1937.3	○	
123	127	Polydor19408	극	이역의 애화	이운방 작	전옥·왕평	1937.4	○	
124	128	Polydor19420	비련애화 화류애화	황포강변의 추억		전옥·왕평 윤건영	1937.6		
	129	PolydorX585	극	황포강변의 추억		전옥·왕평	1939.8		
125	130	Polydor19427	승방애화	항구일야의 후일담		전옥·왕평 윤건영	1937.7		
	131	Polydor X520~X523	극	항구의 일야23	이응호 작	전옥·왕평	1939.1		○
126	132	Polydor19433	걸작집	상사초		전옥·왕평	1937.8		
127	133	Polydor19457	비화	황포강변의 고별	○암 작	전옥·왕평			◎
	134	PolydorX586	극	황포강변의 고별		전옥·왕평	1939.8		
128	135	PolydorX561	극	고향소식		왕평·신은봉	1939.6		
129	136	PolydorX589	극	여자의 길	이응호 작	왕평·신은봉	1939.9		

연번 편수	연번 종수	음반번호	표제	제목	저자교정	취입	발매일	가사지	음원
130	137	PolydorX656	극	압방뒷방		왕평·지경순 현정남·이영란	1940.2		
131	138	PolydorX660	극	어머니		이영란·지경순 왕평 노래 현정남	1940.3		
132	139	Taihei 5055~5058	연극	동백꽃 피는 마을	임선규 원작 박향민 각색	진옥·박창환 김양춘·박세명	1943.2		
133	140	Taihei 5063~5065	연극	사랑	이광수 작	전옥·박창환 김양춘·세명생	1943.2		
134	141	Taihei8025	향토극	처녀와 총각		성광현·윤백단	1932.11	○	
135	142	Taihei8044	향토극	방앗간처녀		성광현·나품심	1933.6	○	◎
136	143	Taihei8045	비극	환희		김소랑·한파영 한도리틔아	1933.6		
137	144	Taihei8048	풍자극	카페풍경		김파영 한도리틔아	1933.6		
138			비극	주태의 눈물					
139	145	Taihei8086	비극	여급		김포연·탄월	1934.2		◎
140	146	Taihei 8105·8106	사극	단종애사 후일담	박영호 작	박영호·심정화	1934.9		◎
141	147	Taihei8113	극 화류애화	거리의 공작		박세명·한정희	1934.10		
142	148	Taihei8125	극	꼿업는 백년		박세명·심정화	1934.12		
143	149	Taihei8130	극	사랑의 혈제 (이상산 실화)		신은봉·박세명 이우홍	1935.4		
144	150	Taihei8134	시극	정한의 밤차	이품향 작	신은봉·박세명	1935.4		
145	151	Taihei8136	극	배싸랙이	박영호 작	신은봉·박세명 이우홍	1935.5		○

---

22 〈항구의 이별〉은 〈항구의 일야〉 시리즈를 새롭게 가요극 형식으로 묶은 것이므로 작품 수에 포함시킨다.

23 〈항구의 일야〉(PolydorX520~523)는 〈항구의 일야〉(Polydor19062)와 〈항구의 일야 (추억편)〉(Polydor19209)와 〈눈물의 추억(항구의 일야 최종편)〉(Polydor19283), 〈항 구일야의 후일담〉(Polydor19427)의 재발매 모음집이므로 작품 수에 포함하지 않는다. 그리고 '항구의 일야' 시리즈는 첫 번째 작품 〈항구의 일야〉가 크게 히트하면서 후편과 속편의 형식으로 추후 시간차를 두고 발매된 것이라 하나의 종에 포함시키지 않는다.

연번		음반번호	표제	제목	저자교정	취입	발매일	가사지	음원
편수	종수								
146	152	Taihei8165	극	시들은방초	이품향 작	신은봉·박세명	1935.10		
147	153	Taihei8330	시극	정한의 밤차 후편	이품향 작	신은봉·박세명	1937		◎
148	154	Taihei8335	극	화류애사		신은봉·박세명	1937.11		
149	155	Taihei8664	극	정한의 밤차 속편	임서방 작사 전기현 작곡				○
150	156	KirinC186	향토극	아리랑고개		김진문·한지석 강석향	1934.7		
151	157	KirinC193	극	ㄱ늘진 인생		태양극장	1934.11		
152	158	KirinC205	향토극	삼동과 옥봉이		김진문·한지석	1935.1		
153	159	KirinC208·209	만극	벽창호와 멍텅구리		김포연·강석연 탄월	1935.1		
154	160	DeerD-임05	극	괴상한 삼각		임서방 신카나리아 민근	1931.11		
155	161	DeerD-임07	극	도적마즌 키쓰		임서방 신카나리아 민근	1931.11		
156	162	DeerD-임13	극	도회광상곡		임서방 신카나리아	1931.11		
157	163	NewKorea 1033(임)	극	무정	이광수 작(?)	최선·박고송	1936.8		
158	164	NewKorea임05	비극	기생 강명화		최선·박고송	1936.4		
159	165	NewKorea임09	극	유정	이광수 작(?)	박고송	1936.5		
160	166	NewKorea임11	모성극	조선의 어머니		최선·박고송	1936.5		◎
161	167	Korai1064	극(?)	짓밟힌 모성		박혜숙 외	1938.9		

4. 대중극과 대중문화의 지형

　유성기 음반극은 당시 대중극과 대중서사, 그리고 대중문화의 표본이었다. 음반극 자체가 처음부터 하나의 상품으로 기획·제작된 것이었으며, 이 과정에서 말 그대로 잘 팔릴 만한 요소들이 우선적으로 고려되었기 때문이다. 실제로 인기 있는 소재들이나 등장인물들, 대중서사들은 음반극뿐만 아니라 무대극과 영화, 소설, 가요 등에서 널리 조금씩 유사한 듯 다르게 변용적으로 차용되고 있었다. 그리고 잘 알려진 기존의 무대극 및 영화배우들과 무성영화 변사, 가수들이 녹음에 적극 참여하였다.

　유성기 음반극에서 '고전' 레퍼토리들은 상당한 비중을 차지하고 있었다. 〈춘향전〉과 〈심청전〉 등과 같은 고전소설(또는 판소리)과 〈장한몽〉과 〈불여귀〉와 같은 고전신파극, 〈부활〉과 〈장발장〉 등과 같은 서구고전 등은 실제로 여러 음반 회사를 통해 반복적으로 제작·발매되었다. 하지만 유성기 음반극의 대부분을 차지하는 것은 무엇보다도 창작 음반극이었다.

　창작 음반극에 있어서 특히 당시의 대중극과 대중서사가 적극적으로 교섭했던 양상은 매우 흥미롭다. 30년대의 대표적인 대중극인 임선규의 〈사랑에 속고 돈에 울고〉에서 기생 여주인공의 사랑이 결국 배신당하는 서사, 이서구의 〈어머니의 힘〉에서 한때 기생이었으나 개과천선改過한 후 진정한 현모양처로 거듭나는 서사, 그리고 유치진의 〈버드나무 선 동리의 풍경〉과 〈토막-쌩보 일가의 이향〉에서 빈곤으로 인해 정든 고향을 떠나고 딸자식을 권번에 파는 서사 등은 그 자체가 전적으로 작가에 고유한 것이 아니었다. 오히려 이들 작품이 쓰여지기에 앞서 이와 유사한 내용의 음반극들이 다수 발매, 유통되고 있었다. 따라서 이들 작품의 의의는 내용의 고유성이나 새로움보다, 당시 잘 알려진 대중극과 대중서사들을 보다 완성도 있는 극작으로 종합해냈다는 데에 있다고 할 수 있다.

음반극 연구는 대중극과 대중문화의 장에서 활동하고 있었던 극작가와 배우, 가수 등에 대한 새로운 지형도를 제시할 수 있다. 음반극 안에서 작사가와 극작가, 배우, 가수의 영역과 경계는 유동적이었고, 이들의 활동은 영역과 경계를 넘나들며 탄력적으로 이루어지고 있었다. 즉 음반극의 제작에는 이미 잘 알려진 이서구(이고범)와 박영호, 박진(남궁춘), 송영 등과 같은 작가들뿐만 아니라 조명암(김다인)과 김능인, 이응호(왕평), 김진문 등과 같은 작가들도 있었다. 그리고 이 중 조명암과 김능인, 이응호, 김진문, 홍토무(홍개명) 등은 작사가로도 활발하게 활동하였으며, 이 외에 김병철과 김향, 김원호 등 다소 이름이 낯선 작가들도 그 수가 적지 않았다.

나아가 일부 작가나 작사가들은 배우로서 음반극 녹음에 참여하기도 했다. 대표적인 예로 이응호(왕평)는 자신이 직접 쓰고 공전의 히트를 기록한 〈항구의 일야〉, 〈항구의 일야〉(추억 편), 〈눈물의 추억〉(항구의 일야 최종편)뿐만 아니라 〈황포강변의 고별〉과 〈황포강변의 추억〉, 〈그 여자의 일생〉 등에서 전옥과 함께 출연하였다. 그리고 이들 음반에서 동일인물인 이응호와 왕평은 각각 작가와 배우로 때로는 배우와 작가로 마치 다른 사람인양 표기되어 있었다. 김진문 역시 작가보다는 배우로서 녹음에 참여한 경우가 더 많았으며, 명배우로 명성을 떨쳤던 신불출과 황철 역시 간간이 음반극 작가로도 활동했다.

음반극 연구는 작가들뿐만 아니라 대중극 및 대중문화의 장에서 활동했던, 그러나 잘 알려지지 않았던 배우들의 존재를 드러내준다. 여기에는 당시의 신문과 잡지 기사들, 그리고 기존의 연구를 통해 이미 잘 알려진 배우들뿐만 아니라, 잘 알려지지 않은 더 많은 수의 배우들이 포함되어 있다. 여배우로는 강석연, 김복진, 김선영, 김선초, 김연실, 김영옥, 문예봉, 복혜숙, 석금성, 신은봉, 신일선, 이경설, 이애리수, 이월화, 전옥, 지경순, 차홍녀 등과 같이 잘 알려진 이름뿐만 아니라, 강정애, 김소조, 나품심, 독은린, 박영신, 박혜숙, 석정의, 심정화, 윤백단, 윤홍심, 이리안, 이옥례, 지계순, 지최순, 한은진, 한일송, 한정희, 홍정숙 등과 같이 다소 익숙치 않은 이름들이 함께 확인된다. 그리고 남배우로는 강홍식, 김영환, 김일영, 김진문, 김창기, 나운규, 박세명, 서월영, 신불출, 심영, 안종화, 왕평, 이경손, 이백수, 이웅, 황철 등의 잘 알려진 이름들뿐만 아니라, 김창배, 김효산, 박제행, 김성운, 김원호, 김효산, 김파영, 도무, 서일성, 양백명, 유성준, 윤건영, 이경일, 이춘풍, 임서방, 최선, 한지석 등의 다소 낯선 이름들도 함께 확인된다. 이들 극작가와 배우 등에 대한 논의는 이후의 과제로 남긴다.

제4장
재담과 만담, '비의미'와 '진실'의 형식

박춘재와 신불출을 중심으로

1. 재담과 만담, '소리'의 예술과 '말'의 예술

'만담漫談'은 (…중략…) 어느 무엇보다도 그 해학성諧謔性, humour의 종회무
진縱橫無盡함과 그 풍자성諷刺性, Irony의 자유분방自由奔放한 점을 특징으로 삼는
그야말노 불같고 칼같은 '말의 예술藝術입니다'[1]

신불출은 1935년 6월 「웅변과 만담」이라는 글의 모두冒頭에서 "'만
담'은 강연講演이 않입니다. 연설演說도 않입니다. 또 재담才談도 않입니
다. 그러타고 작난은 더구나 않이올시다"라고 강조했다. 그리고 만담이
'해학성'과 '풍자성'을 핵심으로 하는 '말'의 예술이라고 정의했다. 하

---

1   신불출, 「만담과 웅변」, 『삼천리』, 1935.6, 105쪽.

지만 재담才談은 "우슴 본위로 공허한 내용을 가진 것"이며 야담野談은 "야사野史를 중심으로 한 고담古談을 내용으로 하는것"이라는 점에서, "현대를 중심으로 한 실담實談을 내용으로 하는" 만담과는 구별된다고 덧붙였다.

이어서 그는 "『만담』은 원래 조선에는 없엇든 것"으로서, 일본의 만당漫談을 자신이 "처음 수입輸入식혀놓은 사람의 하나"라고 강조했다. 만당은 라쿠고落語나 만자이萬歳, 漫才, 고단講談 등과 같은 전통적 와게話藝에 맞서 새로 등장한 근대적 형식이었다. 하지만 신불출은 자신이 일본의 만당을 "고대로 모방한 것"이 아니라 오히려 일본 만당과는 사뭇 다르게 조선에 맞도록 "창안創案"했음을 강조했다. 실로 만담의 대명사였던 신불출의 자부심이 고스란히 전해지는 자리였다.

신불출의 주장이나 바람과는 달리 기존의 연구들은 만담의 새로움을 인정하면서도 그것이 우리 전통연희의 연속성 상에 놓여 있음을 강조해왔다. 즉 신불출의 만담이 가깝게는 박춘재의 재담, 멀리는 조선시대의 소학지희笑謔之戲나 강담사講談師라고 불리는 이야기꾼의 전통에 놓여 있다는 것이었다. 예컨대 김재석은 1930년대 유성기음반 가사지에 수록된 90여 편의 만담과 넌센스, 스케치 작품을 짧은 희극이라는 의미에서 '촌극寸劇'이라고 명명하면서, 이는 고대연극에서 전통을 이어받은 것"이라고 했다.[2] 김만수와 최동현 역시 김재석의 논의를 일부 보완 수정하면서 유성기음반 희극들이 "전통적 맥락에서의 재담을 수용"하고 있다고 했다.[3] 하지만 이들의 주장은 사실상 가설에 가까운 것으로, 만담과

---

2   김재석, 「1930년대 축음기음반의 촌극 연구」, 『한국극예술연구』 2, 한국극예술학회, 1992, 60쪽.

전통연희의 연관성을 실증적으로 비교 고찰한 것은 아니었다.[4]

전통극 연구자인 사진실은 만담과 전통연희의 연속성을 희구하는 근대극 연구자들의 바람에 적극적으로 화답했다. 그는 18~19세기의 재담이 조선시대의 궁정에서 공연되었던 소학지희와 1930년대 희극을 잇는 연결고리가 될 수 있다고 보고, 박춘재의 재담을 통해 그 전승 양상을 밝히고자 했다. 그리고 박춘재가 궁중배우 출신이라는 고설봉의 회고를 적극 수용하여, 박춘재가 서울을 중심으로 하는 상층의 공연·오락문화에 복무하면서 웃음을 창출하기 위해 골계의 재담을 했던 경중우인京中優人의 전통을 계승하는 인물이라고 보았다. 사진실은 재담이 본질적으로 이야기와 말하기에서 출발한다고 보고, 일찍이 소학지희에서 볼 수 있었던 대사 중심의 연극 전통을 재담이 잇고 있었으며, 이는 다시 30년대의 희극으로 이어진다고 주장했다.[5] 그리고 소학지희와 재담을 경우에 따라 '화극話劇'과 '재담극'이라고 지칭하면서 이들 연희에 대사(대화) 중심의 연극성이 공통적으로 내포되어 있음을 강조했다. 사진실의 논의는 '이야기'와 '말하기' 또는 '대화'를 전통연희의 본질적인 속성으로 간주하고, 소학지희와 재담, 근대 희극을 계통화하고자 하는 시도였다고 할 수 있다.

고전문학 분야에서도 '이야기성'을 매개로 하여 재담과 만담을 계통화하고자 하는 시도가 꾸준히 있어 왔다.[6] 한 예로 서대석은 「전통재담

---

3 최동현·김만수, 「1930년대 유성기음반에 수록된 만담·넌센스·스케치 연구」, 『한국극예술연구』 7, 한국극예술학회, 1997, 63·70쪽.
4 한편 박영정은 우리의 만담을 전통 재담이 아닌 일본 만담漫談과의 영향관계를 중심으로 고찰하였는데, 이에 관해서는 본문에서 좀 더 구체적으로 살펴보도록 한다.
5 사진실, 「배우의 전통과 재담의 전승—박춘재의 재담을 중심으로」, 『한국음반학』 10, 한국고음반연구회, 2000.

과 근대 공연재담의 상관관계」에서 '재담'을 구비문학의 성격이 강한 이야기로 포괄하면서, '공연재담'을 재담의 연행 형식으로 한정하는 한편 '재담소리'를 "재치 있는 표현으로 이루어진 민요나 수많은 타령"으로 규정하며 재담의 하위 범위에 두었다.[7] 그리고 식민지기에 공연되었던 박춘재의 재담소리와 신불출 등의 만담은 결국 재담의 전통 안에 포함되는 '공연재담'의 근대적인 형식이라고 보았다.

이상 사진실의 연구와 고전문학 분야의 논의는 모두 '대화'와 '이야기'를 재담의 핵심요소라고 보고 이를 근거로 재담과 만담의 연속성을 주장하는 것이었다. 문학 분야에서는 공연이 이야기를 전달하는 부차적이고 하위적인 재현representation의 형식으로 인식되었는데, 그러나 공연은 무엇보다도 '수행성performativity'을 핵심으로 하는 형식이라는 점에서 이야기와 구분된다. 따라서 공연으로서의 재담과 만담은 어디까지나 재담가와 만담가의 몸과 소리를 매개로 하여 관객 앞에서 행해지는 일회적이고 현장적인 표현presentation의 형식이라는 점에서 문학으로서의 재담이나 만담과는 근본적으로 구분된다. 실제로 당시 재담의 공연과 유성기음반의 제작이 박춘재와 같은 유명 예인藝人들을 중심으로 성행했던 것은 바로 그들의 대체불가능한 수행성 때문이었다. 그리고 이는 만담에서도 역시 마찬가지였다.[8] 사진실의 연구도 재담의 연극성

---

6 국립국어원에서는 재담을 "익살과 재치를 부리며 재미있게 이야기함. 또는 그런 말"로, 만담을 "재미있고 익살스럽게 세상이나 인정을 비판·풍자하는 이야기를 함. 또는 그 이야기"로 정의하고 있다. 재담은 이야기로, 만담은 이야기와 공연으로 규정한 것이다. 국립국어원의 표준국어대사전 참조할 것(www.korean.go.kr).

7 서대석, 「전통재담과 근대 공연재담의 상관관계」, 『전통 구비문학과 근대 공연예술』 I, 서울대 출판부, 2006, 93쪽.

8 당시 『삼천리』에 「신불출씨 만담방청기」를 게재했던 '일기자一記者'는 신불출의 만담이 "'말'노서뿐 표현表現할 수 있는것이고 '글'노서는 도저히 표현表現식힐 수 없"는 것이라

을 강조하였으나, 결과적으로는 재담 자체의 수행성보다 재담 공연의 문화사적 맥락을 중점으로 고찰하는 것이었다.

이와 달리 손태도의 논의는 문헌자료들뿐만 아니라 현존하는 유성기 음반 자료들을 함께 분석함으로써, 박춘재의 소리 및 재담이 지니고 있었던 공연적 실제를 밝혔다는 점에서 주목을 요한다. 그리고 그 결과 박춘재 재담의 본령이 '대화'나 '이야기'가 아니라 '창唱'이나 '가歌', 즉 '소리'에 있었으며, 따라서 이를 좀 더 명확히 하기 위해 재담은 '재담소리'로 명명되어야 한다고 주장했다.[9]

손태도의 연구는 앞서 만담이 "말의 예술"이라고 했던 신불출의 주장을 새삼 떠올리게 한다. 신불출은 만담이 내용적으로 '현대적인 사실담을 해학적이고 풍자적으로' 들려주는 이야기라는 점에서 '웃기기만 하는' 재담이나 '옛날이야기'인 야담과 다르다고 강조했을 뿐, '말의 예술'이라는 사실 자체를 '새로운 점'으로 내세우진 않았었다. 하지만 언어의 내용성보다는 형식성의 측면에서, 다시 말해 재담은 '소리', 야담은 '이야기', 만담은 '말'을 중심으로 한다는 점에서 그 각각은 차별적이고 새로운 것이었다고 할 수 있다.

마지막으로 배선애 역시 야담과 만담, 재담의 공연성에 주목하면서, "재래의 이야기 전통이 극장이라는 근대적 문화 환경과 대중 감수성의

고 했다. 실제로 사람들은 신불출과 황재경, 김윤심 등의 유명 만담가들이 각자의 레퍼토리를 자신만의 고유한 방식으로 어떻게 표현해 내는지를 직접 눈과 귀로 보고 듣기 위해 극장에 모여 들었다. 유성기음반들이 이들 만담가의 이름을 내걸고 제작, 광고, 판매된 것 역시 이들 각자의 고유한 수행성 때문이었다. 일기자, 「신불출의 만담방청기, 관대한 남편」, 『삼천리』 7-7, 1935, 287쪽.

9 이에 관해서는 손태도의 「경기 명창 박춘재론」(『한국음반학』 7, 한국고음반연구회, 1997)과 「전통사회 재담소리의 존재와 그 공연 예술사적 의의」(『판소리연구』 25, 판소리학회, 2008)를 참고할 것.

변화에 조응하여 (…중략…) 근대적인 공연 예술장르"로 각각 형성, 발전되어갔다고 주장했다.[10] 그는 이들 장르의 기원에 궁극적으로 이야기성이 있다고 보면서, 이 중 박춘재의 '재담소리'는 이후 발탈을 통해 '재담극'의 요소를 강화해 나갔지만 야담이나 만담처럼 "독자적인 공연예술"로 확립되지 못하고 "전통연희의 자장" 안에 머물고 말았다고 평가했다. 이때의 "독자적인 공연예술"은 '근대적인 공연예술'을 의미하는 것으로 보인다. 하지만 박춘재의 재담이 당시에는 비록 '구극舊劇', 즉 전통연희로 소개되고 광고되었지만, 야담이나 만담 못지않게 근대 극장 안에서 활발히 독자적으로 공연되고 있었다는 점에서 전통연희에 머물렀다고 보기는 어렵다..

이상의 논의를 토대로 여기서는 박춘재와 신불출의 작품을 중심으로 재담과 만담이 공연성 내지는 수행성의 측면에서 각각 '소리'와 '말'을 중심으로 하는 서로 다른 형식이었음을 구명하고자 한다. 2장에서 박춘재를 재담가 이전에 명창으로서, 4장에서 신불출을 만담가 이전에 신파 연극인으로서 그 경력을 재구해 보고자 하는 것은 이 때문이다. 그리고 3장과 5장에서는 재담과 만담의 언어적 특성과 차이성을 박춘재의 〈병신재담〉과 신불출의 〈관대한 남편〉을 통해 고찰해보고자 한다. 이 중 박춘재의 재담은 그 자신의 독립재담뿐만 아니라 각종 잡가雜歌의 중요한 요소 중 하나였다. 따라서 3장에서는 우선 재담의 요소가 특히 많은 비중을 차지하는 박춘재의 경기잡가인 〈개넋두리〉의 유성기음반 자료를 통해 재담소리, 즉 재담과 소리가 어떻게 어우러지면서 수행되었는

---

10 배선애, 「'담談류'의 공연예술적 장르 미학과 변모」, 『반교어문연구』 42, 반교어문학회, 2016.

지를 고찰해볼 것이다. 그리고 이들 작품을 통해 재담이 언어유희, 즉 형식적인 말장난을 언어적 특성으로 하는 '비非의미'의 형식이었음을 밝힐 것이다.

기존의 논의들은 〈잇살마진 대머리〉를 신불출의 대표적인 만담으로 분석해왔다. 하지만 여기서는 〈잇살마진 대머리〉를 비롯한 신불출의 넌센스 유성기음반 자료들 대부분이, 그가 공연만담을 본격적으로 시작하기 이전에 신파극단에서 했었던 '막간극幕間劇'에 더 가끼운 것이었다고 본다. 실상 3분 남짓한 넌센스 음반자료들은 극장에서 장시간 공연되었던 만담을 대표한다고 보기는 어렵다. 시기적으로도 〈잇살마진 대머리〉을 녹음하고 흥행에 성공하던 시기는 그가 공연만담을 본격적으로 시작하기 전이었으며, 오히려 신불출은 음반이 성공하자 그 유명세를 이용하여 공연만담을 시작했다고 할 수 있다. 따라서 다음 5장에서는 기존의 연구에서 다루어지지 않았던 '일기자一記者'의 〈신불출씨 만담방청기, 관대한 남편〉(『삼천리』 7-7~9, 1935,8~10)을 통해 공연만담의 면모를 살펴보고자 한다. 그리고 이를 통해 신불출의 만담이 재담과 넌센스 음반자료에 공통적으로 나타나는 비의미적인 언어유희를 부분적인 요소로 적극 활용하였지만, 궁극적으로는 근대인의 삶과 진실, 그리고 도덕적 교훈을 담아내고자 하는 것이었음을 밝힌다.

2. 명창 박춘재, 조선가곡의 대표자

　재담으로 잘 알려진 박춘재는 누구인가? 1914
년 1월 28일부터 6월 11일까지 연재되었던 『매
일신보』의 「예단일백인藝壇一百人」에 의하면, 박
춘재는 대한제국 시절이었던 15세에 이미 가무
별감歌舞別監이 되어 최고의 실력을 발휘했던 명창
名唱이었다. 그리고 유성기음반까지 취입하여 전
국적으로 그의 이름을 모르는 사람이 없을 만큼
유명한 "죠션가곡의 디표쟈"였다.[11]

〈그림 1〉 박춘재(朴春載)

　박춘재의 이름이 신문지상에서 처음 발견되
는 것은 1909년 9월 1일 『대한민일신보』에 실
린 짤막한 광고에서였다(〈그림 2〉 참고). 장안사에서는 당일부터 특별연
극으로서 "홍도 박츈직 평양임창 등"을 공연한다고 광고했다. 이 중 홍
도는 시동詩洞 상화실 기생인 김홍도를 말하며, '평양임창'은 평양의 선
소리인 입창立唱의 오기誤記로 추정된다.

　장안사에서는 이들의 공연을 왜 '특별연극'이라고 했을까? 1902년
12월 4일에 개장한 협률사는 여론의 뭇매를 맞고 결국 폐장되었으나,
1906년경의 한성부에는 광무대를 비롯한 단성사와 연흥사, 장안사 등
민간에서 운영하는 극장들이 속속 개장되고 있었다. 그리고 이들 극장

---

11 「예단일백인 (86)－박츈직」, 『매일신보』, 1914.5.17.

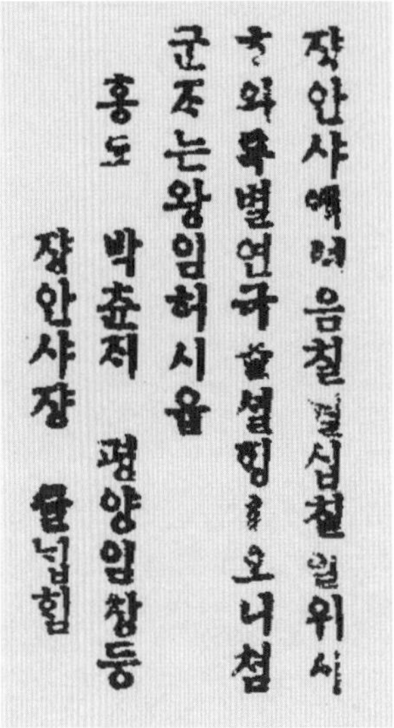

에서는 정재_{呈才} 위주의 기생 무용과 기악, 창부_{唱夫}의 판소리 등이 주로 공연되었다. 이 중 이름 높았던 협률사의 명창은 김창환_{金昌煥}과 송만갑_{宋萬甲}, 이동백_{李東伯} 등이었는데, 그중 김창환은 그를 애호하는 고관_{高官}들로부터 정3품의 가자_{加資}를 하사받을 만큼 소리를 잘했다고 한다.[12] 그리고 김창환과 송만갑은 광무대의 연희개량을 준비하며 기생들을 직접 가르치기도 했다.[13] 따라서 장안사의 '특별연극'은 기존에 중심적으로 공연되었던 기생무용과 기악, 오명창_{五名唱}의 판소리가 아니라, 잡가에 능했던 '경기명창'인 박춘재와 김홍도의 소리 및 평양의 선소리 등을 내세웠던 공연으로 짐작된다.[14]

〈그림 2〉 장안사 광고(『대한모일신보』, 1909.9.1).

　이후 박춘재의 이름이 다시 등장한 것은 1912년 4월 21일부터 단성사에서 시작된 강선루일행_{降仙樓一行}의 공연에서였다. 4월 26일과 30일 이틀에 걸쳐 『매일신보』에 게재된 일종의 리뷰 기사에서 기자는 강선루 일행의 공연이 조선 기생들의 가무를 개량한 것이라고 소개하면서 대체적으로 고평했다. 특히 월중선_{月中仙}의 가야금과 화향_{花香}·점홍_{點紅}·명옥_{明玉}의 양금_{洋琴}, 그리고 음악 합주와 금강산 환등 및 채련과 화향, 화

---

12 「명창 가자_{名唱加資}」, 『황성신문』, 1906.7.10.
13 「연희개량」, 『만세보』, 1907.5.21.
14 여기서 박춘재를 '경기명창'이라 칭한 것은 잡가와 재담으로 유명한 박춘재를 '경기명창'으로 재조명한 손태도의 논의를 토대로 한 것이다. 손태도는 협률사의 공연에 판소리 명창 외 경서도 명창이 대거 참여하였다는 박황의 논의와 박춘재의 말년에 옆집에 살았다는 이창배의 회고를 근거로 하여, 박춘재 역시 협률사 공연에도 참여했을 것으로 추정하였다. 이에 관해서는 손태도, 앞의 글, 140쪽을 참고할 것.

봉花鳳의 전기춤과 점홍의 호접무胡蝶舞 등에 대해서는 칭찬을 아끼지 않았다. 하지만 함께 공연되었던 류영갑의 날탕패와 박춘재의 〈성주풀이〉와 〈제석타령〉에 대해서는 그 음담패설이 풍속을 괴란시킨다고 하면서 깊은 유감을 표시했다. 실제로 공연 중에는 이들의 음담패설에 대한 "당직순사의 엄중훈 취체"가 있었다고 했다.[15] 그 결과 류명갑과 박춘재는 이후 공연에서 빠지게 되었는데,[16] 평양날탕픠는 5월 19일과 21, 23일 등의 강선루일행 공연에서 활동사진과 함께 다시 여흥에 출연했지만 박춘재는 끝내 무대에 서지 못했다.

박춘재가 강선루일행의 공연에서 선보였던 〈성주풀이〉와 〈제석타령〉은 무가巫歌의 일종으로서 박춘재의 대표적인 레퍼토리 중 하나였다.[17] 〈성주풀이〉와 〈제석타령〉은 각각 1911년 일본축음기상회의 제1차 녹음 당시 음반화되었으며(NIPPONOPHONE 6018과 6261), 1923년 일본축음기상회의 3차 녹음시 재발매 음반에 포함되어 있었다(닛보노홍 K205-B면과 K203-B면). 그리고 〈성주풀이〉는 1925년 일축의 4차 녹음에도 포함되어 있었으며(일축죠선소리반 K653), 〈제석타령〉은 〈제석거리〉라는 제목으로 1925년부터 발매된 일동축음기의 제비표조선레코드에도 포함되어 있었다(B122-A면).

상풍패속의 문제는 박춘재의 잡가雜歌뿐만 아니라 협률사가 개장된

---

15 「등강선루登降仙樓ㅎ야 시일평試一評」, 『매일신보』, 1912.4.26. 4월 26일의 기사에는 '문영갑文泳甲'으로, 30일 기사에는 '류영갑柳泳甲'으로 서로 다르게 표기되어 있는데, 이는 피리 연주자인 '류명갑柳明甲'의 오기인 듯하다. 류명갑이 피리 연주자였다는 사실은 배연형의 『유성기 음반 1907~1945』 5, 한걸음더, 2011, 40쪽을 참고할 것.

16 「강선루의 선악일평」, 『매일신보』, 1912.4.30.

17 〈성주풀이〉는 말 그대로 집터를 관장하는 성주신神께 바치는 노래이며, 〈제석타령〉은 인간의 수명과 자손, 화복 등을 관장하는 제석신帝釋神께 바치는 노래이다.

이후 줄곧 창부들의 판소리와 민요 전반에 비판적으로 제기되었던 문제였다.[18] 특히 판소리에 있어서 이 문제는 1910년 1월 18일부터 22일까지 네 번에 걸쳐 연재된 『국민신보』의 논설적인 기사 「연흥사의 상풍패속」에서 비교적 구체적으로 지적되었다. 여기서 〈춘향가〉는 남녀가 상사애련相思愛戀하는 음란한 것으로, 〈흥부가〉는 형이 아우를 구박하는 패담悖談으로, 〈심청가〉는 황당무계한 것으로 비판을 받았는데, 특히 〈춘향가〉는 "남녀가의 극음란 극방탕훈 가歌"[19]라는 지탄을 받았다. 그리고 같은 해 9월 장안사에서 공연하던 이동백은 경찰서에 불려가 "음풍패속에 관한 가곡 등을 일절폐지"하고 이를 어기면 처벌을 받을 수 있다는 경고까지 받았다.[20]

협률사 개장 이후 비판적 여론이 지속되고 실제적인 단속이 이루어졌음에도 불구하고, 나아가 이에 대응하여 극장 측과 창부들이 '연희개량'을 시도하였음에도 불구하고, 십 년이 넘게 근본적인 상황은 크게 변하지 않았다. 원체 판소리와 잡가의 인기가 높았으며, 인기의 핵심에는 판소리와 잡가에 모두에 공통적으로 들어가 있는 재담의 노골적인 음담과 패설이 놓여 있었기 때문이다. 앞서 『국민신보』의 기사에서는 대표적으로 〈춘향가〉의 '사랑가'와 '이별가'를 차마 '듣지 못할 만큼 음란한 대목'으로 꼽았으나, 오히려 관객들은 그 질펀한 성적 표현을 즐겼으며 창부와 가객들은 관객 반응에 따라 표현의 수위를 즉흥적으로 가감하였다. 박춘재의 대표적인 레퍼토리인 〈장대장타령〉에도 역시 장대장과

---

18 이에 관한 자세한 내용은 우수진, 『한국 근대연극의 형성』(푸른사상, 2011) 제2장 「연극개량, 극장적 공공성을 모색하다」를 참고할 것.
19 「연흥사의 상풍패속 (三)」, 『국민신보』, 1910.1.21.
20 「연사演社의 음풍선금淫風宣禁」, 『매일신보』, 1910.9.30.

무당, 무당과 장님과의 육체적 관계를 암시하는 표현이 들어있었다. 그리고 음담패설로 인해 강선루일행의 공연에서 결국 중도하차했던 〈성주풀이〉와 〈제석타령〉 역시 그러했을 것으로 짐작된다.

박춘재의 인기는 앞서 언급한 송만갑과 이동백, 김창환 외에도 정정렬丁貞烈과 김창룡金昌龍을 포함하는 오명창五名唱에 못지않았다. 비록 강선루일행의 공연에서는 중도하차하는 수모를 겪었지만, 소위 구파舊派 연극집단의 주무대였던 광무대에서 꾸준히 활동했을 뿐만 아니라 신파극과 활동사진관의 여흥 무대에도 출연했다. 폭넓은 대중적인 인기가 없었다면 불가능한 일이었다. 그리고 1914년 10월에 열린 개성습율대회開城拾栗大會나 1915년 10월 경성에서 대대적으로 열린 가정박람회 등과 같은 공공 행사의 여흥에도 기생 및 창부들과 함께 앞장서서 참여했다. 이 또한 대중적인 유명세가 없었다면 불가능한 일이었다.

박춘재의 인기와 그 중요성은 극장뿐만 아니라 당시의 유성기 음반 시장을 통해서도 반증된다. 한국 음악을 담은 음반은 1907년 미국 콜럼비아 레코드에 의해 처음 제작, 발매되었다.[21] 당시 음반의 취입자는 악공樂工 한인오韓寅五와 관기官妓 최홍매崔紅梅, 그리고 3명의 기악 연주자들이었다. 두 번째 음반은 1908년 미국의 빅타 사에 의해 제작 발매되었는데, 25명 내외의 취입자들을 평양과 경성, 대구, 동래 등 전국 각지에서 소집하여 23종의 곡목을 녹음했다. 이 중에는 오명창 중 하나인 송만갑이 포함되어 있었다. 그리고 일제강점 이후에는 소위 '일축'으로 잘 알려진 일본축음기상회에 의해 한국음악 음반이 대량으로 발매되는

---

21 이후 유성기 음반 관련 내용은 배연형, 앞의 책, 22~62쪽을 참고하였다.

데, 첫 번째 음반의 취입자는 바로 경기명창 박춘재와 김홍도, 서도명창
문영수, 판소리명창 심정순, 피리연주자 류명갑 등이었다. 이 중 박춘재
와 문영수는 1913년의 2차 녹음에도 유일하게 참여하였다. 이동백과
김창환의 빅타음반 취입은 1915년, 일축 취입은 1925년 4차 녹음 이후
에 이루어졌으며, 박춘재의 취입 음반매수는 이들 오명창보다 압도적으
로 많았다.

3. 〈병신재담〉과 '비非의미'의 언어

박춘재의 대표적인 레퍼토리들은 어떤 것이었을까? 한국음반아카이
브연구단에서 발간한 『한국 유성기 음반』 1~4권을 토대로 하여 지금
까지 확인되는 박춘재의 유성기 음반 곡목을 정리해보면 다음과 같다.
목록은 가나다 순서로 정리하였지만, 제목이 유사하거나 연관된 것들은
나란히 병기하였다. 예컨대 〈개넋두리〉·〈개신세가〉·〈개타령〉과 〈무
당노래가락〉·〈무녀덕담가〉·〈신조新調 각인무당노래가락〉, 〈병신상
담가〉·〈병신재담〉, 〈장대장타령〉·〈장첨사타령〉, 〈제석거리〉·〈제
석타령가〉 등은 서로 유사한 내용의 곡이었을 것으로 짐작된다.[22]

---

22 박춘재의 음반사별 음반번호와 곡목의 목록은 부록으로 첨부한다. 박춘재의 음반 목록
    은 손태도의 글에서 부록으로 대부분 정리되어 있으나, 음반번호에 일부 오류가 있어 수
    정하였으며 누락된 음반들은 목록에 보충하였다.

가세타령遊去打令, 간지타령簡紙打令, 개넋두리, 개신세가犬身世歌, 개타령犬打令, 걸승덕덕담가門前僧念佛歌, 경산타령京山打令, 긴난봉가長難逢歌, 사설난봉가, 가진난봉가頻頻難逢歌, 남성 노래가락, 농담 경복궁타령, 꽃타령花遊打令, 놀양, 달거리月去里, 도화타령, 산염불, (앞)산타령, 뒷산타령, 매화타령, 맹꽁이타령, 휘몰이맹꽁이타령急速蜂打令, 무당노래가락巫女遊歌, 무녀덕담가, 무당흉내, 신조新調 각인무당노래가락, 방아타령春兒歌, 자진방아타령急速春兒歌, 배따라기船達打令, 자진배따라기, 병신상담가病身相談歌, 병신재담, 빈빈시절가(사립일배絲笠一杯, 곰보타령), 선유가船遊歌, 성주풀이, 세월타령, 소상팔경가, 소少춘향가, 수륙천리, 수심가, 엮음수심가, 양산도, 오조가烏鳥歌, 유산가遊山歌, 이팔청춘가, 임타령郎君歌, 자진단가, 장기타령將棋打令, 장님무당타령盲人巫女相談歌, 장님아이희담盲人小兒戲談, 장님흉내가盲人行歌, 장사(위)는흉내가各色行商歌, 장대장타령, 장첨사타령張僉使得妄歌, 적벽가, 정거장타령, 제비가, 제석거리, 제석타령가, 집장가執杖歌, 창내고자私設窓開, 창부중타령倡婦僧打令, 푸른산중, 평안도상하창영변가平安道上下唱寧邊歌, 휘몰이중타령急速痕顔僧打, 휘모리평양가急速平壤歌

이 중 〈유산가〉와 〈적벽가〉, 〈제비가鷿子歌〉, 〈소춘향가〉, 〈집장가〉, 〈평양가〉, 〈선유가〉 등은 서울을 중심으로 하는 서민층의 노래인 십이十二 잡가에 속하고, 〈장기타령〉과 〈맹꽁이타령〉, 〈빈빈시절가〉 등도 서울의 속가俗歌에 속한다. 그리고 〈수심가〉와 〈엮음 수심가〉, 〈산염불〉, 〈긴난봉가〉, 〈낮은 난봉가〉, 〈적벽가〉, 〈배따라기〉, 〈잦은 배따라기〉는 관서지방인 황해도와 평안도 지방에서 불리는 서도창西道唱에 속한다. 그리고 〈놀량〉과 〈산타령〉(〈앞산타령〉·〈뒷산타령〉)은 경기입창立唱

과 서도입창에 공통된 곡목이다.[23] 따라서 박춘재는 특히 서울과 서도 지역의 잡가와 민요, 무가에 능한 명창이었다.

손태도는 박춘재의 노래를 가곡과 경기잡가, 선소리 산타령, 무가, 재담소리 등으로 범주화하면서, 재담소리에 〈장대장타령〉과 〈개넋두리〉, 〈맹인흉내〉, 〈각색 장사치흉내〉, 〈병신재담〉, 〈농담 경복궁타령〉 등을 포함시켰다.[24] 〈장대장타령〉과 〈농담 경복궁타령〉, 〈개넋두리〉는 각각 타령과 무가이지만 중간중간에 재담이 섞여 있으며, 〈각색장사흉내〉, 〈장님흉내〉, 〈무당흉내〉는 소위 흉내재담으로서 이 역시 노래를 기본으로 하고 있다. 실제로 현재 음원을 확인할 수 있는 〈개넋두리〉와 〈병신재담〉, 각종 흉내재담들을 직접 들어보면, 사진실의 주장처럼 대사(대화) 중심의 '재담극'이라기보다는 손태도의 주장처럼 노래를 토대로 하여 중간중간 이야기와 대화 등의 사설辭說이 들어간 '재담소리'라고 할 수 있으며, 이때의 사설 역시 기본적으로 일정한 곡조曲調를 띠고 있다. 〈각색장사흉내〉와 〈장님흉내〉, 〈무당흉내〉 역시 기본적으로 노래로 이루어져 있는데, 이들 음반이 '만곡漫曲'이라는 타이틀로 광고된 것은 이 때문일 것이었다.

여기서는 그중 재담적 요소가 많은 비중을 차지하는 경기잡가인 〈개넋두리〉를 예로 들어 살펴본다. 〈개넋두리〉는 현재 네 차례, 즉 닛보노

---

23 가곡과 십이잡가, 서울의 속요, 서도창, 입창 등의 곡목 분류에 대해서는 이창배의 『한국가창대계』(홍인문화사, 1976)를 참고하였다.

24 손태도, 앞의 글, 159쪽. 손태도는 후속 연구에서는 '재담소리'를 서사형 재담소리와 재담말형 재담소리, 흉내내기형 재담소리로 구분하고, 서사형 재담소리에 박춘재의 〈장대장타령〉을, 재담말형 재담소리에 김경복의 〈병신배담〉과 박해일의 〈맹인재담〉 등을, 흉내내기형 재담소리에 박춘재의 〈각색 장사치 흉내〉와 〈각색 장님흉내〉, 〈개넋두리〉 등을 포함시켰다. 이에 관한 자세한 내용은 「전통사회 재담소리의 존재와 그 공연예술사적 의의」(『판소리연구』 25, 판소리학회, 2008)를 참고할 것.

홍과 제비표조선레코드, 콜럼비아 레코드, 시에론 레코드에 의해 음반화된 것으로 확인된다(닛보노홍K201; 제비표조선레코드B159; Columbia40106; Chieron206). 이 중 앞의 세 음반은 박춘재와 문영수에 의해 녹음되었으며, 문영수의 사후死後에 제작된 시에론 레코드는 김홍렬과 함께 녹음되었다. 현재 음원이 확인되는 것은 이 가운데에 닛보노홍의 녹음과 콜럼비아 레코드의 녹음이며, 닛보노홍의 녹음은 1996년 한국고음반연구회에 의해 CD 〈경기명창 박춘재 (김홍도·문영수)〉(지구레코드사)로 복각되었다.[25]

　우선 닛보노홍의 〈개넋두리〉는 죽은 개의 넋노래가락으로 시작되며, 넋노래가락과 공수조가 반복되는 형식이다. '넋노래가락'은 원래 죽은 사람을 위한 진오구굿에서 망자亡者가 유족에게 하는 마지막 당부를 무당의 입을 빌어서 '노래'하는 대목을 말하며, '공수조'는 무당의 입을 통해 앞날의 예언이나 인간의 길흉화복이 전해지는 신神의 '말'에 해당되는 부분이다.[26] 하지만 공수조의 사설, 즉 신의 말 역시 전체적으로 일정한 곡조를 띠며, 여기에 박춘재와 문영수의 주고받는 말이 아래 인용에서 보듯이 노래 사이에 간간이 아주 짧게 끼어들 뿐이다. 아래 인용은 CD에 수록된 가사지(배연형 채록) 중 〈개넋두리〉의 앞부분에 해당되는 부분이며, 이 중 곡조가 전혀 없이 '말'로 주고받는 부분은 강조 표시하였고, 문영수의 받는 말은 이탤릭체로 표기하였다.

25　이 CD에는 박춘재의 재담소리와 긴잡가, 경기무가, 경기민요 총 17곡이 수록되어 있다. 구체적으로 재담소리로는 개넋두리와 각색 장사치 흉내, 장님 흉내, 장대장타령, 긴잡가로는 제비가와 유산가, 집장가, 달거리, 경기무가로는 무녀덕담가, 제석타령, 제석거리, 무당덕담, 무당노래가락, 경기민요로는 낭군가, 구조 이팔청춘가, 사설난봉가, 노래가락이 실려 있다.

26　가사와 그 해제는 CD 〈경기명창 박춘재〉에 수록된 가사지를 참고하였다.

[넋노래가락]

이게 뭔고하니 개 내기겠다.

넋이야 넋이로구나. 녹양심산에 저 넋이야. 넋을랑 놋반에 담고 신에 신은 져 올려, 세상에 못난 망개가 놀고갈까

[공수조]

아이고 나 들어왔다. *누구십니까?* 살아 생전 겉고, 사후 영천 같고, 옳소 천하 사람이 다 주어도 ㅣ는 장생불사를 할 줄 알았든지, 친명이 이뿐이든지, *누군지 알 수 없지마*는 임 형세를 허였는지, 내가 너의 할아버지다. 옳소, 어, 내가 살아 생전에 내 옥천당을 보량이면, *사진을?* 어, 사진. 아가리는 다 닳은 끌 방맹이 겉고, 앉으면 산호가지 빠지고, 서며는 달아나고만 싶고, *애외다리요.* 옳다. 일상 출입 구녕이 개구녁이요, 정월이라 대보름 말이면 액막이야 물 것 찐다고 그날은 누룽밥 한술도 아니주고 왼종일 굶기는구나. *배고파 살갔어?* 진지 잡숫는 밥상 보량이면, 나는 오첩 반상 칠첩 반상 몽땅 열상 동자상 팔선상이 다 많아도, 너의 할아버지 잡숫는 밥상은 노름꾼들이 아느니라, 골패 서른 두 짝에 채소 같은 나무 귀웅퉁이 밥상이요, *옳소*…

콜럼비아 레코드의 〈개넋두리〉 역시 음원을 확인해보면 장구와 피리 연주 및 "넋이야, 넋이로구나"로 시작하는 넋노래가락과 공수조가 반복되면서 진행된다. 그 구체적인 사설은 닛보노홍의 〈개넋두리〉와 다르지만 내용은 전반적으로 유사하며, 공수조 역시 전체적으로 곡조를 띠는 가운데 중간중간 "에구, 나 들어왔다. *나가 누구요?*" "내가 들어와 버려도 누군질 아니? *몰라요* 말하면 알겠지." 등과 같이 주고받는 말이 끼어 들어있다. 문영수의 받는 말은, 마치 판소리 고수鼓手의 '좋다', '얼씨

구' 하는 추임새와 같이 장단을 맞추면서 흥을 돋우는 역할을 한다. 따라서 〈개넋두리〉의 경우에서 보듯이 재담은 보조적인 역할을 할 뿐 그 이상의 역할이나 의미는 약하다고 할 수 있다.

반면에 〈병신재담〉은 유일하게 처음부터 끝까지 박춘재와 문영수의 대화로 이루어진 박춘재의 독립 재담이다. 〈병신재담〉은 일찍이 빅터사와 콜럼비아 레코드에서 음반화된 것으로 확인되는데(Columbia40010, Victor49010),[27] 이 중 콜럼비아 레코드의 음원만이 확인된다. 이 음반의 A면과 B면에는 〈경복궁타령〉과 〈병신재담〉이 각각 녹음되어 있으며, B면 역시 경복궁타령의 한 소절로 시작된다. 이는 배연형의 말처럼 음반 앞면에 녹음된 경복궁타령의 연속일 수 있지만, 일종의 프롤로그처럼 고의적으로 넣어진 것이었을 가능성도 아주 배제할 수 없다. 어쨌든 〈병신재담〉은 신체불구자로 추정되는 어느 인물(A)과, 그와 우연히 만난 것으로 추정되는 다른 인물(B) 사이의 대화로 이루어져 있다. 가사지가 남아 있지 않기 때문에 음원의 앞부분을 직접 채록하였으며, 그 내용을 살펴보면 다음과 같다. 마찬가지로 문영수의 받는 말은 이탤릭체로 표기하였으며, 내용이 명확하지 않은 부분들은 ✕표시하였다.

웬 양반이요? 조그마하니까 토막을 낸 줄 아오. *어디 사는 양반이요?* 오냐, 하늘에 살겠소, 땅에 사오. *땅에 살겠지만 고향이 어디요?* 고향이 쥐✕✕✕ ✕✕✕✕✕, *사는 고향 말이오.* 고향은 광주요. *좋은 곳 살았구료.* 언짢진 않

---

27 일본축음기상회에서도 박춘재의 〈병신상담가〉라는 음반(NIPPONOPHONE 6169)이 발매되었는데, 제목상 〈병신재담〉은 〈병신상담가〉에서 발전된 것으로 추정되지만 그 구체적인 내용을 확인할 수는 없다.

소. *광주가 몇 리요.* 한 리요. *한 리라니?* 리 수를 모르니까 되는 대로 헌 말이요. *그럼 몇 일에 왔어?* 사지가 성하면 보행을 해서 날짜를 알지마는 체면이 똥그래 말똥구리 ××으로 떼구르르 굴렀소. *잘 굴렀소 못 굴렀겠소? 뉘 댁이요?* 홀애비 댁이요 *뉘씨라우?* 내시라우. *성씨××××× ××네* 자식이요. *박가요?* 무던히 까요? *거 양친 시하요?* 양친 시하요. *양친의 춘추는?* 우리 어르신네 ××는 금년에 갓 일곱이요. *자친은?* 일곱 살, 쩍 쪼겠소. *세 살 반이요?* ×××× 아들래미로군. *노형은 몇 살이요?* 나는 금년에 여든일곱이요. *아, 여보* 예. *그거 부모가 아니고 손자뻘이로군.* ××××××××× 어떤 왠수의 놈을 내가 만났네그려. 이 시상에 애비나 에미보담 자식이 나많이 먹은 데가 어딨소. *그렇지.* 우리 아버지 어머니는 백 허구두 (…후략…)

위의 가사를 통해 알 수 있듯이 〈병신재담〉은 두 사람의 대화로 이루어져 있다. 하지만 이들의 대화는 "어떠한 '상황'이나 '사건'을 만들어내거나 '극(행동)'으로 이어지지는 않는다. 즉 대화는 구체적으로 알 수 없는 시간과 장소에서 이루어지며, 이들의 정체나 성격조차 알 수 없다. 다만 "조그마하니까"라든가 "사지가 성하면 보행을 해서 날짜를 알지마는 체면이 똥그래"라는 대목을 통해 인물 A가 신체 불구자임을 짐작할수 있다. (하지만 실제 공연에서는 박춘재의 몸을 통해 충분히 표현되었을 것이다.) 대신에 이들의 대화는 주고받는 말의 장단과 언어유희, 즉 말장난에 집중되어 있다.

내용을 자세히 들여다보자. B는 길을 가다가 우연히 만난 A가 어디에서 왔는지 궁금해서 "어디 사는 양반이요?"라고 묻는다. 하지만 A는 질문에 대한 대답을 하지 않고 "하늘에 살았겠소, 땅에 사오"라고 하면서 질문에서 살짝 비켜난 대답으로 눙친다. 수차례 문답을 주고받은 후 B는 간신히 A의 고향이 광주라는 사실을 듣고 광주가 몇 리나 먼 곳에 있느냐고 묻는다. 하지만 A는 그저 "한 리요"라고 답하고 B가 다시 "한 리라니?"라고 묻자, A는 곧바로 "리 수를 모르니까 되는 대로 한 말이요"라며 마치 장단을 맞추듯 받아친다. 성씨가 무엇이냐고 묻는 말에도 A가 계속 엉뚱한 대답으로 일관하자, B가 버럭 화를 내며 박씨 성인가 물으며 "박가요?"라고 질문하자, 여기에도 A는 여전히 "무던히 까요?"라는 말장난으로 응수한다. 모친의 연세를 묻는 질문에도 A는 부친의 나이인 "일곱 살 쩍 쪼겠소"라고 대답하자 B가 이를 받아 "세 살 반이요?"라고 말한다.

〈개넋두리〉와 달리 〈병신재담〉은 노래나 악기 반주 없이 순전히 두 사람의 대화로 이루어진다. 하지만 시공간적인 배경이 구체적이지 않으며, 두 사람의 대화가 어떤 상황이나 사건을 만들어내지도 않는다. 그저 대화만, 좀 더 구체적으로는 문답만 있을 뿐이다. 그렇다고 해서 질문에 대한 대답이 명료한 것도 아니다. 오히려 밑도 끝도 없는 언어유희, 즉 말장난의 연속일 뿐이다. 신불출이 재담을 "우습 본위로 공허한 내용을 가진 것"[28]이라고 비판한 것은 바로 이 때문이었다.

하지만 바로 이 언어유희, 즉 형식적인 말장난에 재담의 본질이 있다고 할 수 있다. 말장난의 언어에는 별다른 의미가 없다. 그리고 비어 있는 의미의 자리에는 재담자의 육체적 현존이 대신하고 있었다. 그렇다고 해서 재담자의 육체적 현존이 말장난의 보조적 수단으로 기능한다거

---

28 신불출, 앞의 글, 106쪽.

나 또는 재담의 목적인 것은 아니었다. 오히려 재담자의 육체적 현존은 재담의 매개적인 수단 그 자체였다. 아감벤은 "몸짓에 있어서 인간들끼리 서로 소통하는 곳은 그 자체가 목적의 영역이 아니라 목적 없는 순수한 매개성의 영역이다"[29]라고 했다. 즉 몸짓이 보여주는 것은 순수 매개성으로서의 인간의 '언어활동-안에-있음'이며, 따라서 몸짓이 말해야 할 것은 아무것도 없다는 것이다. 왜냐하면 "몸짓은 본질적으로 항상 언어활동 속에서 파악되지 않는 몸짓"[30]이기 때문이다. 유사한 맥락에서 재담자의 육체적 현존과 이를 통해 만들어지는 몸짓은 재담 안에서 언어유희, 즉 말장난과 함께 일종의 '목적 없는 순수한 매개성의 영역'을 수행적으로 확장시켰다고 할 수 있다. '무無의미'가 아닌 '비非의미', 그것이 바로 재담언어의 세계였던 것이다.

4. 신파 연극인 신불출, 만담의 천재

신불출은 누구인가? 두말이 필요 없는 1930년대 만담의 창안자이자 대명사이다. 박영정은 일본의 만당漫談이 1920년대 중반 일본의 전통 와게話藝 중 말의 예능인 만자이漫才(2인 예능)와 경쟁하기 위해 변사들이 고안해낸 예능이었다고 했다. 그리고 비교문화적 관점에서 신불출의 만

---

29 조르조 아감벤, 김상운 · 양창렬 역, 『목적 없는 수단』, 난장, 2009, 70쪽.
30 위의 책, 71쪽.

담은 우리의 전통 재담보다 일본 만당의 영향을 직접적으로 받은 것이라고 주장했다.[31] 신불출도 자기 자신이 "조선에다가 '만담'을 처음 수입식혀놓은 사람의 하나올시다"[32]라고 주장했듯이 만담 자체는 기존에는 없었던 새로운 형식의 공연이었다. 하지만 우리의 연극 문화적 토양 역서 신불출의 만담이 탄생하는 데 한몫했다. 즉 우리의 만담은 신파극단에서 배우이자 작가, 연출가로서의 경력을 시작했던 신불출이 척박한 연극 환경에서 살아남기 위해, 또는 이를 극복하기 위해 애썼던 분투의 결과였던 것이다.[33]

〈그림 3〉 신불출(申不出)

1935년 1월 3일의 『매일신보』의 기사는 신불출을 "만담의 천재"로 소개하면서 그가 18세 되는 해, 그러니까 1925년경에 극단 취성좌의 문예부에서 일을 하면서 배우로도 출연하였으며 나중에는 막간에 넌센스도 하면서 인기를 끌었다고 보도했다.[34] 취성좌는 1918년 3월에 신파극단이었던 김도산의 개량단改良團이 발전적으로 해체하여 김소랑을 비롯한 신파극 배우들 중심으로 재결성된 신파극단이었다. 1915년에 만들어진 경성구파배우조합은 관객의 저변을 확대하기 위해 조합 안에

---

31 박영정, 「만담 장르의 형성과정과 신불출」, 『웃음문화』 4, 한국웃음문화학회, 2007.
32 신불출, 앞의 글, 106쪽.
33 이승희 역시 신불출의 음반취입과 만담으로의 행보가 연극계의 현실적인 문제 때문이며, 그 문제가 특히 "각본검열과 흥행취체"로 대변되는 "식민권력의 개입"과 관련된 것이었을 것이라고 추정했다. 이에 관해서는 이승희, 「배우 신불출, 웃음의 정치」, 『한국극예술연구』 33, 한국극예술학회, 2011, 18~21쪽을 참고할 것.
34 「만담의 천재 신불출군」, 『매일신보』, 1935.1.3.

김도산 중심의 '신파부 개량단 일행'을 별도로 설립하여 신파극 공연을 병행하고 있었다. 따라서 취성좌는 개량단의 일원들 중에서도 제대로 된 신파극을 하고자 했던 배우들이 중심이 되어 경성구파배우조합으로부터 독립해 만든 극단이었다.

취성좌는 십여 년간 지속되면서 1920년대를 대표하는 신파극단으로 자리 잡았다. 송도고보松島高普를 중퇴하고 연극계에 입문하기 위해 경성에 올라왔던 신불출이 취성좌에 들어온 것은 이 때문이었을 것이다. 하지만 약 2년 후인 1927년에는 지두한의 주도로 설립된 극단 조선연극사[35]로 몸을 옮겼고, 1930년경에는 이 극단을 대표하는 배우로 자리 잡았다. 오랜 지방순회공연을 마친 조선연극사가 조선극장에서 공연한다는 소식을 알리는 1931년 6월 2일의 신문기사에는 극단 조선연극사가 "변기종, 강홍식, 신불출 씨 등을 전부 약 50여 명의 대단체"[36]라고 소개되어 있었기 때문이다.

약 4년 후인 1931년 7월 초에 신불출은 다시 이종철과 전경희, 이원재 등의 남녀배우들과 함께 조선연극사를 탈퇴하였다. "조선의 정취가 농후한 새로운 극을 위하여" 새 극단을 만들기 위해서였다.[37] 이를 보도했던 기사의 제목이 "신불출 일파 연극사演劇舍 탈퇴"였던 것으로 보아 이 과정에서 신불출이 주도적인 역할을 했으며, 그는 일본 신파를 모방적으로 추종하는 극단 분위기에 대해 문제의식을 가졌던 것으로 추정된

---

35 당시 조선연극사는 이경설, 이애리수, 강홍식, 이경환, 성광현, 신은봉, 전옥 등의 스타급 배우들을 망라하여, 단원 30여 명과 밴드부 30여 명, 그리고 연구생까지 합쳐 90여 명에 달하는 대규모 극단이었다고 한다. 조선연극사에 관해서는 유민영의 『한국근대연극사 신론』(상), 태학사, 2011, 431쪽을 참고하였다.

36 「조선연극사朝鮮演劇舍 조극朝劇에서 공연」, 『매일신보』, 1931.6.2.

37 「신불출 일파 연극사演劇舍 탈퇴」, 『매일신보』, 1931.7.9.

다. 하지만 이로부터 한 달이 채 되지 않은 7월 말경에는 취성좌의 부활을 알리는 신문기사에서 다시 신불출의 이름이 등장하였다. 여기에는 함께 조선연극사를 탈퇴했던 이원재, 이종철, 전경희와 함께 성광현, 송해천의 이름도 포함되어 있었다.[38] 이 기사는 취성좌의 제1회 공연이 늦어도 8월 중순에 있을 것이라고 예고했다.

하지만 취성좌의 제1회 공연소식이 감감한 상태에서 9월경에는 신무대라는 새로운 극단의 소식이 들려왔다. 그리고 여기에 '신불출 일파'의 이름이 다시 한번 등장했다. 애초 "조선의 정취가 농후한 새로운 극을 위하여" 조선연극사를 탈퇴했던 '신불출 일파'는 새로운 취성좌 안에서 '새로운 극'을 도모하고자 했으나, 아마도 연극 이념이나 실제적인 경영 문제를 둘러싸고 발생한 김소랑과의 마찰로 인해 새로운 극단을 만들었던 것으로 추정된다.

극단 신무대는 9월 10일부터 15일까지 6일간 단성사에서 제1회 공연을 했다. 우리는 창단 공연의 레퍼토리를 통해 이들이 지향했던 '새로운 극'의 면면을 짐작해볼 수 있다. 당시 『매일신보』에 실린 단성사 광고에 의하면 신무대는 3일씩 예제藝題를 두 번 바꾸어 6일 동안 공연하였다. 가장 눈에 띄는 점은 공연 레퍼토리가 모두 창작극이었다는 사실이다. 10일부터 12일까지의 예제는 신불출 작의 〈아리랑 반대편〉(전1막)과 송해천 안案의 〈녯집이 그리워〉(전1막), 안광익 안의 〈쌍초상〉(전3장)이었다. 그리고 13일부터 15일까지의 예제는 송해천 안의 〈오매불망〉(전2막)과 석와불 안의 〈아이 밴 홀아비〉(전1막), 풍운아 안의 〈새 장

38 「취성좌 부활」, 『동아일보』, 1931.7.29.

구통〉(전2막), 이탄 안의 〈일봉一峰의 설음〉(전1막), 그리고 막간 촌극으로 구성되어 있었다.

다음으로 눈에 띄는 점은 이들 예제의 대부분이 희극이었다는 사실이다. 첫 번째 예제인 〈아리랑 반대편〉과 〈넷집이 그리워〉, 〈쌍초상〉에는 각각 향토극, 풍자대희극, 대大소극이라는 타이틀이 붙어 있었는데, 이 중 〈아리랑 반대편〉은 제목 옆에 부기附記된 "아리랑 아리랑 아라리요 아리랑고개를 넘지마"라는 가사로 보아 기존의 〈아리랑〉을 풍자적으로 변형한 희극으로 추정된다. 그리고 두 번째 예제인 〈오매불망〉과 〈아이 밴 홀아비〉, 〈새 장구통〉, 〈일봉의 설음〉 중 앞의 세 작품에도 대희극과 소극이라는 타이틀이 붙어 있었다. 따라서 신불출은 대부분 일본 신파의 번안작을 중심으로 공연했던 기존 신파극단들의 관행뿐만 아니라 신파극 특유의 감정이 과잉된 센티멘털한 정서에 대해 문제의식을 가지고 있었던 것으로 보인다.

하지만 연극의 현실을 무시하고 이념을 고수했던 신불출의 극단 실험이 다시 현실의 벽에 부딪혔던 것일까? 1932년 12월 초에 신불출은 김소랑과 다시 재결합하여 문외극단門外劇團을 조직하였다. 당시 신문기사는 이 극단이 "극계劇界의 신인新人으로 일홈잇는" 신불출과 김소랑이 각각 연극과 흥행을 도맡는 방식으로 운영되며 "종래의 조선극단이 가진 결함을 제거하고 가장 리상적으로 구성한 단체"가 될 것이라고 보도했다. 문외극단은 김소랑과 성광현, 이원재, 한달원, 신불출, 나품심, 윤백단, 김운영, 원우전 외 30여 명의 단원으로 하였으며, 12월 16일부터 조선극장에서 신불출 작의 〈만주의 집웅밋〉과 〈사생결단〉, 〈세모풍경〉 등의 작품으로 창립공연을 올렸다.[39] 신불출이 연극 부문을 도맡기로 했다는 기사와 이들 작품을 함께 고려해볼 때 우리는 문외극단이 극단 신무대의 연극적 이념을 이어가고 있음을 어렵지 않게 짐작할 수 있다.

취성좌에서 조선연극사로, 조선연극사를 나와 다시 취성좌로 가서 그 부활을 모색했으나 결국 신무대를 거쳐 문외극단으로 나아갔던 신불출의 여정은 말 그대로 '새로운 극'의 실현을 위한 분투의 과정이었다. 그리고 이 과정에서 그가 조선연극계의 현실을 온몸으로 부딪히면서 가지고 있었던 생각과 감정은 『동아일보』와 『조선일보』에 게재된 수 편의 글에 고스란히 담겨 있다. 신불출은 극단 신무대를 조직한 지 일 년쯤 지난 1932년 8월에 「현하 극단의 실정實情을 논하야─조선흥행계의 일전기一轉機」(이후 「현하 극단의 실정」)라는 제목의 장문을 모두 3회에 걸쳐 『동아일보』에 게재하였다. 그리고 문외극단을 조직한 지 일 년쯤 지난 1933년 1월에는 「조선흥행계에 항의」라는 장문을 『조선일보』에 게재하였고, 그 다음 달에는 「문단에 소訴─배우로서의 고충과 희망의 일이一二를 들어」(이후 「문단에 소함」)라는 제목의 장문을 모두 3회에 걸쳐 『동아일보』에 게재하였다. 신불출이 그 다음 해인 1934년 1월에 만담 공연을 처음 시작했다는 점에서, 이 글들에는 그가 만담가로서 본격적인 행보에 나서기 직전까지의 고민이 담겨 있다고 볼 수 있다.

먼저 극단 신무대 시절에 쓴 「현하 극단의 실정」[40]의 내용을 살펴보자. 신불출은 모두 3회에 걸쳐 그간 극단 운영을 하면서 봉착했던 실제적인 어려움의 근본적인 문제들에 대해 비분강개하는 심정을 감추지 않

---

39 「김소랑, 신불출 군 등 문외극단 출현」, 『매일신보』, 1932.12.14.
40 신불출, 「현하現下 극단의 실정을 논하야─조선흥행계의 일전기一轉機를 계啓함」, 『동아일보』, 1932.8.28・30・31.

왔다. 그리고 극단의 어려운 상황을 이해하지도 도와주지도 않으면서 비판만 가하는 문단에 대한 울분을 토로했다. 우선 그는 연극계의 가장 큰 고질적인 문제로 꼽히는 '각본난'보다 더 시급한 문제는 연극의 지도 자가 없는 것이라고 비판의 목소리를 높였다. 즉 지도 가능한 인물들이 연극계의 어려운 현실을 외면하고 있다는 것이었다. 하지만 그럼에도 불구하고 "지도할만난 인물들을 망라한 기관을 두어가지고 그 토의와 비판 아래서 시시로 온갖 것을 청산해" 니기야 한다고 주장했다. 그렇지 못한 상황에서 그 책임을 배우들에게 돌릴 수는 없다는 것, 즉 "극단의 부진과 혼돈을 다못 배우의 허물이라고 비방하는싸위는 그야말로 현실 을 몰각한 한 개의 완전한 오류"에 불과하다는 것이었다.

또한 신불출은 현재 배우들이 비참한 현실에 처해 있음, 즉 "너무도 피가 쏘다지는 참혹에서 참혹으로 흐르며 잇"다고 목소리를 높이고, 배 우들의 생계 안정보다 흥행업자들의 수지타산을 중심으로 돌아가는 제 작관행을 지적했다. 그리고 흥행업계의 질적인 발전을 위해서라도 흥행 업자들이 책임감을 가지고 극단을 직영해야 한다고 촉구하였다. 흥행의 성공 여부와 관계없이 극단과 배우들이 언제나 곤궁할 수밖에 없는 현 실의 근원적이고 구조적인 원인은 무엇보다도 극장과 극단 사이에 이익 을 분배하는 방식에 있음을 신불출은 잘 알고 있었던 것이다. 이 문제의 식은 약 1년 후, 문외극단을 조직한 지 얼마 안 되어 발표된 「조선흥행 계에 항의」[41]에 좀 더 구체화되어 있다. 그는 제목처럼 강경한 어조로 특히 극장 경영주들이 전속 작가를 고용하여 희곡을 안정적으로 생산하

---

41 신불출, 「조선흥행계에 항의」, 『조선일보』, 1933.1.21.

고 이를 공연으로 제작하여야 배우들이 좀 더 안정적으로 생활할 수 있을 것이라고 제안하였다.

이어 신불출은 약 한 달 후인 2월에 「문단에 소訴함」[42]이라는 글을 『동아일보』에 삼 일 연속 게재하였다. 이 글은 신년을 맞이하여 마련된 『동아일보』 주최의 문인좌담회文人座談會에서 일부 참석자들이 자신의 이름을 구체적으로 거론하면서 희곡 분야에 대해 비판적 내지는 폄하적인 발언을 한 것에 대해 직접 반박하는 내용의 것이었다.[43] 당시 화제가 희곡으로 옮겨지자마자 정인섭은 창작희곡의 현실에 대한 비판의 발언을 거침없이 이어갔다. "조선사람의 것(희곡-인용자)은 더욱 빈약하고 유치하니" "현재에 잇서서는 극다운 극은 번역극에서박게 볼 수 없다"는 것이었다. 그리고는 "신불출, 김소랑 등의 극을 개혁"시키기 위한 방법을 동석同席한 윤백남에게 촉구했다.[44] 이에 대해 윤백남은 평단의 지도를 통해 개선이 가능할 것이라고 완곡히 변호했지만, 창작극의 수준이 낮다는 것도 평단의 선입견이라고 지적했다. 그리고 최상덕은 채만식과 이무영 같은 문인들의 희곡이 실제로 연극 현장에서 무대 공연을 하기에는 부적합하다며 거들었다. 하지만 이하윤은 신불출이 평소 문단의 극평을 귀담아듣지 않는다면서 불만을 토로했다.

이에 신불출은 문단의 극평에서 연극의 실제를 모르는 평론가들이 연극인들을 잔인하게 일방적으로 무시하기만 한다고 하면서 다음과 같

---

42 신불출, 「문단에 소訴함-배우로서의 고충과 희망의 일이一二를 들어」, 『동아일보』, 1933.2.14~16.
43 「문인좌담회 (1~9)」, 『동아일보』, 1933.1.1~11. 좌담회 참석 문인들은 정지용, 이병기, 정인섭, 박용철, 김기림, 이헌구, 이태준, 이하윤, 윤백남, 김억, 김동인, 백철, 이은상, 김일엽, 최상덕, 방인근이었으며, 전체 진행자는 이광수와 서항석이었다.
44 「문인좌담회 (4)」, 『동아일보』, 1933.1.5.

이 반박했다. 즉 "극장과 극인劇人 간의 실제문제에 인식이 업시 근거업는 욕설을 전제로 하야 기성극단배우들을 행랑어멈자식 모세듯 더퍼노코 일취해버"[45]린다는 것이었다. 그리고 실제와 이론에 능통한 연극 지도자 하나 없는 연극계의 현실을 개탄했다. 뿐만 아니라 연극 상설극장이 하나 없는 현실과 고가高價의 극장세, 문인들 희곡의 공연 부적합성 등 문제를 하나하나 제기하면서, 다시금 극장 경영주가 희곡의 생산에 적극 기여해야 함을 강조하고 연극 상설극장을 신축해야 한다고 적극 주장했다. 연극인으로서 신불출이 지니고 있었던 강한 자존감이 느껴지는 글이었다.

이같은 연극계의 현실에 대한 개탄과 절망, 문단에 대한 실망 등은, 1934년 1월경 그가 자신의 만담 공연을 처음 시작하기 직전의 이삼 년 동안에 집중적으로 개진되었다. 업계의 구조적인 문제로 인해 극단이 흥행에 성공해도 배우들의 생활이 전혀 나아지지 않음을, 이를 위해 근본적인 해결책을 반복해서 주장해도 실현 가능성이 전혀 없음을 그는 잘 알고 있었다.[46] 그리고 이러한 상황에서 아무리 구태의 극단을 탈퇴하고 새로운 극단을 조직한다고 해도 애초 자신이 지향했던 '새로운 극'의 실현은 불가능하다고 생각했을 것이었다. 만담은 그 절망의 끝에서 시작되었다.

---

45 신불출, 「문단에 소訴함─배우로서의 고충과 희망의 일이二를 들어」, 『동아일보』, 1933.2.14.
46 배선애가 신불출 만담의 등장배경으로 "1인 미디어의 경제성"을 강조한 것은 이러한 맥락에서였다. 배선애, 앞의 글, 329쪽.

5. 〈관대한 남편〉과 근대적 삶의 '진실성'

신불출의 만담은 어떤 것이었을까? 1935년 1월 3일 자 『매일신보』의 기사는 그가 2년 전, 그러니까 1933년에 오케 레코드사에서 취입했던 넌센스 〈읽살마진 대머리〉로 일약스타가 되었다고 했다.[47] 하지만 좀 더 정확히 말하자면 그는 1933년 시에론 레코드사에서 '폭소극'이라는 타이틀의 〈읽살마진 대머리〉(Chieron79)를 김연실과 함께 취입하면서 큰 인기를 끌었다. 이 음반은 10,000매 이상 팔리면서 이 시기의 음반사 전체를 통틀어 최다 판매 기록을 세웠다고 한다. 그리고 그 인기를 업고 3년 후에 다시 오케 레코드사에서 윤백단과 함께 '넌센스'라는 타이틀로 〈대머리(공산명월)〉(Okeh1518)를 재취입하였다.[48]

일반적으로 〈대머리〉로 통칭되는 〈읽살마진 대머리〉와 〈대머리(공산명월)〉는 신불출의 가장 잘 알려진 만담으로서 재담과의 연관성을 잘 보여주는 작품으로 손꼽힌다. 실제로도 그 내용은 앞서 박춘재의 재담과 유사한 언어유희를 중심으로 하고 있었다. 다음은 시에론 음반에 수록된 가사지의 앞부분이다.

　　女　　영감님!

---

47 「만담의 천재 신불출군」, 『매일신보』, 1935.1.3.
48 박영정은 1933년 2월 1일 자 『동아일보』 광고에는 〈읽살마진 대머리〉가 '코메디극'이라는 타이틀로 소개되었다고 했다. 하지만 시에론 레코드사의 매월신보와 가사지에는 〈읽살마진 대머리〉가 '폭소극'이라는 타이틀로, 오케 레코드사의 〈대머리(공산명월)〉 가사지에는 '넌센스'라는 타이틀로 소개되었다. 박영정, 앞의 글, 14~15쪽.

老	아이고 깜짝이야 논꼬창이목소리냐 왜그리 뾰족하냐 이자식.
女	내본성이 그래요.
老	아서라 그목소리로 사람찔느면 즉사하겟다 그런데 왜그래?
女	영감님 올에 멋치시유.
老	나 그림자하고 둘일다.
女	아−니 나희가 얼마 잡수섯는난말이야요.
老	정월초하로날 하나씩먹지 인젠없단다.
女	게시긴 어데게슈.
老	지금 레코−드속에 드러안젓다.

(…중략…)

老	너도 나희 어린게 아조 내던젓구나.
女	던지다니요.
老	버렷단 말일다.

(…후략…)

'나이가 몇 살인지'를 묻기 위해 소녀가 '올에 멋치시유'라고 묻자 노인은 이를 '몇 명이냐'는 물음으로 받아서 '나와 내 그림자, 해서 둘'이라고 재치 있게 답한다. 소녀가 다시 '나이가 얼마 잡수셨냐'고 고쳐 물어도 노인은 '잡수셨다'는 말을 말 그대로 '먹었다'의 뜻으로 받아서 '매년 한 살씩 먹어버려서 이젠 나이가 없다'고 답한다. 박춘재의 〈병신재담〉과 같은 말장난의 연속인 것이다.

박영정은 "신불출이 만담과 직접적인 인연을 맺게 된 것은 유성기 음반을 통해서"[49]이며, "〈익살마진 대머리〉의 히트로 만담=신불출의 등식이 성립하였던 것으로 보인다"고 했다.[50] 그리고 이승희 역시 〈익살마진 대머리〉를 신불출 만담의 시작점으로 유의미하게 평가하였다.[51] 하지만 1933년에 이미 대히트했던 〈대머리〉는 1934년 전후 본격적으로 시작되었던 신불출의 공연만담이 아니라, 종래의 극단 활동 당시 신불출이 큰 인기를 얻었던 말장난 중심의 '막간幕間 넌센스'의 연속이었다.

동군이만담을시작하게된동긔는 십팔十八세되든 해에 취성좌聚星座라는 극단에들어가 문예부일을보며 〈배써나갈째〉라는 극劇에 출연을하야 인긔를 엇고 그후부터 막간 〈넌센스〉를 하야 수만흔관객에게 끈일줄몰으는 환영과갈채를 밧엇다 이것이동긔가되어 二년전에 OK'레코드'회사가 창립되매 그곳에서 전속으로초빙하야 넌센스 〈익살마진대머리〉를 너은 것이 우연히인긔가 비등하게되매 싸러서 각잡지사에서소개하게되엇다[52]

그리고 〈대머리〉의 주 내용인 언어유희는 실상 신불출이 재담에 대해서 비판했던 "우슴 본위로 공허한 내용을 가진 것"[53]에 가까운 것이었다.

막간극뿐만 아니라 이와 유사한 넌센스 음반의 대중적인 인기가 점차 올라가자 이에 대한 연극계와 문학계 인사들의 비판적 목소리도 높아졌다. 심훈은 1932년 『동광』에 게재된 일종의 문화비평에서 "추악한 막간연예"를 맹비난하면서, 무수한 막간극 레퍼토리의 한 예로 "만인좌

---

49 위의 글, 14쪽.
50 위의 글, 16쪽.
51 이승희, 앞의 글, 26~31쪽.
52 「만담의 천재 신불출군」, 『매일신보』, 1935.1.3.
53 신불출, 「만담과 웅변」, 앞의 책, 106쪽.

중萬人坐中에 나와서 일본의 만재식萬才式으로 남녀가 주고받는 말"을 꼽았다.[54] '만재萬才, 漫才'는 두 명이 해학적인 내용의 말을 주고받는 일본의 전통 예능을 말하는데, 그 형식은 노인과 소녀의 대화로 이어지는 〈대머리〉와 유사하다. 유치진 역시 막간극을 비판하면서 넌센스와 유사한 "막간 스케치가 우슴 본위의 엉터리 재담"이라고 하였으며,[55] 이석훈은 〈대머리〉의 빅히트 이후에 "당시 때로 가두街頭에서 목격하는바 신불출 등이 방송하는 넌센스한 라디오 풍경(또는 소화小話)는 실로 『라우드, 스피-커』 앞에 저급취미를 가진 사람들의 산뎀이를 이루는 것이다"[56]라고 했던 비판했다. 음반의 제작사업에 직접 관여했던 이서구조차 넌센스 음반이 "신성한 아동들"에게까지 "추잡한 말버릇"을 퍼트리는 "악惡"이라고 단언했다.[57] 실제로 〈대머리〉의 인기를 업고 후속으로 취입, 발매된 넌센스와 스케치 음반물들은 대부분 '곁말'이라는 말장난을 주 내용으로 하고 있었다.

하지만 신불출의 넌센스·스케치 음반물과 공연만담은 서로 구분될 필요가 있다.[58] 좀 더 정확히 말한다면, 신불출의 공연만담은 그 이전까지 신파극단에서 자신이 행해왔던 막간극과 〈대머리〉로 대표되는 넌센스·스케치 음반물에서 한 걸음 더 나아간 것이었다. 박영정은 신불출의 공연만담 또는 만담대회가 1934년 1월 20일 화신백화점 옥상에서 처음 시작되었다고 했다.[59] 하지만 전년도 연말에도 신불출은 공연만담

---

54 심훈, 「연예계 산보, 「홍염」 영화화 기타」, 『동광』 38, 1932.10, 75쪽.
55 유치진, 「극단시평―이원만보梨園漫步」, 『중앙』 2-2, 1934.2, 126쪽.
56 이석훈, 「『라디오 풍경』과 『라디오 드라마』」, 『동아일보』, 1933.10.1.
57 이서구, 「봄비와 레코드」, 『별건곤』 72, 1934, 9쪽.
58 실제로 신불출 음반은 대부분 '만담'이 아닌 '넌센스'나 '스케치'라는 타이틀로 발매되었다.

을 했다. 즉 1933년 12월 9일부터 개성의 고려청년회 주최로 열린 '만담의 밤'에 신불출은 신일선과 함께 참여하였다.[60] 그리고 12월 23·24일에는 장곡천정長谷川町(오늘날의 중구 소공동) 공회당에서 열린 '세모 자선연예대회'에서도 역시 신일선과 함께 공연만담을 했다.

그 이후 1월 20일부터 일주일간 신불출은 경성의 화신백화점 옥상에서 공연 형식으로 만담대회를 했다. 그리고 신일선과 함께 6월까지, 그러니까 약 6개월 동안 인천과 대전, 논산, 전주, 상주, 춘천, 강화, 정주, 안악, 안주, 장연 등 전국을 순회하며 만담대회를 했다. 당시 신불출은 만담을, 신일선을 노래를 맡아서 했는데 신불출의 주 예제는 '사화史話'인 〈추풍감별곡〉과 고려 말 충신 정몽주에 대한 '역사 이야기', 현대가정의 부부생활에 대한 '만담'이었다.[61] 그리고 8월 여름에는 수재민 구제를 위한 만담대회를 했으며, 연말에는 잡지사 주관의 '음악과 만담의 밤'에도 출연했다. "만담의 천재"[62]로 불리며 그 이름이 높아진 것은 바로 이때였다.

신불출은 다음 해인 1935년 1월 인천에서 극빈자를 위한 자선 만담대회를, 2월에는 충신학교 후원을 위한 만담대회를, 5월 25·26일에는 부산의 아동교육기관인 방생원芳生園의 경비보조를 위한 만담대회를 했

---

59 박영정, 앞의 글, 16쪽.
60 「개성 만담회 성황」, 『조선중앙일보』, 1933.12.12.
61 "연제는 추풍감별곡이라는 사화史話와 일편단심一片丹心이라는 고려말년에 충사한정포은鄭圃隱선생의애끗는충의를여실히말하는사적史的이야기와 현대가정생활에 현실되어 잇는부부간의희로애락의실마리를자미잇게잘풀어내어 일반청중으로하야곰가정사회에대한자극을주어청신제淸神劑가 되게할모양이다 그당일밤은 만담뿐만아니라 일즉 표정表情의 우슴과화형花形배우로 일홈이놉든 신일선申一仙 씨의 독창과 리란영李蘭影, 윤백단尹白丹 씨 등의 독창으로" 「신춘만담의 밤」, 『조선일보』, 1934.1.25. 인천 만담대회에는 신일선과 이난영, 윤백단의 독창이 함께 공연되었다.
62 「만담의 천재, 신불출군」, 『매일신보』, 1935.1.3.

고 8월에는 성진에서, 10월과 11월에는 영동과 홍성 등에서 만담대회를 했다. 뿐만 아니라 틈틈이 라디오 방송에도 출연하였고, 레코드사 및 기타 단체들이 주최하는 각종 연예대회에도 초대되었다. 신파 연극인이던 신불출은 이제 만담가로 완전히 전향했다고 해도 과언이 아닐 만큼 전국적인 만담대회를 계속해 나갔다.

이들 만담대회에서 공연된 만담은 기존의 막간 넌센스·스케치와 다른 것이었다. 막간 넌센스·스케치가 짧게는 3분 내외, 길게는 6분 내외의 말장난 중심이었던 데에 반해, 공연만담은 현대인의 삶을 풍자적으로 위트 있게 재현하면서도 메시지를 담아내었다. 신불출은 당시『중앙』과『삼천리』에「여권운동의 기초공사」와「견우직녀 후일담」,「신구여성 좌담회 풍경」등의 각종 만담을 게재한 바 있었다.[63] 하지만 여기서는 신불출의 공연만담을 직접 보았던 '일기자—記者'의「신불출의 만담 방청기〈관대한 남편〉」을 통해 그 면모를 살펴보고자 한다.「만담 방청기〈관대한 남편〉」은 모두 3회에 걸쳐『삼천리』(1935.8~10)에 게재되었으며, 전체가 한 편의 공연만담이었지만 각각은 서로 다른 에피소드로 이루어져 있었다. 하나의 에피소드 분량이 통상 잡지에 수록된 만담 글 한 편의 길이였다는 점에서 공연만담은 여러 편의 독립적인, 그러나 내용적으로 연관되는 에피소드들로 구성되어 있었던 것으로 추정된다.

그 내용을 살펴보자.〈관대한 남편〉첫 번째 에피소드는 박봉薄俸의 남편이 월급봉투를 아내에게 통째로 넘김으로써 아내로 하여금 허영에서 벗어나게끔 했다는 내용이고, 두 번째 에피소드는 현대의 여러 유행

---

63 신불출,「만담—여권운동의 기초공사」,『중앙』2-2, 1934.2;「견우직녀 후일담」,『중앙』2-9, 1934.9;「신구여성 좌담회 풍경」,『삼천리』8-2, 1936.2.

풍조에 대한 풍자적인 이야기이며, 마지막 에피소드는 아내가 남편의 반대를 무릅쓰고 굿을 한 다음 날 집에 불이 났으나 남편은 아내를 책망하지 않고 오히려 유머로 감동시킨다는 내용이다. 당시 잡지에 수록된 만담들은 대부분 현대적인 생활상 전반에 대해 풍자하고 비판하는 내용으로 이루어져 있었다. 그리고 〈관대한 남편〉 역시 현대인들의 과도한 소비생활과 물신주의, 서구 추종주의, 그러면서도 굿처럼 아직 미신에서 벗어나지 못하는 모습 등을 풍자적으로 가감 없이 그리고 있었다.

만담은 만담가가 서술자로 이야기를 해나가면서 그 중간에 인물들의 대화를 1인 다역으로 연기하고 중간중간 자신의 논평을 곁들이는 방식으로 이루어졌다. 예컨대 첫 번째 에피소드의 마지막 부분에서 남편은 아내의 허영을 막기 위해 박봉의 월급봉투를 넘긴다. 하지만 신불출은 이러한 남편의 행동이 "안해의 허영심을 일시적으로 호도하고 아도訶諂하는 얄미운 미봉책"에 불과하며 그렇기 때문에 "비인간"적인 것이라고 평하였다.[64] 두 번째 에피소드에서 유행에 대한 신불출의 논평은 더욱 직접적이고 신랄하다. 그는 종로가 발작적인 '유행병 환자'를 수용하는 '하나의 커다란 병원'이라고 전제하면서, 조선인의 체형과 생활습관을 고려하지 않고 서양문화만을 무조건 추종하는 자들을 '서양노예' 또는 '양노종洋奴種'이라고 일갈한다. 예컨대 좌식 생활을 하는 서양 사람과 달리 온돌 생활을 하는 조선인들이 유행을 좇아 면도날처럼 다려 입은 바지가 구겨지는 것이 싫어서 마음놓고 앉지도 못하고 앉아도 다리를 "자형字型으로 꾸부리거나 버릇없이 빼더버리고 앉는 따위 양복노예"가

64 일기자, 「신불출씨 만담방청기 〈관대한 남편〉」, 『삼천리』, 1935.8, 241쪽.

되었다고 비판하였다. 그리고 마지막 에피소드에서는 아내가 굿하는 데 큰돈을 버리고 집에 불까지 냈음에도 불구하고 오히려 유머로 아내를 위로한 남편이야말로 진정 '관대한 남편'이며, 이를 통해 '부부의 단란한 가정'이 만들어질 수 있었다고 강조했다.

만담 방청기를 쓴 '일기자'는 모두冒頭에서 신불출의 공연만담이 "'말' 노서뿐 표현할 수 있는 것이고 '글' 노서는 도저히 표현식힐 수 없다는 것"이 있다고 강조했다. 그리고 마지막 에피소드에서도 이러한 사실을 다시 환기시켰다. "신불출씨의 독특한 말솜씨와 동작은 그야말노 필설로 다 하기 어려운 신기神技를 연출하는 거신데 또한 그거슨 여기서 뿐만이 않이고 먼저 장면에서도 얼마든지 계속되는 것이언만 기록지 못하겟습니다."[65] 뿐만 아니라 글의 마지막에서도 "이상은 신불출씨의 만담의 요지만이니 문자상으로 낫타난 만담은 연단에서 낫타나는 만담 실연實演의 향기를 10분의 1도 못하게 되는 것을 다시한번 섭섭히 생각함니다"[66] 라고 강조하였다.

'일기자'가 10분의 1도 옮기지 못했다고 고백한 "실연의 향기"는 무엇일까? 그것은 바로 공연만담의 '수행성'으로서 만담가의 육체적 현존을 통해 제시되는 영역이라고 할 수 있다. 물론 공연만담에도 웃음을 위한 말장난은 빠지지 않았을 것이다. 하지만 신불출의 만담은 기존의 박춘재 재담이나 자신의 막간극 및 넌센스 유성기 음반물의 비의미적인 언어와 함께, 그리고 비의미적인 언어의 유희성을 통해, 근대적인 삶의 현실을 비판적으로 담아내고자 했다. 일찍이 신불출이 강조했던 바,

---

65 위의 글, 215쪽.
66 위의 글, 216쪽.

"'만담'은 반다시 재미라는 것은 전제로 하는 것이로되 그러타고 신통기발한 미사묘어를 나열하는 것뿐으로서 '만담'이 되는 것이 않으니 과연 현대인의 가슴을 찌를만한 칼같은 박력이 있는 그엇던 진실眞實을 필요로 하는 것은 물론임니다"[67]라는 말은 바로 이러한 맥락에서 이해될 수 있다. 신불출의 만담은 궁극적으로 '의미'의 언어를 통해 '진실'의 세계를 지향하는 것이었다.[68]

박춘재는 1883년경에, 신불출은 1908년경에 태어난 것으로 추정된다. 박춘재는 1950년 한국전쟁 중에 사망한 것으로 추정되며, 신불출은 해방 후 1946년 6월 11일 국제극장에서 〈실소사전失笑辭典〉이란 만담을 하던 중 신탁통치를 지지하는 듯한 발언을 하여 테러를 당한 이후에[69] 극심한 정치공세에 시달리다가 그 다음 해에 월북하였다. 두 사람은 비록 스무 살 이상의 나이 차가 있었지만, 같은 식민지기에 음반을 취입하고 무대에 섰다. 하지만 실상 두 사람은 전혀 다른 세계에 속해 있었다. 박춘재의 음악과 재담은 어디까지나 조선의 전통적인 '가歌'를 토대로 하는 것이었으며, 신불출의 연극과 만담은 일본의 영향을 받아 근대적인 '말'을 토대로 하는 것이었다.

여기서의 논의는 근대의 만담이 전통 재담을 계승했다는 기존의 연구들에 대한 문제제기에서 출발했다. 아울러 근대의 만담이 식민지기에

67　신불출, 「웅변과 만담」, 앞의 책, 105쪽.
68　신불출의 만담이 지니고 있었던 '의미'와 '진실'에 대한 지향성은, 이후 점차 명확해지는 신불출의 정치성 및 만담 자체의 정치성과 밀접한 연관이 있다고 할 것이다. 만담의 정치성에 대한 연구는 배선애의 「동원된 미디어, 전시체제기 만담부대와 만담가들」, (『한국극예술연구』 48, 한국극예술학회, 2015)을 참고할 것.
69　「태극기를 희롱타 재담꾼 신불출, 국극國劇서 매쩜」, 『동아일보』, 1946.6.13.

일본 만당을 모방적으로 수용하여 시작되었다는 기존의 연구에 남겨진 여백을 채우고자 했다. 그리고 이를 위해 박춘재의 〈병신재담〉과 신불출의 〈관대한 남편〉을 통해 재담과 만담의 언어적 특성과 그것이 만들어내는 재담과 만담의 차이성을 중점으로 살펴보았다.

그 결과 박춘재의 재담은 어디까지나 전통적인 소리를 토대로 하여 말장난의 언어유희로 가득찬 비의미의 공연 형식이었음을 구명했다. 그리고 신불출의 만담은 근대적인 사회와 문화의 토대 위에서 비의미의 언어를 통해 궁극적으로는 삶의 현실과 진실을 담아내고자 했던 공연 형식이었음을 구명했다.[70] 때로 외설을 동반했던 박춘재의 말장난 재담은 많은 관객의 인기를 얻었지만 평단의 비판을 면치 못했다. 하지만 신불출의 만담은 재담의 말장난을 적극 활용하면서도 근대적인 삶의 진실과 도덕적 교훈을 강조함으로써 평단의 호평을 받았다.

지면 관계상 신불출의 공연만담에 대한 논의를 〈관대한 남편〉에 한정해 고찰하였지만, 그의 만담 세계에 대한 좀 더 확장된 논의는 후속 연구로 남긴다. 그의 만담은 근대성에 대한 풍자와 비판을 중심으로 하였는데, 그 양상이 다양하고 날카로우면서도 때로는 특히 젠더적인 면에서 왜곡되어 있다는 사실이 문제적이기 때문이다. 이는 신불출의 만담뿐만 아니라 동시대 다른 작가들의 만담과 함께 종합적으로 살펴질 때 그 면모가 좀 더 온전히 드러날 수 있을 것이다.

---

70 그렇다고 해서 우리는 재담의 비의미적 언어와 세계를 근대성의 결여로 보거나, 만담이 지향하는 근대적 삶의 진실성이 재담에서 발전된 것이라고 보아서는 안 된다. 재담과 만담은 동시대에 모두 인기리에 공연되었기 때문이다. 오히려 재담과 만담의 특성과 차이성은 모두 근대적 공연성의 일면들로 보아야 할 것이다.

참고문헌

1. 논문

강은해, 「일제 강점기 망명지 문학과 지하 문학」, 『서강어문학』 3, 서강어문학, 1983.

강현조, 「〈보환연〉과 〈허영〉의 동일성 및 번안 문학적 성격 연구」, 『현대문학의 연구』 44, 한국문학연구학회, 2011.

고태우, 「일제시기 재해문제와 '자선·기부문화'—전통·근대화·'공공성'」, 『동방학지』 168, 연세대 국학연구원, 2014.

구명옥, 「희극 〈병자삼인〉 연구」, 『한국극문학』 1, 월인, 1999.

권두연, 「『장한몽』 연구」, 연세대 석사논문, 2003.

권보드래, 「『소년』과 톨스토이 번역」, 『한국근대문학연구』 12, 한국근대문학회, 2005.

권순종, 「〈병자삼인〉 연구」, 『영남어문학』 14, 영남어문학회, 1987.

권오만, 「병자삼인고」, 『국어교육』 17, 한국국어교육연구회, 1971.

금보현, 「1920년대 〈살로메〉 번역 연구—번역 공간, 유미주의, 작품의 기호화를 중심으로」, 성균관대 석사논문, 2018.

김동윤, 「코르시카와 소설적 인물 구성 연구」, 『프랑스문화예술연구』 35, 프랑스문화예술학회, 2011.

김만수, 「'유성기 음반에 수록된 영화설명 대본'에 대하여」 (자료해설), 『한국극예술연구』 6, 한국극예술학회, 1996.

_____, 「1930년대 유성기 음반에 수록된 만담·넌센스·스케치 연구」, 『한국극예술연구』 7, 한국극예술연구, 1997.

_____, 「일제강점기 SP 음반에 나타난 대중극에 관한 연구」, 『한국극예술연구』 8, 한국극예술연구, 1998.

김상교, 「극예술연구회의 방송극 연구」, 『한국연극학』 12, 한국연극학회, 1999.

김성연, 「한국의 근대문학과 동정의 계보—이광수에서 『창조』로」, 연세대 석사논문, 2002.

김수진, 「라디오가 들려주는 소리 정치성」, 『대중서사연구』 35, 대중서사학회, 2015.

김재석, 「1930년대 유성기 음반의 촌극 연구」, 『한국극예술연구』 2, 한국극예술학회, 1992.

_____, 「〈병자삼인〉의 번안에 대한 연구」, 『한국극예술연구』 22, 한국극예술학회, 2005.

_____, 「형성기 한국 근대극에서 〈김영일의 사〉의 위치」, 『한국연극학』 50, 한국연극학회, 2013.

김철, 「몰락하는 신생(新生)―'만주'의 꿈과 『농군』의 오독」, 『상허학보』 9, 상허학회, 2002.

김현주, 「1910년대 '개인', '민족'의 구성과 감정정치학」, 『현대문학의 연구』 22, 한국문학연구학회, 2004.

_____, 「문학・예술교육과 '동정'―이광수의 '무정'을 중심으로」, 『상허학보』 12, 상허학회, 2004.

박명진, 「30년대 유성기 음반 희곡의 근대성」, 『국어국문학』 124, 국어국문학회, 1999.

박영정, 「만담 장르의 형성과정과 신불출」, 『웃음문화』 4, 한국웃음문화학회, 2007.

박은경, 「이상준 연구」, 『낭만음악』 42, 낭만음악사, 1999.

박진영, 「일재 조중환의 번안소설의 시대」, 『민족문학사연구』 26, 민족문학사연구소, 2004.

_____, 「"이수일과 심순애 이야기"의 대중문예적 성격과 계보―〈장한몽〉 연구」, 『현대문학의 연구』 23, 한국문학연구학회, 2004.

_____, 「소설 번안의 다중성과 역사성―『레미제라블』을 위한 다섯 개의 열쇠」, 『민족문학사연구』 33, 민족문학사연구소, 2007.

_____, 「한국에 온 톨스토이」, 『한국근대문학연구』 23, 한국근대문학회, 2011.

박찬승, 「1920년대 도일유학생과 그 사상적 동향」, 『한국근현대사연구』 30, 한국근현대사학회, 2004.

배선애, 「'담(談)류'의 공연예술적 장르 미학과 변모」, 『반교어문연구』 42, 반교어문학회, 2016.

배연형, 「창가 음반의 유통」, 『한국어문학연구』 51, 한국어문학연구학회, 2008.

류준필, 「'문명'・'문화' 관념의 형성과 '국문학'의 발생」, 『민족문학사연구』 18, 민족문학사연구소, 2001.

사진실, 「배우의 전통과 재담의 전승―박춘재의 재담을 중심으로」, 『한국음반학』 10, 한국고음반연구회, 2000.

서대석, 「전통재담과 근대 공연재담의 상관관계」, 『전통 구비문학과 근대 공연예술』 I, 서울대 출판부, 2006.

서재길, 「드라마, 라디오, 레코드―극예술연구회의 미디어연극 연구」, 『한국극예술연구』 26, 한국극예술연구학회, 2007.

소영현, 「근대소설과 낭만주의」, 『상허학보』 10, 상허학회, 2003.

_____, 「'지'의 근대적 전화-톨스토이 수용을 통해 본 '근대지'의 편성과 유통」, 『동방학지』 154, 연세대 국학연구원, 2011.

손태도, 「경기 명창 박춘재론」, 『한국음반학』 7, 한국고음반연구회, 1997.

_____, 「전통사회 재담소리의 존재와 그 공연 예술사적 의의」, 『판소리연구』 25, 판소리학회, 2008.

신정옥, 「신극 초기에 있어서의 리얼리즘극의 이식 (I)」, 『명대(明大) 논문집』 12, 명지대, 1979.

_____, 「러시아극의 한국수용에 관한 연구」, 『인문과학연구논총』 8, 명지대 인문과학연구소, 1991.

양승국, 「〈병자삼인〉 재론」, 『한국극예술연구』 10, 한국극예술학회, 1999.

_____, 「윤백남 희곡 연구-〈국경〉과 〈운명〉을 중심으로」, 『한국극예술연구』 16, 한국극예술연구학회, 2002.

여건종, 「리얼리즘과 대중서사」, 『신영어영문학』 42, 신영어영문학회, 2009.

오문석, 「1차대전 이후 개조론의 문학사적 의미」, 『인문학연구』 46, 조선대 인문학연구원, 2013.

우수진, 「〈병자삼인〉 연구」, 『한국극예술연구』 15, 한국극예술학회, 2002.

_____, 「윤백남의 〈운명〉, 식민지적 무의식과 욕망의 멜로드라마」, 『한국극예술연구』 17, 한국극예술학회, 2003.

_____, 「입센극의 수용과 근대적 연극 언어의 형성」, 『한국근대문학연구』 17, 한국근대문학회, 2008.

_____, 「갈돕회 소인극 연구-사실성과 동정의 스펙터클」, 『한국극예술연구』 35, 한국극예술학회, 2012.

_____, 「멜로드라마, 그 근대적인 모럴의 형식」, 『한국연극학』 49, 한국연극학회, 2013.

_____, 「무대에 선 카츄샤와 번역극의 등장-〈부활〉 연극의 수용 경로와 그 문화 계보학」, 『한국근대문학연구』 28, 한국근대문학회, 2013.

_____, 「카츄샤 이야기-〈부활〉의 대중서사와 그 문화 변용」, 『한국학연구』 32, 인하대 한국학연구소, 2014.

_____, 「미디어극장의 시대, 유성기와 라디오」, 『한국학연구』 33, 인하대 한국학연구소, 2014.

_____, 「유성기 음반극-대중극과 대중서사, 대중문화의 미디어극장」, 『한국극예술연구』 48, 한국극예술학회, 2015.

_____, 「극장과 유성기, 근대의 사운드스케이프」, 『대중서사연구』 21-3, 대중서사학

회, 2015.

_____, 「재담과 만담, '비-의미'와 '진실'의 형식」, 『한국연극학』 64, 한국연극학회, 2017.

_____, 「식민지 디아스포라의 억압과 욕망의 드라마」, 『한국연극학』 67, 한국연극학회, 2018.

_____, 「〈애사〉에서 〈희무정〉으로-식민지기 『레미제라블』의 연극적 수용과 변용」, 『반교어문연구』 51, 반교어문학회, 2019.

_____, 「신파극 개량과 근대극운동-서구 번역극과 창작극, 그리고 여배우의 문제를 중심으로」, 『리터러시연구』 10-3, 한국리터러시학회, 2019.

_____, 「'고학생 드라마'의 등장과 '상호부조'의 극장화-'이동화의 죽음'에서 〈김영일의 사〉로」, 『리터러시연구』 10-6, 한국리터러시학회, 2019.

윤경애, 「『레미제라블』의 일한번역 고찰-최남선의 「역사소설 ABC계」 번역을 중심으로」, 『일본어학연구』 49, 한국일본어학회, 2016.

_____, 「민태원의 『레미제라블』 번역 연구-일본어 기점텍스트와의 비교를 중심으로」, 『일본어학연구』 56, 한국일본어학회, 2018.

_____, 「『레미제라블』의 근대 한국어 번역 연구-일본어 기점 텍스트와의 비교를 중심으로」, 계명대 박사논문, 2019.

윤금선, 「재미한인의 연극활동 연구」, 『우리어문연구』 41, 우리어문학회, 2011.

윤민주, 「극단 '예성좌'의 〈카츄샤〉 공연 연구」, 『한국극예술연구』 38, 한국극예술학회, 2012.

이광욱, 「'관객성'의 구성 맥락과 해석공동체의 아비투스」, 『한국극예술연구』 61, 한국극예술학회, 2018.

이민영, 「윤백남의 연극개량론 연구」, 『어문학』 116, 한국어문학회, 2012.

이상길, 「유성기의 활용과 사적 영역의 형성」, 『언론과 사회』 33, 사단법인 언론과사회, 2001.

이승희, 「배우 신불출, 웃음의 정치」, 『한국극예술연구』 33, 한국극예술학회, 2011.

이홍우, 「1910년대 재미 『신한민보』 소재 희곡 연구」, 『한민족어문학』 45, 한민족어문학회, 2004.

장유정, 「대중매체의 출현과 음악문화의 변모양상-라디오와 유성기를 중심으로」, 『대중서사연구』 18, 대중서사학회, 2007.

전영지, 「일제시대 재미한인의 다큐드라마」, 『한국연극학』 59, 한국연극학회, 2016.

정미량, 「1920년대 일제의 재일조선유학생 후원사업과 그 성격」, 『한국교육사학』

30-1, 한국교육사학회, 2008.

정종화, 「'영화적 연쇄극'에 관한 고찰」, 『영화연구』 74, 한국영화학회, 2017.

조창환, 「조일재 작 〈병자삼인〉의 극문학적 성격」, 『국어문학』 22, 전북대 국어문학회, 1982.

최범순, 「식민지 조선의 「레미제라블」과 대구 조선부식농원」, 『일본어문학』 73, 일본어문학회, 2016.

최지현, 「한국 근대 번안소설 연구-민태원의 「애사」를 중심으로」, 경상대 석사논문, 2013.

_____, 「근대 조선에서의 빅토르 위고 수용과 번역」, 『한민족어문학』 70, 한민족어문학회, 2015.

한상언, 「식민지 조선에서 연쇄극의 유입과 정착에 관한 연구」, 『영화연구』 64, 한국영화학회, 2015.

홍선영, 「예술좌의 만선순업과 그 문화적 파장-시마무라 호게쓰의 신극론과 관련하여」, 『한림일본학』 15, 한림대 일본학연구소, 2009.

_____, 「제국의 문화영유와 외지순행-천승일좌의 〈살로메〉 경복궁 공연을 중심으로」, 『일본근대학연구』 33, 한국일본근대학회, 2011.

로버트 헤일만, 「비극과 멜로드라마」, Robert Willoughby Corrigan, 송욱 외역, 『비극과 희극, 그 의미와 형식』, 고려대 출판부, 1995.

존 크럼, 이문창 역, 「동아시아에 있어서의 아나키즘과 민족주의」, 『아나키즘연구』 1, 자유사회운동연구회, 1995.

J. A. Cutshall, "'Not Tolstoy at All' : Resurrection in London", *Irish Slavonic Studies*, vol.10, 1989.

Kyeong-Hee Choi, "Impaired Body as Colonial Trope : Kang Kyŏng'ae's "Underground Village"", *Public Culture*, vol.13, No.3, 2001.

2. 단행본

김방옥, 『한국사실주의 희곡연구』, 동양공연예술연구소, 1988.

김원용, 『재미한인 50년사』, 혜안, 1959.

김재석, 『식민지 조선 근대극의 형성』, 연극과인간, 2017.

김현주, 『사회의 발견-식민지기 '사회'에 대한 이론과 상상, 그리고 실천(1910~1925)』, 소명출판, 2013.

박진영, 『번역과 번안의 시대』, 소명출판, 2011.

박찬승, 『한국근대정치사상사 연구』, 역사비평사, 1992.

서동성, 『미주지역 한인이민사』, 국사편찬위원회, 2003.

송병기 외편저, 『한말근대법령자료집』 I, 대한민국 국회도서관, 1970.

신정옥 · 한상철 · 전신재 · 신현숙 · 김창화 · 이혜경, 『한국에서의 서양 연극』, 소화, 1999.

신현숙, 『희곡의 구조』, 문학과지성사, 1990.

오인철, 『하와이 한인 이민과 독립운동－한인 교회와 사진신부와 관련하여』, 전일실업 출판국, 1999.

우수진, 『한국 근대연극의 형성』, 푸른사상, 2011.

유민영, 『한국현대희곡사』, 홍성사, 1982.

_____, 『한국근대연극사』, 단국대 출판부, 1996.

_____, 『한국근대연극사 신론』(상), 태학사, 2011.

이구홍, 『한국이민사』, 중앙일보사, 1979.

이두현, 『한국신극사 연구』(증보판), 서울대 출판부, 1990.

_____, 『한국연극사』(개정판), 학연사, 1996.

이미원, 『한국 근대극 연구』, 현대미학사, 1994.

이상준, 『신유행창가』, 삼성사, 1929.

이창배, 『한국가창대계』, 홍인문화사, 1976.

조규익, 『해방전 재미한인 이민문학』 1~6, 월인, 1999.

최동현 · 김만수, 『일제강점기 유성기 음반 속의 대중희극』, 태학사, 1997.

_____, 『일제강점기 유성기 음반 속의 극 · 영화』, 태학사, 1998.

하승우, 『세계를 뒤흔든 상호부조론』, 그린비, 2006.

한국방송공사, 『한국방송사』, 1977.

한국음반아카이브연구단, 『한국 유성기 음반－1907~1945』 1~5, 한걸음더, 2011.

고모리 요이치, 송태욱 역, 『포스트콜로니얼－식민지적 무의식과 식민주의적 의식』, 삼인, 2002.

레이몬드 윌리엄스, 박만준 역, 『마르크스주의와 문학』, 지식을만드는지식, 2009.

로이스 타이슨, 윤동구 역, 『비평이론의 모든 것』, 앨피, 2012.

릴라 간디, 이영욱 역, 『포스트식민주의란 무엇인가』, 현실문화연구, 2000.

마틴 에슬린, 원재길 역, 『드라머의 해부』, 청하, 1987.

머레이 쉐이퍼, 한명호 · 오양기 역, 『사운드스케이프－세계의 조율』, 그물코, 2008.

밀리 배린저, 우수진 역, 『서양연극사 이야기』(개정증보판), 평민사, 2008.

베르너 파울슈티히, 황대현 역, 『근대 초기 매체의 역사』, 지식의풍경, 2007.

빠트리스 파비스, 신현숙·윤학로 역, 『연극학 사전』, 현대미학사, 1999.

사이토 준이치, 윤대석·류수연·윤미란 역, 『민주적 공공성』, 이음, 2009.

안 위베르스펠트, 신현숙·유효숙 역, 『관객의 학교─공연기호학』, 아카넷, 2012.

앙드레 슈미드, 정여울 역, 『제국 그 사이의 한국 1895~1919』, 휴머니스트, 2007.

에밀 부르다레, 정진국 역, 『대한제국 최후의 숨결』, 글항아리, 2009.

M. 로빈슨, 김민환 역, 『일제하 문화적 민족주의』, 나남, 1990.

오자사 요시오, 명진숙·이혜정·박태규 역, 『일본현대연극사─명치·대정편』, 연극
　　과인간, 2012.

요시미 순야, 송태욱 역, 『소리의 자본주의』, 이매진, 2005.

＿＿＿＿, 안미라 역, 『미디어 문화론』, 커뮤니케이션북스, 2006.

웨인 페터슨, 정대화 역, 『아메리카로 가는 길─한인 하와이 이민사, 1896~1910』, 들
　　녘, 2002.

E. M 포스터, 이성호 역, 『소설의 이해』, 문예출판사, 1991.

조너선 스턴, 윤원화 역, 『청취의 과거─청각적 근대성의 기원들』, 현실문화, 2010.

조르조 아감벤, 김상운·양창렬 역, 『목적 없는 수단』, 난장, 2009.

질 돌란, 송원문 역, 『여성주의 연극 이론과 공연』, 한신문화사, 1999.

크리스틴 톰슨·데이비드 보드웰, 주진숙·이용관·변재란 외역, 『세계영화사─영화
　　의 발명에서 무성영화 시대까지 1880s~1929』, 시각과언어, 2000.

프란츠 파농, 이석호 역, 『검은 피부 하얀 가면』, 인간사랑, 1999.

河竹 登志夫, 『近代演劇の展開』, 日本放送出版協會, 1982.

大笹吉雄, 『日本現代演劇史─明治·大正篇』, 白水社, 1985.

Abert Memmi, *The Colonizer and the colonized*, Boston : Beacon Press, 1991.

Ben Singer, *Melodrama and Modernity*, New York : Columbia University Press, 2001.

Bernard Shaw, *The Quintessence of Ibsenism*, New York : Hill & Wang, 1957.

Eirka Fischer-Lichte, *The Show and the Gaze of Theatre : A European Perspective*, Univ. of
　　Iowa Press, 1997.

Peter Brooks, *The Melodramatic Imagination : Balzac, Henry James, Melodrama, and the Mode
　　of Excess—with a new Preface*, New Haven and London : Yale Univ. Press,
　　1995(1976).

Robert Bechtold Heilman, *Tragedy and Melodrama : Versions of Experience*, Seattle and
　　London : Univ. of Washington Press, 1968.

새 천 년이 시작된 지도 벌써 몇 해가 지났다. 식민지와 분단국가로 지낸 20세기 한국 역사의 와중에서 근대 민족국가 수립과 민족 문화 정립에 애써온 우리 한국학계는 세계사 속의 근대 한국을 학술적으로 미처 정리하지 못한 채 세계화와 지방화라는 또 다른 과제를 안게 되었다. 국가보다 개인, 지방, 동아시아가 새로운 한국학의 주요 대상이 된 작금의 현실에서 우리가 겪어온 근대성을 다시 한번 정리하고 21세기에 맞는 새로운 모습으로 탈바꿈시키는 것은 어느 과제보다 앞서 우리 학계가 정리해야 할 숙제이다. 20세기 초 전근대 한국학을 재구성하지 못한 채 맞은 지난 세기 조선학·한국학이 겪은 어려움을 상기해 보면, 새로운 세기를 맞아 한국 역사의 근대성을 정리하는 일의 시급성은 아무리 강조해도 지나치지 않다.

우리 근대한국학연구소는 오랜 전통이 있는 연세대학교 조선학·한국학 연구 전통을 원주에서 창조적으로 계승하고자 하는 목표에서 설립되었다. 1928년 위당·동암·용재가 조선 유학과 마르크스주의, 그리고 서학이라는 상이한 학문적 기반에도 불구하고 조선학·한국학 정립을 목표로 힘을 합친 전통은 매우 중요한 경험이었다. 이에 외솔과 한결이 힘을 더함으로써 그 내포가 풍부해졌음은 두말할 나위가 없다. 연세대학교 원주캠퍼스에서 20년의 역사를 지닌 매지학술연구소를 모체로 삼아, 여러 학자들이 힘을 합쳐 근대한국학연구소를 탄생시킨 것은 이러한 선배학자들의 노력을 교훈으로 삼은 것이다.

이에 우리 연구소는 한국의 근대성을 밝히는 것을 주 과제로 삼고자 한다. 문학 부문에서는 개항을 전후로 한 근대계몽기 문학의 특성을 밝히는 데 주력할 것이다. 역사 부문에서는 새로운 사회경제사를 재확립하고 지역학 활성화를 위한 원주학 연구에 경진할 것이다. 철학 부문에서는 근대 학문의 체계화를 이끌고 사회과학 분야에서는 학제 간 연구를 활성화시키며 근대성 연구에 역량을 축적해 온 국내외 학자들과 학술 교류를 추진할 것이다. 이러한 연구들은 일방성보다는 상호 이해와 소통을 중시하는 통합적인 결과물의 산출로 이어질 것이다.

근대한국학총서는 이런 연구 결과물을 집약적으로 정리하기 위해 마련한 총서이다. 여러 한국학 연구 분야 가운데 우리 연구소가 맡아야 할 특성화된 분야의 기초 자료를 수집·출판하고 연구성과를 기획·발간할 수 있다면, 우리 시대 연구자들뿐만 아니라 학문 후속세대들에게도 편리함과 유용함을 줄 수 있을 것이다. 새롭게 시작한 근대한국학총서가 맡은 바 역할을 충분히 할 수 있도록 주변의 관심과 협조를 기대하는 바이다.

2003년 12월 3일
연세대학교 원주캠퍼스 근대한국학연구소